JN056797

福引で当たったので異世界に移住し、恋をしました

～手を繋いで～

fukubiki de atatta node
isekai ni ijushi,
koi wo shimashita
～te wo tsunaide～

Written by
Hanagara
Illustration by
Ami Sasahara

花柄

笹原亜美

この物語はフィクションであり、
実際の人物・団体・事件等とは、いっさい関係ありません。

contents

異世界アグラム
忍の世界に比べて、人や動物のサイズが大きい。
主要産業は農耕と牧畜。
人々はおおらかで前向きな性格で、
世界の雰囲気ものんびりしている。
クリシュ
騎士隊の隊長。
誠実で男気があり、皆に慕われている。
仕事中は鉄兜を被っていることが多い。
松本忍
まつもとしのぶ
植物系チート能力の持ち主。
童顔で小柄で、よく子供と間違われる。
祖母仕込みの料理の腕で
異世界人の心を鷲掴みにする。

characters
クウジュ
料理屋のオーナーシェフ。
ノルンとは幼馴染で恋人。
ノルン
管理所の職員で、忍の相談役。
忍とは同年齢で、
異世界での初めての友人になる。
フィルクス
生命の木を守る一族の中でも
特別な存在。
植物と話ができる能力を持つ。

福引で当たったので
異世界に移住し、恋をしました

fukubiki de atatta node
isekai ni ijushi, koi wo shimashita
〜te wo tsunaide〜

〜手を繋いで〜

第1章　僕が移住を決断するまで

「――合計で三九九二円になります」

「えーっと、確か小銭があったはず」

自宅近くの商店街。一週間分の食料品を買い込んで財布を開いた僕、松本忍は顔をしかめた。財布の中身は五〇九二円。代金を支払ったら残りが一一〇〇円。安売りをしていたから、ついつい買ってしまったけど、お金を使いすぎてしまった。

銀行の口座はスッカラカンで、今財布に入っているお金が全財産なのに。どうしよう、これから先、生きていける気がしないんだけど。

超放任主義の両親が『真実の愛を見つける』ために離婚したのは今から八カ月前だ。

僕は高校を卒業したら就職するつもりだったし、卒業まで少し早いけどそれぞれ自分の人生を生きていこうという事になって、仕送りしてもらいながら一人暮らしを始めていた。

計算外だったのは、僕の就職先が卒業までに決まらなかったことだ。慌てて両親に連絡をとって仕送り期間を延ばしてもらおうとしたんだけど、二人とも電話番号を変えたらしくて連絡が取れなくなっていた。

父さんも母さんも、昔から何かに夢中になると僕のことを忘れがちだから、新しい電話番号を伝えるのを忘れてしまっているんだと思う。

毎月一日に振り込まれていた仕送りは、三月を最後にとどこおっていた。

卒業してからも必死で就職活動をしてはいたけれど、大学生でさえ就職難に喘いでいるのに、学歴なし、体力なしの僕を雇ってくれる会社なんて、そうそう見つからない。

大学生でさえ就職難に喘いでいるのに、学歴なし、体力なしの僕を雇ってくれる会社なんて、そうそう見つからない。

とりあえずバイトで食い繋いでいくことも考えて面接に挑んだけど、生まれ持った童顔が災いして時給のいい深夜のバイトも断られてしまった。十八歳にもなって中学生に間違われるなんて、あんまりだ！

そのときは間違われたのがショックで大人しく帰ったけど、今となっては中学何年生に見えたのかが気になるところだ。まさか……いや、いくらなんでも。中一じゃないよな。

「お客様。こちら、春の福引券になります。十枚で一回引けるので、ぜひ参加してください」

「ありがとう」

レジのお姉さんが福引券を三枚くれた。財布の中には同じ福引券が七枚入っている。

一回引けるけど、商店街の福引なんて大したものは当たらないんだろうな。と思って裏を見てみると。

「一等現金三十万!?」

三十万あったら、切り詰めれば二ヶ月は生活できる。これは、絶対に当てないと。

僕は鼻息荒く、福引会場を目指して店を出た。


今日が最終日らしく、会場は長蛇の列だった。一等は三本あって、最後の一本はまだ出てないみたいだ。

僕は福引券を両方の掌（てのひら）で挟んで拝みながら自分の番が来るのを待った。隣のおばちゃんに『変な人』って感じで見られたけど、気にしている余裕なんてない。僕の今後の生活は、この福引にかかっているんだから。

（うわ、前の人、凄くたくさん券を持ってるな）

前に並んでいたおばさんが福引券を五十枚も持っていた。ガラガラを回すたびに一等が当たってしまうんじゃないかってヒヤヒヤしたけど、ポケットティッシュ四つと商店街で使える五百円割引券を受け取って『全然ダメねー』って言いながら帰っていった。

さあ、いよいよ僕の番だ。

「はい、福引券十枚ですね。一回引いてください」

チャンスはたったの一回。慎重に、気合いを入れて回さなければ。気持ちを落ち着かせるために三回深呼吸をしてから取っ手を握った。

（当たれ当たれ当たれ当たれ）

気合いを入れて念じながら回すと、金色の玉が飛び出した。金色だ。やった、当たった!!

法被（はっぴ）を着たおばさんが満面の笑みでベルを頭上に持ち上げ、高らかに鳴らした。

「おめでとうございます、特賞、大当たりです!!」

「やったー!!　……あれ？」

あれ、特賞？　一等じゃなくて？

慌てて壁のポスターを見ると、一等のさらに上の特賞のところに『選べるギフト』と書いてあった。

終わった。なんだよ選べるギフトって。お金がよかったのに。

「こちらがカタログになります。期限があるので忘れずに申し込みしてくださいね」

「……ありがとうございます」

カタログを受け取った僕は、周囲の祝福ムードをよそにガックリと肩を落として家路についた。


ハズレてしまったのなら仕方ない。僕は立ち直りが早いタイプだ。落ち込んでいたってお金が増えるわけでもないし、できるだけ高価なものを選んで転売しようと気持ちを切り替えて、カタログの熟読を始めた。

特賞だけあってなかなかいい品物がそろっているようだ。見事な霜降りの松阪牛にゴクリッと喉が鳴った。通帳の残高が寂しくなってからは、肉なんて鳥のむね肉しか食べてないから口の中に唾が溜まる。

いやいや、いかん。我慢だ。肉は食べたら終わりだ。金目の物を探さないと。

目を皿のようにして隅々まで読んでいると、最後のページに凄く珍しい商品が載っていた。

「異世界移住権？　へー、こんなのもあるんだ」

異世界への入り口が発見されるようになってから十年くらい経つかな。今では異世界旅行ツアーがメジャーになって、海外旅行よりも人気があるって話だ。

「『新天地で暮らす最初の異世界人になりませんか？　田舎でのスローライフに憧れる人は必見！　今なら特典として畑付き一戸建てと家畜数種類をプレゼント』か。かなり好条件だな」

移住を斡旋するくらいだし安全の確認はできているんだろうから、異世界に住んでみたいって人にはうってつけだろうな。

「田舎でスローライフか。いいかもしれない」

爺ちゃんの家を思い出すな。長期休暇のたびに遊びに行っていたけど、自然がいっぱいで水が美味しくて、都会に比べると時間がゆっくり流れているみたいで、そこで過ごす時間は気持ちよかった。

この時点で僕の気持ち的には『異世界移住権』にかなり興味を持っていた。でも、旅行を飛び越して移住だなんて度胸はなくて、『いいな』って思う程度だった。移住に向けて気持ちが一気に傾いたのは、カタログを読み終えたすぐ後だった。

いくつか目星をつけたので、なにか腹に入れた後に決定しようと部屋の灯りを点けたときだった。

「……あれ、蛍光灯切れたか？」

パチンパチンと何度か照明のスイッチを操作して、はたと気がついた。たしか今日は電気料金の引き落としの日じゃなかったか。でも、全額下ろしてしまったから口座はスッカラカンだ。

「うわ、電気止められたんだ」

これはヤバい。本気でまずいぞ。今時電気がないと、なにもできないじゃないか。

「うー、父さん、母さん。仕送り止める前に一回連絡して欲しかったよ……」

家賃は前払いだから今月はいいとして、来月分の家賃を払えなかったら家賃滞納で追い出されるかもしれない。そう考えると、『異世界移住権』に申し込めばとりあえず住む場所には困らないし、家畜をもらえるなら卵や牛乳で食いつなぐことができる。就職の見込みもない今の状態よりはマシかもしれない。

父さん達とは相変わらず連絡が取れないし、爺ちゃんと婆ちゃんも死んじゃったし、仲の良かった友達はみんな進学で引っ越してしまったし、ここから離れることになんの不都合もない。

僕はもう一度カタログを開いて、窓から入ってくる街灯の灯りを頼りに『異世界移住権』の項目を隅から隅まで読んだ。

2350年　異世界アグラムと繋がるゲート発見。

2352年　ゲートの定着を確認、安全検査合格。

2354年　各種環境調査合格。同年、観光・移住特別認定を取得。移住斡旋開始。

「移住斡旋開始から一年経ってるのに、誰も移住しなかったのか？」

『五年前に発見された比較的新しい異世界です。

水質調査等、各種環境調査に合格しておりますので、保護スーツ・マスクは無しでお過ごしいただけます。

また、食材に関する成分調査もクリアしておりますので、現地の食材をご堪能いただけます』

「保護マスクもいらないんだ。食材の成分調査もクリアしてるのって結構珍しいと思うんだけど、どうして誰も移住しなかったんだろうな。決めた。明日申し込みをしよう」

家財道具をリサイクルショップに売ったお金でサバイバル本を買って移住しよう。異世界でまったり農業スローライフだ!!

こうして僕は異世界に移住することを決断した。

移住当日、リュックを背負って異世界へのゲートの前に立った。荷物の中身はサバイバル本とナイフと洋服が少しだ。

『それでは、ゲートが開きます。異世界での生活をどうぞ楽しんでください』

アナウンスが流れて、異世界へと繋がるゲートが開いた。松本忍十八歳、行ってきます！

「わわっ！」

グンッと体が引っ張られてゲートの中に吸い込まれた。上も下もわからないような空間で、浮遊感とグニャグニャと曲がる光の波に流される。初めてゲートを通ったけど、激しい揺れで具合が悪くなりそうだ。酔い止めを飲んでおいて正解だったな。

一瞬のような数時間のような、不思議な時間感覚の中で光る出口が見えてきた。そこから出たら、僕の新生活の始まりだ。

「うぇー、気持ち悪い」

最後の揺れが半端じゃなかった。こんなに揺れるなんて聞いてないんだけど。これが普通だとしたら『高い金払ってるのに気持ち悪くなった！』ってクレームを入れる旅行者もいるんじゃないだろうか。

「アグラムへようこそ、シノブ様」

名前を呼ばれたけど、胃の中からせり上がってくる物を堪えるのに必死で頷くのがやっとだった。異世界生活最初の思い出が盛大なリバースになるのは避けたい。

「シノブ様、大丈夫ですか？」

「はい、なんとか」

返事をしながら、あれ？　って思った。言葉通じてるじゃんって。

出発前に翻訳機を購入するか聞かれたけど、僕の持ち金じゃ全然足りなくて断念したのに、普通に話できてるし。

異世界生活で一番苦労するのは言葉の壁だと聞いたことがあったから覚悟していたのに、これはラッキーだ。ってことは、もしかして翻訳機の購入は必要もないのに買わされそうになっていたってことか。どちらにしても買えなかったけど、酷いことするな。

「では、別室にご案内いたしますね。お飲み物を用意しますので少し休みましょう」

内心で憤りつつ差し出された手に摑まってなんとか立ち上がると、向かいにある小部屋に案内された。

アンティークな家具に石の壁。もとの世界の中世に近い感じだ。それにしても、なんだか暑い。

日本は四月の下旬だった。ここ数日冷え込む日が続いていたから上着を着てきたのに、こっちの世界は真夏のような気温だ。

「あの、こっちは夏なんですね。僕が暮らしていたところは春だったんですよ。こんなに暑いと思ってなかったから、厚着してきちゃいました」

「夏と春ですか？　どういった意味でしょうか」

「えっと、四季って言ってもわからないか。僕の暮らしていた場所では一年の中で暑くなったり、寒くなったり気温が変化するんですが、今は肌寒い時期だったんです」

「なるほど、異世界ではそのような現象が起こるのですね。とても興味深いです。こちらではシノブ様がおっしゃるような気候の変化はないのですよ。地域によって多少の差はありますが、一年中今と同じ気温が続きます」

なんと、凄いや異世界！　僕は寒いのが苦手だから、一年中夏のような季節が続くなら大歓迎だ。

「僕はこれくらいの気温、大好きです」

「それはよかった。せっかく遠い世界から移住していただいたのですから、この世界を好きになっていただけたら嬉しいです。そうだ、自己紹介がまだでしたね。私は移住者の相談役を務める管理所のノルンと申します。なにかありましたら遠慮なく相談してくださいね」

ノルンさんは褐色の肌をしていて、長めの前髪から覗（のぞ）く切れ長の目が涼し気なイケメンだった。銀縁眼鏡をかけていて一見冷たそうに見えるけど、穏やかな声音に笑顔がプラスされると優しい印象に変わる。例えるなら保健室のイケメン先生って感じかな。スタンドカラーのシャツを一番上のボタンまでキッチリ留めているところも教職員っぽい。身長も高いから、さぞかし女性にモテるんだろう。

「ありがとうございます」

「ところで、シノブ様はまだお小さいのに、なぜ一人で異世界に移住しようと思ったのですか？」

「え？」

「まだ親の保護が必要な年頃なのに、異世界ではそんなに早く独り立ちなさるのですか？」

心強い味方ができて幸先がいいなぁと思っていたのに、ノルンさんの言葉には僕を落ち込ませるのに充分な破壊力があった。

『お小さい』って、僕を何歳だと思っているんだろう。

「僕、いくつに見えますか？」

「そうですね、十歳か十一歳くらいでしょうか。当たりました？」

しょ、小学生……。僕、小学生に見えてる!?

いくらなんでも、それはないだろう。中学生に間違われたことはあったけど、小学生は酷い。

ショックで僕の声は小さく力ないものになった。

「今年で十九歳になります」

「私と同じ年ですか、成人していらっしゃる!?」

ノルンさん、僕と同学年なのか。背が高いし大人っぽいから、もっと上かと思った。

「も、申し訳ありません。成人男性に向かって十歳などと。シノブ様は可愛らしい身長をなさっておられるので、てっきりそれくらいかと思っていました。異世界の方はお若く見えるんですね」

うん、自分の身長が低いって、わかってるけどさ。

なんとかフォローしようと頑張ってくれるのは凄くありがたいけど、『可愛らしい身長』は全然フォローになってない。

「ええと、すみません」

「いいんです、慣れてますから」

低いものは低いんだから、しょうがない。こんなことで気まずくなるのは嫌だし、頑張って笑おう。これからお世話になるんだから、できれば仲良くしたいし。

「では、そろそろ家のほうに案内しましょうか。シノブ様も早くゆっくりしたいでしょうし」

空気を読んだノルンさんが、話題を変えてくれた。

よし、行こう。すぐ行こう！　畑付き一戸建て、楽しみにしてたんだ。


家までは、ムックという動物が引く荷馬車に乗せてもらった。見た目はゾウに近い。全身に長い毛が生えていて、この気温じゃ暑いんじゃないかと思ったけど、毛で直射日光から肌を守っているんだって。

力持ちで長距離も楽々歩くので金持ちの商人は馬よ

りムックを使うことが多いけど、個人で飼うには大きすぎるから、一般の農家や荷運びを仕事にしている人達は馬を使うらしい。

ムックは博物館で見たマンモスの展示物にそっくりで、ちょっと興奮した。パオーンッて、鳴き声はゾウにそっくりだ。

道幅はムックが二頭並んでも余裕があるくらいに広くて、荷馬車は多少の揺れがあるけど概ね快適だ。

外に出て気がついたけど、この世界の人達はみんな背が高い。というか、体が大きい。ノルンさんが特別背が高いってわけじゃないみたいだ。

これじゃあ、僕を子供と間違うはずだ。鼻水を垂らしながら走り回ってる子供が僕と同じくらいの身長で、ショックと共に凄い違和感を感じた。カルチャーショックって、こういうことをいうんだな。

もしかして童顔って不利なんじゃないか。作物を売ろうとしても相手にされなかったり、それどころかカモにされて略奪やらカツアゲの標的になったり。

こんなに体格差があっては、喧嘩の経験がない僕じゃ相手にならないし、下手すると怪我だけじゃ済まないかもしれない。

……なーんて思っていたのも、最初だけだった。この世界は子供に優しいらしく、すれ違った人達が菓子をくれるから、あっという間にポケットが菓子でいっぱいになってしまった。

そのうちの一つのべっこう飴みたいな色をした飴を食べてみた。これはハチミツか？

右の頬を膨らませた僕を微笑ましそうな笑顔で見送ってくれる人達は、まさか僕が成人しているなんて思ってもいないんだろうな。

こちらでは十七歳が成人らしいから、僕も立派な成人男性だ。ノルンさんは社会人二年目でお役所勤めをしているんだって。立派な社会人のノルンさんに比べて僕が子供っぽく見えるのは当然かもな。

いいんだ。きっと、小さいのは僕の長所なんだ。子供だと思って優しくしてくれている人達に多少の後ろめたさはあるけど、わざと子供に見えるように振る舞っているわけじゃないし。慣れない異世界生活が楽になるなら、自分の容姿だって利用するよ。

僕は純粋な子供ではなくて汚れた大人なので、利用できるものはなんでも利用するのです。

　だからさ、ノルンさん。頭を撫でられる僕を気の毒そうに見るのはやめて！　必死で自分を鼓舞してるのに、その表情で台無しだから。一瞬で現実に戻っちゃうから。

「ほら坊主、ビスケットをやるよ」

「ありがとう……」

　また一つ、お菓子が荷馬車の中に放り込まれた。このままいくと、家に辿り着く頃には荷馬車がお菓子で埋め尽くされているかもしれない。

「はははは、この世界の人はみんないい人だな。見知らぬ大人にこんなにお菓子をくれるなんて。しばらくの間は食べ物に困らないかも。でも、お菓子ばっかり食べてたら太るな」

　瞳孔開きぎみで瞬きもせずに笑う僕からノルンさんは気まずそうに目を逸らした。視線をさまよわせて、慰めの言葉を探しているようだ。

「た、たくさん食べて大きくなってください」

「……うん、頑張る」

　出会ってまだ数時間だけど、ノルンさんのことがわかってきたぞ。彼は黙っていればクールイケメンで、いかにも仕事ができますって感じなのに、慌てた後の言葉のチョイスを間違うんだ。可愛らしい身長とか。

　今のセリフも僕に気を遣ったただけなんだ。決してディスられたわけではないんだよ。多分。


「シノブ様、見えてきましたよ。あの家です」

「おおっ、あれが僕の家か。結構大きいな」

　街から一時間ほど離れた、草原に佇む一軒の家。そこが異世界での新居だった。四人家族がのびのび暮らせそうな、赤い屋根の木造二階建てだ。

　少し離れた場所に建っている、家よりもさらに大きな小屋は、家畜の飼育小屋だ。その横には農具を保管している納屋が建っていた。

「ノルンさん、畑はどこですか？」

「この辺り一帯、好きに耕していただいて構いませんよ」

「ん？」

　この辺り一帯って、こんなに広い範囲を耕すとなると、かなりの大仕事だぞ。僕一人が食べていけたらいいやって、家庭菜園をするくらいの気持ちでいたのに。

この規模だとトラクターでもないと無理だと思う。あっても運転できないけど。

「この辺りは、一年ほど前までは見渡す限りの畑でした。素晴らしく肥沃で良い野菜が育つので、移住者の生活拠点として選ばれたのですよ。今後、異世界からの移住者が増えたあかつきには、ここに新たな街ができる予定です。さて、これからシノブ様と生活を共にする家畜を紹介しましょう。こちらへどうぞ」

まあ、畑のことは後から考えるか。まずはノルンさんの説明を一通り聞いてみよう。

対面した家畜は、僕の想像を越えるサイズだった。随分(ずいぶん)と大きな小屋だとは思っていたけど、この大きさなら納得だ。

まず、鶏が六羽。小学校の遠足で動物園に行ったときに見た孔雀と同じくらいの大きさがある。嘴(くちばし)も脚の爪も鋭いし、目が怖い。睨(にら)まれてるような気がする。

次に馬が一頭と牛が二頭。牛は白黒のホルスタインじゃなくて茶色のジャージー牛に似ている。

鶏と違って、この子達の黒目がちの目は温厚そうで仲良くできそうだと思ったけど、こちらもまた大きい。牛は手を上に目一杯伸ばして背中に届くくらいで、馬はそれよりもさらに大きい。踏み潰されないように気をつけよう。

次に羊が三頭。僕が知ってる羊とはフォルムが違って、真ん丸の白い毛玉に黒い脚が生えたような姿をしていた。目がどこにあるのかもわからないほど全身が毛で覆われている。そして、毛は時季が来ると勝手に抜けるから苅る必要がないけど、毛が抜けると半分ほどの大きさになってしまうらしい。

ウサギは、ペットかな？　ピクピク動く鼻が可愛いけど、もとの世界の中型犬くらいの大きさがある。

最後は犬。番犬だって紹介されたけど、初対面の僕にブンブン尻尾を振って好意全開。本当に番犬として機能するんだろうか。体はライオンとか、トラと同じくらいだ。

犬以外は放し飼いにすれば、その辺の草や虫を食べるから、餌を用意する必要がないんだって。犬はさすがに草は食べないけど、雑食だから肉も野菜も食べるそうだ。自分で野菜を作るなら、餌代は少なくて済みそうだ。

注意事項として、毎日飼育小屋を掃除して清潔を保ってくださいだって。そりゃそうだ、虫大発生とか嫌だもんな。

それらの説明を、ノルンさんの後ろに隠れながら聞いた。だって、怖いんだよ!!

『誰だコイツ?』って感じでみんなコッチ見てるし。

「そんなに怖がらなくても大丈夫ですよ。この子達はみんな頭がいいんです。飼い主だと認識してくれれば、噛んだり蹴ったりしませんから。では、手で餌をあげてください。匂いを覚えてもらいましょう」

引っこ抜いた雑草をノルンさんから手渡されると、餌だとわかってる家畜達が足踏みをして催促を始めた。なぜか犬までキュンキュン鳴いてるけど、君は雑草は食べないんじゃないのか。

「ひぃっ、噛まないでよ?」

へっぴり腰で草を差し出す情けない姿を見たノルンさんが後ろで吹き出すのが聞こえたけど、それに抗議する余裕はなかった。

僕の手は二本しかないのに、馬一頭と牛二頭と羊三頭とついでに犬が我先にと雑草に食らいついてきたからだ。歯がやたらと大きく感じるし、噛まれたら簡単に指を食い千切(ちぎ)られそうで怖い。

でも、ノルンさんが言っていた通り、家畜達は利口(りこう)で、指を噛まないように唇で雑草を受け取ってくれた。家畜達の柔らかい唇の感触と穏やかな黒目がちの瞳に、僕のへっぴり腰は徐々に引っ込んでいった。

まだ出会ったばかりだけど、これなら上手くやっていけそうかな?

「次は納屋を案内しましょう。農作業の道具と野菜の種も数種類ご用意させていただきました」

納屋の棚には、種類ごとに分けられた野菜の種がずらりと並んでいた。何の野菜の種なのか説明書きまで用意してくれていたけど、何が書いてあるのかはさっぱりわからなかった。文字までは同じではないらしい。

「せっかく書いてくれたのにゴメン、読めないみたいだ」

「そうでしたね、申し訳ありません。説明させていただきますね、では、右側から」

「わっ、ちょっと待って、今メモるから」

種の種類については、用意されていた種の内の半分だけ教えてもらった。残りは植えてからのお楽しみってことで。別に書くのが面倒くさくなったわけじゃないよ。そのほうが楽しそうだなって思ったからだよ。


「はぁ、疲れたなぁ」

最後に納屋と家の内部について簡単に説明して、ノルンは帰っていった。はじめのうちは数日おきに様子を見に来てくれるらしい。

家の中は一通りの家具がそろっていた。初日からベッドで寝られるなんてラッキーだ。僕の家のベッドよりも硬いけど、サラサラしたシーツが気持ちいい。

家具はどれもこれも大きくて、ベッドなんてキングサイズだったけど、これはもう人種の違いから来る体格差だと理解した。

もとの世界でも僕は小さめだったとか、都合の悪いことは考えないようにする。

「お腹減ったなぁ」

台所の食料庫には食料品が用意されていたけど、今から料理するにはちょっと疲れていたので、山ほどもらったお菓子を食べることにした。

家の裏手にある湧水が涌いている小さな池から水をくんできて、硬いビスケットみたいな焼き菓子をかじって、パサパサになった口の中を水で潤した。ここの水は水道水と違って仄(ほの)かに甘いような気がして、凄く美味しい。

今日は飴とかビスケットとか甘い物しか食べていないから、しょっぱい物が食べたいなぁ。新鮮な卵料理とか！　明日の朝、鶏が卵を産んでくれているといいな。

だし巻き卵と半熟目玉焼きを思い浮かべながら『鶏達よ、たくさん卵を産んでくれ』と祈って最後のビスケットを口に放り込み、後片付けを済ませて二階の寝室へと移動した。


ノルンは帰り際、僕が暮らしていた世界から観光客を誘致する計画があるからいろいろ話を聞かせて欲しいと言っていた。観光目的でアグラムに来た人の中から、この世界を気に入って移住してくれる人が現れるのを期待しているようだ。

そうか、僕がこの世界の人から期待されている役割はモニターとして誘致計画に協力することなのか。立派な新居や家畜を用意してもらったし、ノルンにもよくしてもらっているから、早くこっちの世界に慣れて協力できるように頑張らないとな。

生活が落ち着いたら、まずはノルンのオススメの料理を食べ歩いてみようか。向こうの世界とこっちの世界の食生活にどんな違いがあるのか、凄く楽しみだ。

ちなみに、さっきから僕がノルンって呼んでいるのは友達になったからなんだ。

『シノブ様』『ノルンさん』と呼び合っていた僕達だけど、同じ年だってわかったし、これからも仲良くしていきたいから『シノブでいい』って言ってみたら、『私のこともノルンと呼んでください』って。異世界での初めての友達だ。

今度街を案内してくれるって約束したから、そのときに食べ歩きを提案してみよう。

「ふわ～ぁ、眠くなってきた」

ベッドに転がって薄い掛け布を被るとすぐに瞼が重くなる。まだ一日目だけど、なんとかやっていけそうだ。


朝日の眩しさに目が覚めた。カーテンがないから、ベッドの上にさんさんと太陽の光が降り注いでいる。

もとの世界では特に見たい番組がなくてもテレビを観ながら夜中まで起きてたけど、こっちはそういった娯楽もないし、早寝早起きの健康的な生活が送れそうだ。『ザ・スローライフ』って感じで、凄くいい!!

「う～っ、はー、いい天気」

外に出て思いっきり伸びをしながら深呼吸をすると、自然の匂いを含んだ新鮮な空気が肺の中を綺麗にしてくれたように感じて、凄く気持ちがいい。

冷たい湧水で顔を洗って口を濯ぎ、飼育小屋の中を覗いてみると、家畜達はすでに起きていた。

「おはよう、水だよ！」

くみたての水を丸太をくり貫いた水飲み場に注ぐと、『待ってました！』とばかりに近寄ってきてガブガブと水を飲み始めた。

「おっ、凄い勢い、みんな喉が渇いてたのか」

あっという間になくなって、慌てて追加の水をくみに行った。体が大きいから、飲む水の量も半端ない。それなのに、水飲み場の中は空っぽだった。

もしかしたら、昨日の夜から水がなくて喉が渇いていたのかもしれない。そう思うと凄く申し訳ない気持ちになってしまった。気温の高いこの世界で水が飲めないのは辛かっただろう。

「気が利かなくてごめんな。遠慮せずにたくさん飲んでいいぞ」

ゼイゼイと息を切らして溢しながら水を運んでは、丸太の中に流し入れる。空腹にこの重労働はキツイ！

腕力が足りないから大きな桶に半分くらいしか水をくめなくて、五回も往復する羽目になってしまった。もとの世界って相当便利だったんだな。蛇口を捻れば水が出たし、桶で水を運ばなくてもホースがあったし。

やっと水くみを終えて疲れた体を励ましつつ小屋の中を物色すると、藁の中に隠れた大きな卵が五個も見つかった。ってことは、一羽は雄なのかな。

「凄い、卵がでかい」

僕の握り拳二つ分くらいの大きさの卵は、これまたかなりの重さだった。えっちらおっちら家の中に運び、せっかく牛がいるんだから牛乳も飲みたいなと思ったところで重大なことに気がついた。牛の乳搾りって、どうやるんだろう。昨日聞いておけばよかったな。

「うん、今日は我慢しよう」

わからないことをいつまでも悩んでいてもお腹は膨れないから、さっさと用事を済ませて朝ご飯を食べてしまおう。

家畜達が自由に外に出て草を食べられるように飼育小屋のドアを開け放ち、朝食の準備に取りかかった。

「大きいだけじゃなくて、殻も硬いんだな」

大きな卵は殻がとても硬かった。ボウルの縁に叩きつけてみたけど、ヒビも入らない。納屋からトンカチを持ってきて、思いっきりぶっ叩くとやっと穴が空いた。

「えーっと、これは砂糖か。こっちは塩だな。これって油だよな。」

卵焼きを作る前に、まずは調味料の確認作業からだ。

台所に調味料を揃えてくれていたけど、さらっと説明を受けただけだったから、どれがどれだかわからないことに今気がついた。普段から料理しているから、それくらいわかるって思ってたけど、謎の粉末や液体がいくつかあって、少量指につけて味を確かめてみると、ごま油っぽい香りの液体やガーッリックパウダーっぽい粉末も発見した。この辺りはもとの世界とあまり変わらないみたいだ。

黄身がこんもりと盛り上がった新鮮な卵に塩と砂糖

を投入してフォークでかき混ぜ、熱したフライパンに流し入れると、部屋中にいい匂いが立ち込めた。甘い卵焼きが好きだけど、今日はしょっぱいのが食べたいから砂糖は少な目で。

「うーん、いい匂い」

端っこからクルクル巻いていると、ドアのほうからキューンって切なそうな鳴き声とドアをカリカリと引っ掻く音が聞こえてきた。

「あ、そっか。犬に餌をあげないと。卵焼き食べるかな？」

ドアを開けると、口の端からヨダレを垂らした犬が鼻をヒクヒクさせていた。これは相当お腹が減っているな。でも、躾けられているのか、家の中には入ろうとはしない。

「よしよし、いい子だな。卵焼き食べるか？」

皿に盛った卵焼きを床に置くと、ガツガツとあっという間に食べてしまった。もっとないかと探しているみたいに床の匂いをクンクン嗅いで、尻尾を振り回しながら僕の手をペロペロと舐める。

「足りなかったかな。もう一個食べるか？」

「ワン!!」

タイミングのいい返事に笑いながら室内に戻って、今度は目玉焼きを作ることにした。チラリと犬を見ると、待ち切れないのか口の周りを舐めながら足踏みをしていた。

「はい、お待ちどおさま」

できあがった目玉焼きを置くと、黄身の部分を一口で食べてしまった。やっぱり、犬も白身よりも黄身のほうが美味しいんだろうな。

お腹が落ち着いてきたのか、白身の部分をペロペロ舐めながらゆっくり食べてる犬の後ろから、鶏が一匹ヒョコッと顔を出した。

鋭い目で、こっちを睨んでいるように見える。もしかして卵を食べられたことを怒ってるんだろうかと思って緊張していたら、犬の横で白身を突っついて食べだしたからビックリした。

「おーい、お前、わかってる？　それ、お前が産んだ卵かもしれないんだぞ」

鶏は我関せずといった様子でカクカクした動きで時々首を傾げながら食べ続けている。鶏は三歩歩いたらものを忘れるとかいうから、自分が卵を産んだことを忘れてしまったのかもしれない。

「僕もご飯にするかな」

卵焼きは僕には大きすぎて少し残してしまったけど、食べ残しは犬がペロッと食べてくれた。うんうん、食べ物を粗末にするのはいけないよな。


広い飼育小屋の掃除を終える頃には昼を過ぎていた。朝ご飯を食べすぎたから昼ご飯は省略して、日陰で休憩してから生い茂る雑草の前で仁王立ちした。右手に持った鎌がギラりと太陽の光を反射している。

「うっし、やるぞ」

目標は、畳三枚分の土地を畑にすること。まずは雑草を処理しないとなにも植えられない。

片手で雑草を掴んで刃を滑らすと、驚くほどスッパリと切れて、勢い余って尻餅をついてしまった。

「なにこの切れ味、怖っ!!」

間違って足首にでも当たったら、切り落としてしまいそうだ。鎌の先が地面に刺さってるのを見て冷や汗が出た。

「この世界の医療事情って、どうなんだろうな」

もとの世界よりも進んでるとは思えないし、ちょっとの怪我や病気が命に関わるなら、よっぽど気をつけないといけないよな。絆創膏はあるんだろうか。

今度は慎重に雑草の根本に刃を当てると、やっぱり面白いほどよく切れた。力なんて全然入ってないのに、この切れ味。

「これ、楽しいかも！」

しゃがんでザクザクと切っていたけど、すぐに足が痺れてしまった。体育の授業でやった柔軟体操みたいに、しゃがんだまま右足だけ伸ばし、次に足を交代して左足だけ伸ばしと、なんとか続けてみたけれど、今度は腰が痛くなってきた。

「イテテテ、農業って楽じゃないなぁ」

立ち上がってトントン腰を叩きながら振り返ると、馬と牛が刈り取った雑草を前脚で掘り起こして、根っこを食べていた。その後ろでは鶏が柔らかくなった土を突っついていて、こちらは虫を食べているようだ。

「もしかして、手伝ってくれてるのか？」

単純に食べたかっただけかもしれないけど、根っこを掘り起こす手間がはぶけて大助かりだ。

「ありがとうな」

馬と牛の鼻の辺りを順番に撫でていると、地面に伏せて寝ていた犬がムクリと起き上がった。

「ワン!!」

『見てろよ!』って言っているみたいに吠えて、馬が根っこを食べてくれた後の地面を物凄い勢いで掘り始めた。

ここ掘れワンワンッて、なんの話だったかな。花咲か爺さんだったか。あの話では土の中から財宝が出てきたけど、うちの番犬が土を掘った後は、空気を含んだ土がフワフワになっていた。

「お前、凄いな。これなら耕さなくてもいいじゃん! よし、お前の名前は今日からポチだ。ポチー、美味しい野菜が食べたかったら一生懸命耕してくれよ」

ポチに負けてられないぞ、僕も頑張らないと。目標は畳三枚分!

「うーらの畑でポチが鳴くー」

この先の歌詞を知らないから、そこばっかりをリピートして歌いながらザクザク雑草を刈っていく。

僕の後ろを列になって、牛と馬と鶏とポチがついてくるのがブレーメンの音楽隊みたいで面白い。笑いながら、まずは畳一枚分の雑草を刈った。

ちなみに、羊とウサギは日陰でのんびり昼寝をしていた。

「おーい、そこの坊やー」

「ん?」

水分補給をしていると、家の前の公道から声が聞こえた。顎髭を生やしたおじさんが、こっちに向かって手を振っている。『坊や』って僕のことか。

「すまないが、馬に水を分けてやってくれないか」

見ると、おじさんの荷馬車を引いている馬が、ガックリと項垂れていた。可哀想に、暑さにやられたのか。

「いいよ。おじさんも休んでいきなよ」

「助かるよ」

おじさんが荷馬車を停めるために家の敷地に入ろうとした時だった。それまで一心不乱に土を掘っていたポチが急に顔を上げたと思ったら、おじさんに向かって歯を剝き出しにして威嚇を始めたんだ。

「ガルルルルッ」

「ポチ! どーしたんだ、急に」

歯だけじゃなくて歯茎まで剝き出しになってるぞ。アニマル全開って感じで、凄い迫力だ。

僕は体勢を低くして飛びかかる寸前のポチの首にしがみついて引っ張った。もう怖いとかいっている場合じゃない。もとの世界で他人に嚙みついて怪我をさせた犬が保健所送りになったって話を聞いたことがあったから、それはもう必死で押さえつけた。

「もうっ、待てってば、どうしたんだよ。さっきまでご機嫌で土を掘ってたじゃないか！」

ポチは、もう僕の家族だ。僕はポチの飼い主で、ポチがやったことは全部僕の責任だ。家族が悪さをしようとしてるなら、飼い主の僕が体を張ってでも止めないと。

「ああ、いい犬だな。飼い主を守ってるんだなぁ。俺はお前の飼い主に悪さをしたりはせんよ。ほれ、この子に水を飲ませてやりたいだけだ」

おじさんが馬の尻の辺りをポンポンと叩くと、ヒンッと小さな声で鳴いた。馬はかなり辛そうだ。その鳴き声を聞いたポチの唸り声がだんだん小さくなり、まだ緊張しつつも歯を剝き出しにするのをやめてくれた。

「ポチ、お前、頭がいいな。おじさんの言葉がわかるのか？　それとも、馬の言葉がわかるのか？」

牙を剝くのはやめたけど、まだ鼻筋に皺を寄せて硬い表情のポチの頰を両手で挟んでグリグリとマッサージした。

「いい子だなー。ありがとうな」

僕の気持ちが伝わったのか、まだ少し硬い雰囲気を残していたポチは、返事をするみたいに小さく尻尾を揺らした。

「おじさん、もう大丈夫。ポチもわかってくれたみたいだ。馬さんこっちおいでー。冷たい水を飲ませてあげよう」

僕は、歩きたがらない馬の尻を押して水飲み場まで案内してあげた。

「はい、おじさんも。お茶でもあればよかったんだけど、水しかなくてごめん」

「いやいや、充分だ。ありがとうよ」

冷たい湧水が入ったコップを渡すと、一口飲んだおじさんが目を見開いた。

「はーっ、美味い水だな」

「やっぱり？　僕もそう思った」

喉がカラカラのときに飲む冷たい水は最高に美味し

いよな。

「俺んちでは川でくんだ水を使ってるが、それとは味が全然違うな」

「そうなんだ？　この世界の人は、みんなこんなに美味しい水を飲んでるんだと思ってた」

「この世界？」

「うん、僕、ほかの世界から移住してきたばかりなんだ」

家の裏に美味しい湧水の池があるなんて、ラッキーだよな。この水で麦茶を淹れたら美味しいと思うんだけど、この世界にも似たようなものがないか、今度ノルンに聞いてみるか。

「ああ、そう言えば、そんな話を聞いたなぁ。そりゃあ随分と遠くから来たもんだね。ご両親と一緒に移住してきたのかい？」

おじさんは、まだ僕のことを子供だと思っているらしい。見た目は子供でも、会話をしたら大人だって気づいてくれるかと思っていたのに、全然気づいてない。

「僕一人で移住してきたんだ。だから、この家に住んでるのは僕だけだよ」

「こんなに小さいのに、一人で移住したのかい？　そりゃあ凄いな。だけど、あまり一人で住んでるって言わないほうがいいぞ。子供が少なくなってから、そりゃあみんなで大事にしてるけどな、悪いことを考える奴もいるからな」

ふーん、この世界でも少子化が問題になっているのか。でも、真剣に心配してくれているところを悪いけど、僕はこう見えて立派な大人だ。

「おじさん、僕、こう見えて今年で十九歳なんだ。もとの世界では二十歳で成人だったけど、こっちでは十七歳で成人なんだよね？　僕はこの世界の住人になったんだから、もう立派な大人だよ」

僕が実年齢を告白すると、おじさんの笑顔で細まっていた目が、徐々に見開いていった。おじさん、顎、顎！　そんなに口を開けたら、顎が外れるって。

「こりゃあ、おったまげた。アンタのところの世界の人間は、みんなそんなに小さいのかい？　それとも、アンタが特別小さいのかい？」

今の言葉、ちょっと胸に刺さった……。大人なのに特別小さいって言われるよりも子供って言われたほうが、まだマシだったような気がする。

「いや、僕の世界ではこれが普通なんだ」

人は、こうやって小さな嘘を積み重ねて生きていくんだなぁ。本当はもとの世界の成人男子の平均身長より低いんだけど、思わず見栄を張ってしまった。

でも、この小さな嘘も、もとの世界からの観光客が大量に訪れるようになったら、バレるんだろうな。一目で僕が平均じゃないってわかるだろうし。

「こんにちは、シノブ。生活は順調ですか？」

今日はノルンが会いに来てくれた。初日から数えて、実に五日ぶりの再会だ。

ノルンに見て欲しいものがあって、それはもう首を長くして待っていた。

「いらっしゃい、ノルン。なんとか頑張ってるよ」

「今日はシノブにプレゼントを持ってきましたよ」

ノルンが持ってきてくれたのは、小さめの荷馬車だった。これで収穫した作物を市場に売りに行けるし、買い物して帰ることもできる。

「まだ五日目ですし、少し早いかとは思ったのですが」

五日で収穫できる野菜なんて、普通はないもんな。でも、実はグッドタイミングだったんだよ。

「ノルン、こっちに来て！」

ノルンの腕を引っ張って、畳八枚分に増えた自慢の畑に案内した。

本当はもっと広くなってるはずだったんだけど、力及ばず。でも、凄いんだよ。とにかく凄いんだ。

「見て、ノルン。こんなの信じられる!?」

畑には初日に種を蒔(ま)いたトマトが真っ赤に熟(う)れていて、次の日に植えたキュウリが蔓(つる)から何本も垂れ下がり、その後に植えた大根が青々と葉を繁らせ、ツヤツヤの真ん丸キャベツが堂々と存在を主張していた。これ全部、種から植えて五日のうちに育ったんだ。

確かにさ、『早く大きくなれー』って言いながら植えたけど、種から植えたトマトが次の日には僕の腰の高さに育ってるのを見たときには目を疑った。で、次の日に花を付けて、次の日に小さな青い実をつけて。今日、朝起きたら真っ赤に熟した実をたくさんつけていたんだ。

もうさ、凄く興奮した。もしかしてゲートを通った影響で、僕に何かしらのチート能力が発現したんじゃないかって。こっちの世界に来た時に気持ちが悪くなったのも、能力発現の副作用だったのかもしれないぞ。

でも、こっちの世界ではこの成長速度が普通なのかもしれないぞと思い直して、ノルンに聞こうと思って待っていたんだ。

「おや、この野菜は誰かに分けてもらったのですか?」

「違うよ。ねぇ、トマトってさ、種を蒔いて実をつけるまで何日くらいかかるか知ってる?」

「そうですねぇ。あまり詳しくは知りませんが、発芽するまで一週間くらいだと聞いたことがありますよ。実をつけるとなると、一～二ヶ月はかかるのではないでしょうか」

「え!? 実はノルンから貰った種を蒔いたら、五日間でこんなに育ったんだよ。こんなに成長が速いのって、ゲートを通った時に不思議な力が働いて、僕に植物系のチート能力が発現したんじゃないかと思うんだけど、どう思う?」

ワクワクしながら聞いてみたら、ノルンは目を丸くした。

「うちの職員も何度か交渉のためにシノブの世界に転移していますが、そんな話は聞いたことがないですよ」

「僕の世界でも聞いたことない」

こんな便利な能力が発現するなら大騒ぎになってニュースでガンガン報道しているはずだし。

「これは、調査する必要がありますね。私から上司に報告しておきます。シノブも他に気がついたことがあったら私に教えてくださいね」

「うん、野菜を育てながら観察してみるよ」

本当にチート能力が発現したんだとしたら、物凄く便利な能力を手に入れちゃったな。神様に新天地での生活を応援されているみたいで、俄然やる気がでてきたぞ。

よし、今日はノルンに僕の植物系チート能力で育てた野菜をご馳走しよう。

「ノルン、今日はうちで昼ご飯を一緒に食べよう。僕が育てた野菜をご馳走するからさ」

「それは楽しみですね。ところで、ラヴィは食べなかったんですか?」

ノルンの視線の先には、今日も日陰でタンポポに似た黄色い花を食べながら、ひたすら鼻をヒクヒクさせているピョン吉がいた。

「え、ウサギって食用だったの?」

「ラヴィの肉は柔らかくて美味しいんですよ。当面の食料にと用意していたんですが、説明不足でしたね。

よろしければ、私が捌いて……」

ババババッと、頭皮に鳥肌が立った。もし僕が猫だったら、きっと体中の毛が逆立っていたはずだ。

「ダ、ダメ！　ピョン吉はペットだから、ダメ!!」

犬みたいに大きいけど、ピョン吉は凄く可愛いんだ。農作業の合間に毛を撫でさせてもらうのが最近の楽しみなのに、食べたりなんてできない。

「そうですか？　美味しいのに」

心底残念そうにするノルンの視線を遮るためにピョン吉の前に立ちはだかった。ピョン吉は、僕が守る！

ここは話を逸らそう、そうしよう。

「肉って、自分で捌かないと手に入らないの？　僕、魚は捌けるけど、食用の肉は加工してあるのしか見たことがないんだ。どこかで処理された肉を売ってないかな？」

「それなら市場に売っていますよ。町で暮らす人達は家畜を飼う場所がありませんから、みんなそこで買うんです。これは、私の配慮不足でしたね。明日市場に案内しましょう。そのときに収穫した野菜を売ればいいですよ」

「本当に？　やった！」

肉が買えるのも嬉しいけど、そろそろ米が食べたいと思っていたんだ。食糧庫にあった小麦粉らしき粉とハナコとハナヨのミルクとコッコさん達が産んでくれた卵でホットケーキっぽいものを作って食べていたけど、やっぱり日本人だから、米が食べたくなるんだよな。もし米がないならパンでもいいや。とにかく、ホットケーキ以外の主食が食べたい。

市場で鶏肉と米を買ってコッコさんの卵を使って作る親子丼は、きっと凄く美味しいだろうなと思ったら、お腹が鳴ってしまった。

「へへっ、お腹減ったな。ご飯の準備をしようか」


ホカホカご飯に思いを馳せながら、ノルンと一緒に昼ご飯に使う野菜を収穫した。

そのついでにニンジンの種を蒔いて、明日ノルンが迎えに来たときに、一晩でどれだけ育ったのか観察する約束もした。明日が待ち遠しいな。

「じゃあ、昼ご飯を作るから、ノルンは座ってて」

綺麗に洗った野菜の前で腕まくりをして気合いを入れた。今日のメニューはオムレツとサラダとトマトスープ。全部、うちの畑でとれた食材だ。

まだ種類が少ないから質素だけど、とれたて新鮮の野菜を使うから、きっと美味しくできると思う。それに、秘密兵器もあるし。

トマトスープはもう作ってあるんだ。トマトとキャベツを煮込んで味を整えただけだけど。玉葱とベーコンがあったらもっと美味しいと思うんだけど、それは今後に期待だな。

サラダにかけるのは手作りマヨネーズだ。卵が新鮮だから、もとの世界で市販されていたものより美味しく感じて、最近は野菜を食べるときはこればかりだ。

あと、オムレツだけど、初日の卵焼きと比べると劇的な進化をしたんだ。

戸棚の奥の涼しい場所に置いていた小瓶を取り出してニンマリと笑った。僕、これが大好きなんだ。オムレツを作るときに使うと凄く風味がいいし、ジャガイモに乗せて食べたり、ニンジンを煮ても美味しい。

実はこれ、ハナコとハナヨのミルクから作ったバターなんだ。ミルクの搾り方は馬のおじさんに水をご馳走したお礼に教えてもらった。ちゃんと毎日搾ってあげないと、お乳が張って牛がつらいんだって。

手本を見せてもらったときは簡単に搾ってるように見えたんだけど、僕がやると一滴も出なくて、おじさんに『もっと強く搾らないと出ないぞ』って言われた。

乳首を思いっきり握るなんて痛そうだと思ったら、なかなか強く搾ることができなかったんだけど、勇気を出してギュウッとやってみたら、勢いよくミルクが飛び出した。ハナコは無反応だったから、牛は乳首に痛みを感じない生き物なのかもしれない。

それからは遠慮せずに思いっきり力を入れてるけど、牛二頭の乳を搾り終える頃には僕の腕はパンパンで、次の日の筋肉痛がかなり酷かった。

思えばこの世界に来てから力仕事ばっかりやっている気がするな。このまま行くと、数年後にはムキムキになっているかもしれない。スポーツジムに通わなくてもムキムキになれるなんて、すごくお得だ。

で、搾ったミルクなんだけど、飲んでみると僕にはちょっとクドイかなってくらいに濃厚だった。その上、大きな桶に二つ分も搾れたんだ。僕だけで飲みきるのはちょっと無理だ。

どうしようかなって悩んでいたら、小学生の夏休みに爺ちゃんと婆ちゃんちに預けられていたときの『夏休み子供自由研究会』を思い出した。

その地域は酪農が盛んで、『親子で手作りバターを作って食べよう！』って企画に、婆ちゃんと一緒に参加したんだ。

そのときのことを思い出しながら試しに作ってみたら、柔らかめだけど美味しいバターができあがって、ちょっと感動した。

ただ、バターを作るには一生懸命に攪拌しなきゃいけなくて大変なんだ。しかも、少ししかできないし。だから、まだ一回しか作っていない。

ちなみに毎日搾れる桶二杯分のミルクは、ちゃんとみんなで飲んでいる。ハナコとハナヨのミルクは、ポチも馬のブライアンも好物でゴクゴク飲むんだ。


熱したフライパンにバターを落とすと、ジュワッて音と一緒にいい匂いが広がった。

オムレツは得意なんだ。朝食にササッとオムレツを作ってトーストに乗せて食べてから登校してたから。

「ノルン、できたよ。　熱いうちにどうぞ」

やっぱり熱い物は熱いうちに食べるのが一番美味しい。

「ありがとうございます。なんだか不思議な香りがしますね。凄く食欲がそそられます」

「そうだろ？　オムレツには、やっぱりバターだよ」

「バター……ですか。聞いたことがありませんが、それは調味料ですか？」

「え、知らないの？　牛のミルクからできるんだよ」

首を横に振るノルンを見て、マジか！　って凄くびっくりした。あんなに濃厚なミルクがあるのに、バターを知らないなんて勿体ないなぁ。

でも、初めて食べるならバターの匂いは大丈夫だろうか。溶けたバターの匂いが苦手って人もいるけど、ノルンはどうだろう？

綺麗な所作でオムレツをフォークですくったノルンが、ぱくりと一口頰張った。一瞬目を見開いて、口元に広がった笑みを見て思わずガッツポーズ。感想を聞かなくても、その表情でわかった。

「凄く、美味しいです。なんでしょうか、濃厚な風味が独特で。食べたことがない味ですけど、美味しい」

はーい、『美味しい』いただきました!!

僕もフォークで大きめに切ったオムレツを口に入れ

て頬張った。うん、美味しい。

一人じゃない食事が久し振りで、ノルンが目の前にいるだけで、いつもの野菜が数倍美味しく感じる。トマトスープもキャベツの甘味が出てて、なかなかの味だ。でも、やっぱりベーコンかウィンナーを入れたらもっと美味しいよな。

「野菜も美味しい。この白いソースのせいもありますが、野菜の味が濃くて。こんなに甘いトマトを食べたのは初めてです。普段食べるのは、もっと青臭くて水っぽいんですよ」

「完熟してるからじゃないか？　売っているトマトは日持ちをよくするために真っ赤になる前に収穫してるんだろ、きっと」

フォークに刺したトマトをじっくりと検分したノルンは、なにやら考えるように目を瞑（つむ）った。

「シノブ、あなたにお願いがあるのですが」

フォークを置いて姿勢を正したノルンにつられて、僕もシャキッと背筋が伸びた。なんだろう、急に畏（かしこ）まられたら緊張するんだけど。

「バターと白いソースと野菜を、知り合いのシェフに分けてあげることはできませんか？　彼は料理屋を営んでいるのですが、先代が二ヶ月前に亡くなってから、味が落ちたと客が離れてしまったんです。跡を継いだ息子は荷運びから転職したばかりで経験が乏しく、仕方がないことなんですが。今では開店休業状態で、このままだと店を畳まなければなりません。なんとか助けてあげたいのです」

「いいよ」

なんだ、そんなことか。真剣な顔をするから、なにを言われるのかと思った。

食事を再開した僕に、拍子抜けしたようなノルンが戸惑った顔をしてもう一度聞いてきた。

「え、いいんですか、そんなに簡単に返事をして」

「だって、そんな大したものじゃないよ。白いソースはマヨネーズっていうんだけど、簡単に作れるし。ただ、バターは作るのに手間と体力とたくさんのミルクが必要だから、商売で使うにはうちの牛のミルクだけじゃ足りないと思うんだ。作り方を教えるから、牛をたくさん飼ってる農家さんと相談したらいいんじゃないか？」

食事を続けながら答えると、ノルンは机に顔がついてしまうくらいに頭を下げた。

「ありがとうございます」

「大袈裟だなぁ。ラーメン屋の秘伝のスープを伝授するわけでもあるまいし。じゃあ、ご飯を食べたら明日持っていくバターを作るから、ノルンも手伝って」

「ラーメン屋というのがなにかはわかりませんが、喜んで手伝いますよ」

　残念。こっちにはラーメンもないのか。この世界の食文化のレベルは、中国四千年の歴史には遠く及ばないらしい。

　この後の予定が決まると、ノルンは、猛烈な勢いでご飯を食べだした。あっという間に食べ終わって、早くバターを作りたいってウズウズして待ってるから焦ってしまった。ちょっと待ってくれ。僕、まだ半分オムレツが残ってるんだ。


　いつもより早く起きて、朝の掃除を済ませた。今日は忙しくなるぞ。ノルンが迎えに来る前に準備をしないと。

「さーて、どの野菜がいいかな。トマトとキャベツと」

　今日持っていく野菜を収穫するのはいいんだけど、こっちの野菜は本当に大きくて、運ぶのが大変だ。ノルンからもらった荷馬車は畑までは入ってこられないから家の前まで運ばなきゃいけないんだけど、その少しの距離が辛い。

　キャベツなんて僕の頭二つ分くらいの大きさで、一回に二個運ぶのがやっとだし、キュウリは僕の腕くらい太さがあるし、トマトだって見知ったものの三倍はある。大根はなんと、僕の身長の半分くらいあった。土が柔らかいからスルッと抜けたけど、とにかく重い。

　土を落とすために野菜を洗いたかったけど、池まで大根を運ぶのと池から水を運ぶのと、どっちが楽かって散々考えて、結局洗うこと自体をやめた。

　近所の八百屋さんで土つき大根を売っていたのを思い出したんだ。そのほうが鮮度が保てるのよって、おばちゃんが教えてくれた。手間もはぶけて鮮度も保てるなんて、一石二鳥だ。断じて横着したわけじゃないぞ。本当だよ。

　乗合馬車に乗って到着したノルンが途中から手伝ってくれたからよかったけど、一人だったら昼まで終わらなかったかもしれない。

「あ、忘れてた。ノルン見て、もうこんなに育ったよ」

「本当だ。なんだか感動しますね」

昨日蒔いたニンジンは、ワサッと葉を生やしていて、引っこ抜いてみると僕の小指くらいの実をつけていた。あれ、実をつけるでいいのかな。根が育つ？

とにかく、小さなニンジンができていたんだ。

ニンジンといえば、やっぱりピョン吉だろ。水洗いしたニンジンを口元に持っていくと、ピョン吉は無表情で鼻をヒクヒクさせながら、ポリポリといい音を立てて葉も残さずに食べてしまった。

はー、可愛い。これからはピョン吉のために、たくさんニンジンを作ろう。僕もニンジンが好きだから、ピクルスを作って一緒に食べたいな。

「クゥーン」

「ぐえっ、お、重い……」

しゃがんで、うっとりしながらピョン吉を見ていたら、背中に重たいものが乗っかってきた。耳にハッハッと荒い息が掛かって、くすぐったい。しかもヨダレがポタッと肩に落ちた。

「ポチー、重いってば。なんで背中に乗るんだよ」

ポチは、僕がピョン吉やハナコ達を可愛がってると、絶対に邪魔をしに来る。今みたいに背中に乗っかったり、背中にゴチーンゴチーンって頭突きしたり。本当にうちのポチは、かまってちゃんだなぁ。

「よしよし、ポチには大根をあげよう」

僕が大根の葉を掴むと、尻尾をブンブン振って足踏みをした。ポチって本当に僕の言葉がわかってるみたいな行動をするから不思議だ。

初日に食べさせた『卵焼き』って単語を覚えたみたいで、僕が『卵』って言っただけで耳をピンッと立てて振り返るんだ。

大根を引っこ抜くと待ちきれなかったポチが、土が付いたままの大根にかじりついて、シャクシャクといい音を立てて食べ始めた。ハナコ達も寄ってきたから、それぞれ一本ずつ抜いてあげた。

「シノブ、そろそろ時間が……」

「おっと、そうだった」

そうだよ、街に行くんだよ。ポチ達とたわむれてる場合じゃなかった。

「ポチー、頼んだぞ。僕が出掛けている間、みんなを守るんだぞ」

頭を撫でながら頼んだのに、ポチの返事は『フンッ』って鼻息だった。やっぱり言葉はわからないのかも。

「そんなに緊張しなくても大丈夫ですよ。馬は頭がいいですから、ちゃんと街まで連れていってくれます。それに一本道ですし、迷いようがありませんから」

「う、うん」

ブライアンが引く荷馬車に乗って、隣にはノルンが座っている。そして御者は僕だ。

手綱をガッチリ握って前傾姿勢の僕を見て、ノルンがクスクス笑いながら話しかけてくる。

だって初めて馬を操るんだから、しょうがないじゃないか。しかも帰りは一人でこの道を帰らないといけないんだと思うと、自然と肩に力が入るんだ。

「おはよう、手伝いかい？　偉いね」

「お、おはよ、うございますぅ」

時々すれ違う人が話しかけてくれるけど、返事をするのが精一杯だ。それにしてもノルンと一緒にいる僕は、おじさん達にどんな風に見えているんだろう。兄弟とか？　まさか、親子じゃないよな。

ムムッと考えていたら、手綱を引っ張りすぎてブライアンが足を止めてしまった。

「ほら、シノブが引っ張りすぎるとブライアンが止まれって命令されたと勘違いしますよ」

「面目ないです」


だけど、僕の緊張は長くは続かなかった。ブライアンは本当に優秀で、手綱を引っ張りすぎなければ真っすぐ歩いてくれるし、よそ見もしない。僕はただ、手綱さえ持っていればよかった。

「ね、大丈夫だったでしょう？　ちゃんと街に着きましたよ」

「本当だ。ブライアンは頭いいな。帰りもよろしくな」

ノルンの友達の店の前に乗り付けた僕は、びっくりしてピョンと跳ねてしまった。野菜を乗せた荷馬車の隙間に、お菓子が山になっていたんだ。

全然気がつかなかったけど、手伝いをする子供（僕）へのご褒美に道行く人がくれたらしい。

「……わぁーい、お菓子の山だぁ」

「……」

頑張って子供ぶったのに、ノルンからは哀れみの視線をもらってしまった。笑い飛ばしてもらおうと思っていたのに、余計に情けなくなった。

「クゥジュ、いますか？」

「いるよ、こっち」

店の入り口からノルンが声をかけると、奥から男の人が出てきた。髪の毛を後ろで括っていて、つり上がりぎみな目尻にホクロがある。シャツの胸元が大きく開いていて、もとの世界の女の子達が見たら、セクシーだって大騒ぎするんじゃないかな。

中に入ったノルンは、声の主と軽くハグを交わした。二人とも格好いいから、その姿が物凄く絵になる。ボヘーと見とれていると、彼はノルンのほっぺにチュッとキスをした。おお、異国の人の挨拶みたいだ。この二人がやると本当に絵になるなぁ。

「クゥジュ、昨日お話ししたシノブを連れてきましたよ。朝早くから頑張って美味しい野菜を持ってきてくれたんです」

「異世界からようこそ、クゥジュって呼んでくれ」

クゥジュはノルンから話を聞いていたのか、僕を見ても子供だって言わなかった。それだけで好感度がうなぎ登りで、僕は満面の笑みで握手をした。

「はじめまして、シノブって呼んで」

クゥジュの掌は分厚くて大きかった。この大きな手は、荷運びの仕事をしていて培われたものなんだろうか。僕も働いているうちに、男らしい手になれるだろうか。

「さっそくですが、シノブが作ってくれたバターを……」

「悪い、ノルン。せっかく持ってきてくれたのに、支払う金がないんだ。朝早くに取り立てが来て、全部持っていっちまった」

クゥジュは、口の端をクイッと上げて苦笑した。どうやら、聞いていた話よりも状況が悪いみたいだ。

もとの世界で残金一一〇〇円で途方に暮れていた僕の状況に似ていて、なんだか他人事とは思えない。『明日からどうしよう』って、僕は凄く不安だった。クゥジュは笑ってるけど、本当は泣きたいくらいに悲しくて不安なのかもしれない。

「クゥジュ、朝ご飯食べた？」

「いや、この通り、なにもなくてな」

料理屋なのに厨房に食料がないし、火も入っていないみたいで寒々しい。もうすぐお昼時なのに、使われない調理器具が寂しそうだ。閑古鳥が鳴くって、こういうことをいうのかな。

　空腹は、ダメだよな。悲しくなるし、イライラするし、ヤル気も出ないし。

「僕、卵と野菜もたくさん持ってきたんだ。せっかくだから、バターを使ってお昼ご飯を作って一緒に食べないか。厨房、使ってもいい？」

「ああ、いいけど」

　よかった。台所や厨房は主婦と料理人にとって神聖な場所だから、他人が入るのを嫌がる人もいるんだ。婆ちゃんがそうだった。僕にはたくさん料理を教えてくれたけど、爺ちゃんが来ると『あっちで座っててくださいな』って追い返してた。

「じゃあ、野菜を持ってくるよ」

「あ、手伝います」

　ノルンの後を追いかけてクゥジュも手伝ってくれようとしたんだけど、荷馬車に山盛りになったお菓子を見て目を丸くしていた。チラッと僕を見て納得したように頷いたのを見てしまって、凄く恥ずかしかった。


　厨房に野菜や卵など食材を運んで、腕まくりをした。クゥジュの店には料理屋らしく、いろんな種類の調味料がそろっている。これならなんでも作れそうだ。

　じゃあまずは、卵料理から始めようか。

「えっと、金槌ある？」

「あるけど、なにに使うんだ？」

「卵を割るんだ」

　僕の力じゃ金槌じゃないと割れないんだよ。

「割ればいいのか？」

　クゥジュは大きな手で卵を摑むと、調理台の端に叩きつけた。簡単にヒビが入った卵を片手で割ると、盛り上がった黄身がボウルの中に落ちた。

「おおっ、凄い。あと二つ割って」

「了解」

「私もなにか手伝わせてください」

「じゃあ、トマトを細かく切って、キャベツも千切り。トマトスープを作ろう」

「お安いご用です」

　ウサギを捌けるって言っていたノルンの実力は伊達じゃなかった。調理器具の配置も熟知しているみたいだったから、普段からクゥジュの手伝いをしているんだろう。

僕はキュウリと大根を使ったサラダの準備だ。マヨネーズも美味しいけど、僕の家にもあった胡麻油っぽい油を見つけたから、塩とビネガーを加えて中華風のドレッシングを作ろう。大根を使うなら、マヨネーズよりも中華風のほうが美味しいと思うんだ。

「シー油を使うのか？」

「これ、シー油っていうのか。もとの世界にも似たような油があって、ごま油って名前だったよ」

クゥジュはやっぱり料理人だな。僕の味付けが気になるみたいで、ドレッシングを作ってるボウルの中を興味津々で覗いている。

「味見する？」

クゥジュの手の甲にドレッシングを垂らしてあげると、ペロリと舐めた後にカッと目を見開いた。

「美味い！」

「私にも味見させてください」

ノルンの手にも乗せてあげると、こちらも感嘆の声を上げた。

「ああ、これも美味しいですね。マヨネーズも素晴らしいですけど、甲乙つけがたいです」

「でしょう。僕もこれ好きなんだ」

一緒に料理って楽しいな。調理実習みたいだ。

サラダはすぐにできあがったので、次はお待ちかねのバターの登場だ。家に保管していたのも持ってきたから、小瓶に二つ。

「フライパンを温めてからバターを入れて」

フライパンを持つのはクゥジュだ。料理人が使うフライパンは、僕には重すぎて持ち上がらなかったんだ。本当にこっちの世界のものはなんでも大きいな。

ノルンが作っているスープの鍋も、ラーメン屋にあるような大きな寸胴(ずんどう)鍋しかなかったから、大量に作ることになってしまった。でも、余ったら夕ご飯に食べればいいし、次の日に食べたらもっと味が染みてて美味しいからいいか。

フライパンの上で溶けるバターを見るクゥジュの目が輝いている。スウッと香りを吸い込む仕草(しぐさ)も格好よくて、イケメンはなにをやらせても絵になるなって感心した。僕がやると、小鼻が膨らんで変な顔になるのに。

「早く食べたいから、三人分を一気に作ろうか」

卵液を流し込むと、いい匂いが広がった。フライパンを振りながらかき混ぜるクゥジュはやっぱり手慣れていて、僕が作るよりもずっと美味しそうだ。

「パンがあればな。ガーリックトーストを作るのに」

「パンですか。それなら買ってきますよ」

スープを煮込むだけになって暇を持て余していたノルンが止める間もなく出ていって、すぐに帰ってきた。隣がパン屋さんなんだって。

ノルンが買ってきたパンは、バゲットのお化けみたいな大きなパンだった。

「ノルン、悪いな」

「これくらい、させてください」

なんか、いいよな。僕とノルンは出会って六日目で、会うのは三回目だ。まだまだ友達になったばかりのヒヨッ子で、でもクゥジュとノルンは阿吽の呼吸というか、熟年夫婦みたいな信頼関係があるように見える。助けてあげたいって、真剣になるのもわかる。

「よし、美味しいガーリックトーストを作ろう！

……ごめん、ノルン。パンをスライスしてくれる？」

お化けバゲットは、とても固かった。


「では、みんなそろっていただきます」

「「いただきます」」

お客さんがいないから、店の中はどこでも座り放題だ。一番大きな机にできあがった料理を並べていただきます、さっそくパンに手を伸ばした。

表面カチカチのお化けバゲットの中身は、ふわふわだった。ガーリックパウダーを振りかけて炙ったバゲットの中身をくり貫いて、固い外側の部分をスープに浸して柔らかくしている間に、残ったふわふわの部分にオムレツを乗せて一口。

カリッ、ふかっ、ジュワッの三拍子そろったパンは、それはもう美味しかった。

久し振りのパンだ、美味しいよー。

僕の真似をして食べたノルンとクゥジュは、一口かじって数秒固まってしまった。

「あれ、口に合わなかった？」

「「美味しい!!」」

やった、『美味しい』今日もいただきました！

「ガーリックパウダーをパンに振りかけて焼くなんて、考えたこともなかったな」

「普段はなにに使ってるの?」

「肉を焼く」

「……それだけ?」

「俺は、それ以外知らないな」

「私もです。外食しても、こんな斬新な料理を出す店はありませんでしたよ」

この世界の料理はとてもシンプルなんだな。店にあった調味料も、ほとんどが肉を焼くときに使うためで、野菜を食べるときは塩をかけるくらいであまり味付けしないらしい。

「野菜も美味い。このチュウカドレッシング? ヤバいな」

「マヨネーズも素晴らしかったですよ」

「そっちもぜひ食ってみたい」

二人の手は話をしてる間にも止まらない。そして、体が大きいだけあって、凄くたくさん食べる。

「これがバターの味か。凄いな、こんなの食べたことがない。トマトスープも野菜の甘味がよく出てる。使ってる野菜がいいんだろうな」

「そうでしょう?」

自分が誉められたみたいに自慢するノルンが、ちょっと可愛い。お皿は、あっという間に空になった。

お腹いっぱいで、凄く幸せな気持ちだ。二人とも椅子に背中を預けて満足げな顔をしてるし、やっぱり美味しいご飯は人を幸せにするよな。

「バターを使ったら、店やっていけそう?」

クゥジュは、ちょっと悲しそうな顔で答えた。

「そうだな。でも、元手がなけりゃ食材も買えない。せっかく教えてもらったのに残念だ。実は、うちの店を買い取りたいって人がいるんだ。立地だけはいいからさ。店を売って、もとの荷運びに戻ろうかと思ってる」

「そんな、お父さんの店、大事にしたいって言っていたじゃないですか」

「大事だよ。父さんもそうだけど、ノルンとの思い出の場所でもあるしな。でも、今のままじゃ生活していけないし。昔はさ、本当に賑(にぎ)やかだったんだ。どの席も客でいっぱいで、活気にあふれていて。それが今じゃこれだろ。これじゃあ、この店が可哀想だ」

クゥジュは、寂しそうに机を撫でた。多分、賑やかだった頃を思い出しているんだろう。

机を撫でるクゥジュの指には、包丁で切った跡や火傷の跡がたくさんあった。お父さんの店を守るために、たくさん練習したんだろう。

思い出の場所がなくなるのは、寂しいよな。

僕は高校二年まで長期休暇のときは、必ず父方の爺ちゃんと婆ちゃん家で過ごしていたけど、その家は、もうない。中学三年の冬に爺ちゃんが死んでからも婆ちゃん一人で住んでいたんだけど、婆ちゃんが高校二年の夏休み前に死んだら、父さんはすぐに家と土地を売ってしまったんだ。

婆ちゃんは土地持ちで田舎の山を一つ持っていたんだけど、昔はほとんど価値がなかったらしい。でも、新しい高速道路の予定地に引っかかって、山の値段が跳ね上がったんだって。

婆ちゃんは売るのを渋っていたし、僕も婆ちゃん家が大好きだったから売らないで欲しかったけど、父さんはお金のほうが大事ですぐに売ってしまった。

家は取り壊されて、僕がカブトムシを採って遊んだ山も斜面を削られて、土が剝き出しになった。爺ちゃんと婆ちゃんと過ごした思い出の場所は、なくなってしまったんだ。

「あのさ、うちの畑は野菜がよく育つし、野菜だけならたくさんあげられるよ。卵はコッコさん達が頑張っても一日に五つしか産めないから、料理屋で使うには足りないかもしれないけど、五つならあげられる。バターも、ちょっとずつなら毎日作れる。お金はクゥジュが出世払いしてくれたらいいから、それでやっていけないか？」

「ありがとうな」

お礼を言いながら、クゥジュは『もう諦めた』って顔をした。嫌だな。だって、悲しいだろ。

クゥジュの店はお客さんが一人もいないのに、綺麗に掃除されていた。床もピカピカで、埃（ほこり）一つ落ちていない。いつお客さんが来てもいいように、誰もいない店を一生懸命に掃除をするクゥジュが目に浮かんで、胸が痛くなった。

誰もなにも言わなくなって食堂の中がしんみりしたとき、店の入り口のドアベルが鳴った。

「店、開いてるか？　飯（めし）を食いたいんだが」

ドアから、髭面のおじさんが顔を出していた。

「おきゃ、お客さん、いらっしゃいませ！」

思いっきり立ち上がったら、椅子がひっくり返ってしまった。急いで椅子を起こして、ダッシュで出迎えに行く。

「ようこそ、お好きな席にどうぞ！」

「お、おい、シノブ」

困惑するクゥジュをシィーッて黙らせて、厨房に引っ張っていった。

「クゥジュ、今日は食材があるよ。野菜もたくさんあるし、卵もあと二つある。スープなんて、売るほどある。ノルンが買ってきてくれたパンも、三分の二も残ってる。オムレツを作るのに、一人分に卵を半個使ったら、お客さん四人に食べてもらえるよ。ここは料理屋だろ？」

立ち尽くすクゥジュを放ってお客さんのところに走った。僕の勢いに、髭のおじさんは引きぎみだけど、かまうもんか。

「お客様、今日はシェフのおまかせ定食しかないんですが、それでいいですか？」

「ああ、頼むよ」

一見怖そうに見えたおじさんは、僕の頭をヨシヨシと撫でた。自分が子供に見えることにこんなに感謝したのは初めてだ。

使えるなら幼児的外見も使うのだ！　言質(げんち)は取ったぞ。料理が質素でも怒らないでよ。

オロオロするノルンを連れて厨房に戻り、包丁を持ってクゥジュとノルンに指示をする。

「クゥジュはオムレツ。ノルンはガーリックトースト。僕はサラダ。調理始め!!」

ノルンとクゥジュは、ワタワタと動きだした。スープを火にかけて、中華ドレッシングを追加で作ってるうちに、バターとガーリックのいい匂いが店内に広がっていく。

「あ、まずい、水も出してないや」

急げ、急げ!!　僕が客の立場なら、席に座っても水が出てこない店はちょっと嫌だ。

凄く飲みたいわけじゃないけど、歓迎の気持ちというか、いらっしゃいって気持ちが伝わると思うんだ。水が出てこなくてポツンと座っていると、忘れられているんじゃないかって不安になる。

「遅くなってすみません、お水をどうぞ。今お料理を作っていますから、もう少しお待ちください」

水を持っていくと、おじさんは鼻をヒクヒクさせていた。ここにも厨房のいい匂いが届いているんだ。

「おやおや、可愛い店員さんは気が利くね。こんなサービスをされたのは初めてだ。外は暑かったから助かるよ」

おじさんは、一気に水を飲み干した。ビールのコマーシャルみたいに『カーッ』って声を上げてて格好い い。『ドライな美味さ』とかってナレーションが入りそうだ。

「ほかの店では水を出さないの?」

「ああ、俺は荷運び屋をしていていろんな土地に行ったが、こんなサービスはなかったな」

なんというか、この世界はいろいろと大雑把にできているようだ。料理も肉を焼くだけとか、塩をかけるだけとか。

もしかしたら、このお客さんがクゥジュの店の最後のお客さんになるかもって思ったら、絶対に笑顔で帰ってもらうんだって闘志が湧いた。

最後に美味しかったよって言ってもらえたら、この店を手放したとしても、いつかお金を貯めて買い戻そうって目標になるかもしれない。この場所じゃなくても、また料理屋を始めようって思う日が来るかもしれない。

僕もできるなら、父さんが売ってしまった婆ちゃんの家と山を買い戻したかった。だから、少ない望みをかけて宝くじを買ったんだ。結果は散々だったけど、でも、それしか方法がなかったから。

高速道路ができたら、買い戻すなんて絶対に無理だ。計画がダメにならないかなって思っていたけど予定通りに工事が始まって、土が剝き出しになった山を見た僕は悲しくて、婆ちゃんの家があった町にはそれ以来行っていない。お墓も実家のある街に移してしまったのもあって、行く理由もなくなってしまった。

僕はダメだったけど、クゥジュは間に合うかもしれない。思い出の場所を取り戻して、大きなフライパンを振って、オムレツを作る日が来るかもしれないんだ。

『お料理するときに心を込めて作ると美味しくなるのは、おまじないじゃないのよ。食べてくれる人が美味しいって言ってくれるのを想像して、丁寧に作るからなの。野菜を同じ厚さに切るのも、モヤシのひげを取るのも、そういうことなのよ。丁寧に作って、お爺さんに美味しいって言わせましょうね』

婆ちゃんは、いつも爺ちゃんの笑顔を想像しながらご飯を作っていた。僕の料理は全部、婆ちゃんに教わったんだ。婆ちゃん、僕、丁寧に作るよ。だから、料理が美味しくできあがるように見守っていて。

「クゥジュ、僕が料理を運ぶよ」

大丈夫、イメージトレーニングはバッチリだ。ススッと運んで、スマートに机に置いて、『お待たせいたしました』って笑顔で言うんだ。

「ウッ、お、重い」

白いシャツにギャルソン風のエプロンをつけた店員さんを思い浮かべながら料理を乗せたお盆を持ち上げた僕は、息を詰まらせた。

サービスで山盛りにしたサラダと、カップすれすれまで注いだスープが重い。ついでに大きな皿も重い。

本当は片手にお盆を乗せて颯爽と運ぶ予定だったのに、重いしスープが溢れそうで、お盆から目を離せずにゆっくり歩くしかなかった。

心配したノルンとクゥジュが僕の後ろから、なにかが起きたときのために両手を広げて受け入れ態勢を取りながらついてくる。

「おまた、せ、しました」

机に乗せるときも腕が震えて『カチャカチャカチャカチャ』っと食器同士がぶつかって小さな音を立てた。

笑顔なんて作ってる暇がなくて、無事にお盆を置いたらホッとして大きな溜息が出た。

「ありがとう、頑張ったな」

おじさんは、僕の背中をポンポンッと叩いて誉めてくれた。

「パンにオムレツを乗せて食べると美味しいですよ。サラダにはドレッシングがかかっているので、そのまま食べてください」

おじさんは僕の説明通りに、ガーリックトーストにオムレツを乗せて大きな口でパンをかじった。

「どれどれ……、これは美味い!!」

二口でパンを食べきったおじさんに、ヨッシャってガッツポーズをして振り返ると、ノルンとクゥジュが手を取り合って喜んでいた。

おじさんはあっという間に食べ終わってしまい、食後に出した水を飲み干して席を立つ。

皿は空っぽで、残ったドレッシングも全部パンに染み込ませて食べてくれた。

「お代はいくらかね？」

お代か。そういえば、僕はこの世界の外食の相場を知らないんだった。

クゥジュの腕を引っ張って屈んでもらい、コソッと相談する。

「なあ、昼ご飯の相場って、どのくらい？」

「五百ガルボが相場だな」

五百ガルボ。当然ながら聞いたことがない単位で、それが高いのか安いのかわからないけど、この世界の人が好きな肉料理がなかったんだから、少し安めにするのが当然だよな。主菜がないみたいなものだし。

「えっと、じゃあ、四百ガルボで」

野菜と卵は僕が持ってきたからタダだし、パンの分を差し引いたら丸儲けだ。

「四百でいいのかい？　じゃあ、五百硬貨で払おう。お釣りはいらないよ、頑張ったご褒美だ。これで甘い物でも食べなさい。美味しかったから、また寄らせてもらうよ」

「ありがとうございました！」

美味しかったって。また寄らせてもらうって！

「クゥジュ、見た？　お客さん笑ってた」

「ああ、美味しかったなんて言われたの初めてだ。店を継いだ当初、俺が作る飯はハッキリ言ってメチャクチャだったからな。これじゃダメだって練習したけど、なんとか形になった頃には客が寄りつかなくなっちまってたんだ」

そっか、クゥジュは荷運び屋から料理屋に転職したんだったな。きっとはじめは、見よう見まねで料理を作ったんだろう。じゃあなんで今日はお客さんが来てくれたのかって考えると、やっぱりバターの匂いにつられてきたのかもしれない。美味しい匂いって大事だよな。焼き立てのパンの香りとか、焼き鳥屋の匂いとか、ついフラフラッと店に入りたくなるし。

「クゥジュ、本当によかったですね」

喜びを噛み締めるクゥジュの腕を擦って、ノルンが労っていた。仲が良い二人に、うんうんって頷いていたら、またドアベルが鳴った。

今度は二人組のお客さんだ。大丈夫、あと三人分は卵があるから。

僕達は顔を見合わせて笑顔で出迎えた。

「「ようこそ、お好きな席にどうぞ!!」」


つ、疲れた。もう少しも動きたくない。

ノルンもクゥジュも僕と同じ気持ちなのか、まだ片付けが終わってない汚れた皿が残ったテーブルに突っ伏してグッタリしている。僕はというと、椅子によじ登る気力もなくて、床に座っていた。

「親父が健在だった頃でも、こんなに客が来た日はなかったんじゃないかなぁ」

「そうですねぇ。子供のときから出入りしてますけど、こんなのは初めてだと思いますよ」

そっか、二人は幼馴染なんだ。そりゃあ、仲良しなはずだよなぁ。オムレツとパンができあがるタイミングがほぼ同時で、息ピッタリだったし。

あのとき、二人組のお客さんが食事を終えて店を出た後に、また一人お客さんが来たんだ。卵がもうないから、この人で最後だなって思っていたら、水を用意している間に今度は三人お客さんが来て、断る間もなく席に座ってしまった。

一人目のお客さんが仕事仲間に勧めてくれたらしくて、『楽しみだって』言われたら断れなかった。

「どうしましょう、もう卵もパンもありませんよ」

「これ、これで、卵とパンを買ってこよう」

野菜とスープはたくさんあるんだ。バターだって、まだまだある。卵とパンを買うお金なら、お客さんから受け取った代金があるじゃないか。

「そっか、買ってくればいいのか。ノルン、頼めるか？」

「はい、すぐに」

カゴを持って飛び出していったノルンは、すぐに卵とお化けバゲットをたくさん買って帰ってきた。その量を見て、さすがにこれは多いんじゃないかなって思ったけど、結果としてノルンの判断は正しかった。

ノルンが戻ってからすぐに、お客さんがたくさん来たんだ。『いい匂いだな』って、バターの匂いに誘われて店に入ってきた人と、食事を終えて帰ったお客さんの評判を聞いて来た人と。それから厨房は戦場のようになった。

食堂の席が半分以上埋まっていた。数人連れ立って来ると注文が一気に増えるから、オムレツを一人分ずつ作ってる時間がなくて、卵を五個分使って巨大なオムレツを作って、それを切り分けて皿に乗せていった。

五個分の卵液を流し込んだフライパンは、僕では到底持ち上がらないほど重かった。クゥジュのフライパンを持つ腕の筋肉に血管が浮いていたから、立派な筋肉があってもさすがに重かったんだと思う。

ノルンはひたすらバゲットを切って、ガーリックパウダーをかけて、炙ってを繰り返していた。ただでさえ気温が高いのに、二人とも火を使っているから、熱気に煽られて顔を真っ赤にして汗を大量にかいていた。脱水症状を起こすとまずいから、手が少しでも空いたら水を飲むようにってアドバイスしておいた。

サラダ担当の僕も、腱鞘炎になるかと思うほど野菜を刻んだ。中華ドレッシングが好評で、お代わりしたいって言ってくれた人もいて、物凄く張り切ってたくさん刻んだんだ。

クゥジュとノルンは火を使っていて手が離せないから、お客さんを案内するのも、料理を運ぶのも、お金を受け取るのも僕の仕事になった。

だって、危ないし。婆ちゃんは、火を使っているときは、絶対にそばを離れちゃ駄目だってよく言ってたから。

できあがった料理をヨロヨロと運ぶ僕を見て、手伝ってくれるお客さんが現れて、随分と助かったんだ。同じように、食べ終わった食器を厨房の近くの台まで運んでくれる人もいた。優しい人ばっかりだ。

二時間ほどで、二つ持ってきたバターの小瓶もスープも底をついて、とうとうドアの前に『閉店』って書いてあるらしい札をぶらさげても、店を覗きに来るお客さんがいて。僕達は一人一人に『今日はもう終わりなんです』って頭を下げて、また来てくださいって言ったんだ。

「バター、大人気だったな。でも、全部使いきっちゃった」

「作るのは大変なのに、なくなるのはあっという間でしたね」

今日と同じ量のバターを用意しようと思ったら、ハナコとハナヨのミルクが二日分必要になる。ってことは、一日店を開けたら一日休まないといけないのか。やっぱり、うちのミルクだけじゃ無理だな。早急に、バターを作ってくれる農家さんを探さないと。

それに、今日みたいに大繁盛したら、どうするんだろう。今日はノルンも僕もいたのに、てんてこ舞いだったし。ほかの店員さんはいないのかな。

「クゥジュは、いつも店を一人でやっているの？」

「人を雇う余裕なんてなかったからな。ノルンが休みのときに手伝いに来てくれてるけど、それも今までは必要ないくらい客が来なかったし。正直、明日からどうやって客を捌いていこうか悩んでる」

その答えを聞いて、思わず笑ってしまった。だって、クゥジュは今、『明日からの店』の話をしたんだ。だって、それって、店を続ける気持ちになったってことだろ。

「クゥジュ、店を続ける気になったんですか!?」

ガバッと起き上がったノルンが、クゥジュの手を摑んだ。

「ノルン、お前のおかげだ。今朝は本当に、心底もう駄目だと思ったんだ」

「私じゃありませんよ。全部、シノブのおかげです」

二人の会話に僕の名前が出てきて、嬉しくなった。なんか、仲間って感じがしていいな。

「僕もノルンのおかげだと思うな。ノルンが知り合いを助けたいって僕に相談してこなかったら、今日僕はここにいなかったんだし」

考えてみたら、奇跡的なタイミングのよさだ。一日遅かったら、クゥジュは店を売る契約をした後だったかもしれないんだから。本当に間に合ってよかった。

「なんだ、ノルン。恋人だって言ってくれなかったのか？　寂しいな」

「だって、そんなの、照れくさくて言えませんよ」

「へー、恋人なんだ」

なんか、疲れすぎて頭が働かないや。恋人って、なんだっけなぁ。……恋人？

パチッて、一気に目が覚めた。二人はまだ手を繫いでいて、ノルンの頰がピンク色に染まっている。

「私達、結婚の約束をしているんです。将来は今の仕事を辞めて、クゥジュの料理屋を手伝いたいと思ってます。まだ料理屋だけで食べていくのは不安なので、だいぶ先の話になりますが」

うひゃーって思った。だって、二人とも男だよな。それとも、どっちかが女の子なのか？

クール系眼鏡イケメンのノルンと、セクシー系モデルイケメンのクゥジュ。どっちが女の子でも、うひゃーって感じだ。

「うーん、えっと……」

聞いてもいいのか？　普通に考えたら失礼だよな。どっちかが女の子だったとして、『女の子だったの？』って聞かれたら、当たっていても『聞かないとわからないんだ』って落ち込むだろうし。もし外れたら、聞かれなかったほうが『え、彼より女の子に見え

ないんだ』って落ち込むだろうし。

どうするんだ、僕。どっちに聞く？　いや、むしろ聞かないほうが良いのか？　無難に『そうなんだ、おめでとう！』って、話を合わせておこうか？

「あ、そうでした。シノブの世界では、結婚は男女でしかできないんでしたね。こちらでは誰でも自由に、性別関係なく結婚ができるんですよ」

なるほど、そうなのか。よかった、変なことを聞く前に教えてもらって。

「僕が住んでいた国では男女の結婚しか認められていないけど、たしか、ほかの国では同性同士で結婚できる国もあったはずだよ」

どこの国だったかな。

「住んでいる地域によって制度が違うってことか？　シノブの世界は複雑にできてるんだな」

僕からしたら、こっちの世界が大雑把に感じるけど、そんなところも自由でいいと思う。なにより、ノルンとクゥジュが幸せそうだし。って、話が逸れてた。明日から食堂をどうするかって話をしてたんだった。

「話を戻すけど。明日はクウジュの店を休みにできないか？　もうバターがないし、これからのことを考えたら作戦会議をしたほうがいいと思うんだ。どう考えても今日みたいに繁盛したら一人じゃ対応できないよ。それに、ノルンには説明したんだけど、僕の家のミルクだけじゃあ、バターが少ししか作れないんだ。今日一日で二日分のバターを使いきったから、同じ量を用意するなら二日かかるぞ」

「そうでした。その話をしに来たんでしたね。思いがけずお客さんが来て忘れていました。クゥジュ、バターを作るには、時間と手間と大量のミルクが必要なんです」

バターの作り方を簡単に説明すると、クゥジュは顎を擦りながら考え込んだ。

「バターを作るところを見せてもらうことはできるか？」

「うん、いいよ。明日、僕の家で実際に作ってみよう」

「そうだな、それがいいな」

「残念ですが、私は明日仕事で行けないんです」

残念そうなノルンが可哀想だったけど、仕事なら仕方ない。明日はクゥジュがバター作りを体験して、今後のことは帰ってから二人で話し合えばいいんじゃないか。

僕達は疲れた体に鞭打って、手分けして食堂の後片付けをした。本当に大変な一日だったけど、重たいフライパンを振って一番疲れているはずのクゥジュが、皿洗いをしている間も嬉しそうで、本当によかったなと胸がほっこりした。


「じゃあ、今日は帰るよ」

「ちょっと待ってくれ。これ、今日の売上」

「シノブの野菜を使って稼いだお金ですから。受け取ってください」

今日は解散ってことで、家に帰る前に荷馬車のお菓子を整理していると、クゥジュとノルンが今日の売上を布袋に入れて手渡そうとした。

「それはクゥジュの店の売上なんだから、クゥジュのものだよ」

「いや、バターも卵も野菜もシノブが持ってきたものだから、シノブの金だ」

バターも野菜もあげるつもりで持ってきていたから、クゥジュの売上でいいのに。ノルンが用意してくれた種を蒔いただけだから元手もタダだし。

ニンジンなんて、前日に種を蒔いたら次の日には小さなニンジンができあがるくらいに成長が速いんだ。今日持ってきた野菜も、明日には同じくらい収穫できるんだから気にしなくていいんだけどな。

お金の入った布袋は、しばらく僕とクゥジュの間を行ったりきたりを繰り返した。ノルンはクゥジュの味方についたから少々僕の旗色が悪い。僕はしばし考えて、とてもいいことを思いついた。これならクゥジュとノルンも納得してくれるはずだ。

「じゃあこれは、僕からの二人への婚約のお祝いってことにしておいて。結婚祝いは別途ってことで。そのかわり、僕に恋人ができて結婚するときには、クゥジュの店でパーティーを開くからご馳走を作って」

僕はこっちに移住してきたんだし、きっと結婚する相手もこっちの人だと思うんだ。結婚式はお嫁さんのものだっていうし、こっちで結婚式を挙げてお嫁さんのご両親に晴れ姿を見せてあげたい。

僕の両親は……、どうかな。あまり僕に興味がないし、報告しても、『ふーん』って言うだけで結婚式には参加しないかもしれないな。

「そういうことであれば、クゥジュ、シノブのご厚意に甘えてはいかがですか」

「そうだな。このお返しは、働きで返させてもらうとするか」

二人はやっと笑ってくれて、ノルンはクゥジュに肩を抱かれて凄く幸せそうだった。


店の脇の日陰で待たせていたブライアンの荷馬車に乗って家に帰る途中、疲れていた僕は大あくびをしながら手綱を握っていた。

たくさん働いて体は疲れているけど、気分は爽やかだ。

日が傾いて黄金色に染まる道を、時々すれ違う人達と挨拶を交わしながら進んでいると、僕の家の赤い屋根が見えてきた。

移住してまだ一週間しか経っていないけど、赤い屋根を見ると、帰ってきたなって気持ちになるな。

「ワンッワンッ」

「ポチ、ただいま」

僕の帰宅に気がついたポチが飛んできて、顔をベロベロと舐めた。

「ブライアン、今日はありがとう、お疲れ様」

利口なブライアンにお礼を言って荷馬車を外してあげようとした僕は、またビックリしてしまった。

「お菓子が、二倍に増えてる……」

帰り道ですれ違った人達が、知らないうちに荷馬車にお菓子を放り込んでいたようだ。

この世界の皆さんは、僕の荷馬車を、お菓子置き場と勘違いしてるんじゃないだろうか。

第2章　お祭りと騎士さんと僕

「おおっ、今日もうちのニンジンは美味しそうだな」

今週は玉葱とニンジンとトウモロコシとジャガイモの強化週間だ。クウジュの店に卸すために毎日決まった量を収穫して、運搬を引き受けてくれているおじさんに託している。

「今日もたくさんのお客さんに、美味しく食べてもらえますようにっと」

クゥジュの店で使うバターの問題は、あっさりと解決した。前に馬に水を分けて欲しいって声をかけてきたおじさん、ゲネットさんっていうんだけど、酪農家で、なんと、クゥジュのお父さんの知り合いだったんだ。

お父さんが健在だった頃は店に肉やミルクを卸していたけど、クゥジュの代になってからお客さんが来なくなって、お金を払えなくなったから取引を休止していたらしい。僕の家でバター作りを体験してるときにクウジュと再会して、協力したいって申し出てくれた。クゥジュを子供の頃から知っているから、ずっと心配してくれていたんだって。

僕から見るとイケメンのクゥジュも、ゲネットさんにとっては子供と同じらしい。『ちょっと見ないうちに、いい顔するようになったじゃないか』って、日焼けした手でグリグリ頭を撫でられていたクゥジュが照れていて、なんか、可愛かった。

バター作りで一番大変な攪拌も、クゥジュの提案で樽に入れたミルクをブライアンに括りつけて走らせてみたら上手くいって、一度にたくさんのバターを作ることに成功したんだ。

クゥジュの店に卸して余ったバターは市場で売ることになって、徐々にバターの存在が皆に広まっているんだって。そのうち当たり前のように家庭料理にもバターが使われるようになるかもな。

「おーい、シノブー」

「ゲネットさん、おはよう」

毎日顔を合わせるようになったゲネットさんは、うちの動物達とも仲良くなって、ポチも尻尾を振って出迎えるようになっていた。

「今日の野菜はコレ。あと、帰りにパンをお願いします」

「わかったよ。いつものでいいかい？」

「うん」

ゲネットさんには野菜をクゥジュの店に運んでもらう代わりに、代金の一割を手数料として支払うことになっているんだ。それから、帰りにパンとか塩とか、必要な物を買ってきてもらう。おかげで僕は、一時間かけて街まで行かなくても買い物ができるようになったんだ。

「クゥジュの店は順調みたいだな。はじめはどうなることかと思ったが。しっかし、上手いこと考えたもんだ。メニューが一品だけの料理屋なんて、聞いたことがないよ」

「いい考えでしょう？」

クゥジュの店は現在、『シェフの気まぐれ定食　限定六十食』一本に絞って営業している。

　今まで経営が苦しかったから、人手を増やすのを躊躇っていたクゥジュをなんとか楽にしてあげたくて、三人で知恵を絞ったんだ。


「一人で店を切り盛りするなら、メニューがたくさんあったら、それだけ仕込みに時間がかかるよな」

「では、メニューを減らしては？」

「減らせば楽だけど。客に飽きられないか？」

「そうだよねぇ」

　それに、食材の値段も日によって変動するだろうし、メニューによっては赤字になることもありそうだ。もとの世界でも野菜が高騰していて、どの店も赤字覚悟で提供してる、とかニュースでやっていたもんな。

　メニューが多ければ一品が赤字でもほかの料理で回収できるけど、少なかったら下手したら全部のメニューで赤字とか、あり得そうだよな。

　あまりいい考えが浮かばなくて、取りあえず、昼ご飯を食べようかって話になったときだった。トマトスープは我が家の定番になっていて、いつもはキャベツを一緒に入れるんだけど、生憎その日はキャベツの種を蒔いた直後だったから、代わりに玉葱を入れたんだ。

「おや、今日はキャベツじゃないんですね？」

「そう。今日は玉葱」

「玉葱も美味いな」

「そういえば、僕の世界では『シェフの気まぐれサラダ』とか『日替り定食』ってメニューがあったな。その日の仕入れによって、具材やおかずが変わるから、今日はなにかなって楽しみだった」

「それ、いいな」

「へ？」

「日替り定食。それなら飽きられる心配もなさそうだ」

　パリパリとキュウリの浅漬けを食べていたクゥジュが呟いた。

「それなら、思いきって日替り定食一本に絞ってはどうですか？　そのほうが食品ロスも減りますし」

　さすがノルンだ、頭がいいな。僕は食品ロスにまで考えが及ばなかったよ。

「日替りだとメニューを考えるのが大変そうだから、一週間ごとに替えるってのはどうだ」

「様子を見るために、はじめは提供する数を少なくしたほうがいいかもしれませんね。上手くいったら、徐々に数を増やすのはどうですか？」

そこまで話が進めば、あとはクゥジュとノルンから次々にアイディアが出た。将来ノルンが仕事を辞めて二人で料理屋をやることになっても、こんな風に話し合いながら仲良くやっていくんだろうな。

「じゃあ、『シェフの気まぐれ定食』で決まりだね」

限定六十食で始めた定食は、凄く好評だった。『限定』って付くものに弱いのは、この世界の人達も同じらしくて、並ぶ人が現れたほどだった。

お昼前に店を開けて、二～三時間ほどで品切れになって店を閉める。余った時間で料理の研究もできるし、ノルンとの時間も持てるしで、クゥジュはこのスタイルで営業することを決めたみたいだ。

今週は、ハンバーグ定食だ。僕の世界の料理をもっと教えて欲しいって言われて、最初に教えたのがハンバーグだったんだけど、そもそも肉は切って焼くくらいしか調理法がなかったみたいで、斬新だって人気のメニューになった。つけ合わせはニンジンのグラッセと、フライドポテトとコーンスープ。考えていたらお腹が減ってきたな。

肉とバターと野菜を運ぶために出発したゲネットさんに手を振って見送った僕は、足元で『ご飯まだ？』って顔をしてるポチを見下ろした。

「朝ご飯はジャガイモを蒸かしてバターを乗せて食べよう。ポチもバター好きだろ？」

「ワンッ!!」

異世界に移住してから三ヶ月。今日も農業頑張るぞ。


「僕も結構、成長したな」

身長じゃなくて、筋肉の話だ。日焼けした腕を曲げて力こぶを作ると、前より少し逞しくなっているように感じた。毎日の水くみや野菜運びが少しだけ楽になったのも、筋肉がついたせいだろう。

「この調子で身長も伸びてくれー」

僕はまだ希望を捨てていない。こっちの巨大野菜を食べてハナコとハナヨのミルクを飲んでいたら、僕も背が伸びるかもしれないって毎日三回ミルクを飲んでいるけど、今のところ成果はない。

玄関の柱に傷を付けて毎日計ってるけど、柱の傷が深くなるだけで、一ミリも位置が変わっていないんだ。

「ミルクだけじゃ栄養素が足りないのかな」

カルシウムと睡眠だけは毎日しっかり取っているし、畑仕事で体を動かしているから、運動量もそれなりにあるはずなんだけどな。

「あの傷までとは言わないけど、あと十センチ、いや、五センチだけでも伸びてくれればな」

僕の頭の遙か上にある傷は、身長を測っている僕を遊んでいると勘違いしたポチが、飛び上がって柱を爪で引っ掻いた跡なんだ。あのときはかなり柱が揺れて、倒れるんじゃないかとヒヤヒヤした。

「やっぱり、もうちょっと身長が欲しいな。だって、十歳の子供と同じ身長だなんて、さすがになぁ」

頼むぞ、僕の細胞！　異世界に来たことで、なにかしらの化学反応を起こして、筍みたいにグイグイ伸びてくれよ。


「あれ、なんだろう？」

今日も柱に傷を付けていたら、街とは反対の方向から長い行列が近づいてくるのが見えた。ムックと馬が何頭も連なっているように見えるけど、もしかして、お祭りの行列かな。

巨大なムックの行列は、旅番組で見た青森のねぶた祭りを思い出させて、ワクワクしながら行列が近づいてくるのを待っていた。

長い行列の先頭は、馬にまたがって全身を鎧で包んだ人達だった。映画で見たことがあるような、中世のプレートアーマーっていうのかな？　頭の先から爪先まで金属でできた重そうな鎧に身を包んでいた。

今日も気温が高くて、真上で輝く太陽は、『そーれ、焦げなさい！』といっているみたいにジリジリと肌を焼いている。そんな中で、金属に全身を包んだ人達は、さぞ暑いだろう。

家の敷地を出るギリギリまで近寄って、お祭りみたいな行列を眺めていたら、道端に立ってる僕の手前まで来た行列が唐突に足を止めた。

「……」

「……」

なんだろう。なんで止まったんだ？

鎧の騎士達は真っすぐに前を見たまま、話しかけてくるわけでもないけど、何かするべきなのかな？

「…………」

「…………」

もしかして、さい銭とか投げないとダメなのか？　お祭りではよく、さい銭箱を担いだ子供達が見物客の前を練り歩いて、さい銭を求めてきたりするけど。

「…………」

相手はひたすら無言で、真っすぐに前を向いたままだ。僕もどうしたらいいかわからなくて、道端に突っ立ったまま。

「なぜ、平伏しない？」

「その中、暑くないの？」

思いきって話しかけてみたら、なんと、先頭の騎士さんと被ってしまった。

凄くいい声だった。よく通る低い声で、でも低すぎず。心地よくてずっと聞いていたくなってしまう。

整った骨格をしていると美しい声が出やすいっていうから、この騎士さんも整った顔をしているんだろうな。ちょっと鎧を脱いで顔を見せてくれないかな。

「へいふくって、なに？」

「暑いに決まっている」

あ、また被った。へいふくって、なんだっけ。従兄弟の結婚式の招待状に書いてあったアレか？『当日は平服でお越しください』ってやつ。あれって、本気にして普段着で行くと恥をかくんだって。

「あ、やっぱり暑いんだ」

「平伏とは、両手を地面につき、深く頭を垂れることだ」

この人と波長が合うのかもしれない。だって、話すタイミングが一緒だし。

なんだか楽しくて、笑いが込み上げてきた。

クスクス笑っていると、それまで真っすぐに前を見ていた鎧の騎士がこっちを向いた。

首から上を覆っている兜の目の辺りに、縦に隙間が空いてる。その細い隙間で、本当に見えているんだろうか。

「今からここを通るのはフィルクス様だ。尊いお方が通るのだから、ありがたく平伏しなさい」

尊いと聞いて僕がイメージしたのは、婆ちゃんの家に出入りしていたお坊さんだった。金色で豪華な刺繍の袈裟を着て、盆や月命日にお経をあげに来ていた。

「えっと、もしかして、お坊さん？」

「誰だ、それは」

あ、違うんだ。

噛み合ってるような、合ってないような会話をしていたら、鎧の人は小さく溜息を吐いて馬を降りた。

この人、クゥジュよりもずっと背が高い。騎乗しているときはわからなかったけど、僕の頭が騎士さんの鳩尾(みぞおち)辺りにやっと届くくらい。腰なんて、僕の肩の高さだ。鎧を着ているせいもあって威圧感を感じて、自分でも気がつかないうちに後ずさっていた。

「ガルルルルッ、ガウッ、ガウッ!!」

騎士さんが家の敷地に入ろうとしたとき、飼育小屋に敷くために干していた枯れ草にもぐって遊んでいたポチが駆けてきて、騎士さんとの前に立ち塞がった。

僕は、歯を剝き出して威嚇を始めたポチが、騎士さんを怒らせてしまうんじゃないかと真っ青になってポチに飛びついた。

「ポチッ、ポーチッ、ダメだったら、ほら、歯茎しまって。顔が、凄いことになってるよ!」

騎士さんは、敷地に踏み入れようとしていた足を空中で止めて、ゆっくりともとの位置に戻した。

ポチは賢いから、敷地に入ってこなければ攻撃したりしない。でも、まだ警戒しているみたいで、耳と尻尾をピンッと立てて、騎士さんのことを見ている。

「ごめんなさい、ポチは僕を守ろうとしただけなんだ。もう威嚇しないから、怒らないでください」

落ち着かせるためにポチの背中を撫でながら、一生懸命に謝った。

だって、今さらだけど、騎士さんが腰に下げた剣に気がついたんだ。この行列がお祭りの行列なんかじゃなくて、要人の警護をしているんじゃないかって、馬鹿な僕は、やっと思い至った。

「いや、今のは俺が悪かった。番犬は、見知らぬ者が主に近づこうとすると、体を張ってでも止めるものだ。俺が君を怖がらせてしまったから、余計に警戒したのだろう。すまなかったな」

ああ、話がわかる人でよかった。江戸時代の侍(さむらい)みたいに、『切り捨て御免(ごめん)!!』って腰の剣を抜かれたら、どうしようかと思った。

僕は、忘れていたんだ。周りの人達があまりにも親切にしてくれるから、ここが異世界で、僕が生きてきた世界とは違うってことを。

なにをやってよくて、なにをやってはいけないのか、まだ知らないことのほうが多いんだって。

ホッとして力が抜けた僕をポチが体を寄せて支えてくれた。

僕の、大切な家族。ポチが僕の不注意が原因で威嚇しなくて済むように、この世界のことをたくさん勉強しないと。

ポチの背中を撫でていると、行列の真ん中くらいにいた馬車がムックを追い越して近づいてきた。

僕の荷馬車とは比べ物にならない、豪華な箱って感じの馬車は、騎士さんのすぐ後ろで停まった。

「どうした、なにかあったのか？」

馬車の中から、男の人の声が聞こえた。騎士さんが踵をそろえて敬礼をする。きっと、この人が騎士さんが言っていた『尊い人』なんだ。行進を邪魔したことを怒られてしまうかな。

緊張が戻ってきて、ポチに寄りかかっていた体を真っすぐに戻して豪華な箱を見上げた。

「申し訳ありません。平伏しない子供がおりまして」

「僕、子供じゃないです。十八歳です」

「「「「えっ!?」」」」

思わず騎士さんの会話に口を挟んでしまったけど、なんか今、いろんな方向から声が聞こえた。

僕に話しかけてきた騎士さんだけじゃなくて、置物かと思うほど真っすぐに前を見ていたほかの騎士さんや、馬やムックが引く荷馬車を御してる人達まで。みんなこっちを見ていて、少し居心地が悪い。そんなに驚かれると、ちょっと落ち込むんだけど。

「面白い冗談だが、もう少し上手なものを頼む」

騎士さんってば、面白いって言いながら声が全然笑っていない。顔は兜で全部隠れてるからわからないけど。でも、うん、そんな反応が返ってくるような気はしてた。

でも、本当だし。正真正銘の、高校を卒業して今年で十九歳になる十八歳だし。

でもなぁ、僕も見た目十歳の人が、『今年で十九歳になります』って言ったら、嘘だろって思うよな。

しょうがないよ、うん。がっかりしてないよ、うん。

「松本忍　十八歳、三ヶ月前に異世界から移住してきました。ちなみに、僕の世界では平均よりやや小柄の普通の日本人男子です」

「君が移住者か。それなら、その見た目も頷けるな」

馬車の扉が開いて出てきたのは、ノルンより少し低いくらいの身長の、金髪で豪華な巻き毛の男の人だった。

　この世界に来てから出会った若い男の人は、ノルンにしろクゥジュにしろ、この人にしろ、美形が多い気がする。なのにお菓子をくれるおじさん達は髭面だったり、厳つい感じの人ばかりだ。将来はこの人やノルン達も厳つくなるんだろうか。

　細胞レベルの変質が起こらないと、おじさん達みたいにはなれないと思うんだけどなぁ。異世界って、やっぱり不思議だ。

「ちょっと邪魔をするよ」

　考えている間に、金髪の人は敷地に入ってしまった。

　騎士さんが身構えたのを見て、ヤバいぞと思ったけど、ポチは大人しく座ったままで、むしろ、さっきより落ち着いているように見える。

「フィルクス様、お気をつけください」

「心配いらないよ」

　ポチを押さえていた僕をしげしげと観察したフィルクス様は、腰を屈めると僕の前髪を軽く摘んで引っ張った。

「不思議な波動を感じるな。転移するときに、なにか恩恵を受けただろう。なんだ？」

　チートのことを言っているのかな？

「植物系チートです」

　この説明をするたびに、なんだか洗剤みたいだなっていつも思う。肌に優しそうだ。

「そうか、どうりで植物が元気なわけだ」

「わかるんですか？」

「私は、植物や動物の気持ちを少しだけ理解できるのだよ。向こうも私の言っていることを理解している。人間同士のように完全に意思疎通ができるわけではないがな。私は、そういう家系の生まれなんだ」

『そういう家系』っていうのがなんなのかわからないけど、この世界の人達がみんな同じことができるわけじゃなくて、フィルクス様のお家が特別ってことか？

　じゃあ、ポチが今なにを考えてるかわかるってこと？　それって、凄い！　ポチやピョン吉と話ができたら、きっと凄く楽しいぞ。

「あの、ポチはなにか言ってますか？　僕に伝えたいこととか」

　ワクワクしながら聞いてみると、フィルクス様はポチをジーッと見た。ポチもフィルクス様をジーッと見

て、『ワンッ!!』って吠えた。

「野菜もいいけど、たまには肉が食いたいそうだ」

うちの質素な食事事情が公衆の面前で曝されて、ちょっとガックリした。ゴメン、ポチ。犬だもん、肉が食べたいよな。

この世界は気温が高いから、市場からここまで肉を持ってくる間に腐るんじゃないかと思うと、買うのを躊躇うんだよ。

でも、よく考えたらゲネットさんの家は肉を扱ってるんだから、朝のまだ気温の低いうちに分けてもらって、涼しいところに保管しておけばいいのか。あと、すぐに燻製にするとか。

「ごめんな、今度ゲネットさんに頼んでおくから」

「ワンッ!」

「大盛りで頼むと言っている」

なんか、フィルクス様って意外と話しやすい人だな。馬車から出てきたときはゴージャスな容姿をしていたこともあって、『よきに計らえ』的な人かと思ったけど。

「あの、質問いいですか?」

「なんだ、言ってみろ」

さっきから疑問に思っていたことを聞いてみた。

「平伏って、どのくらいの間してたらいいんですか?」

「通常、列が通り過ぎるまでだな」

なんだ、そんなことかって顔をされたけど、僕にとっては大事なことだ。『もういいかな?』って、勝手に頭を上げて、また行進が止まっても困るし。

でも、行列が通り過ぎるまでか。それって、結構長くないか。その間は仕事ができないし、地べたに正座していたら足が痛くなるし。想像していたら、『うへーっ』って思った。

その気持ちが顔に出ていたのか、フィルクス様はヒョイッと片方の眉毛を上げて、異世界での行列事情をたずねてきた。

「君の故郷では、どうなんだ?」

「日本では、会えて嬉しいですって感じで手を振ったり、旗を振ったりするけど、昔はともかく今は平伏はしないかな。偉い人が通るときだけ手を振って仕事に戻る人もいるし、最初から最後まで見物する人もいるし、いろいろです」

江戸時代なんかは大名行列の前を横切っちゃダメとか、あったみたいだけど。今の日本なんて自由なもんだ。

「ふむ、なかなか合理的だ。私も常々無駄だと思っていたんだ。平伏されても馬車の中からは見えないからな。嫌々平伏されるより、親しみを持って手を振ってもらったほうが余程いい。参考にさせてもらうとしよう。許可する、君は私達のことは気にせずに仕事に専念しなさい」

それだけ言うと、フィルクス様は馬車に戻った。

「シノブといったな、驚かせて悪かった」

鎧の騎士さんも律儀にお辞儀をすると、騎上の人となった。あの高さを簡単に上ってしまうなんて、凄い。

「僕こそ、ポチのことを許していただいて、ありがとうございました。あの、お気をつけて」

「ありがとう」

あれ、もしかして、今笑った？　騎士さんが纏う雰囲気がふわっと柔らかくなった気がしたんだけど、気のせいかな。

列に戻った騎士さんが手を上げて合図をすると、行列が動き出した。僕はなんとなく騎士さんの姿が見えなくなるまで見送っていた。

「顔、見たかったたな」

結局、僕はフィルクス様がどんな感じに尊い人なのかイマイチわからなくて、今度ノルンに会ったら聞いてみようと思っていた。でも、ノルンは仕事が忙しくなったみたいで会えなくて、聞くのを忘れてしまったんだ。思い出したのは、街で定期的に行われる『早食い祭り』を見物に行って、鎧の騎士さんに再会したときだった。

「ノルン、久し振り。元気だった？」

街の入り口でノルンを見つけて手を振ると、笑顔で手を振り返してくれた。でも、なんだか疲れた顔をしている。まだ仕事が忙しいんだな。

前は五日に一度は僕の家に様子を見に来てくれていたけど、最近はご無沙汰で、あまりにも会えないから心配になってクゥジュの店を訪ねたら、クゥジュもしばらく会ってないと言っていた。

でも今日は三～四ヶ月に一度の『早食い祭り』の日だから、久し振りに会えることになったんだ。

クゥジュの店に馬車を置かせてもらって、今は三人で早食い会場に向かっているところだ。

「早食いって、なにを早食いするの？」

「それはまだわからない。開始直前に発表されるんだ。前回は生のガーリックで、広場が臭くてさ」

生のニンニクか。それは、つらいな。挑戦者はタダで食べられるから毎回人気で、抽選して参加者を決めるんだけど、食材の当たり外れが大きいんだって。

「日本にもフードファイターがいて、早食い・大食いは人気なんだよ。これを目玉に観光客を呼んだら流行るんじゃないかな」

「異世界にも同じような催しがあるんですね」

「うん、男の人だけじゃなくて、女性のフードファイターもいるんだ。女性でも、三キロくらいの量ならペロッと食べるんだ。特別な訓練をして、早食い・大食いを仕事にしているんだよ」

本当に凄いよな。女の人なのに、プロレスラー二人組と対決して勝つんだから。僕なんか、見てるだけでお腹いっぱいになってしまう。

「異世界は奥が深い。だが、俺は食べ物は味わって食べて欲しい」

クゥジュが若干引きぎみだ。彼はシェフだから、美味しいって味わって食べて欲しいんだろうな。

でも、大丈夫。日本のフードファイターの人達は、そりゃあ美味しそうに食べるんだから。

そういえば、異世界に来て結構経つけど、最初に考えていたような、異世界生活を体験した論文の提出とかは、当分の間はやらなくてもいいようだ。その代わりにノルンからの質問に答えたり逆に僕のほうから疑問に思ったことを聞くことで互いの世界の知識の情報交換をしている。

だから、いつもはノルンがメモを取りやすいように、もとの世界のことをできるだけ詳しく話すんだけど、今日は仕事は完全に休みみたいで、ノルンがメモ帳をポケットから取り出すことはなかった。

「ノルンとクゥジュも、いつか日本に行けたらいいな。そのときは案内するよ」

「そうですね……、そのときは、お願いします」

お祭りが楽しみすぎて浮かれていた僕は、このときノルンの元気がないことに気がついてあげられなかった。

「もうすぐ始まるぞ。出場者がステージの上にスタンバイしてる」

市場に近い会場には、たくさんの人がひしめいていた。

見物客目当ての出店もたくさん出ていて、辺りに食べ物のいい匂いが漂っている。この世界の人達は、やっぱり肉が好きみたいで、巨大焼き鳥みたいな串焼きを何本も買ってかじりついている人がたくさんいた。

味付けは塩だけのようだ。僕はタレも好きなんだけど、甘辛い匂いが一切しないのが残念だ。やっぱり、この世界には醤油がないのかな。醤油がないと、親子丼を作れないのに。米にもまだ出会えてないんだよなぁ。僕のふわとろ親子丼計画が実行できるのは、いつになるんだろうか。

「あ、食材が運ばれてきましたね。今回は……、アメール草ですか。二回連続でハズレ食材ですね」

「それって、どんな野菜?」

「滋養強壮にいいんだけど、とにかく苦いんだよ」

良薬口に苦しってヤツかな。漢方とかも凄く苦いっていうもんな。

「その苦さが好きだって人もいますけど、ごく一部の人だけですね。私も苦手です」

「じゃあ、当たり食材は?」

「勿論、ラヴィのステーキですよ」

「ノルンはラヴィが好物だもんな」

ピョン吉……、ノルンの好物なんだって。うちに遊びに来ると、ピョン吉をジーッと見ていることがあるけど、あれはやっぱり『美味しそう』とか思っていたんだろうか。僕のペットだから食べちゃダメってわかっているとは思うけど、あまりにもジーッと見られると、心配になるときがある。

「さあ、シノブ、始まりますよ」

ガンガンッと鍋を叩いたような音がして、早食い祭りが始まったみたいなんだけど、僕には前の人の背中しか見えなかった。忘れていたけど、僕はこっちの世界では十歳の子供と同じくらいの身長だったんだ。

「ノルン、僕、見えないんだけど！」

「あっ！　忘れてました。どうしましょう」

「抱っこしようか？」

気持ちはありがたいけど、同年代に抱っこしてもらうのはちょっと……、いや、かなり情けない。

どうにか見えないかなって、ピョンピョン跳ねていたら、後ろからトントンと肩を叩かれた。

「これ、使えや」

後ろにいた人が、跳ねている僕を見かねて木箱を持ってきてくれたらしい。

「やった、ありがとう！」

お礼を言うと体を持ち上げられて、木箱の上に立たせてくれた。やった、これで前の人達の頭の間からステージを見れるようになったぞ。

後ろにいた人に『よかったな』と親指を立てられて、つられて返したら、なんと、クゥジュと初めて会ったときに一番最初に店に来た、髭のおじさんだった。こんなところで再会するなんて、うーん、世間は狭いな。

早食い対決は中盤に差し掛かっていて、一番多く食べているのは右端にいる人だった。その後ろに立ってる人が指を三本立てているから、三皿目のアメール草に挑戦中ってことか？

口をパンパンに膨らませたまま一点を凝視して固まっているけど、苦いんだろうな。その横の人なんて、泣きながら食べてるし。

「オラー、もっと食べろー！」

「根性出せー！」

鼻水を垂らしてる人を指さして、『ギャハハハッ』って笑ったり、応援したり。

今回はアメール草だから『もっと食え』って声援が多いけど、人気のある食材だと、『遠慮して食えよ』ってヤジに変わるらしい。

「あははっ、みんな、頑張れー！」

アメール草の早食い祭りは大盛り上がりで、僕も手を振り上げて応援した。

このお祭りは、きっと日本人にも人気が出ると思う。だって、大食いが人気のテレビ番組があるくらいだし。そのうち日本のフードファイターとこっちの世界の人達とで、『早食い王座決定戦！』とか、開催される日が来るかもしれないな。


なんと、アメール草早食い祭りの優勝者は、未成年の少年だった。十人の出場者のうちの九人は厳ついおじさんだったのに、凄いな。

おじさん達ははじめは勢いよく食べていたのに、三皿目のアメール草に差し掛かると、そろって遠い目で口をパンパンに膨らませて固まってしまった。周りからのヤジに気を取り直して二口くらい食べたら、口の中の物を出さないようにするのが精一杯だったみたいで、そのまま動かなくなった。

その間に優勝者の少年は淡々と食べ進めて、ほかの参加者に大差を付けての優勝となった。

「可哀想に。あの年で味覚が崩壊してるんだな」

クゥジュが哀れみの表情で呟いた。

少年は、結局六皿も食べてしまった。満面の笑みで賞金の入った封筒を頭上に掲げている男の子を見て、確かに、普通じゃないかもなって思った。それにしても、あれで十五歳か。大学生だって言われても信じてしまいそうなくらいに大人っぽい顔をしていたな。

「せっかくだからなにか食べて帰ろうぜ。今日は店を休みにしたから、ゆっくりできるぞ」

「食べる！」

その言葉を待ってたんだよ。出店からいい匂いがしていたから、お腹が減っちゃてて。

「なにを食べましょうか。せっかくですから、シノブがまだ食べたことがないものがいいですよね」

ノルンもお腹が減っていたみたいで、さっそくみんなで屋台に向かって歩きだした。ノルン、今日最初に会ったときより元気になったみたいだ。応援で大声を出していたからスッキリしたのかもしれない。

管理所で働くのって大変そうだから、これからも時々は男同士で集まって騒ぐのもストレス解消になっていいかもしれないな。

クゥジュおすすめの屋台で買い食いをして、お腹が落ち着いたところで市場を案内してもらうことになった。お祭り帰りの人達も市場に移動して買い物を楽しんでいるらしく、こちらも人でいっぱいだ。

市場に並んでいる野菜と僕が育てている野菜と、どちらが美味しそうかって品評したり、肉屋の軒先にぶら下がっていた、まんまウサギの皮を剝（は）ぎましたって感じの肉に思わず目を覆ったり。使い道のわからない道具や、煤（すす）が出にくい高級品のロウソクに感心したり、もとの世界にもあった子供の玩具と同じものを見つけて、人間の考えることって生きる世界が違ってもどこか似てるんだなって感慨深い気持ちになったり。

その間にも僕は、どこかに米と醬油が売ってないかと目を光らせていた。

この世界は大きさこそ違うけど、もとの世界と似てる野菜が多いから、絶対米もあると思うんだよな。

八百屋と肉屋を通りすぎ、家畜の子供を売ってる店にきたとき、その脇にあった大きな麻袋に満杯に入った種のような物を見つけて、思わず駆け寄った。

これ、きっと、米だ。僕が知ってる米は精米された白い米だったけど、見つけたのは籾殻がついたままの米だった。

「やった、見つけた！」

麻袋に突進して一粒摘んで殻を剝いてみると、僕が知ってる米の黄色っぽいのが入っていて、思わず両手を突き上げて歓喜の雄叫びを上げた。

「おじさん、これください！」

「はいよ、家畜の餌だね。どのくらい必要だい？」

「え、これ、人間は食べないの？」

おじさんは、顔の前で手を振った。

「これを食べるって？　考えたこともないよ。牛や馬が食うくらいだから、人間も食えないこともないんだろうけどね」

なぜだ、異世界の方々。普通にパンを焼くのに、なんで米は食べないんだ。

ふっくらモチモチで、よく嚙むとほのかに甘い米の味を知らないなんて、人生損してるよ。米ほど美味しい主食なんてないと思っているくらいに米信者の僕にとって、お米が家畜の餌としてしか扱われていないことは、かなりの衝撃だった。

「で、どれだけ必要なんだ？」

本当は十キロ買って帰って毎日朝昼晩と米フィーバーな生活をしたいところだけど。でもこれ、どうやって白い米にしたらいいんだろう。一粒一粒指で殻を剝いていたら、茶碗一杯分の米を食べるのに、物凄く時間がかかってしまいそうだ。

「じゃあ、一キロください」

「はい、まいどあり」

迷いながらもやっぱり諦めきれなくて、一キロ分の米を買うことにした。売ってる場所はわかったから、この問題が解決したら米が食べ放題だ。

家畜の餌として売られていた米は、小麦粉よりもずっと安かった。大切に腕に抱えてホクホクしながら振り返ったら、クゥジュとノルンの姿がどこにも見えなくなってた。

「あれ、クゥジュ、ノルン？」

そういえば、米に夢中になって、二人に声をかけないで飛び出したんだった。

市場は乱雑に店が立ち並んでいて道が複雑だから、

僕はまだ一人で歩くのに慣れていないのに、完全にはぐれてしまった。

「うわっ、大失敗だ。早く追いかけないと！」

焦った僕は、『迷子になったときは、その場を動かない』という鉄則を忘れて、人でごった返している道に踏み込んだ。

「わっ、わわわわっ」

クゥジュとノルンという、人混みから守ってくれていた壁がいなくなってしまって、人の間の隙間に挟まって、流れにそって歩くことしかできなくなった。だって立ち止まったら、絶対に後ろから来る人達に押しつぶされてしまう。

右にも左にも、自分の意思で進むことができなくて。あとはもう、人の波に流されるままに進んで、気がついたら全然知らない場所で、ポツンと立っていた。

「ここ、どこだろう」

疲れて、抱えた米がズッシリと重く感じる。少し休みたくて、座れる場所を探すことにした。

街の中には所々に休憩用のベンチが置いてあったけど、生憎と今日はみんな使用中で、探しているうちに僕が普段使ってるのとは別の方向にある街の出入り口まで来てしまった。

出入り口といっても、木の杭が道の両端に一本ずつ刺さっていて、『ここから街ですよ』って目印になっているだけだけど。

「あ、やっと見つけた」

やっと椅子を見つけて座ることができてホッとした。ありがたいことに木陰になっていて、涼しい風が歩き疲れた体をクールダウンさせてくれる。

ボーッと座りながら、街の出入り口の外側にある石造りの壁を、『なんだろうな？』って思いながら眺めた。壁の内側には木がたくさん生えてるみたいだけど、その木がなんだか変なんだ。どれもこれも葉が黄色くて、中には茶色のところもあって、紅葉してるっていうよりは、枯れかけているみたいな。

石の壁といえば、なんとなく城とか金持ちの屋敷の敷地の周りに防犯のために建ってるイメージだけど。そこには建物の屋根は見えなくて、敷地一面に木が生えてるだけみたいだ。ってことは、石垣はあの森を守っているのか？

「こんなところで、なにをしているんだ？」

ボーッとしていて気がつかなかったけど、いつの間にか隣に人が立っていた。一度聞いたら忘れられないほどの美声に、一発であのときの鎧の騎士さんだってわかった。ベンチに座ったまま見上げると、前に会ったときよりもさらに大きく見える。

「あ、騎士のおじさんだ」

「おじっ……、俺はまだ二十二歳だ」

騎士さんの声が凄く落ち着いていたから、おじさんかと思っていたのに、そんなに若かったのか。

僕はこの世界に来てから必ず子供に間違われてきたから、年齢を間違われたときにガッカリする気持ちもよく知っている。なんだか騎士さんに申し訳なくなって頭を下げた。

「ご、ごめんなさい」

「いや、最初に子供と間違えたのは俺のほうだ。こちらこそ、悪かったな」

年下か年上かの違いはあるけど、同じく年齢を間違えられてた者同士、なんだか親近感が湧くな。

騎士さんとは、最初に会ったときから不思議と波長が合うと思っていたんだ。これを機に仲良くなりたいな。

「あの葉が黄色くなってる木はどうしたの？」

「あれか？　あれは、生命の木だ。この世界にとって、とても大切な役目を持った木だが、十年前から少しずつ枯れ始めて、今では半分以上の葉が黄色くなってしまった」

生命の木か。どんな役目を持った木なんだろう？

「原因は、わからないの？」

「ああ。土を変えても、水を変えても駄目だった」

壁の外側には普通に木や草が生えているのに、石垣の内側の木だけが枯れるなんて、病気だろうか。

「そうだ、フィルクス様は植物と話ができるんだよな。それなら、話を聞いてもらったらいいんじゃない？」

「とっくに試したさ。だが、フィルクス様の能力は万能ではない。話ができるといっても、明確な意志がある動物とは違って、植物との会話は難しくてな。苦しんでいるのはわかっても、なにが苦しいのかまでは聞き取ることができなかったのだ」

そっか、難しいんだな。あの木が、この世界の人達にとって大切な木なら、ここで生活してる人達はさぞかし心配だろう。

「早く元気になったらいいな」

「ああ。ところで、君はここでなにをしているんだ？」

騎士さん、僕の名前を覚えてないのか。初めて会ったときに、あんなにハッキリ挨拶したのに。

「シノブ」

「ん？」

「僕の名前は、シノブだよ」

「そうだったな、失礼した。シノブは、なにをしていたんだ？」

律儀な人だな。わざわざ僕の名前を呼んで聞き直してくれた。

「実は、友達とはぐれて……」

迷子になったって、言いづらいなぁ。あのとき、あんなに堂々と『子供じゃない』って言ったのに。迷子って、まんま子供じゃないか。

「僕、この辺はあまり詳しくないんだ」

「つまり、迷子なんだな」

「……うん」

あっさりバレてしまった。カッコ悪。

「送っていこう。どこに行きたいんだ？」

「騎士さん、仕事中じゃないの？」

「困っている市民を助けるのも俺の仕事だ」

正直助かった。どうやって帰ろうかって悩んでたんだ。あの人混みの中に入るのは無理だと思っていたけど、ほかの道も知らないし。

「じゃあ、お願いします。あ、騎士さんの名前を聞いてもいい？」

立ち上がったら、騎士さんの腕が横から伸びてきて、米を持ってくれた。凄くスマートで、紳士的な動きだった。僕もいつか、こんな風に女の子の荷物を持ってあげられる男になりたい。

「俺は、クリシュだ」

初めて会ったときも背が高いと思っていたけど、こうやって隣に立ってみると見上げるほど背が高い。こっちの世界の人達と比べても、頭一つ分飛び出るくらいに大きかった。ガッチリとした大きな体と高い身長。こんな人が街を守る騎士さんなら、この街の人達も頼もしいだろうな。

「それで、どこに行きたいんだ」

「北側の市場に近い場所にある料理屋なんだけど。クウジュって人がやってる店、知ってる？」

「知らないな」

だよな。僕だって、もとの世界の家の近くのカフェの店主の名前なんて知らないし。

「週替わりで定食を出してる店なんだけど」

「それならわかる。あの店は、騎士の間でも話題になっていたからな。俺はまだ食べたことがないが、料理が斬新で使ってる野菜も美味いが、なによりもソースが絶品だと聞いた」

クゥジュの店が誉められて、自分のことみたいに嬉しくなった。だって、クゥジュが頑張っているのを知ってるし。

店にお客さんが来るきっかけになったのはバターだったけど、珍しい味だっていうだけなら、すぐに飽きられてしまったと思うんだ。もとの世界でも爆発的に人気が出て、すぐに見かけなくなった食べ物がいっぱいあったし。

閑古鳥が鳴くほど寂しかった店を、ささいなきっかけで人気店にしたのは、指に火傷をしながら料理の練習をしてきたクゥジュの努力の結果なんだ。

「クリシュさんにも食べて欲しいな。クゥジュの作る料理は、本当に美味しいんだ。頬が落ちるくらい」

「食べたら頬が落ちるのか？　それは、恐ろしい料理だな」

こうやって話をしながら歩けるのは、クリシュさんが僕の歩幅に合わせてゆっくり歩いてくれているおかげだ。はじめはついていくのが精一杯で、ゼーゼー息をしながら歩いていたけど、すぐに気がついてゆっくり歩いてくれるようになった。

クリシュさんって、やっぱりジェントルマンだな。きっと、女の子にも凄くモテるんだろうな。

「恐ろしくないよ。僕の世界の表現で、美味しすぎて口にパンパンに詰め込むせいで、頬が重くなるって意味だと思ったな」

「そんなに美味いなら、ぜひ食べてみよう」

そんなことを話していたら、人がたくさん行き交ってる大きな通りに出た。さっき揉みくちゃにされたのを思い出して、この道に入るのを躊躇った。だって、さっきは本当に潰れるかと思ったんだ。

「どうした、行くぞ」

「クリシュさん、ほかの道はない？　僕、ここまで来るのに人の間に挟まって、潰されそうになったんだ。できれば、もっと人がいない道がいいんだけど」

「空いてる道か。あるにはあるが、随分と遠回りになるぞ」

多分、ノルン達は僕を探しているだろうから、あまり待たせるのは悪いよな。覚悟を決めないと駄目か。

「ほら」

掌を上に向けて、手を差し出された。

米の袋は、とっくにクリシュさんに持ってもらっているから、僕は手ぶらだ。

じゃあ、なにかくれって意味か？　って思って、ポケットに入っていた飴を取り出して、クリシュさんの掌に乗せてみた。よくお菓子をもらうから、僕のポケットには、いつもお菓子が入っているんだ。

「そうじゃない」

包み紙を剝がして、飴を僕の口の中に押し込んだクリシュさんは、僕の手を摑んで歩きだした。

全身鎧のクリシュさんは、掌だけは皮膚が出ていた。そりゃそうか。金属の手袋をはめてたら、剣を振り回したときに滑ってすっぽ抜けるよな。

クゥジュの手よりもずっと大きくて、掌にはマメができていて硬い。分厚くて温かい、働く男の手って感じで格好いい。

鎧を着ているクリシュさんは凄く目立つから、みんな避けて歩くせいで、僕も凄く歩きやすい。

でも、手を引かれて歩いているのって、ほかの人から見たら……。

「おや、騎士さん。迷子かい？　この人混みじゃあ、親を探してあげるのも大変だね」

やっぱり、迷子に見えるよな。もとの世界で言えば、警察官に手を引かれて歩く十歳児みたいなものだから。

僕は今、『迷子になりました』って書いてある看板を首から下げて歩いてるくらいにわかりやすく迷子に見えるんだろう。

「はっはっはっ、なんだいシノブ、迷子になったのか？」

「!!」

この人、クゥジュの店の常連さんだ!!

異世界人の僕の存在は、だんだんと街の人達にも広まっていて、特にクゥジュの店のお客さんに知り合いが増えたんだ。その人達は勿論、僕の実年齢を知っている。普段あれだけ『僕は大人だ』って言い張っていたのに、騎士さんに保護された姿を見られてしまって、カァッと顔が熱くなった。ううっ、恥ずかしい。

「あまり、からかわないでやってくれ」

恥ずかしくて下を向いてたら、クリシュさんが庇っ(かば)てくれた。クリシュさんだって見かけはどうあれ、成人男性の手を引いて歩くのは不本意だろうに。

「こりゃあ悪かったな。迷子じゃなくてデートか」

「!?!?」

今度は驚きすぎて声も出なかった。クリシュさんと、僕が、デート!? 男同士で!?

「はっはっはっ、仲良くなぁ」

常連客のおじさんは、ご機嫌に笑いながら歩き去っていった。

残された僕の気まずい気持ちは、どうしたらいいんだろうか。僕をからかうためにクリシュさんまで巻き添えにするのはやめて欲しいよ。

「ごめんなさい、クリシュさん。あのおじさん、冗談が下手だよな。男同士でデートなんて、あり得ないよ」

「ああ、そうか。シノブの世界では同性との恋愛は一般的じゃないんだったな。だが、あまり外で否定的なことを言わないほうがいい。ここでは、それが普通だ」

そういえば、前にノルンから聞いたんだった。この世界では、性別に関係なく自由に結婚できるって。クゥジュとノルンのことは自然に受け入れることができたけど、自分が同性とってなると違和感を感じてつい、あり得ないとか言ってしまった。

酔っ払って肩を組んで笑っているおじさん達も、楽しそうに買い物をしている女性の二人組も、もしかしたら恋人同士かもしれないんだ。その人達が今の言葉を聞いたら、『なんだよ』って思うよな。

「ごめんなさい、気をつける」

クリシュさんは、『気にするな』って感じで、僕の肩をポンポンッて叩いて、また手を引いて歩きだした。

ここで生きていくなら、まだまだ知らないといけないことや、慣れないといけないことがたくさんあるんだなって思った。

クリシュさんに守られて、やっと見覚えのある通りに出て、凄くホッとした。ここまで来れば一人でも帰れると思うけど、クリシュさんはクゥジュの店の前まで送ってくれるつもりみたいだ。

「シノブ、あの店か?」

クリシュさんが指さした方向には、腕を組んで店の前をウロウロと歩き回っているノルンがいた。

「ノルン!」

手を振って大声で呼ぶと、ハッと顔を上げたノルンが、僕の姿を見つけて駆け寄ってきた。

「シノブ、どこに行ってたんですか。勝手にいなくなっては心配するでしょう!?」

強い力で抱き締められて、その腕の強さが『凄く心配した』と言ってるみたいで、申し訳なくなった。

「ごめん、ノルン。クゥジュは？」

「シノブを探しに行ってます。定期的に戻ってくることになっていますから、もうすぐ帰ってきますよ」

こういうとき、連絡手段がないのは凄く不便だ。僕はまだ、もとの世界での感覚が抜けなくて、スマホで連絡取ればいいって思ってしまうことがあって。これも、僕が慣れないといけないことだ。

「本当にごめん。途中でクリシュさんに会わなかったら、帰ってくるまでもっと時間がかかったかも」

「クリシュさんって……、貴方(あなた)は、フィルクス様の騎士様」

体を離したノルンは、綺麗な角度でお辞儀をして、そのまましばらくの間、頭を下げたままだった。

「シノブを保護していただいて、なんとお礼を言ったらよいか。少し目を離した隙に姿を見失ってしまって。彼はまだこの街にも、この世界にも慣れていないので、なにかあったのではないかと心配していたんです。クリシュ様に保護していただけるなんて、幸運でした。本当に、ありがとうございました」

「いや、大事にならなくてよかった。無事に送り届けたことだし、俺はそろそろ仕事に戻らせてもらうとしよう」

クリシュさんは、あっさりと大きな背中を向けて歩きだしてしまった。

僕はまだお礼も言っていなくて、慌てて追いかけた。

「クリシュさん、ありがとうございました！」

「もう迷子になるなよ」

顔だけで振り向いたクリシュさんの後ろ姿に日の光が当たって、それが鎧に反射して眩しいほどに輝いていた。クリシュさんて、やっぱり格好いいな。言葉遣いも仕草も大人の余裕にあふれていて、真っすぐに伸びた広い背中が、凄く頼もしく見える。

軽く手を上げて雑踏に消えていくクリシュさんを見送りながら、いつか顔を見てみたいなと思った。

クリシュさんは何色の目をしていて、どんな髪型で、どんな顔をしているんだろう。隠されているものって余計に見てみたくなるけど、好奇心だけで言っているわけじゃなくて、もっと話してみたいし仲良くなりたいと思っている自分がいた。

まだ出会って間もないし、交わした会話だって多くないし、僕の友達とは全然タイプが違うのに、どうしてだろう。

「でも、シノブが無事で本当によかった。早食い祭りのときは、日が高いうちからお酒を飲んで酔っ払いもいますから、本当に心配してたんですよ」

「うん、心配かけてごめん。後でクゥジュにも謝るよ」

もう一度謝ると、ノルンはやっと笑って頷いてくれた。こんなに心配してくれる人がいるなんて、僕は凄く幸せ者だ。僕は両親にも、こんなに真剣に心配されたことがなかったから、ちょっとくすぐったい。

「そうだ、ノルンに聞きたいことがあったんだ。フィルクス様って、なにをしている人？」

「フィルクス様を知っているんですか？」

僕は、先日家の前をフィルクス様の行列が通ったときのことを話した。

「そうだったんですね。フィルクス様は、この世界で重要な役目を果たす木を守護する一族の方で、中でも特別な能力を持つ尊いお方です。訳あって世界中を旅していたのですが、先日この街に戻られたのですよ」

「重要な役目を果たす木って、反対側の街の入り口にあった、葉が黄色くなった木のこと？」

「シノブ、あんな場所まで行っていたんですか？」

ノルンにギョッとされてしまった。確かに、人混みに流されているときは、潰されないように夢中で気がつかなかったけど、クリシュさんと帰ってくるときは、結構長い時間歩いたもんな。

「うん。ノルンとクゥジュを追いかけようとしたんだけど、人混みで身動きが取れなくなって、気がついたら反対側の入り口の近くにいたんだ」

「次に迷子になったときは、私かクゥジュが迎えに行くまで、その場でじっとしていてくださいね？」

なんだか幼稚園児になってしまったようで恥ずかしかったけど、ノルンの顔が凄く真剣だったから、大人しく頷いておいた。

「それでさ、ノルン。あの木が大切な木だってことはわかったけど、重要な役目って、なに？」

「それは……」

「ノルン、シノブが見つかったって本当か!?」

遠くのほうから、クゥジュの声が聞こえた。凄く遠くにいたのに、あっという間に駆けてきて、さっきノルンにされたみたいに、ギュウッて抱き締められた。

服がビショビショになるくらいに汗をかいていて、心臓が凄くドクドクいっていた。

二人に凄く心配させたんだなって、改めて思ったのと、三人で再会できたことに安心して、不覚にも目がジワッと熱くなった。

「クリシュ様に保護してもらったんですよ」

「ああ、市場にいた常連客に聞いて、急いで戻ったんだ。本当に、無事でよかったな。何件か酔っ払いの喧嘩があったみたいだから、巻き込まれたんじゃないかって肝を冷やしたんだぞ」

「ごめんなさい」

やっと落ち着いて、三人で顔を見合わせて笑いあった。僕、この世界でノルンとクゥジュに会えて、本当によかった。

「今度人混みを歩くときは、シノブに紐でもつけましょうか。それなら迷子にならずに済みますよ」

「ええ!?」

「ああ、それなら安心だな。簡単には切れない紐を探しておくか」

待って待って、もう勝手にいなくなったりしないから。それじゃあまるっきり、犬の散歩じゃないか。

三人で抱き合って無事を喜び合う姿が、周りの人達には親子の感動の再会のように見えていたなんて、僕は全然わからなかった。

クゥジュとノルンは後日、そのことを常連客から聞いて爆笑したんだって。

親子って、酷い。僕達は三人とも同じ年なのに！

第3章　畑を耕し隊・出動

この世界には街灯なんてないから、日が落ちると真っ暗闇になってしまう。もとの世界では、夜でも灯りが消えることがなかったから、僕にとって暗闇は結構怖いものだったりする。

こっちの世界の人達は少しの星の明かりがあれば問題なく見えるらしいから羨ましい。

街から家まで一時間かかるけど一本道だし、ブライアンは利口だから黙ってても家まで連れていってくれるけど、やっぱり暗くなると怖いから、必ず日が傾く前に街を出ることにしてるんだ。

今日は楽しかったけど、いろんなことがあったな。たくさん歩いたから疲れたし、ブライアンが引く荷馬車の揺れが気持ちよくて、大きなあくびが出た。

僕の横には、今日手に入れた米が大切に置かれている。家に帰ったら、この世界に来た日以来放置していたサバイバル本を読んでみようかと思っているんだ。

古本屋のワゴンセールで五十円だったサバイバル本は、正直言ってあまり参考にならなかった。だって、森での水の確保の方法とか、蛇を捕まえる方法とか、今の生活にはあまり必要がないことしか書かれていなかったから。

でも、あの本なら、原始的な米の精米方法が載ってるんじゃないかって思いついたんだ。

炊きたてご飯を想像してひとりで興奮していたら、家に帰る途中にある畑で、アメール草早食い祭りの優勝者の子供を見かけた。その表情が気になって、ブライアンの手綱を引っ張って荷馬車を停めてみた。

優勝賞金を掲げていた彼は誇らしげに笑っていたのに、今は畑の土を睨みつけて唇を噛んでいる。その隣には、弟かな？　外見は僕と同じくらいに見えるから、十歳くらいだと思う。その子が半ベソでしゃがんで土を手で掘っていた。

子供が泣いているなんて、見過ごせない。この世界の人は子供をとても大切にしているから、僕も住人の一員として、声をかけてみることにした。

「どうかしたのか？」

荷馬車から降りて声をかけてみると、優勝者の少年は驚いた様子で振り返って、すぐにガッカリした顔をした。なんでだ。

「なんだよ、お前。どこの子だ？　勝手に人の家の畑に入ってくるなよ」

十五歳の少年に『どこの子』扱いをされて、『僕のほうが年上だぞ』って思ったけど、僕は大人だから冷静にスルーしてあげた。

「荷馬車から君の弟が泣いてるのが見えたから、どうしたのかなって思って。なんで泣いてるんだ？」

しゃがんでる子供に目線を合わせて聞いてみたら、その子は目にいっぱい涙を溜めて、手ですくった土を差し出した。

「せっかく種を蒔いたのに、またダメになっちゃったんだ」

その子の手の中にあったのは、土と種から芽吹いたばかりの野菜の苗だった。茎が真ん中辺りから折れて、茶色く萎（しお）れている。土も、うちの畑のふわふわな土と違ってパサパサに乾いていて、ゴロゴロと塊（かたまり）になっていた。

よく見ると、畑に撒き散らされた種はほとんどが同じような状態で、残った種も枯れるのが時間の問題のように思えた。

「二人で畑を耕してるのか。お父さんと、お母さんは？」

「父さんは荷運びをしてるんだけど、予定を過ぎて二ヶ月も経つのに帰ってこないんだ。母さんは、街に働きに行ってる」

荷運びは、危険な仕事だって聞いた。獣がいる森を通ったり、崖っぷちの細い道を通ったり。事故が起きて、そのまま行方不明になることもあるんだって。

クゥジュが料理屋をやめて荷運びに戻るって言ったときに、ノルンがショックを受けたのも、そういう事情があったからなんだ。

必要な仕事だけど、恋人が危険な仕事をするのが心配で、不安だったんだと思う。

「父さんは、絶対に帰ってくる。だからそれまで、俺達が母さんを守るんだ」

生活のために街に働きに出るお母さんを楽にしてあげたくて畑を始めたけど、子供二人じゃ上手くいかなかったんだな。見よう見まねで耕して種をばら撒いてみたけど、何度も失敗しているみたいだった。

今日のアメール草早食い祭りで頑張っていたのも、賞金でお母さんを助けてあげたかったからなんだな、きっと。

そう思ったら、なんとか力になれないかなって思ってしまった。

「水は、どこから持ってきてるんだ？」

「あそこの井戸から」

井戸は畑から少し離れたところにあって、そこから子供の力で水を運んでくるのは、きっと大変だっただろう。

「よしっ！」

グイッと腕まくりをして、転がっていた桶を手に取った。

「こんなにパサパサの土だと、芽が出てもダメになるよ。僕も手伝うから、水を撒こう」

僕はこの世界に来てから、たくさんの人に手助けしてもらいながら生活している。いろんなことを教えてくれるノルンとクゥジュのように、乳搾りを教えてくれたゲネットさんのように、そして、僕の手を引いて歩いてくれたクリシュさんのように。僕だって、誰かの役に立ちたい。

「お前、畑に詳しいのか?」

「お前じゃなくて、シノブだ。一応、農業をやってる。僕も始めたばかりで、そんなに詳しくはないけど、困ったときはお互い様だからさ。ちょっとなら、力になれると思う。それから、僕はこう見えて十八歳だから、立派な大人だ。お兄ちゃんって、呼んでもいいぞ」

兄弟は顔を見合わせて、『なに言ってんだ?』って顔をした。弟のほうが近づいてきて、自分の身長と僕の身長を手で測る。

「僕と変わらない身長なのに、大人?」

「しょうがないよ、人種が違うし。僕は異世界から移住してきたんだ」

「それ、聞いたことあるぞ」

「すげえっ!!」

兄弟の名前は、兄がノット、弟がマルコ。マルコはすぐに僕に懐いて『お兄ちゃん』って呼んでくれたけど、ノットのほうは、生意気にも呼び捨てにしてきた。見た目が弟と同じくらいの人を『お兄ちゃん』って呼ぶのはプライドが許さないそうだ。

それから三人で協力して畑に水を撒いた。偉そうなことを言ったのに、三人の中で僕が一番体力がなくてヘトヘトになってしまったけど、たくさん水を撒いて、土をしっとりさせることには成功した。

その時点でかなり日が傾いてたから今日はここで終わりにして、明日、土を耕すことにした。

「明日は助(すけ)っ人を連れてくるよ。土を耕す名人だから、楽しみにしてて」

兄弟に手を振って別れて、家に着いた頃にはすっかり暗くなっていた。その後はもう、眠くて眠くて。

晩ご飯も食べないで、ベッドに倒れ込んで熟睡してしまった。

「ふわぁー、もう朝か」

いつもみたいに朝日の眩しさで起きて、グイーッと伸びをした。僕は寝起きがいいほうだから、目が覚めてからすぐに起き上がるのもへっちゃらだ。

ハナコ達に水をあげて、クゥジュに届ける野菜をゲネットさんに託した後、いつもと違ってやり始めたのは、お弁当作りだった。

お弁当っていっても、簡単なサンドウィッチと、ハナコとハナヨが出してくれたミルクを竹筒でできた水筒もどきに入れて、カゴに詰めただけだけど。

ノット兄弟と一緒に食べようかなって。あと、うちで獲れた野菜と薫製にした肉を分けてあげるんだ。そうしたら、少しは二人のお母さんも楽になるだろ？

「ハナコ、ハナヨ、ピョン吉、コッコさん達、あと、ラムちゃん達も、留守番よろしくな。今日はポチを連れていくから、飼育小屋にいるんだよ」

水と餌をたくさん飼育小屋に持ち込んで、みんなを順番に撫でた。番犬のポチがいないから飼育小屋の扉は閉めておくけど、気温が高くなっても大丈夫なように、木の窓はつっかえ棒をして開けておいた。

「ポチ、今日も土をふわふわに耕してくれよ、よろしくな」

ポチには奮発（ふんぱつ）して、いつもより肉の量を増やしてあげた。いっぱい食べて、力をつけてもらわないと。

「よし、『畑を耕し隊』、出動だ！」


ブライアンが引く荷馬車に荷物とポチを乗せて、ノットの畑に向けて出発した。ポチとの外出は初めてで、リードがないけど大丈夫だろうかって心配していたけど、大人しくお座りしていてくれて助かった。

時々、耳をピクッてさせたり、鼻をヒクヒクさせて匂いを嗅いだりと、ほんの三十分くらいの短い旅を楽しんでいるみたいだ。あとは、初めて会うノットとマルコにどういう反応をするかが心配だけど。

ポチは大丈夫だよな、信じてるぞ？

「ノットー、マルコー、おはよう!!」

ノット兄弟は僕が到着するのを畑で待っていた。

「うわ、でけぇ犬だ！」

ポチを見た二人は、驚いて後ずさった。

ポチは大きいし、初めて見たときは僕も怖かったからなぁ。二人の気持ちがよくわかるよ。

ノットはマルコを背中に庇っていて、やっぱりお兄ちゃんだなって感心した。

「ポチ、いい子だ。二人を紹介するから、お座りして」

心配は、まったくいらなかった。ポチは僕と初めて会ったときみたいに、尻尾が取れて飛んでいってしまいそうなほどにブンブン振って、好意全開だった。

不思議と大人には、こんな風に尻尾を振ったりしないから、子供が好きなのかもしれない。じゃあ、僕に好意全開だったのは、どういうことだって思ったけど、都合の悪いことは考えないことにした。

「ポチは、土を耕すのが凄く上手なんだ。体が大きいからビックリしたかもしれないけど、怖くないよ」

ポチの首に抱きついて二人を手招きすると、おずおずと近づいてきた。お兄ちゃんのノットが恐る恐る手を伸ばすと、ポチはフンフンと匂いを嗅いで、大きな舌でベロリと舐めた。

「すげぇ、でかい牙だ。かっけぇ」

よし、大丈夫みたいだな。マルコもノットの後ろから出てきてポチの頭を撫でている。

「今日は朝ご飯を持ってきたんだ。三人で一緒に食べよう。あと、お母さんに、野菜と肉のお裾分けだよ」

「こんなにいいのか？」

「うちの畑はたくさん野菜が採れるからいいんだ。肉は煙で燻(いぶ)してあるから、生肉より日持ちがするよ。表面が少し茶色いのはそのせいだから、安心して食べてって、伝えて」

野菜と肉を家の中に運んだ後に木陰に移動して、サンドウィッチの入ったカゴを開けた。野菜と薫製肉とマヨネーズのサンドウィッチと、オムレツと薫製肉のサンドウィッチ。

育ち盛りだからいっぱい食べるだろうなって、たくさん作ったんだ。卵なんて、コッコさんが産んだ五個全部使いきってしまった。

「たくさん作ってきたから、遠慮しないで食べて」

カゴの中からバターと薫製肉を焼いたいい匂いがして、ノットとマルコの喉がゴキュッと鳴った。

さっそく手を伸ばして大きな口でかぶりついた瞬間に、聞かなくてもわかるくらいに『美味しい!!』って顔をしたのを見て、僕もサンドウィッチに手を伸ばした。一つ食べ終わった後にミルクを手渡すと、二人はゴキュゴキュと勢いよく飲み干した。どうだ、ハナコとハナヨのミルクは美味しいだろう！

白い口髭ができていたのがおかしくて笑うと、二人同時に袖で口を拭(ぬぐ)って、次のサンドウィッチに手を伸ばした。さすが兄弟だな、息ピッタリだ。

僕はというと、サンドウィッチを半分食べたところで視線を感じてチラッと横を見ると、ヨダレを垂らしたポチが、ジーッとこっちを見ていた。

凄く、近い。鼻息が頬にかかるくらい、近い。

「ポチは、朝ご飯食べただろう？」

「キュウーン」

本当は、人間用に味付けした食べ物をあまりポチに食べさせたくないんだけど。あまりにも切なそうに鳴くから、野菜のサンドウィッチから塩味の付いた薫製肉とマヨネーズを取り除いてお裾分けしてあげた。今日は特別だ。

「そうだ、ノットはアメール草が好きなのか？」

「ん？」

口の端っこにマヨネーズを付けたノットが、口をパンパンに膨らませてこっちを向いた。リスみたいで、ちょっと可愛い。

「早食い祭りで優勝しただろう？　大人でも三皿が限界だったのに、ノットは六皿も食べてたから、好きなのかなって思って」

「好きなわけないだろ。なるべく噛まないように丸飲みしてた」

「兄ちゃん、すげえっ!!」

確かに凄いけど、消化に悪そうだ。マルコは真似しちゃダメだぞ。でも、クゥジュが言っていたみたいに、味覚崩壊じゃなくてよかったな。

お腹がいっぱいになった後にすぐに働くのは消化に悪いから少し休憩して、いよいよ畑を耕すことになった。ポチの顔を両手で挟んでグニグニ撫でながら、よくお願いをしておく。

「ポチ、頼んだぞ。畑の土をふわふわにしてくれ」

「ワンッワンッ」

ポチは畑に飛び込むと、勢いよく土を掘り始めた。前脚で土をかき出して、後ろ脚で蹴り上げて、深く土を掘っていく。僕達三人は、土の中に混じった石を丁寧に取り除いていった。

「土が、全然違う」

昨日三人で何度も往復して水を撒いたおかげで、畑の土はしっとり湿っていた。ポチのおかげで空気を含んで、パサパサゴロゴロしていたのが、しっとりふかふかに変わって、ノットが感動してる。

「これなら、きっと美味しい野菜ができるぞ」

雑草を抜く手間がなかったから、耕すのは僕の畑のときよりもずっと速かった。あまり広く耕しても管理するのが大変だから、家で食べるのに充分なくらいの広さを耕して、畝(うね)を作る。

こっちの農具は大きくて重いから、僕とマルコはヨロヨロしながらの作業だったけど、大学生と同じくらいの体格のノットは大活躍で、マルコの羨望(せんぼう)の視線に得意気だった。僕だって、この世界に来てから随分と筋肉がついた気がしてたんだけど、おかしいなぁ。

いよいよ、種を蒔くぞって準備をしていたときだった。街のほうから、見覚えのある豪華な馬車が近づいてきた。前みたいな行列じゃなくて、数人の騎士さんが馬車を囲んで守っている。

「おや、シノブじゃないか」

畑の前で停まった馬車から顔を出したのは、予想していた通り、フィルクス様だった。

「フィルクス様、こんにちは!!」

「マジか、本物のフィルクス様だ……」

「兄ちゃん、どうしよう」

僕はフィルクス様が気さくなお兄さんだって知っているけど、突然の登場に、ノット兄弟は慌てて畑に膝をつこうとした。フィルクス様は、子供でも知ってるくらいに有名な人なんだな。

「ああ、いいよ、かまわず作業を続けてくれ。もう平伏はしなくてもいいとお触れが出ていただろう?」

ノットは中腰で困った顔をして僕を見た。頷いてあげると、体勢をもとに戻して、不安がっているマルコの手をギュッと握った。マルコは、ノットの背中から顔だけ出してフィルクス様を見上げている。急に知らない大人が増えたから、人見知りをしているんだな。

フィルクス様の後ろに控えている騎士さん達は、みんなそろいの鎧を着ていたけど、一番右側にいるのがクリシュさんだってことが僕にはすぐにわかった。

ほかの騎士さんと比べると背が高くて、頭一つ分飛び出していたからだ。

「クリシュさんも、こんにちは」

挨拶をすると頷いてくれた。やっぱり、クリシュさんだった!

「シノブは、今日はこの畑を耕してるのかい?」

「はい。今日は、この子達の手伝いなんです」

「それは素晴らしいな。子供達に親切にするのは大切なことだ。その種を蒔くんだね。どれ、少し見てあげよう」

馬車から降りたフィルクス様は、ザルに乗せていた種を一粒摘んで耳に押し当てた。

「うん、この種はいい種だ」

「わかるんですか？」

「いい種からは鈴のような音がするのだよ。早く芽を出したいと言っているんだ」

「すげえっ!! フィルクス様、これは？ これは、良い種？」

マルコがキラキラした目で別の種を差し出すと、同じように耳に押し当てて目を瞑った。少し難しい顔をしているのを、兄弟が固唾を呑んで見守っている。

「この種は、恥ずかしがり屋のようだ。だが、小さな音だが、ちゃんと聞こえるぞ。一生懸命に世話をしたら、美味しい野菜ができるだろう」

フィルクス様は、子供の扱いが上手かった。

ノルンよりは年上に見えるから、もしかしたら家庭を守るお父さんだったりするのだろうか？ フィルクス様みたいなお父さんだったら、僕なら自慢するな。だって、格好いいし。

「シノブ！ 早く種を蒔こう」

「お兄ちゃん、早く、早く！ 芽を出したいんだって！」

俄然やる気を出したノットとマルコに急かされて、種を蒔くお手本を見せてあげようとして、ちょっと、考えた。やって見せるのは簡単だけど、蒔くのは僕が手を出さないほうがいいような気がしたんだ。

「じゃあ、教えるよ。土に指で浅く穴を空けて、その中に種を落とすんだ。そして、優しく土を被せてあげて。たくさん土をかけすぎると、芽を出すのが大変になるから、少しでいいよ」

ノットが空けた穴に、マルコが種を落としていく。その様子を少しの間見守ってから、後ろに下がった。

「美味しい野菜ができますようにって蒔くんだよ」

兄弟は、仲良く種を蒔いていく。時々、そばで見守っているフィルクス様に種を差し出して、いい種だって言われたら、顔いっぱいに笑顔を浮かべて。

昨日泣きべそをかいていたマルコが嬉しそうに種を蒔いて、『どう、上手？』って、フィルクス様に聞いてるのが可愛い。マルコが大きな声で、『早く育てよ!!』って言ってるのを微笑ましく見ていたら、いつの間にかクリシュさんが隣に立っていた。

「シノブは種を蒔かないのか？ 『植物系チート』とやらを持っているのなら、君が蒔いたほうがよく育つのではないか？」

うん、そうなんだ。でも、それじゃあダメなんだと思う。

「僕が蒔いたら、すぐに育って野菜が収穫できるけど、それって、普通のことじゃないだろ？　この子達の畑の手伝いを、ずっとできるわけでもないし」

たとえば、二人が独り立ちして別の場所で暮らし始めて、農家になったとして。僕の野菜の成長速度に慣れてしまっていたら、きっと困ったことになる。

普通は種を蒔いて次の日に芽が出るなんて、あり得ない。五日でトマトの収穫ができるのも、あり得ないんだ。五日後に食べようと思っていたのに、芽も出てない種の前で途方に暮れる二人の姿が想像できてしまって、種を蒔くところから先は、二人に任せたほうがいいと思ったんだ。

僕はチートでズルをしてるようなものだ。ズルができない二人には、通常通りの野菜の育ち方を体験してもらわないと。

毎日水をあげて、雑草を抜いて、間引きして。手抜きして枯れてしまったり、虫に食われてガッカリしたり。そういうことも、僕がサポートできるうちに体験して、その知識を糧に自分で工夫できるようにならないといけないと思うんだ。

「手助けをするなら、自分でやっていけるようにしてあげないと、二人のためにならないから」

今の説明でちゃんと伝わっただろうかって、クリシュさんを見上げると、仲良く種を蒔く兄弟をジッと見ていた。鎧で顔が見えないから、なにを考えてるか読み取ることができないけど、意地悪して手伝わないわけじゃないんだってことが伝わっているといいんだけど。

「シノブ、君は……」

なにを言われるのかなって、ちょっと体を硬くして待った。僕なりに考えてしたことだけど、人によって考え方は違うと思うから。

「君は、俺が思っていたよりもずっと、大人の考えを持っているようだ」

クリシュさんのこんなに優しい声を初めて聞いた。

「優しくするだけでは、子供達のためにはならない。いつか大人になったときに困らないように指導するのが正しいのはわかっているが、子供が少なくなっている今、不必要なほどに過保護にしてしまう傾向にある。

大人がいつも菓子を持ち歩いて子供に与えるのも、腹を空かせることなく元気に育つようにと願ってのことだが……、施しに慣れてしまっては、一人で立てなくなってしまうこともあるのだろうな。君の考えは正しい。この世界の住人は、俺も含めて、君を見習わなければならないようだ」

クリシュさんは手を上げて僕の頭を撫でようとした。でも、途中で止まって、少しの間迷って、肩をポンポンッと叩いた。これって、僕のことを子供じゃないって認めてくれたってことだろうか。そうだったら嬉しいなって思ったら、顔が、カァッと熱くなった。

クリシュさんは、僕にとって頼もしい大人の象徴のような存在だ。恵まれた体格もそうだけど、耳馴染みのいい落ち着いた声とか、体の中心に芯が通っているような凜とした立ち姿とか、冷静で説得力のある言葉とか。そんな人に誉められて、嬉し恥ずかしい。

「クリシュ、そろそろ出発しようか」

「はい」

フィルクス様と随分と打ち解けた兄弟が、残念そうに『えー!?』と、声を上げる。その頭を順番に撫でて、フィルクス様は馬車に乗り込んでいった。

騎士さん達もそれぞれ馬にまたがって、手の届かない高い場所に行ってしまったクリシュさんを、残念な気持ちで見上げた。もう少し、話をしたかったな。

「シノブ、頑張れよ」

前のときみたいに、首だけで振り向いたクリシュさんが手を上げると、それを合図に馬車が動き出した。前も思ったけど、クリシュさんは、去り際が凄く格好いい。手を振って見送った後、マルコにツンツンッて服を引っ張られた。

「お兄ちゃん、顔が赤いよ?」

内心で、『ぎゃあ!』って思った。格好いいなって憧れてる人に誉められて、照れてる顔を見られたのが凄く恥ずかしかったんだ。

「そ、そう？　日焼けしたのかも」

「本当だ、顔赤いな。帽子被るか?」

「ううん、大丈夫。じゃあ、続きを始めようか。二人は種を蒔いて。僕は、その後に水を撒く」

ノットが自分が被ってた帽子を脱いで僕に渡そうとしたのを断って、桶を持ち上げた。わざと大きな声を出して誤魔化すと、二人は不思議そうな顔をしたけど、すぐに種蒔きに夢中になった。

次は、いつクリシュさんに会えるだろう。そのときは、今蒔いてる種から芽が出ているだろうか。

畑に芽吹いた野菜の苗を見たら、クリシュさんはなんて言うだろう。そう思ったら、凄く楽しみになった。


夕方が近づいて、種を蒔き終わったノット兄弟は、『腹減った！』って騒ぎだした。

二人のお母さんが帰ってくるのは、夜になってかららしい。サンドウィッチに味をしめた兄弟に、なにか作ってほしいと両側から腕を引っ張られた。

親が不在の家に上がり込むのもどうかと思ったけど、育ち盛りの二人が夜までお腹を空かせたままなのも可哀想で、パンはあるっていうから、持ってきた野菜と薫製肉でスープを作ってあげることにした。

「飯食っていけばいいのに」

「ありがとう。でも、ハナコ達を待たせてるから。もう帰るよ」

ノットの申し出はありがたかったけど、二日連続で家を空けたから、早く帰ってあげたかった。ポチもたくさん働いたから、休ませてあげたかったし。


「ハナコって、兄弟か？」

「ハナコは、うちで飼ってる牛の名前。僕は一人暮らしなんだ」

「家に帰っても誰もいないの？　寂しいね」

寂しい、かな？　もとの世界でもひとりでいることが多かったし、よくわからないな。

父さんと母さんは仕事が忙しくて、帰ってきても夜遅いことが多かったし。子供の頃からそんな感じだったから、もう慣れた。

「僕は大人だから、寂しくないんだよ。じゃあ帰るけど、時々様子を見に来るから。畑に雑草が生えたら抜くんだよ」

兄弟は、わざわざ外まで見送りに来てくれた。二人に手を振って別れて、ブライアンとポチと一緒に家路につく。ガタゴト荷馬車に揺られながら、さっきの言葉を思い出していた。

こっちに来てから、ひとりで寂しいと思うことがなくなった。こっちには、家族になったポチやハナコ達がいてくれるから。

家の中に動物は入れないから夜はひとりだけど、すぐ近くにみんながいると思ったら、全然寂しくない。

もとの世界では、普段は寂しいとか思わなかったけど、長期の休みに婆ちゃんのところで過ごして、新学期に家に帰ってきたときは、さすがに寂しいなって思うことがあったな。

婆ちゃんか……。そろそろ、婆ちゃんの命日だな。墓参り、行きたいなぁ。

こっちで元気にやっていることや、ノルンとクゥジュと友達になったこと。家畜だけど、家族ができたこと。報告したいことがたくさんあるんだ。

僕は相変わらず食料品以外でお金を使わないから、余ったお金は空き瓶に入れて貯金してるんだけど、ゲートを通るときって、どれくらいのお金がかかるんだろう。

異世界旅行ツアーだと結構高額で、三泊四日で三十万以上するのもあったけど、あれって宿泊費や食事代や、環境によっては保護スーツ代や酸素代も含んでいたはずだから、純粋な移動費はもう少し安いはずだ。

ノルンに聞いてお金が足りなかったら今回は我慢して、爺ちゃんの命日には墓参りに行けるように頑張ってお金を貯めよう。そして、父さんと母さんにも、元気にやってるよって、手紙を書こう。

ここに来る前に出した手紙は、もう読んでくれてるだろうか。うちの両親のことだから、また仕事に夢中になっていて、受け取ってないかもしれないな。

でも、きっと、『好きなようにやりなさい』って言ってくれると思う。あまり家に帰ってこなかった二人だけど、僕がやりたいって言ったことを頭から否定したことは、今まで一度もなかったから。

「手紙を書くときは、ポチやハナコのことも書こう。ポチがライオンやトラみたいに大きいって書いたら、きっとビックリするだろうな」

ポチは疲れたみたいで、前脚の上に顎を乗せたまま頭を上げなかったけど、尻尾をパタリと振って返事をしてくれた。

第4章　簡単に諦めちゃいけないこと

ノルンは、また仕事が忙しいみたいだ。

アメール草早食い祭りから二週間が経ったけど、あれ以来一度も会えていない。聞きたいことがあったんだけど、仕事ならしょうがないよな。

今日は、ウサギのピョン吉と一緒に木陰に座っています。うちのピョン吉は、ビックリするほど動かない。でもこれって、ピョン吉が怠け者だとか、おっとりしてるとかの性格の問題じゃないんだって。

ウサギって、ピョンピョン跳ねながら走るイメージだけど、この世界のラヴィって呼ばれてるウサギは食用だから、逃げないように、あまり歩けないように改良されているんだって。

後ろ脚は大きな体に比べたら、凄く細い。この脚で匍匐(ほふく)前進するみたいに、のそのそって歩く。

ピョン吉は朝に飼育小屋から出してあげると、木陰に陣取ってほとんど移動しないんだ。

もとの世界の家で近所に住んでいた、足の悪いお婆さんを思い出してしまって、ピョン吉も、しんどいのかなって思うと可哀想になる。

ハナコ達は自分で好みの草が生えてる場所まで移動して、もりもり草を食べているのに、ピョン吉は日陰に生えている草しか食べられないのが可哀想で、間引きした野菜を顔の前に置いてあげるんだけど、これをすると、ポチが焼きもちを焼くんだ。

今も隣同士で座っている僕とピョン吉の間に入ろうとして、鼻息荒く顔を突っ込んでいる。おかげで僕は、さっきからジリジリと左側に押されているんだけど、時々尖った石や枯草の茎が尻に刺さって、地味に痛い。

ポチもピョン吉が脚が悪いのをわかっているのか、僕ばっかり押すんだ。飼育小屋にいるときは、ポチとピョン吉はピッタリくっついて寝ていることもあるから、この二匹は案外仲良しなんだ。

くっついて寝てるときは、もしかしたら、脚が悪いピョン吉を守ってあげているつもりなのかもしれないな。うちの番犬は、頼もしくて優しい。

「ふふん、だいぶヌカが取れてきたな」

足の間に挟んだ瓶を揺らして中身を確かめると、玄米と、ヌカが取れた米が半分くらいになっていた。

五十円で買ったサバイバル本に精米方法が載っているのを発見したときは、これで米が食べれるぞって踊りたくなるくらいに嬉しかった。

本に載っていたのは、空き瓶の中に米を入れて棒で突っつくっていう簡単な方法だった。これなら楽勝だって思ったけど、これが結構根気がいる作業で、僕が知っている真っ白な粒になるにはまだ時間がかかりそうだ。あまり力を入れると、せっかくの米を粉々にしてしまいそうで、そっとやってるんだけど。

こんなに時間がかかるなら、毎日米を食べるのは難しいかもしれない。

時々瓶からザルに移して、息を吹きかけてヌカを吹き飛ばしているんだけど、隣にいるポチの頭に掛かったり、吹き飛ばしたヌカが鼻に入ってクシャミが出たり。毎日真っ白な米を食べられるのって、ありがたいことだったんだなって思った。

これは大事に保存しておいて『今日は頑張ったぞ！』って日に、自分へのご褒美として食べることにしよう。

そう思いながら頑張って米を突いていたら、吹き飛ばしたヌカの粉にコッコさん達が集まってきて、鶏冠(とさか)をブルンブルンさせながら啄(ついば)み始めた。その中に黄色いのが混じってるのが見えて、思わず棒を放り出しそうになってしまった。

「あれ、あれっ、ヒヨコ!?」

黄色い塊は、一羽のコッコさんの後ろをついて歩いている。間違いない、ヒヨコだ。

卵が四つしかないときがあって、『産まない日もあるんだな』って思っていたけど、あれって、僕が取り忘れただけだったみたいだ。全然気がつかなかったけど、いつのまにか孵化していたんだな。

大人の鶏のコッコさん達は、鋭い目をしていて強面(こわもて)だけど、ヒヨコは黄色くて、ふわふわで、黒目がちで可愛かった。鳴き声も、ピヨピヨッて。

「可愛い！　米食べるか？」

あまりにも可愛かったからビンの中の米を少しだけお裾分けしてあげたら、大人の鶏のコッコさん達が大興奮して、羽をバサバサさせながら騒ぎだした。

そりゃそうだよな。コッコさん達だって、ヌカだけよりも米のほうが美味しいよな。こんなに喜ぶなら、今度は多目に買って、コッコさん達にも分けてあげようかな。精米した米は僕のものだけど。

一日かけて精米した米を大事に戸棚にしまって、今日も頑張ったなって思いながら、キュウリで浅漬けを作っていたときだった。

外からブライアンじゃない馬の嘶(いなな)きが聞こえて、ゲネットさんが来たのかなって首を傾げた。

今日はゲネットさんになにも頼んでないはずなんだけど。もしかしたら僕が忘れているだけで、前に頼んでおいたものを買ってきてくれたのかもしれない。それならちょうどいいから、明日に持ってきてもらう予定だった肉を追加でお願いしようかな。前にノットとマルコに作ってあげた薫製肉入りのサンドウィッチが好評で、また作って欲しいって頼まれてたんだ。

　いつもなら家の外から『おーい、シノブー！』って大きな声で呼ばれるんだけど、今日は僕が浅漬けの汁がついた手を洗ってる間も声が聞こえなくて。変だなって思いながら外に出た。

「あれ、ノルン？」

　玄関から少し離れた場所に、ノルンが立っていた。もう夕暮れ時で、こんな時間に会いに来るなんて凄く珍しい。

　夕日に照らされて赤く染まったノルンの顔は強張っていて、緊張してるのか、拳を握り締めていた。

「どうした、なにか、あった？」

　一番はじめに想像したのは、クゥジュになにかあったのかなってことだった。店は順調だったはずだけど、ノルンが顔を強張らせるなんて、クゥジュ関係しか思いつかなかったんだ。

　ノルンは何度か口を開きかけて、躊躇って、俯（うつむ）いて。覚悟を決めたみたいに顔を上げた。

「シノブ。シノブ……。すみません。もっと早く、貴方に知らせるべきでした」

　ノルンの顔があまりにも真剣で、話を聞くのがなんだか怖い。

「ゲートが、消滅してしまいました」

「ゲート？　ゲートって、僕がこの世界に来るときに通ってきた、異世界のゲート？　それって……」

　意味を理解したとき、ザワッと鳥肌が立った。

　異世界のゲートは、一度安定すると消滅することはほとんどないって聞いたことがある。でも時々、本当に時々だけど、消えてしまうゲートもあるんだって。

　もともと異世界へのゲートは人工的に作ったものじゃなくて、自然発生したものを利用しているんだ。隣り合った世界との間にできた歪みみたいなもので、人工的にゲートを開く方法は、まだ見つかっていない。

　一度自然消滅してしまったゲートが同じ場所で開く可能性は、ほぼゼロで。だからこそ安全を確認するのにそれなりの時間をかけるし、異変が起こったときは旅行者は即刻退去。移住者には速（すみ）やかにその事実を伝えて、異世界に残るか、もとの世界に帰るか、本人の意思確認をする決まりになっていた。

　移住者用のパンフレットにも注意事項として目立つ赤太字で表記されていて、もし異変があったときにはどうするか決めておきましょうって書いてあったから、よく覚えている。

覚えていたけど、心のどこかで、そんなことは起こらないって思っていた。そう思ってしまうくらい、ゲートが消滅するのは珍しいことだったんだ。

「もっと早くにって、いつから。いつから異変があったんだ？」

「……私が知ったのは、一ヶ月半ほど前です」

それって、ノルンの仕事が忙しくなって、あまり会えなくなった頃だ。久し振りに会ったとき、ノルンは凄く疲れたような顔をしていた。

その頃から、知ってたのか？　僕が帰れなくなるかもしれないって。知ってて、黙ってた？

「なんで、教えてくれなかったんだ？」

どうしよう。寒いわけじゃないのに、鳥肌が治まらない。

早食い祭りのときに、ノルンとクゥジュが日本に行くときは案内するって言ったら、『そのときはお願いします』って、言ったじゃないか。

あれは、嘘だった？　ゲートが消えるかもって思いながら、適当に話を合わせてたってことか？

僕はそんなことになっているなんて全然知らなくて、婆ちゃんの墓参りに行きたいなって呑気に考えていた。

こっちに帰ってくるときのお土産はなにがいいかな。やっぱり食べ物のほうが喜ぶかな。とか想像しながら、今度ノルンに会ったら、帰省のことを相談しようって思っていたのに。

「シノブ……」

ノルンが一歩、僕に近づいた。僕は、無意識に一歩下がっていた。

ノルンはショックを受けた顔をして立ち止まって、それ以上近づこうとはしなかった。

「こんなことになってしまって、本当に申し訳ありません。今さらだと思うかもしれませんが、話を聞いてもらえませんか？」

もう、婆ちゃんと爺ちゃんの墓参りに行けないんだ。父さんと母さんに手紙を書いても、届かないんだ。

僕は、この世界で初めての移住者で、同じ世界から来た人はほかには誰もいない。ひとりきりだ。

ダメだ。頭の中がグチャグチャで、ノルンの話をちゃんと聞かないといけないのに考えが纏まらない。

「ノルン、ごめん。僕、今日はちょっと、無理みたいだ。話、聞けそうにない」

ノルンは唇を噛み締めて、悲しそうに俯いた。

いつもよくしてもらっているのに、僕はもうそれ以上の言葉が出てこなかった。

僕もノルンも無言で、しばらくの間突っ立っていた。

ノルンの顔を見たら酷いことを言ってしまいそうで、足元に生えているタンポポに似た黄色い花を睨むように見ていた。

その間、ノルンが僕の顔をジッと見てるのを感じたけど、『頼むから、早く帰ってくれ』って思いながら、ノルンが背中を向けるまで顔を上げることができなかった。

「また明日、来ますね」

ノルンはそれだけ言うと、馬にまたがって帰っていった。いつもはムックか馬が引く乗合馬車に乗ってくるのに。馬に直接乗るのは、騎士さんか、よほど急いでいるときだけだって聞いた。ノルンは馬に乗って急いで知らせに来てくれたのに、悲しい顔をさせて追い返してしまった。

どれくらい立っていただろう。昼間は煩いくらいに大きな声で鳴く、蟬に似た昼虫の鳴き声が、いつの間にか、夜虫のリーンッて涼しそうな鳴き声に変わっていた。

リーンッリーンッって鳴き声が鈴虫に似てるなって思って、僕はもう本物の鈴虫の鳴き声を聞くことができないんだなって思ったら、鼻の奥がツンッと痛くなった。目の前がゆらゆら揺れて、下まつ毛では支えきれなくなった涙がポロッと落ちて、頰から首を通ってシャツの襟に吸い込まれていった。

一度涙が出始めたら止まらなくて、ボロボロ泣きながら鼻を啜った。

辺りは真っ暗で、この世界にたったひとりになってしまったように感じて怖くなって、泣きながら家に入って急いで布団にもぐり込んだ。着替えもしなかったからベッドが汚れるな、とか、普段なら気になることをまったく思いつきもしなかった。

頭から布団を被ってグズグズ鼻を啜りながら泣いていたら全身が熱くなって、前髪が額に貼りつくくらい汗をかきながら、泣いて、泣いて、泣いて。

頭がボーッとして、自分がなんで泣いてるのかもわからなくなるほど泣いて、そのうちに、泣き疲れて眠ってしまっていた。

一晩思いっきり泣いて起きたら、気持ちが落ち着いていた。まだ頭がボーッとしてるし、瞼が腫れて重たいけど。

僕は、もともと立直りが早いほうだ。これは、爺ちゃんと婆ちゃんのおかげだったりする。ないものを欲しがるよりも、あるものを目一杯楽しむように教えてくれたのは爺ちゃんで、それを証明するように、いろんなことを教えてくれたのは婆ちゃんだ。

僕は夏生まれで、夏休み中に誕生日が来るんだけど、爺ちゃんと婆ちゃんの暮らす街には和菓子屋と駄菓子屋はあってもケーキ屋はなかったから、いつも婆ちゃんがケーキを焼いてくれた。店みたいに綺麗なケーキじゃなかったけど、婆ちゃんと一緒にケーキを焼いて、爺ちゃんと三人で食べるのが楽しかった。

『ケーキが食べたい』って泣いても、ケーキ屋が急に現れることはないけど、ほかのやり方で楽しくすることはできる。同じように、思い通りにならなくて悔しかったり悲しいことがあっても、別のことで楽しくできるんだって、爺ちゃんと婆ちゃんはいつも僕に実践してみせてくれた。

だから僕は落ち込むことがあっても、気持ちを早く切り替えることができるようになったんだと思う。

うちの両親は仕事が忙しかったり、それぞれの趣味が忙しかったりで、家族旅行に連れていってもらったことがなかった。

小学生のとき、クラスの友達から夏休みは家族でキャンプに行くって聞いて羨ましくなって、両親にねだったことがあった。でも、やっぱり連れていってもらえなくて、例年通りに爺ちゃんと婆ちゃんの家に夏休みの間預けられることになって、田舎に行ってからも部屋の隅っこでイジケていた。

朝のラジオ体操もサボって部屋に寝っころがっていたら、爺ちゃんに『車に乗りなさい』って言われた。

僕はどこにも行きたくなかったけど、爺ちゃんに米俵みたいな担ぎ方をされて、無理矢理軽トラに乗せられて、凄く不機嫌だった。

爺ちゃんが連れていってくれたのは家から少し離れたところにある河原で、まだブーたれていた僕を担いで河原に座らせて、釣竿を握らせた。

釣りなんてしたくないって思っていたけど、爺ちゃんと隣同士で座っていたら、僕の釣竿の釣糸がツンツンッって引いて、爺ちゃんに背中を抱えられながら一匹目を釣り上げたときには笑顔になっていた。

釣った魚は平たい石をまな板代わりにして捌いて、どこかから借りてきたバーベキュー用のコンロの上で焼いて食べた。

そのうちに近所に住む爺ちゃんの釣り仲間が集まってきて、釣り仲間の人の孫とかもいて、僕はもう、イジケていたのをすっかり忘れて楽しくなっていた。

『忍、楽しかったか？』

『うん、すっごく楽しかった！』

帰り道の車の中で、爺ちゃんが運転をしながら僕に話しかけてきた。

『そうだろ？　家でふて寝をしとったら、こんなに楽しいことを知らなかったかもしれないぞ。忍は夏休みの間しか爺ちゃん家にいられないんだ。その間、ずっと拗ねて寝て過ごすなんて、時間が勿体ないだろう。できないことを怒ったり悲しむより、できることから楽しみを見つけたほうがずっといいとは思わんか？　爺ちゃんなんて、もうすぐあの世に行くと思ったら、怒ったり拗ねたりする時間が凄く勿体ない気がしてな。怒ってる暇があったら、忍とこうやって遊んでるほうがずっといい。忍はどうだ？』

『爺ちゃん、あのよに行くの？　いつ？　あした？』

『はっはっはっ、さすがに明日は早いな。忍が結婚して、曾孫を抱くまでは頑張るから安心しろ。それまで、爺ちゃんとたくさん遊ぼうな』

『うん、爺ちゃんと婆ちゃんと遊ぶ!!』

家に帰ったら、婆ちゃんが僕のために花火を買ってきてくれていた。アイスを食べながら三人で花火をしていたら、酒が入って酔っ払った爺ちゃんが『男には簡単に諦めちゃならないときがある』とか語りだして、さっき言ってたことと違うじゃんって、訳がわからなくなった。でも。

爺ちゃん、僕、今なら爺ちゃんの言っていたことの意味がわかるよ。

もとの世界に帰れなくなったことは悲しいけど、それを怒って拗ねて、せっかく友達になったノルンを追い返したりするのは勿体ないことで。

今僕が簡単に諦めちゃいけないことは、この世界でポチやハナコ達と生活していくことだ。

そういうことだよな、爺ちゃん。

閉め切っていた寝室の窓を開けたら、目の前に僕が作った畑があって、その向こうに稲に似た雑草がずっと奥のほうまで広がっていた。

今日は風が強くて、雑草が同じ方向に揺れるのが海の波みたいに見える。

僕は、ここで生きていくんだ。昨日はひとりきりになってしまったような気がしていたけど、僕にはポチやハナコ達がいる。

墓参りはできなくなったけど、ここからだって爺ちゃんと婆ちゃんに祈ることはできるし。

ゲートだって、いつか別の世界に繋がるゲートが見つかって、そこを経由して日本に行けるようになるかもしれないし。うん、大丈夫だ。

思いっきり息を吸い込んで、手を前に突き出して伸びをして、土と枯れ草がついたシーツを剝がして外に出た。

「ポチ、ハナコ、ハナヨ、ブライアン、ピョン吉、コッコさん達、ラムちゃん達、おはよう！　これからも、よろしくな！」

これからも一緒に生きていくポチ達に改めて挨拶をして、いつも通りに水をあげた後、汚れたシーツをゴシゴシ洗った。ついでに汗をたくさんかいた服も脱いで、パンツ一丁になって洗って、僕も頭から冷たい水を被ったら凄くスッキリした。

あまりにも池の水が冷たくて、『寒いッ寒いッ』て言いながら着替えようとして、ちょっとだけ考えた。

僕は今まで、もとの世界から持ってきた服を着ていた。この世界の服はゴワゴワしていて肌触りが悪かったから。でも、ここで生きていくなら、こういう小さなことにも慣れていかないといけないんだ。

お気に入りのTシャツの隣に並んでいる薄茶色の年季が入ったシャツは、ノルンが子供のときに着ていた服だ。荷物になるから服はあまり持ってこなかったって言ったら、次に会ったときに持ってきてくれたんだ。

初めて着たノルンのシャツはブカブカだった。ズボンも膝丈だって聞いていたのに、僕が着ると七分丈で、ウェストの紐をギュウッて引っ張って結んだら、紐が物凄く余ってしまった。

ゴワゴワしていて、ブカブカで。でも、ここで生きていく覚悟を決めた僕に、今一番相応(ふさわ)しい服はこれだ。

こっちの世界の服に着替えたことで、やっとこの世界に馴染めたような気がして、新しく生まれ直したような気持ちになった。

いつものように野菜を運びに来たゲネットさんに腫れた瞼を驚かれて、元気出せよって、飴玉をもらった。ほら、大丈夫だ。僕はひとりなんかじゃなくて、腫れた瞼を心配してくれる人がいるし、服をくれる人もいるし、道に迷ったら手を引いて歩いてくれる人もいる。

昨日の僕は、どうしてそのことを忘れてひとりきりだなんて思ってしまったんだろう。だめだなぁ、僕は本当におっちょこちょいで、忘れっぽいんだから。

口の中で飴をコロコロ転がしながら、ハナコとハナヨのミルクを搾って、今日はホットミルクにしようと思った。

砂糖を入れて甘くして。

頭を使わないといけないときは、甘い物を飲みたくなるよな。

真面目なノルンは、きっと約束した通りに今日も僕に会いに来ると思う。会って、ちゃんと話を聞いて、これからどうするか考えないと。

ゲートが消えてしまったことはノルンのせいじゃないのに、僕は昨日、自分の気持ちを整理するのにいっぱいいっぱいで、話も聞かずに追い返してしまった。

ノルンは全然悪くないのに。

まずは昨日態度が悪かったことを謝って、それから、これからも仲良くして欲しいって言おう。そう決めたら、なんだか緊張して、いつも以上に畑仕事を頑張って気をまぎらわしてみた。


ノルンがやってきたのは、昼を過ぎた頃だった。

乗合馬車に乗ってきたノルンの目の下には、濃いクマができていた。もしかして、僕が昨日酷い態度を取ったから眠れなかったのか？

「ノルン、見て。ノルンにもらった服、初めて着てみたんだ。似合う？」

僕は両手を広げた。どう見てもブカブカで、似合ってる？　って聞かれても困るだろうな。現に、ノルンは困った顔で小首を傾げているし。

でも、いいんだ。これは、僕の覚悟だから。

ここで生きていくことを決めた、僕の決意の証(あかし)だ。

この世界の服を着て、この世界の食べ物を食べて、そうやって、生きていくんだ。

「昨日は追い返してごめん。自分のことで頭がいっぱいで、ノルンの話を聞けなかった。一晩経って、頭の整理がついたから、ちゃんと話を聞かせて欲しい」

「シノブ、申し訳ありません。私は、ゲートのことを知っていたのに、黙っていました。あのときシノブに話をしていれば、まだ間に合ったかもしれないのに。この世界の事情を優先して、上司に言われるままにシノブを騙(だま)してしまいました」

　そうだったのか。ノルンが元気がないように見えてたのは、気のせいじゃなかったんだ。

　疲れた顔をしているなって思っていたのに、僕は一度もノルンにそのことを聞かなかった。

　ゲートのことを知ってから、ずっと悩んでいたのかな。友達になった僕と上司の命令に板挟みになって、辛かっただろうな。僕が一言、『どうした』って聞いてあげていたら、話すきっかけになったかもしれないのに。聞いてあげられなくて、ごめん。

「ゲートのことは残念だったけど、もういいんだ。僕はもともとここに移住してきたんだし。こんなことになって、やっと本当にここで暮らしていく覚悟ができた気がするんだ。だからさ、ノルン。これからも、僕と仲良くしてくれる？　僕と、友達でいてくれる？」

　瞼が腫れた不細工な顔で精一杯笑ってみせたら、ノルンにギュウッと抱き締められた。

　身長差から、僕の顔はノルンの胸の辺りに埋まって、心臓の音がよく聞こえた。

「昨夜、私が帰った後に、ひとりで泣いたんですね。心細かったでしょう？　拒絶されても帰らずに、そばにいればよかった。私は本当に気が利かなくて、情けないです。こんな私をまだ友達だと言ってくれるんですね。こちらこそ、お願いします。これからも、シノブと友達でいたい」

　僕達は、こうして仲直りできた。

　ホッとして、また涙が出そうになったけど、ノルンの目も潤んでいたからおそろいだ。

「今日はホットミルクを飲もうと思っていたんだ。ノルンも同じものでいい？」

「はい、お願いします」

　砂糖を入れたホットミルクを二つ用意して、フーフー息を吹きかけながら飲むと、気持ちが落ち着くような気がした。

　ノルンもフーフーしながら飲んでいて、息を吹きかけるたびに眼鏡が湯気で真っ白になるのが面白くて笑ったら、ノルンもやっと笑顔を見せてくれた。

「ゲートの異変に気がついたのは、シノブがこの世界に来たすぐ後だったそうです。シノブがゲートを通ったとき、揺れて具合が悪くなったでしょう？　今まで何度もゲートの運用テストをしてきましたが、そんなことは一度もなかったそうです。うちの職員が調べたところ、この異変はアグラム側でのみ起こっていたことで、シノブの世界の人は異変に気がついていませんでした。それをいいことに、秘密にしていたのです。ゲートが消滅する可能性があると判断されて転移中止勧告が出ると、安全が確認されるまで封鎖されてしまうからです。その期間に制限はなく、封鎖されてから解除まで十年かかるか、百年かかるかわからない。それは、こちら側の世界にとって、とても都合の悪いことでした。私達には、百年待つだけの時間の余裕がなかったのです」

そこで言葉を切ったノルンは、自分を落ち着かせるようにホットミルクを一口飲んだ。緊張してるみたいに両手でコップを持って、指先で何度も縁をなぞる。

ノルンが、今からとても大切なことを話そうとしているのを感じた僕も少し緊張して、もう一度気持ちを落ち着かせようとホットミルクを飲んだ。

「この世界に子供が少ないのを、シノブも知っていますね。今いる子供は十歳以上の子供ばかりで、赤ん坊は一人もいないんです」

「そういえば、ここに来てから赤ん坊を見たことが一度もなかったかも。でも、一人もいないなんて、そんなことあるのか？」

若い夫婦らしきカップルを見ることはあったから、みんなが独身主義で結婚したがらないから子供ができないってわけではないよな。

「この世界の女性は、いつの頃からかとても妊娠しづらくなりました。ですが、当時の研究者が原因を調査しているうちに、ある植物の実を食べると妊娠の確率が高くなることを発見したのです。彼は不思議な力を持っていて、動物の話を聞くことができました。森にいる動物達が、発情期近くになるとある植物の実をよく食べる姿を見て調べたことが発見のきっかけになったようです」

「それって、フィルクス様のご先祖様？」

「そうです。しかし、その実には人間にとって毒となる成分が含まれており、食すことはできませんでした。彼がその植物の種を持ち帰り、研究を重ねた結果、突然変異で生まれたのが生命の木です。毒となる成分を取り除くことに成功し、効果も数倍上がっていました。

　それからは研究者の一族が生命の木を石の壁で囲って管理し、結婚して三年以上の夫婦で、希望する者に与えることになりました。数が限られていましたし、女性の意思確認をせず無断で食べさせ、なし崩し的に子供を作って結婚を強要する事件が起きてからは、悪用できないように厳重に管理する必要があったのです。夫婦で管理所を訪れ、同意を確認してその場で女性に食してもらう。そうやって子孫を残してきたのですが、十年前に突然生命の木が枯れ始め、実をつけなくなってしまったのです。

　シノブが街の南側の入り口で見た、葉が黄色くなった木が生命の木です。はじめは一部の木から始まりました。それが少しずつ広まって、ある日、収穫間近だった実がすべて落ちてしまったのです。なにかの病気か、栄養不足か。水を替え、土を替え、肥料を替えても効果がなく、いまだに原因もわかっていません。

　枯れた部分を伐採することも考えましたが、突然変異で生まれた生命の木は実をつけても、その実の中に種子はありません。すべて一本の木から伸びた根から増えたもので、土の中ではすべての木の根が繋がっているのです。根を傷つけて生命の木に余計な負担をかけることを恐れ、それ以上の対策は取れませんでした。結果、実をつけなくなった十年前から赤ん坊が一人も生まれていないのです」

　この世界の人が子供を大切に扱う理由がやっとわかった。赤ん坊が生まれないから、今いる子供を大切にして、みんなで守っているんだ。

「誰もが私達はこのまま滅ぶのだと思っていました。そんなとき、シノブの世界に繋がるゲートが発見されたのです。五年前、シノブの世界に繋がったゲートが発見されてから、実用化に至るまで四年の月日を要しました。環境調査の段階でシノブの世界の学者にアグラムの現状を伝えて調査をしていただいたのですが、残念ながら原因を特定することは出来ず。しかし、幸運なことに二つの世界は共通点が多く、シノブの世界の人間と種族としての交配が可能だと判明したときは、これで私達の世界は救われると歓喜しました。

そして、シノブの世界から生命の木の実を食べなくても妊娠可能な女性を迎え入れる計画を立てたのです。出会いの場を作り、縁が結ばれれば滅亡を防ぐことができる。ゲートは、この世界の人間の最後の希望だったのです。

しかし、観光ツアーも移住の公募も、誰にも見向きもされませんでした」

「それ、不思議だったんだ。僕から見ても好条件だったのに、なんで誰も移住しなかったんだろうって」

だって、農地付き一戸建てプレゼントだぞ。絶対に、僕以外にも飛びつく人がいると思うけどな。

「最初から、注目を集めるための苦肉の策です。はじめは、あの条件だったわけではないですよ。あれは、ほかの異世界と同じように観光ツアーから始めましたが、人気がなかったのです。

斡旋(あっせん)会社には、今の流行に合っていないのだと言われました。シノブの世界では、すでにいくつもの異世界とゲートが繋がっており、ただ異世界だというだけでは魅力に欠けるのだそうです。

深海国でのミステリーツアー・鳥人世界での空中生活・地底帝国での宝石発掘体験・小人世界でのガリバー体験・ウサギ獣人の世界でのアフタヌーンティー。

魅力的で、非日常的で、神秘的で、ほかではできない体験を求めるのが今の流行で、たとえ保護スーツ着用必須で不便でも、地球食スーパーで購入した食事しか食べられなくても、目新しさのある世界でなければ見向きもされません。

実際、アグラムは運用開始から一年経っても、どこからも相手にされませんでした。ただ食材が大きいだけの田舎に、わざわざ大金を出してまで観光や移住をする者などいないということです。田舎に暮らしたいのなら、地球にも存在するのですから」

「なるほどな、だから福引の景品になったのか」

農地付き一戸建て、さらに家畜付き。そこまでしてやっと引っかかったのが、僕ってことだ。

「そうです。私達は、戦略を変更することにしました。ただ待っていても異世界人を呼び込めないのなら、まずは好条件を提示して一人でも移住者を呼び込み、この世界の魅力を一緒に掘り起こしてもらおうと。この世界で暮らしていただきながら意見を聞き、環境を整え、より魅力的な観光ツアーで人を呼び込み、いずれは大勢の女性移住者を誘致する」

なるほど、過疎化の進む地方の農村地でお嫁さんを求めて婚活イベントを開くような感じか。

ノルンが僕との会話の途中で熱心にメモを取っていたのも、僕の世界の人が暮らしやすい環境を整える目的があったんだな。

「しかし、ゲートに異変が起きてしまい、観光客の誘致どころの話ではなくなってしまいました。

はじめは一時的なものだと思われていたようです。時が経てば安定すると。それに、どうしてもゲートが封鎖されるのを避けなければならなかった。さっき話した通りに、一度封鎖されたらいつ解除されるかわかりません。十年ならいい。でも、五十年、百年となると……。それほどの年月を待つ余裕は、私達にはありませんでしたから。上層部は、ゲートの異変を隠すことを決めました。

私が知ったときには異変は顕著になり、シノブの世界と通信することもできなくなっていたのです。このことは、シノブには秘密にするように指示されました。まだ消滅するとは決まっていないから、いたずらに不安を煽ることをしてはならないと。

でも、その指示に従ったのは間違いでした。その時点でシノブに知らせていれば、可能性は低くてもシノブの世界に転移することができたかもしれない。少なくとも突然の消滅で混乱させることはなかった。それなりの心構えをする時間をあげられたのに。自分達の都合を優先するあまりに、シノブの帰る場所を奪ってしまいました。本当に、申し訳ありません」

僕が移住するきっかけになった福引。残金一一〇〇円で、生活のために飛びついた商品に、この世界の人類の存続をかけた願いが込められていたなんて。

この世界に僕が来たのは間違いだったんじゃないだろうか。お医者さんとか、植物学者とか、マーケティングのプロとか、その筋の専門家が来たほうが、この世界にとってよかったんだろうに。

「僕こそ、なんか、ごめん。もっと大人で、役に立つ人が来たらよかったのにな」

「そんなことはありません！　もともと、この世界に起きている問題の解決策を異世界に求めたのが間違いだったのです。自分達の力で解決するべきでした。フィルクス様が前に言っていました。私達は、一つの種族としての寿命が来ているのではないかと。このまま滅ぶのなら、それも自然の摂理なんですよ。勿論、まだ諦めたわけではありません。フィルクス様は各地を旅して生命の木に代わるものを探しているんです。今回の旅でも成果がなかったようですが、次の旅で方法が見つかるかもしれませんし。私も、微力ながら努力するつもりです」

じゃあ、フィルクス様はまた旅に出るのか。そのときは、フィルクス様の騎士様のクリシュさんも一緒に行っちゃうんだろうな。

仲良くなれたらいいなって思っていたから、ちょっと残念だ。

「僕にも、なにか手伝いができたらいいのに」

「私達はシノブに酷いことをしたというのに、そんな風に言ってくれるんですね」

長い話が終わってホッとしたのか、ノルンの表情が柔らかくなった。

「あ、そうだ。僕は、これからもこの家に住んでいてもいいの？」

移住者を募集した目的はゲートが消滅したことでダメになったんだから、お役御免なわけだし。

「勿論ですよ。ここはもう、シノブの家ですから。ほかにもなにか要望があるなら聞いてくるように言われてます。こんなことでお詫びになるとは思っていませんが、遠慮なくおっしゃってください」

そんなことを言われてもなぁ。特に欲しいものとかもないし。あ、思い出した。聞きたいことがあったんだ。

「ところで、結局のところ植物系チート能力が発現した原因って、わからないままなの？」

「申し訳ありません。報告はしたのですが、その時には既にシノブの世界との通信が困難になっていたらしく、調査どころの話ではなくなっていたそうです」

「そっかぁ、しかたないよな」

たとえ通信が出来ていたとしても、原因が判明したかどうかなんてわからないしな。

僕の帰郷の話から人類の存続をかけた壮大な話に発展してしまって、なんだかどっと疲れが。

昨夜はなにも食べてないし、今日はあめ玉とホットミルクだけだし、お腹が減ったかも。

ノルンと仲直りのご飯でも食べようか。

「ねえノルン、お腹減ってない？　僕のとっておきのご飯をご馳走するけど」

「シノブのとっておきですか。それは楽しみですね」

僕は、戸棚から昨日精米した米の入った瓶を取り出した。炊き立ての米を食べて、元気になろう。おかずは、昨日漬けたキュウリの浅漬けがあるし、卵かけご飯もいいよな。ただ、醬油がないいんだよなぁ。

「シ、シノブ、それはなんですか!?」

「これ？　米だけど」

なににビックリしたのか、ノルンは立ち上がって椅子を盾にしている。逃げる準備をしてるみたいに腰を落として足を踏ん張ってるのはなんでなの。

米の瓶を持ったままノルンに一歩近づくと、『ヒッ』っと息を吞んで壁際まで後ずさった。本当に、一体どうしたのさ。

「す、すみませんが、まさか、それを食べるわけじゃないですよね？」

「食べるよ。よく洗って水で炊くんだよ」

ノルンの顔が、サァーッと青くなった。

「わ、私には、それ、虫の卵に見えるんですが、本当に食べるんですか!?」

「え？」

僕は、抱えてる瓶を見下ろした。小さくて、細長くて、白い粒。確かに、遠目に見たら虫の卵に見えなくもないような気がするけど……。

あ、そうか。この世界の人は米を食べたことがないんだっけ。

「これは、米っていって、日本人の主食だよ。早食い祭りのときに偶然市場で見かけたんだ。虫の卵じゃなくて、植物の種の中身の部分だから、安心していいよ」

「市場でですか？　私は見たことがないんですが」

「ちょっと待ってて」

精米する前の米を見せてあげよう。これならきっと、見たことがあると思うんだ。普通に市場に売ってたし。

「これの外側の皮を剝いたのが米だよ」

「………!!　これ、家畜の餌ですよ!?」

精米する前の米を見せたら、余計にビックリさせてしまった。うーん、美味しいんだけどなぁ。

食文化の違いはしょうがないな。同じ日本に住んでいても、『え、そんなの食べるの!?』って驚くことがあったしなぁ。僕は幸いなことに、この世界に来てから驚くような食べ物はなかったけど。

あ、あった。ピョン吉だ。僕の認識ではペットのイメージが強いウサギはこっちでは人気の食材で、ノルンの好物だった。

市場にも皮を剝いだラヴィの肉がたくさん売っていたけど、ぼくはピョン吉を思い出してしまって、どんなにオススメされても食べることができなかった。

それを考えると、無理に食べさせるのは可哀想だよな。

「ご飯を炊くから、食べれそうだったら試しに食べてみてよ。口に入れるのも駄目だったら、パンもあるからサンドウィッチ作ってあげる。サンドウィッチはノルンが普段、普通に食べている食材を使うから安心していいよ」

まだ青い顔をしてるノルンを座らせて、米を洗うために外に出た。

えーっと、はじめは中火で、沸騰したら弱火だったかな。久しぶりの米に、凄くワクワクする。梅干しとか、ジャコとか、味付けのりとか、あったらよかったな。

インスタントの味噌汁とかも、持ってくればよかった。その辺のことは移住の準備をしてるときでもあまり思い浮かばなかったから、仕方ないか。

コトコト・グツグツしてくると、なんとも言えない米が炊けるいい匂いが漂ってきた。これ、これだよ。やっぱり、日本人は米だよな。

青ざめていたノルンが、匂いにつられて僕の後ろから鍋を覗くけど、生憎と今蓋を開けるわけにはいかないんだよ。

「もう少し待ってて」

炊いても米は膨張するくらいでフォルムは変わらないから、見たらまた青くなるかもなって思いながらサンドウィッチの準備を始めた。こっちは普段食べてる食材だから、ノルンも嬉しそうに手伝ってくれた。

中でも燻製肉はお気に召したみたいで作り方を教えてあげたら、『そんな調理法があったんですか。異世界の食文化は凄いですね！』って驚いてた。

その調子で、米のことも好きになってくれたらいいんだけど。

炊き上がった米を見て、ノルンはやっぱりドン引きしていた。水分を含んだ米はますますノルンが怖がるアレに見えるみたいで、顔が引きつっている。

「無理して食べなくてもいいよ？」

「いえ、いただきます」

決死の覚悟って感じの顔をしているけど、異世界のことを知るのは自分の義務だとでも思っているんだろうか。

塩味濃いめに漬け込んだキュウリの浅漬けを皿に乗せて用意して、サンドウィッチも一緒に並べてあげると、ノルンは覚悟を決めた顔をしてフォークを握った。

「いただきます」

「い、いただきます」

僕は、待ち望んでいた米を一口食べると同時に、ヘニャッと顔が崩れてしまった。

モチモチで、仄かに甘くて。『これが、食べたかったんだよ！』って、口の中が喜んでいる。

僕の顔を見たノルンが、ギュッと目を瞑ってちょっとだけすくった米を口に入れて、『あれ？』って顔をした。

「意外です、美味しい。パンとはまた違う風味ですが、キュウリの浅漬けとよく合いますね。見かけはアレですが……」

味と見た目のギャップに納得がいかないような顔をしながら、ポリポリといい音を立てて浅漬けと一緒に米を頬張るノルンに笑ってしまった。

今度は米を五キロくらい買ってこようっと。


僕は鼻歌を歌いながら畑仕事をしていた。茄子の種を蒔こうと土を掘り返したらミミズが出てきたから、別の場所に移してそっと埋め直してあげたところだ。

ミミズは、いい土を作ってくれるから、大事にしないと。

「掘り返してごめん。いい土を作ってくれよ」

もとの世界に帰れなくなるっていうアクシデントがあったけど、僕の毎日は変わらなかった。ハナコ達に水をあげて、ミルクを搾って、畑仕事をして。

帰れても帰れなくても、時間が経てばお腹が減るし、暗くなれば眠くなるし。やっぱり爺ちゃんと婆ちゃんが恋しくなるけど、墓参りに行けないかわりに、毎日寝る前に『お休みなさい』って挨拶してから寝ることにしたから、大丈夫なんだ。

茄子ができたらどうやって食べようかな。焼き茄子、漬物、天ぷら、挽き肉を挟んで焼いてもいいし。味噌汁に入れるのも好きだけど、味噌がないんだよ。

醤油と味噌の問題は、僕がこの世界で暮らしていく上での最重要課題だ。いつかなんとかするぞ！　と思いながら種に土を被せていると、ドドドドッと、馬のひづめの音が聞こえた。

あ、今日も来たんだ。このところ毎日だな。

外はギラギラ暑くて、普通の服を着ている僕ですら汗ダラダラなのに、騎士さんなんか鉄板に全身を覆われてるんだもん。本当に、大変だよなぁ。

クリシュさんはここ数日、毎日馬に乗って僕の家の前の一本道を爆走する。お昼を過ぎた頃にドドドドッて街のほうから走ってきて、十分後くらいにまたドドドドッて街に向かって駆けていく。

クリシュさんの馬はブライアンよりもずっと大きくて、凄く足が速い。初日にクリシュさんの馬が爆走する音を聞いた僕は、慌てて外に飛び出した。凄く大きな音だったから、土砂崩れが起きたのかと勘違いしたんだ。

実際は、フィルクス様にお使いを頼まれたらしいクリシュさんの馬のひづめの音だったけど。

馬上の人を想像しながらも、引き続き畑仕事を続けた。この前ノルンの話を聞いて、フィルクス様がとても大切なお役目を持っていることを知った僕は、同じようにフィルクス様の騎士のクリシュさんも凄く忙しい人なんだと気がついてしまったので、声をかけて邪魔するのはダメだって思ったんだ。

でも、律儀なクリシュさんは、僕の姿を見ると必ず馬を止めて声をかけてくれる。

今日も馬から降りたクリシュさんが、わざわざ畑まで歩いてくるのを見て、急いで駆け寄った。

「クリシュさん、今日もお使い？　お疲れ様です」

「ああ。シノブは元気か？」

多分、クリシュさんもゲートが消滅して僕が帰れなくなったことを知ってるんだと思う。だから、こうやって声をかけてくれるんだ。

昨日も一昨日も『元気か？』って聞かれた。そのたびに、気遣いに感謝しながら『元気だよ』って答えるんだ。

「うん、元気だよ。ところで、この前のフィルクス様にお願いした伝言のことだけど、なにか言ってた？」

生命の木の話を聞いて、僕の植物系チートがなにかの役に立てないかと思って、協力できることがないか聞いてもらっていたんだ。

僕だって、この世界の住人になったわけだし。それなら、人類の存続のために尽力するべきだ。

自分で言っていてなんだけど、真面目な話なのに、僕が語るとイマイチ真剣な感じが伝わらないなぁ。

「フィルクス様から伝言を預かってきた。『いつか協力を仰ぐこともあるかもしれないが、今はその気持ちだけで充分だ。異世界の友人の好意に感謝する』とおっしゃっていた」

そっかぁ。僕のチートが役に立てたらいいなと思ったけど、野菜が速く育つくらいの能力じゃあ、できることが少ないのかもな。枯れた原因もわかっていないし、当然だよな。

「では、俺はそろそろ行かせてもらう」

「うん、仕事頑張って」

忙しいクリシュさんはそれだけ伝えると、すぐに馬に乗って街の反対方向に向かって走っていった。いつもと同じように、十分後くらいにビュンッて感じのスピードで街に戻っていく。

ブライアンも最高速度で走らせたら、あんなに速く走れるんだろうか。体感してみたいような気もするけど、僕だと一瞬で振り落とされるだろうから無理だな。

それから数日後、朝からサンドウィッチを入れたカゴを持ってクゥジュに会いに行った。ノルンとの結婚の時期を真剣に考えだしたクゥジュに、料理屋を開ける時間は今のままで収入を増やすことができないか相談されたんだ。

代金を値上げするしかないかなって思ったんだけど、それだとお客さんが離れてしまうかもしれないし。

悩んでいたら、この前ノットに言われたことを思い出した。お願いされていた燻製肉のサンドウィッチを作って差し入れしたら、美味い、美味いって食べながら、『これなら店で出して金を取れる』って言ったんだ。

サンドウィッチなら事前に作っておけるし、テイクアウト用として売れば、今まで通りの営業時間で収入が増えるんじゃないかなって。

この世界にはお弁当ってものがないらしくて、昼ご飯は家で食べるか店で食べるかの二択らしいから、目新しくていいと思うんだ。

試作品を広げると、クゥジュが目を輝かせて中身を確認していく。今回は目新しいものはないんだけど、そのうちに焼きそばパンとかできたらいいよな。それにはまず、焼きそばの麺を作らないといけないんだけど。

うどんなら小麦粉と塩と水でできるけど、焼きそばの麺って、どうやって作るんだろう？

「これが燻製肉と野菜を挟んだサンドウィッチで、これがオムレツを挟んだサンドウィッチで、こっちがハンバーグを挟んだサンドウィッチだよ。ほかにも、コッペパンに切り込みを入れて、ソーセージや野菜を挟んでも美味しいと思う。問題は、入れ物をどうするかなんだよ」

こっちの人達はたくさん食べるから、パンも厚目に切って中の具もたっぷり挟んでみた。

僕だと口に入れるのも一苦労の分厚いサンドウィッチをクゥジュは大きく口を開けてバクバク食べていく。うーん、男らしい食べっぷりだな。

指に付いたマヨネーズをペロリと舐めて満足げに笑うクゥジュは今では立派なマヨラーになっている。好みの酸味を自分で研究してるけど、僕が作るマヨネーズが一番好きなんだって。

「燻製肉、ノルンから聞いてたけど、予想以上に美味いな。そういえば、ノルンに家畜の餌を食わせたんだって？」

「聞いたの？　日本では主食だったから、あんなにビックリするとは思わなかったんだ。ノルンには、白い粒々が虫の卵に見えたみたいだ」

味は美味しいって言っていたけど、見た目がダメなら好きにはなれないよな。

「料理人としては、確かめてみたい気がするけどな」

「うーん、でも、店に出すのは無理だと思う。ヌカを取るのに凄く時間がかかるから、今日も米を買って帰って、時間を見つけて少しずつ精米しようと思ってるんだ。できあがったら、二人で食べにおいでよ。ノルンには別の食事を用意するから」

「市場に行くのか？　それなら、俺も行くよ。サンドウィッチを包む物を探しつつ、迷子にならないように案内してやるよ」

ぷふって笑いながら言われて、カアッと顔が熱くなった。

ぶらぶら市場を歩きながら、よさげなカゴやハンカチみたいな布を手に取ってみるけど、なかなかいいものがないなって、二人で頭を悩ませていた。

カゴは勿論だけど、布も結構高いんだよ。いちいちそんなもので包んでいたら、大赤字になってしまう。

もとの世界なら、ビニール袋とか、ラップとか、手軽なものがあったんだけどなぁ。

「食べた後に簡単に捨てられて、安くて、包んだパンが乾かないものって、なにか思いつかない？」

「パンが乾かないものか。湿ってるなにか、とかか？　でも、それだと、ふやけちまうんじゃないか？」

「うーん、難しいな」

今日も市場は賑わっていて、凄い人混みだ。人の間を縫うように歩いて市場の端っこまで来ると、民家が増えてきた。その一角の平らにならした土地の前で、水を撒きながら葉が付いた枝を振り回している人がいた。

「クゥジュ、あれ、なにやってるの？」

「うん？　ああ、これから家を建てるんだろ。ああやって、そこに住む人に幸せが訪れるように祈るんだよ」

「祈るって、なにに？　神様？」

「神様って、誰だ？」

誰って言われてもなぁ。なんて説明したらいいか。

「んーと、日本だと家を建てる前に、その土地に住む神様……はわかんないのか。目に見えないけど尊い存在？　に工事が無事に終わりますようにってお願いするんだけど、そんな感じ？」

なんだっけ、地鎮祭だったか？

「似たようなものかな。誰に祈るってわけじゃなくて、その家の家長が家族を幸せにするぞって心の中で覚悟を決める感じだな。あれは床下から植物が生えて家を突き破らないように薬を蒔いてるんだ」

異世界の植物は逞しいな！　そうしないと、生えてきた植物が床板を持ち上げてしまうんだって。

感心しながら見学していたら、ふと目に飛び込んできたものがあった。

「ねえ、クゥジュ、あれ見て。大きな葉！」

奥の台の上に大きな葉を敷いて、その上に野菜や果物が乗せてあるのを見て、クゥジュの手を引っ張った。

「あれは、祈りが終わったら近所に配るんだよ」

「あの葉、いいんじゃないか。あれでサンドウィッチを包んだらパンが乾かないし、食べた後に簡単に捨てられるし。あれって、簡単に手に入る？」

「あれなら市場に売ってるぞ。肉を買うときに持っていって、包んでもらうんだ。安いし、ちょうどいいかもな」

「よかった、決まりだな」

それから市場に逆戻りして、大きな葉をゲットした。明日から試しにサンドウィッチを売ってみて、評判がよければ数を増やそうって話をしながら歩いてると、肉を焼くいい匂いが漂ってきた。

「せっかくここまで来たなら、ラヴィの串焼きをノルンに差し入れしに行くか」

「うん、ノルンの好物だもんな。きっと喜ぶよ」

ラヴィの串焼きを四本買ったんだけど、店先に毛皮が着いたままの耳が無造作に置いてあって、僕は悲鳴を上げてしまった。

前に肉屋で見た皮を剥いたラヴィも衝撃的だったけど、耳だけってていうのも、かなりのダメージだった。市場は、意外と危険だ。

ノルンの職場に来たのは二回目だ。

初めてこの世界に来たときと、今と。

あのときは酷い揺れに酔って具合が悪かったのと、新しい生活に対する期待と不安でいっぱいで、建物の内部のことはよく覚えてないいんだけど。こんなに寂しい場所だったたか？

立派な石造りの建物は大きくて、入り口から入ってすぐが広いホールになっている。正面にある受付にはたくさんの椅子が並んでるのに、座ってるのは一人だけだ。凄く暇そうに頬杖をついて、手元のノートになにやら書き込んでいた。

閑散としていて寂しい印象を覚えるこの建物は、十年前までは生命の実を求める人で賑わっていたらしい。幸せそうなカップルが、まだ見ぬ自分達の子供を思い浮かべながら受付の職員に見守られて実を食べる姿は、今はもう見られない。それでもこの場所が残っているのは、この世界の人達がまだ諦めていないからなんだろうな。

いつか、生命の木がまた実をつけるかもしれない。いつか、生命の木に代わるものが見つかるかもしれないって。

ノルンはクゥジュと結婚するから子供を持つことはないけど、ノルンのお姉さんの子供を抱っこする日を夢見て、諦めたくなくて管理所に就職したんだって。

異世界のゲートが管理所の地下に現れたときは未来への希望に活気づいたけど、ゲートが消滅したことで、また寂しい建物に戻ってしまったってノルンが悲しそうに呟いたのを思い出して胸が切なくなった。

クゥジュが受付でノルンを呼んでもらってる間、ゲートを通ったときのことを思い出していた。この場所から、僕の移住人生が始まったんだなって。

ノルンの説明を聞いて納得したつもりだったけど、本当は、まだ実感が湧かない部分もあるんだ。

「ゲートがあった部屋、見せてもらえないかなぁ」

もしかしたら消滅したっていうのは間違いで、今見に行ったら復活してるんじゃないか、なんて、ちょっと思ってしまった。

「クゥジュ、シノブ」

「ノルン、これ、差し入れだよ！」

受付の奥の扉からノルンが出てきた。

ラヴィの串焼きを葉に包んだものを片手に手を振ると、クゥジュと言葉を交わしたノルンがパアッと笑顔になった。本当に、ラヴィの肉が好きなんだな。ピョン吉の飼い主としてはちょっと複雑だ。

嬉しそうなノルンの頰にクゥジュがキスをしたのを見てしまって、欧米的な挨拶に慣れていない僕は、なんだか照れてしまった。相変わらず、この二人は仲が良いなぁ。


クゥジュに肩を抱かれたノルンにラヴィの串焼きを差し出すと、鼻を近づけて匂いを吸い込んで、とてもいい顔で笑った。

「ラヴィの串焼きを買ってきてくれたんですって？ありがとうございます、お昼に食べますね」

「ここに来る途中、市場の近くで家を建てる準備をしてる人を見たよ。ノルンとクゥジュも結婚したら、二人の家を建てるのか？」

もしそうなら、クゥジュはますます仕事を頑張らないといけないいな。こっちで家を建てるのにお金がいくら必要なのかは知らないけど、安くはないと思うし。

「いや、親父ももういないし、俺の家で一緒に住むつもりだ」

「そうか、家を建てるなら、僕にも手伝わせてもらおうかと思ったのに」

薬を撒くより、僕が『ここには生えないで』って念じたほうがよく効くと思ったんだけど。

「どちらにしても気が早いですよ。まだ先の話ですし」

あれ？　僕はそろそろ真剣に考えたいってクゥジュから聞いていたんだけどな。結婚資金を貯めるためにサンドウィッチ弁当も考えたんだし。

この世界でもマリッジリングみたいに夫婦でそろいのものを身につける習慣があるらしいんだけど、つい最近までスッカラカンだったクゥジュには蓄(たくわ)えがなくて用意したいけど買えないからって。

ノルンの後ろに立っているクゥジュをチラッと見ると、焦った顔で『シーッ』て唇の前に人差し指を立てていた。内緒にして欲しいときの仕草って、この世界でも同じなんだな。

ノルンに内緒で用意して、ビックリさせるつもりなんだな、きっと。そういうことなら協力するぞ。取りあえず話を逸らさないと。

「えーっと、ノルン。僕、ちょっと頼みがあるんだ。ゲートがあった部屋、見せてもらえない？」

「ゲートの部屋ですか……。申し訳ありません。あの部屋は今、封鎖しているんです」

ノルンが悲しそうな顔になってしまった。ああ、どうしよう。話を逸らしたかっただけで、そんな顔をさせるつもりはなかったんだよ。

ゲートの話を蒸し返したいわけじゃなくて、ちょっとだけ見れないかなって思っただけなんだ。

「あ、いいんだ。どうなってるのかなって思っただけだから」

「部屋くらい、見せてやったらいい」

やっちまったなって思いながら言い訳していたら、ノルンの後ろからゾロゾロと騎士さん達を引き連れたフィルクス様が顔を出した。

「フィルクス様、こんにちは」

「うむ。君、地下室の鍵をここへ」

フィルクス様は僕の挨拶に頷くと、受付の人を呼んで鍵を持ってこさせた。

「私とノルンはこれから会議なのだ。同席できない代わりに、クリシュに案内させよう。クリシュもいいな？」

「はい」

部屋を見られるのは嬉しいけど、クリシュさん、忙しいんじゃないのかな。毎日うちの前の道を爆走しているくらいだし。

「本当にいいんですか？　クリシュさん、今日はフィルクス様のお使いはないの？」

「今日は？」

「だって、ここのところ毎日お使いを頼まれていたよね。大事なお役目があるんでしょう？」

フィルクス様は、右隣に立ってるクリシュさんをチラッと見た。

『なるほど』

ポソッと小さな声でなにかを呟いて腕組みをしたフィルクス様は、ウンウンって頷いた。口元がニヤリって感じに上がってて、僕は、なにか変なことを言ってしまったのかと心配になった。

「案ずるな、今日は頼み事はないのだ。明日からはまた、毎日頼むかもしれないがな。なぁ、クリシュ」

「…………」

フィルクス様は楽しそうにクリシュさんの背中を叩いたけど、クリシュさんは直立不動で無言だった。初めて会ったときみたいに、置物のようになっている。

中身、入ってるよね？

フィルクス様とノルンは、忙しそうに会議室に向かった。生命の木の代わりになるかと思われたゲートが消滅してしまって、今後のことについて連日話し合いが続いているらしい。

フィルクス様の今回の旅でも、これといった成果はなかったから、次回の旅に向けての計画も同時進行で話し合われていて、やっぱり忙しそうだ。


僕はノルンと別れた後、クリシュさんに地下室へと案内してもらった。クゥジュも付き添いで来てくれたけど、地下に入るのは初めてみたいで、物珍しそうにキョロキョロしていた。

外とは違ってヒンヤリしている地下の一番奥の部屋が、ゲートがあった部屋だ。その部屋には、頑丈な南京錠がかけられていて、クリシュさんが鍵を差し込むとガチャンッと大きな音が響いた。

「入っていいぞ」

クリシュさんが支えてくれている扉を通って中に入ると、部屋の中はガランとしていて、なにもなかった。前に見たときは大きなアーチがあって、光の幕のようなものが表面を覆っていたんだけど、ゲートが消滅してしまったから撤去してしまったんだろうか。

右を見ても左を見ても、石の壁しかない、四角い部屋。

はじめからなにもなかったように感じて、本当にこの部屋だったのかなって思ってしまった。僕はあのとき具合が悪くて、この部屋の様子をよく見ていなかったんだ。

「本当に、消えたんだな」

小さな声で呟いたつもりだったけど、僕の声は石の壁に反響して、大きく聞こえた。

「シノブ……」

クゥジュの心配そうな声に、滲んでしまっていた目尻の水分を手の甲で拭った。僕は泣きそうになるとすぐに鼻の頭が真っ赤になるから恥ずかしい。

ノルンからゲートが消滅したことを聞いた日の夜、飽きるくらいに泣いて、涙を全部出しきったと思っていたのに。情けなくって、『早く止まれ』って思いながら強めに目を擦った。

「あまり擦るな。目が赤くなる」

後頭部に硬いものが当たって、低くて温かな声が聞こえたのと同時に、目を擦っていた両手首を摑まれた。

クリシュさんの掌は今日も硬かったけど、温かくて優しかった。

真後ろにいるってことは、後頭部に当たってるのはクリシュさんの鳩尾辺りの鎧かな。真上を見ると、頭の上からクリシュさんが僕を覗き込んでいた。

兜をつけているからどんな表情をしてるかわからないけど、雰囲気で心配させてしまってるんだろうなって感じて申し訳ないと思った。それと同時に、そっと手首を握る力加減に優しさが滲んでいるように感じて嬉しくもあった。

「僕、元気だよ」

涙目じゃあ説得力がないかもしれないけど、精一杯笑ってみせた。だって、爺ちゃんは、笑っていればそのうちにいいことがあるって言っていたから。

頑張って笑ったら、兜の中から『フッ』って息遣いが聞こえた。もしかしたら、今、笑ったのかな。

「そうか、元気か」

「うん、元気」

大きな手で、よしよしって頭を撫でられた。

子供扱いされるのは嫌だなって思っていたはずなんだけど、今はそうやって慰めてもらえるのが、なんだか嬉しい。

クリシュさんは今、どんな顔をしているんだろう。いつも全身に鎧を着けていて、僕が知ってる生身のクリシュさんは、唯一鎧を着けていない掌だけだ。いつか、もっと仲良くなったら、顔を見せてくれるだろうか。クリシュさんは、雰囲気だけでも格好いいから、きっと兜を脱いでも男前なんだろうなぁ。

ゲートのあった部屋は、クリシュさんの手でまた厳重に鍵をかけられた。僕はもう、この部屋に来ることは二度とないんだろう。

心の中で向こうの世界に別れの挨拶をしたら、凄くスッキリして、やっと気持ちの整理ができたなって実感した。


クリシュさんにお礼を言って別れて、管理所の外に出た。気持ちがスッキリしたせいか、外の空気が美味しく感じる。あとは米を買って帰るだけなんだけど。

なんだか、クゥジュがさっきから変なんだ。

ずっとソワソワしてて、チラッチラッてこっちを見るんだ。僕に聞きたいことでもあるのか？

「クゥジュ、どうかした？」

「あー、いや、大したことじゃないんだけど……。シノブはいつの間にクリシュ様と仲良くなったんだ？」

「仲良く見えた？　嬉しいな」

クリシュさんとは、まだ友達と言えるほど仲良くなっていないけど、そのうち素顔を見せてもらえるくらいには仲良くなりたいなって思っていたから嬉しい。

「騎士さんって、格好いいよな。正義の味方って感じで。僕もクリシュさんみたいに男らしくなりたいなって思ってるんだ」

「なんだ、そっちか。俺はてっきり……。いや、でも、向こうはどうなんだろうな。随分と気にかけてるみたいだったけど」

クゥジュがブツブツ呟いていたけど小さな声であまりよく聞こえなかったし、米を売っている店の前まで来たこともあって、それどころじゃなくなってしまった。

今日は米をたくさん買って帰るんだ。コッコさん達も楽しみにしていると思うし。

「おじさん、家畜の餌、五キロください！」

「はいよ、まいどあり」

こっちの世界には持ち手が付いたビニール袋はないから、麻袋に入れてもらった米を抱えたまではよかったんだけど、これだと両手が塞がるんだよな。

もうすぐお昼時ってこともあって、市場は朝よりも混んでいて、歩いてる人に何度もぶつかってしまった。

「シノブ、俺が持ってやるから」

ぶつかった人に頭を下げていたらクゥジュを見失いそうになって、麻袋を持ってもらうことになった。

僕が両手で抱えていた五キロの米が入った麻袋を、クゥジュは軽々と小脇に抱えて、涼しい顔で歩きだした。腕力の差が少し悔しい。やっぱり、僕はもう少し腕力を鍛(きた)えるべきかもしれない。

第5章　特別な贈り物

ノット兄弟の畑の野菜は、順調に育っていた。

僕が種を蒔くと次の日の朝には結構成長してしまうから、実は、この世界に来てから顔を出したばかりの新芽っていうのを見たことがなかった。

鉛筆で線を描いたみたいに細い茎と、パカッと割れた丸くて小さな葉をノット達と見下ろして感動してしまった。この小さな芽が野菜になるんだから、凄いよな。

「小さくて可愛いなぁ」

「お兄ちゃん、触っちゃダメ！　茎が折れるだろ」

「ごめん、ごめん。可愛くってつい」

指で突っついていたら、マルコに怒られてしまった。

僕には兄弟がいないから、懐いてくれるマルコが可愛くって仕方ない。ノットも見た目は大学生みたいだけど、中身はまだ子供っぽくて可愛い。二人のことを、弟みたいに思ってるんだ。

可愛い弟達のために頻繁(ひんぱん)に畑の様子を見に行って、ついでに野菜を差し入れしていたら、ノットのお母さんが僕にお礼を言いたいからって、家に招待されることになった。

手土産をどうするか凄く悩んだんだけど、よく考えたら僕があげられるものは野菜か薫製肉かバターくらいしかなくて、結局バターにした。

今日は招待された当日で、ノットのお母さんは家でクッキーを焼いて待ってくれているらしい。その前に種から芽が出たって聞いて、見に来たんだ。

ノットもマルコも一生懸命に頑張っていたから、僕に報告してきたときは凄く誇らしげで。ノットなんて、どやぁって感じだった。

「ねぇ、そろそろ行こうよ。お母さんが待ってるよ」

そうだった。つい夢中になってしまった。ノットとマルコのお母さんって、どんな人だろう。緊張するな。

「ようこそ、シノブさん。いつも美味しい野菜をありがとうございます。ノットとマルコとも仲良くしていただいているみたいで。二人がご迷惑をかけていませんか？」

　ノットのお母さんは、ほっそりとした美人さんだった。お父さんが行方知れずになってから痩せてしまったらしくて、ふくよかなお母さんが好きだったマルコは、たくさん野菜を育てて食べてもらって、前のお母さんに戻ってもらいたいと言っていた。

「お招きありがとうございます。これ、少しですけど、よかったらお土産です。うちで作ったバターなんですけど、よかったら使ってください」

「まぁ!!　貴重なものをありがとうございます」

　僕のサンドウィッチでバターの味を知っているノットとマルコの顔がパアッと輝いた。バターはまだ作られてる量が少ないから、市場では高値で取引されているらしい。

　お母さんは昼は市場、夜は酒場で働いているんだけど、最近酒場の料理にバターが使われるようになって、食べたことはないけど知ってはいたんだって。バターのお土産を凄く喜んでくれた。

　クッキーとお茶を勧められて、遠慮なくいただいた。こっちの世界のクッキーは、ザクザクしてちょっと固めで、食べごたえがあって凄く美味しい。

　そして、さっきから気になっていたお茶なんだけど、懐かしい香りがする。色は薄い緑色で、僕が知っている飲み物によく似ているんだ。

　期待しながら飲んでみて、思わずうっとりと溜息が出た。だって、日本でよく飲んでいた緑茶にそっくりだったから。

　クゥジュの店に遊びに行ったときに出してもらったお茶はハーブティーに近い感じで、それはそれで美味しかったけど、僕は緑茶のほうが好きだ。ずっと緑茶が飲みたいって思っていたから、凄く感動した。

「このお茶、僕の世界で飲んでいたお茶にそっくりです。凄く美味しい。どこで売ってるんですか？」

「あら、そうなんですか。これは私が摘んだ薬草を乾燥させたものなんですよ。よろしければ、お分けしましょうか？」

「ぜひお願いします！　嬉しいな、もう飲めないと思ってた」

　お母さんに勧められるまま、何杯もおかわりしてしまった。

「ノット、マルコ。二人で水をくんできてくれないかしら？」

「いいよ。マルコ、行くぞ」

僕がお茶をガブガブ飲むものだから、朝にくんだ水が足りなくなったみたいだ。

お母さんに頼まれた二人は、大きな桶を抱えて水をくみに行った。もう少し遠慮して飲めばよかったかな。

「シノブさんには、本当にお世話になって。野菜をいただいていることも、あの子達と仲良くしてくださっていることも。主人がいなくて寂しそうにしていることが多かったんですが、あの子達、随分と明るくなったんですよ」

「お父さんは、その後連絡はないんですか？」

行方がわからなくなってから随分と経つはずだ。ノットは『父さんは必ず帰ってくる』って今も信じて待っている。勿論マルコも。

「あの子達には内緒にしてくださいね。実は、ひとづてに主人のことを聞いたんです。主人は……、荷運びの途中で谷に落ちたらしいと。そのことを教えてくれた人も、ほかの荷運びの仲間から聞いたらしくて、詳細はわからなかったのですが。谷に落ちたのなら、きっと生きてはいないでしょう」

「そんな……」

父さんが帰ってくるまで母さんは俺が守るって、言ってたのに。口止めをされなくったって、僕の口からこのことを二人に伝えるなんてできないよ。

「いつかは、あの子達にも伝えなければいけないと思っているんですが。このことを知ったときは、私も信じられなくて。動揺しているうちに月日が経って、ますます言いづらくなってしまって。もう少し落ち着いてからノットには話そうかと思います。マルコは……、あの子はまだ幼いから。シノブさんにこんなことをお願いするのは図々しいと思われるかもしれませんが、ノットがこのことを知ってシノブさんを頼ったときには、話を聞いてあげてはもらえませんか」

僕には、頷くことしかできなかった。

ノットもマルコも、僕にとって大事な存在だ。話を聞いてあげることしかできないけど、それでノットの気持ちが少しでも救われるなら。

「わかりました。あまりお役に立てないかもしれないけど。僕にできることなら」

「ありがとうございます。よろしくお願いします」

深々と頭を下げたお母さんは悲しげな目をしていたけど、気丈にも口元に笑みを浮かべていた。強いな。

お母さんって、凄く強い。

旦那さんの行方がわからなくなって、凄くつらいはずなのに。その気持ちを胸の中に隠してノットとマルコを育てるために昼も夜もたくさん働いて。こんなに頑張っているお母さんだから、ノットとマルコはあんなにいい子に育ったんだろう。

「母さん、水くんできたよ」

「ありがとう。台所まで運んでくれるかしら」

ノットとマルコが帰ってきて、この話は終わりになった。

僕はどんな顔をしていいかわからなくなって、多分、挙動不審だったんだと思う。

そのせいでマルコに不思議そうな顔をされたけど、ノットにはお母さんと二人になったことで緊張がぶり返してしまったんだと思われて、ニヤニヤと笑われた。

夕飯までご馳走になって、ブライアンが引く荷馬車に乗った帰り道、ぼんやりとこの世界のことを考えた。

僕は、残金一一〇〇円で藁にもすがる思いでこの世界に来て、こっちの世界でなら、どうにか生活していけるかなって思っていたけど。ここは、楽園ってわけでもなかった。

不便なこともあるし、子供が生まれないとか、連絡手段がなくてノットのお父さんみたいに行方知れずになったりとか、悲しいこともある。

出会った人達が『みんな幸せに暮らしました』なんて、お伽噺(とぎばなし)でしかあり得ないってわかっているけど。

でも、やっぱりさ。

ノルンとクゥジュが結婚して幸せに暮らせますようにって思ってしまう。ノットとマルコのお父さんも無事でいて欲しいって願ってしまう。それが無理なら、悲しい知らせを聞いて兄弟の心が折れてしまわないようにって祈らずにはいられない。

クリシュさんも、そのうちにフィルクス様と旅に出るんだろうな。獣がいる危険な森や、崖っぷちの道を通って。

クリシュさんは僕にとって頼りがいがあって、輝く鎧が眩しい憧れの男の人だけど、中身は生身の人間なんだ。怪我もすれば、風邪を引くことだってあると思う。

生命の木の代わりになる植物を探しているなら、道なき道を草をかき分けて探し歩くようなこともしているんだろうし。それなら、荷運びの仕事をしている人達よりもずっと危険度が高いんじゃないだろうか。

クリシュさんが、フィルクス様が乗った豪華な馬車と一緒に、ぽっかりと口を開けた底の見えない谷に落ちていくところを想像してしまって、足が震えた。

もしそうなったら、僕に『元気か？』って聞いてくれる優しい声も、硬い掌も失ってしまうんだって思ったら、凄く怖い。

ノットのお母さんは料理上手で、夕飯は凄く美味しかったけど、食べ盛りの兄弟がいるから遠慮したせいで、食べすぎたってことはないはずなのに。なんだか、お腹の奥のほうが石を詰めたみたいに重く感じる。

家に帰ってからも気持ちが落ち着かなくて、ベッドに入ってからも全然眠れなかった。何度も寝返りを打って溜息を吐いて、目を瞑っても、体の力を抜いてみても、お腹の奥の石は消えてくれなかった。

僕は、とうとう心臓の辺りを押さえて起き上がった。胸がドキドキして、とてもじゃないけど眠れそうもなかったんだ。こういうのを、焦燥感（しょうそうかん）っていうのかもしれない。一人で家にいるのが嫌になって、シーツを体に巻きつけて外に出た。

玄関の扉を開けると、それまでリーンッて涼しげに鳴いていた夜虫がピタリと鳴きやんだ。当たり前のことなのに、それすら恐ろしく感じて、急いで飼育小屋に向かった。

僕の家族の家畜達はみんな眠っていたけど、ポチだけは気がついて顔を上げた。フサリと尻尾を揺らして、『どうしたの？』って感じに首を傾げる。

「ポチ、今日は一緒に寝よう？」

「クーン」

シーツを体に巻いたまま隣にコロンと寝転んでポチの被毛に顔を埋めると、ポチは夜中に起こされたのに吠えたりせずに、フンフンッて僕の匂いを嗅ぐと、フサフサの尻尾で体を包んでくれた。

ポチの尻尾にくるまれて暑かったけど、その暑さが生き物の温もりなんだと思ったら、自然と体から力が抜けて、やっと眠ることができそうだった。

僕は、この世界の神様なんて知らないから、誰に神頼みしたらいいのかわからない。だから、爺ちゃんと婆ちゃんに頼むことにする。

爺ちゃん。もし本当にノットとマルコのお父さんが爺ちゃんと同じ場所に行ってしまったのなら、迷わないように導いてあげて。

婆ちゃん。みんなが幸せに暮らせるように、空の上から見守ってあげて欲しい。僕は一人でも頑張れると思うから、僕のことを守る代わりに、みんなを守ってくれよ。

この日、異世界に来てから初めて一人じゃない夜を過ごした。飼育小屋の中は少し獣臭かったけど、ポチのフワフワの被毛に包まれて、安心して深く眠ることができた。

朝起きたときに、心臓をドキドキさせていた焦燥感が消えていたのは、夢の中で爺ちゃんと婆ちゃんが笑って頷いてくれたからかもしれない。

「はい、ポチは終わり。次は誰にしようかな。ピョン吉がいいかな？」

僕は時々、家族達の被毛をブラシで整えてあげている。みんなブラッシングが大好きだから、うっとりした顔をするんだ。毛艶もよくなって、ブライアンなんかは凄く格好よくなる。

「さーて、次はラムちゃん達の番だよ」

ラムちゃん達はフワフワの毛で体中を覆われているけど、ブラシで毛繕いしてあげたら、もっとフワフワになってボリュームアップするんだ。

丁寧に毛繕いした後でラムちゃんの毛に顔を埋めると、僕の頭がすっぽり中に入ってしまう。モフッとした感触は僕のお気に入りで、毛繕いの後のお楽しみなんだ。

今日もラムちゃん達は日陰で三頭並んで休んでいる。朝の早い時間と夕方気温が下がる時間になると自由に動き回っているけど、日中はやっぱり暑いんだろうなぁ。

「あれ、あれれ？」

右端にいるラムちゃんの毛にブラシを押しつけると、普段なら肘まで埋まった辺りで中身に辿り着くのに、今日はどこまでも埋まっていって、ついには地面に手がついてしまった。

「ええっ、ちょっと、ラムちゃん。中身はどうしたの⁉」

びっくりした僕は思わず叫んで、慌てて残りの二頭の中身も確認したら、みんな、毛だけ残して中身が消えてしまっていた。

「ど、どーゆーこと？」

脱け殻になってしまったラムちゃん達の前に呆然と座り込んでいると、草むらがガザガザッて揺れて、黒い顔の動物が三頭顔を出した。

「……………」

「「「メェ」」」

「はっ！」

この鳴き声、聞き覚えがあるぞ。

食事中だったのか、モッシモッシと口を動かして僕のことを見つめてくる黒い動物と、ラムちゃん達の脱け殻を交互に見比べて、恐る恐る呼んでみた。

「もしかして、ラムちゃん達？」

「「「メェ」」」

そういえば、ノルンが羊は時季が来ると勝手に毛が抜けるから、毛刈りの必要がないんですよって言っていたっけ。でもこれ、毛が抜けたっていうより、ラムちゃん達が毛から抜け出したって言ったほうが正解なんじゃないか？

「ラムちゃん達って、こんなに小さかったのか」

草むらから全貌を現したラムちゃん達は、なんていうか、貧相に見えた。モフモフなイメージが強すぎるんだな。シャンプーの後に濡れた猫とか、可哀想になるくらいに細くて頼りなく見えるけど、あれよりもっとギャップが激しいんだ。

「寒くない？　大丈夫？」

「メ」

近寄ってきたラムちゃんを撫でてみると、肌の感触がしっとりしてて、新触感な触り心地だった。これはこれで、気持ちいいかもしれない。

「この羊毛はどうしたらいいんだろう。使い道が思いつかないんだけど」

とりあえず雨や土埃で汚れてしまわないように、納屋に運ぶことにした。一つずつ運んで最後の一つを持ち上げたら、いつのまにかピョン吉が毛の中にもぐり込んでいた。

「ピョン吉、羊毛が気に入ったのか？」

ラムちゃん達の毛、柔らかくて気持ちがいいからな。外に置いておくわけにはいかないから、この一つはピョン吉の寝床として飼育小屋に置くことにした。

朝の仕事を終えると、ちょっと暇になる。僕の畑には雑草は生えないから、収穫をして、新しい種を蒔いて、水をあげたらやることがなくなってしまうんだ。そのおかげで米を精米する時間が取れるんだけど。

瓶に入れた米を突っつきながら、僕の視線はラムちゃん達に釘付けだった。真っ白なモフモフだったのが、真っ黒なツルツルになってしまって、やっぱり違和感が凄い。

あれは本当に、僕の家族のラムちゃんなんだろうか。鳴き声とか歩き方は同じだから、本人だとは思うんだけど。

新種の生き物を見てるみたいで目を離せないでいたら、隣で寝そべっていたポチが、ピクッて耳を動かして、顔を上げた。

「キュウン、ワンワンッ」

尻尾をブンブン振り回して甘えた鳴き声を上げたポチは、街の方向を向いて足踏みをした。

「ポチ、どうした、誰か来たのか？」

ノルンが遊びに来たのかな？　それにしては、ポチが甘えた鳴き声を出しているけど。

ポチは、子供に対しては好意全開だけど、大人に対してはもっとクールな態度を取るんだ。

ノット達には、『撫でて！』って感じだけど、ノルンとかゲネットさんには『撫でさせてやるか』って感じで、ちょっと偉そうなんだよな。

ポチは待ちきれないって感じで、家の前の一本道に向かって走っていった。まぁ、アニマル全開じゃないから大丈夫だろう。荷馬車が来たら音でわかるし、それまで僕は米の精米を続けようかな。

「シノブ！」

呼ばれて顔を上げたら、肩で息をしたノットが家の敷地の前に立っていた。

真っ赤な顔をして、汗をかいて、そして、泣いていた。

ノットは畑がダメになったときも悔しそうに唇を噛んでいたけど、泣いてはいなかった。マルコがいたから我慢していたんだと思う。なのに今、ノットの両方の頬は涙でグッショリと濡れていた。

もしかして、お母さんから、お父さんの話を聞いたんだろうか。

ノットの家に招待されたのは四日前だ。お母さんからお願いされてはいたけど、こんなに早くその時が来るとは思っていなかったから、なにを言ったらいいのか考えが纏まってなくて。手に持っていた瓶を放り出して、ノットに駆け寄ることしかできなかった。

瓶が倒れて溢れた米にコッコさん達が群がっていた

けど、そんなことよりもノットのほうがずっと心配だったんだ。

ノットも僕のほうに走ってきて、勢いをつけたまま体当りするみたいに飛びついてきた。

体格差があるから僕の力じゃ受け止めきれなくて、背丈ほど伸びた雑草がボーボーと生い茂っている空き地に、二人してゴロゴロと倒れ込んでしまった。

背中を打ったけど、雑草のおかげであまり痛くはなかった。驚いた小さな羽虫が、バァッと飛び立っていくのがノットの肩越しに見えて、その向こうには青空が広がっていた。雑草が壁みたいに僕達の姿を隠して、屋根のない個室にいるみたいだった。

「ウックッ、グスッ」

僕の肩に顔を伏せたノットが、しゃくり上げるのが聞こえて、力一杯抱き締めて、服が皺になってしまうと思いながらも、生地をグッと握り締めた。

こんなとき、なんて声をかけてあげたらいいんだろう。

爺ちゃんと婆ちゃんが死んだとき、近所に住んでいた昔馴染みの人達が『このたびは』とか『御愁傷様です』とか挨拶に来てくれたけど、そういう挨拶じゃなくて、もっと、直接元気づけることができる言葉を。

なにか、なにかないか。どうして僕は頭が悪いんだろう。こんな大事なときに、言葉が一つも思い浮かばない。僕がもっと頭がよかったら、気の利いた言葉で慰めてあげることができたのに。

「…………だ」

ノットが、小さな小さな声でなにかを呟いた。あまりにも小さくて、なんて言ったのか聞き取れなかったけど、『もう嫌だ』とか『もうダメだ』とか、負の感情を表す言葉を想像して服を力一杯握り締めて、『頑張れ、頑張れ』って心の中で叫んだ。

今は頑張れないって思うかもしれないけど、ノットにはお母さんもマルコもいる。僕だって、そばにいる。なにもできないけど、話を聞いて一緒に悲しむことはできるから。だから。

「父さんが、…………んだ」

今度は、途中で出たしゃっくりで聞き取れなかった。

可哀想に、こんなに泣いて。

服を握り締めていた手を離して、落ち着かせるようにノットの背中をゆっくりと撫でると、僕の顔の横に両手をついたノットが、体を起こした。

ポタポタッて、僕の顔にノットの涙が落ちてきて。

青空を背景にして影になったノットの顔は。

「父さんが、帰ってきたんだ!!」

笑っていた。目にいっぱい涙を溜めて、鼻を真っ赤にして。でも、口の両端は抑えきれない喜びに上がっていた。

多分僕は、ポカーンと口を開けて間抜けな顔をしていたと思う。

「……え、あれ？　だって、ノットのお父さんは……」

谷に落ちたんじゃ……。ノットのお母さんも、きっと生きてはいないでしょうって。あれ？

「さっき足を引きずりながら帰ってきて、『ただいま、心配かけたな』って。母さんなんて腰を抜かすほど驚いてた。父さんは山の斜面を転がり落ちて、両足と右腕の骨にヒビが入って、助けてくれた人達の村で療養してたんだって。伝言を頼んでいたのに、たくさんの人を間に挟んでるうちに内容が変わって、母さんには谷に落ちて死んだって伝わってたみたいで」

「で、伝言ゲームか」

「俺、本当は、父さんはもう帰ってこないんじゃないかって思っていたんだ。口では必ず帰ってくるって言ってたけど、こんなに長い間戻ってこないなら、ダメなんじゃないかって。母さんの力になりたかったけど、全然役に立たなくて。シノブに畑を教えてもらえなかったら、俺、きっと気持ちが折れてたと思う。シノブに会えてよかった。頑張ってこれたの、シノブのおかげだ」

違うよ。僕はなにもしてない。僕は畑の水撒きを手伝っただけで、耕したのはポチだし、種を蒔いて一生懸命にお世話をしたのはノットとマルコだ。

二人がいい子だったから、きっとこの世界の神様がご褒美をくれたんだ。

「お父さんが帰ってきて、よかったな」

ノットの顔を両手で挟んで、額同士をコツンッて押し当てて、喜びを分かち合った。本当によかった。

「シノブ、ありがとう!!」

「!!」

ノットは、僕の頬にチュウーッと唇をくっつけてガバッて体を起こすと、少し離れた場所でお座りをしていたポチに駆け寄ってワシャワシャと撫でた。

「ポチも、ありがとうな!!」

今度はブライアンに駆け寄って、ピョンッて背中に飛び乗って、首に抱きついた。

「ブライアンも、ありがとうな!!」

お父さんが帰ってきたのが嬉しすぎて、ハイテンションでいろんなものに『ありがとう!!』って叫んでいる。

「び、びっくりした……」

僕は、チュウーッてされた頬を押さえた。

だって、他人にこんなことをされたの初めてだったから、凄く驚いたんだ。いや、身内にもこんなことをされた経験なんてないけど。

ノルンの頬にクゥジュがキスをするのは何度も見ているけど、自分がされるなんて思ってなかった。

欧米的な挨拶に慣れてない日本人男子としては、驚いてポカーンとしてしまうのも当然だと思う。

「シノブー、俺、帰るよ！　父さんと母さんが待ってるんだ!!」

「あっ、待って、送ってく。ついでに、野菜と薫製肉をたくさん持っていって。今夜はお祝いだろ?」

ブライアンが引く荷馬車にカボチャとかキャベツとか、野菜と燻製肉をたくさん乗せて家に送っていく間、ノットはずっと興奮状態で、知り合いとすれ違うたびに『父さんが帰ってきたんだ!!』って、笑顔全開で報告していた。

「よかったな、これ持っていけ!!」

そのたびに荷物が増えて、荷馬車はちょっとした宝の山みたいになった。

ノット一人じゃ家まで運びきれないから、僕も手伝って荷馬車と家を何度も往復することになったけど、ノットが喜んでるのが僕も嬉しくて、全然苦にならなかった。

足を引きずったお父さんに肩を貸すお母さんと、お父さんのズボンを握りしめたマルコが外まで出てきて僕に挨拶をしてくれて、『一緒に夕食を』って誘われたけど、久し振りに家族が揃ったのを邪魔したくなくて、遠慮しておいた。

帰り道、僕は晴れ晴れとした気持ちでブライアンの手綱を握っていた。

「奇跡って、あるんだなぁ」

今回のことは伝言ゲームみたいに話の内容が変わるって、人為的なミスが原因だったけど、四日前に比べたら奇跡的な状況の変化だと思う。

頑張っていたらいいことがあるんだよって証明して

くれたみたいで、僕も頑張ろうって思った。

「なぁ、ブライアン。僕達も家に帰ったらお祝いしようか。美味しい野菜をたくさん食べさせてやるよ。今日の夜は、飼育小屋に泊まろうかなぁ」

家に帰るまで、米の精米が途中だったのをすっかり忘れていて、コッコさん達に食べられて空っぽになった瓶を見て、ちょっとショックだったけど、まあ、いいか。今日はお祝いだし。コッコさん達にプレゼントしたんだと思おう。


ノットとマルコのお父さんが帰ってきてからも、僕は畑の手伝いを続けることになった。なんでも、お父さんは畑仕事が苦手らしい。

力自慢のお父さんは、丁寧に作業しているつもりでも野菜の苗の茎を折ってしまったり、収穫した野菜を握りつぶしてしまうんだって。手伝わせたら余計な仕事が増えるから畑には入らせないってノットが宣言していた。だから、これからも手伝いよろしくって。

力持ちって凄く憧れるけど、いいことばかりじゃないんだなぁって、ちょっと気の毒になったので、もちろん手伝うよって返事をしておいた。

今日も手伝いに来ていたんだけど、ノットもマルコもソワソワと浮足立っていて、なにか嬉しいことがあったのかと思っていたら、マルコが楽しみでたまらないって顔をしながら次の満月の夜のイベントを教えてくれた。

「光苔(ひかりごけ)の繁殖期？」

「そう！　もうすぐだよな。いつもは父さんは荷運びで遠くに行ってることがほとんどだし、母さんと僕達だけじゃ夜は危ないからダメだったけど、今年は父さんがいるからみんなで見に行くんだ」

もうすぐだよなって、言われてもな。光苔なんて初めて聞いたけど、その名前の通りに光っている苔なんだろうか。

「お兄ちゃんは、誰と見に行くの？」

「僕？　僕は……うーん、夜だろ？　見に行くのはいいんだけど、帰り道が怖いから家で大人しくしてようかな」

この世界には街灯というものがほとんどないし、どうやらこの世界の人達に比べて、夜になると僕は目が利かなくなる。最近はだいぶ慣れてきたけど、今でも夜に水が飲みたくなって池に水をくみに行くと、小石に気がつかずに踏んづけて転びそうになったりするんだ。

「見に行かないのか？　凄く綺麗だって聞くから、俺達と一緒に行けばいいだろ。帰りも俺が送っていくし」

いやいや、ノットだってまだ十五歳なんだから、僕を家まで送ってる場合じゃないだろ。

「僕はまだこの世界に慣れていないから、今回はやめておくよ。これからずっとこの世界に住むんだし、いくらでも機会があるから」

「行かねぇの？　つまんねぇな。じゃあ、俺が成人したら連れていってやるよ。その頃なら、シノブもこっちの世界に慣れてるだろうし、俺も男らしくなってるだろうし、シノブも安心して送られてくれるだろ？」

ありゃ、もしかして、ノットのことを子供扱いしたのがバレてたのかな？

なんだか、お父さんが帰ってきてから、ノットはちょっと変わったよな。前ならこんなときは『子供扱いするなよ！』って怒ってたのに。

自分がまだ子供だって認めて、でもすぐに大人になるよっていう態度が、その頃よりもグッと大人に近づいたように見えるんだ。精神的な余裕が、そんな風に見せているのかな。

それにしても、光苔の繁殖期って、そんなに有名なんだな。この世界の人達がみんな楽しみにしてるんだって。

光苔は見た目は普通の苔で、この世界ではどこにでも生えていて、光ってもいないんだって。でも、年に一回、満月の夜、完全に日が落ちてから胞子を飛ばすんだけど、その胞子が光っているらしい。

街の東側に光苔の群生地があって、次の満月には色とりどりに輝く胞子が空中に舞う姿が見られるから、見に行ったらいいよって、ゲネットさんも言っていた。

「その日は出店も出る？　早食い祭りのときみたいに、賑やかにワイワイ騒いだり」

日本のお祭りの夜店みたいな感じなら楽しそうだ。毎年、学校の友達と一緒に行ったんだよな。

たこ焼き、イカ焼き、焼きそば、クレープ、かき氷!!

金魚すくいが好きで毎年挑戦してたけど、僕はどんくさいから一度も成功したことがなかったなぁ。

たこ焼きの香ばしいソースの匂いを思い出して久し

ぶりに食べたくなったけど、ここに来てから魚介類にはあまりお目にかかれないんだ。山に囲まれているし、鮮魚を輸送する手段がないんだろうな。干した魚なら見たことがあるけど、そもそもタコがいるのかどうかもわからないし。たこ焼きには欠かせないソースも、なさそうだよな。

「いやいや、アレは静かに楽しむものだよ。家族や恋人と舞い上がる胞子を寄り添って見るのさ。そりゃあ綺麗だぞ。俺も若い頃は、かみさんと子供を連れて見にいったもんさ。ロマンチックでな、そのときにプロポーズする奴も多いぞ」

プロポーズか……。もしかして、クゥジュもそのときにノルンにプロポーズする気なのかな。

うわー、緊張する!!

成功するってわかっているし、僕なんて部外者なのに想像するだけでドキドキしてきた。明日クゥジュの店に手伝いに行って、聞いてみようかな。

次の日、僕は朝早くに起きて、いつもはゲネットさんにお願いする野菜を荷馬車に乗せてクゥジュの店に向かった。

「いらっしゃいませー、お好きな席にどうぞ!!」

「お、今日はシノブがいるのか」

時々クゥジュの店に手伝いに来ているから、常連客とも顔見知りになって、みんな声をかけてくれるようになった。僕が始めた水のサービスは凄く好評で、今も続けている。クゥジュ一人のときは水を入れたタンブラーとコップを置いてセルフサービスにしているけど、今日は僕が配っている。

クゥジュの店はお客さんが定着した。店は太陽が真上に来る少し前から開いてるんだけど、混雑するってわかっている人は、早目に並んでくれていて、ありがたいことだなって思う。

「サンドウィッチ、三つ頼むわ」

「ありがとうございます!」

「俺は四つもらおうか」

「はーい、ちょっとお待ちくださいねー」

お弁当として始めたサンドウィッチだけど、手軽に食べられるところと葉に包んだことで入れ物を返さなくていいところが好評で、お昼ご飯を食べに来た人達が、間食用として買っていくことも多いんだって。

大量注文が入ることもよくあって、クゥジュは嬉しい悲鳴を上げている。サンドウィッチのパンはお隣さんから仕入れてるんだけど、クゥジュが大量に買っていくから売上が上がったって感謝されていて、新商品の開発にもとても協力的なんだ。

ハンバーガー用のバンズやホットドッグ用のパンも作ってくれていて、レパートリーも着々と増えている。

前にパン屋のおじさんに『うちにもなにか教えて欲しい』って言われて、ピロシキとか惣菜パンを教えてあげたんだけど、パンを作るのは得意でも中の具材が作れないってションボリされてしまった。

そこでクゥジュが中身の具を作って、パン屋のおじさんが包んで揚げるっていうコラボ作品まで生まれて、クゥジュはまた忙しくなった。売上もうなぎ登りで、これならプロポーズするときにノルンにプレゼントするおそろいの装飾品も買えるだろう。

定食もサンドウィッチも閉店前には全部売り切れて、片付けをした後にお茶をご馳走になった。

休憩したら明日の仕込みを始めるからまた忙しくなるんだけど、どんなに大変でもクゥジュは笑いながら働く。閑古鳥が鳴いてた頃に比べたら、忙しいのが嬉しいらしい。

僕はお茶を飲みながら、今日クゥジュのところに来た目的を思い出していた。

光苔の繁殖期は三週間後に迫っていて、街の中はどこか浮かれた雰囲気が漂っている。年に一度のロマンチックなイベントだなんて、もとの世界のクリスマスみたいだ。

僕は彼女がいなかったから、友達とカラオケに行くくらいだったけど、彼女がいる奴はプレゼントを買うためにアルバイトをしたり、そのときに初体験を！って意気込んでいたり、忙しそうだったな。

「いよいよ、クゥジュもプロポーズか……」

「ブフォッ、シノブ、なんで知って……！」

考えていたことがペロッと口から出ていたみたいで、それを聞いたクゥジュが盛大に吹き出した。

真っ赤になりながら口元を腕で拭ったクゥジュに、ニシシッて笑ってしまった。

「ゲネットさんが、光苔の繁殖期のときにプロポーズする人が多いって言っていたんだ。前に、ノルンとのことをそろそろ真剣に考えたいって言ってただろ？だからなんとなく、そうかなって。プレゼント、なににするか決めた？」

「まだ迷ってるんだ。腕輪にしようかと思ったけど、料理をするときに邪魔になるし。シノブの世界でも似たような習慣があるって言ってたよな。なにを贈るんだ？」

「僕の世界では指輪が一般的だったな。左手の薬指につけるんだ。たしか、左手の薬指の血管は心臓に繋がっているから、相手の心と永遠に繋がるって意味があるって聞いたことがあるよ」

クラスの女子が、クリスマス近くに騒いでるのを聞いたから、多分合っていると思う。

「異世界の人間はロマンチックだな。俺も、なにか意味があるものを贈りたいな」

「意味があるものかぁ。難しいな」

男二人で顔を突き合わせて唸ってみたけど、ロマンチックなことには縁がなかった僕にはいい考えがまったく浮かばなかった。

「ノルンの好きなものを贈ったら？」

「ノルンの好きなものか。ラヴィの肉とか？」

「いや、さすがにそれはないよ。食べたらなくなっちゃうじゃん」

ラヴィの串焼きを片手に膝をついてプロポーズするクゥジュを想像してしまって、ブハッて吹き出した。ある意味印象的なプロポーズになると思うけど、やっぱり一生に一度だし、格好よく決めたいよな。

「手や腕につけるものがダメなら、ピアスかネックレスかなぁ」

「ピアスってなんだ？」

「耳につける装飾品だよ。耳たぶに穴を空けて、そこに針を通すんだ。針の先っぽに小さな宝石を付けて飾るんだよ」

「耳たぶに穴!?　そんな恐ろしいことをするのか!?」

クゥジュは、両方の耳を手で隠して、ブルルッて体を震わせた。僕も、痛そうで無理だ。

「じゃあ、ネックレスかな」

「それなら、こっちの世界にもあるけど。鎖だけじゃ寂しくないか？」

「ペンダントトップをつければいいじゃん」

「なんだそれ？」

こっちの世界にもネックレスはあるけど、装飾品っていうよりも価値のある金属を身につけて財産を持ち歩くって意味が強いらしい。だからみんな、長くてぶっとい鎖を首にぶら下げているんだ。長い旅をする荷運び人なんかは、お金がなくなったときは鎖を千切って換金するんだって。

「細い鎖に宝石を通して飾るんだよ。従姉妹(いとこ)のお姉さんは小さなプレートをつけて、内側に相手の名前とかを彫ったのをつけてたな」

英語で誓いの言葉だか愛の言葉だかを彫ってもらったらしいけど、僕は英語は苦手だったから、なんて彫ってあるのかはわからなかった。

「それなら、できそうだな」

クゥジュは、ネックレスが気に入ったみたいだ。

紙を持ってきて、絵を描いてくれってせがまれたけど。僕、あまり絵は得意じゃないんだけどな。

「小さなプレートだから、名前を全部彫ったらほかの言葉を彫れなくなるな。僕の世界の文字でノルンとクゥジュの頭文字はNとKって書くんだけど、これなら彫れるんじゃない？　あとは、短い誓いの言葉とかを考えたらいいよ」

「誓いの言葉か。わかった、考えてみる」

誓いの言葉は、二人だけの秘密にするのがいいよ。なんか、特別って感じがするし。

そろいの装飾品が決まって、クゥジュは晴れ晴れとした顔をしていた。さっそく知り合いの職人に細い鎖とプレートのことを話して、急ぎで作ってもらうんだって。

「クゥジュ、頑張って。健闘を祈る」

「ああ、ありがとう」

店を出るときに、クゥジュとガッチリと握手を交わした。ノルンがプロポーズを断らないことは断言できるけど、やっぱり緊張はするだろう。二人にとって特別な日になるんだから。

いいなぁ、僕も、恋人が欲しくなっちゃったよ。

いよいよ今夜が光苔の繁殖期だ。クゥジュは今頃、緊張しているんだろうな。

ノルンへの贈り物は用意できたのかな。

今日と明日は料理屋を休みにするって言っていたから、今頃は今夜のことを思い浮かべながら、プロポーズのシミュレーションをしているかもな。

僕はクゥジュがプロポーズを計画してるのを知ってるから、先週ノルンが『光苔を一緒に見に行きましょう』って誘いに来たときは、凄く焦った。

ノルンは僕が一人暮らしで一緒に見物に行く家族がいないのを知っているから、気を遣って誘ってくれたんだ。帰り道が暗くて怖いからって、ノットの誘いを断ったときと同じ言い訳をしてみたけど、『それならクゥジュと一緒に家まで送ります』って、なかなか引いてくれないから困ったよ。

多分、もとの世界に帰れなくなったことをいまだに気にしていて、責任を感じているのかもしれない。

僕はとっくに気持ちの折り合いをつけて、生涯ここで生きていく覚悟も決めているし、そんなに気にすることはないんだけどな。そもそも、ゲートが消滅したのはノルンのせいじゃないんだし。

でも、そうやって気遣ってくれる気持ちは凄く嬉しい。嬉しいけど、今回は絶対に頷いてはいけないんだ。

なんとかしてノルンを納得させないと、クゥジュの計画がダメになるって焦って『夜はすぐに眠くなるから』言ったら、ノルンは残念そうにしながらも、あっさりと承諾してくれた。

胸を撫で下ろしたけど、『大きくなったら一緒に見に行きましょうね』って慈愛に満ちた表情で言われたのは、ちょっと納得がいかなかった。

ノルンは時々、僕がこの世界では成人してる年齢だってことを忘れるんだ。

「プロポーズ、上手くいくといいな」

僕が今夜の二人の幸せに思いを馳せていると、最近では日課になった馬のひづめの音が聞こえてきた。

畑に水を撒いていた手を休めて家の前の一本道に視線をやると、遠くからでもわかるくらいに土煙を上げて近づいてくる輝く鎧を見つけた。

あれからも毎日、クリシュさんはお使いの途中で僕のところに寄り道して、『元気か?』って声をかけてくれている。前にノットの畑に行っていて会えなかったときに酷く心配させてしまったことがあって、それ以来『明日は出掛けるから家にいないよ』とか、報告することにしているんだ。

クリシュさんも忙しいんだから、もう心配しなくても大丈夫って言ったんだけど、『住民の安否確認も仕事のうちだから』って、毎日声をかけてくれるんだ。

「クリシュさん、こんにちは」

「ああ。今日も変わりはないか?」

相変わらず、クリシュさんの鎧は太陽に照らされて光輝いている。格好いいなぁ。

「変わりないよ」

ポチはクリシュさんにすっかり慣れて、敷地の中に入ってきても唸らなくなった。それだけじゃなくて、お行儀よくお座りをしてキラキラした目でクリシュさんを見つめるんだ。

ポチにもクリシュさんが格好よく見えてるのか？

「最近は物騒なことが増えているから、なにかあったらすぐに言ってくれ」

「大丈夫、ポチがいるから。な、ポチ」

「ワンッ！」

僕は、隣でお座りをしているポチの頭を撫でた。相変わらず、タイミングよく返事をするなぁ。

この世界に来てからは、まだ物騒な目にあったことがないけど、ポチがいれば百人力だ。

「今夜は出かけるのか？」

「光苔の繁殖期？　ううん、僕は行かないんだ。帰り道が暗くて怖いし、ノットにもノルンにも誘われたけど、家族や恋人同士で過ごすのを邪魔しちゃ悪いし。それに、今夜、クゥジュがプロポーズするんだ。お邪魔虫はダメだろ？」


最後のほうは、内緒話をするみたいに小さな声になった。僕とクリシュさん以外に誰もいないんだから、そんなことをする必要はないんだけど、なんとなく。

「そうか。じゃあ、今夜は一人なのか？」

「うん。そのうちに暗くても、怖くなくなって出歩けるようになったら、見に行ってみようかなって思ってるんだ」

まぁ、そのときも一人かもしれないけど。

ノットは成人したら一緒に見に行こうって言ってくれたけど、その頃には彼女がいるかもしれないし。

それに、前から薄々気がついていたけど、そろそろ現実を受け入れないとなって、思っていることがある。

それは、この世界の女の人は、僕よりもずっと身長が高いんだってことだ。

見た目十歳の僕と恋人になったり、結婚してもいいって思ってくれる女の人っているのか？　って思ったら、難しいんじゃないかなって気がついてしまったんだよ。中には物好きな人がいて、『いいよ』って言ってくれるかもしれないけど、探すのは至難の業だと思う。だから、生涯独身っていうのも、ちょっと覚悟してるんだ。

僕もお年頃だし、一度くらいは可愛い彼女とアレコレしてみたかったなって思うけど、これぱっかりはな。相手があることだしなぁ。

いいんだ、もとの世界で三十歳を過ぎても童貞だったら魔法が使えるようになるって話もあったし、植物系チートと合わせて魔法まで使えるようになるなんて、凄いことなんだって思おう。

「そろそろ時間だ」

クリシュさんは、チラッと太陽を見上げた。この世界には時計なんてないから、太陽の位置で大まかな時間を把握してるんだけど、よくわかるよなぁ。僕なんて、『日が昇ったら朝で、太陽が天辺まで来たら昼で、地平線に沈み始めたら夕方で、暗くなったら夜』って感じに大雑把にしかわからないのに。

「わっ、もうそんな時間？　今日も来てくれてありがとう。気をつけて」

クリシュさんは、ふわりと馬に飛び乗ると、街のほうに向かって走り去っていった。いつ見ても不思議で仕方ないんだけど、重そうな鎧を着ているのに、どうやったら身軽に飛び乗れるんだろう。いや、違うな。飛び乗るってよりも、浮くって感じだ。

それより、真っすぐに街に戻っていったけど、お使いは大丈夫なんだろうか。もしかして、今日のお使いはとっくに済んでいるのに、わざわざ足を伸ばして僕のところに様子を見に来てくれたのかな？

気を遣わせちゃって悪いなって気持ちもあるけど、そうだったら嬉しいなって思った。

毎日挨拶を交わすのが当たり前になってしまったけど、この習慣も、クリシュさんが旅に出てしまったら、なくなってしまうんだな。

そう思ったら、ほんの短い時間のやりとりも、とても大切な時間に思えて、クリシュさんの言葉を一つも聞き逃さないように一生懸命になってしまうんだ。

「クリシュさんが旅に出たら、今度会えるのはいつになるんだろうな」

前回の旅は、出発してから戻ってくるまで二年かかったんだって。また同じくらい時間がかかるなら、次に会うとき、僕は二十一歳になってるのか。

まだ旅立つ日が決まったわけでもないのに、しんみりとしてしまった。

夕方になると、ムックや馬が引く荷馬車に乗って光苔の群生地に向かう人達が増えた。いつもは人通りの少ない一本道が、このときばかりは都会の国道のように交通量が増える。

家族や恋人とキャッキャとはしゃぎながら、楽しそうな人達を見ると、ちょっと羨ましいなって思うけど。でも、僕にもちゃんと家族がいるから平気だ。ポチもハナコもブライアンも、言葉を話せなくても、大事な家族だから。

今夜は光苔を見に行けないけど、その代わりに気分だけでも盛り上げようかと思って、いつもより手のこんだ夕食を作ることにした。

野菜をたっぷり使った肉団子入りのスープと、小麦粉をこねて薄く伸ばした生地の上にトマトと茄子を乗せたピザもどき。チーズがないから、代わりにマヨネーズを乗せてオーブンで焼いたら、見た目だけは立派なピザのできあがりだ。

贅沢（ぜいたく）にロウソクを三本使ったら家の中が随分と明るくなって、たまにはこんな風にゆっくりと夕食を楽しむのもいいなって思った。

一人だと面倒くさくて、美味しさよりも早く食べれて片付けが楽なものになりがちだから。

でも、ここに一緒にご飯を食べてくれる人がいたら、もっといいのにな。そうしたら、ご飯が何倍も美味しく感じられるんだろうな。

想像してみたら、なぜかクリシュさんの姿が思い浮かんだ。想像の中のクリシュさんは、鎧を着たまま食卓に座ってナイフとフォークを持っていて、ちょっと面白かった。

僕はまだクリシュさんの素顔を知らない。興味はあるんだけど、『顔を見せて』なんて、なかなか言えないよな。

いつか見れたらいいなって思うけど、今度旅に出るまでにそこまで仲良くなるのは無理かもしれない。

何年後かに戻ってきたときには、鎧を脱いだクリシュさんとゆっくり食事をできるくらいに仲良くなれたらいいな。

お腹がいっぱいになって、ノットのお母さんにいただいたお茶を食後に楽しんでいたら、聞き覚えのある『ドドドドッ』って地響きみたいな音が聞こえてきた。

こんな時間に馬で爆走してる人がいるのか。光苔を見に行くために急いでる人がいるのかな？

外はもう真っ暗で、もうそろそろ繁殖期が始まる時間だし、待ち合わせに遅れそうで慌ててるのかなって想像して、心の中で『頑張れー』って応援してみた。

だから、家の扉がトントンッて叩かれたときは凄くビックリしたんだ。

「はい、どちら様ですか？」

こんな時間にお客さんが来たことなんてなかったし、ノルン達もノットの家族も、今頃は光苔を見物してる頃だから心当たりもなくて、少しだけ警戒しながら薄くドアを開けてみた。

「シノブ、俺だ」

俺って、誰だ？　なんて考える必要もないくらいに聞き慣れた美声に驚いて、ドアを開け放った。

「クリシュさん、どうしたの!?」

そこには、昼間と同じく鎧を着けたクリシュさんが立っていたんだ。


「少し時間をもらえるか？」

「うん、大丈夫だけど」

今日はもう寝るだけだし、全然大丈夫だけど。こんな時間に、なにかあったのか？

ドアを大きく開けてクリシュさんを家に招き入れようとしたら、そうじゃないって首を横に振られた。

「連れていきたい場所があるんだが、一緒に来てくれないか？」

それって、光苔の群生地かなって一瞬思ったけど、繁殖期はもうとっくに始まっている時間だし、そこまで行くには街まで一時間。そこからさらに東に三十分はかかるって聞いたから、多分違うんだろうな。

そんなに移動に時間をかけていたら、もう終わっているだろうし。

「でも、クリシュさん。僕は夜目が利かないから、夜に外に出るのは苦手なんだ」

「俺が手を引くから大丈夫だ」

そこまで言ってもらったら、断るのも申し訳ないし。っていうのは建前で、本当はクリシュさんと出掛けられることに心が躍っていた。仕事じゃないクリシュさんと一緒だなんて初めてだ。

クリシュさんが差し出してくれた手に僕の手を重ねると、大きな手が握り返してくれた。

普段は恐る恐る歩く真っ暗闇も、クリシュさんが手を引いてくれると不思議と怖くなかった。

迷いのない足取りで進むクリシュさんに連れていかれた先で、ブルルッて馬の嘶きが聞こえた。うっすらと見える大きなシルエットは、クリシュさんがいつも乗っている真っ黒な馬だと思う。

いったん手を離して馬に乗ったクリシュさんは、そこから手を伸ばして僕を馬の上に引き上げてくれた。

「馬に乗っていくの？　僕、荷馬車には乗ってるけど、馬に直接乗るのは初めてなんだけど」

暗くてよく見えないからあまり恐怖を感じないけど、かなりの高さがあると思ったら不安になってきた。

「大丈夫だ。支えるから、背を俺に預けてリラックスしていればいい」

グイッとお腹を引き寄せられて、クリシュさんの鎧と僕の背中がピッタリくっついた。

そのまま片手で手綱を持って馬の腹を軽く蹴ると、ゆっくりと歩き始めたんだけど、一歩進むたびにグラングランって不規則に揺れて、慌ててクリシュさんの腕を摑んだ。

「うわっ」

馬の上って、こんなに揺れるんだ!?

ヒェーって思っていると、『大丈夫だ』って感じでポンポンッてお腹を叩かれた。

クリシュさんの体は大きくて、僕の体をスッポリと包んでしまうから、守られているって安心感があった。揺れで体が傾いても逞しい腕が支えてくれるし、尻はクリシュさんの足が挟んでくれているし。

「少しスピードを上げるぞ」

だんだんと緊張が解けてきたのがわかったのか、クリシュさんは馬を早足にさせた。

それでも、普段爆走してる速度から比べたら、随分とゆっくりと走らせてくれてるんだと思う。

馬は街の西側に向かっているようだった。光苔が群生してる場所とは真逆の方向で、どこに向かっているのか、まだ説明されていない中、僕は初めての乗馬を楽しみ始めていた。

暗闇に慣れてきた目で辺りを見渡すと、ぼんやりとだけど、星明かりに照らされた風景が見えるようになってきた。

上を見上げると、ブワァッと星空が広がっていて、凄く綺麗だ。降るような星空って、こういうことを言うんだろうな。

考えてみると、僕がこの世界に来てから夜空をじっくりと見上げたのは初めてだ。

夜目が利かないこともあって、用事があって外に出なきゃいけないときは転ばないようにずっと足元を見ていたし、暗いのが怖くて夜空を見上げる余裕なんかなかったから。

こんなに綺麗な星空を見ていなかったなんて、勿体なかったな。

爺ちゃんと婆ちゃんが住んでた田舎でも星は綺麗に見えたけど、民家や街頭の灯りがないせいか、星がクッキリハッキリ見える。

乳白色で霞(かすみ)のように見えるのは、日本でいうところの天の川だろうか。写真では見たことがあったけど、実物を見るのは初めてだ。

夢中になって夜空を見上げていたら、後ろにいるクリシュさんがクスッと笑った。

「そんなに上を見上げていては、首が疲れるんじゃないか?」

確かに、首の後ろが痛かったし、後頭部がコツンッコツンッて鎧に当たるけど。でも、あまりにも綺麗で目が離せない。

「クリシュさん、こっちの世界にも星座ってある?」

「せいざ? 聞いたことがないな」

「僕の世界では、夜空の星を線で繋いで、犬とか、熊とか、動物や人間なんかに見立てていたんだ。それに物語を付けた神話っていうのもあって、ずっと昔から語り継がれてきたんだ」

「異世界には面白い文化があるんだな」

そう言いながら、片手を上げたクリシュさんは、指先でなにかをなぞるような動作をしてみせた。

「あの辺り、ラヴィに見えないか?」

「え、どれ、どれ?」

クリシュさんの鎧に身を寄せて、なるべく腕の高さに視線が合うようにしながら、指さす方向をジッと見つめた。

一回だけじゃわからなくて、三回目にクリシュさんが指先でなぞった辺りが、立体的に浮いて見えるくらいにハッキリと、ラヴィの耳みたいに見えた。

「耳だ、ラヴィの耳!!」

クリシュさんの指先は、ラヴィの耳から背中、尻尾と、星を順繰りに繋げていって、横向きに座るラヴィを描いた。さっきまでは星の集合体だったものが、一度認識するとラヴィにしか見えないのが不思議だ。

「凄いなー。おーい、ピョン吉ー！」

今ので完全にリラックスした僕は、ほかにはないかって夜空を見渡した。

背中を預けて、クリシュさんに

はじめから緊張する必要なんてなかったんだ。だって、クリシュさんは僕を馬から落とすことなんて絶対にないし。

ある意味クリシュさんの腕の中にいる今のほうが、家で寝ているよりもずっと安全なように感じた。僕は寝相が悪いから、時々ベッドから落ちて目が覚めることがあるんだけど、今なら居眠りして動いても、絶対にクリシュさんが支えてくれる。

「空のどこかに、クリシュさんみたいな鎧の騎士はいないかな。騎士は強いから、一番明るい星がいいよな。あ、あれかな？　あれが一番明るいかも！」

僕は、視界に映る中で一番明るい星を起点に、指を動かし始めた。

「これが頭で、これが肩で……」

張り切って星をなぞったのに。想像図では、キリッと直立不動の頼もしい騎士様を描いたつもりが、僕が描くとただの人型になってしまった。

「うーん、格好よくならないな」

「では、あの一番明るい星を騎士の星と名付けよう」

「うん、それ、いいね。騎士の星か。格好いいな！」

クリシュさんの名案に、僕はすぐに頷いた。

初めての乗馬はクリシュさんのおかげでとても楽しかった。

時々星を指さして、あの辺りの星はポチに似てるとか話していると、ずっと乗っててもいいなって思うくらいに楽しかったけど、案外早くに目的地に着いてしまった。

一本道の途中から雑草が生い茂る空き地に入って西に馬を進めると、緩やかな傾斜が現れた。そこを登ると、僕の背丈ほどあった雑草がだんだん短くなって、胸の辺りの高さになった頃、丘の天辺（てっぺん）に到着した。

先に馬から降りたクリシュさんが両手を差し出してくれて、エイッて飛び降りたら、危なげなくしっかりとキャッチしてくれた。

「クリシュさん、ありがとう。僕、重いでしょう？」

僕だって、一応成人男性だし。体重も五十キロはあるはずだから、重いはずだ。

申し訳ないなって思っていたら、片腕に尻を乗せるようにフワッと抱き上げられてしまった。

「騎士は日々鍛えているからな。シノブくらいの体重ならば、軽いものだ。旅の途中で怪我した騎士仲間を背負って山道を登ったときはさすがに重かったが、一度も落とさずに運んだぞ」

さすがは騎士だ。僕とは鍛え方が違うんだな。僕もこっちの世界に来てからだいぶ筋肉がついたと思っているけど、いまだにポチにのし掛かられたら潰れてしまうんだ。

「目的地はもう少し先だが、ここからは歩くぞ」

腕から下ろしてもらって胸元まである雑草をかき分けて進んでいると、クリシュさんと距離が離れてしまった。足の長さが違うんだもんなぁ。切実に、もう少し身長が伸びて欲しい。あ、でも、身長が伸びても足が長くなるとは限らないのか。

暗い中を置いていかれるのが嫌で必死に雑草をかき分けてたら、クリシュさんはすぐに気がついて手を差し出してくれた。

「手を貸そうか？」

クリシュさんの、こういうところ、好きだな。

この世界では体の小さな僕に対して、問答無用で子供扱いする人が結構多い。お菓子をくれたり、重いものを持ってくれたり。

優しい人が多いなって思うし、気持ちは凄く嬉しい。でも、それくらいなら頑張れば自分でできるって、思ってしまうこともあるんだ。

クリシュさんは、僕に選択肢をくれるんだ。いつでも手助けができるように手を差し伸べてくれているけど、僕がその手を摑むまで待っていてくれる。

甘やかしすぎない優しさが、とても心地好いんだ。

今は暗いし、足元も悪いしって自分に言い訳をしながら、クリシュさんの温かい手が恋しくて、迷わず手を握った。

口ではノルンやノット達の邪魔をしちゃいけないと言いながら、みんなが楽しみにしている特別な日に、一緒に過ごす人がいないのを寂しいと思っていて。でも、それを認めてしまったらもっと寂しくなるから、手の込んだ食事を作って、懐かしい味がするお茶を飲むことで気を紛らわせていたんだ。

だから、クリシュさんが家に来てくれたことが凄く嬉しかった。

昼間にクリシュさんと会えなくなるのは寂しいなっ

て思って、夕ご飯のときにクリシュさんともっと仲良くなりたいなって思った気持ちが伝わったのかなって思ってしまった。

こういうの、以心伝心っていうのかなって。

なんだか気持ちがふわふわして、凄く気持ちがいい。暗い夜も、今なら全然怖くない。

降ってきそうなほどに視界一面に広がる星空を見上げながら、ゆっくり、ゆっくり、歩いた。

「もうそろそろだな」

歩きながら、クリシュさんがポツリと呟いた。

「なにが？」

そういえば、ここに来た目的をまだ聞いていなかった。もしかしたら僕が一人で家にいるって知って、散歩に連れ出してくれたのかなって勝手に思っていたんだけど。

こんなに綺麗な星空が広がっている場所に連れてきてもらっただけでも凄く嬉しい。でも、まだなにかあるんだろうか？

「今日は風があるから、ここに来れば見られると思っていたが。予想が当たったな」

クリシュさんは繋いでいた手を離すと肩に両手を置いて、僕の体をクルンッと方向転換させた。

「うわぁっ、凄い綺麗。なにあれ!?」

僕達が馬に乗ってきた方向から、光の大群が迫っていた。不規則な動きで、右に行ったり、左に行ったり、浮いたり沈んだりを繰り返して、風と同じ速度でこっちに向かってくる。

「あれが光苔の胞子だ。本当は群生地へ連れていってやりたかったんだが、時間がなくてな。今回は、ここで我慢してくれ」

我慢だなんて、とんでもないよ！

だって、今日はもう寝るはずだったんだ。いつか光苔を見に行くことがあったとしても、一人かもしれないって思っていたのに。

「綺麗、星が動いてるみたいだ」

これは、みんなが楽しみにするはずだ。色とりどりの光の粒が風に吹かれて舞う姿は、ゲネットさんが言っていたように、とてもロマンチックで。この日にプロポーズする人が多いっていうのも頷ける。この光の波を、ノルン達も見ているんだろうか。

もとの世界のクリスマスのイルミネーションとか、プロジェクションマッピングも綺麗だったけど、天然の光の波には負けるよ。

ただ、僕にはちょっと心配なことがあった。

「クリシュさんは、家族と見に行かなくてよかったの？」

連れてきてくれたのは嬉しいけど、待っている人がいるんじゃないかなって、心配になったんだ。僕のせいで、クリシュさんと一緒にいられなくて寂しい思いをしてる人がいるんじゃないかなって。

「俺には家族はいない」

「じゃあ、恋人は？」

「恋人も、今はいない」

「そっか。じゃあ、僕と同じだね」

僕達は、ひとりぼっち同士だったのか。なぜかそのことに安心して、直後に反省した。

だって、クリシュさんがひとりだってことを喜んでしまっているみたいで、僕って嫌な男だなって思った。

「ほら、シノブ。近づいてきたぞ」

親指の爪くらいの大きさの光苔の胞子が、僕達を取り囲んだ。胞子は、意思を持っているかのように色を変えながら、縦横無尽に飛び回る。

色が変わるたびに、日本で暮らしていた頃の景色を思い出した。白く光っているときは、テレビで見た北海道の雪景色を。青く光っているときは、水族館で見たジンベイザメが泳ぐ大きな水槽を。

そして、ピンク色になったとき、僕の目には自然と涙が滲んでいた。

僕が一番好きだった花の色だ。高校の途中まで父さんと母さんと暮らしていた家の近くには桜並木があって、春になると一斉にピンク色に染まった。

その時季になると、桜並木の下を通るために、普段より早起きして登校したっけ。遅刻しそうになったことも、何回かあったな。

爺ちゃんと婆ちゃんが暮らしていた場所は、僕が暮らしていた街よりも桜が咲くのが早くて。春休みに遊びに行くと、庭に植えられた立派な大木の桜を縁側に座って眺めた。

もっと小さな頃は、桜の花弁を追いかけて走り回る僕を見て、子犬みたいだって笑われたっけ。

咲き始めの蕾も、満開に咲いた桜も好きだったけど、僕は散り始めた桜が一番好きだった。

飽きることなく何時間も桜を見ている僕の横には、繕い物をする婆ちゃんがいて、その膝の上には昼寝をする爺ちゃんの頭が乗っかっていて。

風が吹くたびに桜が散って、庭にピンクの絨毯が広がっていく。それを見ながら桜餅を食べて、婆ちゃんが淹れてくれた緑茶をフーフーしながら飲もうとしたら、いつのまにか桜の花弁が二枚、湯呑みの中に入っていた。

『風流ねぇ』って笑う婆ちゃんの声と、爺ちゃんの微かな鼾と、木漏れ日と風の音。

夜にトイレに起きたとき、月明かりに照らされた桜が綺麗で、あまりにも綺麗すぎて怖くなった。

大急ぎで婆ちゃんと爺ちゃんの部屋に行って、婆ちゃんの布団にもぐり込んだら、温かくて婆ちゃんの匂いがして。怖いのを忘れて朝までぐっすり眠ってしまった。

爺ちゃんはお酒が好きで、時々桜を見ながら日本酒を飲んでいた。お猪口でチビチビ飲んでいるのが羨ましくて、爺ちゃんの目を盗んで味見して目を回したこともあった。

酔っ払って、真っ赤な顔でウケケッて変な笑い方をする僕を見つけた爺ちゃんは、慌てて婆ちゃんを呼びに行って、目を離したことを凄く怒られたらしい。

桜に関係する思い出が次々にあふれて、懐かしくて寂しくて、涙が止まらない。

桜を見て涙が出るなんて、僕ってやっぱり日本人だったんだなぁ。

実際はピンク色に光る胞子だけど、二度と見られないと思っていた桜吹雪を見られたみたいで凄く嬉しかった。

泣いてるところをクリシュさんに見られたくなくて、小さな頃に桜の花弁を追いかけたみたいに、ピンク色の胞子を追いかけた。

捕まえようとすると、するっと指の隙間から逃げていく胞子を追いかけて、追いかけて。

雑草に足を取られて転んで、仰向けに寝転がったら、また涙が出た。

一瞬で胞子は紫色に変わっていて、今度は高校近くの家の庭にあった藤棚を思い出した。葡萄みたいにぶら下がってるのを見て、美味しそうだって友達に言ったら、『俺は果物アレルギーだ』って嫌な顔をされたなぁ。

その友達は離れた街の大学に通うから一人暮らしをするんだって、引っ越していった。

夏休みには帰ってくるから、お祭りに一緒に行こうって約束してたのに、約束、守れなくなっちゃったな。

彼は、今どうしているだろう。もうそろそろ夏休みだから帰ってきているはずだけど、約束を破ったって、怒ってるだろうか。それとも、異世界に行ったまま行方不明になった僕を心配しているだろうか。

ガサガサッて草をかき分ける音がして、草の間からクリシュさんが顔を出した。僕を見て一瞬動きを止めたのを見て、泣いてるのがバレちゃったなって恥ずかしくなった。

前にも泣いてるところを見られてしまったんだよな。男のくせに、情けない。爺ちゃんには、男は簡単に涙を見せちゃいけないって言われていたのに。

クリシュさんは隣に座ると、硬い掌で僕の両方の頬を包んだ。

「胞子がついていた」

親指を左右に動かして、僕の頰を拭ってくれた後に、いつもと変わらない落ち着いた声でそんなことを呟いた。

この世界の人は僕よりもずっと夜目が利くし、胞子が光ってるせいで、僕の泣き顔はハッキリ見えていると思う。なのに、こんな優しい嘘をついて見なかったことにしてくれたんだ。

「僕の世界には、桜っていう、ピンク色の花を咲かせる木があるんだ。一斉に咲いて、すぐに散ってしまうんだけど、さっきのピンク色の胞子が飛んでいくのを見て似てるなって思ったら、懐かしくなった」

「そうか」

照れ隠しに笑って、起き上がって座り直した。僕が寝転がっているうちに、光苔の胞子は風に吹かれて飛んでいってしまって、随分と数を減らしていた。

「俺は見たことはないが、生命の木もピンク色の花を咲かせるらしい。いつか、見せてやれる日が来るといいんだが」

「そうなんだ。見てみたいなぁ」

横にいるクリシュさんを見上げると、肩に白く光る胞子がついていた。この胞子が、どこかの土に着床して、また桜吹雪を見せてくれることを願いながら息を吹きかけると、緑色に変わってふわりと飛んでいった。

「クリシュさん、僕、今日この場所に来られてよかった。連れてきてくれて、ありがとう」

「そうか。それなら、よかった」

前を向いたまま答えたクリシュさんと一緒に、胞子が一つ残らず西の方向へ向かって飛んでいってしまうまで、無言で眺めていた。

優しい沈黙の中、僕は飛び去る胞子に向かって心の中で『バイバイ』って挨拶をした。


「そろそろ帰るか」

「うん」

よいしょって立ち上がった僕達は、どちらからともなく手を繋いで歩きだした。

馬に乗るときは繋いだ手を離さないといけないんだなって思ったら残念で、僕の歩く速度は凄くゆっくりになった。クリシュさんは、もたもた歩く僕を急かすことはせずに、歩調を合わせてくれた。

クリシュさんも、繋いだ手を離すのが惜しいって思ってくれてたらいいのにな。

どんなにゆっくり歩いても、馬までの距離は短くて、あっという間に着いてしまった。

僕達が光苔の胞子を観賞してる間、草を食(は)んでいたクリシュさんの馬が、主が戻ってきたのに気がついて顔を上げて、長い尻尾を一回揺らした。

僕の家に迎えに来てくれたときと同じく、先に飛び乗ったクリシュさんに引き上げてもらって馬に乗ったけど、今度は高くて怖いとは全然感じなかった。

馬の上に引き上げてくれたときに摑んでいた僕の手に手綱を握らせて、その上からクリシュさんが手を重ねてくれたからかもしれない。

夜目が利かないのを理由に外出を躊躇う僕と約束したことを、馬に乗ってからも守ってくれるなんて、やっぱりクリシュさんは律儀だ。

繋いだ手を離さなきゃいけないのが残念だって思っていたから、そうしてくれたのが嬉しくて、くすぐったい気持ちになった。

でも、今度は繋いでいない反対の手が寂しいような気がして、僕は、お腹をガッチリと抱えてくれているクリシュさんの腕に手を添えた。

「では、行こうか」

「うん」

腕に添えられた手をチラッと見たクリシュさんは、馬の腹を蹴って歩くよう促した。

「おっとっと」

もう怖くはないけど、馬上の揺れに慣れたわけじゃないから、最初の一歩の揺れにバランスを崩しそうになってしまった。

体をグイッて引っ張って支えてくれたおかげで、僕の背中はクリシュさんの鎧にピッタリとくっついた。ゴツゴツしてて硬いけど、夜風を受けたクリシュさんの鎧は、冷たくて気持ちがいい。

「しっかり摑まっていろ。坂を下るときのほうが体勢が不安定になるからな」

口実をもらった僕は、クリシュさんの腕に添えていた手の指を曲げて、鎧の腕を摑んだ。

丘を下り終わって摑まる必要がなくなっても、僕はクリシュさんの鎧を摑み続けた。

一緒に光苔を見た僕達の心の距離は、気のせいかもしれないけど、前よりも近づいた気がする。

クリシュさんが素顔を見せてくれる日も、少しだけ近づいたかな？　って思いながら、家までの乗馬を目一杯に楽しんだ。

第6章　爆発する気持ち

僕は今、悩んでいる。なにを悩んでいるかというと、目の前の光景に対してショックを受けているらしい自分の気持ちにだ。

一体なにがショックなのか、自分でもよくわからない。

本当なら笑って祝福しないといけないはずなのに、胸の奥がズクンズクンって痛むんだ。

この痛みがどんな気持ちから起こるものなのか、僕にはわからない。羨ましいのか、妬ましいのか。ただ、あまり楽しい気持ちじゃないってことはわかる。

僕が立っている道の少し先には、見慣れた鎧の騎士さんが歩いている。太陽の光を反射して輝く鎧は、いつ見ても格好よくて、暑そうだ。

そして、その隣には、とても綺麗な女の人。

騎士さんの腕は、なにかあったときにすぐに引き寄せられるようにか、女の人を人混みから守るように背中に回されていて、女の人の手は時折騎士さんの腕や胸に親しげに触れている。

二人は、ほかの人が割って入ることができないような親密な雰囲気で、道行く人が振り返っては羨望の眼差しを向けている。

「クリシュ様とアンネッテ様だ。相変わらず、仲が良いな」

「二人が一緒に出歩く姿を見るのは久し振りじゃないか？」

「そりゃそうさ、クリシュ様は長い旅に出てたんだから。あの様子だと、結婚秒読みって噂は本当かもしれないな」

「もし本当ならおめでたい話だよ。最近はあまりいい話題がなかったからね。この街もお祝いで活気づくだろうさ」

市場に買い物に来ていたお客さんが、八百屋さんの店主と噂話をしていた。その内容から、二人は随分と前から街の人達も公認の恋人同士なんだっていうことが窺える。

本当に、お似合いの二人だ。女の人は上等そうなワンピースを着ていて、指先まで綺麗に磨かれていて、物語に出てくるお姫様みたいだ。お姫様と鎧の騎士。二人はきっと結ばれて、めでたしめでたし。幸せに暮らすんだろう。

「なんだぁ、そっか」

クリシュさん、恋人はいないって言ってたのにな。ひとりぼっち仲間だと思っていたのに、あんなに綺麗な恋人がいるんじゃないか。

じゃあ、光苔の繁殖の夜に僕に会いに来てくれたのは、特別な日にひとりぼっちで過ごす僕を可哀想だって思って気を遣ってくれたんだろうか。

アンネッテ様って呼ばれていた綺麗な女の人が、露店の前で足を止めて身を屈めた。その手には二つの腕輪が握られていて、クリシュさんに差し出している。

クリシュさんが一つを指さすとアンネッテ様は頷いてお金を支払って、さっそく腕につけていた。

距離があるから話している言葉は聞こえてこないけど、『どう、似合う？』『とても似合ってる』なんて甘い会話が聞こえてきそうだ。

どこからどう見ても、恋人同士のデート。クリシュさん、デートでも鎧を着てるのか。

「なんだぁ、そっか」

ひとりぼっちなのは、僕だけだったんだ。

今日は醤油っぽい調味料が売ってないか探しに来たんだけど、なんだかやる気がなくなってしまった。

俯くと、足元に小石が一つ落ちていた。爪先でコツンッと蹴ると、コロコロ転がって、露店の柱にぶつかって止まった。

さっきから道の真ん中で突っ立っている僕を、周りの人達が邪魔そうに避けていく。

クリシュさんとアンネッテ様の姿はいつのまにか見えなくなっていた。デートを覗き見するつもりなんかなかったから別にいいんだけど、なんか、なんだろう。悲しいのかな？

悲しく感じるのは、お腹が空いているからかもしれない。本当は今日は、クゥジュの店に行く予定じゃなかったんだけど、たまにはお客さんとしてお昼ご飯を食べに行こうかな。


「すみません、今日はもう品切れなんですよ」

カランカラーンと鳴ったベルの音に振り向いたノルンが元気よく声を張り上げた。その胸元にはキラキラ輝く小さなプレートが。内側には愛する人のイニシャルと、二人だけの秘密の言葉が刻まれているはずだ。

光苔の繁殖期以降に会うのは初めてだけど、ノルン、なんだか綺麗になったような気がする。幸せが内側から滲み出てるって感じで、笑顔が光っているんだ。

「あれ、シノブだったんですか」

「昼ご飯を食べに来たんだけど、ちょっと遅かったみたいだな」

残念って苦笑すると、厨房のほうからクゥジュがヒョコッと顔を出した。

「シノブ、中に入って座ってろよ。簡単なものでいいなら店を閉めた後に出してやるから。俺達も飯まだなんだ」

「本当に？　じゃあ、お言葉に甘えて」

クゥジュの首にも、ノルンと同じデザインのネックレスが光っていた。二人は店の片付けをしながら視線を合わせて微笑み合っていて、こっちが照れてしまうくらいにラブラブだ。

「いいなぁ」

「なにか言いました？」

ポロッと口からこぼれた呟きを拾ったノルンが首を傾げた。

「ううん、なんでもない」

羨ましいなって思っても、手に入らないものはあるんだ。僕は、そのことをよく知っていた。

クゥジュが手早く作ってくれた昼ご飯を机に並べて、みんなでいただきますをした。

パンと、サラダと、焼いた肉。肉には黒っぽいソースがかかっていた。

「この黒いソース、初めて見る」

「俺も今日初めて作ったんだ。植物を搾ったエキスを煮詰めたものなんだけど、変わった色をしてるだろ？　塩が手に入らない地方の郷土料理に使う調味料らしい。この辺りでは布を染色するときに使われてるんだ。常連客さんに教えてもらって作ってみたんだけど、美味かったら店に出そうかと思ってさ」

艶のあるトロリとしたソースをたっぷり絡めた肉を食べた僕は、悶絶しそうになった。甘辛い、黒いソース。この味、照り焼きソースにそっくりじゃないか!?

「うん、悪くないですね。でも、私はもう少し塩気が強いほうが好きです」

「そうかもな。次に作るときは砂糖を少なくしよう」

二人の会話は、僕には聞こえていなかった。

パンと、野菜と、照り焼きの肉。今の僕に必要なものは、マヨネーズだ!!

「クゥジュ、マヨネーズ余ってる？」

「ん？　ああ、あるぞ」

パンにレタスと照り焼きチキンを乗せて、上からもったりとしたマヨネーズを落とした。僕はハンバーガーの中では断然照り焼きバーガーが好きだったから、逸る心を抑えきれずにパクッとかぶりついた。

「〜〜〜〜!!」

美味しい！　久しぶりに塩味以外の味付けを食べて、バタバタと足踏みをしてしまいたいくらいに嬉しい！

「そんなに美味いのか？」

真似したノルンとクゥジュも目を丸くして驚いてた。

夢中になって食べていたけど、目の前の二人はソワソワしてなんだか落ち着かないみたいだ。

「あのな、シノブ。正式にプロポーズして、俺達、結婚することになったんだ」

照れ笑いしながらのクゥジュの報告に納得した。このことをいつ言おうかってソワソワしてたのか。

そうだと思ったよ。会った瞬間にわかった。だって、二人とも凄く幸せそうだし。

僕は、口いっぱいの照り焼きサンドを急いで飲み込んだ。

「二人とも、おめでとう！　結婚式はいつ？」

「ノルンの両親に挨拶してから日取りを決める予定なんだ」

じゃあ、これからクゥジュは『息子さんを僕にください』ってやるのか。

どこの世界でも、同じような手順を踏むんだなぁ。

「うちの両親は私が女性と結婚するのを望んでいましたから、もしかしたら反対されるかもしれませんけど。でも、必ず認めさせてみせます」

親の気持ちとしては、女の人と結婚して欲しいっていうのもわかる気がする。

相手が女の人だったら、もしかしたら子供ができる日が来るかもしれないけど、男相手じゃ絶対に無理だし。でも、二人はお互いを必要としてるから、認めてあげて欲しいな。

「店も軌道に乗ってきたし、やっとおじさん達に堂々と挨拶に行けるよ。これもシノブのおかげだな」

手を握って見つめ合う二人は、強い絆で結ばれているように見えた。実際、そうなんだろうな。

クゥジュの家は早いうちにお母さんが亡くなって、さらにお父さんが亡くなってからは、ノルンがクゥジュを支えてきたんだから。

「きっと上手くいくよ」

照れたように笑う二人の姿に、ふと、さっき見たクリシュさんの姿が重なって、途端に胸が痛みだした。

『結婚秒読み』

知り合いが二組も幸せを掴もうとしているのに、どうして僕の胸は痛むんだろう。

「シノブ、どうかしました？」

「ううん、幸せそうでいいなって思って」

ボンヤリしていた僕を見て、ノルンが首を傾げた。

自分でもよくわからない気持ちを話してしまえば楽になれたかもしれないけど、二人の幸せに水をさすみたいで、なんだか気が引けてしまった。

「シノブは、誰かいいなって思う人はいないのか？」

「僕はまだこっちの世界に来たばかりだし、生活するのに必死でそんな余裕ないよ」

クゥジュの言葉に思い浮かべたのは、なぜかクリシュさんの姿だった。

いやいや、確かに僕はクリシュさんのことが好きだし、もっと仲良くなりたいって思っているけど、同性だし、そういう意味の好きじゃないはずだ。

「それよりさ、二人の結婚パーティーはどうするんだ？　もしよかったら、僕に料理を作らせて欲しいな」

「いいのか？　シノブの料理か。楽しみだな」

なんとなく、これ以上は考えたくなくて話を逸らしてみたけど、ノルンとクゥジュは疑問に思わなかったみたいで、次の話題に乗っかってくれた。

「あ、でも、ラヴィの料理だけはクゥジュにお願いしてもいい？」

「あー、そうだな。串焼きの屋台でラヴィの耳を見て悲鳴を上げてたもんな」

「うう、思い出させないでよ！」

二人に笑われて、僕もあはは って笑って。でも、心のどこかがモヤモヤしているのに気がついていながら、考えるのが嫌で頭の中から追い出した。

その日は、いつも通る市場に近い道を避けて帰った。クリシュさんと、アンネッテ様の姿を思い出すのが嫌だったんだ。

「明日も、クリシュさん来るかな？」

誰かに会うのが憂鬱(ゆううつ)だと思ったのは初めてだ。

『昨日、街でクリシュさんを見かけたよ。一緒にいた女の人、綺麗な人だな』って、笑って言えばいいのに、胸の中のモヤモヤがそれを許してくれない気がして。

ブライアンの手綱を握りながら、一つ、溜息を吐いた。


トマトの葉の上をうごうごと移動する芋虫を観察しながら、溜息を一つ。やたらとカラフルなこの子は大人になったら蝶々になるのかな、それとも、蛾になるのかな。

鮮やかな色をした虫や爬虫類は毒を持っているって聞いたことがあるけど、前に鳥がくわえてるのを見たことがあるから、この芋虫には毒がないんだろう。

身を守る術がないなら、もっと地味な色を選べばいいのに。そんなに目立つ色をしていたら、すぐに見つかって食べられるぞ。

「ちょっと移動しよう。これは、僕のトマトだから。周りにたくさん生えてる雑草なら、いくらでも食べていいからさ」

千切った雑草の葉で優しくすくい上げて雑草の森に逃がしてあげると、うごうごしながら消えていった。

そのまま、風に揺れる雑草をボーッと眺める。三日ほど、僕はこんな感じでイマイチ調子が上がらない。

これは、市場でデート中のクリシュさんを見てからだった。

市場でアンネッテ様をエスコートするクリシュさんを見かけた日から、クリシュさんに会ったら、なんて挨拶をしようかって、ちょっと悩んでいた。なんだか気まずくて、いつも通りの挨拶ができないような気がしたんだ。

『恋人はいない』って言っていたクリシュさんに、デートしてるのを見たよって言っていいものか。

これが、もとの世界の同級生だったら、迷うこともなく『なんだよ、彼女いるんじゃないか。凄い可愛いな』って言うんだけど、クリシュさんとはまだ気軽に恋話ができるほどには仲良くなっていないような気がするし。

ただの知り合いに、プライベートなことまで聞かれるのは嫌かな？　とか、笑って挨拶できるかな？　とか、同じようなことをグルグル考えてしまう。

そもそも、なんでこんなに悩んでいるのか自分でもよくわからない。わからないけど、あの日以来ずっと胸のモヤモヤが続いているんだ。


ゲネットさんにも『いつもと様子が違うけど、具合でも悪いのか？』って聞かれてしまった。

体調も悪くないし、ご飯もちゃんと食べてる。睡眠もいつも通りに暗くなったらすぐに寝てるから充分なはずなんだけどな。掌で顔を触って確認してみても、自分じゃよくわからなかった。

そんな風にモヤモヤとした気持ちを抱えたまま三日が過ぎ、僕の悩みは無駄だったとわかった。

あの日以来、クリシュさんは僕の家に来なくなったから。

別に、毎日会おうって約束してたわけじゃないし、忙しいのにいつも悪いなって思っていたから、いいんだけど。急に来なくなると、なにかあったのかなって心配になる。

クリシュさんは見るからに強そうだし、心配しなくても大丈夫だと思うんだけど。でも、この世界でどんな危険があるのか、僕はまだ知らないから。

僕の周りはいい人が多くて長閑(のどか)に感じるけど、クリシュさんは挨拶をするとき、必ず変わったことはないかって聞くんだ。物騒になってきたからって。

僕が想像する物騒なことと言えば、空き巣とか、恐(きょう)

喝とか、通り魔とか、それくらいだ。でも、街でもノルンとクゥジュからも、そんなことが起きているなんて一度も聞いたことがない。

酔っ払いの小さな喧嘩は日常茶飯事らしいけど、それだって最後には肩を叩き合って和解する一種のコミュニケーションみたいな感じらしいし。

でも、テレビやネットがないから僕が知らないだけで、なにかが起きたんじゃないかって心配になる。クリシュさんは治安を守る警察官みたいな仕事をしてるから、事件に巻き込まれて怪我でもしてるんじゃないかって。

「今日も来なかった……」

夕暮れに染まった畑を見ながらガックリしていると、後ろからポチがのし掛かってきた。

僕の肩に前脚を乗せて、グイグイ押してくる。

「ちょっと待った、ポチ、重いっ………ぐへぇ！」

僕の上から聞こえるハッハッってポチの息遣いがなんだか誇らしげだ。

「ポチー、おーもーいー」

降参して地面をタップすると、やっと上からどいてくれた。

「いててて」

体を起こすと、目の前でお座りしたポチが、首を傾げながら一言。

「ワン！」

最近気がついたんだけど、ポチは僕が落ち込んでるときや寂しいときにこういう行動を取ることが多い。

偶然かもしれないけど、もしかしたら、僕を元気づけたくてわざとやってる？　って思っていたりする。今のも、『元気出た？』って言っているみたいに聞こえた。

「ポチー、いつもありがとうな」

ポチの顔を両手で挟んでグニグニ揉むと、鋭い牙が見えた。初めて会ったときは大きなポチが怖くて、噛まれたら死ぬって思っていたけど、ポチの牙は一度も僕を傷つけたことがない。今では、全力で僕を守ってくれる大きな牙のことも大好きになった。

「会いたいなぁ」

ポチの毛を撫でながらツルリと出た言葉に驚いて、手で口を押さえた。

そうか、僕は、クリシュさんに会いたかったんだ。

この三日間調子が出なかったのは、僕の中でクリシュさんに毎日会うのが当たり前になっていたからで、会いたい人に会えなかったからで。

……無意識って怖いな。

僕が自分でも気づかないうちに心の中に隠していた気持ちを、ポロッと吐き出してしまうんだから。

「クリシュさん、明日は来るかな?」

「キュウン」

「ポチも、クリシュさんに会いたい?」

「ワンッ」

返事をしたポチをグシャグシャと撫でると、なんだか気持ちがスッキリした。

認めてしまえば、モヤモヤしていたものがスーッと溶けていくように心に馴染んでいく。

クリシュさんに対する僕の気持ちは、ノルンやクゥジュに対するものや婆ちゃん達に対する気持ちとは少し違う気がする。それを、なんて表現したらいいかはまだわからないけど、毎日会いたいって思うくらいに大事な人になっていたんだ。

納得して顔を上げると、遠くの空に真っ黒な雨雲が広がっていた。今夜辺り、雨が降るのかもしれない。

僕の大事な家族達が風邪を引かないように、飼育小屋の戸締まりをきっちりしないと。

「ポチ、今日は早めに寝床に戻ろう。ハナコー、ハナヨー、ブライアン、ラムちゃん達も、小屋に戻って」

モッシモッシと草を食べていた家族達が、僕の呼びかけに顔を上げた。コッコさん達とピョン吉は、ちゃっかりと先に飼育小屋に戻っていて、自由にくつろいでいる。

「明日は、会えたらいいな」

明日もし会えたら、僕のほうから元気だった? 変わりはない? って、聞いてみよう。いつもクリシュさんが僕に聞いてくれる言葉だけど、たまには僕のほうから気遣ってみるのもいいかもしれない。

明日会えなくても、一時間かけて街に行けば会えるんだ。もとの世界の友達みたいに遠く離れてしまったわけじゃないから、落ち込むことなんてないんだ。

「よし、元気が出てきたぞ。明日に備えて、今日も早く寝よう」

片付けをして、飼育小屋の戸締まりをきっちり確認して早めの夕ご飯を食べていたら、窓の外がピカッと光った。

「1・2・3・4・5・6……」

ドドーンッ
「わっ、ビックリした。大きな音だな」

この世界は、人も動物も植物も大きいけど、雷の音まで大きいのか。

「あ、また光った」

僕は、雷はそんなに嫌いじゃない。むしろ、好きな部類に入るかもしれない。

雷が危険だっていうのはわかってるけど、稲光が雲の隙間を縫って走るのは綺麗だと思うし、遠くで鳴っている分には安心して眺めていられる。普段とは違う現象にちょっとワクワクしたりもする。

もとの世界で両親と住んでいたマンションは鉄筋だったし、避雷針もあったから安心していられたっていうのも大きいかも。

この辺りは、どうかなぁ。ポツポツと木が生えているけど、ほとんどが雑草畑だし、今住んでいる家は木造だから、雷が落ちたら火事になるかもな。それはまずいぞ。

「そういえば、婆ちゃんの家にいるときに雷が鳴ったら『雷様に取られるぞ。ヘソを隠せ！』って腹巻きを巻かれたけど、あれって、なんでヘソだったんだろう？」

雷様は、取ったヘソをどうするつもりなんだろう？　取られたら、穴がなくなって平らになるのかな？

手足ならなくなったら困るけど、ヘソがなくなってもそんなに困らないような気がするから、慌てて守らなくてもいいような気がするけど。

ドドーンッ。

今度は、五つ数えたところで大きな音がした。ちょっと近づいてきたかな。

雨の音を聞きながらピカッと光るたびに数を数えるのを繰り返しているうちに、いつの間にか眠っていた。


『キャインッ』

「……………ポチ？」

夜中に目が覚めた。ポチの鳴き声が聞こえた気がして。

雨はだいぶ小降りになっていたけど、まだ雷が鳴っている。動物は僕よりもずっと耳がいいから、もしかして雷を怖がっているんだろうか。

もしそうなら、僕がそばにいてあげないと。

「雷が怖いなんて、番犬にも可愛いところがあるんだな」

クスクス笑いながら、雨のせいでヒンヤリして湿っている床に足を下ろした。

この世界ではみんな家の中でも靴を履いているけど、日本育ちの僕はその習慣には馴染めなくて、土足禁止を貫いている。だって、畑仕事をするから泥がつくし、そのまま家の中を歩き回ったら掃除が大変なんだ。

ペタペタと足音を立てながら、落ちないように壁に手をついて慎重に階段を降りた。

本当はロウソクを灯したほうがいいんだろうけど、貧乏性の僕は一度ロウソクの灯りを落とすと、ちょっとの用事ならそのまま済ませてしまう。もとの世界でお金に困っていたから、節制するのが心と体に刻み込まれてしまっているんだ。

それに、訓練したら夜目が利くようになるかもしれないし。

真っ暗な部屋の中を手探りで進んで、やっと玄関に辿り着いた。夜ここまでなにかにぶつからずに来れたのは初めてだ。

夜目が利かないんだから、家具の位置に気をつけないといけないのはわかってるんだけど、うっかり椅子を引いたままにしてしまっていて、しょっちゅう蹴飛ばしてしまうんだ。

靴を履いて外に出てみると、サァーッと細かい雨が降っていた。一歩外に出ると、僕を頭の天辺から濡らしていくけど、飼育小屋はすぐ近くだし、雨具はいらないか。

今度は家の外壁に手をついてソロソロと進む。ここで気を抜いて、雨でグチョグチョになった地面の上に転ぶなんて嫌だから、いつもよりも慎重に進んだ。

壁が途切れるところまで歩いて飼育小屋の近くまで来たとき、ピカッと稲光が走った。写真を撮るときのフラッシュみたいに、一瞬だけ周りが明るくなる。

その中の人影に気がついて、僕は思わず足を止めた。

ずんぐりとした、男の人みたいだった。しかも、一人じゃない。はっきり見えたわけじゃないけど、少なくとも三人はいた。

そして、僕が目指す飼育小屋の扉は、大きく開け放たれていた。

クリシュさんじゃない。それだけはわかった。

鎧を着ていなかったし、体格が全然違う。クリシュさんは、もっとスラっと背が高くて、肩幅が広い。

また真っ暗闇に戻ってしまって見えなくなったけど、確かに複数の人間がそこにいた。

こんな夜中に、僕の家の飼育小屋の前でなにをしているんだ。戸締まりをしたはずの飼育小屋の扉が開いていたのはなんでだ?

嫌な考えが頭の中を駆け巡って、ゾクゾクと背中が震えた。

飼育小屋の扉が開いている。じゃあ、ポチは?

ポチは番犬だ。敷地に入ろうとする知らない人には、誰であろうと歯を剥き出して威嚇する。

もし、飼育小屋の扉を開けたのがここにいる人達なら、その瞬間に小屋の中から飛びかかったはずだ。

『キャインッ』

僕はさっき、ポチの鳴き声を夢うつつで聞いた。雷を怖がってるんだと思った鳴き声は、あれは、まさか。飛びかかって、この人達に反撃されたのか?

知らない人達が敷地内にいて、小屋の扉が開いていて、僕がここにいるのに、勇敢な番犬の唸り声が聞こえない。それは、ありえないことだ。

鼓膜が心臓になってしまったかのように、ドクドクと鼓動の音が響いた。緊張から息が浅くなってしまって、ハッハッて、呼吸が苦しい。

体の感覚が鋭敏になっているみたいで、いつもなら気がつかない他人の視線を体中に感じる。

息を潜めて、僕のことを窺ってるんだ。

ゴクリと唾を飲み込んで口を開いた。ここは、僕の家だ。僕にはなにが起きてるのか知る権利があるはずだ。

「そこにいるのは誰だ?」

ザリッと地面を擦る音がしたけど、返事はなかった。音がしたほうに顔を向けても、僕の目には暗闇しか見えない。

「僕の家で、なにをしているんだ」

喉がカラカラに渇いてて、掠れた声が出た。

「気づかれちまったか。大人しく寝ててくれれば怖い思いをすることもなかったんだがなぁ」

別の方向から声が聞こえて、そっちに顔を向けたけど、やっぱり僕には姿が見えなかった。

「ん、お前、目が見えないのか? なら遠慮することもないか。おい、灯りを点けろ」

カチッカチッと石を打ちつけるような音がして、ぽうっと周りが明るくなった。そこには、カンテラを持った男が五人立っていた。

僕の一番近くにいる男は大きなナイフを持っていて、その刃先が赤く染まっていた。

雨に流されてポタポタ垂れる赤い雫（しずく）がなんなのか、理解する前に心臓がドクンッて大きく波打った。

「なんだ、完全に見えてないってわけでもないのか。灯りを点けたのは失敗だったな」

「どっちでもいいさ。やることは変わらねぇんだから」

あれは、血だ。なにか変な臭いがするって思っていたけど、思い出した。鼻血を出したときと同じ臭いだ。じゃあ、誰の血なんだ。

「まったく、クソ犬っころが騒がなきゃ、すんなり終わったのによ。噛みつきやがって」

ドカッてなにかを蹴る音がした。飼育小屋に一番近い場所に立っていた男が、腕を押さえている。その足元に、大きな獣が横たわっていた。お腹が上下してるから、息はある。でも、ぐったりしたまま動かない。

「ポチッ!!」

悲鳴を上げて駆け寄ろうとした僕の前に、ナイフの男が立ちはだかった。カンテラの灯りを反射するナイフを僕に突きつけて、見せつけるようにユラユラと動かす。

「こら、坊主、動くなよ。痛いのは嫌だろう?」

「ヒッ!」

ポチを助けないといけないのに、僕の足は動いてくれなかった。人に刃物を向けられたのなんて初めてだ。日常的に鎌を使っているから、この世界の刃物の切れ味は知っている、素手ではびくともしない雑草の束をスッパリ切ってしまうのを見て、こんなもので足を切ったら大変だって常々思っていた。

その鎌よりもずっと大きくて、切れ味が鋭そうなナイフは、僕の恐怖心を煽るのに充分な威力を持っていた。

足どころか、指先すら動いてくれない。

視線もナイフの刃に引き寄せられて、瞬きするのも怖かった。一瞬でも目を離したら、僕に刺さるんじゃないかと思ってしまって。

「よしよし、大人しくしてろよ。俺達は人殺しの集団じゃないんだ。もらうものをもらえばすぐに帰るからよ。よし、お前ら、早く運び出せ」

三人が飼育小屋の中に入った。ガタガタとした音と、ブライアンやハナコの鳴き声がする。それでも、僕の足は動かなかった。

飼育小屋からコッコさん達が飛び出してきたのを入り口で待ち構えていたもうひとりが軽々と捕まえて、両脚を縛っていく。転がされたコッコさんが羽をバタつかせていたけど、両脚を一つに縛られては逃げることもできない。

やめろ、やめろ。僕の家族を苛めるな。

頭では今すぐ飛び込んで縄を切ってあげたいって思っているのに、僕は、置物になってしまったかのように動けない。

息だけがやたらと荒くて、ハッハッて吸い込むけど、酸素が足りないみたいに頭の奥のほうがジーンッて痺れてくるようだった。

「ブルルルッ、ヒヒーン!!」

首に縄をつけられたブライアンが飼育小屋から引きずり出された。両側の縄を男二人に引っ張られて、脚を踏ん張っているのに引きずられてる。首の縄が苦しいんだろう。白目が見えるほどに目を見開いて、後ろ脚を蹴り上げ始めた。

「この野郎、大人しくしろ!」

腰に下げていた鞭を取り出した男が、容赦なくブライアンを打ち据える。ビシッバシッて、聞くだけで痛そうな音が響き渡って、ギュッて目を瞑った。

家族が連れていかれようとしてるのに、どうして僕の体は動いてくれないんだ。

動け、動け、動けよ。僕は、みんなの飼い主なんだぞ。

「しっかし、今回の仕事は楽でいいな。こんなところで子供が一人で暮らしてるって聞いたときは耳を疑ったが」

「ああ、家畜を売れば数日の間は贅沢ができるぞ。ついでに、野菜ももらっていくか」

男達は、ガハハッて笑いながら勝手なことを言う。

ここで暮らし始めた最初の頃に、ゲネットさんに忠告されたことが頭をよぎった。『子供は大事にされてるけど、悪いことを考える奴もいる』って。

僕が異世界からの移住者で、成人してるってことを知っている人は街でも増えてきたけど、まだ知らない人も結構いる。

その人達が噂をしてるのを聞いて、僕の家に家畜を盗みに来たんだろうか。

ブライアンは、何度も鞭で打たれながら連れていかれてしまった。少し遠くで木の上をひづめで歩く音と、ガチャンッて音が聞こえたから、家畜運搬用の荷馬車に積み込まれたのかもしれない。

僕は、弱虫だ。家族が連れていかれようとしてるのに、木偶(でく)の坊みたいに突っ立って、なにをしてるんだ。

悔しくて、ギリッと歯を食い縛った。

降り注ぐ雨が、いつのまにか僕をびしょ濡れにしていて、滴(したた)った水が頬を伝って食い縛った顎の先端からポトリと落ちていく。

「坊主、災難にあったと思って諦めてくれよ。家畜を盗まれたって管理所にでも泣きつけばすぐに保護してもらえるさ。子供はいいよなぁ、大事にされて。俺達なんて、働けなくても誰も助けてくれないんだぜ？　こうやって、盗んだものを売り捌かないと生きていけないんだ。可哀想だろう？」

「こんなお先まっ暗な時代だからな。せめて生きてる間はいいもん食って楽しく暮らしたいっていうのになあ」

働けないなんて、嘘だ。ブライアンを無理矢理引っ張っていく体力があるじゃないか。それなのに、人のものを盗んで、笑いながら可哀想だろう？　なんて。

こんな人達、大ッ嫌いだ。

ピクッて指先が動いた。やっと動いた指先を、親指から順番に握り締める。頭の奥が痺れていたのが、少しずつ戻ってきた。

握り締めた拳で、この人達を順番に殴ってやりたい。

僕が知ってる人達は、みんな頑張って働いているのに。

ノルンは、お姉さんの子供を抱っこする日を夢見て、管理所に就職した。いつかきっと解決策が見つかるって。それを手助けしたいって信念を持って働いている。

上司と移住者の僕との間で板挟みになって苦しみながら、ゲートが消滅した今もまだ未来への希望を捨ててない。

クゥジュは、亡くなったお父さんの料理屋を守るためにずっと頑張っていた。だんだんとお客さんが減っていっても、誰も来ない料理屋の床を毎日ピカピカになるまで磨いてたんだ。

食材を買うお金がなくて、火が入っていない厨房に寂しく突っ立って店を手放すことまで考えたけど、今はそれを乗り越えて忙しく働いてる。

ノットとマルコみたいな子供だって、お母さんを助けるために必死に畑を耕してた。何度も失敗して野菜を枯れさせてしまって、べそを掻きながら、それでも種を蒔き続けた。

大人でも涙を流して降参するアメール草を黙って食べ続けたのも、賞金でお母さんに楽をさせてあげたいって優しい気持ちからだ。

フィルクス様はみんなが平伏するほどありがたい人なのに、長い旅をしながら生命の木に代わる植物を探し続けてる。成果がなくても、次はこの方角に行ってみようって、みんなで会議をしながら、今も次の旅の準備をしてるはずだ。

そのフィルクス様を守るために、先頭になって危険な旅路を進むのはクリシュさんだ。荷運びのプロでさえ亡くなる人がいる危険な道を体を張って進むんだ。

全身を重たい金属の鎧で覆って、時には負傷した仲間を背負いながら、みんなの未来のために頑張ってる。

あんた達は、五体満足で頑丈な体を持っているくせに。コッコさん達を素早く捕まえて縛り上げることができるくせに。重そうなナイフを軽々と扱って僕を脅すことができるくせに。

ポチを返り討ちにして、ナイフで切りつけることができるくらいに元気なくせに。

みんな、みんな、一生懸命に働いてるのに。

「お、この牛は丸々と肥えてていいミルクを出しそうだ。こりゃあ高く売れるぞ」

ハナコとハナヨが、ブライアンと同じように引きずられていく。

動け、動け、動け。

根っこが生えたみたいに地面に縫いつけられていた踵が、ザリッて地面を滑った。

乱暴にするなよ。みんな、僕の家族だぞ。僕の、家族だ。

僕が守らないといけないんだ。

「なんだ、羊は毛が抜けた後か。コイツらはそんなに高値にはならないな」

「まあ、いないよりはマシだろ。全部乗せろよ」

嫌がるラムちゃん達の尻を蹴り上げながら、追い立てていく。『メェメェ』って鳴いているのが僕に助けを求めているみたいに聞こえて、体が熱くなった。

ザワザワって体の内側が騒ぐ。今にも口からなにかが飛び出していきそうな、それくらいの怒りが、僕の体を支配していた。

ぐっと踏ん張ると、膝が少しだけ曲がった。

もっとだ。もっと、動け。この足で、みんなを助けるんだ。

こんなにも、誰かに腹を立てたのは初めてだ。コイツらをぶっ飛ばして、みんなを助けてあげたい。

転がったままのポチや、鞭で打たれたブライアンの手当てをしてあげないと。コッコさん達の脚を縛っている縄を解いてあげないと。

だから、動け。

「よし、これで家畜は全部いただいたな。あとは、野菜をもらってくか」

僕は横目で飼育小屋を見た。ピョン吉がいない。自力で逃げたのか。

「この汚ねぇ羊毛はどーするよ。藁だの埃だので真っ黒だが」

「馬鹿、ゴミまで持っていこうとするなよ。置いていくに決まってんだろ」

そうか、ピョン吉はラムちゃんの毛玉を寝床にしてたから、見つからずに済んだんだ。

（ピョン吉、そのまま隠れててくれよ）

なんとか隙を見つけてみんなを助け出さないと。

相手は五人で、難しいかもしれないけど、僕しかみんなを助け出せる人がいないんだから。

本当は、怖い。足が震えてる。

でも、連れていかれたブライアン達は、きっと、もっと怖いはずだ。

さっきまでとは違う気持ちで僕に刃物を突きつける男を眺めた。

さっきは、怖くて目が離せなかったけど、今度は、男の動きを見逃さないように。

せめて、この男が背中を向けてくれれば……。

爪先を持ち上げて、足首を動かす。膝を片方ずつ曲げて、手首や肘も、気づかれないように慎重に動かす。いつでも飛び出せるように、準備だけはしておかないと。

爺ちゃんは、喧嘩するときはどうしろって言ってたっけ？

僕はほかの人よりも体が小さいから、不良に絡まれたり、不審者に声をかけられるんじゃないかって、いつも心配してくれていた。

『忍、喧嘩のときは、相手から絶対に目を離すなよ』

そうだ、目を瞑ってちゃいけないんだ。怖がって下を向いてもダメだ。なにかされそうになったら、すぐに気がつけるように、観察するんだ。

『使えるものはなんでも使えよ。石ころでも、棒切れでもいい。卑怯だなんて思うな。忍をどうにかしようなんて奴に遠慮なんかいらないからな』

石ころならたくさんあるけど、ほかに武器になりそうなものなんてないよ。爺ちゃん、こんなときはどうしたらいい？

「ここの畑はすげぇな、野菜が鈴なりだ。土がいいんかなぁ？」

「おい、遊んでないでさっさと運べよ。そろそろずらかるぞ」

畑をかき分けていった男達が、僕が育てた野菜を乱暴に引き千切っていく。それは、明日クゥジュに持っていく野菜だ。あんた達のために育てたんじゃないぞ。

僕の近くにいるのは一人だけだ。今がチャンスなのに、この男は僕からなかなか目を離してくれない。

さっきから指示を出してるから、五人のリーダーなのかもしれない。

カタンッ。

そのとき、飼育小屋のほうから小さな音がした。僕が気がついたくらいだから、当然リーダーの男も気がついていて、目線だけをそちらに向けた。刃物は僕のほうに向けたままだ。

「おい、もう一匹いるじゃないか。しかも、ご馳走だ！」

飼育小屋の入り口から、ピョン吉が顔を出していた。鼻をヒクヒクさせて、いつもみたいに無表情で。

「ピョン吉、出てきちゃダメだ！」

ダメだって言ったのに、ピョン吉は呼ばれたと思ったのか、僕のほうにのそのそと匍匐前進して向かってくる。

「ラヴィか。こいつはいいや。今夜の祝杯に焼いて食おうぜ」

畑から一人、ピョン吉に向かっていく。ポケットからナイフを取り出して、舌なめずりをしながら。

僕は、全身の血が下がっていくような感じがした。コイツ、ここでピョン吉を捌いていくつもりだ！

「丸々と太って、美味そうだ」

男の足は、ピョン吉が匍匐前進するよりもずっと速かった。

やめろ。ピョン吉は、速く歩けないいんだ。後ろ脚が悪いから、逃げられないいんだよ。

ピョン吉が、僕の世界のウサギみたいに足が速ければよかったのに。ピョンピョンッて身軽に、人間なんかに捕まらない速さで、ピョン吉だけでも逃げられたらよかったのに。

「今夜は運がいいな」

男がピョン吉に手を伸ばすのをリーダーの男が嬉しそうな顔をして見てる。そっちに気を取られて、僕に向けていた刃物の先端が地面を向いていた。

考えるより先に、体が動いていた。今だ、今しかない。

『体格差がある奴を相手にするときは、急所を狙え。目とか、鼻の頭なんかがそうだが、男にはもっと狙いやすい場所がある。忍も、男ならわかるな？』

二歩前に踏み出した。ここからなら、充分届くはずだ。

『躊躇うなよ、潰してやるつもりで、思いっきり足を振り抜いてやれ！』

あんたなんて、大嫌いだ！　潰れたって、知るもんか!!

ドゴッ。

「グヘェッ!!」

時間が止まったみたいに固まったリーダーの男は、情けない声を上げて白目を向いた。そのまま、股間を押さえて倒れて、横向きに丸くなった。

膝に当たった妙に柔らかい感触が気持ち悪かったけど、今はそんなことを気にしてる場合じゃない。

男の足元にあったカンテラを持って振り回しながら、ピョン吉の耳を摑んで持ち上げている男に向かって走り出した。

『大声を出して相手を怯(ひる)ませるのもいいぞ。気迫ってのは、武器になるからな』

「わぁぁぁぁ!!」

「なんだぁ!?」

奇声を上げながら、重たいカンテラを無茶苦茶に振り回した。爺ちゃんは、いつも正しかった。僕に嘘をついたことなんて、一度もなかった。

今も、男がビックリしてピョン吉の耳から手を離した。

「キーッ」

ボテッと地面に落ちたピョン吉が、か細い声で鳴いた。こんなときなのに、『ピョン吉って鳴くんだな』って感心してしまった。初めて聞いたよ。

ピョン吉、逃げろ。匍匐前進でいいから、草むらに逃げて、そこで隠れてるんだ。

でも、ピョン吉は蹲ったまま、そこから動かなかった。

『キーッ、キューッ』って鳴きながら、身を守るみたいに丸くなって、耳もペタリと伏せてしまっている。

「ピョン吉、逃げろ、逃げろ!!」

名前のように、ピョンピョン跳べとは言わないけど、動け、逃げろ。

「おい、ヤメロ。危ねぇだろうが!」

腕を盾にして防御する男に、カンテラを振り下ろす。グルグル回していたせいで、僕にも止められないほど勢いが付いたカンテラは、男の腕に当たってガチャンッと割れた。

中に入っていた燃料らしい液体が飛び散って、男の服に掛かったと思ったら、火が移ってボッと勢いよく燃えだした。

「うわっ、アチィ!」

持っていたナイフを落として、掌で火を叩いていたけど、燃料に着火した火はそれくらいじゃ消えなくて、『ヒィヒィ』って情けない声を上げながら走り回っている。

でも、安心していられない。雨が降ってるんだ。そんなに時間がかからずに消えてしまうと思う。

「おい、なにやってんだ。ガキ相手に情けない」

それに、畑を物色していた残りの三人のうちの二人が、騒ぎを聞きつけて仲間を助けに来てしまった。もう一人は、股間を押さえたままピクピクしてるリーダーに走り寄っている。

ダメだ、ピョン吉を草むらに逃がす時間がない。

僕は、ピョン吉を持ち上げて、飼育小屋の中に入れた。

「ピョン吉、ここから出てくるなよ」

鍵が壊れてる扉を閉めて、その前に仁王立ちして、絶対に通さないぞって気迫を込めて睨みつけた。

武器は、もう石ころしか残ってなかった。両手に石を握り締めて、近づいてきたら顔にぶつけてやるって、足を踏ん張った。

「ガキだと思って優しくしてりゃあ、調子に乗りやがって。もう泣いても許してやらねぇぞ。大人の言うことを聞きなさいって、父ちゃんと母ちゃんに教えてもらわなかったか？」

　息が切れて、ハーッハーッて肩を上下させながら、爺ちゃんの教えの通りに近づいてくる男から目を逸らさなかった。

　生憎と僕の父さんと母さんは、僕になにかを教えるほどには一緒にいる時間が長くなかったんだよ。僕にいろいろと教えてくれたのは、婆ちゃんと、爺ちゃんと、シッターさんと、幼稚園から高校までの先生達だ。

　父さんと母さんは僕が朝起きる頃には慌ただしく仕事に行って、夜も起きてるうちに帰ってくることなんてほとんどなかったんだから。

　でも、父さんも母さんも忙しかっただけで、僕にあんた達みたいな無茶苦茶なことは言わなかった。

『学校の先生や、爺ちゃん達の言うことをよく聞きなさい』って、頭を撫でられたけど、あんた達は先生でも僕の爺ちゃんでもないから、きっと怒らない。

「こんなところで子供が一人で住んでるんだ、親は育児放棄のロクデナシか、死んじまったかのどっちかだろ。しょうがねぇから、俺たちで躾してやろうぜ」

　口元は笑ってるけど、目は笑っていなかった。ギラギラとした目で、僕を頭の天辺から爪先までジットリとねめつけて、どうやって躾してやろうかって、残忍な顔をしていた。

　多分、さっきまでは僕に随分と手加減をしていたんだ。僕が暴れたことで、完全に怒らせてしまった。

　でも、後悔なんかしないぞ。あのとき動いてなかったら、今頃ピョン吉は皮を剝ぎ取られて串焼きになっていたかもしれないんだから。

「ピョン吉は渡さない。ブライアンも、ハナコもハナヨも、ラムちゃんもコッコさん達も、ポチも、僕の家族だ。みんなを返せよ」

「ははっ、聞いたか？　このガキ、家畜に名前をつけてやがるぜ」

「お子様は一人暮らしが寂しいんだろうよ。可哀想になぁ」

　ニヤニヤ笑いながら、でっかい手が僕を捕まえようと迫ってきていた。僕は、右手に持っていた石を男の顔に向かって投げつけてやった。

「っ！　この、クソガキが!!」

石は、男の耳の辺りを掠めて飛んでいった。忘れてた。僕は、球技が苦手だったんだ。

友達とキャッチボールをしたときも、明後日の方向に飛んでいって、ノーコンだってよく怒られたっけ。しょうがないじゃないか。僕はみんなみたいに、父さんとキャッチボールの練習なんてできなかったんだから。

男が手を振り上げるのがスローモーションみたいに見えたけど、体は動かなかった。ゆっくりに見えただけで、僕が動くよりもずっと速かったんだと思う。

バチンッて大きな音がした。その瞬間は、痛みよりも衝撃しか感じなくて、頰を平手で叩かれたって気がついたのは、飼育小屋の扉に叩きつけられて、地面に転がってからだった。

目がチカチカする。

拳で殴られてたら、きっと死んでいた。

頰に火が点いたみたいに熱が集まって、ジンジンと痺れだした。なんとか体を起こすと、鼻の奥からサラサラした水がツウッて伝い落ちて、ボトボトッて音がするくらいの量が地面に落ちた。

頭がクラクラして、力が入らなくて、飼育小屋の扉に背中を預けて。その体勢を保つのが精一杯だ。

「ちょっと力を入れすぎたんじゃないか？」

「俺には子供がいねぇから、力加減が難しいな。坊主、生きてるか？」

爪先でズンズンッってお腹を突っつかれた。『ウウッ』ってうめき声が、自分の声じゃないみたいだ。

腕に力が入らなかったけど、男の足を押し返してやった。

まだ、負けないぞ。飼育小屋の中にはピョン吉がいるんだ。

「ピョン吉は、渡さない。みんなを、返せよ」

「まだ反抗するか。まったく、可愛くないガキだな」

それからのことは、あまり覚えていない。たくさん叩かれて、僕のことを飼育小屋の前から退かそうとしてきたのは覚えている。

そのたびに、左手に持っていた石で男を叩いて、腕に嚙みついて。

嚙んだときに血の味がしたのは、ポチが嚙みついたところと同じ場所を嚙んだからららしい。

『痛ぇ！　コイツ、クソ犬と同じ場所を嚙みやがった!!』

って喚いているのを聞いて、ちょっとだけだけど、ポチの仇を取ってやったぞって、思った。

痛い。右目が開かない。

地面に転がって、ハーッハーッって息をする。意識して息をしないと、胸の痛みに負けて息を止めてしまいそうだった。

体中が痛くて、具体的にどこが痛いのかって聞かれても答えられないくらい、どこもかしこも痛くてたまらない。

起き上がらないと、ピョン吉が捕まってしまうのに。ピョン吉を守れるのは僕しかいないのに、力を入れても地面を指先でカリカリ掻くのが精一杯だった。

「なぁ、やりすぎだって。こいつ、このまま放っておいたら死んじまうんじゃないか？」

今のは、大柄なほうの男だ。僕が叩かれていたときも、何度か止めていた。小柄なほうの男は血の気が多いらしくて、叩いているうちに興奮してくると、どんどん力が強くなっていくようだった。

他の三人は途中まで一緒になって僕を殴っていたけれど、小柄な男があまりにもしつこいから途中で飽きたみたいで、畑の野菜を物色しに行った。

「だ、大丈夫だろ。もう少ししたら夜明けだ。道端に転がしておけば、通りがかった奴が保護するだろ」

小柄なほうの男の声は少し上ずっていた。それだけ、僕の状態が酷いってことなのかな？　もう自分じゃよくわからないや。

雨が降っているのに濃厚な血の臭いがするのは、鼻血を出したからなんだろうな。

左の掌も、ずっと力を入れて石ころを握り締めていたせいで、ずる剝けてしまってる。顔がジンジンするのは、腫れているからなんだろうか。多分、右の瞼も腫れてるから目が開かないんだ。

「さて、ラヴィをいただくとしようか」

小柄なほうの男が飼育小屋の扉を蹴り開けた。僕のことをまたいで中に入っていくのを止めようとしてズボンの裾を引っ張ったけど、すぐにスッポ抜けてしまった。

「キューーッ」

ピョン吉が、捕まった。鳴き声だけで、それがわかってしまった。

「手間を取らせやがって」

顔の前に、小柄なほうの男の足がある。爪先から足首、膝へ順番に見上げると、耳を掴まれて持ち上げられたピョン吉がいた。

ピョン吉の左脚はだらんと垂れ下がっていて、力が入っていないように見えた。

多分、上から落とされたときに怪我をしたんだ。逃げなかったんじゃなくて、脚が動かなくて逃げられなかったんだな。わかってやれなくて、ごめんな、ピョン吉。

「ぴょ……、せ」

これでも、大声で叫んだつもりだった。でも、実際に出たのは、自分でさえも聞き取れるかどうかの小さな声だった。男達には、唇が動いたことしかわからなかったかもしれない。

僕のお気に入りのピョン吉の耳。内側が敏感で、触るとピルピル動く可愛い耳が、乱暴に鷲掴み（わしづか）にされている。ピョン吉は短い前脚をパタパタ動かしてキーキー鳴いていた。

離せよ。あんた達だって、耳を引っ張られたら痛いだろ。

石を握った力の入らない左手を無理矢理持ち上げて、男の脛を叩いた。今、僕にできる精一杯の力で石を叩きつけてやったのに、ポスンッて軽い音を立てただけで、男は痛がりもしなかった。

「本っ当に強情なガキだな。……いいことを思いついたぞ。お前、随分と家畜を大事にしてるみたいじゃないか」

僕の位置からは男の顔は見えなかったけど、絶対に、ニヤニヤと嫌な笑い方をしていると思う。小柄なほうの男は、僕が痛そうな顔をするたびに嬉しそうにニィッて笑っていたから。

「お前の目の前で、ラヴィを捌いてやるよ。まずは、どこがいいか。前脚を切り落とそうか。後ろ脚にしようか」

ヒュッて、喉から空気が漏れる音がした。

ピョン吉、ピョン吉。僕の家族。

やめろよ、そんなことをしたら、ぶちのめしてやる!!

「目をくり貫いて欲しいか？　それとも、耳を削ぎ落としてやろうか」

「おい、いくらなんでも、悪趣味だぞ」

「うるせぇよ。見てみろよ、こいつ、歯形が残るほど嚙みついたんだぞ。生意気なガキに、お仕置きだ」

大柄なほうの男が持ってるカンテラの光を受けて、ナイフがギラギラ光っていた。ピョン吉のどこを切り刻んでやろうかって、ナイフの先端で口にした場所をなぞる真似をする。

ザワザワッ、ザワザワッて、体の奥のほうでなにかが蠢く感じがした。それは、今に始まったことじゃなくて。

はじめはナイフが怖くてしょうがなかったけど、みんなが連れていかれるのを見て、ブライアンが鞭で打たれて、ラムちゃんの尻が蹴り上げられるのを見て、『こんな奴ら、大嫌いだ』って思ったときから、体の中で燻っていた。

ザワザワが大きくなると、固まっていた体が少しずつ動き始めた。このザワザワがなにかなんて、どうだっていい。

弱虫な僕に力を貸してくれたんだとしたら、もう一度、力を貸してくれ。

「お前が聞き分けがないから、このラヴィは苦しんで死ぬことになるんだ。本当なら、一気に首を落として皮を剝ぐんだが、今日は脚の先からジワジワ時間をかけてやろう」

「おい、やめろって。前からサドッ気があるとは思ってたが、さすがに付き合いきれねぇよ。見てみろよ、手加減なく殴るから、もう虫の息だ。これ以上ショックを与えたら、本当に死んじまうぞ」

「黙ってろ、腰抜けが」

ピョン吉に酷いことをしたら許さないぞ。ブライアン達も、絶対に助けてやるんだ。

転がったまま動かないポチになにかあったら、絶対に許さない。

体を起こそうとしたら、全身に激痛が走った。体中の骨がバラバラになってしまいそうなのを、歯を食い縛って耐えながら、ゆらゆら揺れる体を肘で支えて、顔を上げて男を睨みつけた。

右目は少ししか開かなかったけど、細くなった視界に言い争う男達の姿が映った。

「ほら見ろ、起き上がったぞ。全然大丈夫じゃないか。……なんだぁ、その目は。まだ懲りないのか」

肩を足で蹴られて、せっかく起き上がった体が、雨でジャブジャブになった地面に転がった。

泥水が口に入って、ジャリジャリしたのを吐き出して、もう一度体を起こす。

何回蹴られても、転がされても、絶対に起き上がって、ピョン吉を助ける。それしか考えられなかった。

起き上がってどうするのか。どうやってピョン吉を助けたらいいのか。作戦なんか、もうなかったけど。

僕は、絶対に家族を見捨てたりしない。

本当は、ずっと寂しかった。父さんと母さんが忙しいのはしょうがないんだって我慢してきたけど、誰かがそばにいてくれたらって、ずっと思っていたんだ。

婆ちゃんと爺ちゃんは僕を大事にしてくれていたし、長期の休みが楽しみだったけど、でも休みが終わったら、また誰もいない家に帰るのかって、気持ちが沈むこともあったんだ。

この世界に来て、ノルンが僕のために用意してくれた家でみんなで暮らすのが幸せで、毎朝『おはよう!』って言いながら、みんなのために水をくむのが楽しかった。

みんなは言葉を話すことはできないけど、名前を呼んだらこっちを向いてくれたり、草むらから顔を出したり。それだけで充分だった。充分以上に、幸せだったんだ。

やっと手に入れた僕の家族を、絶対に、見捨てない。

「ほら、坊主。よぅく見てろよ」

やめろ。

「どこから切ってやろうかと思ってたが、決めたぞ」

やめろ、やめろ。

膝立ちになって、ぶるぶる震える太股に力を入れて踏ん張った。手をピョン吉に向かって目一杯に伸ばして、やっと後ろ脚に触れそうだったのに、男はもっと上のほうにピョン吉を持ち上げてしまった。

「左の耳からだ」

わざと、僕によく見えるように角度を変えて、ピョン吉の耳にナイフを近づけていった。

どんなに手を伸ばしてもピョン吉には届かなくて、バランスを崩した僕は、また地面に逆戻り。両手を地面について四つん這いになったまま、顔だけはピョン吉に向けていた。

やめろ、やめろ、やめろ。

ザワザワ、ザワザワ。今までで一番大きく、体の奥が騒ぎだした。パンパンに膨れ上がって、僕の体の中から出口を探すみたいに、うねって、今にも飛び出していきそうだ。

ピョン吉を返せ。ブライアン達を返せ。ポチの怪我を元に戻せ。

体の感覚がおかしくなっているみたいで、僕には感じられなかったけど、強い風が吹いて、家の周りに生えている草がザザザザッと波打った。

「大事な家畜にお別れをしろよ」


やめろ、僕の家族を、苛めるな!!


僕は、物凄く怒っていた。それは、男達と対面してから、一分一秒ごとに大きくなっていって、怖がる気持ちを押し退けて、火事場の馬鹿力みたいに動く力になった。

その気持ちが、ピョン吉に向けられた刃物を見て、今までにないくらいに大きくなって、体の中を渦巻いていたザワザワと一緒に爆発して飛び出していったみたいだった。

視界が真っ暗になって、僕は爆発した衝撃にのけ反って仰向けに倒れたんだと思う。

思うって表現したのは、実際に倒れたのかどうかわからなかったから。ゲートを通ったときみたいに、立っているのか、座っているのか、上を向いているのか逆さまになっているのか、わからなくなってしまったからだ。

そんな状態なのに、耳だけは聞こえていて、『うわっ!』とか、『なんだ!?』とか、男達が叫んでいるのが聞こえたけど、なにが起きているのかはわからなかった。

もしかして、雷が落ちたんだろうか。僕が外に出てからも、頻繁に光っていたから。

昔の人は、雷は空の神様が怒って鳴らしてるって思っていたらしいけど、こっちの世界にも神様がいて、悪い奴らを雷で懲らしめてくれたんだったらいいのにって、体中の力が抜けて、指一本も動かせない中で、ぼんやりと考えていた。

でもさ、神様。僕の家族はなんにも悪いことをしてないんだ。だから、みんなのことは助けてくれよ。僕は、昨日の夕方までクリシュさんが恋人とデートしているのを喜んであげられない心の狭い男だったから、男達と一緒に罰が当たるかもしれないけど、僕の家族はみんないい子なんだ。

クリシュさんかぁ。会いたいなぁ。

クリシュさん、僕、頑張ったけど、結局みんなを助けられなかったよ。僕の力じゃ、ダメだったんだ。クリシュさんだったら、悪い奴をバッタバッタと薙ぎ倒して捕まえてくれたんだろうな。

クリシュさん、助けて。みんなを助けて。

それで、みんなを助けた後に、ちょっとだけでいいから、僕の手を握って欲しいな。クリシュさんの手は、凄く安心するから。

一瞬だけでいいんだ。それも無理なら、小指だけでもいいから、握らせてくれないかな。

そしたら、僕、明日からまた頑張れる気がするから。

第7章　巨大植物の群れ

ここはどこだろう。さわさわと聞こえるのは風に揺れる木の葉の音か？

真っ白な世界で、その音だけが鮮明に聞こえる。焦点が合わなくて目を細めると、たくさんの何かが揺れているのが見えた。

違うな、真っ白じゃなくて、逆光が眩しくて白く見えていたのか。仰向けで寝ている僕の上には、見たことも無いほどの巨木が大きく枝を広げていた。

なんて大きな木なんだろう。それに、なんだかとても暖かい。降り注ぐ木漏れ日が、くたくたに疲れた僕の体を温めてくれているようだ。

「なに？」

今、何か聞こえたような気がする。とても小さくて、耳を澄ましても聞き逃しそうな音だったけど、でも、確かに聞こえた。

「君が呼んだの？」

木が話しかけてくるなんてありえないのに、何故か僕は巨木が僕を呼んでいるように感じて手を枝に伸ばした。その瞬間、突然突風が吹いて僕の体は空に舞い上がってしまった。

上空から見た木は驚くほどの巨木で、力強く枝葉を伸ばしていた。

僕の記憶はこれを最後に強い光に包まれ、何も見えなくなってしまった。


気がつくと、仰向けに倒れていた。

聞こえるのはサワサワと風に揺れる葉が擦れる音だけで、人の気配が感じられない。

男達はどこに行ってしまったんだろう。僕が気を失っているうちに、ブライアン達を連れていってしまったんだろうか。

僕は、怖くて目を開けることができなかった。目を開けて確かめてしまえば、みんなを助けることができなかったのが現実になってしまう。

「みんな、ごめん」

きっと、もう間に合わない。起き上がっても、一体どこを探せばいいのか見当もつかなかった。

運がよければ、売り捌くと言っていたブライアン達は見つけることができるかもしれない。でも、ピョン吉は。

祝杯だって言っていた。ご馳走だって。

いつか屋台で見た、皮を剝いだラヴィと、無造作に置いてあった耳を思い出して、鼻の奥が痛くなった。

家族がバラバラになってしまった。たくさん幸せをくれたのに、守れなかった。

僕だけ無事で、今頃、みんなは……。

違う、みんなじゃない。ポチはどうなったんだろう。

最後に見たポチは倒れてはいたけど、まだ生きていた。お腹が上下に動いていたから間違いない。男達はポチには興味を示していなかったから、あのまま放っておいてくれれば、まだ生きているかもしれない。

「ポチ、ポチ、どこだ？」

僕は、グッとお腹に力を入れて体を起こした。寝ている場合じゃない。せめて、ポチだけでも助けないと。

体中が痛くて、少しでも動くと全身が悲鳴を上げたけど、歯を食い縛って、ギュッと目を瞑って。時間がかかったけど、なんとか体を起こすことができた。

「ハァッ、ハァッ」

それだけの動作で息が切れてしまった。クラクラと視界が揺れるのを頭を振って追い払って、両手を地面について体を支えた。

「ポチ、頼むから、生きててくれよ」

立ち上がるのは無理そうだった。でも、四つん這いでも、ピョン吉みたいに匍匐前進でもいいから、ポチを探さないと。

痛みを堪えて目を開けた僕は、広がる光景に目を疑った。

僕が覚えている最後に見たものは、ピョン吉の耳を鷲掴みにした男が持っていた刃物と、その後ろのうっすらと白んできた空だった。

今はもう少し明るくなっていて、そろそろ地平線から太陽が顔を出す頃だと思う。別に、それはおかしなことじゃない。でも、これは……。

「ここ、どこ？」

突然、異世界に紛れ込んでしまったのかと思った。ゲートが現れて、もとの世界とも今住んでいる世界とも違う、まったく別の場所に運ばれてしまったのかって、そう思った。それとも、叩かれているうちに脳を損傷して、目がおかしくなったのかって、泥だらけの手で目を擦ってみた。

触ってみてわかったけど、やっぱり右目はパンパンに腫れ上がって熱を持っていた。ソロリと瞼を開けると、さっきと同じ光景が広がっていた。

僕を取り囲むようにポッカリと空いた空間の周りは、すべて草で覆われていた。草で、いいんだよな？

一本一本が僕のウェストくらいありそうな太い茎の、僕の背丈の倍以上ある草がビッシリと生えていた。

ジャックと豆の木みたいに、巨人の国に迷い込んでしまったんだろうか。それとも、僕が蟻みたいに小さくなってしまったのか。

「一体、どうなってるんだ……」

周りを巨大な草に囲まれて、途方に暮れてしまった。これじゃあ、どの方向に向かったらいいのかもわからない。

「あっ！」

風が吹いて、雑草の先端がザザザッと揺れた。その隙間から見覚えのある赤い屋根がチラッと見えて、思わず声を上げていた。

あれは、僕の家の屋根だ。ってことは。

方向転換して、草をかき分けた。太い茎はちょっと押し退けたくらいじゃ動いてくれないかと思ったのに、まるで自分から避けてくれているみたいに、進みたい方向にパックリと道を開いていく。

「やっぱりだ」

目指した場所には、飼育小屋の入り口があった。男に蹴り開けられたことで蝶番が外れて傾いたままの扉が寂しそうだ。飼育小屋の中は、やっぱり空っぽだった。泣きそうになるのを耐えて、別の方向に向かう。

この先に、ポチがいるはずなんだ。

かき分けていて気がついたけど、この巨大植物は、家の周りに生えていた雑草にそっくりだった。稲科の植物に似た細い葉に見覚えがある。

そっくりというより、雑草がそのまま巨大化したみたいだった。

「この辺りのはずなんだけど」

膝で立って雑草をかき分けて、太い茎に体を支えられながら進んで見つけた場所は、僕が倒れていた場所みたいにポッカリと空間が空いていた。

「ポチ!!」

記憶と同じく横たわったままのポチを見つけて、慌てて近寄った。口が開いていて、ポチの長い舌がダランと出ていた。

「ポチ、ポチ、嘘だ、生きてるよな!?」

ポチの毛が、赤く染まっていた。乾いて、ゴワゴワと束になっている。フカフカの毛に包まれて眠ったのはつい先日のことなのに、僕を温めてくれた毛が見る影もなく汚れてしまっていた。

四つん這いで必死に進んで、ポチのお腹に顔を近づけた。ゴワゴワとした毛が頬に当たって痛かったけど、お腹は上下に動いていて、温かかった。

「よかった、ポチが生きてる。生きてる!!」

問題は、ポチの怪我の具合だった。

僕は、薬を常備していなかった。食べ物や日用品に気を取られていて、用意してなかったんだ。でも、もし傷薬があったとしても、ポチに使っていいかもわからない。

人間用の薬は動物にはキツすぎるから、安易に与えてはいけないって本で読んだことがあったと思う。

飼育小屋で休ませてあげたくても、トラくらいの大きさのポチを持ち上げるのは僕には無理だった。

「朝になったら、ゲネットさんが来てくれるはずだけど……」

ゲネットさんも牛を飼っているから、もしかしたら動物用の傷薬を持っているかもしれない。

僕は、恐る恐るポチの毛をかき分けて傷を探した。

広範囲に血がついていて、一見しただけでは、どこを切られたのかわからない。一番多く血がついているのは背中で、その辺りを重点的に調べると、腰の辺りから尻尾の付け根の辺りまでの切り傷を見つけた。

まだ少し血が出ていたから、包帯代わりにしようかと思って服の裾を引っ張って裂こうとしたんだけど。

イメージでは、ビリッて破けるはずだったのに、僕の力では切れ目すら入らなかった。

諦めて服を脱いで、比較的泥で汚れていない内側の部分を傷口に押し当てた。

「この後は、どうしたらいいんだろう」

綺麗な水で傷口を清めてあげられたらいいんだけど、池まで行って雑草をかき分けながら水をくんで戻ってくるのに、どのくらい時間がかかるだろう。

その前に、僕は一人で立つのも難しいのに、水が入った重たい桶を引きずってこられるだろうか。

ガサガサガサッ。

「ひっ！」

すぐ近くの巨大雑草の草むらから物音がした。風に揺れた音じゃない。一部の雑草だけが不規則に揺れていて、明らかに僕とポチ以外の生き物がいる。

ジワリと、額に嫌な汗が滲んだ。

もし、五人の男のうちの誰かが姿を見せたら。どうやって追い払ったらいいんだろう。

怪我をしたポチを背中に庇って、まともに歩けもしないのに。

ガサッガサッ。

巨大な草の根本から、毛玉がひょっこりと顔を出した。見覚えのあるフォルムに、『あっ!?』って驚いて、同時に緊張していた体から力が抜けて、へたってしまった。

「うそ、ピョン吉!?」

草むらからひょっこり顔を出したのは、鼻をヒクヒクさせたピョン吉だった。口には見たことがない植物の茎をくわえていて、僕の声に耳をシュピピッて動かして、匍匐前進で近づいてきた。

駆け寄って抱き締めてあげたかったけど、腰が抜けたようになってしまっていて、ピョン吉が来てくれるのを腕を広げて待っていた。

後ろ脚を怪我していたピョン吉は、いつもよりゆっくりではあったけど、痛そうに『キーッキューッ』って鳴いていたのが嘘のように、しっかりとした足取りで僕の目の前まで来て、膝の上に顔を乗せた。

「ピョン吉、よく無事だったな。どうやって逃げ出したんだ!?　なあ、脚はどうしたんだ。もう痛くないのか？」

生きていてくれたことが嬉しくて、嬉しくて。ピョン吉の体中を撫で回しながら、グスッて鼻を啜った。

ピョン吉には、もう二度と会えないって思っていたから。でも、あのどうしようもない状況から、どうやって助かったんだろう。実はピョン吉は凄く強くて、後ろ脚で男を蹴り倒したとか？

ピョン吉は、くわえていた植物をポトリと落として、短い前脚でグイグイと僕に押しつけてきた。

「なに、この植物がどうかしたのか？」

なんか、どっかで見たことがあるような気がする。

肉厚の長い葉の縁にはトゲトゲがたくさんついていて、ピョン吉が噛んでいた部分からトロッとした汁が滲んでいた。

「これ、婆ちゃんの家にあったアロエに似てる」

婆ちゃんと揚げ物をしていて油が跳ねて火傷をしてしまったとき、鉢植えのアロエを少し折って、トロリとした汁を塗ってくれたっけ。たしか、切り傷とか、擦り傷にもよく効くんだって教えてもらった。

まさかな、って思いながら、汁を左手に塗りつけてみた。ピョン吉がくわえていたから、毒はないと思う。

とろみのある汁は、傷口に塗るとヒンヤリして気持ちがよかった。スルスルって傷口に馴染んで、ヌルヌルする感じがなくなった頃、僕のずる剝けてしまっていた左手の掌は、薄く皮が張ったような状態になっていた。手をグーパーして確かめてみたら、痛みも消えてしまっていて。

呆然と、植物とピョン吉を交互に見て、その後に僕の後ろにいるポチを見た。これなら、ポチの傷も治してあげられるかもしれない。

「ピョン吉、凄いよ！　ありがとう!!」

僕は、必死になって汁を絞り出して、ポチの傷に塗りたくった。力が上手く入らなくて、ブルブル震える手で葉の端っこのほうから歯みがき粉を使いきるときみたいに、ズズズズッて絞り出して、ポチの毛をかき分けて、切り傷に摺り込んでいく。

「ポチ、頑張れ。これを塗ったら、きっとよくなるからな」

刃物で切りつけられた傷口を触るのは怖かった。ポチも、パクリと開いた傷口を撫でられるのは痛かったんだと思う。

意識がないはずのポチの体がピクッて動いて、『ごめん、痛いよな』って謝りながら、それでも、反応があるのは生きている証だと思うと嬉しかった。

ヌルヌルがなくなった頃、ポチの傷口はパックリと口を開けていた部分が盛り上がって、ピンク色の皮膚ができあがっていた。僕の掌の掠り傷と違って深く傷ついていたせいか、傷口は残ってしまっていたけど、血が止まっただけでもよかった。

「キュー……ン」

「ポチ、気がついたんだな、よかった！」

鳴き声が聞こえて、ポチの顔の前に移動すると、うっすらと目が開いていた。顔を撫でてあげると、『キュンキュン』と甘えた鳴き方をして僕の手をペロペロと舐めた。

「ポチ、一生懸命に守ってくれてありがとうな。ポチが頑張ってくれたから、僕もピョン吉も無事だったよ。喉が渇いてるよな。待ってて、今、水をくんできてやるから。ピョン吉、ポチのそばにいてやって。すぐに戻ってくるから」

ピョン吉は、僕の言葉を理解してるみたいに、ピッタリとポチに寄り添った。

二人の頭を順番に撫でて、僕はまた四つん這いになって来た道を戻り始めた。

ゼェゼェと息を切らしながら、なんとか池まで来ることができた。

ここに来るのと、桶を探すのに結構時間がかかってしまって、早く戻らなきゃと思いながら桶を池の中に放り込んだ。

救いだったのは、巨大植物達が協力してくれたことだ。僕が池に来るまでの道と、桶を探しているときに、『こっちだよ』って案内するみたいに、自動で道を開けてくれたんだ。

それはよかったんだけど……。

なんだか、体が熱くて怠い気がする。怪我をすると熱が出ることもあるらしいから、もしかして、発熱してるのかもしれない。

僕は体が丈夫なのだけが取り柄で、あまり風邪を引かなかったから、熱が出るのに慣れてない。だから、余計にしんどく感じるのかもしれない。

考えたら動けなくなりそうだったから、自分の体の状態には目を瞑って桶を引き上げようとした。

さっき予想した通りに朝日が昇ったみたいで、空は随分と明るくなっていて、おかげで水面に映った自分の顔がよく見える。僕の顔は、このままホラー映画のエキストラができそうなくらいに大変なことになっていた。

「うわー、酷い顔」

パンパンに腫れた右の瞼は紫色になっていたし、口の端っこが切れている。鼻血が出たせいで鼻から下にガビガビと渇いた血が張りついていて、ホラー映画に出てくるお化けみたいだ。ポチもピョン吉も、こんな僕を見てよく逃げなかったな。僕だったら、『ギャーッ』って叫んで、一目散に逃げている。

「うー、重い。桶って、こんなに重かったっけ?」

なみなみと水を入れた桶は酷く重たくて、なかなか持ち上げることができなかった。こっちの世界に来てから結構筋肉がついたと思うんだけど、なんだか今日は上手く力が入らないから、これをポチのところまで引きずっていくのは無理かもしれない。

本当は、冷たい水をたっぷりと飲ませてあげて、毛についた血を洗い落としてあげたかったけど、しょうがない。水を半分捨てたけど、それでも凄く重く感じた。

またゼイゼイ息を切らしながらポチのところに向かって膝で歩きだした。ズボンの膝が擦り切れてしまったけど、これ以外に進む方法がないから。

膝も痛いし、体も怠いし、クラクラするし。

できることなら今すぐに倒れて眠ってしまいたかったけど、ポチとピョン吉が待っていると思ったら、そんなことを言ってはいられなかった。

ただ、気力だけで進むには限界があったみたいだ。いくらも進まないうちに、桶を倒してしまったんだ。せっかくくんだ水が地面に溢れて、心が折れてしまいそうだった。

「ああ、もうっ」

吐いた溜息さえも熱いような気がして、クラクラする額に手を当てると、ちょっとビックリするくらいに熱かった。

「うん、気のせいだ。きっと、そうだ」

僕は、なんにも気づいてないぞ。これはちょっとマズイかも、なんて、思ってないぞ。

熱なんてないし、サクッと水をくんで、すぐにポチとピョン吉のところに戻るんだから。……でも、水はもう少し減らそう。

もう一度桶を池に放り込んで、今度は水の量を三分の一くらいに減らしたけど、なんでだろう。さっきより重たいように感じる。

「僕のバカッ、しっかりしろよ」

ようやく引き上げた桶に手をついて、ゼェゼェ息をしながら、ギュッと目を瞑った。

今休むのはマズイって思いながら、なかなか歩きだすことができなかった。

つらいときに足を止めちゃダメだ。学校の体育のマラソンのときだって、一度足を止めたら、走りだすのが大変だっただろ。気持ちだけはそう思っているのに、やっぱり歩きだせなくて、とうとうペタリと地面に尻をつけてしまった。

「ポチ、もう少し待ってろよ。必ず水を持っていくからな」

体を冷やしたら少しは楽になるかもしれない。そう思って、池から両手ですくった水を頭にかけたときだった。

ドドドドドドッ。

この音、まさか。

三日聞かなかっただけで、凄く懐かしく感じた。

毎日お昼を過ぎた頃に聞こえていた、馬が爆走する音。はじめは土砂崩れが起きたのかと思ってビックリしたけど、それでも、いつもはセーブして走っていたのかもしれない。

いつも聞こえていた音よりも、もっと乱暴な感じで、物凄い音を響かせながら近づいてくる。

どんどん大きくなった音は、家の近くまで来てピタリと止まった。僕は、期待するあまりにズボンの太股のところをギュッと握っていた。でも、確かめるのが少し怖い。クリシュさんじゃなかったらどうしよう。男達の誰かが戻ってきたんだとしたら、どうしようって、息を殺していた。

少しして、ガサガサと草をかき分ける音の後に、家の扉を勢いよく叩く音が聞こえた。

「シノブ、いないのか!?」

その声を聞いて、やっと助かったんだって、泣いてしまいたい気持ちになった。

「クリシュさん！」

僕の短い人生の中で、こんなに誰かを求めて叫んだことはなかったと思う。座ったまま、グスグスと鼻を啜りながら、大声で叫んだ。

「シノブ、そこにいるのか!?」

「クリシュさん！」

クリシュさんに、会いたい。

僕は、必死になってクリシュさんの声がする方向に手を伸ばした。

僕の気持ちに応えてくれたみたいに、巨大な雑草がザワザワと揺れて、クリシュさんへ続く道を開いてくれた。

「シノブ!!」

「クリシュさん!!」

クリシュさんは、雑草たちが開いてくれた道を風のように速く走り抜けて、僕のところに来てくれた。雑草の隙間から射した朝日がクリシュさんの鎧を照らして、ピカピカと眩しいほどに反射している。

「シノブ!!」

クリシュさんの手を摑んだ瞬間、やっと長い夜が明けたのを実感して、ワァワァと大きな声で泣いてしまった。

「酷い怪我だ。一体、なにがあったんだ」

クリシュさんは鎧からうっすらと湯気が出るほど汗をかいていた。凄く急いで来てくれたのかと思うと、また泣けてきた。

「クリシュさん、僕、もうダメかと思った。夜中にポチの鳴き声が聞こえて外に出てみたら、五人組の泥棒がいて、みんなを連れていったんだ。気がついたら、僕は一人で倒れてて、ポチが大怪我してて、でも、ピヨン吉は生きてててくれた」

泣きながら、僕は、一生懸命にクリシュさんの手を摑んだ。来てくれたことが夢みたいで、手を離したら消えてしまうような気がして。

「五人組の泥棒？　そいつらは今どこにいる？」

「わからない。気がついたら、いなくなっていたから。クリシュさん、ブライアン達が連れていかれたんだ。みんなを助けて!!」

グイグイとクリシュさんを引っ張ると、『落ち着きなさい』って肩に手を置かれた。いつも温かいクリシュさんの掌は、今日はヒンヤリと感じた。

「それなら心配いらない。シノブの家族はみんな無事だ。道の脇に停まっていた家畜運搬用の荷馬車の内部を検めたら、ポチとラヴィ以外の君の家族が中に捕まっていた」

「ええっ、本当に？　ブライアン達、無事だったの!?」

信じられないような話を聞いて、僕は、あんぐりと口を開けたまま後ろに倒れそうになった。クリシュさんが支えてくれなかったら、そのまま後ろの池に落ちていたかもしれない。

ブライアン達が無事なら、男達はどこに消えてしまったんだろう。でも。

「よかった……」

「話は後だ。まずは、君の手当てをしよう」

「待って、僕、ポチのところに行かないと。水を持ってきてあげるって、約束したんだ」

抱き上げようとしたのを手を突っ張って拒むと、クリシュさんは僕の傍らにあった桶をチラリと見た。

「これを運ぼうとしたのか？　こんな酷い怪我をしているのに」

クリシュさんから見た僕は、そんなに酷い有様なのかなって思って、自分の体を見下ろした。う〜ん、確かに酷い格好かもしれない。

上半身は裸だし、ズボンは泥々で両膝が破れて膝が剝き出しになっているし、膝も擦り剝いてしまっていたみたいだし。さっき池に映った自分の顔を見たときは右の瞼は腫れていて紫色になっていたし、鼻血の跡がガビガビになっていたし。

「うん、運ぼうとしたんだけど、一回目は水を全部溢してしまったんだ。僕にはちょっと重かったみたいで」

クリシュさんに見られた桶の中には水が少ししか入っていなくて、それを必死になって運ぼうとしていた僕の非力さを見られたみたいで、恥ずかしい。

「君は、他の誰かのことばかりだな。もっと自分のことも大切にしなさい」

違うよ。僕は、自分のことばっかりだ。

「僕は、大事なものをなくしたくないだけなんだ。だから、他の誰かのためじゃなくて、僕のためだ。ポチもピョン吉もブライアンも、僕の大切な家族で、一緒にいたら幸せだから、取られたくなかったんだ。それって、やっぱり自分のためだよな。だから、僕は自分のことばっかり大事にしてるんだよ」

そう言ったら、クリシュさんは小さく溜息を吐いた。自分のことばっかりだから、呆れられたのかな。そう思ったらちょっと悲しくなって、僕のこと、嫌いにならないでって気持ちをこめて、クリシュさんの腕をギュッと握った。

「熱もありそうだな」

クリシュさんは、僕の尻の下に腕を通して軽々と抱き上げた。反対の手で、池の水をくみ直して、僕が一生懸命になっても持ち上がらなかった桶を、これまた軽々と持ち上げた。

「どこだ?」

「え?」

「ポチに水を飲ませてやりたいんだろう?」

クリシュさんはどうやら、僕の意見を尊重してくれるらしい。僕は嬉しくなって、ポチがいる方向を指さした。

「うん、ありがとう。あっち」

指さした方向に向かって、巨大な草が脇に避けていく。クリシュさんは、できあがった道を歩きながらポソッと呟いた。

「便利だな……」

うん、僕もそう思う。


クリシュさんは僕を抱えたまま進んだ。

四つん這いで時間をかけて進んだのがなんだったのかと思うほど、あっという間にポチのところに戻ってきてしまった。やっぱり、クリシュさんは凄い。

「ポチ、ピョン吉、お待たせ。水だぞ」

ポチとピョン吉は、寄り添って僕を待っていてくれた。腕から下ろしてもらって、水が入った桶をポチの前に置くと、顔を突っ込んでガブガブ水を飲んだ。

隣のピョン吉も、鼻をヒクヒクさせて桶に前脚を置いていたから、喉が渇いていたんだな。ポチの脇から顔を突っ込んでピチャピチャ水を飲み始めた。

ひと心地ついたのか、桶から顔を上げたポチはペロリと口の周りを舐めた。

「ポチもピョン吉も、もういいのか?」

ピョン吉が満足そうに短い前脚で毛繕いを始めたのを見て、半分くらい残った水の中に止血に使っていた服を突っ込んだ。濡らした服でポチの毛についた血を丁寧に拭いながら、生きてくれて本当によかったって思ったら、また涙が出てきた。

「毛が血でガビガビだな。後でブラッシングしてあげるからな」

「結構出血したみたいだな。見せてみろ」

「この辺だ。腰の辺りから尻尾のほうまで切られたみたいなんだ」

毛をかき分けると、ピンク色に盛り上がった皮膚が見えた。その辺りだけ毛が生えていなくて、ハゲになってしまっていて可哀想だ。完全に治ったら、また毛が生えてくるだろうか。

「傷口が塞がっているようだが」

クリシュさんは、ポチの傷口を親指で擦って確かめた。僕も血を拭いながら確かめたけど、傷口は完全に塞がっている。

「そうなんだ。ピョン吉が見つけてきてくれたんだけど、こっちの世界のアロエは凄いな。塗ってあげたら、傷が塞がったんだよ。僕の掌もずる剝けてたんだけど、治ったんだ」

「アロエ？」

「見たことない？　肉厚で、トゲトゲが生えた薬草なんだけど。僕の世界にも似たような草があったけど、こんなに効くなんて凄いよな」

ほらって、掌を見せたんだけど、薄く皮ができていた掌は、四つん這いで移動しているうちに、またずる剝けてしまっていた。

「あっと、痛いと思ったら、また擦れてたのか。ピョン吉も脚を怪我して、ダランッてなってたのがよくなったんだ。痛いってキーキー鳴いてたのに、元気になったよな、ピョン吉？」

クリシュさんはピョン吉を持ち上げて後ろ脚の検分を始めた。ピョン吉は脚を摑まれても平気な顔をしていたから、本当にもう痛くないんだな。

「俺はいろいろな場所を旅したが、そんな薬草は聞いたことがない。傷に塗ってすぐに治るなど、まるで魔法だな」

「えっ、こっちでは普通のことなのかと思ってた」

へーって思っていたら、ピョン吉を地面に下ろしたクリシュさんが僕の腫れた右の瞼を指先で撫でた。

ヒンヤリして、気持ちいい。僕も後で瞼を冷やしたほうがいいかもしれない。

「自分には使わなかったのか？」

「ん？」

「その薬草を自分にも塗っていたら、この腫れも治っていたんじゃないか？」

言われてから、『あっ！』って思った。

そっか、そうすればよかったのか。でも、どっちにしてもポチの怪我に使いきってしまっていたし。

僕の瞼に塗ったせいでポチの怪我を治す分が足りなかったら嫌だから、やっぱり、これでよかったんだ。

へへって笑って誤魔化そうとしたんだけど、クリシュさんは僕のことをジーッて見て、ちゃんと答えないと許さないぞって空気を滲ませた。

「えーっと、あのときはポチの怪我のことで頭がいっぱいで、思いつかなかったんだ。だって本当に酷かったんだよ。本当に、ポチが死んじゃうかもって……」

話しているうちに、だんだんとそのときのことを思い出してしまって、鼻の奥が痛くなってきた。僕は、クリシュさんの前だと泣き虫になってしまうみたいだ。

グシグシと拳で瞼を擦ると、その手をクリシュさんに摑まれた。

「別にシノブのことを疑ってるわけじゃない。付着した血の量から考えても、危ない状態だったことはわかる。だが、俺が言いたいのは、そういうことではないんだ」

クリシュさんは、握り締めていた僕の手を取って、掌についていた土を払ってくれた。そうしながら、言い聞かせるみたいに、落ち着いた声でゆっくりと話す。

「さっきも言ったが、シノブは他の誰かのことにばかり一生懸命だ。そして、自分のことを後回しにして、こんな怪我をする。君が身近な存在に心を砕くように、君を好ましく思う者達も君が心配なんだということを覚えておいて欲しい。君の友人達がこの傷を見たら、家畜達よりも先に自分の怪我を治してくれと願うだろう。勿論、俺も」

今度は反対の手を取って、そっちの手についた土も払っていく。そっちの掌はずる剝けてないから大丈夫なんだけど、クリシュさんは土を払いながら慎重に傷がないか調べていった。

「そのほうが効率的でもある。シノブがまず先に自分の怪我を治していたら、ポチにもっと早く水を飲ませてあげられただろう。シノブが元気になれば家族の世話をすることができるが、ポチやラヴィが君の看病をするのは無理だ。わかるな？」

確かに、クリシュさんが言う通りだ。

「わかってくれたならいい。無事でよかった」

クリシュさんの口調から厳しさが消えたことに安心して、体から力が抜けてしまった。フラついた肩を摑まれて引き寄せられて、鎧が頰に当たるとヒンヤリして気持ちがよかった。

目を瞑って冷たさを堪能していると、ガサガサッと草むらをかき分ける音がした。

クリシュさんがそばにいるなら、僕が怖がる必要なんてなにもないから、体の力を抜いたままでクッタリしていると、クリシュさんとおそろいの鎧を着た人が二人、雑草の隙間から顔を出した。

「クリシュさん、ここにいたんですか。探しましたよ。ご報告があります」

この二人はクリシュさんの部下の人なのかな。ボンヤリと眺めていたら、そのうちの一人がクリシュさんに耳打ちをした。

「……わかった。お前達は引き続き捜索を続けろ。それから、誰か街に戻って医者を呼んできてくれ。怪我人がいる」

「クリシュさん」

クイクイッとクリシュさんの手を引っ張ると、こっちに顔を向けてくれた。

「どうした？」

「この世界にも獣医さんっている？　動物のお医者さん。いるなら、ポチ達の診察をお願いできないかな？ブライアンも鞭で打たれていたし、ラムちゃん達も尻を蹴られていたから心配なんだ」

「獣医も呼んできてくれ」

クリシュさんは、すぐに指示を追加してくれた。嬉しくて笑うと、さっきみたいにクリシュさんに抱き上げられた。

「さあ、今度こそシノブの手当てだ」

「あ、その前に、ポチとピョン吉を飼育小屋に連れていって休ませてあげないと。ブライアン達も」

慌ててクリシュさんの腕から下りようとすると、ギュッて抱え直された。

「シノブ、さっきの俺の話をちゃんと聞いていたか？」

「聞いてたよ。でも、僕はもう大丈夫だから」

「シノブの『大丈夫』は当てにならない」

キッパリと言いきられてしまった。

「シノブは『大丈夫』だと言いながら、なんでも我慢してしまうからな」

大きな手で僕の前髪をかき分けて、オデコに手を当てられた。

「熱があるな？　体もつらいだろう？　つらいときに一人ですべてを解決しようとするな。近くにいる人間を頼っていいんだ。それとも、俺では頼りにならないか？」

本当に？

頼っても、いいのかな？

もとの世界にいた頃は、頼る人がそばにいなかったから、自分のことは自分でやってきた。

　小さいときはシッターさんがいたけど、それも小学校の低学年までで、新たに雇った家政婦さんは、仕事を終えると僕の学校が終わる前に帰ってしまうから、顔を合わせることはほとんどなかったし。家事を覚えてからはそれもなくなって、料理も洗濯も掃除も、全部自分でやったんだ。

　熱が出たら薬を飲んで、オデコに冷却シートを貼るんだと知ったのは学校の保健室だ。それからは、ごくたまに風邪を引いても、同じようにしてグッスリ眠ると次の日には大抵よくなっていたから、両親は僕が風邪を引いていたことも知らなかったと思う。

　知られなくてよかったんだ。『面倒くさいな』って顔をされるより、そのほうがずっとよかった。手間の掛からないいい子にしてたら、嫌われずに済むでしょう？

　いつからだったかな、僕の参観日にどっちが行くかで父さんと母さんが喧嘩してるのを見て、学校からのお知らせをこっそり捨てるようになったのは。

　一度お知らせを捨てているのを先生に見られて『ちゃんとお母さんに渡さないと駄目よ』って言われたけど、父さんと母さんに『面倒な子』って思われるよりも、先生に『困った子』だって思われたほうがずっとよかったから、怒られてからもお知らせはこっそり捨てていた。

　クリシュさんは頼ってもいいって言ってくれたけど、僕はクリシュさんに『面倒な子』だって思われるのが凄く怖いんだ。

　同じように、ノルンやクゥジュに『面倒くさい』って思われるのも、凄く怖い。

　チラッてクリシュさんを見ると、僕のほうをジッと見て、辛抱強く答えるのを待ってくれていた。

　兜で顔が隠れているから、本当に僕のことを見てるかなんてわからないけど、顔に穴が空いてしまうくらいの視線を感じる。

　言ってもいいのかな。クリシュさんを頼ってもいいのかな。

　僕は、怖くて、迷って、本当は今すぐにポチとピョン吉を抱えて逃げてしまいたかったけど、クリシュさんは僕を抱き上げたまま下ろしてくれないから。

　ギュッて目を瞑りながらお願いしてみた。

「クリシュさん、お願い。ポチとピョン吉を飼育小屋に運んであげてください」

「それから？　まだ、あるだろう？」

クリシュさんは、僕の右の瞼を撫でた後、左手を握った。もっと頼れって言ってくれてるのかな？　本当に、頼ってもいいんだろうか。

「クリシュさん、僕、体中が痛いんだ」

「ああ」

「怠くて、熱くて、しんどい」

「ああ。一人でよく頑張った」

誉められて、目からポロッと涙がこぼれた。

本当に、僕はクリシュさんに泣き顔ばかり見られてる。大人なのに恥ずかしい。

クリシュさんは、僕の言葉を待っていてくれる。だから、一番言いたかった『お願い』を勇気を出して言ってみた。

「クリシュさん、助けて」

「ああ、任せておけ」

クリシュさんの声は、なんだか嬉しそうだった。

『よく言えたな』って頭を撫でられて、言ってよかったなって安心したら、頭がクラクラしてきて、クリシュさんの肩に頭を預けて脱力してしまった。


「捜索に戻る前に、この二匹を飼育小屋に運んでやってくれ。荷馬車から保護した家畜達も。シノブの大切な家族だ、丁重に頼む。それから医師が到着したら知らせろ」

クリシュさんが部下の二人に追加の指示を出すのを、ぼんやりと聞いていた。

もう、大丈夫だ。クリシュさんに任せておいたら、全部大丈夫なんだ。安心して、そしたら、眠くなってしまった。


僕が目を覚ましたとき、辺りは暗くなっていた。さっき朝が来たと思ったのに、もう夜になったのか。

手足をもぞもぞ動かしながら辺りを見回すと、ベッド脇の台にロウソクが置かれていて、その周りだけが明るかった。

「起きたのか」

「クリシュさん」

ベッドのすぐ横にクリシュさんが座っていた。もしかして、ずっと一緒にいてくれたんだろうか。

「水分を取ったほうがいい。起きられるか？」

首を横に振ると、背中を支えて起こしてくれた。コップを口まで持ってきてくれて、至れり尽くせりだ。

一口飲むと唐突に喉が渇いていたことに気がついて、一杯分の水をすぐに飲み干してしまった。

「もう少し飲むか？」

「ううん、もう大丈夫。ありがとう」

断ると、そっと寝かせてくれて、布団まで整えてくれた。優しくされるのが、嬉しくて、くすぐったい。

「クリシュさん、ポチ達は？」

「獣医に診てもらったから大丈夫だ。心配いらない。ポチの傷は完全に塞がっていて治療の必要がなかったし、ほかの家畜達も元気だ。今日は一日、家の扉の前に居座ってシノブのことを待っていたぞ。明日、具合がよかったら顔を見せてやったらいい」

「そっか、よかった」

ホウッて溜息を吐くと、体がグッと重くなったような気がした。クリシュさんがオデコに新しく冷やしたタオルを乗せてくれて、その冷たさが気持ちよくてうっとりしてしまう。

まだ疲れが残っているみたいで、横になるとすぐに眠気が襲ってきた。男達の行方とか、聞かないといけないことがたくさんあるのに、体が言うことを聞いてくれないんだ。

うとうとしていると、カタンッて小さい音が聞こえた。うっすら目を開けると、クリシュさんが椅子から立ち上がったところで、僕は慌ててクリシュさんの手を摑んだ。

「クリシュさん、帰るの？」

「いや、桶の水を換えてくる」

途端に心細くなって、クリシュさんの手をギュッて握り締めた。僕のために水を換えてくれるんだから、手を離さないといけないのに。暗い部屋に一人になってしまうと思ったら、怖くなったんだ。

「シノブ、どうした？」

ポンポンッて布団を被った胸の辺りを優しく叩かれて、少しだけ不安がなくなったけど、やっぱり一人になるのが嫌で、摑んだ手を離せなかった。

「一人になるのが不安か？　なら、シノブにこれを預けておこう」

クリシュさんが、片手を頭の後ろに持っていくと、カチンッて音がした。片手で器用に兜を持ち上げると、男らしい顎のラインが見えた。

「戻ってくるまで、預かっていてくれ」

ずっと見てみたいと思っていたクリシュさんの素顔に、僕は固まってしまった。

クリシュさんの素顔は、僕が予想していた以上に格好よかった。切れ長な黄緑色の目と意思の強そうなクッキリした眉は一見厳しそうに見えるのに、少し目尻が緩むと、とても優しい目になる。スッと通った鼻とその下の形のいい唇。目と同じ色をした短い髪の毛はハリがあって少し硬そうだ。

鍛えているだけあって、しっかりとした太い首と、そこから伸びるクッキリとした顎のラインが男の色気を感じさせる。

クリシュさんの素顔をあっさりと拝めてしまって、ちょっと放心ぎみだ。

本当に僕と同じ人間なんだろうかと思うほど、一つ一つの顔のパーツが丁寧に作られている。

それに比べて僕の平べったい顔は、作った神様が面倒くさがりで手を抜いたんじゃないかと疑ってしまうくらいシンプルだ。

ポカンとしている僕の枕元に兜を置いたクリシュさんの顔を間近に見て、左側の眉毛から瞼にかけて古い切り傷を見つけた僕は無意識に手を伸ばしていた。

「これ、痛い？」

こんな場所を怪我して、たくさん血が出たんじゃないかな。

「いや、もう痛くない。フィルクス様の騎士になってすぐの新人時代に遠征で負った傷だ」

「新人の頃のクリシュさんか。ちょっと会ってみたかったな。どんな新人騎士だったの？」

二十二歳のクリシュさんにとっての若いときってことは、十代前半から半ばにかけての頃だよな、きっと。

「今と同じでむさ苦しかったと思うぞ」

「クリシュさんはむさ苦しくないよ。凄く格好いいよ」

クリシュさんは、ゴホンッて咳払いをすると、クシャクシャと僕の頭を撫でた。

大きな優しい手が嬉しくて、照れ隠しに鼻の下まで布団を引っ張って顔を隠した。

「早く戻ってきて」

クリシュさんは片方の口の端っこを器用に上げて、フッて笑うと、桶を持って部屋を出ていった。

僕は階段を降りていく足音を聞きながら、クリシュさんの兜を抱き締めた。

さっきのクリシュさんの笑い方、凄く格好よかった。なんか、大人って感じで、僕も真似してみたら、大人っぽく見えるだろうか。

「イテテッ」

叩かれたときに唇の端っこが切れてたみたいで、ピリッとした痛みが走った。

試しに目を見開いてみたら、右の瞼がズキンッて痛んで、そういえば、瞼も腫れてたんだって思い出した。はじめは細い視界に違和感があったけど、慣れてきて忘れてしまっていたみたいだ。

「うわー、僕って馬鹿だなぁ」

オデコに乗っかっていた濡れタオルで瞼を冷やしていると、桶の水を入れ換えたクリシュさんが戻ってきた。

「シノブ、瞼が痛むのか?」

「うん、ちょっと」

笑って誤魔化したら、新しいタオルを濡らして取り換えてくれた。

「まだ熱があるな」

ついでにオデコ、頰、首筋を順番に触って熱を計ってくれたクリシュさんが顔をしかめた。

「明日、もう一度医師に診てもらおう。それまで安静にしておいたほうがいい」

もっと話をしたいのに、瞼が重くなってきた。クリシュさんが戻ってきたから、きっと安心したんだな。

僕、クリシュさんに甘えてるなぁって思いながら小さなあくびが出た。このまま眠ったら、凄く気持ちがいいんだろうなって考えて、本当に眠りそうになってから、ハッて気がついた。そういえば、僕の家には布団が一組しかないんだった。

「気がつかなくてごめん、うちにはお客さん用の布団がないんだ。このベッド広いから、クリシュさんも一緒に寝よう」

「怪我人がそんなことを気にしなくてもいい。俺は椅子があれば充分だ」

「でもその椅子、クリシュさんには小さいし、クッションもないから座ってたらつらいだろ。居眠りなんかしたら、体が痛くなるよ」

変な体勢で寝たら、首を寝違えてしまうかもしれない。助けに来てくれたのに、椅子で眠らせるなんて、できないよ。

「ね、クリシュさん。一緒に寝よう。僕、このままだ

と気になって眠れない」

自由にならない体をなんとか動かしてベッドの上を移動して、空いたスペースをポンポンッと叩いてアピールした。僕のベッドは大きいから、クリシュさんが一緒に寝ても大丈夫だ。

「仕方ないな。汗臭いと思うが、文句を言わないでくれよ？」

クリシュさんは、鎧の留め具を外し始めた。重たい鎧を脱いで、ギシッと重い音をたてながら空いたスペースに横になってくれた。これで僕も、安心して眠れそうだ。

クリシュさんが布団に入ると、一気に温かくなった。実は、少し寒いなって思っていたんだ。熱があるせいかな？

心地よい温かさに誘われるように、クリシュさんにくっついた。温かくて、凄く気持ちいい。

でも、僕はよくてもクリシュさんは暑いかもしれないなって気がついて、離れたほうがいいのかなってちょっと迷った。

「クリシュさん、暑いよね？」

チラッと見上げると、クリシュさんは僕の体を引き寄せてくれた。

「寒いんだろう、気にしなくていい」

温かいなぁ。気持ちいいなぁ。クリシュさん、優しいなぁ。

僕はどんどんクリシュさんのことを好きになっていくみたいだ。こんなに素敵な人なんだから、お姫様みたいな恋人がいるのも当然だよな。

この世界ではノルンとクゥジュみたいに男同士でも結婚できるから、僕が甘えてたらクリシュさんの恋人のアンネッテさんは面白くないと思うけど。

今だけはごめんなさい、クリシュさんにくっつかせてくださいって、心の中で謝った。昨日の夜は、怖くて、不安で、どうしようもない気持ちだったから、今だけはクリシュさんの近くにいたいんだ。

もう少しクリシュさんの温もりを感じていたかったけど、瞼が重くて、眠くて仕方ない。

布団の中で触れたクリシュさんの指をギュッて握った。その指は、すぐにクリシュさんに離されてしまった、その代わりに、大きな手が僕の手を包み込むようにして握ってくれた。

「シノブが次に目が覚めるまで、ずっとそばにいるから。安心して眠るといい」

甘えたりして、迷惑をかけるのが申し訳なくて、でも、手を握ってくれるのが凄く嬉しくて。

僕の顔は、きっと笑っていたと思う。池に映った僕の顔はお化けみたいになってたから、そんな顔で笑っても気持ち悪いかもしれないけど。

「クリシュさん、ありがと……」

寝惚けながら言ったお礼の言葉は、クリシュさんにちゃんと伝わったかな。

目が覚めたら、もう一度ちゃんとお礼を言おう。それで、僕のことを心配して家の前で待っていてくれたポチやブライアン達にも、『心配かけてごめん』って謝って、くみたての美味しい水をたくさん飲ませてあげよう。

畑も、きっと巨大化した雑草に埋もれてしまったと思うから、復旧するまで野菜を届けられないことをゲネットさんからクゥジュに伝えてもらって、それから……。

考えないといけないことがたくさんあるのに、僕の思考は眠りに引き込まれて途切れてしまった。

第8章　抱っこして

残念なことに、僕の熱は朝になっても下がらなかった。いや、下がったんだよ。下がったんだけど、まだ微熱が続いていて、クリシュさんに寝てなさいって言われたんだ。

「これくらい大丈夫だよ」

「打撲を侮(あなど)ってはいけない。痛みが長引くことになるぞ」

僕の怪我の状態は、全身打撲だそうだ。骨にヒビが入っていたり、骨折じゃなくて本当によかった。ポチ達のお世話は僕にしかできないのに、何ヶ月も動けないなんて話にならない。

打撲って、ぶつけて青痣(あおあざ)ができるのと同じだろ。それなら、寝ている必要はないから、今日からは畑仕事を始めたいって言ったんだけど、クリシュさんはダメだって言うんだ。

「医者に診(み)てもらい、許可が出たなら俺も止めないが、それまでは安静にしていてくれ」

その台詞(せりふ)と共にグイッと差し出されたのは、緑色の液体だった。さっきからなにかしてるなって思っていたら、これを作っていたらしい。

「医者から預かった薬だ。これを一日三回飲ませるように言われている」

　クリシュさんは、僕の背中の下に腕を入れて抱き起こしてくれた。多分、一人でも起きれたと思うんだけど、蹴られたお腹が筋肉痛みたいに痛かったから、ありがたく起こしてもらうことにした。

　爽やかな緑色で、パッと見青汁みたいだ。爺ちゃんが飲んでいて、僕も健康のためにって時々勧められてたから味は知っている。仄かに苦味があったけど、意外と美味しくてゴクゴク飲んでたな。

　それと同じつもりで、なんの覚悟もなく口に含んだ僕は、直後にそのことを後悔した。

「ぬぉぁ!!」

　苦い、苦い！　僕が知っている青汁は、こんな味じゃなかった!!

　舌を引っこ抜いて、水でジャブジャブ洗ってしまいたいくらいに苦い!!

「頑張って飲み込め」

　吐き出す場所を探してキョロキョロする僕を、クリシュさんはガッチリ抱えて離してくれなかった。

　もしかして、抱き起こしてくれたのは、こうなることを予測していたから？　さすがはクリシュさんって言いたいところだけど、その気遣いは今の僕には残酷だ。

　口の中に長く入れているほうがつらいって気がついて、うっぷってなりながら、なんとか飲み込んだ。そしたらすぐに、半分以上残った薬を口に押しつけられて、涙目になってしまった。

　口を真一文字に引き結んで、クリシュさんを見上げてイヤダって首を振ってみた。これ、無理だ。

　口を開いたら最後、苦い薬を流し込まれてしまうだろうから、目でアピールだ。

「全部飲め。じゃないと、口移ししてでも飲ませるぞ」

　コップを持った腕を摑んで、思いっきり顔を逸らして、クリシュさんの胸に顔を埋めた。お腹に痛みが走ったけど、苦い薬を飲むよりは全然マシだ。

「そんなことしたら、クリシュさんだって苦いだろ？」

「俺は飲み慣れているから平気だ」

　そうか、クリシュさんは護衛の仕事をしてるから、怪我なんて日常茶飯事なのか。

「でも、飲み慣れてても、苦いのは嫌だろ？」

「確かに美味しいものじゃないが、シノブが早くよくなるためなら仕方ない」

僕は、唸ってしまった。クリシュさんは意地悪で苦い薬を飲ませようとしてるんじゃない。

どうしても飲まないといけないなら、二人で苦いより、僕一人が苦いほうがいい。

覚悟を決めて口を開けると、コップを傾けてくれた。自分だといつまでも飲めないから、クリシュさんが手伝ってくれるのがありがたかった。

「よし、頑張れ。もう少しだ」

最後の一滴まで飲み干して、苦さに悶絶する僕の前にスプーンが差し出された。とにかく苦味をなんとかしたくて、確認せずにパクリと口に含むと、トロリとした食感が口の中に広がった。これ、ハチミツだ。

甘味が舌を包み込んでくれて、苦味がマシになったけど、喉の奥がまだ苦い。

「これ、本当に一日三回も飲まなきゃダメ？」

「大丈夫だ。痛みが治まれば飲まなくてよくなる」

それって、痛みが取れなかったら何日も飲まないといけないってことか？

「さあ、医者が来るまで横になっていろ」

僕は、気力を使い果たしてしまって、ぐったりとベッドに体を預けた。


結果として、お医者さんから許可はもらえなかった。打撲を早く治すには、安静と患部を冷やすのが一番いいんだって。無理に動いて打撲した箇所に血液が集まると、悪化することもあるんだって。そして、スースーする塗り薬を処方してくれた。

昨日の夜に寒く感じたのは、熱があっただけじゃなくて、この塗り薬のせいもあったようだ。

「僕、自分で薬を塗れるけど」

「一人で座るのも難しいのにか？　それに、背中にも塗らないといけないんだぞ」

クリシュさんが持っている瓶の中には、乳液みたいな塗り薬が入っていた。

お医者さんはすでに帰ってしまって、これから薬を塗るところなんだけど。

「俺が塗ったほうが早い」

確かにそうかもしれないけど、背が高くてバランスのいい筋肉に覆われた体のクリシュさんに、貧相な体を見られるのが恥ずかしいんだ。

「これを塗り終わったら、少しだけ外に連れていってやる。ポチ達の様子を気にしていただろう？」

「え、本当に!?」

「ああ。ただし、少しだけだ」

安静を言い渡されてガッカリしていたから、クリシュさんの申し出は凄く嬉しかった。観念して大人しくすると、サッとパンツ以外の服を剝ぎ取られてしまった。


僕の体は赤やら青やらで、物凄くカラフルになっていた。青痣なんて可愛いものじゃない。こりゃあ痛いはずだよなって、納得してしまった。

「昨日も思ったが、シノブは色が白かったんだな。見たことのない肌の色をしている」

こっちの世界の人は、みんな浅黒い健康的な肌の色をしているから、僕みたいな肌は珍しいんだろうな。

僕は普段、半袖のシャツを肩までめくり上げて農作業をしているから、腕から先と首から上は日焼けして、こっちの人とあまり変わらない肌の色になっている。でも、服に隠れた場所は白いままなんだ。

水浴びをするときに自分の体を見ると、『パンダみたいだな』って笑っちゃうんだけど、クリシュさんにも珍妙な配色に見えてるんだろうな。

「ん、昨日も？」

あ、そっか。クリシュさんが助けに来てくれたとき、僕は上半身裸の状態だった。

「昨日、シノブを着替えさせたのも、体を拭いたのも、薬を塗ったのも俺だ」

「そうだったんだ……」

クリシュさんは、とっくに僕の貧相な体を見ていたのだった。全身泥々だったから、体を拭くのは大変だっただろうな。

……もしかして、パンツもクリシュさんが替えてくれたんだろうか。あああっ、僕は、なんであっさり眠ってしまったんだろう。せめて、自分でパンツを穿き替えるまでは起きていればよかった。

「見知らぬ部下にやらせるより、俺がやったほうがマシだと思ったんだが。駄目だったか？」

「そんなことないよ、ありがとう」

そうだ、ちゃんとお礼を言っていなかった。昨日、寝惚けながら言った言葉だけではちゃんとお礼を言ったことにはならないだろう。

本当は、姿勢を正して感謝の気持ちを伝えたほうがいいとは思うけど、起き上がったら怒られるし。

「クリシュさん、助けに来てくれてありがとうございました。こんな体勢でごめん」

お腹に薬を塗られながらっていう情けない体勢で申し訳ないけど、きちんお礼を言ったらスッキリした。

「いや、俺はなにもしていない。シノブが一番危険だったときには間に合わなかったしな」

「ううん、クリシュさんが来てくれなかったら、ポチに水を飲ませてあげることもできなかったし。それに、クリシュさんの姿を見たら凄く安心したんだ。本当に助かったんだなって。でも、どうして来てくれたの？」

それが凄く不思議だった。街までは遠く離れてるのに、なんでわかったのかなって。まさか、偶然通りかかったとか？

「フィルクス様から伝令が来たんだ。シノブの家の方角から巨大な力の波動を感じたと。なにかが起きているのかもしれないから見てくるように言われて、部下を連れて確認に来たんだ。全力で駆けたつもりだったが、来るのが遅かったな」

僕のために走ってくれたんだ。いつもより大きな音がしたと思ったのも気のせいじゃなかった。

なんだか胸がいっぱいになった。怖い思いをしたけど、僕のために走ってくれる人がいるんだって思っただけで、凄くありがたいなって。

「さぁ、次は背中だ」

体の正面を塗り終わって、うつ伏せの体勢になった。ちょっと泣きそうだったから、顔を隠せてちょうどよかった。

「背中のほうが酷いな」

「え、そう？　僕はお腹の辺りが一番痛いんだけど」

「肩甲骨の辺りが広範囲に痣になっている。どこかに打ちつけたのか？」

飼育小屋に隠したピョン吉を守っていたときの痣かもしれない。

「多分、ビンタされて飼育小屋の扉にぶつかったときのじゃないかな。鼻血が出て、ビックリしたんだ」

肩甲骨の辺りに薬を塗っていたクリシュさんの手が、一瞬止まった。

「あいつら……、殺してやろうか」

低い声でボソリとなにかを呟いたけど、僕には聞こえていなかった。忘れてたけど、僕、背中が弱いんだよ。クリシュさんは真面目に薬を塗ってくれているんだから我慢しなきゃって、体がビクビクなりそうなのを耐えるのに一生懸命だったんだ。

クリシュさんの手が、腰のほうに滑っていって、ついに耐えられなくなって、ビクンッと体を動かしてしまった。

「すまない、痛かったか?」

「ち、違うんだ。くすぐったくて」

なんだか恥ずかしくて、枕に顔を押しつけた。

「もう少しだから耐えてくれ」

今度は、足首のほうから薬を塗り始めた。足はそんなに弱いつもりはなかったんだけど、一度意識してしまうと、もうダメだった。どこを触られてもくすぐったくて、背中がゾクゾクするんだ。

特に足の付け根が駄目だった。いつの間にそんな場所を怪我したんだろう。触られると、青痣を押したときみたいに鈍い痛みを感じるから、痣になっているのはわかるんだけど。

塗り薬のヌルヌルした感触に、前側の口に出すには恥ずかしい場所がジンジンしてしまって、ヤバいって思った。

これは、まずいぞ。なんで反応するんだよ。

待て待て、落ち着け。クリシュさんに気づかれたら、薬を塗ってるだけなのに変な奴だって思われるぞ。

「うひゃぁ!!」

一生懸命に我慢してたのに、パンツの裾からクリシュさんの手が入ってきて尻を撫でられて、変な声が出た。

「ここで最後なんだが、塗りにくいな」

「にゃぁぁ!!」

パンツを引っ張られてペロンと尻を剝き出しにされて、史上最大に焦った僕は、変な叫び声が出てしまった。

「にゃぁ?」

クククッって、クリシュさんが笑いを耐えているのが聞こえて、ショックを受けた。

『にゃぁぁ!!』って、僕はアホだ。笑われたショックで、前側がジンジンしていたのが治まったからよかったけど、恥ずかしいよう。

「終わったぞ。薬が乾くまで服は着ないでくれ。俺は手を洗ってくる」

階段を降りていく足音を聞きながら、パンツを引っ張って中を覗いてみた。

「ちょっと大きくなってる……」

クリシュさんに気づかれなくてよかった。今のうちに、ズボンを穿いてしまおう。

イモムシみたいにモゴモゴ動いて、なんとかズボンを引っ張り上げたところでクリシュさんが戻ってきて、言いつけを守らなかったことを怒られてしまった。

だって、薄い布一枚じゃまた反応してしまったときに隠せないと思ったんだ。服を着せてもらっているときに、またジンジンしてきたら目も当てられない。


着替えを手伝ってもらった僕は、クリシュさんの腕にヒョイッと抱えられた。

そのまま階段を降りているところなんだけど、凄く目線が高い。簡単に天井に手が届いてしまう。

「危ないから、掴まっていてくれ」

「はーい」

手を上に伸ばしていたら、クリシュさんに注意されてしまった。ごめんなさい。でもさ、安心するんだよな。クリシュさんがいるなら大丈夫って感じで。

軽快な足取りで階段を降りて玄関の扉を開けた先には、僕の家族が勢ぞろいしていた。

「みんな元気そうだ。なんだか久しぶりに会ったような気がするな」

実際はたった一日離れていただけだけど、なんだかとても懐かしい。わらわらと近寄ってきたみんなに手を伸ばすと、クリシュさんは僕を座らせてくれた。

鞭で打たれたブライアンも、尻を蹴られたラムちゃん達も、脚を縛られていたコッコさん達も、みんな元気に動き回っていて、ポチなんて、大喜びで尻尾をブンブン振っている。塗り薬の匂いが気になるのかしきりと匂いを嗅いできて、フンフンッて鼻息が掛かってくすぐったい。

金槌の音がしてそちらを見ると、クリシュさんと同じ鎧を着けた騎士さんが飼育小屋の扉を直してくれていた。

「飼育小屋まで修理してくれてるんだ。なんだか悪いな」

「あれはついでだ。シノブ、事後承諾になってしまって申し訳ないが、今回の件で起こった植物の変異について、調査をさせてもらっている。シノブが言っていたアロエとかいう薬草も新種の可能性があるんだ。調査させてもらう代わりといってはなんだが、畑の整備を手伝わせてもらいたいんだが」

「それは全然いいけど、大変だよ？　雑草なんて、あんなに育ってるし」

巨大化した雑草が、僕の家の周りを取り囲むように生えていて、森のようになってしまっているんだ。

畑をもとの状態に戻すなら、斧で切り倒して、根っ子を引っこ抜かないと。

「新人騎士達の体力作りにはちょうどいい。シノブさえよければ、明日から本格的な作業に取りかかりたいと思っていたんだが」

「うん、じゃあ、お願いします」

少しだけって約束した通りに、この後すぐに部屋に連れ戻されてしまった。もう少し畑の様子を見たいなって思っていたけど、今日はもうダメだって。

明日また外に連れていってくれるって約束してくれたってことは、クリシュさんは明日も一緒にいてくれるってことだよな。

「シノブに話しておきたいことがある。君を襲った五人組の盗賊についてなんだが」

ビクッて、体が揺れてしまった。たくさん叩かれたことや、ナイフを向けられたことを思い出してギュッて目を瞑ると、握り締めた僕の手をクリシュさんの大きな手が包み込んでくれた。

「安心していい、奴等は全員捕まった」

「えっ、本当に？」

あの男達がどうなったのか、気になってはいたんだ。盗んだはずのブライアン達を残したままで、ピョン吉のことも放って、どこに消えてしまったんだろうって。

今はクリシュさんがいてくれるけど、ずっと一緒に暮らすわけじゃないだろうし。いつかまた僕の前に現れて、ブライアン達を連れていってしまうんじゃないかって思うと、凄く怖かった。

「ただ、見つかった場所がな」

「どこで捕まったの？」

「ここだ」

「え？」

それって、この付近に潜伏していたってことか？

クリシュさん達が到着したのに気がついて、慌てて隠れたんだろうか。そうだとしたら、僕はかなり危険な状況だったんじゃないだろうか。男達が隠れてたかもしれない場所を、行ったり来たりしていたわけだし。

もし隠れているところに出くわしていたら、人質にされたり、失敗した腹いせに殺されていたかもしれない。

「五人のうちの一人が、地面から首だけを出した状態で発見された。掘り起こしてみると、足の先から口まで草の根で簀巻きにされた状態だった。付近を捜索した結果、残りの者達も同じ状態で発見されたのだ」

想像して、ゾゾゾゾーッて寒気が走った。

「し、死んだの？」

「いや、全員生きてる。言っただろ、捕まったって」

最初に見つけた騎士さんは、さぞかしビックリしたことだろう。地面から男の顔が生えている状態だったんだから。僕だったら腰を抜かしていたかもしれない。

雑草が巨大化しただけだと思っていたけど、もしかして、あの植物は危険なものだったんだろうか。

さっき外に出たとき、何人かの騎士さんが草をかき分けていた。もし、危険があるなら畑の整備とかいっている場合じゃない。今すぐに避難してもらわないと。

「騎士さん達に避難してもらおう。危ないよ」

「それは大丈夫だ。フィルクス様に持ち帰った巨大植物のサンプルを見てもらったが、人間を襲うような危険な変化は見られないという話だ。おそらく、シノブの家族を守りたいという気持ちに応えたのではないかとおっしゃっていた。サンプルからはシノブへの感謝の気持ちが伝わってきたともおっしゃっていたな。たまに雑草にも水を撒いていただろう？」

確かに、凄く暑い日は、日陰に避難できない雑草が可哀想で、水を撒いてあげたこともあったけど。

そうか、彼等がピョン吉を守ってくれたんだ。

「クリシュさん、畑のことなんだけど。巨大化した雑草を処分するの、お断りさせてください。とてもありがたい話なんだけど、ピョン吉を守ってくれた雑草達を引っこ抜いてしまうのはやめようかと思います」

『恩を仇で返しちゃいけない』これも、爺ちゃんがよく言っていたことだ。クゥジュに野菜を卸さないといけないから、畑のことはいずれはなんとかしないといけないけど、でも、僕が動けるようになるまでは、そのままにしておいてあげたい。

「シノブがそれでいいのなら」

「うん」

なんだか外に出たせいか、一気にいろいろなことを聞いたせいか、疲れてしまった。やっぱり、体力が落ちているのかもしれないな。

お医者さんの診断も、クリシュさんの判断も正しかったんだな。

「眠いのか?」

「うん……」

目を擦ると、クリシュさんが布団を整えてくれた。

「薬を飲まなければならないから、昼に起こしてやる。それまで、ゆっくり眠るといい」

薬かぁ。苦かったなぁ。

あの薬を飲むなら、もうずっと眠ったままでもいいかもしれない。一ヶ月くらい眠ったままで、起きたら打撲が治ってたらいいのになぁ。

僕の願いは叶わず、お昼に起こされてクリシュさんが作ってくれた野菜スープを飲んだ後、また体をガッシリ拘束されて苦い薬を飲むことになってしまった。

「クリシュさん、僕、もう二度と怪我をしないことにする」

「そうしてくれ」

ううっ、苦いよぅ。試練だなぁ。


苦い薬のことばかりを気にしていたけど、本当の試練は夜に起こった。もう、苦行といっていいと思う。

朝に薬を塗ってもらったけど、寝る前にも薬を塗り直さないといけないって言われてしまったんだ。

その前に体を拭くって言われて、サッと服を剝ぎ取られて、そして今、クリシュさんにタオルで体を拭いてもらっています。

朝に感じたジンジンする感触を思い出して尻込みする僕に、クリシュさんは容赦なかった。

また反応してしまったらどうしようって思っていたんだけど、タオルでゴシゴシ拭かれるのは、意外なほど大丈夫だった。

お湯で絞ったタオルで拭かれると体がサッパリして、気持ちがいい。これなら大丈夫かもってリラックスして薬を塗ってもらっていたんだけど、やっぱり、背中はダメだった。

「く、くすぐったい……!」

「こら、動くな」

クリシュさんの手を避けるようにモゾモゾ動いていたら、ペチンッて背中を叩かれてしまった。力が入っていないから、全然痛くなかったけど、どうせならバチーンッて思いっきり叩いて、徐々に体に溜まっていくムズムズを追い出して欲しかった。

　ああ、でもダメか。クリシュさんの力で思いっきり叩かれたら、背中がペチャンコになってしまう。

「そんなにくすぐったいか？　シノブは皮膚が薄いのかもしれないな」

　唸ってたら、クリシュさんに不思議がられてしまった。真面目に薬を塗ってくれているのに、なんだか申し訳ない。

　おかしいなぁ。今までこんな風になったことなかったんだけど。あまり考えたくないけど、もしかして、欲求不満ってやつなんだろうか。

　僕だって健康な男だし、自分で触ることは勿論あったけど、移住してからは、あまりしてなかったからな。

　畑仕事に疲れて夜はすぐに眠ってしまうし、なによりも、興奮する材料がないし。

　もとの世界では水着を着た可愛い女の子の写真とか、簡単に手に入っていたけど、こっちには写真自体がないし。こんなことになるなら、こっちの世界に来るときに持ってくればよかったな。

「ほら、終わったぞ。薬が乾くまで、そのままでいるんだぞ。その間に、俺も体を拭かせてもらおう」

　よかった、やっと終わった。

　なんとか気づかれずに苦行を乗りきった僕は、クッタリとベッドに沈み込んだ。

　気づかれてないよな、大丈夫だよな？

　僕の体は、朝よりも少しまずいことになっていた。ジンジン、ムズムズして、クリシュさんがいなかったら迷わず触るとこなんだけど、まさか、『触るから部屋から出ててくれる？』なんて、言えるわけないし。

　でも、まだ大丈夫なはずだ。反応しちゃってるけど、これくらいなら黙っていれば治まるはずだ。多分。

　よし、なにか、怖いものとか、気持ち悪いものを思い浮かべよう。なにがいいかな。あのカラフルなイモムシとかどうだろう。あとは、屋台で見たラヴィの耳とか。それから……。

　気持ちが悪いものを片っ端から思い浮かべて、昼にクリシュさんから聞いた地面から生えた男の生首を思い出したら、背筋が寒くなって、一発でムズムズが治まった。怖い。

　効果覿面だけど、怖い。やめておけばよかった。

助けを求めてクリシュさんのほうを向くと、ちょうど上半身裸になって腕を拭いているところだった。

　タオルを動かすたびに背中の筋肉が動いて、ロウソクの灯りで浮かび上がった陰影が綺麗だ。

　クリシュさんの体には、傷がたくさんあった。腕にも、背中にも。それだけ騎士の仕事は危険なんだろう。

　獣に襲われることもあるだろうし、盗賊だって出るだろう。山を歩くなら木に引っかけたり、落石があったり、僕の乏しい想像力ではこれくらいしか思い浮かばないけど、もっと危険なこともあるんだろうな。

　フィルクス様は、いつ次の旅に出るんだろう。そうしたら、フィルクス様の騎士のクリシュさんも当然一緒に行くんだろうな。

　クリシュさんが怪我するのは嫌だな。でも、いくら鍛えてるっていっても、まったくの無傷で帰ってくるのは、難しいんだろうな。

「どうかしたか？」

　僕があまりにもジーッと見続けたせいで、クリシュさんに気づかれてしまった。

「体に傷がたくさんあるね」

「ん？　ああ、まあ、職業柄な。だが、俺はまだいいほうだ。仲間の騎士に肩から腹にかけて獣に襲われた傷跡が残ってる奴がいるが、奴は勲章だと言って自慢してるぞ」

　騎士さん達にとっては危険なのも怪我をするのも当たり前で、過ぎてしまえば自慢話になってしまうのかもしれないけど、僕は嫌だな。クリシュさんが怪我をするのは嫌だ。僕の隣に横になったクリシュさんにモゾモゾと近寄った。

　クリシュさんは、またいずれ旅に出る。僕には、どうか無事で帰ってきてと祈ることしかできない。

　荷運びを生業としている人達の家族は、どうやって不安を乗り越えているんだろう。連絡を取る手段もなく、何ヶ月も帰ってこない家族を待つ間、ずっとこんな気持ちを抱えているんだろうか。

「寒いのか？」

　縮こまる僕に気がついたクリシュさんが、布団を整えてくれた。

　寒いのは、塗ってもらった薬のせいばかりじゃない。クリシュさんと離れる日が必ず来ると知っている僕の心が寒がっているんだ。

　寝たふりをして、クリシュさんにくっついた。

街の人達が噂していた『結婚間近』の話が頭をよぎったけど、なおさら離れがたくなった。

こんな風に過ごすのは、この機会が過ぎてしまえば二度とないかもしれないから。


カタンッ。

小さな物音で目が覚めた。

目を開けたのと同時に飛び起きて痛みにうめき、ベッドに逆戻りした。それでもなんとか広いベッドの上を転がって移動して、床に足をつけた。

ブルリと震えたのは床の冷たさのせいだけじゃなくて、暗闇が怖いせいもある。

誰かが息を潜めているんじゃないかと思うと怖くて、ガタガタと体が震えた。でも、怖いなんて、言っていられない。早く。

「行かないと………」

カタンッ。

また、音が聞こえた。

飼育小屋の扉を壊されるイメージにゾワリと肌が粟立った。

早く、早く行かないと。またポチが怪我をしちゃう。ブライアン達が連れていかれてしまう。

早く、早く。

「シノブ、どうした？」

立ち上がろうとしたら、後ろから腕を引っ張られた。僕は、それを振り解いて手探りで階段に向かう。

早く行かないと。助けに行かないと。

「シノブ！」

後ろから羽交い締めにされて、思いっきり暴れた。体が痛くて普段の半分も力が入ってないけど、頭の中では『早く早く』ってそればっかりで。

必死に手を振り回したのに、腕ごと拘束されて、ベッドまで引きずり戻されてしまった。

「離して、邪魔しないで」

「一体どうしたんだ」

だって、助けに行かないと。

「外から音がした。ポチを助けに行かないと。ブライアンが連れていかれる。ピョン吉が食べられちゃうよ」

だから、離して。

でも、拘束する腕は緩まなかった。

なんで、どうして邪魔するんだ。

僕は行かないといけないのに。今度こそ、みんなを助けるんだ。

ポチがナイフで切りつけられる前に、ブライアンの首に縄をかけられる前に。ピョン吉が捕まって皮を剥がれる前に、僕が行かないと。助けられるのは、僕しかいないんだから。

ボロボロ泣きながら暴れると、体をひっくり返された。ボスンッて背中がベッドに逆戻りして、急いで行かないといけないのに、どうしてだって悲しくて、ワーワーと声を上げて泣いた。

「よく聞いてみろ、風が窓を叩いた音だ。外には誰もいない」

しゃくり上げながら耳を澄ますと、カタンッと窓から音がした。窓枠が揺れていて、そこから音がしている。

「風……？」

「そうだ。男達は捕まったんだ。もう二度と、シノブの前には現れない」

「捕まった……」

「ああ、もう大丈夫だ。シノブの家族はみんな、飼育小屋で眠っている。昨日、無事を確認しただろう？」

体から力が抜けて、真上から聞こえてくる声がクリシュさんのものだとやっと気がついた。

「クリシュさん？」

「そうだ。どうしたんだ、シノブ。寝惚けたのか？」

頬に貼りついていた髪を優しい手つきで耳にかけられて、硬い指先で頬を撫でられた。クリシュさんだ。クリシュさんがいるなら、もう大丈夫だ。

安心して、コテンッて一瞬で眠ってしまった。


夢の中で、僕はなぜか鳥の雛（ひな）になっていた。巣にいるのは僕一人で、ピーピー泣いてたら、大きな鳥が現れた。

ミミズを食べさせようとするから、いらないよって顔を背けたんだけど、食べろ食べろと迫ってくる。

絶対に嫌だって丸くなると、鳥は困った顔をしてミミズを巣の外に放り投げた。

鳥が羽を動かしたときに起きた風が体に当たって、ちょっと寒いなって思っていると、体の上に優しい重みと温かさを感じて、顔を上げたら周りが羽毛に覆われていた。

（温かいなぁ）

温かさにホッとして、手足を伸ばして羽毛にすり寄った。

ここは、安全な場所。僕は今、守られている。ずっとこうしていたいって思っているのに、ドンドン眩しくなって、辺りが真っ白になってしまった。

「うー……、眩し……」

まだ眠いのに、顔に当たる朝日のせいで目が覚めてしまった。カーテンを買ったほうがいいのかなぁ。でも、それだと寝過ごしてポチ達に水をあげるのが遅くなるような気がするな。

「起きたのか？」

すぐ近くから声が聞こえて、うっすら目を開けると、細い視界の中にクリシュさんがいた。

「んむう、クリシュさん？」

なぜか、ベッドの中でクリシュさんに抱き込まれていた。普段の僕なら飛び起きてしまうくらい驚いたんだろうけど、眠くて頭が働かない。

おかしいなぁ。昨日は薬を塗ってもらって寝たふりをしているうちに本当に眠ってしまったんだけど、睡眠を充分に取っているはずなのに、凄く眠い。

首を傾げていると、クリシュさんの大きな手がオデコの上に乗った。ヒンヤリとして気持ちがいい。

「まだ微熱があるな」

こんなに眠いのは微熱のせいなんだろうか。昨日よりは下がってると思うんだけど。

「昨夜のことは覚えているか？」

昨夜……。夜？　なにかあったっけ？

「あ、鳥の雛になる夢を見たなぁ」

大きな鳥だったなぁ。羽毛の中は温かくて、気持ちよくて。あれって、もしかしたら、クリシュさんの温かさだったのかもな。

守られてるみたいで、凄くゆったり眠れたような気がするのに、眠い。

「そうか。ほかにはないか？」

「ほか？　ほかは……」

特に思いつかないなぁ。

くわぁって喉の奥が見えそうなほどのあくびが出て、眠い、眠いって目を擦ると、クリシュさんに止められてしまった。

「シノブ、目を擦るな。覚えてないならいいんだ。まだ眠っててていいぞ」

僕は、どうやらそのまま眠ってしまったらしい。

起こされたときにはすでに薬を塗り終わっていて、クリシュさんにパン粥みたいな料理と、例の苦い薬を差し出された。

パン粥は仄かに甘くて、スルスルと喉を通っていくから食べやすかった。問題は、薬なんだよね。

逃げないように抱えられてるけど、いつまでもクリシュさんの手を借りるわけにはいかないから、今日は自分で薬が入ったコップを持っています。

深呼吸をして覚悟を決めて、一気にコップを傾けた。

「うぇえ、苦い〜」

すかさず差し出されたスプーンを口に含むと、トロリとした甘さに強張っていた体から力が抜けて、クリシュさんに寄りかかってしまった。

「偉いぞ、よくやった」

やっぱり、僕ってクリシュさんに甘えてるな。

クリシュさんが、自然にお世話をしてくれるっていうのもあるけど、僕自身がクリシュさんを頼りにしている気持ちが強いんだ。

「さて、約束通りに外へ行くか?」

「うんっ、お願いします！」

その言葉と同時に両手を差し出した自分に気がついて、衝撃を受けた。なんだよ、これは。なんで当然のように抱っこで運んでもらおうとしているんだ。

恥ずかしくて、頬が熱くなった。手のやり場がなくてオロオロしていたら、クリシュさんがフッて笑って軽々と僕を持ち上げた。

「それでいい。シノブは怪我人だ。頼るのは悪いことではない」

クリシュさんは、見た目は十歳だけど、中身は成人してる男に甘えられて気持ち悪くないんだろうか。

「僕、早く元気になるように頑張る」

「焦らなくていい。安静にして、しっかり体を労(いたわ)るんだ」

クリシュさんは僕を抱えているのに、軽々と階段を降りていく。玄関の扉を開けると、昨日と同じように家族達が待っていてくれた。

「みんなのブラッシングをしてあげたいんだけど、いい?」

「一匹だけな」

一匹だけかぁ。誰にしようか迷ったけど、ポチにした。約束していたしね。尻尾の先のほうから固まった

毛を解すように丁寧にすいてあげると、ポチはうっとりした顔で地べたに伏せた。

「ポチー、ポチさーん。怪我の具合はどうですかー？」

ハゲの部分はどうなったかな？　まだ二日しか経っていないから、さすがに毛は生えないか。

「あれ、ちょっと毛が生えてきてる」

フワフワの短い毛をかき混ぜると、ポチが『どうだ』って感じに得意気に振り返った。こんなに治りが速いのは、もともとの治癒力が高いのか、それともアロエもどきのおかげなのか。

僕もアロエもどきを塗っていたら、すぐに怪我が治って、今頃は畑仕事をしていたんだろうか。でも、そうなったらクリシュさんは帰ってしまうだろうから、もうしばらくの間は怪我人でいるのもいいかなって思った。

「シノブ、そろそろ部屋に戻るぞ」

「え、もう？」

ブラッシングでフワフワになったポチの毛を堪能していると、クリシュさんに抱き上げられてしまった。

「クリシュさん、もう少しだけ」

「あまり風に当たると熱が上がるぞ」

でも、今日は昨日よりもずっと体調がいいし、二度寝をしたせいか、今は全然眠くないんだ。

部屋でボーッと天井を見ているよりも、外でみんなと一緒にいるほうがずっと元気が出ると思うんだけど。

「クリシュさーん、これ見てくださいよ」

ガサガサと雑草をかき分けて、クリシュさんとおそろいの鎧を着けた騎士さんが現れた。声からすると、かなり若そうだ。彼は、深緑色した巨大な丸いものを転がしながら登場した。

「こんなの初めて見ましたよ。パイにしたら何人分になると思います？」

見覚えのある形状に、んん!?　と目を見開いた。騎士さんの腰まである丸い深緑色の物体は、確かに僕の畑で育てていたものだった。

「それは、カボチャか？」

さすがのクリシュさんも驚いているみたいだ。運動会の大玉転がしみたいにゴロゴロ転がしてきた騎士さんは、深緑色のボディをペチペチと叩いた。

「そうです。ビックリでしょう？　しかも、こいつ、凄く固いんですよ。食えるんですかね？」

たしか、重くて固いカボチャはホクホクしてることが多いって婆ちゃんが言っていた。それなら、このカボチャはホクホクの条件を満たしてるのかもしれない。

　僕、カボチャが大好きなんだ。天ぷら、コロッケ、グラタンにシチュー。でも、一番好きなのは塩で茹でただけのカボチャだったりする。

　塩がカボチャの甘味を引き出して、いくらでも食べられる。婆ちゃんの家ではオヤツに塩茹でのカボチャが出て、お代わりをしてたら『そんなに食べると顔が黄色くなるわよ』って止められたなぁ。

「クリシュさん、あのカボチャ、切れる？」

　僕では絶対に無理だ。もとの世界にいたときは、軽くレンジでチンしてから切っていたけど、こっちには電子レンジがないし。こっちのカボチャはサイズも大きいし、固いから毎回ヒーヒー言いながら斧で叩き割っていたんだけど、掌がジーンッて痺れるんだ。

　期待を込めた眼差しでクリシュさんを見ると、僕を地面に下ろしてカボチャを拳で叩いた。軽く叩いているように見えるのに、『ゴッ』って感じの重たい音がして、手が痛くないか心配になった。

「これならイケるか。少し離れてろ」

　鎧の騎士さんから剣を借りたクリシュさんは、鞘から引き抜くのと同時に一閃した。

　一度だけでは真っ二つとはいかなくて、反対側に回ってもう一度剣を振ると、気持ちがいいくらいにパッカーンと割れた。

　二つに割れたカボチャの断面は、卵の黄身みたいにオレンジを混ぜたような濃い黄色で、身が厚く、皮が薄かった。これ、絶対に美味しいよ。ホクホクだよ。

「クリシュさん、僕、昼ご飯カボチャがいい。塩茹でして食べようよ。たくさんあるから、騎士さん達にも食べてもらおう」

「それ、いいですね。量が足りなかったら、奥のほうにゴロゴロ実ってましたよ。凄く大きなトマトやキュウリもありましたけど、あっちはダメですね。重すぎて地面についてしまったせいか、実が割れていたり、虫に食われたりで」

　どうやら、巨大化したのは雑草だけじゃなかったみたいだ。


　カボチャを煮る準備を始めると、雑草畑の中からワラワラと騎士さん達が集まってきた。その数、二十人。

こんなにたくさんの騎士さんがいるとは知らなかったから、ちょっとビックリした。

騎士さん達はどこからか持ってきた大鍋にカボチャを入れて、外で調理を始めた。昨日も僕が寝ている間、こうやって捜索の合間に食事を作っていたらしい。

休憩時間ということで鎧を脱いで調理してるんだけど、彼等はみんな若かった。

新人研修として巨大化雑草の調査とアロエ捜索に連れてこられたらしい。この中から何人か、次の旅に同行する騎士さんを選ぶみたいで、みんな真剣だ。

フィルクス様の旅にお供するのは大変名誉なことで、一流騎士の証のようなものらしいから、必死になるのも頷ける。

でも、食欲旺盛な彼等がカボチャだけでは足りないのは明らかで、大きな肉の塊を串刺しにしてグルグル回しながら火で炙り始めた。旅に出ると、夜営の食事の用意も騎士さん達でやらないといけないから、外での調理も立派な訓練なんだって。

ワイワイガヤガヤ、若い男の集団らしく、賑やかに準備する中、時々『アッチィ!!』とか、『お前、今なに入れた!?』とかいう声が聞こえてくる。

「いいなー。僕も一緒に調理したかった」

僕は今、クリシュさんによって寝室に戻されて、一人寂しくベッドで寝転んでいる。今日はもう、外に出ちゃダメだって。

『今日は体調がいいから大丈夫だ』って言ったんだけど、病み上がりだから駄目だって一蹴されてしまった。

外から聞こえてくる見習い騎士さんの声の中に、時々ポチやブライアン達の鳴き声が混ざっている。ポチは、クリシュさんと同じ鎧を着た騎士さん達を味方だと認定したらしく、アニマル全開になることもなく、休憩時間には棒を投げてもらって遊んでいるらしい。

ポチだって怪我をしたはずなのに、すっかりよくなってあちこち走り回っていて、凄く羨ましい。

僕の口は、その気持ちを表すように下唇が飛び出ていた。

「シノブ、入るぞ」

トントントンッて階段を上ってきたクリシュさんが、僕の顔を見て苦笑した。

「まだ拗ねてるのか?」

「だって、暇なんだ。ここからじゃ外も見れないし。せめて窓に近かったら、ポチ達が遊んでるのを見られるのに」

ベッドに寝てしまうと、この位置から窓を見ても空しか見えないんだ。

「明日、もう一度医者に診てもらって許可をもらえたら、外に出る時間を延長してやろう」

「打撲だけなのに、そんなに何度もお医者さんに診てもらうの？」

「シノブは異世界人だからな。俺達とは体の頑丈さが違うように見える。念には念を入れなければ。心配なんだ。わかってくれるか？」

そんな風に言われたら、頷かないわけにいかないな。

クリシュさんが僕のことを心配して手を尽くしてくれているのも知っているし、そのせいでフィルクス様の護衛の業務も中断させてしまっているし。

クリシュさんは、いつまで一緒にいてくれるんだろう。そばにいてくれるのは安心するし、看病してくれるのも、凄く嬉しい。

でも、そのせいで迷惑をかけているのも知っている。

クリシュさんはフィルクス様の騎士だから、こんなところで僕の看病をするよりも大切な仕事があるんじゃないだろうか。

一言『護衛に戻らなくていいの？』って聞けばいいんだけど、僕は卑怯(ひきょう)なことに、その質問をして、『明日には仕事に戻る』って言われるのが嫌で、結局聞けなかった。

その日の夜も、クリシュさんに薬を塗ってもらったんだけど、体の疼(うず)きはだんだん大きくなっているみたいで、少し焦っている。

ジンジンしてたのが、ズクンズクンって感じに変わって、地面から男の生首が出てるのを想像してなんとか治めたんだけど、昨日よりも効果が薄れていて。想像する生首が二体に増えた。

雑草の根っこで猿轡(さるぐつわ)をされた男の生首が二つ、モゾモゾ動くのを想像すると、凄く怖かった。

生首を想像したせいで寝るときも怖くて、本当はクリシュさんにすり寄ってしまいたかったけど、いつまでも甘えてたら迷惑だと思って我慢したのに。

朝起きてみると、またクリシュさんの大きな体に抱えられていた。

目覚めて一番はじめに目に入ったのは、クリシュさんの鎖骨で、そのまま視線を上げると、目を瞑ったクリシュさんの顔があった。

うっすらと開いている唇と、朝日が眩しいのか、少し眉根を寄せた表情が、なんとも色っぽい。

格好いいし色っぽいなんて、クリシュさんは天才だなって寝惚けながら見ていたら、なんの前触れもなく、クリシュさんの目がパチリと開いた。

「起きたか」

「ビッ……クリしたぁ」

クリシュさんは寝ていたわけじゃなく、僕が起きるまで目を瞑って時間を潰していただけだったようだ。みとれながら独り言を呟いたりしなくてよかったよ。

あー、ビックリした。

そして、昨夜は僕が端に寄って寝ていたせいで、夜中にベッドから落ちそうになっていたらしい。看病してもらっている上にクリシュさんの安眠妨害までしてしまって、凄く申し訳なかった。

それにしても眠い。なんでこんなに眠いんだろう？

大きなあくびをすると、お医者さんが来るまで寝ているように言われて、お言葉に甘えて昨日に引き続き二度寝をすることになった。二度寝って気持ちいいよな。

「おはようございます。体調のほうはどうですかな？」

診察に来てくれたお医者さんは、山羊みたいな顎鬚（あごひげ）を生やしたニコニコ顔のお爺さんだった。

目尻に深い笑い皺（じわ）が刻まれていて、とても優しそう。

僕は覚えていないけど、クリシュさんに助けられたときも、お爺ちゃん先生が怪我を診てくれたんだって。

「はい、初日よりずっといいです」

「それはようございました。では、少し診察させてもらいましょうか」

目の下をびろーんって引っ張られて、大きく口を開けて舌を見せて、脈を計って。

こっちの世界のお医者さんも、もとの世界のお医者さんと同じような診察の仕方をするんだな。

「顔色がよくなりましたね。瞼（まぶた）の腫れも少しずつひいているようです。では、打撲の跡を見せてもらいましょうか」

診察するついでに、今日はまだ塗っていなかった薬をお爺ちゃん先生が塗ってくれることになった。

診察をしながら手際よく体の前面に薬を塗り終えて、背中に突入した頃には、僕の頭の上に？マークがたくさん浮かんでいた。

　背中がくすぐったいのに変わりはないんだけど、クリシュさんに薬を塗ってもらっているときみたいに、体の恥ずかしいところがジンジンする気配がない。

　お爺ちゃん先生の手と、クリシュさんの手では、なにが違うんだろう？

「塗り薬もよく効いているみたいで、ようございました。これなら、あと一週間もすれば薬を塗る必要がなくなるかもしれませんね。飲み薬のほうはどうですか。一日三回、きちんと飲んでますかな？」

「はい。でも、凄く苦くて飲むのが辛いです」

「そうでしょうなぁ。ですが、そこはグッと我慢していただかなければ。あの薬は苦い分、よく効きますから。今体を動かせるのは、あの薬のおかげですよ。痛みを薬で誤魔化しているのです。飲むのをやめたら、痛みで夜も眠れなくなってしまいます」

　そんな大袈裟なって思って、部屋の隅で診察を見守っているクリシュさんをチラリと見ると、『その通りだ』と重々しく頷いた。

　え、本当に？

「外で過ごす時間の延長をご希望だと聞きましたが、もう少し待ったほうがいいでしょうな。せめて、飲み薬の量が半分になるまでは安静にしていてください。様子を見て、少しずつ薬の量を減らしていきましょう。クリシュ殿はこの薬の常連ですから、効能を熟知しておられます。管理はクリシュ殿にお任せいたしましょう」

「クリシュさんは、そんなに怪我が多いんですか？」

　クリシュさんの体の傷跡を思い出して心配になってしまった。騎士という仕事は、やっぱり危険を伴うものなんだと実感して、胸がヒリヒリした。

「そうですよ。騎士になってから、さらに頻度が上がりましたが、子供の頃はそりゃぁヤンチャで」

　お爺ちゃん先生は、クリシュさんを子供のときから知っているみたいで、山羊みたいな髭を撫でながら『ホッホッ』って笑った。

　もう一度クリシュさんを見ると、気まずげに明後日の方向を向いていた。

　ヤンチャって、本当に？　今の落ち着いた大人の男って感じのイメージからは想像できないぞ。

僕、この世界に生まれたかったな。そしたら、子供のクリシュさんと一緒に走り回って遊べたのに。

「昔話はこれくらいにして、診察の続きをしましょうか。夜はよく眠れていますか?」

「僕はもともと寝付きがいいほうなので、グッスリです。でも、昨日と今日はよく寝たはずなのに眠くて、朝起きるのが辛かったです。これも怪我のせいですか?」

「それもあるかもしれませんね。体が無意識に休息を欲しているのでしょう。ほかに、不安なことや気になっていることはありますか?」

気になってること……。クリシュさんに薬を塗ってもらったときの体の変化が気になるけど、本人を目の前にして相談する勇気は僕にはない。

「えっと、怪我をしてから家族と一緒にいる時間が減って寂しいです」

これは本当だ。ポチ達のお世話は新人騎士さん達が交代でしてくれているみたいだけど、僕はやっぱり、自分の家族のお世話は自分でしたい。

朝起きて一番に水をくんで、みんなに『おはよう』って挨拶をしながら水を飲ませてあげて。早くみんなと一緒に過ごせるようになりたい。

「それは寂しいでしょうなぁ。ですが、無理をすれば怪我が長引きます。よく食べ、よく休み、よく眠り、少しの運動と心穏やかに過ごすことが、回復への近道ですよ。クリシュ殿やお若い騎士様達がそばにいてくださっているようですし、体力が必要な作業は彼等に任せて、治療に専念するのがよろしいでしょう」

「はい……」

やっぱりダメか。ちょっと期待していたから、ガッカリだ。

ションボリする僕に、お爺ちゃん先生は一つ楽しみを用意してくれた。

「取りあえず、体調のほうは安定してきたようですし、面会を許可しましょうか。管理所のノルン坊やが、心配で仕事が手につかない様子でしたから、無事な姿を見せてあげてください」

僕、もしかして面会謝絶だったのか? って思ったら、冷や汗が出た。薬のおかげで痛みが治まっていただけで、結構危険な状態だったってことか。

じゃあ、クリシュさんに申し訳なかったな。昨日ベッドに戻されたのを拗ねたりして。

外出時間を延ばしてもらえなかったのは残念だったけど、ノルンがお見舞いに来てくれるんだと思ったら、楽しみになってきた。

ノルン、心配してくれてるんだな。申し訳ない気持ちもあるけど、心配してくれる人がいるのは、嬉しい。

お爺ちゃん先生はこの後、問診の続きや、世間話をした。クリシュさんも交えて、この世界に来てビックリしたことや、食べ物の違いについて、いい香りのするお茶をいただきながら、ゆっくりと話をした。このお茶には気持ちを穏やかにする効果があるから、寝る前に飲むとよく眠れますよってアドバイスをもらって、さっそく今夜から試してみることになった。

診察よりも、世間話のほうが長かったけど、よかったんだろうか。

夜になってクリシュさんに薬を塗ってもらうと、お爺ちゃん先生のときには感じなかった疼きが復活してしまった。クリシュさんに、大きくなってしまっている場所が触れないように、体を丸めて離れて眠ったのに、朝になるとまたクリシュさんの腕の中に抱えられていて、自分の寝相の悪さに悲しくなった。

お爺ちゃん先生、今僕に必要なのは、気持ちを穏やかにするお茶じゃなくて、寝相をよくする薬みたいです。

次の診察のときに処方してくれないかな。

第9章　好きの意味

朝ご飯を食べて、少しだけ外に出て、昼ご飯を食べて。その間、僕はずっとソワソワしていた。

今日はノルン達が見舞いに来てくれる日だから。

ボサボサの頭だと恥ずかしいから、ブラシで整えて、来客用のお茶はあるけど、お菓子がないなとか、あまりにもソワソワしているから、クリシュさんから気持ちが落ち着くお茶を差し出されてしまった。

クリシュさんが見習い騎士さん達の様子を見てくると出ていってしばらくして、ノルンとクゥジュがお見舞いに来てくれた。

ノルンは仕事を半日で早退して、クゥジュは大急ぎで店を閉めてくれたらしい。ノルンは、僕の顔を見てハッと息を呑むと、クシャリと顔を歪ませた。

瞼の腫れはほぼひいたけど、青黒く変色した肌はそのままで、ノルンが右の瞼を見ているのがわかる。

「二人とも、いらっしゃい。お見舞いに来てくれて、ありがとう。どうぞ座って」

椅子を勧めると、クゥジュに背中を押されたノルンが座り、ポツリと呟いた。

「酷いことを……」

まるで、自分が怪我をしたかのように悔しげな顔をしたノルンに、笑ってみせた。会いに来てくれて嬉しいよって気持ちを込めて。

こっちの世界に来て、楽なことばかりじゃなかったけど、こんなに心配してくれる友達ができたのは、凄く幸運だと思う。

「これ、お見舞いに持ってきた。面会を止められるくらいだから相当悪いのかと思ってたけど、案外元気そうだな」

しんみりした空気を吹き飛ばすように笑ったクゥジュは、焼菓子がたくさん入ったカゴを持っていた。たくさんあるから、後で騎士さん達にもお裾分けしよう。

「パン屋のオヤジにシノブの見舞いに行くって言ったら、大急ぎで包んでくれたんだ。シノブには世話になってるから、早く元気になってまた顔を見せてくれって言ってたぞ」

「おじさんに、ありがとうって伝えておいて。クゥジュも、野菜を卸せなくてごめん。畑がダメになったから、再開するまで時間がかかると思う」

さっそく焼菓子を一つ口に放り込むと、もちっとした生地と優しい甘さが口いっぱいに広がった。

「そんなのはいいよ。シノブが無事だっただけでよかった。それより、体調のほうはどうなんだ？」

「苦ーい薬のおかげで痛みは治まってるんだ。でも、まだ安静にしてないとダメなんだって」

「瞼以外にも怪我をしているんですか？」

「うん、体中、あちこちにね。打撲だって」

僕の体中にある痣は、はじめは赤黒かったのが、青黒くなり、比較的軽いものは端のほうが黄色みを帯びてきていた。ずる剝けてしまっていた左の掌は瘡蓋（かさぶた）になってガサガサしてて、少し痒い。もう少ししたら、端っこの皮がめくれてくるけど、無理に剝がしてはダメですよってお爺ちゃん先生に言われている。

「本当に、心配したんですよ。昨日フィルクス様から面会の許可が下りるまで、気が気じゃなかったんですから」

ああ、どうしよう。ノルンの目が潤んでる。『心配かけてごめん』と、『ありがとう』を言っているうちに、また話ができてよかったなって思ったら、僕の目も潤んでしまった。

赤くなった目と鼻をお互いに指摘し合っていると、トントントンッと階段を上ってくる音が聞こえた。この足音はクリシュさんだ。

「シノブ、ちょっといいか？」

クリシュさんは、全身に鎧を着けていた。数日ぶりに鎧姿を見た僕は、途端に不安になって、慌てて体を起こした。

「クリシュさん、どこか行くの？」

「フィルクス様へ報告に行ってくる。日暮れには戻る」

クリシュさんは、不安で伸ばした僕の手を握って、落ち着かせるようにポンポンッと反対の手で優しく叩いてくれた。

「友人に会えて嬉しいのもわかるが、疲れたら無理せずに横になるんだぞ」

ベッド脇に畳んであった肩かけを広げて僕の体を包み、背中にクッションを当てて少しだけ上半身を起き上がらせてくれて、全開にしていた窓を半分に閉めてと、手際よくお世話をしてくれるクリシュさんの姿を目で追っていると、最後にクシャリと頭を撫でられた。

「クリシュさん、行ってらっしゃい」

「ああ、行ってくる」

『行ってくる』ってことは、ここに帰ってきてくれるってことだ。やっと安心した僕は、颯爽と部屋を後にするクリシュさんに手を振って見送った。

さて、話の続きを、と思ってノルン達のほうを見ると、二人ともビックリ顔で僕のことを見ていた。

「なに、どうかした？」

「いえ、ちょっとビックリしました」

「シノブとクリシュ様って、前も思ったけど仲が良いよな」

そういえば、前にも同じようなことを言われた気がする。いつだったっけ？

「ほら、ノルンの職場に、ラヴィの串焼きを持っていったことがあっただろ？」

そうだ、あのときだ。ゲートの部屋を見せてもらって、不覚にも泣いてしまったときだ。

「シノブが懐いてるのもビックリしたけど、クリシュ様のシノブの扱いが、なんていうか、丁寧でさ」

懐いてるって、クゥジュから見たらそんなに甘えてるみたいに見えるのか。実際、クリシュさんにはお世話になりっぱなしだし、今なんてクリシュさんに生活のすべてを頼ってる状態だけど。

でも、クリシュさんの僕の扱いが丁寧だっていうのは間違いだと思う。クリシュさんはもともと凄く強くて優しいんだから。

「シノブは、クリシュ様のことが好きなんですか？」

ノルンがキラキラした目で身を乗り出した。キラキラして見えるのは、さっき目を潤ませた名残かもしれないけど、なんだか楽しそうだ。

「うん、好きだよ」

勿論、クリシュさんのことは大好きだ。優しくて、でも、優しいだけじゃなくて、苦い薬を『ちゃんと飲め』って言ったり、外に出る時間を制限するのも僕のことを心配してくれているからだ。

そういう、厳しい優しさをくれる人って、凄く大事にしないといけないと思う。僕のことを、真剣に思ってくれてるってことだから。

「シノブは、私やクゥジュのことは好きですか？」

「勿論だよ！」

二人とも、大事な友達だ。

「では、クリシュ様のことも、私達に対するのと同じように好きなのですか？」

僕は、うーんって頭を捻った。同じかと言われたら、少し違う気がする。ノルンやクゥジュと会ってると気持ちがホッコリするけど、クリシュさんと一緒にいると、いろいろなものがキラキラして見えるんだ。

市場でクリシュさんがデートしてるのを見たときはなんだか寂しくて、悲しくなったし。クゥジュがノルンにプロポーズするって聞いたときは、『頑張れ！』って思ったのに。

上手く説明できなくて、しどろもどろになりながら、僕自身もよくわからない違いを説明すると、ノルンとクゥジュはなにやら目配せをして深く頷いた。

「つまり、会えると嬉しくて、ほかの人と仲良くしているのを見ると悲しくなるんですね？」

「うん」

「で、ドキドキしたり、キラキラして見える、と。シノブはそれを、クリシュ様に憧れてると思ってるんだな？」

「うん、思ってるっていうか、実際に憧れてるし。だって、クリシュさん、凄く格好いいよ」

「私も、シノブと同じ気持ちになったことがありますよ。クゥジュが女性とお付き合いを始めたときに、その姿を見て悲しくなりました」

「えっ、クゥジュ、ノルン以外にも恋人がいたの⁉」

わぁ、ビックリだ！　ノルンとクゥジュは幼馴染みで、その延長ではじめから好き合っていたんだと思ったのに。

「付き合ったっていっても、十五歳のときに一ヶ月くらいだぞ」

「でも、手を繋いで歩いていたじゃないですか」

「あれは、ほら、若気の至りってやつだよ。そういうのに興味が出始める年頃だったし」

ジト目で睨(にら)むノルンの視線を受けて、クゥジュが参ったなって頭を掻いた。こんなに仲がいいのに、クゥジュに女の子の恋人がいたなんて、本当に驚きだ。

「え、それで、その女の子とはなんで別れたの？」

今度は僕のほうが身を乗り出した。

「私がクゥジュとその子の繋いでいた手を引き剝がして、『私以外と手を繋がないでください』って大泣きしたんです。怒ったその子に叩かれそうになったのを、クゥジュが庇(かば)ってくれたんですよ」

「まあ、そこでノルンが一番大事だって気がついたんだけどな。ノルンの代わりに俺がビンタされて、盛大に罵(ののし)られて別れたっていう、黒歴史だ。それからはノルン一筋だ」

「なんだ、結局ノルンとクゥジュははじめから両思いだったんじゃないか」

最後は結局ノロケられてしまった。庇ってもらったときのことをうっとりと思い出すノルンに、クゥジュの目尻がデレッと下がっていた。

独り身の僕にはちょっと眩しすぎる。

「話が逸れてしまいましたね。私が話したかったのは、クゥジュとの馴(な)れ初(そ)めではなくて、シノブがそのときの私と同じ気持ちなんじゃないかってことです」

「つまり、シノブはクリシュ様のことを、俺がノルンを好きなのと同じ意味で好きなんじゃないかって言ってるんだよ」

クゥジュがノルンを好きなのと同じって、僕が？　クリシュさんを？

あれ、でも、クリシュさんは男の人だし。あ、こっちの世界では関係ないのか。でも、あれ？

今までの僕の中の常識との違いに混乱して、頭の中がグルグルした。じゃあ、僕がクリシュさんに会えると嬉しいのも、お爺ちゃん先生だと大丈夫なのにクリシュさんだと体がジンジンするのも、クリシュさんのことが特別に好きだから？

「そ、そんなことは……」

「そばにいて欲しいって、思うんでしょう？」

「確かに思うけど……」

僕の頭の中を、『結婚間近』の噂がよぎった。そうだ、クリシュさんには美人な恋人がいるんだ。仲良く市場でデートして、アクセサリーを一緒に選ぶくらいに親密な恋人が。好きになったって、ダメじゃないか。

「ノルンとクゥジュも、クリシュさんの恋人の噂を聞いたことがあるだろ。好きになっても、僕に望みなんてないじゃないか」

「でも、噂です。クリシュ様の口から直接聞いたことはありませんよ」

確かに、クリシュさんは前に恋人はいないって言っていたけど、独り身の僕を気遣った優しい嘘かもしれないし。

「シノブの世界では女性との結婚が一般的なようですから、戸惑うのもわかります。でも、気持ちを認めてあげないと、シノブの心が可哀想ですよ」

そうかな。可哀想かな。でも、失恋が決定してるのに自覚してしまうのは、もっと可哀想なんじゃないのか？

だって、それ以上育っちゃいけない気持ちなんだ。お世話になっているのに、迷惑に思われるのは嫌だ。

頭の中をグルグル、グルグル。『好き』と『そうじゃない』って気持ちが行き交って、パンクしそうになった僕に、クゥジュが気持ちが落ち着くお茶を淹れてくれた。

とてもいい香りなのに、僕の気持ちはちっとも落ち着かなかったし、考えも纏（まと）まらなかった。

クゥジュとノルンはしばらく話した後、僕の体を気遣って席を立った。僕は、ちょっと思うところがあって、一緒に一階の部屋に降りることにした。

「あれっ、ご友人はもう帰るんですか？」

鎧を着ているから顔はわからないけど、この声はカボチャを転がしてた騎士さんだな。

「ああ、明日の仕込みもあるしな」

「僕は見送りだよ。クゥジュに焼菓子をたくさんもらったんだ。騎士さん達にもお裾分け。後でみんなで食べて」

「うわー、ありがたい！　俺、甘いものに目がなくて」

騎士さんは、兜の顔の部分をガシャンッて上に押し上げると、嬉しそうな顔で焼菓子の匂いを吸い込んだ。その兜の顔の部分って可動式になってたのか。壊れたのかと思って一瞬驚いたよ。

「シノブ殿のご友人は日替り定食の料理屋なんですって？　あの店、いつも並んでて、まだ食べたことがないんですよ。並んでたら仕事に間に合わないんで。一回食べてみたいと思ってるんですけど、席の予約って、できませんかね？」

「うーん、それをやると、ほかの客に不公平になるからな。最近持ち帰り用のサンドウィッチを始めたから、それなら待たずに買えるぞ」

「お隣のパン屋さんの揚げパンの具材もクゥジュが作ってるんですよ。よければそちらも食べてみてくださ い」

「へー、いいこと聞いた。今度買いに行きますよ」

カボチャの騎士さんに、ちゃっかり店と隣のパン屋さんの宣伝をして、ノルン達は帰っていった。

僕は、よしやるぞ、と気合いを入れた。

「シノブ殿、部屋に戻るなら手を貸しますけど」

「ううん、僕、ちょっとトイレに行きたいから。少し長くなりそうだから、気にせず仕事にもどって」

大丈夫だよな。怪しくないよな？

僕が今からすることは人に知られると恥ずかしいから、追及されたくないいんだけど。

「そうですか、ごゆっくり。部屋に戻るときに手伝いが必要だったら声をかけてくださいよ」

「う、うん、そうする」

仕事に戻る騎士さんを見送って、僕は決意と共にトイレへ向かった。

便座に座り、騎士さん達の声が近くから聞こえないのを確認して、ズボンを下ろした。

ノルンとクゥジュにクリシュさんのことが好きなんじゃないかって言われて、それだと僕の体の変化にも説明がつくんだけど、単に欲求不満っていう可能性もあるし。試しに抜いてみたら、ジンジンするのが治まるかと思ったんだ。

自分の男の象徴を久し振りに握ってみると、ちょっとだけ反応があった。遠くに聞こえる騎士さん達の声が気になってるせいか、反応は今一つよくない。

チャチャッと終わらせて、クリシュさんが帰ってくる前には部屋に戻らないと。

焦りながら、水着を着た女の子の写真を思い浮かべたけど、なんか、やっぱり反応がよくない。まだ本調子じゃないからかな？　でも、クリシュさんに薬を塗ってもらうときは元気がいいのに。

クリシュさんの手が肩から肩甲骨の間を通って腰のほうへ滑っていくのを想像した途端、グッと硬さが増した。

違う、違う。女の子を想像しないと。

僕が今まで見た中で一番気に入っていた写真は、ショートヘアの白い水着を着た女の子が足を広げて首を傾げている写真だった。

凄く可愛い子で、クラスの友達と回し読みした雑誌に載っていたんだけど、お調子者の友達が、『横から見たら中身が見えるんじゃないか』って顔を寄せたり、『俺に透視能力があれば！』って叫んで女子の顰蹙を買っていたなぁ。

余計なことを思い出したせいで、ちょっと元気がなくなってしまった。ダメダメ、集中しないと。早くしないと、クリシュさんが帰ってくるぞ。

グニグニ捏ね回して、あともう少しってところまできたんだけど、僕の想像力が乏しいせいか決定打にかけて、最後の一線を越えられない。

もとの世界にいたときはたびたびお世話になっていた想像の中の女の子に、もっと頑張ってくれって思いながら、乱れてきた息を整えて唇を舐めた。

声は出さないようにしないと。こんなことをしてるのを、誰にも知られたくない。

騎士さん達に聞かれて、そこからクリシュさんの耳に入ったりしたら恥ずかしいどころの話じゃないぞ。

もう少し、あとちょっとって思いながら夢中になって擦っていたせいで、近づいてくる足音に気がつかなかった。

コンコンッ。

「シノブ、大丈夫か？」

「っ────!!」

声を聞いた瞬間、僕のそこは爆発してしまった。今まで必死になってもイケなかったのに、嘘みたいにアッサリと。

頭の中が真っ白になるくらいに気持ちよくて、声を出さないでいられたのが奇跡みたいだ。

左手に握っていたトイレットペーパー代わりの葉で受け止める暇もなくて、精液が太股の上に飛び散っていた。膝の下までズボンを下ろしていたせいで汚れなかったのが救いだ。

ビクンビクンッて痙攣するそこをギュッと握って、油断すると口の隙間から漏れてしまいそうになる声を我慢していると、もう一度トイレの扉を叩かれた。

「シノブ?」

名前を呼ばれて、それに反応してピュクッと先っぽから精液が漏れた。僕の右手は、指の間まで精液でドロドロになってしまった。

「ク、クリシュさん、お帰りなさい。早かったね」

ハァハァと荒い息を整えながらなんとか返事をすると、扉のすぐ向こうから心配げなクリシュさんの声がした。

「どうした、腹が痛いのか?」

「ううん、大丈夫。あの、そこにいられると集中できないから……」

「ああ、悪かった。なにかあったら呼んでくれ」

カボチャの騎士さんから何か聞いていたのか、クリシュさんはアッサリとそばを離れてくれた。

人の気配がなくなったことにホッと息を吐いて、まだ敏感になったままのそこを見下ろした。

ああもう、どうしよう。僕は、僕は。本当にクリシュさんのことを好きになってしまったみたいだ。ノルンが言っていたように、特別な意味で。

名前を呼ばれたとき、僕は、クリシュさんに抱き締められながら優しくペニスを撫でられるのを想像してしまったんだ。

水着を着た女の子達のあられもない姿を想像していたときは鈍い反応しかしなかったのに、クリシュさんの手がアソコを撫でるところをたった一回思い浮かべた途端に、爆ぜてしまった。

姿を見ると嬉しいのも、温かい手に触れていたいと思うのも、アンネッテ様と一緒にいるのを見て悲しくなったのも、全部、クリシュさんのことが好きだったからなんだ。

「気がつかないほうが、よかったような気がする……」

憧れてるって思っているうちは、クリシュさんが結婚したとしても『かまってもらえなくなって寂しい』

くらいの気持ちでいられたのに。

いつかクリシュさんに結婚の報告をされたときに、僕は笑って『おめでとう』って言えるんだろうか。

トイレットペーパー代わりの葉を何枚も使って後始末をする間、僕はどんよりした気持ちで大きな溜息を吐いた。手洗い用の水瓶から柄杓で水をすくって手を洗い、匂いを消すために小窓を開けて、晴れない気持ちのままトイレを出る。

「シノブも飲むだろう？」

「はいっ、お願いしますっ」

一階の部屋では、すでに鎧を脱いだクリシュさんがお茶を淹れていた。

なんだか、顔を見るのが恥ずかしい。好きだと自覚してしまったせいもあるけど、突発的なこととはいえ、クリシュさんの手を想像しながら不埒なことをしてしまったのが後ろめたい。

カァァァッと赤くなった顔を隠すように視線を逸らすと、見慣れないものが目に映った。

「クリシュさん、これ、どうしたの？」

窓際に大きなソファーが置かれていて、その上に柔らかそうなクッションが敷き詰められていた。

僕が手足を悠々と伸ばして寝られるくらいに大きなソファーだ。

「家にあったものを持ってきた。先日、二階の寝室のベッドからは外が見えないと言っていただろう？　明日からは、日中はここで過ごすといい」

わざわざクッションで高さを調節して、窓の高さに合わせてくれたみたいだ。背凭れに畳んで置いてあるブランケットも見覚えがないから、クリシュさんが用意してくれたんだろうか。

僕は、二日前の言動が恥ずかしくなった。自分の体のことなのに、外に出たいとか、退屈だとかいって拗ねて。クリシュさんが優しくしてくれるからって、我儘ばっかりだった。それなのに、クリシュさんは僕の話をちゃんと聞いてくれていて、わざわざソファーを用意してくれた。

もう、しょうがない。こんなに素敵な人なんだから。男同士の恋愛は僕の常識の範囲外だったけど、それでも好きになってしまうくらいに、クリシュさんが凄いってことだ。

異性とか同性とか関係なく、クリシュさんだから好きになったんだ。

こんな素敵な人を周りが放っておくはずがないから、恋人がいるのも当然だ。

　自覚したときには失恋決定だなんて悲しいことのはずなんだけど、僕の気持ちは、さっきまでどんよりしていたのが嘘みたいに晴れやかになっていた。

「クリシュさん、いつもありがとう」

　恋愛初心者の僕には、感謝の気持ちを伝えるのが精一杯だ。情熱的なアピールなんてできないし、できたとしても恋人がいるクリシュさんにこれ以上の迷惑をかけるつもりもないから、するつもりもない。

　せめて感謝の気持ちや出会えてよかったたって思っているのが伝わるように、精一杯の言葉を贈りたい。

　ノルンは、気持ちを認めてあげないと僕の心が可哀想だって言っていた。そうだよな、認めてあげないと。恥ずかしながら、十九年生きてきて、これが初めての恋なんだから。

　十八歳でこっちの世界に移住して、夢中で毎日を過ごすうちに、僕は一つ年をとっていた。一つ大人になって、初めての恋を経験して、精神的にも大人に近づけたかな。

「どういたしまして」

　少し唇の端を上げて笑ったクリシュさんに、心臓がトクンッと跳ねた。僕は、自分の心臓に向かって、『うんうん、わかるよ。格好いいよな』って心の中で話しかけた。生まれたての気持ちを、大切にしてあげよう。

　まぁ、でも、恋を自覚すると気恥ずかしい気持ちも増すわけで。僕は、クリシュさんと目が合った瞬間に照れて両手で顔を隠してしまった。

「シノブ、どうかしたか？」

「……なんでもありません」

　クリシュさんが前にもまして格好よく見えて、つらい。恥ずかしくて、顔を見るなんてできない。


　恋は人を挙動不審にする。

　クリシュさんが好きだと気がついた僕は、このことを学んだ。

　気がついたらクリシュさんをジーッと見つめてしまっているし、そのくせ、目が合うと恥ずかしくて顔を逸らしてしまう。

　移動を手伝ってもらうときの、間近に聞こえるクリシュさんの声にうっとりと聞き入ったり、触れる体温に照れて心臓がドコドコ鳴って、それに気がつかれたくなくて体を離そうとして『危ない』って怒られたり。

普通にしようって思うんだけど、普通ってどんな感じだったっけ？　今まで、僕はどんな風に振る舞っていたんだろう。

移動のときは、手をどこに置いていただろう。肩に置いていたのか、首に手を回していたのか。

試しに肩に手を置いてみたら、今までは意識しなかった張りのある筋肉の感触に手汗を掻いてしまった。

こんな湿った手で触ったら、クリシュさんが気持ち悪いかもって思って、何気ない風を装ってこっそり服で手を拭いたりした。

毎日三回薬を飲むときも、できるだけクリシュさんの手を煩わせないように頑張って飲むことにしたんだけど、やっぱり苦くて。

目の前に差し出された蜂蜜の乗ったスプーンをパクリとくわえた後で、『食べさせてもらった！』って赤面したり、とにかく忙しい。

クリシュさんからは、よほど様子がおかしく見えたのか、またお腹の具合を心配されてしまった。

そして、やっぱり朝晩の塗り薬の時間が一番つらい。リハビリを兼ねて、これからは自分で塗るって言い張って承諾してもらったんだけど、どうしても手が届かない肩甲骨の辺りはクリシュさんに塗ってもらわないとならない。

「少し冷たいかもしれないが、我慢してくれ」

「は、はい」

うつ伏せになっているから、いつクリシュさんの手が伸びてくるかわからなくて、余計にドキドキする。

大きな手が右の肩に触れた。これはまだ大丈夫。肩から背中の真ん中に向かって円を描くように薬を塗る。左側も同じように。問題はここからだ。

「んんっ」

薬を追加して、今度は尻に近い腰から上へと移動する。これがマズいんだ、くすぐったいのもあるけど、それだけじゃないゾワゾワ感があって、今日もまた下半身に熱が溜まっていく。

背中に触れるクリシュさんの手に、鳴り響く僕の心臓の音が伝わっているんじゃないかと気が気じゃなくて、体に変に力が入ってしまった。

普段使わない筋肉にまで力が入っているみたいで、

次の日に体のあちこちが筋肉痛になってしまい、打撲の具合が悪化したのかと余計な心配をかけたり、なんか、本当に申し訳ない。

お腹の心配をされ、打撲の心配をされ、『顔が赤いが熱があるんじゃないか』と心配されて、熱を計るためにオデコ同士をコツンってされたときには、僕の心臓は最高潮に太鼓を打ち鳴らし、このまま行くと近い将来に収縮しすぎた心臓が破裂するんじゃないかと本気で不安になってしまった。

夜の薬を塗ってもらった後はいつも通りにクリシュさんと一緒に眠るんだけど、そんな状態でスヤスヤ眠れるわけもなく。恋を自覚した後の初めての添い寝は凄く緊張して、なかなか眠れなかった。目が冴えて、何度も寝返りを打ったせいで、クリシュさんをまた心配させてしまった。

「まだ腹がつらいのか？」

「えっ、う、うん」

「そうか。ちょっと触るぞ」

背中を向けて眠っていた僕を後ろから抱えて、温かい手がゆっくりとお腹を撫でる。お腹を撫でる手からは優しさが伝わってきて、僕は次第に緊張していた体から力が抜けて、知らない間に眠ってしまっていた。

背中はダメなのに、お腹を撫でられたら安心して眠ってしまうなんて、自分でも変なのって思うけど、これってやっぱり、背中が弱いからなんだろうか。

それ以来、背中抱っこで眠るのが僕らの定番になった。朝までそのままの体勢のときもあるし、目が覚めると向かい合っているときもある。そのどちらのときでも僕がクリシュさんよりも先に起きることはなくて、まだ一度もクリシュさんの寝顔を見たことがない。

いつか、見てみたいなって思うけど、クリシュさんの寝顔を見て、僕の心臓が大丈夫とは思えないから、このままでいいのかもしれない。

「起きたのか。おはよう」

「お、おはようございます」

向かい合った体勢で目が覚めると、起きてすぐにクリシュさんの顔を見れるのが嬉しくて、顔がにやけるのを抑えるのが大変なんだ。この日も、起き抜けにクリシュさんの爽やかな笑顔に遭遇して、僕は赤くなった顔を隠すために頭まですっぽり布団の中に隠れた。

「シノブ、なにをしてるんだ？」

「えーっと、かくれんぼです」

自分で言ってて、なんだそりゃ！　って思った。もっとさ、なにか別の言い訳があるだろ。眩しいからとかさ。実際、朝日を浴びたクリシュさんの笑顔が眩しかったせいなんだし。

「かくれんぼ……。『隠れ』はわかるが、『んぼ』とはどういった意味なんだ？」

あっ、クリシュさん、そこで言葉を切っちゃうんだ。言われてみると、『んぼ』って一体、なんなんだろう。僕もわからないや。

「えーっとね、『かくれんぼ』っていう遊びで、見つかったら負けなんだよ」

「じゃあ、シノブの負けだな」

その通り。僕の負けです。『好きになったほうが負け』っていうし。僕がクリシュさんに勝てる日なんて、一生来ないと思う。

こんな風に一人であたふたしている間に、打撲の具合は随分とよくなってきた。それは、クリシュさんが用意してくれたソファーのおかげもあるのかもしれない。フカフカで、寝心地もいいし、窓を開け放って背中にクッションを当てると外が見えるから、一人で寂しいって思うこともなくなった。

窓の近くにはポチ達が集っていて、それぞれのんびり過ごしていて、騎士さん達はクリシュさんの指揮の下で訓練を兼ねたアロエ捜索に勤しんでいる。

窓から作業の様子を見ていると、見習い騎士さんからクリシュさんがどれだけ慕われているかがよくわかる。クリシュさんが指示を出しているときは真剣な表情で耳を傾け、休憩時間になったらクリシュさんの周りに集まって談笑しているんだ。

「クリシュさんばかり、狡いですよ。俺達も鎧なしで作業をしたほうが効率がいいと思いませんか？」

「なにを言っているんだ。旅に出たら一日中鎧を着て歩き続けるんだぞ。このくらいで音を上げるなら、旅には連れていけないな」

「ぎゃー、待ってくださいよ、ちょっと言ってみただけじゃないですか！」

周りから笑い声が上がって、僕も思わず笑ってしまった。

「クリシュさーん、久し振りに美味い肉でも食いに行きましょうよ。勿論、クリシュさんの奢りで」

「お前達はそればっかりだな。無駄に舌を肥えさせると旅に出たときに辛くなるぞ」

「いいじゃないですか。そのときに旅の武勇伝を聞かせてくださいよ」

賑やかな会話を聞いていると、高校の体育会系の部活を思い出す。僕は帰宅部だったけど、剣道部の友達は部活帰りに先輩にお好み焼きやらラーメンやら奢ってもらったって話をしていて、凄く楽しそうだった。

僕から見ると、クリシュさんは凄く大人に見えるけど、実際はまだ二十二歳なんだよな。もとの世界で考えると、大学生と同じ年だ。

見習い騎士さん達と談笑するクリシュさんは、いつもより幼く見えて、好きな人の普段とは違う表情に僕の胸はトキメキっぱなしだ。

「ほら、休憩は終わりだ。各自、持ち場に戻れ」

「はいっ！」

キリッと指示をするクリシュさんも格好いい。

巨大植物をかき分けて消えていく騎士さん達を見ながら、僕はほんわかした気持ちで空を眺めた。

「なんか、平和だなぁ」

あの嵐の夜が嘘みたいだ。こんな毎日がずっと続いてくれたらいいのに。

「ワンッ」

僕の声に反応したポチが、窓枠に前脚をかけて顔を出した。

「ポチもそう思う？」

「ワンワンッ」

ポチは、僕がこの場所で過ごすようになると、ずっと窓の下に陣取って、遊んで欲しそうにしてる。早くよくなって遊んであげたいな。

でも、そうなったらクリシュさんも帰ってしまうだろうから、少し複雑な気持ちだ。


僕の体調がよくなってくると、外で過ごす時間も少しずつ増えていった。移動も補助が必要だったのが、自分の足で階段を降りられるようになって、体力作りのために散歩をするようになって。

体を動かしているせいか、夜もグッスリで、朝起きたときにまだ眠いって思うことが少なくなってきた。

チュンチュンッて鳥の囀りに目を覚まして、グイーッと伸びをした。今日は、最近では一番スッキリした目覚めだ。昨日は久し振りに水くみをしたから疲れて、夢も見ないほどグッスリだったせいかな。

こっちの世界に来てから日々の生活で鍛えられた筋肉はすっかり衰えてしまって、桶に半分だけ入れた水をゆっくり運んだだけだったけど、結構キツかった。でも、体を動かすのって、やっぱり気持ちがいい。

打撲の塗り薬も昨日の夜に塗ったのが最後で、今日からは塗らなくていいんだって。やっと心臓乱れ打ちの苦行から解放されるんだって思うとホッとしたけど、クリシュさんに薬を塗ってもらうのも最後なんだと思ったら、少しだけ寂しいような気もした。

「昨日はよく眠れたようだな」

「うん、体を動かしたせいかな？　凄くスッキリした気分だよ」

「そうか。顔色もよくなったな」

肘枕をしたクリシュさんは、親指で僕の目の下を擦って、目を細めて笑った。

朝からクリシュさんの微笑みを間近で見てしまった僕は、布団の下で高鳴る心臓を押さえた。

今日は抱えられてなかったけど、その代わりに寄り添って眠っていたみたいだ。目が覚めて一番はじめに見たのがクリシュさんの顔で、しかもちょっと気だるげなところが色気があって目に毒だ。

寝起きのクリシュさんは、いつもと違って少しだけゆっくりと動く。しなやかな筋肉がゆっくりと動くのを見るのがとても好きだ。特にシャツを着替えるときの背中の筋肉の動きなんて、惚れ惚れする。

これは惚れた欲目じゃなくて、誰もが同意すると思う。

「どうかしたか？」

「いや、なんでもないよ」

見つめすぎているのを勘づかれてしまった。次はもう少しコソッと観賞させてもらおう。

僕の朝は早いけど、見習い騎士さん達は僕が起きる前から作業を始めてる。そんな彼らと朝の挨拶をするのが日課になっていたけど、今日は少し様子が違っていた。

「久し振りだな。元気そうでなによりだ」

「フィルクス様、お久しぶりです」

いつもなら、とっくに作業を始めている時間なのに、騎士さん達は家の前に集まっていて、その中心にフィルクス様が立っていた。

「今日はどうされたんですか？」

「そろそろだと思って様子を見に来たのだ」

フィルクス様が指さした方向に視線を移すと、昨日までとは違う光景が広がっていた。

「雑草達が……。どうして、昨日までは元気だったのに」

昨日まで青々と繁って元気よく葉を伸ばしていた巨大雑草達は、風に吹かれてカサカサと乾いた音を立てていた。

葉も茎も黄色くなって枯れかけている。

「役目を終えて土に還(かえ)っていくんだ」

「役目？」

「そうだ。これらはもともとはごく普通の、どこにでも生えている雑草だった。シノブの家族を救いたいという気持ちにシンクロして、無理矢理体を変質させていたが、それにも限界があったのだろう。こちらから採取した植物は、一日と経たずに今のように枯れてしまったよ。君から離れた場所へ連れていったせいで、体を保てなくなったんだろうな」

僕の家の周りを取り囲む黄色くなった巨大植物は、この世界にはないはずの、秋の光景を作り出していた。

僕はかつて畑があった場所に生えている巨大雑草に近づいて、太い茎をそっと撫でた。

守ってくれていたんだな。僕と、僕の家族を。ほんの数回、気紛れに水をあげただけなのに。

植物達は、恩返しというには充分すぎるものを僕に与えてくれた。

黄色く硬くなった茎に、そっと額を押し当てた。『ありがとう』って思いながら目を瞑ると、耳の奥に小さな小さな鈴が鳴るような音が聞こえた気がした。

リーンリーンッて聞こえる小さな音に胸が切なくなって、目頭が熱くなった。

「状況から察するに、シノブの『植物系チート能力』は感情の揺れの大きさによって左右されている部分がありそうだな。それならば、新種の薬草と思われる植物も、『チート能力』が作り出したものだったのだろう。植物が枯れだした今、これ以上捜索を続けても見つかる可能性は低いだろうな。よし、本日をもって捜索を打ち切りとする。みんな、よくやってくれたな」

「「「はいっ!!」」」

「クリシュもご苦労だった。明日からは通常業務に戻ってくれ」

とうとう、この日が来てしまった。クリシュさんが通常業務に戻るってことは、僕の家で一緒に暮らすのも終わりってことだ。

いつかは同居生活に終わりが来るっていうのはわかっていたけど、それがこんなに急だとは思ってなくて、気持ちの整理が全然できていなかった。

もう少し元気になって畑を再開したら、クリシュさんにうちで獲れた野菜を使った料理をたくさん作って、お礼をしようと思っていたのに。明日から、いや、今日からは、クリシュさんがいない生活に戻らないといけないんだ。

僕は、無意識のうちにズボンの布をギュッと握っていた。

ズボンを握ってクリシュさんを見上げる僕は、多分物凄く情けない顔をしていたと思う。さっき植物達にお礼を言ったときに切なくなってしまったせいで、視界が波打つみたいに潤んでいたし、もしかしたら、鼻が赤くなっていたかもしれない。

クリシュさんは僕の顔をジッと見た後にフィルクス様に向き直った。きっと、『わかりました』って言って、『元気でな』って帰ってしまう。

本当なら今までのことを感謝して『お世話になりました』って言わないといけないのに、喉の奥でつっかえたみたいに、言葉が出てこなかった。

別に、会えるのはこれで最後ってわけじゃない。旅に出るまでは街に行けば会えるだろうし、優しいクリシュさんのことだから、会えば声をかけてくれると思う。

でも、やっぱり、もう一緒に寝ることはなくなるんだな、とか、朝起きてクリシュさんの笑顔に照れることもなくなるんだって考えたら、凄く寂しい。

「そのことなんですが、フィルクス様」

後に続く言葉を聞きたくなくて、両手で耳を覆ってしまいたかった。そんなことをしても結果は変わらないし、変な奴だって思われるのが嫌だからやらないけど、このまま時間が止まってくれないかな、なんて思ってしまっていた。

「シノブはまだ病み上がりですし、しばらくの間は、ここから仕事に通おうかと思います」

「……へ？」

「ほう」

ポカーンと口を開けてしまった。

あれ、僕の幻聴かな。今、ここから仕事に通うって言った？

「体力が落ちてしまっていることですし、一人で畑を元通りにするのは大変でしょう。家畜の世話もありますし」

「確かにそうだな。異世界から移住してくれた友人を、捜索が終わったからといって放り出すのは人の道に外れているな。ならば、シノブが日常を苦労なく過ごせるようになるまで夜勤を免除してやろう。私のほうも、今回のことで少々試してみたいことができたしな。次回の旅はしばらくの間、延期にしようと思っていたのだよ。シノブにも、そのうちに協力してもらうことになると思う。その代わりといってはなんだが、クリシュを存分にこき使ってくれ」

「えっ、えっ、あの、本当に？」

フィルクス様は、相変わらずの見目麗しい顔で頷いた。

「君には、この世界に来てから辛い思いばかりさせてしまっているからな。ゲートのこともそうだが、今回も心ない者達のせいで随分な目にあわせてしまった。世界を代表して謝罪しよう。申し訳なかった。だが、この世界の住人達は心ない者達ばかりではないのだ。真っ当に生活している者がほとんどだ。どうか、この世界を嫌わないでやって欲しい」

フィルクス様に頭を下げられてしまった。

僕は、切なくなっていたのも忘れて、無意味にパタパタと手足を動かしながらフィルクス様にお礼を言った。

「嫌うなんて、絶対にないです。だって、僕は知っています。ゲートが消えたときに、ノルンがどんなに悩んでくれたのか。ノットやマルコの兄弟みたいに、お母さんを一生懸命に支えようとする子達のことも、みんなで子供を大切にしていることも。クリシュさんにはいつも助けてもらって、今回だって一番に駆けつけてくれて本当に嬉しかったし、騎士さん達もたくさん協力してくれて、僕こそ感謝でいっぱいです」

悪い人なんて、もとの世界にもたくさんいた。どこの世界に行ったって、それは変わらないと思う。

でも、そんな人ばかりじゃないのを僕はちゃんと知っているし、一生懸命に生きてるこの世界の人達が大好きだ。

「そう言ってもらえるとありがたいよ。君の気持ちに感謝しよう」

フィルクス様は、麗しく微笑んでくれた。騎士さん達も面映ゆい顔で頭を掻いていたり、お互いを肘で突っつき合っていたり。

クリシュさんと、まだ一緒に暮らせるんだ。僕のことを心配してくれての発言だとわかっているけど、でも、もしかして、クリシュさんも、もう少し僕と一緒に暮らしたいと思ってくれているんじゃないか、なんて都合のいいことを考えてしまう。

チラリとクリシュさんを見ると、まるでずっと僕を見ていたみたいにバチッと視線が重なった。一瞬驚いたように目を見開いて、クリシュさんの顔にふわりと笑みが浮かぶ。

クリシュさんの笑顔はまるでお日様のようだ。どんなときでもクリシュさんの笑顔を見ると、僕の心に虹がかかる。僕って本当に、クリシュさんが好きなんだなぁって、妙に納得してしまった。

こうして、嵐の夜に始まった一連の騒動は終わりを迎え、騎士さん達は午前中のうちに持ち込んだ資材を片付けて帰っていった。

クリシュさんは、当面の間僕の家から仕事に通うことになったから、着替えや必要なものを取ってくるって一度街に戻っていった。

僕は、日陰に座って茶色になりかけている巨大雑草を見つめていた。

膝の上にはピョン吉が乗っかっていて、ヒクヒク鼻を動かしている。

雑草は急速に朽ちていった。黄色くなっていた葉も茎も、太陽が真上に来る頃にはすべて茶色くなって、風に千切られた葉がヒラヒラと飛んでいく。

太陽が傾いてくると、ほぼすべての葉が落ちてしまい、茎だけが残って、京都とか鎌倉とかにある竹林のような風景になった。

その茎も、パラパラと表面が剝がれ落ち始めた。風で飛んできたその一部がピョン吉の背中に落ちて、指で摘んでみると、ボロッて崩れた。

このペースだと、明日の朝にはすべて朽ちてしまって、土に還っているかもしれない。

僕は雑草達が朽ちていく様子を膝の上のピョン吉と、

右側に陣取ったポチを時々撫でながら、ずっと見ていた。

　雑草達は、僕のせいで寿命を縮めてしまった。本当なら、こんなに急速に朽ちていくことはなかったのに。

　僕は、何回も何回も、雑草達にありがとうって言った。フィルクス様は、植物や動物達の気持ちがわかるし、反対にフィルクス様の言葉も伝わっているって言っていたけど、僕の言葉も伝わればいいのにって思いながら、何度も何度も心を込めて。

「君達のおかげで、僕は元気になりました。ポチの怪我もすぐに治ったし、ピョン吉も食べられなくて済みました。ブライアンも、ハナコも、ハナヨも、ラムちゃん達も、コッコさん達も、誰一人欠けることなく過ごせています。君達が土に還って、また生えてくるのを待ってるよ。そのときは、美味しい池の水をご馳走するから」

　伝わったかな。伝わっていたらいいな。

　ザァッて強く風が吹いて、家の二階の窓に届くほどに伸びていた巨大雑草の先端が崩れて風と一緒に飛んでいった。

　僕は、『ありがとう』と、『また会おう』を何度も繰り返しながら、日が落ちる直前まで、その場所で朽ちていく巨大雑草達を見守っていた。

「ずっとここで見ていたのか？　無理をすると体が辛くなるぞ」

「クリシュさん、お帰りなさい！」

　クリシュさんが帰ってきたのは、太陽が沈みかけて辺りが夕日に照らされて真っ赤になった頃だった。

　いつもの鎧が、夕日を受けてトロリとした飴色に染まっている。兜を脱ぐと、少し困ったような笑顔が広がっていた。

『しょうがない奴だな』って感じの笑顔で心配させてしまったかなって反省しつつ、そんな笑顔もいいなって、また僕の心に虹がかかった。

　夜には帰ってくるって言っていたけど、僕は、もしかしたら、今日は戻らないかもしれないなって思っていたから、凄くホッとした。

　どうしてそう思ったのかというと、フィルクス様のある一言が原因だった。

『そういえば、アンネッテがクリシュと連絡が取れないと怒っていたぞ。お前、この前報告に来たときにアンネッテの呼び出しを無視して帰っただろう？　おかげで『ちゃんと伝言を伝えたのか』と私が文句を言われたぞ。煩くてかなわないから、今日は必ず会いに行けよ』

『わかりました』

このときのクリシュさんの顔が、『面倒だ』って感じに見えたのは、きっと僕がそうだといいなって思ってしまったせいだ。

恋人からの呼び出しを嫌だなって思うわけないし。

「家に入ろう。立てるか?」

「うん」

座っていた僕に、クリシュさんが大きな手を差し出してくれた。

この手の温かさと優しさを、僕は知っている。

何度も助けられて、何度も涙を拭ってくれて、何度も手を繋いでくれた。

硬い掌の感触が大好きで、凄く安心するけど。この手は、僕のものじゃないんだ。クリシュさんの恋人のアンネッテ様に優しくするための手なんだ。

それが少し寂しいけど、そんな我儘を言ってはいけないってことは、ちゃんとわかっているから。

僕は、アンネッテ様からこの手を奪ったりしない。しないっていうか、できないんだけどさ。

ちゃんとアンネッテ様に返すから、ここにいる少しの間だけでいいから、僕に貸してください。

そんなに長い間じゃないよ。明日からは畑を頑張るつもりだから。早くクリシュさんを自由にしてあげられるように、頑張って耕すから。

今だけ。ちょっとだけ。

そう思いながら握ったクリシュさんの掌は、いつも通りに少し硬くて、温かかった。


次の日から、クリシュさんは通常業務に戻ることになった。朝起きて、僕の家族達に水をあげるのを手伝ってくれて、一緒に朝ご飯を作って食べてから出勤する。

鎧姿のクリシュさんも格好いいけど、普段着姿のクリシュさんは格好いい上に、半袖のシャツを着ていると、肌の露出が多くてドキドキする。

僕は別に筋肉好きってわけじゃないはずだけど、ピッタリしたシャツを着ているときに浮かぶ胸筋とか、腕を曲げると強調される上腕筋とか、張りのある褐色の肌に浮かぶ血管とか、彫刻のように整っていて見とれてしまう。

その姿で料理をするクリシュさんに、スープの味付けをしながら見とれているると、ボーッとしているように見えたらしくて、『病み上がりなんだから休んでいろ』って言われてしまった。僕は別の部屋で休んでいるよりもクリシュさんのそばにいたかったから、『大丈夫』って元気よくスープの鍋をかき混ぜた。

「じゃあ行ってくるが、俺がいないからといって無理して体を動かすなよ。時間はたっぷりあるんだから、焦らずに作業しろ」

「うん、ありがとう。クリシュさんも気をつけて行ってらっしゃい」

「夜には戻る」

「うん」

クリシュさんが愛馬に乗って仕事に出掛けるのを見送った僕は、腕まくりをした。

まずは、掃除からだ。クリシュさんが帰ってきたら気持ちよく寛いでもらいたいもんな。

箒で掃いて、水拭きをして、クリシュさんが持ち込んでくれたクッションを日向に干して。ついでに布団も干しておこうかな。お日様の匂いがするフカフカの布団って、気持ちいいよね。

二階の窓に布団を干した後は洗濯だ。クリシュさんは、帰ったら自分で洗うからそのままでって言ったけど、一人分も二人分もそんなに変わらないし。どうせ洗うなら、夜に洗って家の中に干すよりも、お日様の下で風に吹かれた洗濯物のほうが気持ちいいと思うし。

気合いを入れてジャブジャブ洗っていたら、クリシュさんのパンツを見つけてしまって、ちょっと照れた。

「見てない、見てない。僕はクリシュさんのパンツを見てないぞ」

あまり見たらダメな気がして、目を瞑ってゴシゴシ洗って、干すときも顔を逸らしてしまった。

クリシュさんが帰ってくる家を掃除するのって、楽しいな。自分一人だと、『まあ、こんなものかな』って手を抜いてしまうけど、クリシュさんが帰ってきたときに寛いでいる姿を想像すると、気合いが入る。

「晩ご飯はなににしようかな」

食材はクリシュさんが用意してくれていたのがたっぷりあるし。時間をかけて煮込み料理でも作ろうかな。ゴロゴロ肉が入ったシチューとかどうだろう。

茹でた野菜と、パンと。クリシュさんはお酒は飲むかな？

僕はお酒を飲んだことがないから、うちには用意がないんだけど、今度ゲネットさんに頼んで買ってきてもらおうかな。

午前中たくさん働いたら、ちょっと疲れてしまった。クリシュさんと無理しないって約束したし、午後はちょっとだけ昼寝してから畑に取りかかろうかな。

「ポチー、一緒に昼寝をしよう」

ポチに抱きついて日陰で昼寝をしてたら、暑くて目が覚めた。

「うわっ、暑いはずだよ」

僕の周りには、いつの間にか家族が集まってきていて、ピョン吉とちょっと毛が伸びてきたラムちゃん達にモフモフされていた。

汗だくになってしまったけど、みんなで過ごすのってこんなに幸せだったんだな。

誰も失わなくて済んで本当によかった。雑草さん達、本当にありがとう。

第10章　幸せな共同生活

「冷たい、でも、気持ちいい！」

騎士さん達もいないし、クリシュさんも仕事だし。人目を気にしなくていいっていうのは素晴らしい。

僕は、パパッと服を脱いで頭から水を浴びた。怪我をしてから体を拭くばっかりだったから、久し振りの水浴びは凄く気持ちいい。なんとなく脂っぽく感じていた頭の地肌もスッキリした。

自由に体を動かせるのって最高だ！

太陽の下で自分の体を見ると、日焼けしていた部分と胴体部分の境目が薄くなっているような気がした。療養しているうちに、日焼けが薄くなってしまったみたいだ。

体の筋肉も落ちてしまったみたいで、ただでさえ貧相な体がもっと薄くなってしまったような気がする。

試しに力こぶを作ってみたけど、クリシュさんの腕の筋肉を見慣れてしまったせいか、とても頼りない。肉もたぷたぷしてるし。

「あーあ、僕の力こぶがなくなっちゃった。せっかく少しだけ筋肉がついてきたのにな」

手っ取り早く筋肉を付ける方法ってないのかな？

もとの世界にはプロテインがあったけど。あれって、なにを材料に作っていたんだろう。

ボディービルダーの人が鳥のササミを食べるって聞いたことがあるし、蛋白質を取ればいいのかな？

「鶏肉かぁ。手羽先食べたいな」

手羽先もいいけど、醤油に似た調味料を使ってカツ丼やかき揚げ丼や親子丼を作ったら、クリシュさんも食べてくれるかな。

そう、米。米がたっぷりあるんだよ。実は、クリシュさんに食べたい物がないかって聞かれて、深く考えずに米が食べたいって答えたんだ。

言ってしまってからノルンの米を見たときの反応を思い出して、気持ち悪いってドン引きされるんじゃないかと思ったんだけど、意外なことにクリシュさんは興味津々だった。

「ノルンには虫の卵に見えたみたいで、凄く怖がらせちゃったんだ」

「確かに、そう見えないこともないな。だが、俺は旅をする間にいろいろなものを食べる機会があったからな。嵐にあって山で長い間足止めをくらったときは、食料を補充することもできずに、草の根を食べたこともある。それ以外にも、シノブが聞いたら悲鳴を上げそうなものもたくさんあったぞ。それに比べれば、家畜の餌を食べるなんて可愛いものだ。で、これはどうやって調理するんだ？」

精米の仕方を教えてあげると、クリシュさんは暇を見つけてはせっせと精米して、僕にリゾットを作ってくれたんだ。

できあがった米で作ったリゾットを一緒に食べたら、ほんのり甘味のある米の味を気に入ってくれたらしくて、たくさん精米してくれた。

僕が美味しいなって思うものを、クリシュさんも気に入ってくれて、凄く嬉しい。一緒に食事をして、『美味しいな』って言い合えるのって、なんかいいよな。料理するのも楽しくなる。

よしっ、美味しい野菜をたくさん作って、クリシュさんにもたくさん食べてもらおう。

「ポチー、ポチくーん。お仕事ですよ。僕と一緒に畑を耕そう」

「ワンワンッ」

ポチの顔をグニグニ揉みながらお願いすると、『任せとけ！』って感じに返事をしたポチが、畑に突撃した。

巨大化した雑草達は、朝起きて水くみをするときに見たら、すべて朽ちていた。

僕の家を取り囲むように生えていたのが、すべて朽ちて土が剝き出しになり、彼らが生えていたんだという証拠は、地面に空いた穴だけになってしまった。

せっかくだから、畑を作って余った土地に、果物がなる木を植えようかな。家の周りをぐるりと囲む果樹園があるのって凄いと思わないか。果物もぎ放題だ。

「ポチ、いい子だな。頑張ってくれてありがとう」

もとの畑と同じくらいの広さの土をフカフカにしてくれたポチは、さすがに疲れたのか『ハッハッ』と息を切らしていた。僕も何度も水をくんで往復したせいで手が痛いし、足がパンパンになってしまった。

今日はここまでにして、明日は種を蒔こう。蒔く種は、もう決めているんだ。

美味しく育ってくれるといいんだけど。

「さあ、夕食の準備だ」

早くしないと、クリシュさんが帰ってくるぞ。

「急げ、急げ!!」

僕は、水を浴びた後に髪を拭く時間も惜しくて、ポタポタ落ちる雫を頭を振って振り飛ばしながら、大急ぎで家に戻った。


クリシュさんが帰ってきたのは、太陽が完全に沈んで、星がチカチカと瞬く時間になった頃だった。

僕の家がもっと街に近かったらよかったのに。街から荷馬車で一時間だもんなぁ。ここから通うのはクリシュさんの負担になるんじゃないかな。

「クリシュさん、お帰りなさい。ご飯できてるよ」

「ただいま。無理しなかったか?」

「うん、僕は大丈夫。クリシュさんこそ、疲れてない？　街から遠いから通うの大変でしょう」

「これくらいの距離なら大したことはない。俺のブランシュは足が速いからな」

ブランシュっていうのは、クリシュさんの愛馬だ。光苔の繁殖期のときに相乗りさせてくれた、ブライアンよりも一回り大きくて、目元がキリッとした真っ黒な美馬だ。

「いい匂いがするな」

「シチューを作ったんだ。用意するから、その間に着替えてきてよ」

「そうさせてもらおうか。ん？」

クリシュさんは、ソファーの上に畳んである洗濯物を見て足を止めた。

「洗濯してくれたのか。悪いな」

「ついでだよ。僕の洗濯物もあったし」

「ありがとう。助かるよ」

クリシュさんは、鎧の留め具を外しながら一階の空き部屋に入った。そこにクリシュさんの荷物を置くことになったんだ。

怪我をしているときはあまり意識していなかったんだけど、今日掃除をしているときにクリシュさんの荷物を見て、『本当に一緒に暮らしてるんだな』って思ったら凄く嬉しくて、少しだけ恥ずかしかった。

この同居も一時的なものだけど、それでも、そばにいられるのは嬉しい。

食卓に食事を並べていると、鎧の中に着ているインナー姿になったクリシュさんが、タオルと着替えを持って部屋から出てきた。時々、上半身裸で出てくることもあって、そんなときは目のやり場に困ってしまう。

「先に水を浴びてくる」

「池の水冷たいよ。お湯を沸かそうか？」

昼間は気温が高いから、池の冷たい水も気持ちがいいけど、夜に水浴びするには少し冷たすぎる。

「いや、慣れてるから大丈夫だ。すぐに戻る」

クリシュさんはその言葉の通りに、僕が料理をすべて並べ終えた頃にスッキリした顔で戻ってきた。

半袖の襟のあるシャツとゆったりとしたズボン。胸元が広く開いていて、鍛え上げられた胸筋がチラリと見える。

クリシュさんは仕事以外では、ゆったりとした服を着ていることが多い。普段はガッチリ鎧を着こんでいるから、家にいるときは楽な服装がいいんだろうな。

「美味いな」

「本当に？　よかった」

よく煮込んだ肉を大きな口で食べたクリシュさんは、二口、三口と続けて頬張った。

時間をかけて煮込んだかいがあって、シチューのゴロゴロ肉は柔らかくて、よく味が染み込んでいる。

パンだけじゃ寂しいかなって急遽マヨネーズを使ったピザもどきにメニューを変更したんだけど、そっちも気に入ってくれたみたいだ。

なんだか不思議な気分だ。ピザもどきは、光苔の繁殖期の日に作ったメニューなんだけど、そのときはクリシュさんの素顔も知らなかったんだ。

いつか一緒に食事ができるくらいに仲良くなりたいなって思っていたんだよな。

そのときに想像していたクリシュさんは鎧を着たままだったけど、今は素顔で僕の前に座っている。ピザもどきにかぶりついたクリシュさんの口元が綻んで、僕が作った食事を美味しいって思ってくれてるのが伝わってきた。

「シノブ、手を見せてくれないか」

「手？　どうぞ」

指先に付いた油を布巾で拭ってから差し出すと、クリシュさんは僕の手をしげしげと見つめた。

「小さな手なのにな」

クリシュさんは、僕の手をひっくり返したり、指を引っ張ったりして不思議そうにしている。

「この小さな手から、こんな美味い料理ができるというのが不思議だ。俺が同じ食材を使って同じ料理を作っても、こんなに美味くはならないだろう。なにが違うんだろうな？」

「クリシュさんが作ってくれたリゾットも凄く美味しかったよ」

旅の間に鍛えられたのか、手際もいいし。本当に、凄く美味しかった。

もし僕の料理が特別に美味しいって思ってくれてるなら、それはきっと、クリシュさんに喜んで欲しいなって思って作ったからだよ。

食事を終えて、クリシュさんに手伝ってもらいながら皿洗いをしている間、僕はあくびが止まらなかった。

今日は久し振りに畑仕事をしたし、張り切って掃除をしたから凄く眠い。

五回目のあくびが出て、そのせいで溜まった涙がポロリと落ちた。すると、クリシュさんの逞しい腕が伸びてきて、ふわりと僕を抱き上げてしまった。片付けが途中なのに、そのまま寝室に運ばれてしまう。

「わわっ、クリシュさん、下ろしてっ」

「あとは俺がやるから、シノブは休め。疲れているんだろう？」

クリシュさんだって、一日働いて疲れているはずだ。

「でも、僕……」

「いいから。おやすみ、シノブ」

最後まで片付けを終わらせなきゃって思っていたけど、ベッドに横になるともう眠くて眠くて。

布団をかけられたのと同時に、僕はスコンと眠ってしまった。


ギシリッとベッドが軋み、右側のマットが傾く感覚に目を覚ますと、ちょうどクリシュさんがベッドに入ってきたところだった。

ふわり、と嗅ぎ慣れたクリシュさんの匂いがして、僕はその方向へにじり寄った。

「すまない、起こしてしまったな」

「ん……」

眠くて、眠くて、クリシュさんにベッドに下ろされた直後から記憶がないけど、意識の遠いところで体がスースーするなって思っていた。もう薬も塗ってないのに、変だなって思いながら体を丸めていたけど、やっとその理由がわかった。

クリシュさんが隣にいなかったからだ。

クリシュさんの添い寝に慣れてしまって、広いベッドが寒々しく感じていたんだな。だって、ほら。クリシュさんがそばにいると、こんなに温かい。

「なんだ、また寝惚けてるのか？」

クリシュさんの肩にオデコをくっつけると、頭の上から声がした。『また』って、なんだろう。僕は、前にも寝惚けたことがあるんだろうか。

「治まったかと思っていたが、やはり一人寝するにはまだ早かったか」

クリシュさんの太い腕が首の下に回って、肩を摑んで引き寄せてくれた。なんだろう、凄く、安心する。

縮こまって小さく折り畳んでいた足が、ゆるりと動いて真っすぐに伸びると、足を置いていた場所に隙間ができて、お腹の辺りがスースーする。

僕は、またヨジヨジと動いてクリシュさんの温かい体にくっついた。

「大丈夫だ。怖くないだろう？」

枕にしている腕と反対の腕が僕の背中に回って、トントンッて一定のリズムを刻みながら背中を叩く。

そうされると、ますます力が抜けて、クリシュさんの腕に乗せている頭の重みが増した。

「外には誰もいないし、もう怖いことは起きないから、安心しておやすみ」

「ん……」

なんのことを言っているのかよくわからないけど、クリシュさんが言うなら大丈夫なんだろう。

「おや……」

「おや?」

『おやすみ』って言ったつもりだったけど、クリシュさん、聞こえたかな?

クスッて笑った息が髪に掛かって、背中のトントンを再開されると、僕はもう本当に眠くて、眠りの海に沈み込んでしまった。


朝の光に目を覚ますと、クリシュさんはすでに起きているみたいで、外から物音がしていた。

「うわっ、クリシュさん、起こしてくれたらよかったのに」

僕は、慌ててベッドから下りてポイポイ服を脱いで着替えると、階段を駆け下りた。外に出ると、クリシュさんはポチ達に水を飲ませた後だった。

「クリシュさん、ごめんなさい。寝坊した」

「まだ寝ててもよかったんだぞ」

朝なのに、クリシュさんは今日も爽やかだ。眠そうなクリシュさんを、僕はまだ一度も見たことがない。

クリシュさんはハナコとハナヨの乳搾りを手伝ってくれた後に、一緒に朝ご飯を食べて、颯爽とブランシュに乗って仕事に行った。

今日は、昨日に引き続き、ポチに畑を耕すのを手伝ってもらって、畑に水を撒いていた。桶の水が空になって、新しく水をくむために桶を池に沈めながら、昨夜のことを思い出していた。

昨日のあれは、なんだったんだろう。もしかして、添い寝を始めてから毎晩あんな感じだったんだろうか。

僕は、寝惚けて暗いのが怖いとでも言ってしまったのか?

毎晩あの調子じゃあ、クリシュさんはゆっくり休めなかっただろう。うちにはほかに布団がないから一緒に寝てもらっていたけど、別々に寝たほうがいいかもしれないな。

「そのほうがいいよな。クリシュさんには仕事もあるし。僕は、クリシュさんが持ってきてくれたソファーで寝ようかな」

それがいい。今日クリシュさんが帰ってきたら、提案してみようっと。

「う〜ん、いい匂い」

今日は手羽先にした。ジュワーッと油の中で跳ねる手羽先からいい匂いがして、さっきからポチがキュンキュン鼻を鳴らしている。

しょうがないから、味付け前の手羽先から骨を抜いてお裾分けしてあげた。

実は、こっちの世界に来てからずっと、鶏肉を食べるのは抵抗があったんだ。なんていってもうちにはコッコさん達がいるし、罪悪感が半端なかった。でも、食べる鳥と卵を産む鳥は種類が違うんだって聞いてからは、食べれるようになった。コッコさん達の肉は固くて味も薄いし、美味しくないらしい。

ご飯もいい感じに炊き上がって、クリシュさんがいつ帰ってきてもいいように準備万端だ。

「あ、帰ってきた」

僕はいつのまにか、ブランシュのひづめの音とほかの馬のひづめの音を聞き分けられるようになっていた。きっと夜になると帰りを待ちわびて耳を澄ませていたせいだな。

我ながら、どれだけ待ち遠しいいんだよって思いながら、手羽先を山盛りに盛り付けた皿をテーブルに運んだ。

水浴びを終えたクリシュさんが、タオルでガシガシと頭を拭きながらテーブルについた。

リラックスしたクリシュさんは、仕事中に比べて若く見えるし、表情も穏やかに見える。

「これは、鳥を揚げたものか？」

「そう、僕の世界では手羽先って呼んでたんだ。足りなかったら追加で揚げるから、たくさん食べて」

「いただこう」

クリシュさんはさっそくアツアツの手羽先に手を伸ばした。

ノルンもクゥジュもたくさんご飯を食べるなって思っていたけど、クリシュさんはもっとたくさん食べる。大きく口を開けるたびに顎の骨が動くところが男らしくて格好いい。

大皿に山盛りになっていた手羽先が、次々にクリシュさんのお腹の中に納められていくのを見ながら、僕も手羽先にかぶりついた。

美味しいんだけど、骨が面倒くさいんだよな。しゃぶっていた骨を小皿に乗せたとき、あることに気がついた。クリシュさんが食べた手羽先の骨はどこに行ったんだ。床に落ちたのかって下を見ても、ない。

「クリシュさん、骨は？」

「ん？」

返事をしたクリシュさんの口から、ポリポリと音がした。

「この鳥の骨は細いし、柔らかいから丸ごと食べるんだが。シノブは骨を食べないのか？」

「うん、僕にはちょっと固いかな」

び、びっくりした。こういうのも、食文化の違いなんだろうか。焼鳥で鳥軟骨なら食べるけど、骨は僕には固すぎる。ポリポリ、コリコリ、クリシュさんがいい音をさせて食べるから、僕もかじってみたんだけど、全然歯が立たなかった。

ご飯のときにベッドのことを話そうかと思っていたんだけど、びっくりしたせいでタイミングを逃してしまった。

洗い物を手伝ってくれているクリシュさんの横で皿を拭きながら、チラリと横目で見てどうしようかなって考えてみる。

「なにか相談があるのか？」

「えっ」

「さっきからなにか言いたそうだ」

盗み見してたのがバレてちょっとばつが悪いけど、言うなら今だなって思った。

「昨日の夜のことなんだけど。僕、毎晩あんな感じでクリシュさんに甘えてたのかな？」

「覚えてるのか？」

洗い物の手を止めて、僕のことを真っすぐに見つめてきた。

「うん、少しだけ。僕、寝惚けて暗いの怖いとか言ったのかな？　そのせいでクリシュさんがゆっくり眠れないなんて悪いし、今日から別々に寝よう。僕は一階のソファーで寝るから、クリシュさんは寝室のベッドを使って」

「ああ、そんなことか。……思い出したわけじゃないんだな」

最後のほうは低くて小さな声で、水の音に紛れてよく聞こえなかった。

「ん、なに？」

「いや、なんでもない。シノブは、俺と一緒では眠れないか？　それなら俺がソファーで寝よう。ここはシノブの家だ。遠慮することはない」

クリシュさんが持ってきたソファーは大きいから、僕は充分寝られるけど、クリシュさんが寝たら足がはみ出してしまう。

「ううん、僕は一緒のほうがグッスリ眠れるけど、クリシュさんはそうじゃないだろ？　僕、寝相悪いし。寝返りを打ったらクリシュさん起きちゃうんじゃない？」

「それなら問題ない。俺は仕事柄眠りが浅いから、どこで寝ていようが物音で起きるし、少ない時間でも充分睡眠を確保する訓練を受けている。シノブのほうで問題がないなら、このままでいいな」

「そう？　クリシュさんが大丈夫ならいいんだけど」

本当にいいのか？　って思ったけど、話を蒸し返して一緒に寝たくないのかって誤解されるのも嫌だし、別の話を振られたことで、この話は終わりになった。

第11章　茶巾寿司とウサギのリンゴ

「早く大きくなーあーれっと」

たった今植えたばかりの苗木に優しく水をかけながら、声に出して念じておく。この世界のレモンは甘いのか酸っぱいのか。爽やかな酸味を思い出すと、口の中にジュワーッと唾が溜まった。

家を挟んで畑の反対側の土地に果物の苗木を植えたのは、内緒で育ててクリシュさんを驚かせるためだ。この位置なら家の前の道からも見えないし、内緒で育てるにはいい場所だと思ったんだ。

右側から一列に、リンゴ、梨、桃、オレンジ、レモンと見知った果物の苗木が並んでいるけど、僕がレモンの次に楽しみにしてるのは、左端に植えた、もとの世界にはなかったククリという果物の苗だ。

紫色の小さな実をつけるらしいけど、とてもいい香りがするんだって。収穫してしまうと傷むのが速いから、市場ではあまり見かけないらしい。

育てるのも大変で、この辺りではあまり見かけない果物だけど、珍しく市場で売っている苗を見つけてゲネットさんが買ってきてくれたんだ。

ゲネットさんも数回しか食べたことがないから、収穫できるようになったら売って欲しいって懇願された。

家族にも食べさせてあげたいんだって。

それほど美味しいなんて、凄く楽しみだ。クリシュさんは食べたことがあるだろうか。

いろんな土地を旅したって話だし、もしかしたら食べたことがあるかもしれないな。

「せっかくだから、観察日記でもつけようかな」

ツヤツヤしたククリの苗木の葉を指で突ついている僕の隣で、ポチは興味津々で匂いを嗅いでいた。

観察一日目
「おっ、ちょっと伸びた」

昨日植えた苗は僕の膝くらいの高さだったけど、朝になってみると太腿の真ん中あたりまで成長していた。葉の大きさは、あまり変わっていないみたいだ。

「あ、ピョン吉、ククリの葉を食べちゃダメだよ」

新芽が柔らかそうだから、美味しそうに見えるのかな？　でも、植えたばっかりだから我慢してくれ。

観察三日目
「結構大きくなったな。僕の胸くらいか。葉の数も随分と増えた」
三日目でもうこんなに大きく育った。これなら収穫まであっという間かもしれない。

観察六日目
「おおっ！　僕の背より高くなってる」

順調、順調。虫もついていないし、元気に育ってくれているみたいだ。もうそろそろ蕾をつけそうな大きさになってきた。

リンゴの花は見たことあるけど、ほかの果物はどんな花が咲くんだろう。特に、ククリがすっごく気になる。

「コラッ、ポチ、木にオシッコをかけるな！」

観察十日
「ヤバい、届かない……」
四日前、僕の背丈を超えてしまった苗達は、その後もズンズン大きくなった。元気に育ってくれるのはいいんだけど、一番下の枝にも手が届かないほど育ってしまった。
そろそろ成長を止めて、蕾をつけてくれないかな。

観察十四日目

「まいったなぁ……」

観察日記を始めてから十四日目になって、果物の苗木達は一斉に花をつけ始めた。パラパラと日記をめくってみると、一ページごとの成長速度が半端じゃない。

これも『植物系チート』のおかげだけど、成長を記録するものとしてはポンコツだと思う。一日経過すると一気に成長しているから、これを見た人は随分とサボって書いた観察日記だなって呆れるんじゃないかな。

僕は絵が下手くそだけど、観察日記をつけるために頑張って描いていたのに。十四枚しかない上に、この成長の速さだと、パラパラ漫画にもならない。

僕が植えた苗木は、凄く大きくなった。花をたくさん付けて、辺りに甘い香りが漂っている。ここまできたら、実がなるまではあと少しだと思うけど、問題が起きていた。

「これ、どうやって収穫したらいいんだ」

果物の苗木達はすくすく育って、育ちすぎて、僕では到底手が届かない場所に花を付けていた。それってつまり、実がなっても僕には手が届かないってことで。

一番下にある枝でも僕の頭上の遥か上だから、木登りもちょっと無理っぽい。

運動神経に自信がない僕としては、自分の背丈以上の場所に登るのは不安だし、もし落ちたらって考えると怖いし。

「うーん、梯子を作るしかないかな」

忘れてたよ。この世界のものはなんでもかんでも、もとの世界のものよりも大きいってことを。僕は、前にテレビで見たさくらんぼ狩りをイメージしてたんだ。手が届く位置に実がなっていて、女の人でも簡単にとれていたから、僕でも大丈夫だと思っていたんだけど。ほかの果物も同じような状態で、頭を悩ませることになった。

「ゲネットさん、なにかいい考えはない？」

翌日、野菜を取りに来たゲネットさんに果物のことを相談した。

「こりゃまた、随分と育ったもんだなぁ。シノブの『植物系チート』とかいうのは、本当に大したもんだ」

二人そろって大きく育ったククリの木を見上げて唸る。散りかけた花の根本がプクリと膨らみ始めていて、このままの成長速度だと明後日には収穫できるかもしれない。

「やっぱり、梯子に上るしかないかな」

「だが、毎回だと大変だぞ？　一人での作業も危険だ。あんな高いところから落ちたら打撲だけじゃ済まないぞ」

「そうだよねぇ」

二人同時に腕を組んで唸った。苗木を植えたときは、こんなことになるなんて思わなかった。

「ところで、収穫した果物はクゥジュの店に卸すのか？」

「え？　ああ、そこまで考えてなかったな。家で食べるつもりだったから」

「売り物にしないなら、ネットを張ったらどうだ。多少の傷があっても大丈夫か。じゃあ、ネットを張ったらどうだ。木の枝に括りつけて、完熟して自然に落ちた実を拾うなら梯子は必要ないだろ」

「それ、いいね！」

さすがゲネットさん。やっぱりゲネットさんに相談してよかった。僕一人じゃ思いつかなかったよ。

「ネットを張るにしても人手がいるな。よし、クゥジュに声をかけておこう」

「お願いします」


ゲネットさんに頼んだクゥジュへの伝言には、三日後の食堂の定休日に朝から手伝いに行くと返事が返ってきた。

クゥジュはククリが収穫できると聞いて、目を輝かせていたらしい。たくさん収穫できるようなら、店でもデザートとして出したいと言われて、僕は二つ返事でＯＫした。

「畑は順調なようだな」

「うん。クリシュさんが毎朝手伝ってくれるおかげだよ。いつもありがとう。」

体が回復してくると畑仕事にも力が入って、ついつい時間を忘れてしまう。でも、無理するとすぐにクリシュさんに見破られて注意されてしまうんだ。どうしてわかるんだろう。

「いや、俺は手伝いといっても、水くみくらいしかできていないからな。全部、シノブが頑張っているからこんなに早く再開できたんだ。それどころか、洗濯や食事の用意までさせてしまって、すまない」

「僕が好きでやってるんだから、いいんだよ」

これは本当だ。クリシュさんのシャツを洗うのも、夕食を作るのも凄く楽しいんだ。

綺麗に洗ってピシッと皺を伸ばしたシャツを着るときに、クリシュさんの口元に浮かぶ笑顔を見たときとか、ご飯をお代わりしてくれたときとか、『よしっ』って心の中でガッツポーズする。

最近は一緒にいるのが自然になってきて、食器洗いのときにクリシュさんから皿を受け取るタイミングもピッタリだ。

最後のお皿の水気を拭き取って、棚に戻したついでにお酒の瓶を取り出した。コルクを抜いてグラスに注ぐと、ふんわりと甘い香りが広がる。

でも、飲んでみると甘いのは匂いだけで味は甘くないんだって。香りを楽しむお酒らしい。

ロウソクの灯りに照らされたお酒のグラスがキラリと光る。クリシュさんがグラスを傾けると輝きが変化して、とても綺麗だ。

伏し目がちにグラスを持ち上げ、まずはゆっくりと香りを楽しむ。香りを楽しんでいるときのクリシュさんは、ほんの少し目尻が下がり、代わりにほんの少し口角が上がる。リラックスした柔らかい表情を見ると、僕まで口を綻ばせてしまう。

一口含んだお酒が喉を通るとき、胸元が開いたシャツを着ていると、喉ぼとけが大きく動くのがよく見える。それが、凄く艶めかしく感じて、目が離せない。

人が飲食している姿に色気を感じたのは、クリシュさんが初めてだ。

ロウソクの灯りってところも、魅力的に見える要因の一つかもしれない。蛍光灯の味気ない灯りより、温かみのあるオレンジ色の灯りのほうが、いろんなものが綺麗に見えると思う。

「もう少ししたら、一日休みが取れそうなんだ。その日が来たら、今までできなかった分も手伝うから、して欲しいことがあるなら言ってくれ」

「うん、考えておく」

クリシュさんが小皿の上の親指くらいの大きさの豆をパクリと食べた。今日の晩ご飯のかき揚げ丼にも入っていたこの豆は、茹でて塩を振って食べても美味しいんだ。

この豆は、畑を再開するときに一番はじめに蒔いたんだ。納屋にあった種を見た農家出身の騎士さんに、塩茹でしたら美味しいって教えてもらって、試しに蒔いてみたら、そら豆にそっくりだった。

そら豆って、ホクホクしてて美味しいよな。僕も大好きで楽しみにしてたんだけど、蒔いて大正解だった。

こうやって新しいものを食卓に出して、クリシュさんが好きなもの、嫌いなものを知るのは嬉しい。

「なんだ、シノブも酒に興味があるのか？」

ヒョイッと片方の眉を上げたクリシュさんは、悪戯っぽい表情でグラスを顔の位置に持ち上げて、ユラユラと揺らした。

あまりにも見つめすぎたせいで、お酒に興味があると勘違いされてしまったようだ。

クリシュさんは、お酒を飲むと切れ長の目の奥が潤んで、瞳の色が少しだけ濃くなる。

その変化がとても好きで、いつもこっそり見つめているんだけど、今日はとうとう見つかってしまった。

でも、僕はお酒よりも、クリシュさんのほうに興味があるんだよ。恥ずかしすぎて言えないけどさ。

「少し飲んでみるか？」

クリシュさんは、飲んでいたコップを僕のほうにツイッと押した。もとの世界では、お酒は二十歳になってからって決まっていたけど、こっちの世界では成人してる年だし、一口くらいなら大丈夫かな？

綺麗な色と甘い匂いに誘われて、コップを引き寄せて鼻を近づけてみた。

匂いだけならジュースだって言われてもわからないと思う。こんなに甘い匂いがするのに、飲んだら甘くないって、どういうことなんだろう。

試しにちょっとだけって言い訳をしながら、ペロッと舐めてみた。

「本当に甘くないんだ。なんか、変なの」

匂いに反して、お酒はほろ苦い感じで、こういうのを『大人の味』っていうのかな。僕にはまだお酒の美味しさはわからないみたいだ。

でも、想像していたような喉が焼けるような感じはしなくて、もう一口、今度は少し多目に含んでみた。

いい香りが鼻を抜けて、うっとりしながら飲み込んだ数秒後、喉の奥と胃の辺りがカァッと熱くなった。

そして、気がついたときには朝になっていて、クリシュさんにガッチリと抱きついて眠っていた。クリシュさんの腕は僕の背中に回っているから抱き合っている状態だ。

「体調はどうだ。頭が痛いとか、気持ち悪いとかはないか？」

驚きで固まっている僕の前髪を指先で払ったクリシ

ュさんは、顔を覗き込んで『顔色は悪くないな』とホッとしたような表情を見せた。

こうやって抱き込まれた状態で起きるのは久しぶりで、驚きが過ぎると懐かしさを感じて、もう少しこうしていたいなと思った。

クリシュさんが抵抗しないのをいいことに、抱きついたまま体の力を抜いてクリシュさんの腕に頭を預けてみると、上腕に浮いている血管がトクトクと波打っているのを感じた。

覚えのあるリズムに安心して、少し瞼が重くなる。

「うん、大丈夫。ちょっと体が重怠い気がするけど」

でも、お酒を飲んでから起きるまでの記憶がまったくないな。

「僕、変なことを言ったり、やったりしなかった？」

「……いや、なにもなかった」

えっ、今の間はなんだろう。

クリシュさんは、ツイッと視線を逸らしてしまった。

これって、絶対になにかやったよ。

「えっと、クリシュさん、本当に？」

「ああ。酒を飲んですぐに眠ってしまった。それだけだ」

質問に対して被り気味で答えたクリシュさんに確信した。なにか、言うのも憚（はばか）られることをやったんだと。

酔っ払いと聞いて思い浮かぶのは、渋谷の交差点で大声で叫んだり暴れたりする若者だ。

まさか、まさか、僕はそれと同じようなことをしてしまったんだろうか。

「クリシュさん、あの……」

「気分が悪くないならいいんだ。さぁ、そろそろ起きようか」

「はい……」

全力で話を逸らそうとするクリシュさんに対して、それ以上は聞けなかった。本当に、僕は、なにをしてしまったんだろうか。

知りたいような、知りたくないような。


「えっ、クリシュさん、今日休みなの？」

「ああ。昨日急に決まってな。言うのを忘れていた」

今朝は随分とのんびりしてるなって思っていたんだ。水くみと乳搾りが終わった後に一緒に朝食を食べて、お茶を飲んでいたんだけど。普段ならとっくに鎧を着て準備してる時間なのに、いいのかな？　って。

僕は、内心でアチャーッって思った。今日は、クゥジュとネット張りの約束をした日なんだ。

クリシュさんが休みなら、内緒で作業するのは無理かな。ビックリさせて、クリシュさんの貴重な笑顔を拝ませてもらおうと思っていたのに。

まぁ、しょうがないな。よしっ、予定変更！

「クリシュさんに見せたいものがあるんだ。僕が連れていくから、目を瞑っていて。いいよって言うまで、目を開けないでよ？」

クリシュさんは、もぎ放題の果物を見てどんな顔をするだろうか。凄く楽しみだ。

三十分後、僕はショボンリしながら畑に水を撒いていた。クリシュさんは、果物の苗木を植えたことに、とっくの昔に気がついていた。よく考えると、あれだけ花の甘い香りがしていたんだもん、気づくよな。

今はクゥジュが来るまで畑の手入れをしているところだ。クゥジュが来たら、クリシュさんもネット張りを手伝ってくれることになった。

「シノブの畑の野菜は、本当に美味そうだな。これなら果物も期待できそうだ」

ツヤツヤのトマトを手に取ったクリシュさんの言葉に顔を上げた。

「へへっ、そう思う？」

僕って簡単な男だな。クリシュさんにちょっと誉められたくらいで、機嫌がよくなるなんて。

浮上した気分で周りを見渡すと、昨日と変わらない平和な光景の中に、クリシュさんの相棒のブランシュも加わっていた。

僕の家族達は、それぞれ好きな場所で草を食べていて、ブランシュもブライアンから少し離れた場所で、のんびりしていた。

そういえば、こうやってじっくりとブランシュを見るのは初めてかもしれない。

二頭の馬を見比べると、馬にも個体差があるのか、体の大きさが随分と違う。ブランシュはクリシュさんの相棒を務めているだけあって、体がガッチリとしていて、筋肉ムキムキだ。飼い主に似たんだろうか。

それに対してブライアンは、体格では劣るけど、毛艶のよさは負けてないと思う。

ブライアンの飼い主は僕だけど、こっちは飼い主に似ずに力持ちだしお利口さんで、とても助かっている。

ふいに顔を上げたブランシュが、ブライアンにゆっくりと近づいた。うちで暮らす馬はブライアン一頭だけだし、仲間ができて喜んでるだろうなって眺めていたら、ブライアンが突然嘶いて、後ろ脚を蹴り上げた。

　幸いなことにブランシュは蹴りを避けてくれたけど、僕は突然のブライアンの暴挙に真っ青になった。

「えっなに、喧嘩？　ブライアン、意地悪しちゃダメだろ！」

「ブランシュの奴、またフラれたな」

「ん？」

　慌てる僕の横で、蹴られそうになった愛馬を冷静に観察するクリシュさんの言葉に、『あれ？』って引っかかるものを感じた。

「美しい牝馬だ。ブランシュが惹かれるのもわかるが、なかなか気位が高い。こうやって蹴られそうになるのも三回目か」

　ひんば。ひんばって、なんだっけ。聞いたことがあるぞ。たしか、牝の馬のことじゃなかったか？

「ブライアン、牝だったのか」

「知らなかったのか？」

「うん、牡だと思ってた」

　だって、僕から見たら凄く大きいし、荷馬車もグイグイ引っ張って力も強いから、完全に勘違いしていた。

「ごめんな、ブライアン。知ってたら、もっと可愛い名前を付けたのに」

　僕に名前を呼ばれたブライアンは、『なに？』って感じでこっちを見たけど、後ろにいるブランシュを警戒しているのか、後ろ脚でガツリッと地面を蹴った。

　ブライアンが男勝りなのは、もしかしたら僕が牡の名前を付けたせいかもしれない。

「シノブ、手伝いに来ましたよ」

　ブライアンが女の子だったという衝撃が沈静化した頃、クゥジュが御する荷馬車に同乗したノルンが、満面の笑みで現れた。

「ノルンも一緒なんだ？」

「ククリの実を収穫すると聞いて、居ても立ってもいられなくて、休みをもらいました。私、ククリの実を間近で見るのは初めてなんです。あとこれ、お土産に買ってきました。お昼にみんなで食べましょう」

　ノルンは、焼き立てのパンを買ってきてくれた。バスケットに大切に守られたパンは、まだほんのり温かくて、香ばしい匂いがした。

「ありがとう。後でサンドウィッチを作ろうか」

ゲネットさんも合流して、いよいよネット張りだ。

クゥジュに加えてクリシュさんまで手伝ってくれるなんて心強い。

僕達は、ワイワイ騒ぎながら家の裏手の、今や果樹園となった場所に移動を始めた。

「もう少しネットを緩めろ。張りすぎると落ちてきた実が潰れるぞ」

「これくらいか?」

「そうだ、そんな感じだ」

ゲネットさんを現場監督に、作業は面白いほど順調に進んだ。クリシュさんもクゥジュも、大きな体をしているのにスルスルと木に登って、あっという間に枝に縄を括りつけてしまった。

凄いなって感心して見ていたけど、ノルンなんて『さすがはクゥジュです。格好いい』とか言って、ぽーってなってた。

僕とノルンは戦力外通告を受けてしまって、邪魔にならないところまで離れて見ているんだけど、僕も木登りしてみたかったな。

やる気満々で腕まくりをしたところで、クリシュさんから危ないからダメだって言われてしまったんだ。

「よしっ、そんなもんだな。クリシュ様、枝を揺すってみてください」

「わかった」

クリシュさんが手近にあった枝を掴んで揺すると、ククリの木から小指の先くらいの小さな実がポロポロッと落ちてきた。

「凄い凄い、たくさん落ちてきた!」

リンゴの木にネットを張っていたクゥジュも下りてきて、みんなでククリの木の周りに集まった。

パッと見ブルーベリーみたいなククリを指で摘んでみると、弾力のある皮に包まれていて、感触は水をパンパンに入れた水風船みたいだった。

「あまり匂いがしないけど」

「皮に包まれている間は香りが薄いんだ。指で押して実を出してみろ」

ゲネットさんに言われて指先に力を入れると、プチッて音がして果汁があふれ出すのと同時に、花みたいな香りが立ち上った。

「わあっ、いい香り!」

溢れた果汁が勿体ない！　大急ぎで口に運ぶと、なんとも言えない上品な香りと味に、うっとりした。

今まで食べたことのない味で説明が難しいけど、凄くいい香りだ。

「本当だ、初めて食べたけど、香りが凄いな」

「ああ、この味だ。俺が食べたのはこれよりも香りが薄かったが、収穫したばかりのククリは違うな」

それぞれ完熟したククリを味わって感想を言い合う中で、僕はクリシュさんに注目してた。男らしい指先がククリを摘んで口元に運び、皮が弾けて口の中に消えていく。クリシュさんの目が細まり、口の端っこがユルリと上がるのを見て、僕は、叫ばなかった自分を誉めた。

キューッて息が詰まったようになって、思わず胸を押さえてしまった。

「シノブ、どうかしました？」

「なんでもない！　美味しいなって感動してたの!!」

ノルンの声にハッと我に返って、誤魔化すのにパクパクッとククリを口に入れたら、さっきのクリシュさんの顔が浮かんだ。

僕が育てた果物を食べて、あんな幸せそうな顔を見せてくれたんだなって思ったら、ジタバタして、ゴロゴロして、ワーッて叫んで走りだしそうだ。

それくらいしないと、高揚した気持ちを抑えることができないくらいに、僕は今、興奮している！

「ノルン、お昼までにはまだ時間があるけど、ご飯の準備を始めないか。美味しいものをいっぱい作って、みんなで外で食べようよ。収穫した果物も、池の水で冷やして盛りつけたらパーティーみたいで楽しいと思わない？」

「なるほど、楽しそうですね。ネット張りの手伝いができない分、美味しいものを作って作業している皆さんを労いましょうか」

よし、僕はこの興奮を料理にぶつけることにする！

僕は鼻息荒く、ノルンは鼻歌を歌いながら、食材の確保に走った。まずは、畑で野菜の選別だ。

厚さ五センチの、野菜をたっぷり挟んだサンドウィッチ各種とフレンチトースト。鳥の唐揚げにフライドポテト。作り置きしてあったピクルスに、茹でたそら豆の緑色と、カボチャサラダの黄色を加えると、彩りが鮮やかになった。ノルンが好きなラヴィの串焼きはないけど、充分に美味しそうだサンドウィッチはノルンに任せて、僕は今、薄焼き卵を量産中だ。熱々のフライパンに薄く卵を伸ばして、端っこが折れないようにひっくり返すと、クレープみたいに焼き上がった黄色の薄焼き卵が、とても美味しそうだ。

サンドウィッチを作りながらノルンがチラチラ見ているのは、もうすぐ炊き上がる米だ。やっぱり見た目がアレに見えるせいか、ノルンは米が苦手みたいだ。

でも、僕とクリシュさんは米が大好きだし、できればノルンにも好きになってもらいたいなと思って、婆ちゃんがよく作ってくれたオムライスをヒントに、茶巾寿司を作るつもりだ。

薄焼き卵で、自家製トマトソースで味付けしたご飯を包んだら見た目も綺麗だし、米のフォルムも隠れるから気にならないよね？

玉葱と鶏肉を炒めたところに炊き上がった白いご飯をドカッと入れて、トマトソースで炒めると、いい匂いが立ち上った。

なにをしてるのか興味津々のノルンに笑いかけ、カットした薄焼き卵の上にスプーンでトマトライスを乗せて包んだ。

ラップがあれば簡単に茶巾寿司ができるけど、ないならないでいくらでもやり方はある。

塩漬けにしていた葉物野菜の漬け物でキュッと縛ったら、一口茶巾寿司、オムライス風味のできあがりだ。

「なんて可愛らしいんだろう。食べるのが勿体ないくらいですね」

「これならノルンも食べられそう？」

「はい！　色も綺麗だし、どんな味がするのか楽しみです。なんだかお腹が空いてきました」

「みんなも喜んでくれたらいいな」

デザートの準備もバッチリだ。桃は皮を剝いて切り分けて、オレンジは絞ってフレッシュジュースに。

梨は実がなってからわかったんだけど、丸い梨じゃなくて、ひょうたんみたいな形をしたラ・フランスみたいな梨だった。果肉が柔らかくて美味しそうだ。

リンゴはやっぱり、ウサギの形が定番だよね。

「可愛いですね。ラヴィにそっくりです。シノブは手先が器用ですね」

ラヴィが大好物なノルンは、ウサギリンゴが凄く気に入ったみたいで、掌に乗せて愛(め)でている。

夢中で料理をしている間に随分と時間が経っていて、

作業組はきっとお腹を空かせてると思う。

「できあがり！　ノルン、運ぼうか」

「シノブ、ちょっと作りすぎたかもしれません。私達だけでは運べませんよ」

張り切って作った料理は、リビングのテーブルを埋め尽くすほどの、凄い量になっていた。果物だけでもかなりの量で、これだけでお腹がいっぱいになってしまうかもしれない。


「みんなー、昼ご飯にしよう」

料理を運ぶと、ちょうど最後のネットを張り終えたクリシュさんが木から飛び降りた。

「さすがは騎士様だ。身のこなしが我々一般人とは違うな。若い頃は俺も身軽なほうだったが、年をとったら体が重くてかなわん」

顎を擦りながら感心するゲネットさんに、僕は大きく頷いた。

「シノブ、敷物を広げてもらえますか」

「あっ、うん、ちょっと待って」

ダメダメ、見惚れてる場合じゃなかった。ノルンと二人でせっかく頑張って料理したんだから、早く食べてもらわないと。

生地の厚い布を広げて料理を並べると、お日様の光を受けて料理が凄く美味しそうに見えた。

「じゃあ、食べようか」

みんながそろったところで『いただきます』の号令の後に一斉に手を伸ばした。

クゥジュは初めて見る茶巾寿司が気になったみたいで、さっそく一つ口に放り込む。

「おっ、美味い。けど、この中身はなんだ？　初めて食べる食感だな」

「それが米だよ。前に食べてみたいって、言っていただろ？」

「これがそうか！　ノルンから聞いて想像していたのと全然見た目が違うから気がつかなかった。どの辺がアレに見えるんだ？　綺麗じゃないか」

「薄焼き卵で包んでいるから綺麗に見えますけど、半分に割って中を見ると私が言ったことが本当だと分かるはずですよ」

茶巾寿司を崩して中のトマトライスを見たクゥジュが納得する横で、ゲネットさんが唐揚げを頬張って唸った。

隣でノルンが一生懸命に言葉を選びながら説明する横で、ゲネットさんが唐揚げを一口頬張って唸った。

「う〜ん、美味い!!」

「レモンを絞るとサッパリして美味しいよ。よかったら試してみてよ」

クリシュさんにお絞りを手渡して、手を拭いてもらっている間に小皿に料理を盛りつけた。

「はい、クリシュさん。たくさん食べて」

「悪いな」

クリシュさんはどれから食べるかなって思って見ていたら、予想通りに茶巾寿司に手を伸ばした。

「美味い」

ククリを食べたときの顔には及ばなかったけど、クリシュさんの口角が上がるのを見た僕は、ニマニマするのを止められなかった。

「クゥジュ、これも食べてください。僕が作ったんですよ」

「へー、美味そうだな。もらうよ」

婚約したばかりのノルンとクゥジュは、幸せいっぱいな様子でイチャイチャしている。クゥジュの目尻の下がり方が凄い。

「……俺も奥さんを連れてきたらよかったなぁ」

ゲネットさんが若干寂しそうに自分の小皿を見ているのに気がついて、僕は慌てて料理を取り分けてあげた。

ワイワイ騒ぎながらご飯を食べていると、美味しい匂いに誘われたのか、畑の辺りでのんびりしていた僕の家族達がゾロゾロとやってきた。

「ピョン吉がいないな。……あ、そっか、脚が悪いんだった。僕、ちょっと迎えに行ってくる」

ピョン吉は、長い距離を移動するのはとても大変なんだ。でも、一人で日陰にいるのは寂しいよな。

「俺も一緒に行こう」

クリシュさんと一緒に畑に向かっていると、ピョン吉が匍匐前進でえっちらおっちら進んでいるのを発見した。頑張ってるのに、全然前に進んでいない。

「ピョン吉、一人でここまで来たのか。頑張ったな」

僕の声に気がついたピョン吉の耳がピンッと立った。しゃがんで背中を撫でてあげると、『僕も連れてって』って言っているみたいに、膝に前脚を置いて見上げてきた。心なしか、目が潤んでいるように見える。

一緒に来たポチが、ペロッとピョン吉を舐めた。もしかしたら、『置いていってごめん』って謝っているのかもな。この二匹は普段から仲が良いから。

「迎えに来たよ。一緒にみんなのところに行こう」

前脚の脇の下に手を入れてグイッと持ち上げた。お、重い……。

ビローンッて伸びたピョン吉は、僕の肩から膝くらいの長さがあった。僕の持ち上げ方が下手くそだから、ピョン吉もちょっと苦しそうだ。

「俺が抱こう」

後ろからクリシュさんがヒョイッとピョン吉を持ち上げた。僕の頭の上を通ってクリシュさんの腕の中に納まったピョン吉は、鼻をヒクヒクさせながらクリシュさんの肩に前脚を置いた。

「よかったな、ピョン吉。抱っこしてもらえて。クリシュさんの腕は安心するし、気持ちいいだろ?」

目線の高さを楽しむようにキョロキョロするピョン吉の背中を撫でてあげた。僕も怪我をしている間はクリシュさんの腕にお世話になったけど、凄く安心したもんな。普段とは違う目線の高さも、視界が広がったみたいで気持ちよかったし。


「そうか、シノブは俺に抱っこされるのが気持ちよかったのか」

「ん?」

自分が言ったことを振り返って、ハッとした。

抱っこされて気持ちよかったのは本当だけど、これじゃあ変態みたいじゃないか!?

どうしよう、クリシュさんに『こいつ、そんなことを考えてたのか』って気持ち悪いって思われたら。

「えっと、あの、気持ちよかったっていうのは、変な意味じゃなくて。見晴らしがよくて楽しいとか、そんな感じで……!!」

「ははっ」

やばいよ、やばいよ、と慌てて言い訳する僕の顔を見て、クリシュさんはくしゃりと相好を崩して声を上げて笑った。唇の端を上げる以外の笑い方を初めて見た僕は、口を開けて見とれてしまった。

しばらくして、我に返った。もしかして、僕は今、クリシュさんにからかわれたんだろうか。

「笑ったな、酷いよクリシュさん!」

「ははっ、すまない。シノブがあまりにも必死だったからついな」

僕の前髪をクイッと引っ張ったクリシュさんは、ピョン吉を抱えたまま、しっかりとした足取りで軽やかに歩きだした。

なんだか、今のクリシュさんの仕草に甘さを感じてしまって、引っ張られた前髪をグシャッと握って、立ち尽くしてしまった。

クリシュさんのいろんな表情を見るたびに、どんどん、どんどん好きになる。恋を自覚してからは日増しに勢いが加速して、心臓のドキドキが五割増しだ。

人間の一生のうちの鼓動の回数は決まっていると聞いたことがあるから、僕はもしかしたら早死にするんじゃないだろうか。

「ポチ、どうする？　僕が早死にしたら」

「キユウン？」

首を傾げたポチは、早くピョン吉を追いかけようよって、僕のズボンを噛んで引っ張った。

家族みんながそろったところで、食事を再開した。大量に作った料理が、次々にみんなの胃袋の中に詰め込まれていく。

こっちの世界の人達は、本当によく食べるよな。もしかしたら、余るかもしれないなって思うくらいに、たくさん作ったのに。ほとんどの皿が空になってしまった。

「ほら、シノブもたくさん食べないと大きくなれませんよ」

「ありがとう。でも、もうお腹いっぱいなんだ」

ノルンがフライドポテトを差し出してくるけど、生憎と僕の身長はこの世界に来てから一ミリも伸びてないから、お腹がはち切れるくらいに食べたとしても、大きくなれないと思う。

オレンジジュースを飲んでいると、敷物の周りをウロウロしていたポチの口からポタッとヨダレが落ちた。食べさせてあげたいけど、味の濃い物はあげないようにしてるからなぁ。

「ポチ、料理はダメだけど、果物なら少し食べてもいいよ。どれがいい？　やっぱりククリが食べたい？」

ポチの前に皮を剥いた果物を小さく切って置いてあげると、フンフン匂いを嗅いでからパクッとリンゴを食べた。梨と桃も食べたけど、オレンジとククリは気に入らなかったみたいでフンッて鼻を鳴らしていた。

なんでも食べると思っていたポチにも、好みがあるみたいだ。

「ほかの子達も食べるかな？」

いろいろと試した結果、一番人気はリンゴだった。

柑橘系の香りとククリの強い香りは苦手みたいだ。

動物は鼻がいいから、匂いの強い果物は嫌なのかも。

ウサギの形にカットしたリンゴをピョン吉にあげてみると、シャリシャリといい音を立てて勢いよく食べていた。

「ラヴィの形のリンゴをラヴィが食べてますよ。可愛いですね」

僕と違う意味でラヴィが好きなノルンが、大喜びで食べる姿を観察していた。

ゲネットさんの若い頃の武勇伝を聞いたり、ノルンとクゥジュのノロケ話を聞いたり、歌ったり。

楽しい時間を過ごしていたけど、みんなお腹いっぱい食べてお皿もすべて空になり、食事会はお開きになった。

今日収穫した果物は、僕とクリシュさんでは食べきれないくらいの量だったから、手伝ってくれたみんなにお土産として持って帰ってもらうことになった。

空になった皿を回収していると、なにかに気がついたクリシュさんが家の前の道を凝視して動きを止めた。

視線を追ってみると、街の方向から一台の馬車がこちらに向かっていた。

僕が使っている荷馬車じゃなくて、フィルクス様が使っている馬車を小さくして少し質素にした感じの箱形の馬車だった。

「あの馬車は……。悪いが、先に戻る。手伝えなくてすまない」

クリシュさんはそれだけ言うと、足早に家の玄関のほうに向かった。

「フィルクス様の使いの方でしょうか。なにかあったんですかね？」

「わからんが、早馬ではなさそうだが」

馬車が家の前に止まったのを見た僕達は、空になった皿を僕とノルンが、収穫した果物をクゥジュとゲネットさんが運ぶことにして、片付けを急いだ。

「今日が休みなのは知っているのよ。私と一緒に来てちょうだい。お父様もお母様も、いい加減に痺れを切らしているの」

「アンネッテ様、それについてはお断りしたはずです」

家に急いだ僕達は、美人な女の人に詰め寄られているクリシュさんを見て足を止めた。

「アンネッテ様……」

僕の気持ちを知っているノルンの気がかりそうな視線を頬に感じて、ピクリと口が引きつってしまった。

この二人のツーショットは、前にも見たことがある。市場で楽しそうにデートをしていた姿だ。

僕達に気がついたアンネッテ様が、こっちを振り向いた。僕は、アンネッテ様の手がクリシュさんの腕に添えられているところに目が釘付けになっていた。

市場で見たときも、アンネッテ様の手はクリシュさんに触れていた。細くて白い指をした綺麗な手が、クリシュさんの鎧の腕や胸に添えられて、それはとても自然な姿に見えていた。まるで、いつもこうして触れていますって感じに、自然な仕草だった。

「貴方(あなた)がシノブね？　はじめまして。お兄様から話は聞いているわ」

「お兄様……？」

突然のことに戸惑う僕の耳に、ノルンの小さな声が届いた。

「アンネッテ様は、フィルクス様の妹さんなんですよ」

そうか、それなら珍しい箱形の馬車に乗ってきたのも納得だ。この種類の馬車は、フィルクス様が乗っているものしか見たことがなかったから。

市場で見たときはお姫様みたいだって思ったけど、当然だな。本物のお姫様だったんだから。

クリシュさんと出会ったのは、フィルクス様を通じてなんだろうな。僕と知り合うずっと前から二人は出会っていて、惹かれ合って恋人同士になったんだろう。

「聞いていた通りに、可愛らしい方ね。私はアンネッテよ。よろしくね」

にこやかに手を差し出されて、持っていた食器を地面に置いて咄嗟(とっさ)に握り返したけど、アンネッテ様の綺麗な手に比べると、畑仕事で荒れた僕の手は汚くて、恥ずかしくなった。

アンネッテ様の手は、柔らかくて白くて、爪の先まで綺麗に磨かれていて、ピカピカだった。僕の手は、ささくれができていて、爪の中には手を洗っても落としきれない草の汁がついていた。

こっちの世界には軍手なんかないし、素手で野菜を触るしかないからしょうがないんだけど。

汚い手が恥ずかしくて、握手をした後に背中に隠してしまった。

「怪我をしたのですって？　災難だったわね。もう体のほうは大丈夫なの？」

「はい、元気になりました」

「それはよかったわ。お話で聞いただけのことしかわからないけど、さぞ怖かったでしょう？　でも、勇敢に戦ったのですってね。貴方、凄いわ」

アンネッテ様は、気さくな美人さんだった。表情がクルクル変わって、美人さんなんだけど、とても可愛らしかった。僕の心配までしてくれて、とても優しい。クリシュさんが好きになるのも納得だ。

「アンネッテ様、シノブに絡むのはやめてください」

「まあっ、酷いわ、絡むだなんて。意地悪を言わないでちょうだい」

二人のやりとりは自然で、とても仲が良さそうだった。プクッと頬を膨らませてクリシュさんを見上げる姿は可愛かったし、クリシュさんの困った顔も初めて見た。

「ああ、そうだったわ。こんなことをしている場合じゃなかったわ。シノブ、今日はこれからクリシュを貸していただきたいのだけど、よろしいかしら？」

「アンネッテ様！」

「クリシュは黙っててちょうだい。話が進まないわ。聞いてくださる？　クリシュったら酷いのよ。今度のお休みには両親に会いに来てってお願いしていたのに、私にお休みを内緒にしているんだもの」

ご両親に……。そっか、結婚間近という噂はやっぱり本当だったんだ。クリシュさんは、これからクゥジュみたいに『お嬢さんを僕にください』をやるんだ。

「アンネッテ様、その話は……」

「ダメよ。今日は逃がさないわ。クリシュの言い分もわかるけど、私だって必死なのよ。このままクリシュが来ないなら、訳のわからないほかの男と結婚させられてしまう。さ、馬車に乗ってちょうだい、急がないと。両親に会うんだから、ちゃんとした服に着替えてもらうわ。服は私のほうで準備したから、クリシュは身一つで来てくれたらいいのよ」

アンネッテ様は強引にクリシュさんを引っ張っていってしまった。

「シノブ、夜には戻る……」

「夜は両親と食事よ。シノブ、遅くなると思うから、クリシュは今夜はうちの屋敷に泊めるわね」

その言葉を最後に、二人を乗せた馬車は慌ただしく出発した。

「シノブ……」

ノルンに呼ばれて、無理矢理笑顔を作って振り向いた。

「あーあ、クリシュさん行っちゃったな。僕一人じゃ果物を食べきれないから、たくさん持って帰って。なんだったら、ご近所さんに配ってくれてもいいし。ノルンのお母さんとお父さんにも持っていってあげて。前に服をもらったお礼だよ」

僕の笑い顔は、きっと失敗して不細工になっているんだろうな。その証拠に、ノルンもクゥジュも困った顔をしている。僕の気持ちを知らないはずのゲネットさんまで気まずそうだ。

「あとの片付けは僕一人でやるから、みんなは帰っていいよ。せっかくだから、新鮮なうちにククリを家族に食べさせてあげて」

「でも……」

「僕は、一人で大丈夫だから」

大丈夫だ。今までだって、なんとか生活してきた。もとの世界で暮らしていたときも、こっちの世界に来てからも、自分のことは全部自分でやってきたんだ。最近は、クリシュさんに甘えて面倒をかけていたけど、そろそろもとの生活に戻らないと。

クリシュさんはもう、アンネッテ様と結婚するんだから。いつまでも甘えてるわけにはいかない。

大丈夫、大丈夫だ。僕は一人でも大丈夫。

大丈夫にならないと、ダメなんだ。

第12章　心に空いた穴

『クリシュは今夜はうちに泊めるわね』

その言葉は、僕の心に大きな穴を空けた。クリシュさんは、アンネッテ様と、お屋敷に気軽に泊まりに行けるほどの間柄（あいだがら）だった。

年頃のお姫様の家に寝泊まりするのを家族が許すほど受け入れられてるってことか。そりゃそうだよな。二人は『結婚間近』なんだし。

クリシュさんがすぐにでも出ていくなら、僕の作る料理を食べてもらう機会は、もうないかもしれない。

街に行けば会えると思うけど、用事もないのに押しかけちゃ迷惑になるだろうし。

ノルンもクゥジュもゲネットさんも帰ってしまった家の中は、シンと静まり返っていた。クリシュさんと暮らす前は、これが当たり前だったはずなのに、人の気配に慣れてしまった僕には、この静けさは少しだけ息苦しい。

なんの音もしない部屋が嫌で、わざとカチャカチャ音を鳴らして、昼間に使った大量の食器を洗い始めた。

汚れた食器を洗うのは、気を紛らわすのにはちょうどよかった。洗った食器を片付けると、今度は台所の汚れが気になって、隅から隅まで掃除した。

ジャブジャブと勢いよく雑巾を洗って、ガタガタと音を立てて椅子を動かして。たくさん人が出入りしたから、土埃でざらついた床も掃き清めて、水拭きまでした。

落ち着かない気持ちを掃除することで誤魔化して、ほかになにかないかと探していると、クリシュさんが荷物置き場などに使っている部屋の扉が半分開いているることに気がついた。

手入れされたピカピカの鎧と少ない着替えしかない部屋は、僕の家なのにクリシュさんの匂いがした。この部屋も、近いうちに空き部屋に戻ってしまうんだろうな。そうしたら、クリシュさんの匂いも消えてしまうんだろう。

一階の居間とクリシュさんが使っている部屋を隔てる扉は、僕達の距離を表しているようだった。この扉から先に、僕は入ることができない。

クリシュさんのそばにいることができるのは特別な人だけで、それはきっと、アンネッテ様だ。

幸せそうに微笑み合う二人の姿が脳裏に浮かんで、溜息が出そうになった僕は、半分開いていた扉をそっと閉めた。

『溜息を吐いたら幸せが逃げる』ってはじめに言いだしたのは誰なんだろう。その人に教えてあげたい。

『幸せが逃げたから溜息が出るんだ』って。

だって、幸せな気分のときは溜息なんて出ないから。幸せな気持ちに逃げられた僕が言うんだから確かだと思う。

「今頃、アンネッテ様のご両親に挨拶してるのかな」

やることがなくなって、ぼんやり座っていると、やっぱりクリシュさんのことを考えてしまう。

フィルクス様も交えて、これから家族になるみんなで晩餐（ばんさん）を楽しんでいるんだろうな。

喜んであげるべきだ。クリシュさんに家族が増えるんだから。

真っ暗になった部屋の中で、クリシュさんが持ってきてくれたソファーで足を抱えて座っていると寂しい気持ちが増してきて、情けないことに唇が歪んでしまった。

「今日は、一日一緒にいられると思っていたのにな」

人がいない家の中は広く感じて、呟いた声も反響して聞こえた。昼間が楽しかった分、一人になると寂しくて、食欲も出ない。でも、なにか食べないとクリシュさんに怒られてしまいそうだし、明日からはまた畑仕事をしないといけないから。

なにかあったかなって食材を思い出してみたけど、昼間に作った料理はすべて食べきってしまったし、パンはあるけど、あまりパサパサしたものは喉を通りそうにない。

それ以外ですぐに食べられるものは、机の上の小皿に乗った一握りほどのククリだけだ。収穫したほかの果物は、すべてノルン達にあげてしまったから。

僕一人じゃ食べきれないし、明日にはまた完熟した実が落ちてくるし。傷んで捨てるよりは、食べてもらったほうがいいかと思って。

「外で食べようかな」

昼間にみんなで食べた食事は美味しかったし、楽しかった。そのときのことを思い出しながら食べたら、少しは食欲が出るかと思ったんだ。

立ち上がった僕は、一握りのククリを手に外に出た。辺りはすっかり日が落ちて真っ暗だった。灯りがないと転ぶかもなって思いながら、酷く投げやりな気持ちで、色んなことが面倒に感じていて、別に転んだっていいやって、手で障害物を探りながら歩く。

池の前に来たとき、夜空の星を映す池の美しさに目を奪われて足を止めた。暗闇の中でそこだけが明るくて、まるで別世界のようだった。

「綺麗だな……」

ペタリと地面に座って、池に映る星を覗き込んだ。夜に水をくみに来たときは怖くて一目散に家に戻っていたから、こんなに綺麗な光景を見逃していたんだな。

ふと、そういえば今日は怖くないなって思う。汚れた食器を洗っていたときは落ち着かない気持ちだったのに、今は嘘みたいに心が凪(な)いでいて、怖さも感じないんだ。

　まるで、心がゴッソリと切り取られてしまったみたいに。

　上にも下にも星が瞬いていて、星に囲まれているみたいだ。こっちの世界に来てから一度、同じような光景を見たことがある。そのときは、クリシュさんが一緒だった。

　ひとりぼっちで過ごすはずだった、光苔の繁殖期。迎えに来てくれたクリシュさんと一緒に、丘の上で風に踊る胞子を見た。

　ピンク色になった胞子を見て、もとの世界の桜の花を思い出して泣いてしまった僕の頬を、優しい嘘をついて拭ってくれたのもクリシュさんだった。

　そのときはまだ、クリシュさんのことを好きになるなんて思ってもみなくて、ひとりぼっち仲間だな。なんて思っていたっけ。

　僕は、いつからクリシュさんのことが好きだったんだろう。もしかしたら、まだ鎧の下のクリシュさんの素顔を見たことがなかったあの頃から既に、少しずつ惹かれ始めていたのかもしれない。

　クリシュさんは僕が知っている中の誰よりも背が高くて、魅力的な声をしていた。耳馴染みのいい低い声をもっと聴きたいって思うことが何度もあった。

　固い掌の温かい手は、いつも僕を助けてくれた。情けないところばかり見せていたから、涙を拭ってもらったり手を引いてもらったり。

　兜で顔が見えないのに、他の騎士さんと一緒にいてもクリシュさんのことだけは見分けることができたのは、クリシュさんに会いたいって無意識に探してしまっていたのかもしれない。

　もっと話がしたいとか、顔を見てみたいとか、会いたいって思うことを憧れだと思っていたけど、僕の心の中に恋の種は生まれていて、クリシュさんの優しさを栄養に芽吹いてしまったんだ。

　掌の上でコロコロと転がしていたククリを一粒食べた。指先でプチンと潰した実を口に含むといい香りが広がったけど、昼間に食べたのと同じもののはずなのに、なんだか味気なく感じる。変だなって思いながら、プリンとした食感の実を数回噛んで飲み込んだ。

　アンネッテ様とクリシュさんのことを知ったのは、そのすぐ後だった。偶然見かけた二人の姿に悲しさを感じて、なんでだろうって思ったんだよな。

その後しばらく会えなくて、盗賊が来て、助けに来てくれたのもクリシュさんだった。いっぱい汗をかいて、急いで助けに来てくれて。

クリシュさんの姿を見て、やっと本当に助かったんだって実感することができた。

僕はあのとき、爺ちゃんでも婆ちゃんでもなく、クリシュさんに助けを求めてた。こっちに来てからノルンやクゥジュっていう友達もできたし、ゲネットさんだっているのに。

『助けて』って思ったのはクリシュさんだけだった。

クリシュさんは僕にとって、格好よくて、優しくて、いつの間にかとても大切な人になっていたけど、クリシュさんにとっての大切な人は僕じゃなかった。

当たり前か。クリシュさんは騎士で、僕はしがない一般人だ。こっちの世界では、恋愛に男も女も関係ないらしいけど、それを差し引いたとしても、僕では相手として力不足だ。

アンネッテ様は綺麗で可愛くて明るくて、クルクル表情が変わる、爪の先までピカピカに磨かれた女の人で、本物のお姫様だ。きっと、家族みんなに愛されて大切に育てられたから、あんな風に素敵な女性に育ったんだろうな。本当に、僕とは大違いだ。

二つ目のククリを摘んで、指で潰して口に入れた。三つ、四つと続けて食べたけど、やっぱり昼間のようには美味しく感じなかった。

わかっていたはずじゃないか。クリシュさんは『結婚間近』で、僕と一緒にいてくれるのは体調が戻って、畑を再開するまでだって。心配して一緒にいてくれているけど、怪我が治れば帰ってしまうんだって。

今日アンネッテ様に聞かれたときに、元気になりましたって返事をしてしまったから、クリシュさんはすぐにでも出ていってしまうかもしれない。僕の家から街までは荷馬車で一時間もかかるから、ここから騎士の仕事に通うのには不便だったはずだし。

畑は順調で、クゥジュに野菜を届けるのを再開したんだから、もうすぐクリシュさんが帰ってしまうのはわかっていて、一人暮らしに戻る覚悟をしなきゃなって思っていた。それを寂しいとか悲しいとか思うのは我儘なんだって頭ではわかっていたのに、いざその時が来ると、弱虫で我儘な僕は、もっと一緒にいたいって思ってしまう。

風もないのに水面が揺れて見えて、なんでかなって思ったら、僕の目に涙が溜まっていたせいだった。パチパチ瞬きをして涙を散らしながら、夜空を見上げた。下を向いたままだと、目から落ちてしまいそうだったから。

少しだけクリアになった視界いっぱいに、手が届きそうなほどの満天の星が映ったら、せっかく散らした涙が、また集まりだした。一番明るい星を騎士の星にしようって話したのを思い出してしまって。

この世界のものは、どれもこれもクリシュさんとの思い出がいっぱいに詰まっていて、なにを見ても切なくなってしまう。

「わかってた、はずだったんだけどなぁ」

この生活が期限付きなことも、クリシュさんは僕が独占していい人じゃないことも、わかっていたはずなのに。胸が痛い。

そもそも、気持ちを自覚したときにはすでにアンネッテ様の存在を知っていたんだから、僕とクリシュさんがどうにかなるなんて思ってなかったのに。

看病されて、優しくされているうちに、いつのまにか期待していたのかもしれない。

バカだなぁ。クリシュさんが言ってたじゃないか。光苔の繁殖期の前、毎日声をかけてくれていたときに『住民の安否確認も義務だ』って。クリシュさんにとって、僕と暮らすのは騎士としての義務だったのに。

我慢していた涙が一粒落ちてしまったら、もう自分の意思では止められなかった。目をグシグシ擦ってから、別に泣いたっていいんじゃないかって気がついた。

クリシュさんは今日は帰ってこないんだし、みっともなく泣いてるところを見られる心配もないんだ。

思いっきり泣いて、この気持ちを流してしまおう。

「僕、泣くほどクリシュさんが好きだったんだな」

涙が涸(か)れるほど泣いたら、クリシュさんへの気持ちも心の中から追い出すことができるだろうか。

ぼとぼと、ぼとぼと。いつまで泣いても涙が涸れる気配はなくて、頬を拭うのはもう諦めてしまった。こんなに泣いているのに、クリシュさんが恋しいって気持ちは僕の心にいつまでも居座って、いなくなる気配がない。

クリシュさんを好きな気持ちはすでに僕の一部になっていて、追い出すなんてできないんだってことに、泣きながら気がついて。じゃあ僕は、ずっとクリシュさんのことを好きなままでいるんだなって、泣きながら納得してしまった。

「なんか、スッキリしたかも」

どのくらい泣いていたのかわからないけど、結構時間が経ったんじゃないかな。体に渦巻いていた悲しい気持ちを全部出し尽くすつもりで泣いた結果、僕の顔は涙が乾いてちょっとベトベトしてる。頭の奥がジーンッッと痺れるような感覚が少しだけ心地いい。

涙を流すのはストレス発散になるって聞いたことがあるけど、あれは本当だったんだな。

僕の隣には、ポチが大人しくお座りをしてる。優秀な番犬のポチは、飼い主が泣いているのに気がついて、慰めるために起きてくれたみたいだ。涙でグショグショになった顔を大きな舌でベロンッて舐めてくれた。

そして、もう一頭。ポチに続いて飼育小屋から出てきたのは、クリシュさんの相棒のブランシュだった。

彼は僕に顔を近づけて匂いを嗅いだ後、なにをするでもなくそばに佇んでいる。もしかしたら、クリシュさんの代わりに僕を守っているつもりなんだろうか。

うん、大丈夫だ。思いっきり泣いたから、もう大丈夫。

明日になってクリシュさんが帰ってきたら、『今までありがとう』って笑って挨拶できると思う。その勢いで、『結婚おめでとう』も言えるかな？

泣いたからといって、僕のクリシュさんに対する気持ちは、なくなってはくれなかった。今だって悲しいけど、どう考えても『好きにならなきゃよかった』なんて思えないんだ。

だって、クリシュさんを好きな気持ちは、もう僕の一部なんだって気がついたから。手や足を切り離せないのと同じで、僕はこの気持ちと一生付き合っていくんだ。

恋を自覚してから一緒に過ごせた時間は短かったけど、ドキドキしたりソワソワしたり、嬉しかったり恥ずかしかったり。いろんな気持ちを教えてもらった。

僕は、幸せだった。だから、笑って見送ろう。

お別れのときに泣いたりしたら、優しいクリシュさんは、きっと気にしてしまうから。

「ポチ、クリシュさんが出ていったら寂しくなるな。でも、僕達はこれからもずっと一緒だ。クリシュさんに、今までありがとうって言って、笑って見送ろうな」

「キュウン？」

そのとき、ポチの息遣いを間近に聞いていた僕は、近づいてくる足音には気がつかなかった。


「シノブ？」

背後から聞こえた僕の名前を呼ぶ声に、体がビクリッと震えた。そんなはずはない。だって、アンネッテ様は『今日はうちに泊める』って言っていたのに。

「シノブ、どうしたんだ、こんな夜中に外に出るなんて。なにかあったのか？」

聞き間違いじゃない。クリシュさんだ。

主の声を聞いたブランシュが、嬉しそうにブルルルッと嘶いた。

どうしよう。なにか言わないと。

「な、なにもないよ。ちょっと眠れなくて涼んでたんだ。クリシュさんこそ、どうしたの。今日は泊まってくるって言ってたのに」

「まさか、上司の家に泊まるなど。アンネッテ様はああ言っていたが、遠慮させてもらった。それよりも……、シノブ、なにがあった？」

カサッカサッと草を踏み締める音が近づいてくる。どうしよう、顔を見られたら泣いたのがバレる。せっかく、笑って見送ろうって決心したのに。

「本当に、なにもないよ。僕、もう少しここにいるから、クリシュさんは早く休んだほうがいいよ。明日は仕事でしょう？」

「シノブ、こっちを向いてくれ」

すぐ後ろでクリシュさんの声がする。僕はもう、なにをどう言い訳したらいいのかわからなくなっていた。

帰ってきてくれたのは、凄く嬉しい。だけど、家族になる人達と幸せいっぱいな晩餐を楽しんできたクリシュさんに、僕の泣き顔を見られたくなかった。

なけなしの僕のプライドが、クリシュさんに可哀想だって思われるのを嫌がっている。だって、クリシュさんは今日幸せな時間を過ごしてきたんだ。その間、ひとりで泣いていたなんて、絶対に知られたくない。

すべて出しきったと思っていた涙が、また僕の目に溜まり始めた。これじゃあ、なんのために大泣きしたのかわからないじゃないか。

泣くな、泣くな。頼むから、引っ込んでくれ。クリシュさんが出ていったらいくらでも泣いてやるから、今は我慢してくれ。

必死で宥めたのに涙は増すばかりで、自分のもののはずなのに、ちっとも言うことを聞かない目を抉ってやりたい気持ちになった。

「クリシュさん、ごめんなさい。ちょっと一人になりたい気分なんだ」

お願いだ、僕のことは放っておいて。クリシュさんは、いつも僕のお願いを聞いてくれたじゃないか。だから今回も、なにも言わずに立ち去って欲しい。

声を聞くだけでこんなに胸が苦しいのに、姿を見てしまったら我慢している涙が溢れてしまう。

「シノブ、こっちを向け」

いつにない強引さで、クリシュさんが僕の肩を摑んで振り向かせた。グラリと体が傾いた拍子に、涙袋に溜まっていた涙が、ポロリと落ちてしまった。

「泣いていたのか……?」

クリシュさんは、僕の涙を見ても驚かなかった。はじめから気がついていたかのように、真っすぐに伸びてきた手が頰を包み、親指が溢れた涙を拭う。

「あっ、違うんだ。これは、泣いていたんじゃなくて、クリシュさんが急に声をかけてきたからビックリして」

クリシュさんの手は、今までと同じように温かくて優しかったけど、もうこの手に甘えるわけにはいかない。これは、アンネッテ様を守るための手だから。

「怖いことがあったのか？　まだ夜が怖いか？」

「違うよ。本当になんでもないんだ。ビックリしただけだから」

手首を摑んで遠ざけようとしたけど、僕の力じゃクリシュさんの腕はピクリとも動かなかった。

「シノブ、言ってくれ。なぜ泣いている。俺は、シノブの涙を見るのは辛い。苦しめているものがあるなら、俺に話してくれ」

苦しんでるわけじゃないよ。切ないんだ。

クリシュさんと離れるのが切ない。笑って祝福したかったけど、本当は、ずっとそばにいて欲しい。

でも、こんなことを言ったら、クリシュさんは困るでしょう?

好きだよ。クリシュさんが好きだ。喉元まで出かかった言葉を飲み込んで目を伏せると、涙がまた一粒頰を伝った。

「シノブ」

目を伏せた僕を、クリシュさんは許してくれなかった。頬に添えられていた手に力が入って、上を向かされる。

優しいクリシュさんが強引になるのは、いつも僕のためだった。迷子になったときに手を引いてくれたのも、光苔の繁殖期に家から連れ出してくれたときも、苦い薬を飲ませてくれたときも。

全部、全部、僕を気遣っての強引さだった。そして、そうするときは一歩も引いてはくれないんだ。

それなら、もう言ってしまったほうがいいのかもしれない。気持ちを伝えて、キッパリとフラれてしまったほうが、僕も諦めがつくだろうし。

でも、フラれてもクリシュさんを好きな気持ちは消えないと思うから、勝手に好きでいるのは許して欲しい。

観念して見上げると、クリシュさんは僕の顔を真っすぐに見下ろしていた。

「シノブ」

もう一度名前を呼ばれて、フラれる覚悟を決めた僕は、口を開いた。

「クリシュさんのことが好きなんだ」

小さな、小さな声だった。弱虫な僕は、覚悟を決めても弱虫なままで、そんな小さな声でしか気持ちを伝えられなかった。

頬に添えられていた指がピクリと動いて、クリシュさんは目を見開いた。そりゃあビックリするよな。今、そんな話はしてなかったんだから。

僕が泣いている原因を知りたかったのに、突然告白されるなんて、訳がわからないよな。

「それは、俺と所帯を持ちたいという意味の好きか?」

所帯って、古くさい言い方だな。でも、硬派なクリシュさんには似合ってる。そうだな、そうなれたら幸せだったろうな。

「うん。ごめんなさい」

気にしないで、スパッと断っていいよ。

「そうか……。ありがとう」

やっぱりクリシュさんは優しい。その言葉だけで、僕の気持ちは報われたよ。

「こっちこそ、ありがとう。心配しないで、ちゃんとわかってるから大丈夫だよ。すぐに平気になるから。アンネッテ様と幸せになって」

胸がキュウッて痛んだけど、なんとか笑顔を作ることができた。泣きながら笑うなんて器用な芸当が僕にできたのかって感心してしまった。

「二人に結婚祝いのプレゼントをあげたいけど、僕はなにも持ってないからなぁ。あ、ククリがあったか。珍しい果物だって聞いたし、クリシュさんも好きでしょう？　カゴいっぱいのククリをプレゼントしたら、アンネッテ様も喜んでくれるかな」

「ちょっと待て、シノブ」

「ノルン達に聞いたけど、こっちの世界には結婚式がないんだってね。でも、せっかくだから身近な人達を集めてパーティーをしたらどうかな？　そのときは、野菜や果物を差し入れするよ。美味しいのを食べてもらえるように頑張るか……モガッ!?」

話している途中で、手で口を塞がれてしまった。突然のことに目を白黒させていると、クリシュさんは『フーッ』と深い溜息を吐いた。

喜んでくれるかと思ったのに、余計なことを言ってしまったかな。

「少し、誤解があるようだ。俺はアンネッテ様とは結婚しない」

えっ!?　だって、街で『結婚間近』って噂になってたし、アンネッテ様のご両親に『娘さんを僕にください』って挨拶したんだよな？

聞きたいことがありすぎて、口を塞がれたままモガモガ言っていると、手を外してくれた。

「もしかして、どこかで噂を聞いたのか？」

「うん、街の人達が噂してたよ。結婚間近だって」

「あれは、アンネッテ様が見合いを断るための口実だ。彼女には子供の頃から想いを寄せている相手がいるんだ。年頃になってご両親が勧める見合いをしたくないと泣きつかれて、仕方なく恋人の振りをしていたんだ。俺は身元がハッキリしているし、旅に出れば数年は帰らない。とりあえず誤魔化して、その間に相手に諾と言わせようと思っていたようだが、そう上手くはことが運ばなかったらしい。

痺れを切らしたご両親が、俺が街にいるうちに結婚話を固めるために、二人で挨拶に来るようにアンネッテ様に命じられたそうだ。さもなくば、ご両親が選んだ相手と結婚してもらうと。俺はそこまで協力するつもりはなかったんだが、とうとう今日捕まってしまったというわけだ。勿論、このことはフィルクス様もご存じだぞ」

じゃあ僕は、噂話に踊らされて、一人で空回っていたってことなんだろうか。ちょっと、考えを整理してみよう。

クリシュさんとアンネッテ様が恋人同士だっていう噂は、お見合いを回避するためのカムフラージュで、フィルクス様もそれを知っていて？

それで、僕はさっきクリシュさんになにを言ったっけ？

なんで泣いてるのか聞かれて、それから……。

「ところで、シノブ。さっき言ったことは本当か？」

ひ、ひえええ！　僕は、なんてことを言ってしまったんだろう。勢いに任せて、しなくてもいい告白をしてしまった。

「俺と所帯を持ちたいと言ったな？」

「あぅあぅあぅっ」

どどどどどうしよう！　今さら『冗談でした』なんて言えないし、いや、でも、嘘を言ったわけじゃないから言い訳しなくてもいいのか？　あれ？

告白したのなんて初めてだから、どんな顔をしたらいいのかわからないよ！

「……シノブの世界では、同性同士の恋愛は一般的ではないと言っていたな。前に恋人かとからかわれて、酷く戸惑っていただろう？」

確かに、その頃の僕は、もとの世界の感覚が抜けなくて、『あり得ない』って言ってしまったんだった。

「どんなにこちらの世界に慣れても、生まれ育った場所の常識を捨てるのは難しいだろう。だから、君にとっての恋愛対象は、生涯女性だけなのだと思っていた。そんな君に、俺の気持ちを伝えても戸惑うだけだろうと思っていたから、一生見守るだけにしようと心に決めていたんだが」

クリシュさんの親指が、僕の頬を撫でる。お互いの体温を馴染ませるようにゆっくりと。

いつもの優しいだけの触れ方と違って、なんだか、くすぐったくて気恥ずかしい。

思わず首をすくめると、もう片方の手が伸びてきて、僕の左手に絡まってきた。指同士を組み合わせるようにして持ち上げて、僕の手の甲にクリシュさんの唇が触れて。

ビリッと電気が走ったような感覚に、飛び上がりそうになった。

「俺はもう、自分の心を偽らなくてもいい。そう思っ

てもいいんだな?」

僕の耳は馬鹿になってしまったんだろうか。まるで、クリシュさんが僕を好きだって言っているみたいに聞こえる。

天と地がひっくり返ったとしてもあり得ないと思っていた展開に、頭がついてこない。夢を見てるんじゃないだろうか。

「抱き締めてもいいか?」

声が出なくて、頷くことしかできなかった。一言でも言葉を発したら、夢から覚めてしまうんじゃないかって恐れもあって、この夢が続くなら一生言葉を話せなくなってもいいとすら思っていた。

太い腕が軽々と僕を引き寄せて、気がつくとクリシュさんの腕の中にいた。嗅ぎ慣れたクリシュさんの匂いと、初めて聞く速い鼓動。

いつも穏やかなリズムを刻んでいたクリシュさんの心臓が、ドクドクと激しく鳴っている。

「シノブ、君を愛している」

僕はやっぱり、夢を見ているのかもしれない。こっちの世界と、もとの世界。二つの世界をまたいで気持ちを通わせるなんて、一体どれほどの確率だろう。

もしかしたら、一生恋人ができないかもしれないと思ったこともあったのに、まさか、クリシュさんの口からそんな言葉を聞くことができるなんて。都合のいい夢を見てるんじゃないかと疑うのも仕方ないと思う。

「シノブ、なにか言ってくれないか?」

うん、いいや。夢でもいい。クリシュさんの気が変わらないうちに、甘えてしまおう。

「僕も好き。クリシュさんが好きだよ」

もう離さないぞって思いながら、ギュウッて抱きつくと、湿った空気が頬を掠めて、温かくて柔らかいものが頬に触れた。今までに体験したことのないほど近い距離にあるクリシュさんの顔をマジマジと見ていると、ふわりと微笑まれて、僕の顔は爆発しそうなほど赤くなり、湯気が出てしまいそうだった。

「ククリのいい香りがするな」

さっき頬に触れたものがなんだったのかなんて、考えちゃいけない。

想像したら最後、僕の血圧は急上昇して、頭の血管が切れてしまうに違いないんだから。

第13章　君との出会い(クリシュ)

初めてシノブに会ったのは、二年に及ぶ長い旅の終わりだった。

異世界人であるシノブの容姿は、我々から見ると十歳の子供と同じ年頃に見える。風変わりな少年。それがシノブの第一印象だった。


今回の旅でも、これといった成果は得られなかった。俺が参加するのは二度目だが、ちょうど代替わりと重なって、気づけば年若い騎士達の纏め役の立場になっていた。

過酷な旅の中で、古参の騎士が次々と脱落していく。怪我が原因で志半ばでリタイアした者、自身の体力に限界を感じて自ら去る者。

理由はさまざまだが、同志が去っていくたびに肩にのし掛かる責任が重くなる。

フィルクス様の側近くで働くことは騎士の憧れであり、大変名誉なことでもある。しかし、見習い達が想像しているような、華やかな職場ではない。泥にまみれながら草木をかき分け、道なき道を馬車を守りながら進む。

探し物は存在するかどうかもわからない生命の木の代わりになる植物だ。確かに存在するものを探すのと、存在自体が不明なものを探すのでは気持ちの持ちようが変わってくる。

失望を繰り返すうちに気力を削がれ、諦めて騎士団を去る者が後を断たないのが現状だ。

俺の予想では今回も、数人が転属を申し出るだろう。

「クリシュさん、この辺りはほとんど人がいないじゃないですか。兜取っちゃダメですかね?」

「ダメに決まっているだろ」

ダメに決まってるが、気持ちはわかる。旅の最中では、多少の自由を許されていた。森の中では鎧を着ていると動きが取りにくいこともあるし、照り返しがキツイ開けた平地では気温の高さが違う。鎧を外すなどの暑さ対策を取らねば暑さに倒れ、時には死者も出る。

しかし今はダメだ。二年ぶりの帰還のためにわざわざ隣街から豪華な馬車に乗り換えて行進しているのだ。だらしない姿を曝してフィルクス様の威厳を損なうことがあってはならない。

鎧の中で大量に汗をかきながらの行進では水分補給

が大切だ。幾度か補給のための休憩を取りながら進み、いよいよ街までもう一息というところまで来たとき、赤い屋根の民家が見えてきた。

　この辺りも二年前と比べて随分と変わってしまった。以前は一面に畑が広がっていたが、今は雑草ばかりだ。たしか、老夫婦が農業を営んでいたはずだ。跡取りがいないと聞いたが引退したのだろうか。

　子供が生まれなくなってから十年。人口は減るばかりで、どこでも人手不足で旅の途中で同じような光景を見てきたが、何度見ても寂しいものだ。

「クリシュさん、前方に子供を発見しました」

　年の頃は十歳ほどか。やたらと目を輝かせた子供が、身を乗り出してこちらを見ている。ちょうど生命の木が実をつけなくなる直前に生まれた子供なのだろう。

「平伏する気配がありませんが、どうしますか？」

　フィルクス様は一族の中でも尊い力を持つ貴人だ。市民はフィルクス様の前では平伏するのが常識だが、あの幼さでは理解できていないのかもしれない。

「仕方がない。旅の終わり間近で子供を罰するのも不粋だ。すぐに親が飛んできて子供を諭すだろう。それまで少しの間、行進を止めて待つとしようか」

　生命の木の実に頼らねば新たな命が生まれなくなったときから、子供は世界の宝だ。大切に守り、周囲の大人みんなで育んでいくべき宝だ。

　数分の間、足を止めたところで誰も文句は言うまい。しかし俺の予想に反して、子供の親は現れなかった。

「……」

「……」

　ジリジリと照りつける日射しの下、時間だけが過ぎ、その間、俺達と子供は無言で立ち尽くしていた。

　子供は俺達の浅黒い肌とは違い、不思議な色の肌をしていた。焼き上がったパンよりも薄い色の肌。もしかして、病弱で家からあまり出たことがないのだろうか。だとしたら、この日射しの下で立っているのは辛いだろう。まったく、親は一体なにをしているのか。

「………」

「………」

　キラキラしていた子供の目の輝きは次第に薄れ、困った顔で首を傾げている。

　こちらから声をかけてもいいのだが、全身鎧に身を包んだ厳つい騎士に話しかけられては怯えてしまうかもしれない。怖がらせたいわけではないのだ。

「…………」

「…………」

それにしても、暑い。今日は風もなく、木陰のない場所で立ち続けるのは騎士でも辛い。その証拠に、隣の部下がイライラと体を揺らし始めている。

仕方ない、こちらから声をかけるか。驚いて走り去るのならそれも良い。

「なぜ、平伏しない？」

「その中、熱くないの？」

なんてタイミングの悪い。同時に話すとは。

「へいふくって、なに？」

「暑いに決まっている」

また言葉が重なってしまった。しかも、怯えて立ち去る気配もない。大人しそうな顔をしているわりに肝が据わっているのかもしれないが、なぜ嬉しそうな顔をしてるんだ。

このままでは埒が明かない。長旅でみんな疲れているのだ。街ではそれぞれの家族が帰りを待ちわびているだろう。溜息を吐きつつ、赤い屋根の家まで子供を送り届けようと敷地に入ろうとしたときだった。

「ガルルルルッ、ガウッ、ガウッ!!」

飛び出してきた番犬が、歯を剝き出しにして威嚇を始めた。子供を背に庇い、体中の毛を逆立てて。よく躾けられている、いい番犬だ。

攻撃体勢を取った番犬を警戒して剣に手をかけた部下に合図を送り、待機を命じておく。敷地に入らなければ番犬は攻撃してこない。主を守ろうとしているだけなのだ。

刺激しないように足をもとの位置に戻す間、子供は番犬の首に抱きついて必死で止めようとしていた。

いくら自分の家の番犬でも、歯を剝き出しにした獣に触れるのは怖いだろうに。番犬は命をかけてでも主を守ろうとするものだが、その逆に番犬を必死になって庇う主など、どれほどいるだろうか。この子は勇気ある、気持ちの優しい子だ。

「どうした、なにかあったのか」

いつまでも動かない列を不審に思ったフィルクス様の登場により、不思議な肌の色をした子供の正体が判明したとき、多少のことでは動じないはずの騎士達や、まだ移動を始めないのかと迷惑顔をしていた荷運び人までが驚きの声を上げていた。

成人は十七歳。その年齢を迎えると、それぞれ自立して働き始める。恋愛は性別関係なく自由だが、結婚ができるのは十七歳からだ。十八歳ということは、成人してから一年経っているということだ。

だから、立派な大人なのだと、胸を張って主張している。この、俺の胸元よりも低い身長の、柔らかそうな頬をした、子供が。

にわかには信じられないが、異世界人というのなら、そんな不思議もありえるのかと首を捻る。それならば、常識に疎いことも、宝のはずの子供を放って親が姿を現さないことにも説明がつくが。

フィルクス様が肯定したことで、それが真実だということが証明されたが、それを聞いても視覚から入る情報が疑問を投げかける。

妙に打ち解けたフィルクス様と異世界人は和やかに会話をしているが、それを見つめる者達はいまだに信じられずにいた。

異世界から移住者を募るのは、我々の旅と平行して行われている人口低下を防ぐためのプロジェクトだ。成功したと聞いたときは喜んだものだが、成人男性でこの体の小ささでは、女性はもっと小さいのだろう。これでは、この世界の者と縁を結んで子供を産んでもらうのは無理があるかもしれない。なにせ、子供と大人ほどの体格差があるのだ。

やっと動き出した行列の先頭を歩きながら、先ほどの子供のことを思う。いや、子供ではなかったな。

番犬がいるとはいえ、あの容姿で一人暮らしというのは危険なのではないか。移住者のサポートは管理所の職員が任されているはずだが、後で状況を確認する必要があるな。

ようやく街の入り口が見えてくると、出迎えの者達が集まっていた。歓声を上げて手を振っているのは部下達の家族だろう。

そして、その先頭に陣取って手を組んでこちらを見つめている女性の姿を見たとき、俺は今通ってきた道を引き返したい気持ちになった。

「お帰りなさい、クリシュ。会いたかったわ!!」

女という生き物は恐ろしい。こうも簡単に涙を操ることができるとは。この方が俺の帰りを待ちわびて涙を流して喜ぶなんてことはあり得ないと知っているから冷静でいられるが、これがなにも知らない男だったならコロッと騙されてしまうに違いない。

この方はまだ続ける気なのか。フィルクス様のご兄妹に無礼な真似はできないが、兜で顔が隠れているのをいいことに眉を寄せてしまった。

走り寄り、胸に顔を寄せる姿は周囲からは恋人同士の感動的な再会の場面に見えるだろうが、とんだ茶番だ。

フィルクス様によく似た美しい容貌は、若い騎士達にとっては恋人にしたいと憧れるものなのだろうが、幼い頃から知っている俺にとっては到底恋愛対象として見るなど無理な話だ。

お転婆で、走り回って転んでは、鼻水を垂らしながら大泣きしているところを何度も見ているのだ。どんなに淑やかな令嬢を装っていても、その姿が重なってしまい、笑いが込み上げてきてしまう。

アンネッテ様はたしか十七歳ではなかったか。ということは、先ほどの子供……ではなかった、移住者はアンネッテ様よりも年上なのか。

「アンネッテ様に抱きつかれるなんて羨ましい！」

「いいよなー、クリシュさんは。健気な恋人が出迎えてくれて。俺なんて、母さんだけだぜ」

そう思うなら代わってくれと思うが、こいつらに代役を頼むのは無理だろう。

これは、年頃になったアンネッテ様に舞い込み始めた縁談を断るためだけの、偽の恋人役なのだから。

わずかでも本気になる可能性がある者に、この役は務まらない。

あまりにも熱心に頼むので、旅から戻るまでと期間を決めて引き受けた恋人役は、本日をもって解消することになっている。

……はずなのだが。

（ちょっと、クリシュ。肩に手を置くくらいしてくださらない？　私達は今、恋人同士なのよ！）

体当たりを受けたまま突っ立っていたら、お叱りを受けた上に足を踏まれてしまった。彼女に踏まれたところで痛くも痒くもないが、恋人ごっこに付き合わされている俺に対する態度にしては、あまりではないだろうか。どうやらお姫様はご機嫌斜めらしい。

『二年あれば充分よ。必ず彼を頷かせてみせるわ』

どこからその自信が出てくるのかは知らないが、自信満々で宣言していたのだが。この様子だと、彼女の思惑通りにはならなかったようだ。

まあ、そうだろうな。彼を相手にするのは、アンネッテ様では難しいだろう。どんななに財力があっても、それだけで口説き落とせる相手ではないからな。

二年前にもそう説得したが、アンネッテ様は全く聞き入れてはくださらなかったが。

（アンネッテ様。貴女のせいで、俺はもう三年も恋人がいないのですが）

（シーッ!! 誰かに聞かれたらどうするのよ）

本当に、勘弁して欲しい。俺はいつまでこの茶番に付き合わなければならないのか。

「疲れたでしょう？ 今日は一度管理所に戻る予定だったわね、行きましょう」

ボロが出る前に退散ということですか。と、いうよりも早く彼に会いたいのだろう。アンネッテ様は摑んだ俺の腕を引っ張り、先導して歩く。

俺としても、いつまでも見せ物になるつもりはないので賛成だ。


「ギルバート様、お兄様達が帰ってまいりましたわ」

管理所に着いた途端、摑んでいた俺の腕を放り投げて意中の人に駆け寄るアンネッテ様の顔は、先ほど俺に体当たりしたときとは比べ物にならないほどに輝いていた。

頰も唇も、彼女の気持ちの高揚を表して薔薇色に染まり、目は潤み、恋する乙女の顔をしている。

ここは、管理所の所長室。アンネッテ様の想い人は、管理所の所長なのだ。

「フィルクス様、クリシュ様、無事な帰還をお喜び申し上げます。お元気そうでなによりです」

壮年の紳士が立ち上がり、美しい所作で頭を下げた。彼が管理所の所長で、アンネッテ様の想い人のギルバート殿だ。

彼の生まれは庶民なのだが、身のこなしがとても上品だ。女性への態度も紳士的で、『話しているだけでお姫様になったような気になれる』らしく、憧れている女性も多いのだとか。

アンネッテ様は生まれながらのお嬢様だが、フィルクス様とは随分と年が離れているため、ご両親には目に入れても痛くないほどに溺愛されている。故にいくつになっても子供のような扱いをされるのを不満に思っているようだ。

その上、周りにいる男は、気の利いたお世辞の一つも言えないような武骨な騎士ばかりだったため、生まれて初めてレディーとして扱ってくれたギルバート殿に、参ってしまったのだった。今も、自分の頬を両手で包んでうっとりした表情でギルバート殿を見つめている。

その様子を横目で見たギルバート殿は苦い笑いを浮かべて頭を下げた。今のは俺が帰還するまでに決着をつけられなかったことへの謝罪だろうか。

二年前、偽装恋人の件を知った彼から無関係な俺を巻き込んでしまったことへの謝罪を受けたが、アンネッテ様を説得できなかったのは俺も同じだ。

ギルバート殿もこの二年でなんとか諦めさせようとしたのだろうが、彼の性格では心を抉るような拒絶のしかたは出来ないだろうし、失敗したのだろう。

俺からも慰労の意味を込めて会釈を返した。

「ギルバートも元気そうだな。ゲートが完成した話は旅先にも届いたぞ。よく頑張ってくれた。それから、先ほど移住者の彼に会ったぞ。子供のような容姿をした、不思議な波動を持った青年だった。なかなか楽しい人物のようだな」

「お会いになりましたか。可愛らしい方ですよね。彼のことはノルンに任せているのですが、良好な関係を築いているようです。なんと彼は転移の際に植物の成長を速める能力が発現したらしく、野菜の種を蒔くと数日のうちに収穫できるのだとノルンから報告を受けました。驚くべきことです。今後の調査結果によっては、生命の木を救う一助になるかもしれません」

「ああ、実に不思議な波動だった。もしかすると成長を速める以外の効果もあるかもしれない。ただ、調査は勿論必要だが、当面は異世界からの移住者の受け入れを促進することが最優先だ。シノブは一年待ってやっとみつかった貴重な人材だ、彼の生活を妨げないように慎重に調べを進めてくれ」

「承知いたしました。ノルンは異世界の料理も教わっているそうですよ。彼の世界の食文化は、私達のものよりも随分と進んでいるようです。私もいただきましたが、バターとかいう調味料は素晴らしかったです。将来移住者を大勢招くことを考えると、異世界の食文化を広めたほうがいいと判断いたしました。食べ物の嗜好が合わないというのは苦痛ですからね。ノルンの幼馴染が料理屋を営んでいるので、その店から異世界の料理の味を徐々に広めていき、移住者が不自由なく暮らせる体制を整えていきたいと話していたところです」

子供が料理を。いや、違った。どうにも容姿に惑わされて彼が成人しているのを忘れてしまう。感情を素直に表す大きな目や、柔らかそうな頬や、高い声。すべてが幼いように感じるが、それは失礼だろう。

管理所の職員との関係も良好なようだし、俺が確かめる必要もなく配慮されているようで安心した。しかし、彼は、この世界にとって大切な移住者第一号だ。普段我々が当たり前に生活している環境でも、彼にとって不自由に感じることもあるだろう。

ほかの騎士達にも、街で彼を見かけたときには気にかけるように指示を出しておくとしよう。

フィルクス様の騎士として街で暮らす俺と、彼の接点は多くはなく、その後しばらくの間は会うことがなかった。再会したのは、恒例となっている早食い祭りの日、生命の木が見える街の入り口の前でのことだった。

一人ポツンと座り、生命の木を見つめる姿が寂しそうに見えて、思わず声をかけていた。

彼に『おじさん』と言われたのは少々ショックだったが、はじめに彼を子供と間違えたのは俺のほうだ。これでおあいこだろう。

彼は名前を忘れていた俺に、改めて名乗った。

シノブ。彼の名前はシノブ。こちらの世界にはない響きの名前だ。

会話の中で友人達と祭りを見物した後にはぐれてしまったことを知り、迷子になったシノブを友人の店まで送り届けることになった。

人混みの中を歩くのを躊躇(ちゅうちょ)していたため、手を引いてやろうと差し出すと、なぜか飴玉を掌(てのひら)に乗せられた。

掌の上にコロリと乗った飴玉にしばし固まり、その意味を考える。まさか、対価を要求したのだと勘違いされたのだろうか。いくらなんでも、困っている市民に物をねだるほど落ちぶれてはいないつもりなんだが。

「そうじゃない」

飴玉をシノブの口に押し込み、少々強引に手を引いた。小さな手だ。やはり、成人している男の手とは思えない。俺の剣ダコだらけの手とは違い、柔らかく、少しカサついた手を握りつぶさないように気をつけながら歩いていると、祭りに繰り出していたシノブの知り合いらしき男に迷子とからかわれてしまった。

男の表情から嫌がらせではなく、親しみを込めた冗談だというのは容易に想像がつくが、お節介かと思いつつ、口を挟ませてもらった。

「あまり、からかわないでやってくれ」

恥じ入って頬を染め、下を向いてしまったシノブが気の毒になって弁護したのだが、余計にからかうネタを与えてしまったようだ。

「こりゃあ悪かったな。迷子じゃなくてデートか」

笑いながら去っていった男に呆れて溜息をついた。

オヤジになると、若者をからかうのが楽しみになるのか、こういう輩は結構多い。俺は慣れているが、シノブは明らかに狼狽えていた。

『男同士でデートなんて、あり得ない』

シノブの世界では、異性のみが恋愛対象となるのだったたか。

この世界の恋愛事情は性別関係なく愛せる者がほとんどだが、同性のみ又は異性のみしか愛せない者も勿論いる。

俺はシノブが異性愛者だということにさして違和感は感じないが、シノブにとって、こちらの世界の恋愛事情は理解できないのかもしれない。

しかし、中にはシノブの言葉に不快感を感じる者もいるかもしれない。いらぬトラブルを招くことがないように、それとなく忠告すると、素直に応じてくれた。

彼のこういうところは、とても好感が持てる。

アンネッテ様に振り回されている分、素直な彼の姿は俺の胸を打ち、自然と口元に笑みが浮かんでいた。

彼の友人が営んでいるという料理屋まで来ると、店の前で行ったり来たりを繰り返す青年の姿があった。

普段は落ち着いた雰囲気を崩さない管理所のノルンが、心配でたまらないといった様子でウロウロと歩き回っている。

シノブの声に顔を上げたノルンは、一目散に駆け寄ってきた。おそらく、今のノルンには俺の姿など目に入っていないのだろう。力いっぱい抱き締め、シノブを叱りつける姿がまるで母親のようで、微笑ましい気持ちで見守った。この二人はギルバート殿が言っていたように、いい関係を築いているようだ。

シノブを送り届けるわずかな時間で、彼の人柄を知ったが、彼にはどこか放ってはおけないと思わせるところがあった。

頼りないという意味ではなく、クルクルと表情が変わり、無邪気な笑顔を見ると、ずっとそうして笑っていて欲しいと思ってしまうのだ。そのために手を貸してしまいたくなる。もしかしたら、ノルンも同じような気持ちなのかもしれない。

さて、シノブの歩調に合わせていたら、随分と時間が経ってしまった。ここに来るまでの間に何件か騒ぎがあったようだが、おそらく酔っ払いの喧嘩だろう。

見回りの騎士が駆けつけるところを確認済みだが、その後の報告を受けなければならない。

「クリシュさん、ありがとうございました！」

「もう迷子になるなよ」

去り際にわざわざ追いかけてきて礼を言ったシノブに背を向けて歩きだした。騎士として当たり前のことをしただけで、礼を言われるようなことでもなかったんだが。だが、久しぶりに聞いたが、『ありがとう』とはいい言葉だな。

シノブと三度目に会ったのは、フィルクス様のお供で隣街へ行く途中だった。どういう経緯で出会ったのかは知らないが、幼い兄弟達の畑仕事を手伝っているようだった。幼いといっても、兄のほうはシノブよりもよほど年上に見える。三人は、これから種を蒔くところだという。

「じゃあ、教えるよ。美味しい野菜ができますようにって蒔くんだよ」

たしか、シノブのチート能力は植物系と言っていたな。ギルバート殿の話では、成長を速めることができるのだと。それならば、この兄弟の畑は安泰だろう。

しかし、シノブは自分で種を蒔こうとはしなかった。丁寧に教えた後で数歩後ろに下がり、二人の様子を見守っている。その表情には、ハッと目を引くものがあった。

彼の顔立ちは初めて会ったときと同じで、成人しているとは思えない幼さだが、視線の強さが違う。十歳やそこらの子供ができる表情ではなかった。シノブが成人男性だという事実に納得したのも、このときが初めてだった。

シノブは今、なにを考えているのだろう。シノブの目に、この世界はどんな風に映っているのだろう。どうしても知りたくなり、声をかけずにはいられなかった。

「五年後、十年後に二人が自立して生活するようになったときに、僕が近くにいるとは限らないよな。『植物系チート』に頼っていたら、そのときに凄く困ったことになると思うんだ。だから、種を蒔くのも、お世話をするのも、全部ノットとマルコがやらないと。今なら失敗しても、僕の家で獲れた野菜を分けてあげられるし、何度だって土を耕して手伝うこともできる。今のうちにたくさん失敗して、悔しい思いもして、経験を積むことのほうが、チートを使って収穫するよりよりもずっと大事だ。手助けをするなら、自分でやっていくけるようにしてあげないと、二人のためにならないから」

シノブの視線は、真っすぐに前を向いていた。

そうか。君の視線の先には、兄弟の未来の姿が見えていたのか。その場だけ優しくすることは、誰にでもできる。施しを与えたり、チートを使って野菜を育てたほうがシノブにとっても楽だろう。だが、彼等の将来を真剣に考えるなら、一時の優しさだけでは駄目なのだと、君は知っているんだな。

「シノブ、君は……」

真に人を思いやる気持ちを持っているんだな。この世界で子供は大切にされているが、ここまで考えて手を差し出す大人はどれほどいるだろうか。

今後、俺がシノブを子供だと表現することは二度とないだろう。そんなことはできない。

彼は、シノブは、尊敬に値する立派な男性だ。この小さな体には、俺達が学ぶべき深い思いやりや優しさがいっぱいに詰め込まれているんだろう。

「君は、俺が思っていたよりもずっと、大人の考え方を持っているようだ」

親しみと尊敬を込めて上げた手が、ちょうどいい位置にある頭に触れそうになったが、これでは子供扱いしているようで失礼だ。

シノブの、兄弟をよりよき方向へと導こうとする姿は、未来への一筋の光明を求めて希望の植物を探し続ける俺達騎士に通じるものがある。

世界で最初の移住者が、シノブでよかった。素晴らしい同志を異世界から連れてきてくれた、奇跡のような偶然に感謝しよう。

着地場所を求めて彷徨った俺の手は、シノブの肩に落ち着いた。掌にスッポリと収まってしまうほど細い肩をしているのに、頼もしく感じて不思議な気持ちになったが、これがシノブの本質なのだろう。

もっとシノブと語り合いたい気持ちになったが、残念ながら仕事中だ。今度時間があるときに、ゆっくりと異世界の話も聞いてみたい。

シノブを育んだ故郷の世界はどんなところなんだろうか。シノブの性格を表すように、穏やかで平和な場所なのか。それとも、厳しい環境故に意思の強い視線が生まれたのか。

できることなら、この目で確かめてみたい。シノブが育った、ここと異なる世界を。


「これは、一体どういうことですか」

管理所の地下に設置されていたゲートの部屋に、ギルバートを始めとした管理所の職員が集まっていた。

巨大なアーチの内側には、揺らめく光の幕があるはずだった。何度もテストを繰り返し、五年の歳月をかけて実用化されたゲートの幕は、はじめからなにもなかったかのように消え失せ、対面にある部屋の壁が見えている。

「突然ゲートが消えるなど、聞いたことがありません。もっと前から異変が起こっていたはずです」

普段穏やかなギルバートの厳しい声に、部屋に集まっていた管理所の職員が唾を飲み込んだ。

「ゾルタン」

「はっ、はいっ!!」

名前を呼ばれた職員は、ゲート管理の責任者だった。異世界からの移住者を募るプロジェクトのリーダーであり、ノルンの上司でもある。

「説明を」

簡潔だが、嘘を許さない命令に、額に汗を滲(にじ)ませたゾルタンは、深く頭を垂れた。

「も、申し訳ありません!!」

ゾルタンに倣(なら)い、ほかの職員も一斉に頭を下げた。みんな一様に青ざめ、その表情には絶望が浮かんでいた。その中でも一番端にいるノルンは、血が滲むほど唇を噛み締め、固く握った拳がブルブルと震えている。

第一号の移住者であるシノブと一番接触が多かったのはノルンだ。彼自身も、強い信念を持ってこのプロジェクトに参加していたのはよく知っている。チラリとノルンを見やったギルバートは、すぐにゾルタンに視線を戻した。

「異変はいつから。なぜ今まで報告しなかったのですか」

　ゾルタンは唾を飲み込み、緊張から掠れた声で説明を始めた。

「最初の異変は、第一号の移住者であるシノブ殿を招いたときでした。私達が検証したときにはなかった歪みが発生したのです。そのときは、すぐに治まると思っていました。実際、次の日には何事もなく治まったので、一時的なものだったのだろうと判断し、報告をしませんでした。その後、数日に一度歪みが起こるようになり、それが一日おきになり、毎日になり。とうとう一月前にシノブ殿の世界と連絡が取れなくなってしまいました」

　ゾルタンの報告に、ギルバートは頭を抱えた。そんなにも前から異変が起きていたのに、なぜ今まで放っておいたのか。

「シノブ殿にこのことは？　当然、避難勧告を伝えているのですよね」

「…………」

　沈黙が答えだった。つまり我々は、ゲートの異変を放置し、移住者に対する勧告も怠り、今日この日が来るまでなんの対策も取らなかったということか。

「なぜ、こんなことを。貴方達も知っていたはずです。ゲートに異変が置きたときは、旅行者は即刻退避。移住者には速やかに勧告を出し、意思確認をしなければならないと。ゲートが消滅したのは仕方のないことです。人間の力ではどうすることもできないのですから。しかし、そのときの対応によっては信用問題になります。次にゲートが現れたとき、相手の世界の方達はどう思うでしょう。誠実な対応を取らなかった我々の世界と交流を持とうという気持ちになってくれると思いますか？」

「私達だって、わかっていました。でも、そうすればゲートは閉鎖されてしまう。ギルバート所長もご存じでしょう。一度閉鎖されたゲートは安全が確認されるまで、十年でも百年でも解除されません。私達には、解除されるのを待っているだけの時間がないのです。そうなったら、この世界はどうなりますか。いまだに生命の木の代わりになる植物も見つかっていない。新なゲートが現れるとは限らない。百年経てば、もう誰も生きていないんですよ!!　私達には、可能性を潰すことが、どうしてもできなかったのです」

　その気持ちは、同じ世界に生きる者としてよくわかる。だが、結果としてゲートは消滅してしまった。移住者であるシノブの人生を犠牲にしてでも守りたかった希望は、あっさりと手からこぼれ落ちてしまったのだ。

「シノブ様に報告に行きます」

笑顔が似合う彼の顔が悲しみに歪むのを想像すると気が沈むが、いつまでも隠しているわけにはいかない。こうなってしまった以上、真実を教えて真摯に謝罪し、赦しを請わなければ。

「私に行かせてください」

それまで黙っていたノルンが、俯けていた顔を上げて真っすぐにギルバートを見た。

「私は一番シノブのそばにいながら、真実を告げることをしませんでした。何度も言う機会はあったのに、この世界とシノブを天秤にかけて、世界を選んだんです。その罰を受けなければなりません。罵られようと、恨まれようと、自業自得です。私が話します」

管理所の地下室でこのやりとりがあったとき、俺はフィルクス様の使いで街を離れていた。

俺が知ったのは、なにもかもが終わってしまった後だった。

「クリシュ、困ったことになったぞ」

報告に来た俺を見るなり、フィルクス様はそう言った。なんの話かと眉を寄せる俺に告げられたのは、ゲートが消滅し、シノブがもう二度と故郷に帰れなくなってしまったという事実だった。しかも、それが起きたのはもう一週間も前のことだという。

シノブはどうしているだろうか。泣いてはいないか、絶望してはいないか。最後に見た笑顔が頭を掠め、居ても立ってもいられなくなり、愛馬のブランシュに飛び乗った。

シノブにはこの世界で頼ることができる者はまだ少ない。その一人である管理所のノルンは、シノブに真実を告げずに今まで黙っていたのだ。どんなに心細い思いをしているかと、手綱を持つ手に力が入った。

ブランシュを全力で走らせていると、シノブが住む赤い屋根の家が見えてきた。

目の前まで来たとき、家の中から飛び出してきた人影があった。ブランシュのひづめの音に驚いたシノブが、血相を変え飛び出してきたのだった。

「ビックリした〜!!　クリシュさんだったのか。僕、土砂崩れが起きたのかと思ったよ」

シノブには俺が危惧していたような様子は見られなかった。変わったことと言ったら、以前は見慣れない生地の異世界の服を着ていたのに、今日はこちらの世界の子供が着る服を着ていることくらいだろうか。

サイズが合っていない様子で、服が肩からずり落ちそうになっており、ズボンのウェストを調節する紐が随分と余っている。そのせいで、いつもよりも子供っぽく見えてしまっていた。

まるで、兄のお下がりを着せられている末子のようだ。

俺の視線に気がついたのか、服の裾を摘んだシノブは、はにかんで首を傾げた。

「やっぱり、ちょっと大きいかな？　これ、ノルンの子供のときの服をもらったんだ」

ノルンとは、和解できたのだろうか。蟠り（わだかま）があるようには見えないが、なにも思わないわけではないだろう。

この世界を恨んではいないのか、この世界に暮らす者を、憎んではいないのか。

「クリシュさんは、今日はどうしたの？　もしかして、フィルクス様のお使い？」

「ああ、近くまで来たからな。最近は物騒になってきたから様子を見に来た。なにか異変はないか？」

「そうなの？　大丈夫だよ。ポチもハナコ達も元気だし、僕も元気だよ」

卑怯なことに、俺はゲートのことをシノブに聞くことができなかった。聞いて、もしシノブの口から恨み事が出てしまったら、どうしたらいいかわからなかったのだ。

「そうか。なにかあったら、すぐに言ってくれ」

「ありがとう。クリシュさんも、仕事頑張ってね」

フィルクス様の使いだと言ってしまった手前、長居はできなかった。手を振り、見送るシノブに別れを告げて来た道を戻る間も、ずっとシノブのことを考えていた。

もしも、シノブになにかあったら、必ず力になろう。それだけで罪滅ぼしになるとは思っていない。ましてや、故郷に残してきた家族や友人の代わりになれるなどとは思わないが、せめて、心穏やかに過ごせるように尽力しよう。

その日以来、毎日シノブのもとを訪れるのが俺の日課になった。

「クリシュさん、今日も出かけるんですか。毎日どこに行ってるんです？」

毎日休憩時間になるとブランシュに乗って出かけることを不思議に思ったのか、部下に呼び止められた。

「ちょっとな」

ブランシュを全力で走らせてシノブの家まで行き、顔を見てすぐに戻っても、昼の始業時間ギリギリになってしまう。部下にかまっている時間などなく、適当に濁してブランシュにまたがった。

「そんなに忙しくしてたら、アンネッテ様とデートする暇もないんじゃないですか？　そのうちに愛想を尽かされますよ」

「余計なお世話だ」

むしろ、望むところだと内心で思いながらブランシュを走らせた。

その後も、シノブは変わりなく過ごしているようだった。俺が様子を見に行くと畑の世話をしていることが多く、元気に挨拶をしてくれる。

「クリシュさん、今日もお使い？　お疲れ様です」

「ああ、シノブは元気か？」

このやり取りも何度目になるだろうか。白い歯を見せて笑ったシノブは、いつも通りに元気だと答えた。

昨日、シノブからフィルクス様の手伝いができないかと相談されたときは心底驚いた。

なぜ、そんな風に思うことができるのだろう。ゲートに異変が起きていたことを隠していた俺達を恨んで当然なのに、シノブの目は真っすぐに俺を見上げてくる。

謝罪や賠償を要求してもいい立場だというのに、本当に強く、優しい子だ。

俺は、毎日シノブの様子を見るためにここを訪れているはずだった。困っていることがあるなら力になろうと。シノブの人生を狂わせてしまった代わりに、せめて心穏やかに過ごして欲しいと願って始めたことだったが、いつのまにか、シノブの笑顔に元気づけられているのは俺のほうになっていた。

この世界の希望が消えたわけではないのだと。笑っていれば、明日は来るのだと言われているようで、シノブの顔を見た後は、スッキリとした気持ちで仕事に臨むことができた。

「やれやれ、会議続きで頭が痛くなるな。これなら、旅に出ているほうがずっといい」

「まったくです」

この日は朝から会議続きだった。二年の旅の間に採取した植物の分析が半分ほど終わり、それらの報告を受けたがいい知らせは得られなかった。報告が長引いた結果、もうすぐ昼になろうとしている。この後すぐに、次の旅に向けての会議が始まる予定だ。

この分だと、昼間にシノブのところへ行くのは無理だな。せめて、夜に家の灯りを見ることで無事を確認しようと思案していたところだった。

「ノルン、これ、差し入れだよ！」

聞き慣れた声に反応した俺の視線を追ったフィルクス様がシノブを発見した。

「あれは……」

シノブは管理所のノルンと、その幼馴染と三人で談笑していた。明るい話し声がこちらまで届いている。

「彼は、元気でやっているようだな。安心した」

「はい」

フィルクス様もゲートの報告を受けて、シノブのことを案じていたのだろう。あまり表情を崩すことのない端整な顔の上司が、珍しくホッとした表情を浮かべている。

ゲートの異変をプロジェクトの担当者が隠していたのは、不甲斐ない結果しか出せない己のせいだと自嘲していたフィルクス様も、シノブの笑顔に癒されているのかもしれない。

「ゲートがあった部屋、見せてもらえない？」

「ゲートの部屋ですか……。申し訳ありません。あの部屋は今、封鎖しているんです」

彼等の会話を聞いて、フィルクス様と顔を見合わせた。あの部屋は、確かに現在封鎖され、鍵がかけられている。

「部屋くらい、見せてやったらいい」

突然の登場にシノブが驚いている間に、サッと鍵を持ってこさせたフィルクス様は、俺に鍵を預けて案内を命じた。

「本当にいいんですか？　クリシュさん、今日はフィルクス様のお使いはないの？」

「今日は？」

「だって、ここのところ毎日お使いを頼まれていたよね。大事なお役目があるんでしょう？」

内心で『しまった』と思いながら、無言を貫いた。シノブの様子を見に行っていることは、誰にも言っていなかったのだ。

「なるほど」

ニヤリと笑ったフィルクス様に、背中に汗が伝った。別に、悪いことをしているわけじゃないが、なんとなく、このことは知られたくなかった。特に、フィルクス様には。

「案ずるな。今日は頼み事はないのだ。明日からはまた、毎日頼むかもしれないがな。なぁ、クリシュ」

この方は、案外人をからかうのがお好きなのだ。今も、面白いことを知ったと内心でほくそ笑んでいることだろう。後でからかわれるに決まっている。

幸いなことに不思議そうにしているシノブには、俺の動揺は伝わらなかったらしい。シノブの様子を見に行くためだけに毎日訪れていると知ったら、彼のことだ、遠慮してしまうだろう。今日ほど兜を着けていて外からは顔が見えなくてよかったと思ったことはなかった。


ヒンヤリとした地下への階段を俺を先頭に降りる。

ゲートが存在していたときは、たくさんの職員が行き交っていた階段も、閉鎖された今はシンと静まり返っている。

三人分の足音だけが響く通路を物悲しく思いながら歩いていくと、厳重に鍵をかけられた扉が見えた。

「入っていいぞ」

鍵を開けて振り返ると、緊張した表情のシノブが手を握り締めているのが見えた。

シノブが迷子になった日の、小さな手の柔らかさを思い出し、そんなに強く握っては傷ができてしまうのではないかと心配になった。

騎士という職業柄、仲間の怪我を見ることなど日常茶飯事なはずで、爪でできた傷くらいでは死ぬこともない。なのに、シノブの掌に赤い跡が付くところを想像すると、なにか柔らかいものでも握らせようかと思ってしまう。

シノブは部屋の中央まで進み、ゆっくりと周りを見回した。この部屋にあったアーチはすでに撤去されていて、もうなにも残っていない。いくら見回しても、石の壁があるだけだ。

それでも、ゲートがあった痕跡を見つけようとするように、部屋の隅から隅まで視線を走らせるシノブの顔が動くたびに細い首が頼りなく見えて、なにかの拍子に簡単に折れてしまうのではないかと不安を感じた。

「本当に、消えたんだな」

消え入りそうな声で呟いたシノブは、スンッと鼻を啜った。泣いているところなど見られたくないだろうと知らぬ振りをしようと思ったが、ゴシゴシと乱暴に目元を擦る姿を見て、思わず後ろから腕を掴んでいた。

「あまり擦るな。目が赤くなる」

真上を向いたシノブの顔が、俺の視界に逆さまに映った。どうやら間に合わなかったようで、鼻の頭と目元がすでに赤くなってしまっていた。

こんなときにはなんと言葉をかけたらいいのだろうか。慰める言葉の一つも思い浮かばないから、アンネッテ様に堅物などと言われてしまうのだろうな。

「僕、元気だよ」

ニコリと笑った拍子に、細めた目から涙が一粒落ちるのを見てしまった。俺が腕を掴んでいるせいで、拭われることがなかった水滴はシノブの柔らかな頬を伝い、顎の先から床へと落ちた。

元気だというのは強がりだろう。それでも、俺は君には笑っていて欲しい。故郷を失ったシノブにこんなことを思うのは残酷なのかもしれない。だが、君の笑顔が俺に教えてくれたのだ。笑っていればまた明日が来るのだと。

俺は笑うのがあまり得意ではないのだが、君が笑っていてくれるなら、俺も努力しよう。

「そうか、元気か」

「うん、元気」

どうにもシノブの頭はちょうどいい位置にあっていけないな。別に子供扱いしているわけではないんだが、手が勝手にシノブの頭を撫でてしまう。サラサラと指の間を通る髪の手触りも、頭を撫でてしまう原因かもしれない。

「もう気が済んだか?」

「うん。なんか、ゲートが消えたってことを自分の目で確認したら、スッキリしたかも。クリシュさん、忙しいのに案内してくれて、ありがとうございました」

「いや、こちらこそ礼を言おう。おかげで会議に出ずに済んだ。長時間座っているのは苦手なんだ。それなら、街を巡回しているほうがずっといい」

「あははっ、クリシュさんにも苦手なものがあるんだ?」

まだ少し目元の赤いシノブの笑顔に目を細めた。

シノブの気持ちが少しでも晴れてくれたなら、それでいい。

しかし、シノブの付き添いで来たクゥジュとかいう青年はどうしたのだろう。なにかに驚いた様子で俺とシノブを見比べているんだが。


「クリシュさん、もうすぐ光苔の繁殖期ですね。やっぱり、アンネッテ様と見に行くんですか？」

光苔の繁殖期か……。そうか、もうそんな時期か。

毎年この時季になると、街中がソワソワと浮き足だつ。特に若者達は、恋人と見物に行くために休暇の争奪戦を始める。この日に夜勤が当たった者は、勤務を代わってくれる者を探して走り回るのだ。俺にとってはどうでもいい話だが。

「馬鹿を言うな。嫁入り前のアンネッテ様を夜に連れ出すなど、ご両親がお許しになるわけがないだろう」

「またまたー、そんなことを。アンネッテ様ももう成人だし、クリシュさんが次の旅に出る前に結婚するんじゃないかって、街中その噂で持ちきりですよ。光苔の繁殖期なんて、プロポーズするには絶好のシチュエーションじゃないですか」

そんな噂が出回っているのか。だから、早く恋人ごっこを解消しておけばよかったのだ。長く離れている間に心変わりしたというのが一番自然な理由ではないか。それにしても、ろくにデートもしていないのに、よくもそんなおめでたい噂が出てくるものだ。

「いいですよねー。アンネッテ様は美人だし、初々しい幼妻なんて男の夢ですよねー。羨ましいなー」

確かに、これが惚れた相手なら男冥利に尽きるというものだろう。だが、俺の場合は面倒な役目を押しつけられて、正直迷惑しているのだ。偽の恋人関係を羨ましいと言われても『どこが？』といった感じだ。

「おい、巡回に集中しろ」

なにを想像してるのか、ふわふわした足取りで歩く部下を叱りつけ、注意深く市場を見渡した。

露店商の店主と客の小競り合いを諫め、夫婦喧嘩の仲裁をしながら、この街は平和だなと、ふと思う。

生命の木を管理する街としてほかの場所よりも騎士の数が多いのも影響しているのかもしれないが、この街の住人の表情は明るく、治安もいい。

旅をする途中で訪れた街には、暗い気配を醸し出す寂れた街も多かった。子供が生まれないということの影響は、地方の街ほど顕著に現れているように思う。

もともとの人口が少ない小さな村や町は人手不足に喘ぎ、働き手を失った畑は放棄され、人がいなくなれば商売が成り立たず、商人は別の町へと去っていく。

商人が去れば店がなくなり、店がなくなれば働き口がなくなり、また人が去っていく。この悪循環を止める手立てはなく、心が荒めば犯罪も増える。結果、治安は悪くなるばかりだ。

「そういえば、また盗賊が出たそうですね」

昼間から飲んだくれていた酔っ払いの喧嘩を治めた部下が、潜めた声で呟いた。

「奴等が狙うのは、年寄りや出稼ぎに出ていて夫が不在の女子供が暮らす家ばかりだそうです。卑怯な奴等だ。移動しながら盗みを繰り返し、だんだんとこの街に近づいてきてるって話ですよ」

「ああ、報告は受けている。例の五人組の盗賊だな。逃げ足が速く、地方でも手を焼いているようだ。まだ距離があるが、この街にもいずれ現れるかもしれないな。まだ死人が出ていないのが救いだが、徐々に行為がエスカレートしているようだ。気を引き締めて警備にあたらなければなるまい」

頭をよぎったのはシノブのことだった。彼が暮らす家は、街から離れた一軒家だ。周りに民家はなく、酪農や農業を営む家が離れたところにポツリポツリと点在している場所だ。

今話題になった盗賊にとって、これほど狙いやすい家はないだろう。やはり、一日一度は様子を見に行ったほうがいいだろうな。

俺がシノブの家に出入りすることが、犯罪への抑止力になるかもしれない。騎士の知り合いがいる家に強盗に入ればどうなるか、馬鹿でなければ理解できるはずだ。

騎士は寝食を共にすることが多いせいで、繋がりが強い。仲間の知り合いが傷つけられたとなれば、草の根を分けてでも探し出し、どこへ逃げようと必ず捕まえる。調子に乗っている盗賊も、騎士が出入りしている家だと知れば避けて通るだろう。

シノブが管理所を訪れたあの日から、昼が近づくとフィルクス様から声がかかるようになった。『今日も行くんだろう?』と。

なにを思ってのことかは知らないが、休憩時間を少しくらい過ぎても咎めないから、ゆっくりしてくればいいとも言われたことがある。

休みの日ならゆっくりとシノブと語らうのもいいかもしれないが、さすがに仕事中に私用で遅刻するのはいかがなものだろう。騎士が巡回する場所は毎回決められていて、主に街の中を対象としているのだ。

自主的に休み時間を使って巡回するのは自由だが、対象外の場所へ出かけて始業に遅れるのはサボっていると思われても仕方のないことだ。

秩序を守るべき騎士が勝手なことをしていると市民が知ったらどう思うだろう。俺が咎められるのはかまわないが、特別扱いをしているとシノブを悪く思う者が現れたら。よかれと思ってやっていることが、シノブを傷つけることになりかねない。

「クリシュは真面目だな。少しは肩の力を抜いたらどうだ？」

「これは俺の性分ですから。変われと言われても、簡単に変えることができるものでもありませんので」

フィルクス様は、『これだから堅物は』といった表情で、横目で俺を見た。こういう表情は、アンネッテ様とよく似ている。性格はまったく違うが、確かに血の繋がった兄妹なのだと実感させられる。

「クリシュ」

「はっ」

「アンネッテの我儘に付き合うのが嫌になったらいつでも言いなさい。私からもアンネッテに言ってやろう。口から先に生まれてきたかのような姦しいアンネッテに、お前が口で勝てるとは思わないからな。私が手を貸してやろう」

「はぁ、ありがとうございます」

フィルクス様の気遣いは大変にありがたいと思う。思うのだが、アンネッテ様の実の兄を目の前にして、『とうの昔に嫌になってますが』と言えるほど、俺は無神経ではなかった。

シノブの家を目指すブランシュの足取りは軽い。その原因を俺は知っている。ブランシュは、シノブが飼っている馬に恋をしているのだ。

ブライアンと名付けられた牝馬は立ち姿が凛として美しく、シノブが丹精に世話をしているおかげで毛並みも煌めいている。我が相棒ながら、なかなかいい趣味をしていると思う。

しかし、気位の高そうな様子から、すり寄ったところで簡単に落とすことは難しいと思われる。

発情期ではない牝馬に無闇に牡馬を近づけると蹴られてしまうため、あまり近寄らせないように気をつけているのだが、会うたびにブランシュの想いは加速しているようで、そろそろ抑えるのも難しくなってきた。

「ブランシュ、彼女はシノブの大切な家族だ。粗相のないように頼むぞ」

相棒は俺の心配に気づいているのか、いないのか。日に日にシノブの家に向かって走る速度が速くなっていく。アンネッテ様を見ていても思うことだが、恋をするというのは、これほどパワフルになれるほど夢中になるものらしい。それは、人でも馬でも同じようだ。

赤い屋根が見えてくると、ブランシュの走る速度がますます速くなった。制御するのも一苦労だ。諫めて家の前の公道で足を止めさせ、畑の方向へ視線を向けると、いつもならすぐに気がついて手を振るシノブの姿がなかった。

いつもと同じ時間のはずだが、昼飯を食べているのだろうか。ブランシュの手綱を持って畑に近づくと、シノブが『僕の家族』と言って大切にしている家畜達が、思い思いの場所で草を食んでいた。

「シノブ、いないのか？」

家の扉を叩いても返事はなく、念のためにドアノブに手をかけると鍵がかけられていた。

何度か声をかけて不在を確認して畑に視線を走らせる。家の周りを取り囲むように生えている雑草がサワサワと風に揺れ、家畜達は穏やかに過ごしていて、いつもと同じ光景なのに、シノブの姿だけが見当たらない。

昼間に部下と話した盗賊のことを思い出し、心がざわめいた。番犬のポチが畑を掘り返して大根を盗み食いしていることから、シノブになにかがあったわけではないということは想像が付いた。もしなにかあったのなら、こんなに呑気にしていないだろう。

しかし、頭で理解するのと気持ちとは別物で、わけの分からない焦燥感に駆られて家の周りを早足で一周してみる。

ぐるりと回ってもとの場所へ戻っても、シノブの姿を見つけることはできなかった。

「ポチ、お前の主はどこだ？」

ポチは俺の言葉にピクリと耳を動かすと、『フンッ』

っと鼻息を飛ばしてそっぽを向いた。前から思っていたのだが、コイツは子供へ対する態度と大人に対する態度が随分と違う。シノブの手前、俺に対して牙を剝くことはなくなったが、受け入れているわけではないというのが雰囲気で感じ取れる。

番犬なのだから、主以外に簡単には気を許さないというのは当たり前で、普段の俺であれば賞賛するところだが、シノブの姿が見えないことに自分でも意外なほどに気が立っているようだ。意図せずに、低い声が出た。

「ポチ、座れ」

気迫に圧された番犬が、ソワソワと足踏みをした後に、命令通りに尻を地面につけた。

「お前は知っているな。シノブはどこへ行った？」

今の俺は、罪人へ尋問をするときのように険しい顔をしている自覚がある。

この世界は優しいことばかりではない。日々治安が悪くなるのを旅の間に肌で感じたせいで過敏になっているのかもしれないが、シノブが心配だ。

彼はまだ、この世界に来てから日が浅い。知らぬ間に危険なことへ足を突っ込んでいることもあり得る。

「ポチ」

「ワンッ」

もう一度名前を呼ぶと、ポチは街の方向へ顔を向けて一声鳴いた。街にはシノブの友人のノルンがいる。その途中には、ノットとマルコ兄弟の畑があったはずだ。そのどちらかということか。

「怒ってすまなかった」

厳しい態度を詫びると、ポチは俺に横腹を見せるような体勢を取った。これは、犬にとって服従を意味する。どうやら俺を自分よりも強い存在だと認識したようだ。

「ブランシュ、行くぞ」

シノブを探しに行くためにブランシュを呼ぶと、いつの間にか俺のそばを離れてブライアンの背後から覆い被さろうとして蹴り上げられているところだった。

「お前はなにをやっているんだ。粗相のないようにと言っただろう！」

ご婦人へ許可もなく覆い被さろうとするなど、なにを考えているのだ。馬であっても怒るのは当然だ。

慌てて手綱を取って二頭を引き離すと、ブランシュは情けなく嘶き、ブライアンは鼻息荒く苛立たしげに前脚で地面を蹴った。

「すまなかったな」

ブランシュの飼い主として謝罪すると、ブライアンはもう一度前脚で地面を蹴った。その様子が、『飼い主ならちゃんと躾して』と言っているように感じて、申し訳なく思った。

結果として、シノブはノットとマルコの畑へ手伝いに行っていただけだった。なにかトラブルに巻き込まれたのではないかと思っていた俺の心配は杞憂に終わった。

兄弟達の畑で水を撒くシノブの姿を見つけたときは心底ホッとしたが、昂っている気持ちが態度に表れていたのか、弟のほうを怖がらせてしまった。

「クリシュさん、もしかして探してくれてた？　ごめんなさい。昨日言っておけばよかったな」

「いや、こちらこそ、すまない。治安が悪くなっているからな、少し過敏になっていたようだ。シノブの行動を制限するつもりはないのだ。君には自由に過ごす権利がある」

「ううん、毎日来てくれてるのを知ってたのに、僕の考えが足りなかったんだ。これからは、出かける予定があるときはクリシュさんに報告するよ」

市民の暮らしを守るのが騎士の仕事だ。だが、俺はおそらく別の職に就くことがあったとしても、シノブになにか困難なことが起きたら駆けつけるだろう。

ノットとマルコの兄弟が、時折歓声を上げながら畑に芽吹いた野菜の苗に水を与えている。俺と話をしているシノブの名前を呼び、『早く来て！』と手を振った。それに片手を上げて返事をしたシノブが、別れの挨拶を告げて走っていく。

この辺りはどこも同じような風景が広がっていて、先ほど訪れたシノブの家でも家畜が草を食む長閑な光景が見られた。

だが、シノブの姿がそこにあるかないかで、こうも印象が変わるのかと、その存在に尊さすら感じた。

シノブがいる風景は、こんなにも優しく目に映るのかと。

彼が笑っている光景を守るためならば、街から離れたこの場所に通うことも苦にならない。

明日も俺は、この光景を守るためにブランシュを走らせるだろう。

第14章　君と花（クリシュ）

巡回中、市場に店を構える花屋に目が止まった。色鮮やかな大輪の花が咲き誇っていて、そこだけ別世界のように華やいでいる。ご婦人がそのうちの一つを包んでもらっていた。誰かへのプレゼントだろうか。花の香りに微笑み、嬉しそうに去っていく。

ご婦人方に好まれるのは、見映えのする派手で豪華な大輪の花だ。従って、店に置いてある花も見映えのする派手な花が多い。

「ここにもない、か」

俺が探している花は、もっと小さくて、地味で、可憐で、儚げな花なんだが。

ピンク色で、小さくて、花弁が五枚。花などそこら中に咲いていると思っていたが、いざ探してみるとなかなか難しい。

光苔の繁殖期をシノブと見に行ったのは、単なる思いつきだった。部下達が家族で出かけるとか、恋人を誘ったと話しているのを聞いて、シノブもノルン達と出かけるのだろうと思っていたのだが。聞けば、シノブは行かないという。

一度管理所で会ったことがある、クゥジュというノルンの幼馴染の青年がプロポーズをするのだと、自分のことのように嬉しそうに話していた。

邪魔しないように、ノルンからの誘いを断るのに苦労したと。

いつか見に行きたいと語るシノブに、今日の俺の勤務を思い出し、もしかしたら連れていってやれるかもしれないと思った。

俺は、その日は夕方までの勤務だった。久し振りに早く帰ることができるから、日々の疲れを取るために早々に休もうと思っていたのだが。

俺にとっては子供の頃から何度も参加した恒例の行事で、今さら一人で見物に行くほどのものでもないが、シノブにとってはこの世界に来て初めての光苔の繁殖期なのだ。みんなが特別な相手と過ごす夜に一人でいるというのも味気ないだろう。

今から急いで戻って仕事を終わらせれば、繁殖期に間に合うだろうか。夕方に仕事を終えてシノブを迎えに来てとなると時間的にはギリギリだが、シノブにも見せてやりたい。

だが、間に合わなかった場合にぬか喜びをさせないように、シノブにはこのことを黙っていた。

「ブランシュ、急いでくれ」

全速力でブランシュを走らせて街に戻り、なんとか仕事を終わらせることができた頃には就業時間をとうに過ぎて、辺りは夕闇に包まれていた。

急いでいるときに限って面倒事が起こるのはなぜだと内心で苛立っていた俺は、おそらく険しい顔をしていただろう。兜を被っていなかったら周囲の者を怯えさせていたかもしれない。

今からシノブを迎えに行っても光苔の群生地に着く頃には繁殖期は終わっているだろう。俺一人ならば間に合うだろうが、馬に乗り慣れていないシノブを同乗させるとなるとブランシュをゆっくりと走らせねばならず、少々厳しい。

今年は諦めるしかないかと思ったとき、ふと、子供の頃のことを思い出した。幼い俺を人混みに連れていくのは危険だと判断した両親が、穴場だと連れていってくれた小高い丘のことを。

風向きによっては見ることができない年もあるが、今夜は幸運なことに西向きに風が吹いている。あの場所なら急げば間に合うだろう。

繁殖期を見に行く者達もすでに移動を終えており、人がまばらな今ならば、シノブの家までブランシュを全力で走らせることができる。

俺はブランシュに飛び乗り、速度を上げるために体勢を低くして走らせた。


日が暮れてからの突然の訪問にシノブは驚いていた。夜目が利かないのだと外出を渋るシノブの手を引いてブランシュに乗せ、目的地に着いたのはちょうど風に運ばれた胞子が飛んでくる頃だった。

「うわぁっ、凄い綺麗。なにあれ!?」

東の方角から小さな光の粒の大群が飛んでくるのを見ると、シノブはもともと大きな目をさらに見開いて歓声を上げた。嬉しそうにしながらも、一緒に見に来る相手がほかにいないのかと聞いてきたのは、心根の優しいシノブらしいと思った。

両親は俺が成人すると、夢だった果樹園を営むのだといって街を出ていった。

この街からずっと南に行くと、ククリの産地がある。自分で育てたククリを腹を壊すほど食べるのだと宣言した呑気な夫婦は、五年経った今でもククリの栽培に成功していないらしく、年に数度届く手紙に『次こそは必ず成功させる』と意気込みを書いてくる。

ククリは繊細な植物で、その道に長けたプロの農家でも栽培が難しいと聞く。大雑把なところがある俺の両親が栽培に成功する可能性はゼロに近いと思うのだが。まぁ、本人達が楽しそうにしているので、好きにしたらいいと思っている。

シノブが聞いてくる『家族』というものが現在一緒に暮らしている者という意味ならば、今俺に家族はいない。勿論恋人も。アンネッテ様とのことは別段言う必要もないだろう。遠くない未来に解消される偽の恋人役なのだから。

家族も恋人もいないと告げると、シノブは嬉しそうな、だが、どこか申し訳なさそうな顔をした。

「ほら、シノブ。近づいてきたぞ」

チカチカと瞬く胞子の色が白から青へ、そしてピンクへと変化すると、シノブは胞子を追いかけて走りだした。捕まえようとすると指の間をすり抜けていく胞子を夢中で追いかけている様子に自分の子供の頃を思い出してふと笑いが漏れた。

俺は、自分ではあまり覚えていないが暇さえあればそこら中を走り回っているような、落ち着きのない子供だったらしい。

幼い頃の俺と同じような行動をするシノブを見ていると、案の定草に足を取られてひっくり返ってしまった。起き上がる気配がなく、まさか怪我をしたのかと草をかき分けて探すと、シノブは仰向けの状態で夜空を見上げていた。

目を離すのが惜しいのだというように、大きな目をさらに見開いて瞬きを忘れたように胞子が飛び交う夜空を見上げるシノブは、見ているほうが切なくなるような表情で涙を流していた。

俺が知っているシノブは、いつも笑顔だった。泣いているところを一度だけ見たが、それ以外は不自然なほど、シノブはいつも笑っていた。

それは本心から楽しかったわけではなく、周囲の者と円滑な人間関係を築くための処世術だったのではないかと、そのときに初めて思い当たった。俺はシノブのことをなにもわかっていなかったのだ。

故郷を離れて寂しくないわけがない。頼る者の少ないこの世界で、不安にならないわけがない。

ゲートが消滅してから毎日シノブの元へ通ったが、変わらぬ様子で過ごしているのを見て『案外平気そうだ』などと思っていた俺は、本当に馬鹿だった。

なにが『せめて穏やかに過ごして欲しい』だ。なにが『君には笑っていて欲しい』だ。そんなのは、俺の勝手な思いを押しつけているだけだ。

シノブには悲しいとき、寂しいときにそばで寄り添い、受け止める存在こそが必要だったというのに。

俺は、まだ間に合うだろうか。安心して泣いていいのだと思われる存在に、俺はなれるだろうか。

気がつくと、シノブの頬に触れていた。両手で頬を挟み、親指で涙を拭う俺を見てシノブは不思議そうな顔をして、ゆっくりと瞬きをした。

「胞子がついていた」

下手な言い訳だ。らしくない自分の行動に動揺して、そんな言葉しか出てこなかった。

「僕の世界には、桜っていう、ピンク色の花を咲かせる木があるんだ。一斉に咲いて、すぐに散ってしまうんだけど、さっきのピンク色の胞子が飛んでいくのを見て似てるなって思ったら、懐かしくなった」

サクラ。サクラ。それは、どんな花なんだろうか。

シノブが涙を流すほどに懐かしいと思う花とは、どんな形をしていて、どんな香りを放つのか。

頭の中で『サクラ』の名を何度も復唱して、その名を刻み込んだ。

もう二度と戻ることができないシノブの故郷。シノブが語る懐かしいもの、美しいもの、醜(みにく)いもの。そのすべてを頭に叩き込んで覚えておこう。こんなことでシノブの気持ちが救われるとは思わないが、君が生まれた世界は確かに存在するのだと、俺が生きた証人になろう。

君が遠い未来に年老いて、懐かしい故郷の話を『こんなこともあったんだ』と語ったときに、『そうだったな』と隣で頷いてあげられる存在になれるように。

帰り道、ブランシュの背に揺られながらサクラのことをたずねてみた。

「サクラとは、どんな花なんだ？　もう一度聞かせてくれ」

「うーんとね、ピンク色で、花弁が五枚の小さな花だよ。僕の指先くらい。それが木の枝いっぱいに咲くんだ。下から見上げると、空が見えなくなるほどにたくさん花を付けて、風が吹くと花弁が散ってヒラヒラって地面に落ちて、一面ピンク色になるんだ。凄く綺麗なんだよ。僕がもとの世界で一番好きだった花なんだ。クリシュさんにも見せてあげたいなぁ」

俺が知っているピンク色の小さな花といえば、生命の木くらいだ。今まで花に興味を持ったことはなく、それ以外は名前も知らない。食える山菜ならそこそこ知っているんだが。

シノブが故郷で一番好きだった花と似たものを探すことができたら、喜んでくれるだろうか?

「クリシュさん、あの花屋がどうかしましたか?」

部下に話しかけられて巡回の途中だったことを思い出した。どうやら考え事をしているうちに時間が経っていたらしい。

「いや、なんでもない。行くぞ」

そういえば、この部下の恋人は花が好きだと言っていたような気がする。もしかしたら、コイツも花に詳しいかもしれない。

「ピンク色の小さな花を知っているか?　指先くらいの大きさなんだが」

「あれ、もしかして、アンネッテ様に花束でも贈るんですか?　駄目ですよ、どうせ贈るなら大きくて派手な花じゃないと。そのほうがアンネッテ様も喜びますよ。俺の恋人も花が好きなんですけど、前に大輪の真っ赤な花を束にした大きな花束をプレゼントしたら、そりゃあ喜んでくれて……」

「いや、もういい。忘れてくれ」

どうやら聞く相手を間違えたようだ。どこかに、小さな花に詳しい人物はいないだろうか。

この後も数人に同じ質問をしてみたが、俺が探しているサクラに似た花を知っている者は誰もいなかった。武骨な騎士に聞くこと自体が間違っていたのだ。

「クリシュ、花を探しているのですって?　騎士達が噂をしているのを聞いたのよ。私への贈り物か?　って」

アンネッテ様が俺の元を訪れたのは、午前中の業務の日報を書いているときだった。

「ご安心ください。アンネッテ様への贈り物ではありませんので」

「そんなのわかってるわ。クリシュが私に花を贈る理由がないもの。そうじゃなくてね、探している花があるなら協力してあげましょうか?」

嫌な予感がする。アンネッテ様が親切心だけで、こんなことをするわけがないのだ。絶対に見返りを求められる気がする。

「私なら街の花屋のことならクリシュよりもよく知っているし、素敵なお庭を持っているお宅のことも知ってるわ。お願いしたら見学させてくれると思うの。その代わりに、私のお願いも聞いて欲しいの」

やはり来たか、と身構えた。アンネッテ様からのお願いは、いつも突拍子がなく、面倒なものが多いのだ。

だが、確かに特定の花を探すにあたって、これほど力強い味方はいないだろう。

「お願いとはなんでしょうか?」

「デートよ」

「……は?」

なんだろうか、今、あり得ない言葉が聞こえたような気がするのだが。

「もうっ、私達は今、振りとはいえ恋人同士なのよ!? クリシュが戻ってから一度もデートしてないなんて、不自然じゃない。お父様に言われてしまったの。光苔の繁殖期にも一緒に出かけないなんて、お前達は本当に交際してるのかって。疑ってるのよ、私達のことを」

まあ、そうだろうな。街の住人ならいざ知らず、身近にいる人間なら俺達の関係を不自然に感じるのも仕方ないだろう。

もともと無理があったのだ。アンネッテ様はよく言えば素直、悪く言えば単純で、嘘が下手くそだ。

どんなに頑張って恋人の真似事をしても、恋慕の情がないことなど目を見ればわかってしまう。

「ご両親に本当のことをおっしゃってはいかがですか。誤魔化し続けるのはもう限界でしょう。俺も、これ以上は協力できません。街では俺達の結婚が噂されているそうです。その話が現実になってしまったら、アンネッテ様はどうするおつもりですか」

「もう少しだけ待って!!」

アンネッテ様は、上等なドレスのスカートが皺になるほどに握り締め、必死に俺を見上げてきた。

「私だって、わかってるわ。クリシュに迷惑をかけていることは。でも、本当のことを話したら、お父様達はギルバート様をきっと責めてしまう。『娘のなにが気に入らなくて断るのか』って。権力を使ってでも、無理矢理に私と結婚させるでしょう。でも、そんなの嫌なのよ。無理矢理に結婚話を持ちかけられることがどんなに嫌か、よく知ってるわ。私がそうだったから。

愛している方がいるのに、ほかの人と家庭を持つことなんてできない。ギルバート様に私と同じ思いをして欲しくないの。だって、あの方は、亡くなった奥様をまだ愛しているんですもの」

ギルバート殿の奥方は、もう六年も前に亡くなっている。事故でも病気でもなく、老衰で。奥方は、ギルバート殿よりも四十歳も年上だったのだ。

これは有名な話だが、ギルバート殿が管理所で働きだした十七歳の頃、当時の上司であった四十歳年上の奥方に一目惚れをして、三年かけて口説き落としたのだそうだ。これほどの年の差の夫婦は恋愛や結婚において年齢差をあまり気にしないこの世界でも珍しく、当時話題になったらしい。

それはもう仲睦まじい夫婦で、見ているほうが照れてしまうほどの愛妻家だった。奥方の最後は、自宅でギルバート殿が看取(みと)ったのだと聞いている。

ギルバート殿がアンネッテ様を冷たく突き放すことができないのも、その辺りの事情が影響しているようだ。いつだったか、言っていた。アンネッテ様のことを『必死に妻を口説いていた過去の自分を見ているようだ』と。アンネッテ様とギルバート殿の年の差は三十歳。かつて四十歳年が離れた愛しい人を追いかけた記憶を重ねてしまうのだと。

「ギルバート様は私が『お慕いしています』って伝えると、必ず同じことを言うの。『同じ年頃の男性に目を向けなさい』って。結婚したとしても、必ず私は先に逝く。遺(のこ)される辛さを知っているからこそ、気持ちを受け入れることができないって。でも、私はどうしてもギルバート様以外を愛することはできないのよ。たとえ一緒にいられる時間が短くても、あの方以外には考えられないの。だから、お願いよ。もう少しだけでいいの。せめて、私が十八歳になるまで力を貸して。それでも駄目なら諦めるわ」

これは参った。俺は、アンネッテ様の泣き顔に弱いのだ。小さな頃から知っている分、泣き顔を幼い頃と重ねてしまう。

ギルバート様の気持ちを変えるのは難しいかもしれない。奥方のことからもわかるように、ギルバート殿は年上趣味なのだ。好みとは真逆のアンネッテ様の想いが届く可能性など無に等しいが、アンネッテ様が納得するまで、あと数ヶ月の間ならば、このまま協力することにしようか。

「アンネッテ様、俺が探している花はピンク色で花弁が五枚の指先ほどの小さな花です。心当たりはありますか？」

自分のお願いが受け入れられたことに気がついたアンネッテ様の表情が華やいだ。

「そんなに小さな花なの？　難しいわね。でも、絶対に見つけましょう!!　さっそく今日から探しに行きましょう。時間はクリシュのお昼休みの間の一時間よ」

「待ってください、俺は昼は……」

「それ以外の時間は無理よ。夕方以降に外出を許してもらえるのは特別な日だけだもの。後で迎えに来るわね!!」

なんという変わり身の早さだ。先ほどまで泣いていた、しおらしいアンネッテ様はどこへ行ってしまったのか。俺は、対応を間違ったかもしれない。

「これは、しばらくの間は昼の巡回は無理か」

だが、盗賊の件もある。なにかほかの対応を考えねばなるまい。


「クリシュ、見て。コレとコレ、ギルバート様はどちらがお好みかしら？」

アンネッテ様が手に取った男物の腕輪の石は、薄い青色と赤茶だった。そう言われてもギルバート殿の好みなど知らないし、石の良し悪しも俺にはわからないのだが。

「どちらでもいいのでは？」

「ちゃんと選んで！」

やれやれ、と思いながら差し出された腕輪を見比べた。同じ大きさの丸い石が連なったシンプルな腕輪は昔から親しまれている装飾品で、手頃なものから目玉が飛び出るほど高価なものまでさまざまだが、アンネッテ様が選んだのは露店で売っている比較的安価なものだった。ギルバート殿の誕生日に贈るつもりなのだろう。

これくらいの値段のものならば、受け取るほうも気負わずに済むのではないだろうか。

アンネッテ様もいろいろと考えているのだ。ギルバート殿ならば、それがどんなに素晴らしいものでも高価なものは決して受け取ろうとしないだろう。贈り主が自分に気がある相手であればなおさら。

仕事の邪魔にならず、日常的に身につけることができるシンプルなもの。気軽に受け取ることができる金額のもの。自由奔放なアンネッテ様が相手のことを考えた贈り物ができるようになったのだと、感慨深く感じながら赤茶色の石を指さした。

「では、赤茶のものを」

「えー、青いほうが綺麗だと思わない?」

「あの方への贈り物ですよね? ならば、アンネッテ様の髪の色と同じ赤茶色のほうがよろしいのではないかと思っただけです。部下から恋人と互いの瞳の色と同じ色の腕輪を贈り合ったと聞いたことがあったので」

周囲の者に聞こえないように小声で囁くと、ギルバート殿が自分の髪の色を身につけているところを想像したのか頬を赤らめた。

「これをいただくわ。あと、翡翠色の女性用の腕輪も」

赤茶の腕輪を即決し、自分用にギルバート殿の髪の色と同じ翡翠色の腕輪を選んだアンネッテ様はさっそく腕につけていた。

「どう、似合うかしら?」

「お似合いですよ」

ギルバート殿の誕生日は、たしかアンネッテ様の誕生日の前日だったはずだ。アンネッテ様の言葉を信じるなら、その日が想いを伝える最後のチャンスになるだろう。できることなら幸せになって欲しい。一生懸命に選んだ腕輪が無駄にならないように祈ることしかできないが。

「本当は私、自分の髪の色が好きではなかったの。赤茶色なんて平凡だし、フィルクスお兄様みたいに綺麗な金髪がよかったってずっと思ってたわ。でも、この髪と同じ色の腕輪をギルバート様に身につけていただけるのだと想像したら、地味な髪色も悪くないかもって思えるわ」

頬を染めて笑うアンネッテ様は、文句の付けようがないほどに可愛らしかった。俺とのデートはただの口実で、本当の目的はギルバート殿への贈り物を選びたかったのだろう。

アンネッテ様はこれでも深窓の令嬢だ。一人で外出することは許されていないのだ。必ず数人の御付きの者と警護の騎士が付き従うことになっている。事情を知らない者を連れてプレゼントを選ぶわけにもいかず、さぞヤキモキしていたことだろう。

それにしても、前にも思ったがアンネッテ様は随分と大人っぽくなられた。恋をすると女性は美しくなるというが、その言葉は間違いではないのだなと思う。

シノブもいつか恋をして、好きな相手を思い浮かべてこんな表情をする時が来るのだろうか。女性と微笑み合う姿を想像して、腹の奥がチリッと疼くような感覚に眉を寄せた。

なんだ、今のは。一瞬のことだったが、なにか、とても狭量な感情だった気がする。

「クリシュ、ありがとう。貴方のおかげで素敵なものを買えたわ。さぁ、次はクリシュの番よ。必ず目的の花を見つけましょう。今日は街の花屋を巡って、見つからなければ明日からは庭園を持っている知人のお宅に案内するわ」

まずい。危うくアンネッテ様の言葉を聞き逃すところだった。

「お待ちください、花探しに付き合っていただくのは今日だけで充分です」

「あら、今日だけで全部を探すなんて無理よ。それに、さっきお手紙を書いてお庭を散策する許可もいただいているの。明日からは三軒ずつ訪問する予定を立てたのよ。どう、クリシュ。私だってなかなかやるでしょう？　この判断力と計画性はお兄様にも引けを取らないんじゃないかしら」

「……」

誉めてくれとばかりに得意気に話すアンネッテ様に思わず無言になってしまった。庭園の持ち主にもう約束を取り付け済みでは断ることもできない。一体何軒のお宅に連絡を入れたのだろうか。

『明日からは』と言ったことから察するに、一日では終わらないだろう。

これは、数日の間は昼間にシノブの家に巡回に行くのは無理そうだ。

「ねえ、クリシュ。探しているお花は誰かへのプレゼントなのよね。その方のことが好きなの？」

年頃の女性はすぐ恋愛に結びつけて考えるから困るな。俺のことは別にどうでもいいが、変な勘違いをされてシノブが困惑する状況になるのは避けなければ。

「異世界からの移住者ですよ。彼は故郷に帰る術をなくしてしまったので、せめて故郷で好きだった花と似たものを見つけることができれば慰めになるかと思いまして。アンネッテ様が考えているような相手ではないですよ。それに、彼の故郷では同性同士の恋愛は一般的ではありません。俺となんて考えたこともないでしょう」

「まあ、移住者なの。私はまだお会いしたことがないわ。一人きりで異世界に残されてしまうなんて、さぞお寂しいでしょうね。私だったら、きっと毎日泣き暮らしているわ。クリシュ、これはなんとしてでもお花を探さないといけないわね。それで、移住者の方に元気になってもらいましょう!!」

アンネッテ様が、やる気を出してしまった……。手伝いたいと思ってくれるのはありがたい。しかし、アンネッテ様は限度とか、加減というものを知らないから、『なんとしてでも』と言った以上、世界中を探し終わるまで諦めないと言いそうで恐ろしい。

「アンネッテ様、そうはいっても俺にも仕事の都合があります。あまり長い期間探すのは難しいので、すでに約束を取り付けた方の庭園の散策を終えたら、あとは別々に探しましょう。俺は巡回の間に、アンネッテ様はなにかの折に街に出たときに余裕があれば探していただけるとありがたいのですが。それで、何軒のお宅に連絡を入れたのですか?」

「そっか、そうよね。別々に探したほうが効率がいいわよね。クリシュを連れていくので散策させてくださいと連絡したのは九軒のお宅よ。それが終わっても見つからなければ、別行動にしましょう」

九軒。では、三日間か。それくらいならば、まあいいだろう。

「あ、そうだわ、クリシュ。今度時間があるときに家にいらして。お父様とお母様が、クリシュを誘って夕食を一緒にどうかっておっしゃっているの。戻ったばかりで忙しいからってずっと断っていたのだけれど、最近しつこいのよ」

ご両親と夕食会。嫌な予感しかしないな。遠回しに挨拶に来いと言われているのだろうが、行ったら最後、噂になっている結婚話を進められそうで恐ろしい。

「申し訳ありませんが、それは辞退させていただきます。その場で結婚話でも出たら誤魔化すのは難しいでしょうから」

「やっぱりそうよね。今度はなんて言い訳して断ろうかしら」

アンネッテ様の誕生日が過ぎればご両親は真実を知ることになるだろう。そうなれば、おそらく俺は叱責を免(まぬか)れることはできないだろうな。それは最初から覚悟しているが、周囲に迷惑をかけたことへの謝罪も考えておかなければ。

「異常はなさそうだな」

日が落ちて星が瞬く中、灯りが点いた家を少し離れた場所から見つめていた。今日は昼に巡回に来ることができず、終業時間を迎えて家に帰るばかりになったとき、どうにも落ち着かない気持ちになって様子を見に来てしまった。

毎日シノブの顔を見ていたから物足りないような気持ちになっていたことも理由の一つだ。

「ブルルルッ」

ブライアンに会いたいのだろう。不満そうに嘶くブランシュの首を叩いて諭した。

シノブは暗くなるとすぐに就寝すると言っていた。今から訪ねていっても迷惑になるだろう。

「我慢しろよ、ブランシュ。俺も我慢してるんだ。押しかけてブライアンの機嫌を損ねるのは嫌だろう？　三日我慢すれば、また昼に巡回に来ることができる。それまでは、迷惑にならないように外から眺めるだけにしよう」

一階の灯りが消えて、今度は二階の部屋が明るくなり、すぐに消えた。本当にこんなに早く就寝しているのだな。朝は太陽が昇るのと同時に起きているのだろうか。夜勤もある俺達とは違う、健康的な生活習慣がなんともシノブらしい。

「……おやすみ、シノブ。ブランシュ、俺達もそろそろ帰るか」

『ヒンッ』と切なげに小さく鳴いたブランシュを促し、ひづめの音でシノブを起こしてしまわぬようにゆっくりと歩かせた。道すがら雑草が踏み荒らされている様子がないか、虫の音に異変はないかと目を光らせる。

あれ以来、盗賊に関係する情報は入っていなかった。どこかに身を隠しているのか、野垂れ死にでもしたのか。捕まっていないことは確かだ。

最後に現れたのは、いくつもの町を挟んだ、ここからは遠い町だった。いきなりこの街に現れるというのも考えにくいが、もしもということもある。明日から三日の間は終業後に見回りに来ることにしよう。

たった三日だ。ブランシュに三日だけだから我慢しろと言い聞かせたのも俺だというのに。短いはずの三日間がこんなにも長く感じたのは、生まれて初めてだった。

「クリシュさん、もしかして、アンネッテ様と喧嘩でもしました？」

「なぜだ」

報告書を書いていると隣にいた部下が声を潜めて話しかけてきた。顔を上げずに答えると、途端にそれまで騒がしかった詰所の中がピタリと静かになった。

「あー、なんていうか、そのー、ここ三日ほど、クリシュさんが不機嫌だなーってみんなで話してたんです」

「みんな？」

詰所にいたほかの部下達を見回すと、そのうちの何人かが『余計なことを言うな』とジェスチャーをしていた。どうやらコイツは俺の様子を探れとほかの者達に押しつけられたらしい。

「お前ら……、余計なことを聞く暇があるなら仕事をしろ!!」

「「「はい!!　申し訳ありませんでした!!」」」

少々イラッとして怒鳴りつけると、蜘蛛の子を散らすようにドタバタと詰所を出ていった。

「まったく、最近の若い奴等は詮索が好きだな」

しかし、そんなに不機嫌な顔をしていただろうか。

もしそうなら、心当たりがないでもない。

自分でもなにをこんなにイラついているのかわからないが、原因はおそらくシノブのことだ。

あれから今日で三日目になるが、一度もシノブの姿を見ていない。夜の巡回は続けていて、家に点る灯りがシノブの無事を教えてくれるが、まさか就寝前のシノブの家を訪問するわけにもいかず、声すら聞けない状態だ。

たまに街に出ているようだから、もしかしたら昼間街の巡回中に会えるかと思っていたのだが、タイミングが悪いのか偶然会うこともなかった。

アンネッテ様に紹介していただいた庭園の散策も今日が最後だったが、サクラに似た花を見つけるには至らなかった。初日の三軒を見て回った時点でなんとなく結果は予想ができていたが、案の定といったところか。

庭園の持ち主は案内をしながら、如何に自分の庭園が素晴らしいかを自慢気に話していたが、どれもこれも目が痛くなるほど派手な色合いをした花ばかりで、小さなピンク色の花などどこにも咲いていなかった。

俺は兜をつけていたから問題ないが、アンネッテ様は興味のない自慢話を長々と聞かされて愛想笑いが引きつっていた。だが、それも今日で終わりだ。

終業時間を迎えて外に出ると、シノブの家の方向から真っ黒な雨雲が近づいてきていた。どうやら今夜は嵐になるようだ。本格的に降りだす前に、シノブのところへ様子を見に行くとしよう。

いつもより早く来たのだが、シノブの家の一階は灯りが消えていた。ちょうど二階に移動したところだったようだ。すでに雨が降りだしており、時々雷が鳴っている。一般的に馬は大きな音を嫌うと言われているが、なぜかブランシュは雷の音を聞くと興奮しだす。

今も、手綱を強く引くことで制御しているが、気を緩めるとブライアンの小屋まで駆けていきそうな勢いだ。しかし、今日はいつもよりも酷い。

「ブランシュ、落ち着け。ブランシュ!! 一体どうしたんだ」

今思うと、ブランシュはこの後ブライアンの身に起こることを感じ取っていたのではないかと思う。人間にはない第六感と言われる能力で、愛する者に危険が迫っているのだと。

一瞬辺りが明るくなるほどの雷光が周囲を照らし、続いて腹に響くような大きな音が鳴り響いた。

「雨が強くなってきたな。今夜は嵐になるぞ」

いつものように二階の灯りが消えるのを確認して街へ戻ろうとしたのだが、ブランシュはその場から動きたがらなかった。嫌がるブランシュを走らせ街に戻ったことを、俺はのちに後悔することになる。

その一報は深夜を過ぎ、朝日が昇る直前の空が白み始めた頃に届いた。

自宅で休んでいた俺の元に、フィルクス様から伝令の鳥が飛ばされた。赤い羽根の鳥は緊急事態であることを表している。俺はすぐさま鎧を身につけ、フィルクス様の屋敷にブランシュを走らせた。

到着したとき、フィルクス様はガウンを羽織った姿で屋敷の外門のところに立っていた。

「フィルクス様」

「クリシュ、来たか。悪いが、すぐに部下を数人連れて向かってもらいたい。力の波動を感じたのだ。しかも、かなり巨大な。なにが起きているのかはわからないが、とても嫌な感じがする」

「嫌な感じ、ですか?」

フィルクス様がこのような表情をするのは珍しい。

眉を寄せ、険しい表情である方角を見た。その方角に、なにがあるのか。

スウッと、頭から足の先へ血が下がり、次の瞬間に一気に逆流し、体が燃えるように熱くなった。その方角は……!!

「植物が怒っている。もしかしたら、シノブになにかが起こったのかもしれない」

「────ッ、すぐに向かいます！　三名ついてこい。街の外れにある移住者が住んでいる赤い屋根の家だ。俺は、先に行く!!」

フィルクス様と話しているうちに集まった夜勤の騎士に指示を出し、ブランシュに飛び乗った。

なにがあったんだ。シノブに、なにか危険なことが起こったのか。

脳裏にチラつくのは、シノブの顔だった。『元気だよ』と言いながら浮かべる笑顔。畑仕事に取り組む真剣な横顔。からかわれたときの頬を染めて俯く顔。そして、夜空を見上げていた切なげな泣き顔。

「無事でいてくれ……!!」

ギリッと歯を食い縛り、手綱を強く握り締めた。

「ブランシュ、走れ。もっと速くだ!!」

ブランシュは、この命令を待っていたと言わんばかりにスピードを上げた。おそらく、俺達の気持ちは一つになっていることだろう。俺はシノブの、ブランシュはブライアンの無事な姿を一秒でも早く確認したいと思っている。

轟音(ごうおん)を響かせて夜明けの公道を駆け抜けた。ひたすらにシノブの無事を祈りながら進んだ先には目を疑う光景が広がっていた。

「なんだ、あれは」

あるはずの赤い屋根が見当たらない。その代わりに、雑草畑だったはずの場所に森ができていた。

まるで、なにかからシノブが暮らしている家を守ろうとするように森がスッポリと敷地を覆っている。昨夜は、こんなものはなかったはずだ。

近づくと、それがただの森ではないことに気がついた。枝がなく、真っすぐ天に向かって伸びた茎の先を見て、信じられないがそれが巨大な雑草だと思い至ったとき、ブランシュが大きく嘶(いなな)いた。

「ヒヒィーンッ!!」

よりいっそうスピードを増したブランシュの目線の先で、今にも壊れそうなボロボロの家畜運搬用の荷馬車がガタガタと大きく揺れていた。

「シノブ、いないのか!?」

(頼むから返事をしてくれ!!)

そう願いながら叩いた扉の内側に、人の気配はなかった。俺が街を出た頃から考えると、随分と明るくなってはいるが、まだ太陽が顔を出し始めたばかりの早朝だ。眠っているという可能性もあるが、周囲の状況がそれを否定していた。思わず扉を叩く拳に力が入る。

今掘り返したばかりのような濃い土の匂いと、芽吹いたばかりのような若葉の香りの中に、微かに血の臭いが混じっている。嫌な想像に、首の後ろの毛がゾワリと総毛立った。それがシノブのものだという証拠はない。しかし、シノブのものではないという証拠もない。

いずれにしても、『嫌な感じがする』と厳しい顔をしたフィルクス様の言葉が現実になってしまった事実に焦りを隠すことができなかった。

返事が返ってくるまで、実際にはそんなに時間がかかっていなかったと思う。しかし、そのときの俺には、シノブの声を聞くまでのわずかな時間が永遠のように思えた。

「クリシュさん!!」

別の方向から聞こえてきた声にドクリと心臓が大きく音を立てた。

聞き慣れた、男にしては随分と甘い声。しかし、必死さを窺わせるような、声の限りに叫ぶ様子に焦りが募り、鬱蒼と生い茂る巨大化した植物の茎の間に目を凝らした。

(どこだ、どこにいる?)

草葉に遮られ、シノブの姿が見えない。

「シノブ、そこにいるのか!?」

「クリシュさん!!」

声を頼りに駆け出すと、『シノブはこっちだ』と誘導するように草が左右に避けていく。

そのことを疑問に思う余裕はなかった。導かれた先で、こちらに向かって手を伸ばすシノブの姿を見つけた途端、ほかのことへ意識が向かなくなってしまったのだ。

冷静さなど、とうに失っていた。

風の音も巨大植物の葉が擦れる音も消え、シノブの声だけが耳に木霊する。周囲の景色はボヤけて輪郭と色を失い、シノブだけが鮮やかに目に映った。

生きて、動いている。俺の名を呼んでいる。今大切なのはそれだけで、ほかのことなど完全に頭から抜けてしまっていた。近くにシノブに悪さをした犯人が潜んでいるかもしれないというのに、気配を探ることもせずに一直線にシノブを目指した。

「シノブ!!」

「クリシュさん!!」

真っすぐに伸ばされたシノブの手が、鎧を着けた腕に触れた。

爪が白くなるほど鎧を摑みワァワァと大声で泣くシノブが可哀想で、泣きやんで欲しいという気持ちと、好きなだけ泣かせてやりたい気持ちとが交錯する中で華奢な背中をゆっくりと撫でる。

慰めてやりたいのに抱き締めることしかできないのは、俺のほうこそシノブが生きていることに心底安堵していたからだ。

俺は、人間が簡単には死なないことを知っている。血が吹き出るほどの怪我をしても騎士の職に復帰した同僚もいた。しかし、それと同じくらいに人は簡単に死んでしまうこともよく知っていた。

ほんの少し頭を打ちつけたことや小さな切り傷から入った細菌が原因で、信じられないほど呆気なく命を落とした者を何人も見てきたのだ。

生きて再び会えるのが当たり前ではないと知っている分、シノブの体温と心臓の鼓動がなによりも愛しく感じられた。

「酷い怪我だ。一体、なにがあったんだ」

シノブの姿は酷いものだった。なぜか上半身は裸で、体中泥で汚れていない場所を見つけるのが困難なほどだった。

剝き出しの肌に赤黒い痣がいくつも浮かんでいて、鼻血を出したのか顔の下半分に乾いた血がこびりついている。

特に目を引くのは右の瞼で、パンパンに腫れ上がり、ほとんど目が開いていない状態だった。

「クリシュさん、僕、もうダメかと思った」

泣きながら話すシノブの口から語られた五人組の盗賊の話に、深い後悔が押し寄せた。それを警戒して昼間の巡回をしていたのに、たった三日目を離した隙に狙われることになるとは。

盗賊が最後に確認された場所が、この街から離れた場所だと油断したせいで、シノブに恐ろしい思いをさせてしまった。

今さらなにを言ってもシノブの体に刻まれた傷は消えることはない。後悔は、いつだって取り返しがつかないものなのだ。

内心の憤(いきどお)りを深く息を吸うことで押し込め、シノブの肩に手を置いた。

（体温が高い、熱が出てるのか）

興奮状態のシノブは気づいていないようだが、熱を持った体がカタカタと震えていた。

こんな小さな体によくも無体な真似ができたものだと再び激しい怒りが湧き上がった。できることならば今すぐに捕まえてシノブが負った怪我と同じ数だけ殴りつけた後に切り捨ててやりたいが、今はそれよりもシノブの手当てが優先だ。

「話は後だ。まずは、君の手当てをしよう」

「待って、僕、ポチのところに行かないと。水を持ってきてあげるって、約束したんだ」

早く休ませてやりたいと抱き上げたまではよかったが、当の本人から待ったがかかってしまった。こんなときまで自分を後回しにするシノブが悲しくなる。

なぜここまで自分のことを後回しにするのだろう。まるで、自分のことなどどうでもいいと思っているかのように。俺がシノブのことを心配していることも、まるっきり気がついていないのだろう。

いや、気がついていないというよりも、自分のことを心配する者がいるなど考えてもいないのか。

思えば、シノブから家族の話を聞いたことがなかった。もしかしたら、家族と縁遠い人生を送っていたのかもしれない。そう考えると、ただの家畜であるはずの動物達を大切にしている姿にも納得がいく。

シノブがいつも言う『元気だ』と『大丈夫』。この二つの言葉を、自分自身に言い聞かせるために使い続けてきたのだろうか。

頼る者がいない中で、自分を鼓舞するための言葉が『大丈夫』だったのなら、俺はこんなに悲しい意味で使われる『大丈夫』をほかに知らない。

それならば、俺はもうシノブの『大丈夫』を信じない。世界中の人間がシノブの『大丈夫』を信じたとしても、俺は放っておいたりはしない。

たとえうっとうしいと思われたとしても、何度でも手を差し伸べよう。シノブが自分から助けて欲しいと言えるようになるまで何度でも。

「クリシュさん……」

「もう心配いらない。俺に任せて、今は眠れ」

腕の中で気を失ったシノブを抱えて運ぶ途中で熱に浮かされながら俺の名前を呼ぶのに応えながら部下に目配せをした。

察しのいい部下はそれだけで頷き、すぐ様踵を返す。

医者を呼びに行く者と、異常な状態で見つかった盗賊と思われる男の仲間を捜索する者に分かれるのを見届けてシノブを家へと運んだ。

医者の見立てでは、シノブは全身打撲という診断だった。腫れ上がった右目も、眼球には異常なしとの診断結果に安堵したが、打撲を侮ってはいけない。

熱が出るからと飲み薬と打撲への塗り薬を処方した老年の医者は、もう二度と騎士の馬には同乗したくないと言って荷馬車で帰っていった。

シノブの様子を見た部下は、街へ医者を迎えに行くと容赦ないスピードで馬を走らせて連れてきたらしく、到着したとき医者は一人ではまともに立てないような状態だった。

『酷い目にあった』と文句を言いつつも、ベッドに横たわるシノブを見た途端に顔色を変えてテキパキと診察の準備を始めたところを見て怪我の具合がよほど悪いのかと緊張が走ったが、『命に別状はない』の言葉に胸を撫で下ろした。

処方された緑色の飲み薬は、馴染みのあるものだ。俺もたびたび世話になるこの薬は酷く苦味がある。その分効果は絶大だが、新人騎士などはこの薬を飲むと必ず『もう怪我はしない』と心に誓うほどだ。

塗り薬のほうは医者が処置してくれたが、飲み薬はこれから飲ませなければならない。コップに半分ほど入った薬を一匙すくい、シノブの背を支えて唇の隙間から流し込んだ。

「ううっ」

「シノブ、この薬を飲めば楽になるぞ」

一匙口に含んだだけで、顔を歪めてしまったシノブに声をかけながらスプーンを口元へ持っていくと、嫌がって手で払うような仕草を見せた。眠っていても苦味を感じているようだ。

「頑張って飲みなさい」

「やっ」

二口目をなかなか飲んでもらえず試行錯誤しているうちに、シノブはとうとう俺の鎧にピッタリと額を押し当てて完全に顔を隠してしまった。左腕でシノブの首を支えて手にコップを持ち、右手に薬をすくったスプーンを持っている状態では払い除けようとする手を押さえることもできない。

「参ったな……」

ひとまずスプーンを置いてグズるシノブの頭を撫でながら思案する。薬を飲ませないという選択肢はないのだから、無理矢理にでも飲ませるのが正しいのだが、スプーンを使って飲ませていては明日までかかってしまいそうだ。

熱冷ましと痛み止の効果があるこの薬は、今のシノブにとってなによりも必要なものだ。現に熱が上がってきているらしく、首を支えている腕が熱い。

額にも首筋にも玉のような汗が浮かんでいて、腕を伝った汗が鎧を濡らしている。

左手に持ったコップと、サイドテーブルに置いたスプーンと顔を隠すシノブに順番に視線を向け、仕方ないかと天井を仰いだ。

こうするしか方法が思い浮かばない。

「シノブ、すまない。我慢してくれよ」

一匙分しか減っていないコップの中の薬を一気に呷ると、口の中に苦味が広がった。何度か経験しているが、この苦味には慣れそうにもない。

サイドテーブルにコップを置き、左手でシノブの顔を上を向くように固定し、払い除けることができないように、しっかりと両手を巻き込んで抱き寄せた。

暴れて足をバタつかせたときのことも考えて、膝の関節の上に足を乗せておく。

躊躇ったのは一瞬だった。このことを知ったらシノブは怒るだろうか。気持ち悪いと言うだろうか。見るからに純情そうなシノブは、俺を軽蔑するかもしれない。

それでも、熱と痛みに苦しみ続けるのを見るよりマシだ。

(すまない)

聞こえていないと理解しながらも、もう一度心の中で謝ってから唇を重ねた。

「んぐっ!」

口を閉じられないように唇の間に滑り込ませた親指

の爪にシノブの歯が当たった。そのまま噎せてしまわないように少しずつ薬を流し込むと、抗議するようにパタパタと手足を動かすのを体格差を利用して押さえ込む。

薬を押し戻そうとしているのか、時折シノブの舌が俺の唇に触れる。勢い余って口の中にまで入ってきて俺の舌に触れ、未知の感触に怯えるように引っ込んだ。

柔らかく熱い感触にほんの少しだけ胸がざわめくのを後ろめたく感じながら、シノブの喉が動いて薬をすべて飲み込んだのを確認してそっと唇を離した。

「ふぇえっ」

顔を離すと、シノブの目がうっすらと開いていた。薬の苦味に目を覚ましてしまったらしい。熱で潤んだ瞳がくしゃりと歪み、泣き声を上げたことにギクリと体が硬直した。

薬を飲ませるためとはいえ、許可なく唇を奪ったことを非難されるのではないかと覚悟していたのだが、シノブの口から出てきたのは。

「にがい～」

「よしよし、よく頑張ったな。待っていろ、今蜂蜜を舐めさせてやるからな」

泣きながら『苦い、苦い』と訴えるシノブに、慌てて薬と一緒に受け取った口直し用の蜂蜜を探した。水でもお茶でも果汁でも苦味を消すことができないが、唯一蜂蜜を舐めると和らげることができるため、いつも薬とセットで処方されるのだ。

（しまった……、スプーンを二本用意しておくべきだった。）

先ほど薬を飲ませるのに使ったスプーンを使っては、せっかくの蜂蜜に薬が混じってしまう。

「うえ～、にがい～」

まだ半分寝惚けているシノブは、俺の腕をガッチリと摑んだまま離す気配を見せない。

先ほど泥に汚れたシノブの服を着替えさせ、体を拭き清めた後に手を洗ったから汚くはないはずだと誰にでもなく心の中で言い訳をし、人差し指で蜂蜜をすくってシノブの唇に塗りつけた。

「……？　あまい」

唇に付いた蜂蜜を一舐めしたシノブは、パチリと瞬きをして泣きやんだ。まるで化粧を施したようにトロリと輝く唇を舐めきると、足りないとばかりに人差し指を口に含み、チュウチュウと吸いついてくる。

そうしているうちに、シノブは再び夢の中へ落ちてしまった。薬の効果が出始めたのか、先ほどと比べて呼吸が楽になっているようだ。

「本当に、無事でよかった」

医者の診断に安心していた俺は、次の日の夜に知ることになる。シノブに付けられた傷跡が、体中に刻まれた痣だけではないということを。

シノブを襲った暴力は、その心にも深い傷を負わせていたのだ。

シノブの眠りが深いことを確認してから布団を整え、音を立てないように外へ出ると、見張りの部下が敬礼で出迎えた。

「捜索のほうはどうなっている？」

「三名発見しました。残りはまだ捜索中です」

部下の顔には困惑の表情が浮かんでいた。

「クリシュさん、こんなことは初めてですよ。植物の根が人を搦め捕り、地中に引きずり込むなど聞いたことがありません」

部下の足元には、放心状態の男が転がっていた。シノブ以上に泥にまみれた姿でガタガタと震えている男の前髪を鷲掴みにし、頭を持ち上げて顔を確認する。

「おい、話せるか？」

むさ苦しい髭面につり目。手配書の似顔絵と特徴が一致する。

こいつがシノブに暴力をふるったのかと思うと、髪を摑む手に力が入り、手の甲に血管が浮き出た。

「た、助けてくれ、化け物だ。この化け物達に火を点けて退治してくれ!!」

簀巻きの状態で必死の形相で訴える男に目を細めた。

「化け物、か」

私欲のために盗みを繰り返し、何人もの人を苦しめてきた盗賊と、この巨大植物では一体どちらが化け物だろうか。

「なあ、アンタ騎士だろ、市民を守るのが仕事だろう。早く、早く化け物を退治してくれ、助けてくれよぅ」

ああ、まずいな。こいつの顔を地面に叩きつけてやりたい。騎士に私闘は認められていないが、今回ばかりは自分を抑えるのが難しい。せっかく掘り起こした部下には悪いが、今度は頭から地面にめり込んでもらおうか。

そのまま土に埋まり、植物達の肥料にでもなれば、このクズでも少しは世の中の役に立てるのではないか。

「クリシュさん、どうしました？」

「……いや、なんでもない。この男に猿轡をしておけ」

不穏な雰囲気を感じ取ったのか、恐る恐る話しかけてきた部下に答えて男の頭から手を離した。抵抗できない者に対して衝動のままに手を下すのはただの暴力だ。危うく俺は、シノブを傷つけた盗賊と同じものに成り下がるところだった。

深呼吸で衝動を抑え込み、巨大植物の中に分け入る部下達に視線を移した。シノブの話では盗賊は五名。手配書の盗賊の人数とも一致する。残りの二人もこの森と化した雑草畑の地面に埋まっているのだろう。

「いましたー、四人目です！」

「目印を立てておけ、応援の騎士が到着したら纏めて掘り起こす。あと一人だ、みんな気合い入れろよ!!」

成人男性が地面に垂直に埋まっているのだ。掘り起こすにはかなりの深さの穴を掘らねばならず、俺も含めた騎士四人で掘り起こすには時間がかかりすぎる。

医者の手配と共に応援の騎士の手配を済ませた部下の判断に頷き森と化した雑草畑を見渡すと、三本目の目印の旗が立てられた。そこに地面から顔だけ出した状態の男達が埋まっているのだ。

「植物の様子はどうだ。盗賊達は雑草の根で拘束された状態で埋っているという話だが、作業を邪魔するような動きはあったか？」

「いえ、ピクリとも動きませんよ。男の話では、突然根が体に巻きつき土の中に引きずり込まれたと言っていましたが、正直信じられません。かといって、人の力でこのような状況を作り出せるとも思えませんし」

「確かに信じがたい現象だ。だが……」

一番近くの巨大化した雑草に近づき、茎の部分を叩いてみる。特に反応はなく、葉がサワサワと風に揺れるだけだ。しかし、この植物のおかげでシノブが無事だったことは確かだ。

「守ってくれてありがとうな」

シノブは『植物系』のチート能力を持っているといっていたが、フィルクス様の話では周囲に大きな影響を与えるほどの能力はないということだった。

こちらの世界で暮らすうちに能力が強くなったのか、それとも、もともとこの雑草に自分の意思で動く力があったのかは定かではないが、感謝の気持ちを捧げるに値する。

「この植物のサンプルをフィルクス様のところへ。根に傷を付けぬように、丁重にな」

「承知してます。が、これは今までの中でも難しい任務になりそうですね。根ごと掘り出して運ぶのに、一体何人の人手が必要なんだか。これだけ大きいと、ちょっと予測が付きません」

ぼやいた部下は手を目元にかざして遙か上にある雑草の天辺を見上げた。赤い屋根を隠すほど成長した雑草は、太陽の光を受けて緑の葉を輝かせていた。

第15章　君の寝顔（クリシュ）

シノブは一日中眠り続けた。処方された飲み薬は一日三回、朝昼晩。夜中に熱が上がる様子ならもう一度。

水分補給と少しでも栄養を取らせるために果汁を飲ませ、その後に薬を飲ませ。そのすべてを口移しで飲ませているうちに、当初感じていた後ろめたさは消え去ってしまった。

薬を嫌がってクスンと鼻を鳴らすシノブの頭を撫で『いい子』だと囁きながら、介護というよりは雛（ひな）に餌を与える親鳥のようだと苦笑する。

『にがい、にがい』と文句を言う唇を蜂蜜を搦めたスプーンで突つけば、条件反射のようにパクリと口を開ける。モゴモゴと口を動かすうちに眉間に寄せていた皺が緩むのを見て可愛らしいと自然に頬が緩んでいた。

薬を飲ませる間、小さな手の小さな爪が白くなるほど鎧を摑んでいた力が緩み、血の巡りがよくなったせいでピンク色に染まった爪の間に取り切れなかった泥の粒が入り込んでいるのを見つけて指で撫でてみる。

どこもかしこも柔らかいシノブは爪までも柔らかく、簡単に剝がれてしまいそうで恐ろしい。

自分でもどうかしていると思うのだが、シノブのことが心配でたまらない。会えばニコリと笑う顔が、涙で歪むところを見たくない。今日のように、泥にまみれ、汚れ、怯える思いをさせたくないと思ってしまうのだ。

だが、俺になにができるだろう。俺は、ずっとシノブと一緒にいることはできない。任務で旅に出れば数年は帰れないし、その間になにがあっても駆けつけることもできないのだ。

シノブに本当の家族ができればいいのだろうか。たとえば誰かと婚姻関係を結び、共に暮らす相手ができたら俺は安心できるのか？

その場合、同性を恋愛対象としないシノブの相手は女性になるのだろう。

女性と手を取り合い微笑みを浮かべる姿を想像して、喉の奥に小骨が刺さったような不快感を感じたことに驚き、立ち上がった。

座っていた椅子が立ち上がった拍子に大きな音を立て、その音に反応したシノブが『うーん』とうめく。

起こしてしまっただろうかと様子を窺うと、ムニャムニャと口の中でなにかを呟き、そのまま寝息が深くなったことに安堵して息を吐き、椅子に座り直した。

俺は今、なにを考えた？

予想していなかったことに動揺して口元を押さえた。俺は今、シノブが女性と繋いだ手を引き剥がし、俺のほうへと引き寄せるのを想像してしまった。これではまるで……。

その先は考えないほうがいい気がしてまた一つ頭を振り、シノブの布団を整えて立ち上がった。今度は音を立てる失態を犯さずに、空になったコップを片付けるために部屋を出た。


シノブが話ができるほどに回復したのは夜中になってからだった。成り行きで一緒のベッドで眠ることになってしまい、塗り薬のせいで寒がるシノブを己の体温で温めながら考えるのは、やはりシノブは違う世界から来たのだということだった。

家族でもない成人した人間が二人、密室で同じベッドで眠るということの意味がまったくわかっていない様子なのだ。

俺やシノブの友人のノルン達ならばいいだろう。シノブが生きてきた世界の事情を少なからず知っているし、シノブの性格もわかっている。だが、ほかの者ならシノブの気遣いから派生したベッドに誘うという行為を『夜のお誘い』と捉える可能性が高いように思う。

人の性的指向はそれぞれで、中には子供に対して欲情する趣味の者もいる。そういった者ならば、これ幸いとことに及ぼうとするだろう。

間違いがあってからでは遅いのだ。その辺りのことを近いうちにシノブに言い聞かせたほうがいいのかもしれない。

シノブを怖がらせず、傷つけずにそのことを説明するにはどう言ったらいいのだろうか。まさか独身の俺が、年頃の子供を持った親と同じ、性教育についての悩みを抱えることになるとは思わなかった。

まぁ、それも先の話だ。シノブの怪我がよくなってから折を見て話すことにしよう。

そう思案しながら、あれこれと世話を焼いているうちに朝になり、シノブの熱は微熱程度まで下がっていた。本人はすぐにでも起き上がって日々の生活を取り戻したいと思っているようだったが、朝は体温が下がるものだ。今後のことを考えると、今無理をして完治が遠のくよりも安静にしていたほうが早く動けるようになるだろう。

不満そうなシノブには、医者の許可が出たらと言い聞かせておいたが、当然のことながら許可は下りなかった。落ち込むシノブが可哀想になり、気晴らしに家族と対面させてやると、弾けるような笑顔を見せてくれた。

シノブのこんな笑顔を久し振りに見た気がして、こちらまで嬉しくなる。しかし、やはり一晩休んだだけでは体力は回復しなかったようで、抱きかかえて部屋に戻り、少し話をするとすぐに眠ってしまった。

「クリシュさん、一人で看護するのは大変でしょう。昨夜はあまり寝てないんじゃないですか？　俺達も手伝いますから、シフトを組んで交代で看護したほうがいいんじゃないですかね？」

「……いや、俺一人のほうがいいだろう。シノブは襲われたばかりだ。見知らぬ者が近くにいては、安心して休めないかもしれないからな」

部下から申し出があったのは、シノブが眠っている間に家の周囲を囲う植物の調査状況について報告を受けているときだった。

しかし、昨夜のことを思い出して即座に断った。まさか部下達が怪我人であるシノブに対して体を求めるような真似をするとは思っていないが、昨夜の俺のように同じベッドで眠るところを想像すると、とてもではないが『頼む』とは言えなかったのだ。

シノブの精神状態を理由にして、看護を頼まずにいてよかったと心底思ったのは、怪我をしてから二日目の夜のことだった。

夜中になって強くなった風が時折窓を鳴らす。職業柄音に敏感な俺は微睡(まどろ)みながらその音を聞いていた。

異変が起きたのは、一際(ひときわ)強く吹いた風が窓を叩いたときだった。そうはいっても、常人であれば気がつかないくらいのささいな音に、隣で深い寝息を立てていたはずのシノブが飛び起きたのだ。

「行かないと……」

「シノブ、どうした？」

消え入りそうな声で呟き、痛みにうめきながらベッドを下りようとしたところを捕まえた手は、予想外に強い力ではね除けられた。

俺の声など聞こえていないようにヨタヨタと立ち上がり、唯一の出口である部屋の扉へと向かうシノブを慌てて捕まえると、手足を振り回して抵抗し始めた。

「シノブ！」

今のシノブにとって激しい運動は害にしかならない。

暴れる腕ごと抱えてベッドまで連れていき、膝の上に座らせて押さえ込んだ。必死になって逃れようとするシノブの目はハッキリと見開かれているのに焦点が合っておらず、抱きかかえているのが俺だということを認識していないようだった。

人を捕まえるのは慣れているが、それは犯罪者に対してだ。シノブ相手に腕を捻り上げたり、関節を固めるわけにもいかない。

なによりも、どこもかしこも柔らかいシノブは、少し力を入れただけでも壊してしまいそうで、抱えたまま名前を呼んで覚醒(かくせい)を促すしかなかった。

「離して、邪魔しないで」

「行かないと」

そう呟きながら、シノブは暴れ続けた。そんなに必死になってどこに行こうというのか。

困惑していた俺は、急にピタリと動きを止めたシノブの口から出た言葉を聞いてやっとその理由を理解した。

「外から音がした。ポチを助けに行かないと。ブライアンが連れていかれる。ピョン吉が食べられちゃうよ」

シノブは夢の中で戦っていた。

シノブの中では、まだなにも終わっていなかったのだ。

犯人はすべて捕まり、家畜達も一匹も欠けることなく保護できたというのに、自分の手で家族を守ることができなかったのを悔いるように夢の中で事件当夜のことを繰り返していたのだ。

「なんで、離してよ。僕が行かないと駄目なんだ！　僕しかいないんだから！」

「早く行かないと、連れていかれちゃう。また、ひとりになっちゃう」

「もうやだ、ひとりはやだ。みんなと一緒がいい。やっと家族ができたのに。僕の家族だ！　絶対、絶対助けるんだ!!」

「シノブ」

心の底からの叫びにたまらなくなって、暴れるシノブをひっくり返し、覆い被さるようにして抱き締めた。子供になってしまったように大声で泣くシノブの汗ばんだ前髪をかき上げ汗を拭い、耳に唇を近づけて囁く。

「よく聞いてみろ、風が窓を叩いた音だ。外には誰もいない」

心配いらないと、もう終わったのだと囁くと、やっと大人しくなったシノブから返事が返ってきた。

「風……？」

「そうだ。男達は捕まったんだ。もう二度と、シノブの前には現れない」

「捕まった……」

やっと意思疎通ができたことに安堵して体を起こすと、虚ろだった瞳に意思の光が戻り、真っすぐに俺を見上げてきた。

「クリシュさん？」

「そうだ。どうしたんだ、シノブ。寝惚けたのか？」

シノブの心を乱さぬように意識して穏やかな声で話しかけ、顔に貼りついた髪を耳にかけてやると強張っていた体から徐々に力が抜けていき、瞬きの速度も遅くなっていく。

「朝までずっとそばにいる。怖い夢も追い払ってやるから」

「うん……」

指先で頬を撫で、就寝前よりも高い体温に顔をしかめた。紅潮した頬は暴れたせいだけではなく、熱が上がってきているせいもあるのだろう。

寝息もどこか苦し気で、念のためにとサイドボードに置いていた薬を手に取り、水に溶かして口に含んだ。

逃げられないように頬を固定して口移しで薬を流し入れるのも何度目だろうか。すっかり扱いに慣れて、シノブの次の行動が予想できる。案の定、小さな舌が薬を押し返してきた。口から溢れた薬が頬を伝って枕に染み込んでいくのを見て、ささやかな抵抗を続ける舌を己の舌で搦め捕り、喉の奥へと薬を流し込む。

「うむー」

不満げに唸りながらもコクリッと喉が動いたのを確

認して唇を離し、薬が流れた跡を拭ってやった。

「み、み……ヤダ。絶対……食べ……な……から」

「耳？」

おかしな寝言に思わず笑ってしまった。今度はどんな夢を見ているのだか。拗ねているみたいに頬を膨らませる顔を観察して、どうやら悪い夢ではないようだと安堵して蜂蜜を含ませ、水差しの水を取り替えるために一度部屋を出た。

戻ってくると、シノブは布団の中にもぐって丸まって眠っていた。

「シノブ、布団にもぐっていたら息が苦しいだろ？」

……震えてるな。寒いのか？」

熱のせいでカタカタ震える体を布団から引っ張り上げて腕の中に抱えると、体を擦り寄せてきた。

「あったか……」

縮こまっていた手足がゆるゆると伸びていき、暖を求めて細い足が絡まってくる。俺の胸に顔を埋めて眠るシノブの背中を優しく叩いてあやしながら、先ほどのことを考える。

悪夢に魘（うな）されて飛び起きる。若い騎士によく見られる行動だ。騎士の職業柄避けて通ることができないのは犯罪者や獣との戦闘だ。訓練とは違う命のやり取り。目の前にいる自分の命を狙う者に剣を向けて立ち向かうのはどんなに強靭（きょうじん）な精神を持っていても恐ろしい。

初めての戦闘で肉や骨を断った感触を夢で見て飛び起きるのは、俺も体験したことがある。日々訓練を欠かさない騎士でさえそうなのだ。一般人であるシノブは五人もの犯罪者に囲まれて、どれほど恐ろしい思いをしただろう。

そんなとき、騎士同士では昂る精神を体を重ねることで発散する。それは手っ取り早く、かなり有効な手で近くにそういった店がない場合に相手をするのは先輩騎士の役目だった。

俺自身もよく世話になったし、世話をすることもあった。互いのものを擦り合って放つだけのこともあったし、それでは治まらないときは抱くことで発散することもあった。

だが、シノブに同じ手を使うわけにはいかないだろう。見るからに性に疎く、経験のないシノブには新たなトラウマを植えつけることになりかねない。

「もう一度、医者に診てもらったほうがいいだろうな……」

シノブを診てくれた老年の医者は若い頃は騎士について遠征していたこともあり、怪我だけではなく精神的な不調にも詳しいと聞く。もう一度診てもらい、今後のことを相談する必要があるだろう。

「ん……、ふわふわ……」

むにゃむにゃと寝言を呟くシノブの体温は、薬を飲ませてもまだ下がる様子を見せなかった。

「明日の朝には下がっているといいんだが」

その夜は朝までずっとシノブの寝顔を見つめていた。

少しでも体を離すと『ふえっ』と小さな泣き声を上げるため、抱き寄せて背中を叩き、髪を撫でて汗を拭っているうちに気がつけばシノブの額に唇を落としていた。

この時点で、シノブへ向ける自分の気持ちがどういった種類のものなのかは、薄々気がついていた。そして、シノブにとってこの気持ちが受け入れられないものだということも。

今ならまだ間に合う。淡い気持ちのまま蓋をして、ほどよく離れた場所から見守るならば自然と消えていくだろう。

その前に、シノブを苦しめる悪夢から救ってやりたい。夜を不安なく過ごせるようになる頃には、俺はまた世界の希望を求めて旅に出ることになるだろう。

それは、燻る気持ちを消し去るには好都合だった。

窓を揺らす小さな音がシノブの恐怖の記憶を甦らせてしまったのか、あの夜以来、シノブは毎日同じ時間帯に飛び起きるようになった。おそらく襲撃があった夜に初めて異変に気がついたのがこの時間帯なのだろう。

泣きながら起きるたびに抱き寄せて背中を撫でて寝かしつけても、その後は眠りが浅く、体を離すとすぐに目を開けてしまう。夜中に何度も起きるせいか朝起きるときには酷く眠そうで、日中もうとうと微睡んでいたり、大きなあくびをしていることが多くなった。

シノブ自身は夜の自分の行動を認識していないようで、『なんでこんなに眠いんだろう？』としきりと不思議がっている。

本人に夢遊病のような症状を伝えたほうがいいのか迷い、医師に相談してみたのだが、老年の医者は真っ白な顎髭を撫でながら首を横に振った。

医師によると、潜在意識の中の家族を失いそうになった恐怖心が夜中の行動に繋がっているのではないかという話だった。シノブが覚えていないのは心を守るために抑え込んでいるからで、無理に思い出させるのは得策ではなく、時間をかけて心の傷が癒えるのを待つしかないと言われてしまった。

「精神安定のお茶など、所詮は気休めに過ぎません。心の傷に付ける薬など、この世界には存在しないのですよ。シノブ殿は残念ながらご家族がいないということですが、クリシュ殿には随分と心を許しているご様子ですから、そば近くで支えてあげるのがいいでしょうな」

「俺は、シノブの支えになってやれるだろうか」

思わず呟いたひとり言に医師は目を見開き、『ホッホッ』と楽しげに笑った。

「気がつかれませんでしたかな？　問診の間、シノブ殿の視線は常にクリシュ殿を追っていましたよ。貴方を視界におさめると、それはもう嬉しそうに笑っていたじゃありませんか。それこそが、貴方を頼りにしているという証でしょう。それにしても、小さな猛獣のようにヤンチャ坊主だったクリシュ殿に大切な御方ができたというのは喜ばしいことですが、時の流れを感じますな。どうりで私の髭も白くなるはずです。とてもいいことですよ。落ち着いた、大人の顔になられました」

「…………」

「おや、余計なことを話しすぎてしまいましたかな。ご安心ください、アンネッテ様とのことは存じ上げておりますよ。といっても誰かから聞いたわけではなく、お二人の様子を見て勝手に判断しただけですが。あの姫様にも困ったものですなぁ。身代りを立てるなど、後で困ったことにならなければいいのですが」

どうやら、アンネッテ様との事情と俺がシノブに対して抱えている気持ちを子供の頃から世話になっている医師はお見通しらしい。無言を貫く俺を見て目を細めて笑った老医師は、なにかあったらすぐに呼んで欲しいと言い残して街へと戻っていった。

医師から預かった精神安定の効果があるというお茶は気休めと言いつつもそれなりの効果があるらしく、日が経つにつれてシノブの夢遊病のような症状は落ち着きを見せ始めていた。

バネでできた人形のように飛び起きていたのがムク

りと体を起こす程度になり、次には目を覚ましても起き上がらずにすぐに眠るようになり。

昼間退屈しているシノブのために、一階にソファーを用意したのもよかったのかもしれない。一人で寝室にいるよりも、視界に入る位置に家族の姿が見えたほうが癒しになるだろうかと思ったのだが、予想以上に効果があるようだった。

ただそれは俺が隣にいることが前提で、シノブが寝入った後にベッドから抜け出して持ち込んだ書類を片付けていて時間を忘れてしまったときなどは、シノブの泣き声に慌てて寝室に戻ることもあった。

泣きながらこちらに手を伸ばすシノブを抱いてベッドに横になると、首筋の辺りに顔を埋めてスンッと鼻を鳴らした。

「クリシュさんの匂いだ……」

呟いたシノブの体からユルユルと力が抜けていき、小さな手が俺の胸辺りの布地を軽く摑む。スゥスゥと寝息を立て始めた顔を覗き込むと、口の端がわずかに上がり、笑っているように見えた。

まるで、ここが唯一無二の安住の地であるかのように腕の中で穏やかな顔をするシノブを、愛しいと思わずにいられる者などいるだろうか。

見ない振りをしても、気づかぬ振りをしても、不意に心から湧き上がる愛しい気持ちを制御することは、職業柄感情を抑えることに慣れている俺でも容易ではなかった。

柔らかな唇が時折鎖骨の辺りに触れ、寝息が首筋を掠めるたびに強くかき抱いてしまいたくなる。しかし、それをすればシノブを困らせることがわかりきっているから。

腕の中の温もりを感じながら眠る夜は辛くもあり、幸せでもあった。

体に付いた痛々しい傷跡も、毎日丹念に薬を塗り込めるともとの不思議な肌の色を取り戻していった。

恐縮して遠慮するシノブに早くよくなるためだと言い聞かせて塗り続けたかいがあり、痣の跡が残ることもなく。痛みも取れて自力で無理なく歩ける時間が増えていく。

彼は幼い容姿に見合わず自立心があり、人を頼ることをよしとしない。自由に歩けるようになった今、一刻も早く畑を再開して野菜を友人に届けたいと思っているのだろう。

おそらくシノブは医師の診察結果と自分の体力の回復具合を照らし合わせながら、もとの生活に戻る時期を見極めているのだ。

シノブの口から『もう大丈夫』の言葉が出れば仮の同居生活は終わりを迎えることになる。もともと彼の傷が癒えるまでの期限付きの同居だったのだから。

日に日に元気になって行く様子に喜びを覚えるのと同時に、近づいてくる別れの気配に寂しさも感じる不謹慎さを自嘲しながら過ごすのが日課になってしまっていた。

その日、シノブは朝まで起きることはなかった。試しに体を離してみると身動ぎしたものの、そのままスースーと穏やかな寝息を立てた。

とうとうこの日が来たのだと寂しく思う気持ちもあるが、それ以上に着実に癒えつつあるシノブの心にそれ以上の喜びを感じる。

あと何日、こうして共に過ごすことができるだろうかと思うと眠るのが惜しい気持ちになり、この日はシノブの寝顔を一晩中眺めていた。

予想外の客人が訪れたのは、翌朝のことだった。夜中に起きることがなかったシノブはスッキリとした顔をしていて調子がよさそうだった。俺の手が必要なくなるのも時間の問題だろう。

シノブが見たというアロエとかいう植物の捜索も成果がなく、近いうちにフィルクス様に捜索打ち切りの打診をせねばならないと思っていた矢先に、フィルクス様自らわざわざシノブの家まで足を運ばれたのだった。

フィルクス様の人知を越えた能力のことは旅に同行している間に熟知しているつもりでいたのだが、巨大植物が枯れる時期まで見通しているとは、やはり、フィルクス様の力は本物だと再認識した。

「状況から察するに、シノブの『植物系チート能力』は感情の揺れの大きさによって左右されている部分がありそうだな。それならば、新種の薬草と思われる植物も、『チート能力』が作り出したものだったのだろう。植物が枯れだした今、これ以上捜索を続けても見つかる可能性は低いだろうな。よし、本日をもって捜索を打ち切りとする。みんな、よくやってくれたな」

「「「はいっ!!」」」

「クリシュもご苦労だった。明日からは通常業務に戻ってくれ」

フィルクス様の姿を目にしたときから予想していた言葉を告げられた。俺の本来の仕事は、フィルクス様の護衛と街の警備だ。いつまでもシノブにばかり時間を割くことはできないのは当然で、即座に従うべきだ。

しかし、シノブはやっと朝まで眠れるようになったばかりなのだ。昨夜のことはたまたまで、今夜は起きてしまうかもしれない。そう思うと、とてもじゃないが同意することができなかった。

俺の視線は意識せずにシノブに吸い寄せられていた。たとえばシノブが笑顔で頷いていたとしても、理由を付けて数日の間は様子を見るつもりではいた。

しかし、シノブは今にも泣き出しそうな不安げな顔で俺を見ていた。

ズボンが皺になるほど握り締め、耐えるように唇を引き結ぶ姿は、『俺が必要だ』と言っているような気がして。もしかしたら、俺と同じように離れがたいと思ってくれているのではないかと勝手な妄想が頭をよぎり、気がつけば言葉が口から滑り出していた。

「そのことなんですが、フィルクス様。シノブはまだ病み上がりですし、しばらくの間は、ここから仕事に通おうかと思います」

「ほう」

普段であればあり得ない反論に、フィルクス様は面白いことを聞いたと言いたげに片眉を上げてみせた。

「体力が落ちてしまっていることですし、一人で畑を元通りにするのは大変でしょう。家畜の世話もありますし」

聞かれてもいないのに言い訳のように言葉を続けると、ますます面白そうに唇がつり上がっていく。きっと、フィルクス様はお見通しなのだ。その身に宿る不思議な力を使わずとも、今の発言がシノブのためのものだけではなく、俺自身が離れがたいと感じていることからの発言だと。

だからこそ、フィルクス様は最後に釘を刺すことを忘れなかった。

「そういえば、アンネッテがクリシュと連絡が取れないと怒っていたぞ。お前、この前報告に来たときにアンネッテの呼び出しを無視して帰っただろう？　おかげで『ちゃんと伝言を伝えたのか』と私が文句を言われたぞ。煩くてかなわないから今日は必ず会いに行けよ」

「わかりました」

これは、中途半端なことをしてシノブのことを傷つけるなという警告だ。うやむやになったまま放置されているアンネッテ様との恋人ごっこに、そろそろケリをつけろということだろう。たしか、前にも同じようなことを言われていた。

『アンネッテの我儘に付き合うのが嫌になったらいつでも言いなさい。私からもアンネッテに言ってやろう』

俺はこのとき、シノブを愛するようになるとは思ってもいなかった。たしか、適当な返事を返したような気がする。

まさか、フィルクス様はこのときから俺がシノブに惹かれるのを予想していたのだろうか？　だとしたら、フィルクス様の能力には本当に感心せざるをえない。

「なあクリシュ。お前にはアンネッテのことで随分と迷惑をかけたな」

一度荷物を取りに帰るため、街へ戻る道すがらブランシュに乗って馬車に並走する俺に小窓から話しかけてきたフィルクス様は、どこか遠くを見るような目をして言った。

部下達はフィルクス様の命令で少し離れた位置から護衛しており、俺達の会話を聞いているのはフィルクス様に絶対の服従を誓っている幼い頃から仕(つか)えている従者だけだ。

「お前は以前、自分はシノブの恋愛対象にはならないとアンネッテに言っていたようだが、想う相手が目の前にいて言葉が届くなら、伝える努力をしてみてもいいんじゃないか？」

フィルクス様は適齢期だというのに、いまだに独り身を貫いている。家柄もよく容姿もいいフィルクス様には御令嬢からの誘いが引きも切らないというのに。

直接その理由を聞いたわけではないが、事情を察した俺は、そっとフィルクス様の表情から目を逸らした。

「年長者からのアドバイスだ。余計なお世話だったかな？」

「いえ、ありがとうございます」

表情を一変させて片目を瞑って見せたフィルクス様は、悪戯(いたずら)っぽく笑って小窓を閉めた。もしかしたら閉ざした小窓の向こうで、彼(か)の人のことを考えているのかもしれない。

そばにいても想う相手に言葉が届かないフィルクス様のことを考えると、会話を交わして笑顔を見ることができる俺は酷く恵まれているのではないかと思った。

フィルクス様の忠告に従ってアンネッテ様を訪ねたところ、タイミングの悪いことに友人の屋敷へ茶会に出掛けていて、会うことがかなわなかった。通常勤務に戻れば無理に会わなくても機会があるだろうと判断した俺は、当面の荷物を持ってシノブが待つ家に戻ったのだが、このときアンネッテ様のお帰りを待って話をするべきだったと後悔するのはしばらく後になってからだった。

街から戻ると、シノブは膝の上にラヴィを乗せ、飼い主を守るようにピッタリと寄り添うポチと一緒に、別れたときと同じ体勢で枯れゆく巨大植物を眺めていた。

「ずっとここで見てたのか？　無理をすると体が辛くなるぞ」

「クリシュさん、お帰りなさい！」

巨大植物はすべての葉を落とし、一抱えもある茎さえも風が吹くたびにボロボロと崩れて身を細らせていた。枯れた葉が降り積もり、一歩踏み出すたびにカサカサと音を立てる。

初めて見る光景はどこか物悲しさを感じさせた。

「家に入ろう。立てるか？」

「うん」

枯れた葉に埋もれるように座っていたシノブに手を差し出すと、小さな手が握り返してきた。ポチは心得たようにラヴィを促して飼育小屋へ戻っていく。

家に入る直前、畑を振り返ったシノブは枯れゆく植物を惜しむように目を細めた。

「あのね、クリシュさん。僕が生まれた世界には四季って季節があって、春には花が咲いて夏は暑くて秋は草が枯れて、冬は寒くて雨を冷たくした白い粒が空から降ってくるんだ。今の畑の風景は秋の季節によく似てるよ」

「そうか、秋は葉が枯れるのか。シノブの世界は暑くなったり寒くなったり忙しいな」

「うん。洋服も季節によって変えるんだ。たくさん服を用意しないといけないから、こっちの世界のほうがお得だよな。僕は寒いのが苦手だから、こっちに来て気温が一年中変わらないって知って『やったー』って思ったけど、巨大植物が枯れていくのを見て秋の季節を思い出したら、すごく懐かしくなったんだ。本当は秋も冬も好きだったんだなって気づいたよ」

もう見ることができないシノブの世界。春夏秋冬、サクラ、落ち葉に空から降る白い粒。俺には想像することしかできないが、それはきっと美しい光景なのだろう。

「シノブ、また教えてくれ。シノブの生まれた世界のことをもっと知りたいんだ」

また一つ、シノブの世界を知ることができた。もっとシノブのことを知りたいと、サクラの話を聞いた頃よりも強く思う。

握った手を潰さないように気をつけながら力を込めると、シノブは楽しげに笑いながら繋いだ手を前後に振ってみせた。

第16章　君が愛しい（クリシュ）

「植物を巨大化させたというのは本当なのか？」

「真実であれば素晴らしい能力だぞ。今後の研究によっては生命の木の回復に繋がるかもしれない」

「新種の植物まで生み出したらしいじゃないか。それならば、生命の木をさらに進化させて効果を上げることができるんじゃないか？」

それほど広いとは言えない部屋の中に、フィルクス様の一族のお歴々が集まっていた。やいのやいのと好き勝手な発言を繰り返している。

普段は屋敷に閉じこもり、生命の木に関する難問を丸投げしているくせに、こういうときだけ口を挟んできてはフィルクス様を煩わせるのを趣味にしているような人達だ。

しかし、いつかは嗅ぎつけてくるだろうとは思っていたが、今回は随分と素早い。畑での捜索に新人騎士を起用したのは間違いだったか。

どうやら、新人騎士達が終業後に酒場で話をしているのを耳にしたらしい。

「もう歩けるようになったんだろう？　ならば、呼び出して協力するように命じたらいいのだ」

「そうだ、明日にでも連れてこい」

思わず舌打ちをしそうになった。一体どこまで話が漏れているのか。

今回の騒動について、騎士達には特に箝口令などは敷かれなかった。公道脇に突如出現した森の目撃者が多かったため、下手に隠して一般人の好奇心を煽るのを避ける目的だったのだが。シノブの回復具合まで話が漏れているというのは問題だ。

情報源となった新人騎士達は、自分達が情報を漏らしている自覚がないんだろう。一日の終わりに仲間と酒を飲み交わしながら、任務中に起きたことについて語り合い、鋭気を養っていたんだと思う。

まだまだ未熟な奴等だが、金をもらって情報を漏らすような輩はひとりもいないと信じている。

だが、未熟な彼等は時々、騎士には守秘義務があるというのを忘れるのだ。酒場の喧騒に自分達の会話など誰も聞いていないと思い込み、口を滑らせる。

今一度、その辺りについて厳しく指導する必要があるだろう。

「さっきから黙ったままだが聞いているのかね？」

勝手なことばかり言う古狸達を怒鳴りつけることができれば、どんなにスッキリすることか。しかし、俺はこの場で発言する権利を与えられていない。ただひたすらフィルクス様の後ろで立っていることしかできないのだ。

古狸達から集中砲火を浴びているフィルクス様は椅子に座ったまま微動だにせず、目を瞑っていた。若造が怖じ気づいたかと嫌な笑いを浮かべる彼等は気がついていないかもしれないが、俺にはわかる。

フィルクス様は怒っている。静かに、森に佇む岩のように沈黙を守りながら、深く怒っていた。

「君ができないというのなら、私達に任せてくれてもいいんだぞ。明日にでもシノブとかいう異世界人のところに使いをやって諾と言わせてやろう」

「そうだな、それがいい。フィルクスは次の旅の準備で忙しいだろう。面倒事は我々に任せて、あるかどうかもわからない生命の木の代わりの植物を探しに行くといい」

そうやってフィルクス様を追い出して無理矢理シノブを従わせ、生命の木を復活させた手柄を自分達のものにするつもりか。そして、一族の代表の地位を手に入れるつもりなのだろう。本当に、地位にばかり固執する権力の亡者達にはうんざりする。

「やはり、分家の末端だった者が一族の代表を務めるのは、荷が重すぎたのだよ。先の当主が健在だったら、お前などが当主になることなど一生なかっただろうが、あのザマだからな。仕方がなかったとはいえ、能力があるだけでは駄目だということなのだ」

それまで沈黙を守っていたフィルクス様の肩が、ピクリと動くのを視界の端に捉えた。

「「フーッ」」

深い溜息が出たのは、計らずもフィルクス様と同時だった。古狸達は、フィルクス様の逆鱗に触れた。俺は普段はめったなことでは怒りを表すことのないフィルクス様の、唯一といっていい逆鱗に不用意に触れたことの愚かしさに。フィルクス様はおそらく、彼等への怒りを散らすために。

同時に吐いた溜息は、狭い室内に思いのほか大きく響いた。

それを聞いた古狸達は、気に障ったのか先ほどまで厭らしくつり上がっていた口の端をへの字に曲げて剣呑な表情で睨みつけてきた。

「それで？」

机の上に両肘をついて指を組んだフィルクス様が発した低い声は室内の空気を一変させた。

「シノブを無理矢理呼び出して、なにをさせるつもりなのか、もう一度詳しく説明してくれないか？」

乱暴な言葉を使ったわけではない。声を荒らげて恫喝したわけでもない。しかし、静かでいながら迫力のあるフィルクス様の声音に数人がのけ反った。

「な、なんだ、やはり聞いていていなかったのか、失礼な奴だ」

「聞こえていたけれどね。あまりにも愚かしい言葉ばかりだったから、私の耳が変になってしまったのかと思ってね」

「愚かしいだと!?」

一気に騒がしくなった古狸達に、フィルクス様は煩そうに手を振った。

「恐ろしい思いをして、やっと傷が癒えた異世界からの友人を無理矢理呼び出し、意のままにしようということのどこが愚かしくないというのか。シノブの能力は、確かに生命の木の復活の手がかりになるかもしれないが、協力を仰ぐにしてもやり方というものがあるだろう。彼はこの世界の被害者だ。今回のことだけではなく、自分の生まれた世界に帰ることもできなくなってしまった。私達の過ちを許すと言ってくれた彼に、今度は能力の使用を強制しようなどと。

シノブに協力を要請することは私も考えている。だが、それはもっと先の話だ。彼の体調が事件の前と遜色がないほどに整い、こちらから伺って誠心誠意お願いし、快諾をいただけたなら彼の都合のいい日取りにお越しいただくのが筋というものだろう」

「なにを悠長なことを!!」

ドンッと机を叩いた者に、フィルクス様の冷たい視線が飛ぶ。

「話にならないな。貴方達に任せたらこの世界に暮らす人間の品位を疑われそうだ。当主として命じる。貴方達は今後一切、シノブのことに関わるのを禁止する。貴方達はらいい老い先短い人生だ、わざわざ出しゃばって面倒事を背負わずともいいだろう。貴方達にそっくりな子や孫に囲まれて、今まで通り屋敷にこもってゆっくりと暮らすがいい。さて、私は貴方達とは違って忙しい身でね。これで話し合いは終わりだ。失礼する」

部屋を出るフィルクス様に従いながら、顔を真っ赤にしてワナワナと震える古狸達を横目で見た。生意気な若造をやり込めるつもりが返り討ちにあったのだ、さぞや悔しい思いをしていることだろう。

フィルクス様がおっしゃったことを俺の言葉に変えると『余計なことをせず、お前らと同じで使えない愚息や愚孫達と大人しくしていろ』ということだ。正直、スカッとした。

「クリシュ、無駄な時間に付き合わせてすまなかったな」

「いえ、正直に言って気持ちがスッキリいたしました。ですが、彼等はこのまま大人しくしているでしょうか?」

「まあ、少しの間は大人しくしているだろうがな。奴等が横槍を入れてくる前に、段取りを整えるのがいいだろう。シノブへの対応はお前に任せていいか?」

「勿論です」

優しいシノブのことだ、頼まれたら断るのは難しいだろう。理不尽な条件を突きつけられても、『お世話になっているから』などと言いながら受け入れてしまうに決まっている。まあ、そういうところも愛しいのだが。

俺が、くだらない者達からシノブを守らなくては。


「クリシュさん、お帰りなさい!!」

「ただいま。変わったことはなかったか?」

「うん、大丈夫だよ。ご飯できてるけど、すぐに食べる?」

「ああ、頼む。いつもありがとうな」

家に帰って出迎えてくれる人がいるのはいいものだ。

ふにゃりと笑うシノブの顔を見るだけで、一日の疲れが取れるような気がする。

仕事が始まってからのシノブとの生活は、快適の一言に尽きた。手助けをするつもりが食事の世話から洗濯までしてもらって、まるで幼妻をもらったような気持ちになる。

シノブと結婚したら、こんな穏やかな生活を送れるのだろうなと想像して、一人暮らしの生活に戻ることを考えると溜息が出た。

今までも寝に帰る場所という感じだったが、シノブとの生活に慣れてしまったら、一人暮らしの味気なさに耐えられず、酒場で過ごす時間が増えてしまいそうだ。

「今日のご飯はかき揚げ丼だよ。多分、クリシュさんは初めて食べると思うんだけど、気に入ってもらえるといいな」

「それは楽しみだ」

俺はシノブが作る手料理に魅了されている自覚がある。あの小さな手がするすると動き、あっという間に美味しい食事を作ってしまうのが、いまだに不思議でならない。

シノブに料理を教えたのは祖母殿なのだと、幸せそうな顔で教えてくれた。

祖母殿から料理と共にそこに込められた愛情も引き継いだから、こんなに優しい味なのだろう。

シノブは家族との縁が薄そうだと思っていたのだが、天涯孤独ではなかったのだと安堵するのと同時に、よくぞシノブに料理を教えてくれたと、会ったこともない祖母殿にお礼を言いたいくらいだった。

そして、最近は食事のときに一杯だけ酒を飲むのが日課になりつつある。鼻に抜ける香りを楽しみながら、シノブが茹でてくれたそら豆を口に放り込んだ。ただ茹でただけのはずなのだが、酒場で出てくるものに比べると格段に味がいいのは、新鮮だという理由のほかに目の前で嬉しそうに笑うシノブの存在もあるのだと思う。

「もう少ししたら、一日休みが取れそうなんだ。その日が来たら今までできなかった分も手伝うから、して欲しいことがあるなら言ってくれ」

「うん、考えておく」

半分ほどに減った酒のコップを傾けていると、シノブの視線を口元に感じた。彼も成人した男だ。普段は飲まないが酒に興味があるのかと試しに勧めてみると、遠慮がちに口を付けた。

「本当に甘くないんだ。なんか、変なの」

チラリと覗いた赤い舌が可愛いなと呑気なことを考えることができたのは、そこまでだった。まさか、シノブがこれほど酒に弱いとは想像していなかったのだ。

特に度数が高いわけでもなく、どこの酒場に行っても見かける酒で、女性にも好まれているものだったから油断していた。

シノブは一口舐めて安心したのか、今度はコップを大きく傾けて、コクリと喉が動くのが見えた。

「うふふー。くりしゅさん、お酒、甘くないいね？」

「……シノブ？」

「はーい？」

ニコニコと笑うシノブの顔は真っ赤になっていた。具合が悪そうな様子はないが、口調も舌っ足らずな感じで、もしかしたら、これはマズイのではないかと思ったときにはすでに後の祭りだった。

「よいしょっと」

そばに来いと呼ばれたと思ったのか、シノブはおもむろに立ち上がり、俺の膝の上に向かい合わせになる形で座ったのだ。酒のせいでグラグラと揺れる体を安定させるために俺の首に手を回して、ふにゃりと笑った笑顔の破壊力に、のけ反ってしまった。

シノブに懸想（けそう）している俺にとってこの状況は、まさに苦行といってもいいだろう。

「くりしゅさんの、喉仏って、格好いいよね」

「シノブ、少し離れようか」

指先でツンツンと喉仏を触るシノブの手を押さえて告げると、ニコニコ笑っていた顔がクシャリと悲しげに歪んだ。

「くりしゅさんに触るのはダメですか……」

肩を落として膝から降りたシノブはトボトボとソファーに向かい、そこで丸くなった。

「くりしゅさんに触ったらダメだから、僕は、ダンゴムシになります」

どうしたらいいんだ、行動の予測ができない。

別に触られるのが嫌だったわけではないんだ。ただ、無邪気に触られると勘違いしそうだったのだ。シノブも俺のことを好いてくれているのではないかと。

シノブの意識がないときに幾度も触れた唇が、少し顔を動かすだけで触れる位置にあるのもよくなかった。

体温が上がったせいで鮮やかに色づいた唇に、触れてしまいたいと思ってしまうから。

「そんなに縮こまっていたら、手足が痺れてしまうぞ」

シノブが丸くなっているソファーには、かなりのスペースが空いていた。そこに腰かけ、寂しげな背中をそっと撫でると、モソリと身動ぎして俺を見上げてきた。目元が濡れていることにギョッとして、慌てて抱き上げた。まさか、泣くほど悲しませてしまっていたとは。

「シノブ、すまなかった。俺の言い方が悪かったな。触って欲しくないわけではないんだ」

膝の上に乗せ、先ほどと同じ向かい合わせになるように座らせると、コテンと首を傾げたシノブは俺の胸元の洋服の生地をキュッと握った。

「じゃあ、触ってもいいの？」

「勿論だ」

「……えへへー」

抱きついて額を擦りつけるシノブの可愛さに、思わず抱き返してしまった。今の状態を意識があると見なしていいのかわからないが、起きている間に抱き合うのは移動を抜かすと初めてじゃないだろうか。

「ぼく、くりしゅさんの抱っこ好きなんだー。温かいし、ドシーンッて感じで手を離してもヘッチャラだし、スイスイーで、わあぁってなるんだよ」

「そうか」

なんのことやらわからないが、気に入ってくれているらしい。

「僕、子供の頃、友達がお父さんにおんぶとか、肩車とかしてもらってるのを見て羨ましいなって思ってたから、凄く嬉しい」

「お父さん……か」

二度目にシノブと会ったときに、おじさんと言われてしまったくらいだ。シノブの姿で成人が普通ならば、俺などはシノブの父と同じ世代に見えるのも仕方がないことなのだろう。

しかし、懸想している相手から『父』と思われるのはつらい。喉の奥からしょっぱいものが込み上げるのに耐えるのが精一杯だ。

フィルクス様には気持ちを伝える努力をしてみろと言われたが、やはり俺はシノブの恋愛対象にはなれないようだ。

散々額を擦りつけて満足したのか、シノブはウトウトと微睡み始めた。起こさないように立ち上がり、二階の寝室へ運んだが、シノブは抱きついたまま離れなかった。

ホカホカ温かい体を抱き締めながら、一つ溜息を吐く。

「お父さんか……」

少々ショックが大きいようだ。今夜は眠れそうにない。

翌朝、昨夜の『お父さん』発言をシノブは覚えていなかった。なにか変なことを言わなかったかと聞かれたが、それを伝えるのは自分の傷を抉るようで、『なにもなかった』と視線を逸らすしかなかった。

「クリシュ、お前、通常業務に戻ってからずっと休んでいないんじゃないか？　明日は休んでいいぞ」

なんの前触れもなくフィルクス様から告げられた翌日。突然の休暇は思いのほか楽しいものになった。シノブが植えた果物の木に実がなり、収穫することになったのだ。

常日頃から野菜の運搬をしてくれているゲネット殿と、シノブの友人であるノルンとクゥジュも手伝いに駆けつけて、大きな実をつけた木にネットを取りつけていく。

植樹したのは知っていたが、驚いたのはその中にククリがあったことだ。

俺の両親が焦がれ、今もせっせと植えては失敗しているククリの木が大きく成長し、枝もたわわに実を付けている。

この辺りの気候はククリを育てるにはあまり適していないことから、わざわざ南の地に引っ越しまでしたのに、両親がこの光景を見たらさぞ悔しがることだろう。

俺も収穫したてのククリは初めて食べる。以前食べたのは旅先の市場でたまたま見かけて買い求めたのだが、収穫してから時間が経っているせいか、シノブのククリよりも格段に香りが弱かった。

完熟したククリはこれほどまでに香りと甘味が違うのか。これは両親が焦がれるはずだ。今度手紙を書くときに自慢するとしよう。もしかしたら飛んで帰ってくるかもしれないと思うと、笑いが込み上げた。

収穫した果物とシノブとノルンが共同で作った手料

理を思う存分食べ、騒ぎ、歌い。シノブも楽しそうで、始終あふれんばかりの笑顔を浮かべていた。

「よかったな、ピョン吉。抱っこしてもらえて。クリシュさんの腕は安心するし、気持ちいいだろ?」

姿が見えないラヴィを迎えに行ったとき、シノブの言葉に思い出したのはあの夜のことだった。あのときの発言と組み合わせて考えてみると、俺が抱き上げることを気に入ってくれているのは間違いないようだった。

ただ、その後の眠れぬ夜のことまで思い出してしまい、ほんの少しだけ意地悪な気持ちになってシノブをからかってしまった。

「そうか、シノブは俺に抱っこされるのが気持ちよかったのか」

「ん?」

どうやら無自覚だったようで、一瞬『なんのことだ?』と首を傾げたシノブは、その首の角度を保ったまま固まって、見る見るうちに顔を真っ赤に火照らせた。

「えっと、あの、気持ちよかったっていうのは変な意味じゃなくて。見晴らしがよくて楽しいとか、そんな感じで……………!」

「ははっ」

モジモジしながら必死に言い訳をする可愛い姿が見られただけで充分だ。たとえ俺に父親を重ねているのだとしても、そのせいで俺のそばが心地いいと思ってくれるのなら、そんなに悪いことでもない。

「笑ったな、酷いよクリシュさん!」

「ははっ、すまない。シノブがあまりにも必死だったからついな」

想いを返して欲しくて好きになったわけではない。シノブがひた向きに生きる姿に目が離せなくなり、自然と恋に落ちたのだ。

同じ気持ちを返してもらえなくても、シノブの心の片隅にでも俺という存在の居場所があるなら、それは、とても幸せなことなのだと気づけただけで本当に、充分すぎるほど幸せだ。

料理を食べ尽くし、そろそろお開きにしようと片付けを始めた辺りで、遠くから聞こえる馬車の音に気がついた。見覚えのある馬車は、アンネッテ様が移動するときに乗るものだった。

「あの馬車は……。悪いが、先に戻る。手伝えなくてすまない」

なにかあったのだろうか。アンネッテ様はたしか昨日まで従姉殿の誕生パーティーがあるとかで、隣街に滞在していたはずだ。今日帰ってくるとは聞いていなかったが、急遽帰省しなければならないなにかが起こったのだろうか。

「クリシュ、やっと会えたわ!!」

それはこちらの台詞だ。いつ訪ねても出かけていて、今後のことに関する相談をする暇がなかったというのに。

アンネッテ様は、後ろに控える従者に気づかれぬように目配せをした。彼は、アンネッテ様の父上から監視役をおおせつかっているはずだ。話を合わせろということか。

「今日が休みだということは知ってるのよ。私と一緒に来てちょうだい。お父様もお母様も、いい加減に痺れを切らしているの」

「アンネッテ様、それについてはお断りしたはずです」

アンネッテ様との恋人ごっこは、もう後戻りができないところまで来ている。言われるままにご両親に会いに行ったら、間違いなく結婚話を押し進められてしまうだろう。アンネッテ様もそのことは納得していたはずだ。

「アンネッテ様……」

片付けを終えたシノブ達が追いついてしまったらしい。背後から足音と共に、ノルンの声が聞こえた。

その声にパッと振り返ったアンネッテ様がシノブの姿を見て顔を輝かせた。

「貴方がシノブね？　はじめまして。お兄様から話は聞いているわ」

「お兄様……？」

ああ、そうか。シノブは知らなかったのか。アンネッテ様との会話の中に何度かシノブの話が上がったから、会ったことがあるような気になっていたが。

「聞いていた通りに可愛らしい方ね。私はアンネッテよ。よろしくね」

シノブに会ってみたいと言っていたから嬉しかったのだろう。自ら握手を求めるアンネッテ様に、シノブは戸惑っているようだった。

珍しいな、と思う。シノブは人懐っこくて、俺と初めて会ったときも気後れしていなかったのに、アンネッテ様と握手をした後、手を後ろに隠してしまった。

あんな事件があった後だ。見知らぬ人間に対する恐怖心が芽生えてしまったのかもしれない。

「アンネッテ様、シノブに絡むのはやめてください」

「まあっ、酷いわ、絡むだなんて。意地悪なことを言わないでちょうだい」

助け船を出すと、アンネッテ様は心外だと頬を膨らませた。本人は気がついていないが、そういうところが子供っぽく見えるのだ。

「ああ、そうだわ。こんなことをしている場合じゃなかったわ。シノブ、今日はこれからクリシュを貸していただきたいのだけど、いいかしら？」

「アンネッテ様!!」

「クリシュは黙っててちょうだい。話が進まないわ。聞いてくださる？　クリシュったら酷いのよ。今度のお休みには両親に会いに来てってお願いしていたのに、私にお休みを内緒にしてるんだもの」

別に、内緒にしていたわけではないんだが。この休みも突然決まったことだった。

「アンネッテ様、その話は……」

「ダメよ。今日は逃がさないわ。クリシュの言い分もわかるけど、私だって必死なのよ。このままクリシュが来ないなら、訳のわからないほかの男と結婚させられてしまう。さ、馬車に乗ってちょうだい。急がないと。両親に会うんだからちゃんとした服に着替えてもらうわ。服は私のほうで準備したから、クリシュは身一つで来てくれたらいいのよ」

勝手に話を進めるアンネッテ様に辟易(へきえき)するが、反論したくても探るような視線を寄せてくる従者の手前、下手なことを言えない。それに、この場には一般人であるゲネット殿やクゥジュ、そして、管理所に勤めるノルンもいる。

アンネッテ様の口調から読み取るに、かなり焦っている様子だ。周りに恋人ごっこのことを気取(けど)られずに俺を連れ出すために我儘な恋人を演じているつもりなのだろうが、正直、この会話をシノブには聞かれたくなかった。

シノブに誤解されたくないのもあるが、さっきから様子がおかしいのも気にかかっている。アンネッテ様と会話しているときの顔。あれは、なにかを我慢しているときの顔だ。笑っているのに、眉と目尻が少し下がっていて、俺には悲しそうに見える。よく気をつけて見ていなければ気がつけなかっただろうが、ポチの傷口を見るときはいつもこんな表情をしていた。

そして、今は俺とアンネッテ様の会話をぼんやりと、表情が抜け落ちたような顔で聞いている。ノルンもシノブの様子に気がついたようで、気がかりそうな視線を送っていた。

今日はずっと楽しそうだったのに、こんな顔をさせてしまった。

アンネッテ様の従者が難しい顔をして威嚇しているように見えるのは、お父上からアンネッテ様のことを頼まれているからで怖がることはないのだが、シノブにはそんなことはわからないだろう。

事件の記憶がまだ癒えていないシノブの前に見知らぬ人間が二人も現れて、一人はやたらと馴れ馴れしく握手を求め、もう一人は眼光鋭く睨んでくるのだ。シノブにとって、今の状態はかなりの負担になっているだろう。

抵抗して話を長引かせるよりも、大人しく従ってシノブから二人を排除したほうがよさそうだ。

「シノブ、夜には戻る……」

「夜は両親と食事よ。シノブ、遅くなると思うから、クリシュは今夜はうちの屋敷に泊めるわね」

すべてを言い終える前に馬車に押し込められたことと、今夜の予定を勝手に決められたことに少々ムッとしてアンネッテ様を見ると、顔の前で手を合わせて口をパクパクと開いた。

『ゴメン!!』

これも従者に聞かれないためですか。俺がアンネッテ様のご両親の前に連行されるのは決定しているようだが、ご家族の間でどんな会話があったのかを知らないと、この後の対応に困るんだが。

『話は後で』

俺の手を摑んで掌に指で文字を書いたのを読み取って、『本当だろうな?』と疑う気持ちを感じつつ、溜息を一つ吐いた。

アンネッテ様に関わると、俺はいつも溜息を吐いているような気がするんだが、これは気のせいではないだろう。


「これを、俺に着ろと……?」

俺が今いるのはアンネッテ様の屋敷の一室なのだが、嫌がらせとしか思えないドレッシーなシャツを渡されて顔を引きつらせていた。

「私もそのシャツはどうかと思ったのだけど、家令のセブルスに頼んだら買ってきたのがこのシャツだったのよ」

アンネッテ様は困った顔をしているが、内心では笑いを堪えているのが丸わかりだ。その証拠に、肩が震えている。

「それよりも、どういうことでしょうか。以前にご両親の招きに応じるのは得策ではないと意見が一致したと思うのですが」

「私も努力したのよ。お父様と顔を合わせないように出かけたり、従姉の誕生パーティーも一泊の予定を引き延ばしたり。でも、それが余計にいけなかったみたいなの。今日帰ってくるなり『クリシュは今日休みのはずだから今すぐ連れてきなさい』って。今回断るようなら、お見合いの話を進めるっていうの。しかも、相手は分家のディグリットだっていうのよ。嫌よ、あんなマザコン!!」

相手まで指定しているとは、お父上も今回は本気らしい。フラフラ遊び歩いている(ように見える)娘に堪忍袋の緒が切れたのだろう。

「アンネッテ様、お父上に本当のことをお話ししましょう。大丈夫です。おそらくお叱りを受けるのは俺だけでしょうから。あれほどアンネッテ様を溺愛されておられるのですから、素直にお話しすればわかってくださいますよ」

結婚話を早急に進めているのも娘が愛しいからこそだろう。娘の幸せを願う親心だ。

まぁ、愛しさ故に甘やかし、破天荒な娘に育ってしまったのは計算外だったのだろうが。

「でも、私……」

「帰るなり飛び出していったからなにかと思ったら、そういうことか。俺はこんなことのためにクリシュに休みをやったわけではないんだけどね」

「お兄様!!」

「フィルクス様」

密室で男女が二人きりでいるのは好ましくないため、半分開けていた扉から声が漏れていたのだろう。廊下の壁に凭れて腕を組んだフィルクス様は厳しい顔をしていた。

「アンネッテ、俺は前にも言ったな? クリシュの人生はお前のためにあるのではないんだぞと」

「はい……」

怒っているフィルクス様の前では、アンネッテ様は借りてきた猫のように大人しくなる。それは、家族の中で唯一アンネッテ様の我儘が通用しないのが、兄であるフィルクス様だからだ。

両親が溺愛してなんでも許してしまう代わりに、悪いものは悪いのだと、時には声を荒らげて叱るフィルクス様がいたからこそ、アンネッテ様の最低限の良識が守られていると俺は思っている。

そうでなければ手が付けられない悪女に育っていたに違いない。

「お前ももう成人したんだ。自分でしでかしたことの結果を、自分で始末を付けなければならない。静観していたが、これ以上クリシュを巻き込むことは許さない。きちんと自分の口で父上達に話をしなさい」

しゅんと肩を落とすアンネッテ様を見ると庇ってしまいたくなるが、家庭のことに他人が口を出すのはよくないだろう。

「それにな」

そう思って黙っていたのだが、まさか話が俺のことに及ぶとは思っていなかった。


「このことが原因でクリシュが想い人にフラれたら、お前はどう責任を取るつもりだ？　いい加減解放してやりなさい」

「え!?」

「なっ!?」

フィルクス様、なんてことを言うんですか。

「クリシュ、好きな方ができたの!?　誰、私も知っている人？」

勘弁してくれ。アンネッテ様が食いついてしまったではないですか。胸の前で手を組んでキラキラした目で見るのはやめて欲しい。ご婦人というのは、どうしてこうも他人の恋愛話が好きなのか。

「ほら、あの子だよ。異世界からの友人だ。シノブという名前を聞いたことがあるだろう？」

目の前で、シノブへの気持ちをバラされてしまった。シノブへの気持ちを胸にしまっておくことを決めたばかりなのに、アンネッテ様に知られたら余計なお節介をされてしまうではないか。

「どうしましょう、私、大変なことをしてしまったわ。シノブの前で誤解されるようなことをたくさん話してしまったの。だって、セブルスがいたから……。クリシュ、ごめんなさい。私、ちゃんとシノブに説明するわ！」

「やめておきなさい。アンネッテが関わったら余計にややこしくなる」

「お兄様、酷い！」

アンネッテ様はギャアギャアとフィルクス様に抗議をしていたが、ぜひともやめていただきたい。本当に、アンネッテ様が関わるとろくなことにならないのだから。

「さてと、面倒なことは先に済ませてしまうとしようか。クリシュも、着替えなくていいからついてきなさい。父上達との話し合いには、俺も同席させてもらうよ。お前達だけでは、父上に押し切られてしまうかもしれないからね」

フィルクス様が同席してくださるのは、正直心強い。一族の当主になったフィルクス様は、お父上よりも立場が上になる。

アンネッテ様と俺では、命令されると拒否するのは難しいが、フィルクス様ならばなんとかしてくださるだろう。

「アンネッテ、心の準備はいいか？」

「はい、お兄様」

この扉の向こうに、アンネッテ様とフィルクス様のご両親がそろっていらっしゃる。緊張を隠しきれないアンネッテ様は、強張った顔でゴクリと唾を飲み込んだ。

コンコンッ。

「父上、フィルクスです。お話があります」

「入りなさい」

ご両親は並んでソファーに座ってお茶を楽しんでいた。俺が結婚の挨拶をしに来ると本気で思っていたのか、いつもよりも上等な服を着て、奥方様は綺麗に髪を結い上げていた。

「なんだ、アンネッテとクリシュも一緒か。……クリシュ、お前、その格好はなんだ。普段着ではないか」

今の俺の服装は騎士の制服でもなく、用意されていた華美な正装でもなく、馬車に乗り込んだときと同じ完全なる普段着だ。

結婚の挨拶をするには相応しくない服装に、お父上は顔を歪めた。

「そのことで、アンネッテから説明があります。俺は付き添いとして同席させていただきますよ。さあ、アンネッテ」

　フィルクス様に背中を押されて前に出たアンネッテ様は、緊張を解すように深呼吸をした。

「お父様、お母様、申し訳ありません。アンネッテは嘘をついておりました！」

「!?」

　アンネッテ様には本当に驚かされる。

　ご両親も驚きに目を見開いて座っていたソファーから半分腰を上げたまま固まり、控えていた使用人達は『お嬢様が、お嬢様が!!』と言いながら右往左往している。そして、フィルクス様は頭が痛いとばかりに額を押さえて天井を仰いだ。できることなら俺もフィルクス様と同じく天井を仰ぎたかった。

　アンネッテ様は謝罪するのと同時に勢いよく滑り込むような形で床に膝をつき、ご両親の前で土下座をしたのだった。

「なん、なんだ、一体どうしたというのだ!?」

「全部、全部私が悪いんです。クリシュは全然、一つも悪くないんですー！」

　泣きだしたアンネッテ様に、室内は混乱を極めた。

　俺を庇ったつもりなのだろうが、逆効果な気がするのは気のせいだろうか。アンネッテ様付きの侍女の視線が非常に痛い。

「アンネッテ、お前はもう少し会話の勉強をしたほうがいいぞ。それでは説明になってない。取りあえず立って、スカートを整えてソファーに座りなさい。それから、お前達はお茶を用意して席を外しなさい」

　唖然としたままのご両親の代わりに、フィルクス様が指示を出し、話し合いの場を整える。本当にフィルクス様が同席してくださってよかった。

　俺にはこの場の収拾をつけることなど、できなかっただろう。

「お父様、私にはお慕いしている方がいます。ですから、お見合いをするのが嫌で、クリシュにお願いして恋人の振りをしてもらっていたの。お願いを聞いてくれないなら家出するって脅して、お兄様と遠征に出ている二年の間だけって約束で協力してもらっていたのです」

　ご両親は愛娘に二年以上も嘘をつかれていたのがよほどショックだったのだろう。奥方様は青ざめて今にも倒れそうな顔をしていたし、お父上は足をガタガタと揺すりながら時々口を挟もうとしては言葉にならず、パクパクと魚のように口を開いては閉じてを繰り返していた。

「二年の間に彼と恋人になってお父様とお母様に紹介するつもりだったのですけど、上手くいかなくて。もう少しだけって思っているうちに街で結婚の噂が出始めて、お父様にも挨拶に連れてくるように言われて。でも、本当のことを言ったら怒られてお見合いの話を進められてしまうと思ったら怖くて、最近はお父様と顔を合わせなくて済むように逃げ回っていたの。本当に、ごめんなさい」

「とりあえず、事情はわかった。しかしだな、クリシュ、お前はすべてを知っていて、ずっと我々を騙していたのか？　本来であれば、アンネッテを諭してだな……」

「父上。言っておきますが、クリシュに当たるのは筋違いもいいところですよ。むしろ、アンネッテが迷惑をかけて申し訳なかったと謝るべきでしょう。そもそも、クリシュは私の騎士です。アンネッテが顎で使っていいはずがないのですよ。それを許してしまった責任は、アンネッテを我儘放題に育ててしまった私達家族にあるのですから」

怒りの矛先が俺に向いたところで、フィルクス様がお父上の言葉を遮った。

「いえ、フィルクス様。応じた俺にも責任があります。本来ならば、お止めするべきだったところを、旅に出ている間ならばと承知してしまい、混乱を招く結果になってしまったのですから。申し訳ありませんでした」

「ぬうっ」

深々と頭を下げると、怒りの矛先を失ったお父上はそれ以上詰め寄ることができずにうめいた。

しばしの間沈黙が流れ、場の雰囲気を変えるように奥方様が話しだす。

「それで、アンネッテ。お慕いしている方というのはどなたなの？」

「……言いたくありません」

「まぁ、どうして？　お父様にお願いしたら、きっといいお返事をいただいてくれるわ」

「それが嫌なのよ！　無理やり結婚してもらっても、ちっとも嬉しくないわ。私のことを愛してくれないのなら、結婚する意味なんてないじゃない。私はギルバート様に、私を好きになって欲しいの！」

「ギルバート？　ギルバートだと!?」

うっかり名前を口にしてしまったアンネッテ様は『しまった』と口を押さえたが、もう遅かった。

「管理所のギルバートか？　あの年増好きの既婚歴がある？　冗談じゃない、わしは認めないぞ。あんな中年に娘をくれてやるために、ここまで育ててきたわけじゃないんだ！」

「ギルバート様は中年じゃないわ！　上品で、優しくて、とっても素敵な……」

「中年だろう！　私とそう年が変わらないじゃないか！」

「父上、厚かましいですよ。ギルバートはまだ四十七歳です。父上とは十七歳も年が離れてますよ。父上がアンネッテを拵えたのと同じ年齢ですから、彼だってまだまだ現役でしょう。それに、父上は中年というより老年の域に入ってます」

「うるさい、フィルクスは少し黙っておれ！」

認める、認めないと、アンネッテ様とお父上の攻防はしばらく続いた。認めるもなにも、ギルバート殿が拒んでいる限りは二人の結婚はないと思うのだが。

屋敷へ到着したときは、まだ夕暮れ前だったというのに、窓から見える庭が茜色に染まる頃になっても、お二人の言い合いに決着は付かなかった。

「いい加減、話を進めませんか。ギルバートのことは後で二人で話し合ってください。それで、アンネッテ。お前も勿論知っているだろうが、街中お前とクリシュの結婚話で持ち切りなんだが、どうやって収拾を付ける気だ？」

フィルクス様は三杯目のお茶を飲み干すと、人差し指にティーカップの持ち手を引っかけてブラブラと揺らした。

「えっ……、そこまでは……」

「考えてなかったんだな？　どうします、父上。ここまで話が広まってしまったものをなかったことにするのは難しいですよ」

確かにそうだ。俺はいいが、アンネッテ様にとっては醜聞となってしまうだろう。

「それは……、それはだなぁ。あー、クリシュ、すまないが、お前が心変わりをしたことにしてはくれないか。そのかわりに、アンネッテの我儘に加担したことは不問にしよう」

「本当にごめんなさい。クリシュには迷惑をかけるけど、アンネッテは女の子だもの。ギルバート様のことは置いておくにしても、今後の縁談に影響が出るのは避けたいの」

こうなるだろうということは、承諾した時点で予想していた。俺には恋人や、それに相当する相手もいないので、失うものもない。対してアンネッテ様は生粋のお嬢様だ。彼女の今後の人生のことを考えると、醜聞は避けられずとも、ダメージが少ないほうがいい。

答えを返そうとした俺を遮ったのは、フィルクス様だった。

「クリシュが浮気をしたとかなんとか噂を流せば周囲の同情も得られるし、大人しくしていれば、また縁談も転がり込んでくるでしょうしね。……そうやって、またアンネッテを甘やかすおつもりか」

ガチャンッ。

耳障りな音と同時にフィルクス様の手からカップが消えた。指先に引っかけてもてあそんでいたカップを、乱暴にソーサーに戻した音だった。

一客いくらするのか想像もつかないが、俺が自分で購入しようと思う日は一生来ないだろう値段のカップを乱雑に扱う様子に背筋がヒヤリとした。

繊細な飾りが施された高価なカップが割れてしまったのではないかと思うほどの音の大きさに、アンネッテ様はビクリッと肩を震わせ、兄に怯えた視線を向けた。

「我儘を言えば座っていても欲しいものが手に入る」

親指を曲げて一つ数を数えた。

「泣けば周囲がいいように動いてくれる」

「自分の行動で迷惑を被る者がいることなど、考えてもいない」

指折り数えながら上げ連ねた言葉は誰のことを言っているのかは明白で、奥方様は息子の発言に戸惑い、口元を両手で押さえた。

「同じ年頃の子と比べても言動が子供っぽく、他人の迷惑を省みない。これはすべて甘やかして育てた結果だというのに、また同じことを繰り返すのか？」

フィルクス様の冷ややかな視線に、ご両親はなにも言うことができなかった。勿論、その一端を担った自覚がある俺も同じだった。

しかし、フィルクス様の御一家も生命の木と一族に由来する能力に翻弄された、気の毒な方達なのだと知っている俺は、一概に甘やかすのが罪なのだと思うことができないでいた。

一族の分家の末端として育ち、要職とは無縁の生活をしておられたお父上は、管理所の中間管理職として上の方達から顎で使われる毎日だったと聞いている。その生活が一変したのは、待望の第一子であるフィルクス様が能力を持って生まれたと判明したからだった。

今では一族で能力を持っているのはフィルクス様だけだが、以前はもう一人、当時の当主候補の筆頭に上がっていた方がいた。フィルクス様よりも力が強く、生命の木と会話もできたらしい。

その方の右腕になるために、幼いフィルクス様は能力が発覚した瞬間から両親と引き離され、教育を受けることになった。

最愛の我が子と引き離されたご両親の悲しみは、どれほど大きかったことだろうか。その後はさらなる能力を持った子供を作ることを期待され、産めよ増やせよと優先的に生命の実を提供されたが、周囲からのプレッシャーがストレスになったのか、その後しばらく奥方様が妊娠することはなかった。

そうして、やっと生まれたのがアンネッテ様だ。

アンネッテ様が能力を持たなかったことを、ご両親は歓喜した。また子供を取り上げられることをずっと恐れていたのだ。

そして、フィルクス様を可愛がれなかった分を埋めるように溺愛して育てたのだという。

もともと、ご両親は愛情深い方達なのだ。フィルクス様が能力を持って生まれたのは運命だったとしか言いようがない、仕方がないことだが、そのせいで失われた家族の時間を考えると気の毒でならない。

「一族の当主として命じる。騎士であるクリシュを私欲のために使い、周囲を騒がせた罪は償わなくてはならない。アンネッテには今後三ヶ月の間、謹慎を言い渡す。その間、一歩も屋敷から出ることを許さない。

クリシュとのことについては、そうだな……。侍女に少し噂を流してやればよい。アンネッテくらいの年頃の娘が心変わりをするなど、珍しいことではないからな。謹慎の話が広まれば勝手に想像して噂を広めてくれるだろうさ。『またアンネッテ様の気紛れが始まった。振り回されたクリシュ殿は災難だった』とね。

アンネッテ、お前、クリシュに次の誕生日までにギルバートを落とせなかったら、父上が勧める相手に嫁ぐと言ったそうじゃないか。お前の誕生日まであと三ヶ月と少し。言葉の通り、ギルバートを落とせなかったら諦めてもらうぞ」

「どうしてお兄様がその話を知っているの！」

命じられた罰に、アンネッテ様は悲鳴を上げた。

「私の可愛い小鳥が、お前達の話を聞いて親切にも教えてくれたのだよ。アンネッテも、もう成人だ。自分の発言の責任を取ってもらうぞ」

『可愛い小鳥』とは、フィルクス様が連絡手段として使っている鳥のことだろう。

動物との会話が可能なフィルクス様なら、俺達の会話を知ることができたとしても不思議はない。

「フィルクス、それではあまりにもアンネッテが可哀想ではないか」

「反論は認めない。明日からアンネッテは屋敷から出ないように。見張りもつけるから、馬鹿な真似はするなよ。話は以上だ。こんなくだらないことに随分と時間を取られてしまった。クリシュ、話がある。ついてきなさい」

一族の当主として話すとき、フィルクス様は意図的に口調を変える。そういうときのフィルクス様は貫禄(かんろく)が増し、なにかと煩い一族の古狸達でさえ怯(ひる)むほどだ。

フィルクス様の口調から本気を感じ取ったお父上は口をつぐみ、頭を下げて承諾の意を表した。

ワァッと泣き出したアンネッテ様の肩を抱いて奥方様が非難(ひなん)の視線を向けたが、フィルクス様は振り返ることもしなかった。

俺もフィルクス様の後に続き、一礼して部屋を出る。もうすっかり日が落ちて、夜になろうとしていた。

「クリシュは、アンネッテに対する罰を厳しいと思うか？」

私室へ戻ったフィルクス様はとても疲れた顔をしていた。年の離れた妹が可愛くないはずがない。厳しい態度を取るのは辛かっただろう。

「三ヶ月というのは、いささか長い気はいたします」

きっと、叱って終わりだろうと思っていた。アンネッテ様も同じだろう。

「そうだろうね。私も厳しいと思うよ。けれどね、誰かが教えねばならないんだよ。あの子は現当主の妹だという自覚が足りない。自分の発言が周囲に与える影響を理解していないんだ。今まではそれでもよかった。子供であるうちならば、父上と私とで守ることもできたが、成人したからにはそうはいかない。近い将来、一族の魑魅魍魎(ちみもうりょう)にそのかされ、いいように利用される姿が目に浮かぶ。そうなる前に、アンネッテは学ばなくてはならない。後悔し、学び、その身に刻み込むことが、アンネッテを守ることになるだろう。それもすべて、私達が甘やかした結果なのだけれどね」

寂しげな微笑みを浮かべるフィルクス様へかける言葉が見つからない。

「あの子の性格の明るさは、私達家族の救いになった。私を手放した負い目を感じてぎこちなくなっていた家族を一つにしてくれたのはアンネッテだ。鬱ぎがちだった母上に笑顔が戻り、自分より立場が上になってしまった息子にどう接していいかわからず会話が成り立たなかった父上と俺との間に自然と言葉が通い始めたのも、すべてアンネッテが生まれてくれたおかげだ。

あの子の笑顔が私達家族の幸せの象徴だった。あの子の笑い声が響くたびに使用人までもが仕事の手を止めて微笑み合う。誰もがアンネッテの笑顔を見たいがために菓子を与え、花を与え、ドレスを与え。甘やかしているという自覚がありながら、まだ子供だからと言い訳してここまで来てしまった。本当は、私も父上を責める資格はないんだよ。クリシュに迷惑をかけているのを知っていたのに静観していたのだからね。本当に、迷惑をかけた。お前の部下達に破局を知られたら、しばらくは騒がしくなってしまうが……」

「俺のことはお気になさらずともよろしいのです。人の噂など、受け流していればいずれは消えていくものです。アンネッテ様の恋人役を羨んでいた者達は俺がフラれたことをいい気味だと笑うかもしれませんが、そんなことはささいなことです」

恋愛関係になんらかの決着を付けるなら、結婚か破局かしか選択肢はないのだ。この世界で破局したカップルなど星の数ほどいるだろう。

アンネッテ様はたまたま身分があったため、ここまで騒ぎが大きくなったが、本来ならば珍しいことではないのだ。

俺自身、嘲笑われて泣くほど繊細な精神はしていないし、フィルクス様が俺のことを気に病む必要などまったくない。俺はフィルクス様の騎士なのだから、存分に利用してもらってかまわない。

そう思うほどには、フィルクス様の部下であることを光栄に思っているのだから。

「すまない、ありがとう」

ふうっと息を吐いたフィルクス様は、窓の外の暗さに目を見開いた。夕食も取らずに話し続けてすっかり辺りは暗くなり、星が瞬き始めている。

夜を怖がるシノブの姿を思い出し、俺は内心で焦り始めていた。

「夜になってしまったな。クリシュはどうする、今日は泊まっていくか？」

「いえ、シノブが心配です。帰らせていただきます」

「そうか……。彼はまだ魘されているんだろうか？」

「いえ、最近は夜中に目を覚ますこともなくなりました。ですが、もう少し様子を見ようと思っています」

アンネッテ様は今夜は屋敷に泊めるとおっしゃっていたが、俺ははじめから帰るつもりでいた。だから本当はブランシュを連れてきたかったのだが、馬車に押し込められてしまってその暇がなかったのは残念だった。

「では、お暇させていただきます」

「ああ、いいぞ。気を付けて帰りなさい」

挨拶もそこそこにフィルクス様の私室を出て、その瞬間に走り出した。


「あ、おい、クリシュ……」

そういえば、クリシュは馬車で来たのではなかったかと思い出した。屋敷の馬を貸してやろうと呼び止めようと思ったのだが、廊下にクリシュの姿はすでになかった。

まだ間に合うだろうと屋敷の外に出てみたが、そこにもクリシュの姿はない。

「フィルクス様、どうかされましたか？」

「ああ、クリシュを見なかったか？」

「クリシュ殿なら、先ほど馬を借りたいとおっしゃって厩舎に案内いたしましたよ。大変急いでおられたようですが。」

「いや、それならいいんだ」

先ほどのクリシュの台詞を思い出して、ふと、笑いが漏れた。自覚がないようだが、クリシュは『帰る』と言った。『行く』のではなく、『帰る』のだと。

これは、クリシュ自身がシノブのところに帰りたいと思っているからこその発言だろう。

クリシュがシノブを気にかけているのは知っていたが、その気持ちがいつしか育ち、心の中に深く根付くことになるとは思っていなかった。

シノブは幼い子供のような容姿をしていたし、クリシュの今までの相手は、どちらかというと落ち着いた大人の男女が多かったように記憶していたからだ。

　恋の種は、シノブと出会った瞬間からクリシュの中にあったのだと思う。芽吹いたきっかけは、おそらくシノブを襲った事件だ。二人の距離が近づくと同時に急速に成長した種は今、クリシュの心に蕾を付けた。

　その蕾が咲くのか蕾のまま枯れるのかはわからないが、できれば大輪の花を咲かせて欲しいと思う。

「そういえば、クリシュは花を探していたんだったな」

　たしか、指先ほどの小さな花だったか。ならば、クリシュとシノブの間に咲く花は小さく可憐な花だろう。二人の思い出が増えるごとに一つ、二つと増えてゆき、生命の木のように視界いっぱいに花が咲く日が来るといい。

　私の予想では、そうなる日は近いと思うんだが。

「まったく、羨ましいことだ」

　誰もが好いた相手に思われる幸運を得られるとは限らない。手を伸ばして届く位置にあるのなら、全力で摑みに行くべきだ。

「急げよ、クリシュ」

　シノブはきっと、クリシュを待っている。


　フィルクス様の屋敷を辞してから馬を走らせたが、やはりブランシュよりも時間がかかってしまった。

　普段であればシノブはもう就寝している時間で、ひづめの音で起こしてしまわぬように家が見えた辺りで速度を落とした。

　ブライアンに他の牡馬を近付けるとブランシュが騒ぐだろうという配慮から、飼育小屋から離れた果樹園の木に馬を繋ぎ、家の正面に移動して二階を仰ぎ見ると部屋の灯りは消えていた。やはりシノブは先に眠っているようだ。

「物音で起こしてしまっては可哀そうだな」

　そう思い、家に入る前に汗を流そうと向かった池に、蹲る小さな背中を発見した。

「シノブ?」

　なぜ、外に出ているんだ。夜に外に出るのを嫌がっていたのは、事件の前からだった。夜目が利かないから外に出るのが怖いと言っていたのに。家の中で、なにかあったのだろうか。

注意深く辺りの気配を探ってみたが、今のところ異変はなさそうだ。家に灯りが点いていないが、いつからこの場所にいるのだろう。

「シノブ、どうしたんだ、こんな夜中に外に出るなんて。なにかあったのか？」

ブランシュが、不満そうにブルルッと嘶いた。前脚で土を蹴るおまけ付きだ。帰ってくるのが遅いとでも言っているのだろうか。

「な、なにもないよ。ちょっと眠れなくて、涼んでたんだ」

ブランシュの不機嫌の理由はすぐにわかった。シノブの声がおかしい。まるで、さっきまで泣いていたかのように。

なぜだ、なにがあった？

ブランシュは役目が終わったとばかりに悠々と小屋に戻っていった。すれ違いざまに尻尾で俺の腕を叩き、シノブのそばから離れがたそうな素振りを見せるポチを伴って。

どうやら俺が帰るまでの間、シノブの護衛をしていてくれたらしい。

「シノブ、なにがあった？」

なぜ、こっちを見ない。言葉だけはなんでもないように装っていても、声が、小さな背中が泣いている。

「本当になにもないよ。僕、もう少しここにいるから、クリシュさんは早く休んだほうがいいよ。明日は仕事でしょう？」

俺を拒絶しているような発言に、心がささくれ立つような苛立ちを感じて少々声が大きくなる。

「シノブ、こっちを向いてくれ」

微かに身動ぎをしたが、それでもシノブは振り向かなかった。

「クリシュさん、ごめんなさい。ちょっと一人になりたい気分なんだ」

「シノブ、こっちを向け」

もう我慢ができなかった。肩を掴み、強引に体を持ち上げて振り向かせると、ゆらゆらと波打つほど瞳に溜まっていた涙が、ポロリと溢れ落ちるのが見えた。

「泣いていたのか……？」

触れると、涙が乾いた跡が頬をカサつかせていた。たった今溢れた涙のほかに、随分と前から泣いていた証拠だ。

なぜ言ってくれないんだ。俺では役に立たないからか？

シノブが涙を流すことがあるのなら、どうか俺の腕の中であって欲しいと思っているのに、俺はいつもシノブの涙に間に合わない。

頼りにならないと思われても仕方がないかもしれないが、それでも、シノブがなにを思い、なにに悲しんでいるのか知りたい。

「シノブ、言ってくれ。なぜ泣いている。俺は、シノブの涙を見るのはつらい。苦しめているものがあるなら、俺に話してくれ」

また一粒涙が溢れた。確かに唇がなにかを語ろうと動いたのに、それを飲み込んで目を伏せてしまったシノブの頬に手を添えて、上を向かせる。

「シノブ」

やっと目を合わせてくれたのに、シノブは諦めたような顔をしていた。やはり、俺が相手では話す気にもならないのだろうか。俺ではシノブの……。

「クリシュさんのことが好きなんだ」

聞き間違いかと思うような、小さな、小さな声だった。ひとり言のように、ポツリと。想いを伝えるというよりは、心の声が漏れてしまったかのような、か細い声だった。

混乱して『好き』とは、どういった意味だっただろうかと心の中で反芻し、嚙み砕き、飲み込んだ瞬間に、腹の内側がカッと熱を持った。

すぐには言葉が出ず、煮えたように考えが纏まらない頭の端に、先日のシノブが浮かび上がる。おかげで少し冷静になれた。

『好き』という言葉には種類があるのだ。ポチが好き、ラヴィが好き、抱っこが好き。シノブの中で、俺はどの立ち位置にいるのか。『お父さん』と言われて落ち込んだことを思い出し、浮かれそうだった思考にブレーキをかけた。

「それは、俺と所帯を持ちたいという意味の好きか？」

冷静に、冷静に。自分に言い聞かせたのにもかかわらず、問う言葉は上ずっていた。

「うん。ごめんなさい」

いつから、そんな風に思ってくれていたのだろう。肝心なときに役に立たない俺を、それでも好いてくれていたのかと思うと、心が震えるようだった。

こんなとき、一体どういった言葉を使えばいいのだろうか。なにか、特別な言葉で伝えたい。そう思っても、言葉が出てこなかった。

人は心から感動したときには、シンプルな言葉しか思いつかないのだということを初めて知った。

「そうか……。ありがとう」

やっと絞り出した言葉に、シノブは微笑んでくれた。だが、なぜだろう。気持ちが通じ合ったのに、シノブの笑顔が悲しそうに見えるのは。

「こっちこそ、ありがとう。心配しないで。ちゃんとわかってるから大丈夫だよ。すぐに平気になるから。アンネッテ様と幸せになって」

……ん？

「ちょっと待て、シノブ」

「ノルン達に聞いたけど、こっちの世界には結婚式がないんだってね。でも、せっかくだから身近な人達を集めてパーティーしたらどうかな？　そのときは、野菜や果物を差し入れするよ。美味しいのを食べてもらえるように頑張るか……モガッ!?」

話している途中で遮るのは悪いかと思ったが、考えるよりも早く手で口を塞いでしまっていた。先ほどとは別の意味で心を落ち着かせるために、ゆっくりと息を吐く。

「少し、誤解があるようだ。俺はアンネッテ様とは結婚しない」

どうやらシノブは街でアンネッテ様との噂を聞いていたらしい。もしかして、嫉妬してくれていたのだろうかと思うと、誤解が解けて慌てるシノブが酷く可愛らしく見えた。

もうシノブに伸ばした手を下ろさなくてもいい。抱き締めるときに理由を探さなくてもいいのだ。

腕の中の体は小さく、柔らかく、とても熱い。俺と同じように、通い合った気持ちに感動しているのだろうか。

隙間なく合わさった胸に、シノブの心臓の鼓動が響く。トトトトッと、まるでリスの足音のようで、シノブは心臓の音まで可愛らしい。

「シノブ、君を愛している」

「僕も好き。クリシュさんが好きだよ」

ああ、なんて愛しい。

柔らかな頬へ唇を寄せると、甘い香りがした。昼間に食べたククリよりも美味しそうに感じるのは、きっとシノブから香っているせいだろう。

この程度の触れ合いに真っ赤になって狼狽えるシノ

ブが可愛くてならない。これからの二人には時間がたくさんあるのだから、焦らずゆっくり進んでいこう。

抱き寄せたときに緊張するのではなく、ゆったりと体を預けてくれるようになるまで唇に触れるのはお預けだ。

まずは手を繋ぐところから始めようか。

「シノブ、立てるか?」

「うん、ありがとう」

差し出した掌にシノブの小さな手が重ねられた。壊さないように優しく握り締め、ゆっくりと歩きだす。

玄関までの数歩の距離を二人で見つめ合いながら歩くのはこの上なく幸せな時間だった。

第17章　お帰りの挨拶と膝抱っこ

僕とクリシュさんが、こ、恋人同士になってから早いもので一ヶ月が経った。好きな人が僕を好きだと言ってくれるのって、なんて幸せなんだろう。

毎朝、目が覚めると『今までのことは全部夢なんじゃないか』って目を開けるのが怖かったりする。

でも、そっと目を開けると、朝から眩しいほどに格好いいクリシュさんが、ふんわりと笑って挨拶をしてくれる。『おはよう』の挨拶と一緒に、頭の天辺(てっぺん)にチュッと音を立ててキスをくれるんだ。

初日にそれをやられたとき、僕は飛び上がるほど驚いて、危うくベッドから落ちるところだった。クリシュさんが素早く手を引っ張ってくれなかったら、寝室の床に頭を強打していたと思う。

今はちょっとだけ慣れたけど、いつか自然に受け止められるようになるといいなぁ。

僕が朝食を作っている間にクリシュさんは水くみをしてくれる。どこかからもらってきた樽を畑のそばに設置してくれて、そこに水をくんでおいてくれるんだ。そのおかげで畑の水やりが凄く楽になったんだよ。

なんか、申し訳ないな。僕ばっかりたくさん幸せで。せめて、ご飯でお礼をしたくて一生懸命に料理をしてるけど、僕が作る料理はよく言えば家庭的、悪くいうと地味だから、本当にお礼になっているかどうか疑問だ。

クリシュさんだって、見知らぬ異世界の料理より舌に馴染んだこの世界の料理を食べたいよなって思って、最近はクゥジュにこっちの料理を教えてもらってるんだ。こっちの世界の料理は結構単純な味付けが多いけど、肉料理に使うスパイスの名前を覚えるのに苦戦中だ。

「クリシュさーん、朝ご飯できたよ」

「ありがとう、今行く」

　窓から手を振ると、桶を持ったクリシュさんが振り返った。やっぱり、クリシュさんは凄い。桶を持って立っているだけなのに、凄く格好いい。

　背筋がピンッて伸びてて、体の中心に一本線を通したように真っすぐに立つ姿を真似したことがあるんだけど、背中がつりそうになったんだよね。

　正しい姿勢を保つのには筋肉が必要らしい。水くみで楽をしている分、僕の筋肉は発展途上のままだから、クリシュさんみたいに綺麗な立ち姿を披露するには時間がかかりそうだ。

　今日の朝食は、ミンチにした肉とみじん切りにした野菜を炒めたものを中に閉じ込めた特大のオムレツと、昨日の夕食で出た鶏ガラから出汁を取ったスープと、大量の野菜と燻製肉を角切りにしたコブサラダ。

　手作りソースはマヨネーズと、ケチャップがないからトマトソースで代用して、あとは胡椒とレモン汁。向こうの世界ではドレッシングは買ってくればよかったから楽だったけど、こっちにはないから全部自分で作らないといけない。

　大変だけど、その分保存料なんかは使ってないし、健康にもいいはずだ。

　これからはもっとドレッシングのレパートリーを増やしたいなって思って研究してるところなんだ。

「今日はなにもなければ夜には帰ることができそうだ」

「ん。夕飯は食べる？」

「勿論」

　今日は日勤の日。一週間くらい前からクリシュさんの夜勤業務が始まった。夜勤の日の僕は、夜中に何回か起きたり寝つきが悪かったりして、そういう日はクリシュさんの匂いがする枕を抱いて寝ている。そばにいるみたいで、ちょっとだけ安心するから。

　朝はクリシュさんが帰ってくる前に起きるから、バレてないと思うけど、知られたら引かれるんじゃないかって、ちょっとヒヤヒヤしてる。だってさ、好きな人の枕を抱き締めて匂いを嗅ぎながら寝るって変態みたいじゃないか？

　朝ご飯を食べながら、今日は何時に帰るとか、帰りに買ってくるものはあるかとか、話をするのも楽しい。なんか、本当の家族になったみたいで。ずっとここに住んでくれないかなぁって思う。

通勤大変だし、急な呼び出しがあったときは不便だから、いずれは街に帰るんだろうなって思うけど、聞けないでいる。クリシュさんから言われない限り、僕のほうからこの話題は出さないでおきたい。そしたら、少しは長く一緒に暮らせるかもしれないし。

「今日もシノブの料理は美味いな」

「本当？　ありがとう」

クリシュさんて無駄なことは話さない感じがするのに、ありがとうとか、美味しいとか、サラッと伝えてくる。それが、すっごく嬉しくて、次も頑張って作ろうって気持ちになる。

大量に用意した朝ご飯をスープの一滴すら残さず平らげたクリシュさんは、食後のお茶も飲み干して立ち上がった。

「そろそろ行ってくる」

「う、うん」

カァァァッと、顔に熱が集まってきた。この後のことを考えると、僕はいつも挙動不審になってしまう。

「シノブ」

玄関の前でクリシュさんが、僕に向かって両手を広げて立っている。『こっちにおいで』の合図だ。

僕はカクカクした動きで近づいて、クリシュさんの腰に抱きついた。

「行ってくる」

「うん、行ってらっしゃい。気をつけて」

クリシュさんの手で顔を持ち上げられた。目が合って、フッと笑ったクリシュさんは体を屈めて、僕のオデコにキスを落とした。

『わぁぁぁっ』

内心で奇声を上げながらギュッて目を瞑る。この朝の挨拶も一ヶ月続けているのに、いまだに慣れない。

クリシュさんは意外にも、この挨拶を凄く大事にしてるみたいだ。でも、日本人の僕はこの挨拶が恥ずかしくて。毎朝クリシュさんの腕の中でお地蔵さんみたいに固まってしまうんだ。

クリシュさんはキスの後、僕をギュッと抱き締めてから出勤する。ブランシュに乗ったクリシュさんを、動揺が抜けきれないまま手を振って見送るのが出勤の儀式になっているけど、僕がこの儀式に慣れる日は来るんだろうか。

「よーし、今日も頑張ろう」

ここのところ、野菜の成長具合が凄い。寝て起きて畑を見ると、ワサーッと育っている。収穫した野菜も一回り大きくなった気がするし、クゥジュにも野菜も果物も甘くなったけど、肥料を変えたのかって聞かれてしまった。

僕がやっていることと言えば、水をあげていることと、落ち葉を集めて発酵させた堆肥を撒いているだけで、なにか変わったのかって聞かれてもなにも変わってないんだけど。

「特になにか変わったことをしているわけじゃないんだけど」

「そうなのか？　じゃあ、シノブのチート能力が強くなったのかもな。あ、そうだ、シノブから仕入れてる果物もかなり好評だぞ。ククリは勿論だけど、ほかの果物も市場で売ってるのとは味の濃さが違うって。パン屋の親父が、パンに練り込みたいからドライフルーツを作ってくれないかって相談に来たけど、どうだ、作れそうか？」

「ドライフルーツ？　作ったことないからなぁ。あれって、ただ干せばいいのかな？」

「どーだろ、腐っちまいそうな気がするよな？　詳しい奴がいたら聞けるんだけどな。商売で作ってる奴はライバルになるから簡単には教えてくれないだろうしな」

このときのクゥジュの言葉が心の中に引っかかっていて、なんでかなって思っていたんだけど、ある日ハッと気がついた。たしか、フィルクス様は僕の能力は感情に左右されるって言っていたような……。

ってことは、僕が幸せだなぁ、嬉しいなぁって思って育てているから野菜が甘くなったのか？

じゃあ、野菜が甘くなった原因はクリシュさんだ。クリシュさんが僕のことを大切にしてくれているのが、毎朝、毎晩伝わってくる。僕を見る目が凄く優しいし、手を繋ぐときも、夜ベッドの中で抱き締めてくれるときも、ポチに触るのと比べたら全然違うんだ。

野菜が美味しくなるのは嬉しいけど、『クリシュさん好き！』って言いふらしているのと同じなのかと思うと、自主回収したいくらいに恥ずかしい。

思い出したらまた恥ずかしくなって、悶えながら凄く深い穴を掘ってしまっていた。

「こんなに深く穴を掘ったら芽が出なくなるじゃん」

危ない危ない。大切な種なんだから慎重に蒔かないと。実はこの花の種は、クリシュさんが買ってきてくれたんだ。ある日突然お土産だって渡されて、それ以来時々プレゼントしてくれる。

最初の種は、クリシュさんが休みのときに一緒に蒔いたんだけど、スクスクとよく育ってくれて、ダリアに似た真っ赤な大輪の花を咲かせてくれた。

僕は綺麗だなって凄く喜んだんだけど、クリシュさんの想像していた花とはちょっと違ったらしくて、なんだかガッカリしているみたいだった。

次に買ってくれた種は、真っ黄色で、芍薬みたいな花弁のこれまた大輪の花だった。その次は、秋桜を大きくしたような紫色の花。野菜だけじゃなくて、こっちの世界は花も大きいんだな。

クリシュさんがプレゼントしてくれたおかげで、野菜の畑の隣に色鮮やかな花畑ができつつあるんだ。

「この子はどんな花が咲くのかな。すっごく楽しみ」

新しい種は向日葵の種に似ていたけど、何色の花が咲くんだろう。どっちにしても、きっと鮮やかな色をしてるんだろうな。

僕は淡い色をした花も好きだけど、クリシュさんがプレゼントしてくれる華やかな花も大好きだ。

「そのうちに花屋を開いたりして。生け花とか習っておけばよかったな。僕、センスないんだよなぁ」

せっかく綺麗な花なのに、花瓶にズボッと入れるだけじゃ勿体ない。ノルンとか、なんとなく得意そうな気がするから、今度聞いてみようかな。

「今日の夕飯はー、ハヤシライスもどきー」

最近米ばっかり食べてたから、今日はパンにしようっと。あとは、温野菜サラダとクリシュさん用に肉。こっちの世界ではシンプルに塩で焼くのが主流らしいから、お塩とガーリックと少しの胡椒で味付けして、レタスで巻いて食べてもらおうかと思っています。

騎士は体力がいる仕事だし、力を付けてもらわないとなって、食事には必ず肉を付けることにしているんだ。クリシュさんは食べごたえがある固い肉が好きみたい。前に豚の角煮を出したときに『柔らかい肉も美味いな』って言ってたんだ。試しに固い肉と柔らかく煮込んだ肉を両方出してみたら、真っ先に固い肉に手を出したから、やっぱりなって。

手羽先の骨をバリバリ食べるくらいだから、きっと顎と歯が丈夫なんだな。

　勿論、野菜もたくさん食べてもらえるように頑張ってるよ。なんたって僕の仕事は農業だし、野菜食べ放題だからな。でも、甘くなった野菜を食べてもらうのは、やっぱりちょっと恥ずかしい。

「クリシュさん、もうすぐ帰ってくる時間だな」

　コトコト煮込んでいるハヤシライスもどきの鍋をかき混ぜながら、窓の外をチラッと見る。一ヶ月も経つと、クリシュさんの帰宅時間がなんとなくわかるようになってきた。

　この時間になると、クリシュさんの帰宅が待ち遠しいのと、恥ずかしいのでソワソワしてしまう。

　深呼吸をして、気合いを入れた。気持ちを整えておかないと、帰ってきたときに慌ててしまうから。

　あっ、ブランシュのひづめの音だ！

　僕は、何度も深呼吸をしながら玄関に向かった。

「お帰りなさい。お疲れ様でした」

「ただいま。いい匂いがしているな」

「お腹が減ってるんだね。夕ご飯できてるよ」


　カゴの中に着替えを入れてイソイソと池まで届けに来た。クリシュさんが帰ってすぐにやることは、ブランシュに水を飲ませて餌を食べさせることだ。あと、ブラッシング。

　こうやって、毎日お世話をしているから、ブランシュの毛並みは艶々なんだな。僕も負けじとポチやブライアンをブラッシングをする回数を増やしている。だから、僕の家族達の毛並みも艶々でフカフカだ。

「今日は、この前もらった種を蒔いたよ。三日後が楽しみだ」

「そうか、俺も手伝えればいいんだが、なかなか休みがなくてすまないな」

　あ、ちょっと残念そうな顔。クリシュさんも一緒に種蒔きしたかったのかな。

　ご両親はククリの栽培をしているって話だから、クリシュさんも畑仕事が嫌いじゃないのかもしれない。

　そうそう、誤解してたけど、クリシュさんのご両親は健在らしい。離れたところで暮らしているんだって。

　ククリが大好物で、自分で育てたククリをお腹いっぱい食べたいって、栽培に適した南の土地に移住したそうだ。でも、まだ一度も成功していないらしい。それだけククリは繊細な果物なんだな。

手紙で僕がククリの栽培に成功したことを書いたから、そのうちに見学させて欲しいって言ってくるんじゃないかって話だ。

そしたら、クリシュさんのご両親とご対面することになるんだよな。き、緊張するなぁ。

『こんな子供が息子と！』ってビックリするんじゃないかなぁ。

ブランシュのブラッシングを終えたら、クリシュさんは水浴びをする。

そうなると、僕は近くの木の枝にカゴを引っかけて家の中に退散する。夕食の準備をするためでもあるけど、一番の理由は、クリシュさんの裸を見るのが恥ずかしいからだ。

前は格好いい背中だなって眺めたこともあったのに、恋人になってから恥ずかし度合いが増してしまって、直視できなくなってしまった。

「クリシュさん、着替え、ここに置いておくね」

「ああ、いつもありがとう」

服を脱ぎだしたクリシュさんをなるべく視界に入れないように、僕は不自然に顔を逸らしながら家に戻った。

ソワソワと落ち着かない気持ちで、夕飯を食卓に並べていく。クリシュさんの水浴びはあっという間で、いつも食事を並べ終わるタイミングで家に戻ってくる。

そろそろかなって思っていたら、最後の皿を並べたところで玄関のドアが開いた。

「シノブ」

玄関に入ったすぐの場所で、クリシュさんは朝と同じように両手を広げて僕を呼んだ。『お帰りなさい』の挨拶の時間だ。

僕は、朝と同じカクカクした動きでクリシュさんの腰に抱きつく。

朝と違うのは、クリシュさんが僕に頬を向けて体を屈めること。僕は、精一杯背伸びして、クリシュさんの頬にキスをする。また内心で『ワァァッ！』って奇声を上げながら。

「ただいま、シノブ」

「おおおお帰りなさい」

この挨拶は、こっちの世界の恋人や夫婦の間では当然の習慣のようだ。

初めてクゥジュの店に行ったときも、ハグの後に頬にチュッてしてたもんな。凄い、異国の人みたいだって感心したのを覚えてる。

『行ってきます』のキスには、出かける人の『自分が帰るまで大切な人が無事でいて欲しい』っていう気持ちがこめられていて、『ただいま』のキスには『無事に帰ってきてくれて嬉しい』って気持ちがこめられているって聞いてから、恥ずかしいからって理由で照れてる場合じゃないぞって頑張ってるんだけど。

　でもやっぱり、日本人の僕にはなかなかハードルが高い挨拶だ。

　取りあえず、今日のお帰りの挨拶は終了！　明日の『いってらっしゃい』の挨拶のときには、今日より自然にできるように頑張ろうっと。

　たくさん作った料理を残さず食べてもらって、後片付けを終えたらクリシュさんの一杯だけの晩酌の時間だ。このときも、僕はやっぱり挙動不審になる。だって。

「シノブ」

　クリシュさんは、今度は椅子に座ってポンポンッて膝を叩いた。ここにおいでって意味だ。

　前にお酒を舐めて記憶をなくしたとき、僕はやっぱりやらかしてしまっていたんだ。クリシュさんの膝に自分から座って、『クリシュさんに抱っこされるの好きー』って言ってしまったらしい。

　僕達は恋人同士になったんだし、遠慮することはないって、クリシュさんは毎晩僕を膝の上に座らせる。

　本当にさ、僕はなんてことを言ってしまったんだろう。後悔先に立たずって、このことだよ。

『抱っこ好きー』って幼稚園児か！　って感じだ。僕は、お酒を飲むと絡むタイプだったのか。これさ、ほかの人にやったら完璧にセクハラだよな。下手したら、痴漢じゃないか？

　僕、もう一生お酒は飲まないことにする。酔っぱらって他人に抱きついてクリシュさんに逮捕されるのは嫌だし。クリシュさんだって、恋人を逮捕するの嫌だと思うし。

「シノブ、どうした？」

「う、うん、お邪魔します」

　考え事をしていたら、クリシュさんに催促されてしまった。クリシュさんの引き締まった太股の筋肉の上に座るのはなんだか申し訳ないなぁって思ったりもする。

クリシュさんの筋肉は悪い人を捕まえるためにある。その尊い筋肉の上に、僕の尻を乗せていいものなのか、悩んでしまうんだ。

じゃあ、クリシュさんの膝にお邪魔するのが嫌かと言われると、嫌じゃないから困る。むしろ、恥ずかしいけどかなり嬉しい。なにせ、半日ぶりのクリシュさんだし。看病してもらっていたときは、毎日ずっと一緒にいられたのになって思ったりもする。

だから、僕はいつもクリシュさんの気遣いに甘えて、膝にお邪魔させてもらうんだ。

クリシュさんの肩を摑ませてもらって、よっこらせって上ると、左手で腰の辺りを支えてくれた。

こうやって座ると、立っているときに比べて顔が凄く近い。僕のおでこにキスをした唇がこんなに近くにあると思うと照れるのに、クリシュさんは全然平気そう。大人の男って感じで、凄い。

「そうだ、クリシュさん。管理所でなにかあった？　この前に会ったときに、ノルンの様子がおかしかったんだけど。なにか問題が起きてない？」

「管理所で？　いや、そんな報告は受けていないが。どんな様子なんだ」

「うーん、なにか言われたとかじゃないんだけど、イライラしてるって感じかな。雰囲気がピリピリしてるみたいだった」

ぼんやりしたかと思ったら眉間にギュッて皺を寄せたり、ハッって顔をしたり。具合が悪いのかと思ったけど、おやつはいつも通りにビックリするほどたくさん食べてたんだよなぁ。それで、遊びにきたときは夕方までゆっくりしていることが多いのに、その日はお昼辺りからソワソワしだして、『やっぱり帰ります』って帰ってしまったんだ。

「ふむ」

クリシュさんは、視線を上に向けて考える素振りをした。そうすると、自然に顔も上向きになって、僕の目の前にはクリシュさんの喉仏が。僕はあまり出ていないけど、クリシュさんの喉仏は男らしくて、ついつい触りたくなってしまう。

「最近は会議も落ち着いてきたからな。彼がイライラするようなことは起きていないと思うが」

「それならいいんだけど」

前にゲートのことで苦しんでいるノルンに気がついてあげられなかったから、ちょっと心配になった。

管理所じゃないなら、クゥジュ関係かな？　でも、クゥジュはいつも通り元気だったし、なにも言ってなかったけどなぁ。

「明日、様子を見るついでに、久しぶりにクゥジュの店の手伝いに行ってこようかな」

「それなら、明後日にしないか？　俺は明日は夜勤だが、帰りが明後日の夕方辺りになりそうなんだ。迎えに行くから、それまでクゥジュのところで待たせてもらうといい」

「そうなの？　じゃあ、一緒に帰れるね」

帰りはクリシュさんとブランシュに相乗りさせてもらえるなら、朝はゲネットさんに乗せていってもらおうっと。一緒に馬に乗るのは光苔の繁殖期以来だから、なんだか楽しみだ。

クリシュさんの晩酌が終わったら、後片付けをした後、僕達は手を繋いで二階に上がる。階段は暗いし、危ないからって。

一人で暮らしていたときは平気で上り降りしてたのに、こんなに甘やかされたらクリシュさんが街に戻ったときに生活できなくなってしまいそうだ。

今日も一日、たくさん働いたなーって思いながら布団に入ると、二人同時に『ふぅーっ』て心地よさげな溜息が出て、思わず顔を見合わせて笑ってしまった。

クリシュさんと一緒に寝ることは僕の日常にすっかり馴染んでしまっていて、条件反射のように自然と体の力が抜けてしまう。こうやって、どんどん一緒にいることが当たり前になっていくのかなって思うと、なんだか不思議だ。

寝心地のいい場所を探してモゾモゾしていると、クリシュさんが自然な仕草で腕枕をしてくれた。こうやって眠るのも定番になってきて、最近僕の枕の出番はめっきり減ってしまった。

クリシュさんが夜勤の夜に寝付きが悪いのは枕が変わるせいなのかもしれない。

「おやすみ、シノブ」

「おやすみなさい……」

そのまま僕は、グゥッと夢の中へ。あっという間に眠ってしまった。クリシュさんがいる夜の僕は、眠りに入るのに三秒もいらないんだ。

「早く俺に慣れてくれよ」

だから、毎晩僕が寝た後におでこにキスをしながらクリシュさんが呟いていたことも、僕は長い間知らないでいた。

　昨日はクリシュさんが夜勤で、例によって眠りが浅かった僕は、朝方目が覚めてから二度寝ができなくて、いつもより早い時間から起きて畑仕事に力を入れていた。今日はクゥジュに会いに行くから、今のうちに家事をやってしまわないと。

　クリシュさんがいない日は、朝ご飯も手抜き料理だ。昨日の夜の残りでパパッと済ませて、夕食の仕込みと家族達のご飯を準備して、今日の分の収穫をしてと慌ただしい。

「ポチー、今日は出かけるからな。帰りはたぶん、夕方になると思う。それまで、みんなのことをよろしく頼んだぞ」

「コケーッ」

　ポチは食事に夢中で僕に返事をしてくれなかったけど、代わりに元気なコッコさんの鳴き声が響き渡った。ピョン吉は、今日も日陰に陣取って鼻をヒクヒク。うーん、平和だなぁ。

　迎えに来たゲネットさんの荷馬車に相乗りさせてもらって、バターの売れ行きなんかの話をしながら進んでいると、前方右側にノット兄弟の畑が見えてきた。

「あ、シノブだ」

「ノット、マルコ、おはよう!!」

　僕の姿を見ると、ノットは家まで駆けてカゴを抱えて近づいてきた。

「これ、母さんから。この前でっかいカボチャをもらったお礼だって」

「わっ、お茶の葉だ。ありがとう」

「それから、これ。食ってみろよ」

　ノットが差し出したのは、真っ赤に熟(う)れたトマトだった。

「肥料とか、研究してみたんだ。シノブのトマトに負けないくらい甘いと思う」

　最近のノットは農業男子が板についてきて、自分であれこれ工夫してるみたいだ。まだ子供なのに、偉いよな。マルコは農業より料理に興味を持ち始めて、将来はシェフになって、僕よりも美味しいサンドウィッチを作るんだって、お母さんに習って料理の勉強を始めたんだって。

　もしかしたら、将来はクゥジュの店で働くことになったりしてね。

ガブッと一口、もらったトマトをかじってみると、口の端からトマトの汁があふれてしまいそう。凄く瑞々しくて、口いっぱいに甘味が広がった。

「凄いよ、凄く美味しいよ！　前より美味しくなったみたいだ。頑張ってるな」

ノットは照れくさそうに鼻の下を指で擦って、ニパッと笑った。その後ろでは、玄関先まで出てきたお母さんが僕に手を振っていた。

「ノットのお母さん、お茶、ありがとうございます！　ノットも、トマトご馳走様」

「次はもっと美味いの食わせてやるよ」

僕もノットに負けてられないぞ。なにか新しい野菜を育ててみようかな。

第18章　恋人宣言

小麦粉に塩を加えて水で捏ねた生地を、千切って丸めて伸ばして。クゥジュが作った挽き肉の餡を包んで並べたものが食堂の机の上に、たくさん並べられている。餃子です。僕が知っている餃子より五倍は大きいけど。

「シノブの世界の料理って、包むのが好きだよな。チヤキンズシもそうだし、なんだっけ、あれ。卵を挽き肉で包むやつ」

「ああ、スコッチエッグ？」

「そう、それ。よく考えるよなぁ。なんつーか、美味いものを食うのに手間を惜しまないってゆーか、食に貪欲ってゆーか」

餃子を手の上に乗せていろんな角度から眺めるクゥジュは、多分包むのに飽きてきたんだろう。気持ちはわかる。今僕が作ったのでちょうど二百個目。最低でもあと百六十個は作らないといけない。

はじめのうちは餃子の皮のモチモチ触感が気に入ったらしくてはしゃいでいたのに、百五十個を越えた辺りから徐々にペースが落ちてきて、今では完全に手が止まってしまっている。

「ほら、クゥジュ、手が止まってるよ」

「バレたか」

クゥジュは肩を竦めると、平たく伸ばした生地に手を伸ばした。

「そういえばさ、ノルンとなにかあった？」

「ん？」

　さりげなさを装いながら、今日の本題を問いかけてみる。まだクゥジュとなにかあったって決めつけるのは早いけど、二人の間に問題が起きたなら、力になってあげたいし。

　友達の恋愛事情に首を突っ込むのはお節介かなって思うけど、もしノルンが一人で苦しんでいるんだとしたら、クゥジュだって知りたいと思うし。だから、思いきって聞いてみた。

「この前ノルンが来たとき、ちょっと変だったから。ずっとソワソワしてたし、急に帰っちゃったし」

「あー、あの日か」

　クゥジュは困った顔で餃子の餡をかき混ぜた。

「それ、多分俺のせいだ。いや、喧嘩したとかじゃなくて、厳密に言うと俺のせいじゃないんだけど。いや、もとを辿ると俺のせいなのか？」

『俺のせいなのか？』って聞かれてもな。

　クゥジュのせいだけど、クゥジュのせいじゃない？　なんじゃそりゃ。全然わかんないや。

　口には出さなかったけど気持ちが顔に出てしまっていたのか、クゥジュはますます困った顔になって、餃子の餡をかき混ぜた手で自分の頭を掻こうとして、慌てて手を下げた。

「実はさ、定食に果物を付けるようになってから女の客が増えてきたんだけど、その中に俺が前に付き合った奴がいてさ」

「それって、一ヶ月くらい付き合った人？」

「そう、そいつ。多分、うちの食堂が繁盛してきたから、目を付けられたんだろうな。やり直さないかってしつこいんだよ。勿論俺にはそんな気持ちはないけど、客として来るから追い返すわけにもいかなくてな。仕方ないから適当にあしらってたんだけど、そっか、ノルンが……」

　僕は、思わずジト目になってしまった。だって、クゥジュ、顔がニヤけている。

「なんで嬉しそうなのさ」

「悪い、でも、ノルン可愛いなと思って。恋人に嫉妬されるのって、嬉しくないか？」

　どうだろ、嬉しいか？　そんな立場になったことがないからわからないや。でも、アンネッテ様とクリシュさんのことを誤解していたときは、胸が苦しくなることもあったから、ノルンの気持ちなら少しはわかる。

「そんな顔するなよ。大丈夫、ちゃんと始末付けるからさ。それで客が減ったとしても、ノルンの気持ちには変えられないからな。俺が一番大切なのはノルンだから」

僕は気がつかないうちに悲しい顔をしていたらしい。クゥジュは宣言しながら僕の頭を撫でようとしたけど、挽き肉でドロドロの手で触られたら大変だから、サッと避けた。

「俺達のことよりさ、客が話してるの聞いたんだけど、クリシュ様とアンネッテ様、別れたらしいな。別れた理由について噂が飛び交ってるけど、アンネッテ様が謹慎になったらしいから、非はアンネッテ様にあるんじゃないかって話だ」

「ウッ」

クリシュさんと恋人になってから一ヶ月。破局の話が広まればクリシュさんの近辺が騒がしくなるだろうってことは説明を受けていたけど、実際に知り合いから噂話を聞かされて変な声が出てしまった。

「クリシュ様にとっては災難だったけどさ、よかったな」

「よかったって……なにが？」

「チャンスだろ。これでフリーになったんだし、頑張れよ。俺、クリシュ様はシノブのこと満更でもないと思うんだよなぁ」

「ウウッ」

実は、ノルンにもクゥジュにも、クリシュさんと恋人になったことを言ってないんだ。『恋人になりました』って報告して、『あれ、アンネッテ様は？』って聞かれても説明できないし。

口止めされてるわけじゃないけど、いくらノルン達と仲が良くても、勝手に話していいことじゃないから。落ち着いたらって思っているうちに一ヶ月が経ったけど、クリシュさんとアンネッテ様の噂が消えるまでは待ったほうがいいのかもしれないな。

『人の噂も七十五日』だっけ？　その諺が本当なら、あと一ヶ月は秘密にしておかなきゃいけないのか。

ノルンもクゥジュも一生懸命に応援してくれてて、でも話せないことが嘘をついているみたいで、なんだか申し訳ない。

ごめん、そのうちにちゃんと話すから。

「いらっしゃいませー。お好きな席にどうぞー」

クゥジュの店は今日も大繁盛だ。昼の少し前からお客さんが並び始めて、開店直後にほぼ満席になり、僕は水を持ってあっちへこっちへ。

今日のメニューは餃子ドックとオニオンスープとサラダとウサギの形に切ったリンゴ。

大量に作った餃子を僕の上腕くらいの長さの大きなコッペパンに千切りキャベツと一緒に挟んだんだ。これならかぶりついたときに溢れた肉汁をパンが吸ってくれるし、ボリュームも満点だ。

おじさん達は食べるのが速いから、お客さんの回転も速くて僕とクゥジュはてんてこ舞いだ。普段はこの作業を全部一人でやってるんだから、クゥジュは凄い。

最初、限定六十食で始まったランチはお客さんの要望もあって数が増え、今では限定百二十食になった。クリシュさんの部下のカボチャの騎士さんが言っていたみたいに、食べたいけどいつも品切れだって人が多かったんだ。

倍の数に増やしてクゥジュは大変だけど、お客さんには凄く喜んでもらってるみたいだ。

開店直後のラッシュが収まって、お客さんも時間に余裕のある人や女の人が増えて、店内がまったりムードになってきた頃、その人は現れた。

入り口のベルが鳴って、若い女の人の二人組が入ってきたんだ。一人はウェーブが掛かった長い髪の可愛い系の人で、もう一人はクール系のスレンダーな美人さんだった。

いつも通りに声をかけると、その人達は調理場に一番近い席に陣取った。スレンダーなほうの女の人は椅子に座ったけど、可愛い系の女の人はカウンターキッチンになってる厨房の窓から中を覗き込んだ。

「クゥジュ。今日も来てあげたわよ」

名前の後ろにハートマークが付きそうな甘えた声で、彼女はクゥジュに話しかける。それを聞いただけで、クゥジュが言っていたのはこの人のことだってわかった。

「別に頼んでねぇよ」

クゥジュのほうは仏頂面で迷惑ですって顔に書いてありそうな表情をしているのに、彼女は全然気にしてない。

「また、そんなこと言って。照れなくてもいいのに。ねぇ、仕事が終わったら時間あるでしょう？　デートしましょうよ」

「そんな暇ねぇって。あったとしても、デートなんてしないけどな」

に、肉食系女子……！　凄いグイグイ来るんだけど、これはノルンが心配するはずだ。なんていうか、獲物を見つけた肉食獣って感じで、目がギラギラしてるし。

「シノブ、定食二つできたぞ。運んでくれるか？」

「えー、やだ。クゥジュが運んでよ」

僕が返事をする前に、クゥジュが運んでよ」

僕が返事をする前に、彼女はプウッと頰を膨らませてクゥジュを流し見た。僕にはわからないけど、こういう仕草にグッとくるって人もいるんだろうな。

「食ったらすぐに帰れよ」

「じゃあ、ゆっくり食べようっと」

クゥジュは、なにかを言いかけて、諦めたみたいに溜息を吐いた。

女の人に口で勝つのは難しいよな。でも、頑張れ、クゥジュ。負けちゃダメだ。ノルンを安心させてやってよ。

彼女は、言葉の通りにゆっくり食事をした。この前買った服がどうとか、口紅がどうとかって友達と話しながら、ゆっくりゆっくり食事を進めて、とうとう店内にはその二人しかいなくなってしまった。

「いい加減帰ってくれないか。もう閉店だ」

定食はとっくの昔に完売して、片付けをしたいのに帰ってくれない二人に業を煮やしたクゥジュがイライラしてる。

「だって、こうでもしないと、話もしてくれないじゃない」

「アマンダ、本当にもう諦めてくれよ。何度来てもらっても俺の答えは変わらない」

「そうかしら？」

アマンダっていうのか。彼女は立ち上がると、クゥジュの腕に抱きついた。

「おいっ！」

クゥジュが声を荒らげたそのとき、タイミングよく入り口のドアが開いた。いや、タイミングは最悪だ。そこには、肩で息をしたノルンが立っていたんだから。

「アマンダ！　クゥジュから離れてください」

「あらやだ、また来たの？　わざわざ昼休みに管理所からここまで来るのは大変でしょうに」

「貴女には関係のないことです。それより、クゥジュから早く離れてください！」

「おい、離せって」

クゥジュが引き離そうとしてるけど、アマンダさんはクゥジュの服に真っ赤に塗った爪を立てて抵抗した。乱暴に引き離してしまったら、長い爪が服に引っかかってしまって剝がれてしまうかもしれない。

どうやったって女の人のアマンダさんより男のクゥジュのほうが力が強いんだし、怪我をさせないように手加減して抵抗しないといけないクゥジュのほうが分が悪いように思えた。

「ねぇ、私知ってるのよ。ノルンのお母様、貴方達の結婚に反対してるんですって？　可哀想なクゥジュ。性別のことを反対されてもどうしようもないのにね？」

ハッとノルンの顔が強張った。ノルン達、説得が上手くいっていなかったんだ。あれ以来話題に上らなかったから、僕はてっきり上手くいったと思っていたのに。

「まぁ、しょうがないことよね。子供を授かることができるのは男女の夫婦間でしかあり得ないのだし、現状として生命の木が機能していないといっても、親として孫の顔を見る機会を根本から潰してしまうのは避けたいでしょうし。だからこそ、多かれ少なかれ同性婚をするカップルには家族間での揉め事が起こるんですものね。きっと苦労するわよ。クゥジュは一生肩身の狭い思いをしてノルンのご両親の顔色を窺って生きることになるわ。味方になってくれるはずの親もクゥジュにはもういないんだし。本当に、気の毒だわ」

気の毒だって言いながら、アマンダさんは面白そうに唇をつり上げた。ノルンは動揺して、クゥジュとアマンダさんを交互に見て、苦し気に唇を嚙んで俯いてしまった。

それは、ダメだよ。他人が面白おかしく話してはいけないことだ。

家族が二人の結婚に口を出すのは仕方がないかもしれないけど、それは大切な家族を思っての発言のはずだ。ノルンもクゥジュもそれをわかっているから、頑張って説得を続けているんだ。

でも、今現在クゥジュと付き合いがあるわけでもないアマンダさんが、ノルンを責める権利がどこにあるっていうんだ。

明らかにノルンを傷つける目的で意地悪な言葉を選ぶアマンダさんに、僕は思わず一歩前に出ていた。

「その点私とクゥジュなら反対されることもないし、ノルンも女性と出会う努力をしてみたらどう？　なんなら、私の友達を紹介しましょうか。たとえば、そこにいるエリーゼとか。ノルンはご両親の希望に添えるし、私とクゥジュも幸せになれるし、一件落着じゃない」

「ちょっと、私を巻き込むのはやめてよ。私の狙いは騎士様一択よ。給料はいいし、頼りになるし、夜勤とか遠征も多いからその間はゆっくり羽を伸ばせるし、理想の結婚相手よ。クリシュ様なんて最高じゃない。アンネッテ様と破局したって話だから、次の恋人に立候補したいわ。でも、知り合いになる機会がないのよね」

突然出てきたクリシュさんの名前に、僕は動揺してつんのめってしまった。体勢を崩して近くにあった椅子で腰を打って悶絶する僕を、エリーゼさんが『変な人』って感じで横目に見た。

こんな場面でクリシュさんの名前が出てくるとは思わなかった。クリシュさん、やっぱりモテるんだ。

僕みたいなのを恋人にしてしまって、本当によかったんだろうか。

やっぱり、クリシュさんのご両親も、女の人と結ばれて欲しいと思ってるのかな。

ノルンのお母さんみたいに、僕との付き合いを反対されたら、クリシュさんはどうするんだろう。

クリシュさんが好きだ。ずっと一緒にいたい。でも、そのことでクリシュさんが家族と仲違いするようなことがあったら僕は……。

僕はノルンと同じように、花が終わった向日葵みたいに項垂(うなだ)れて、ギュッてズボンを握り締めた。

「お前、ちょっと黙れ」

店内の空気がビリッて揺れるほどの低い声に、僕とノルンは項垂れていた顔をバッと上げた。

クゥジュのこんなに怒った声は、初めてだ。

顔を上げた僕らが見たのは、抱きついたアマンダさんの顔を押し退けて腕を伸ばすクゥジュと、顔を押されたせいでタコみたいな口になって、たたらを踏むアマンダさんだった。

「ノルン、こっちにおいで」

クゥジュが慈しむような声でノルンを呼んだ。その声音を聞いただけで、クゥジュがどんなにノルンを大切に思っているか伝わってくるような声だった。

『こっちにおいで』と誘いながら自分から歩み寄り、動けないでいるノルンを腕の中に包み込んで、目線より下にあるノルンの旋毛に頬を擦りつけた。

「ごめん。クゥジュ、ごめんなさい」

ノルンは凍りついてしまったかのように身動き一つ取れず、唯一動く口で謝り続けた。実際には涙は出ていなかったけど、心の中では泣いているんじゃないかと思う。

自分の家族が好きな人を認めてくれないのは苦しかったと思う。だって、ノルンにとっては、どちらも大切な人なんだから。

「ごめんなさい……」

「馬鹿だなぁ、ノルン。なんで謝るんだよ。俺は凄く幸せだよ。だって、ノルンが俺のために頑張ってくれてるのを知ってるんだから」

チュウッと額に唇を押しつけながら、人差し指でノルンの鎖骨の少し下辺りをトントンッと指先で突っついた。そこには、クゥジュがプロポーズしたときに贈ったペンダントのプレートがあるはずだ。二人だけの誓いの言葉を刻んだプレートが。

「なぁ、約束したろ、忘れたのか？」

「いいえ、いいえ……」

「よかった、忘れられてたら、俺、泣くところだった」

『ノルンにプロポーズするの、凄く緊張したんだ』と、当時のことを思い出しているのか、クスクス笑いながら話しかけるクゥジュは凄く幸せそうだった。

「じゃあさ、俺のこと、信じてくれるよな？」

「はい、信じています」

抱擁を解いたクゥジュは、ノルンを背中に庇う感じでアマンダさんと向かい合った。アマンダさんは、クゥジュに押されたせいで少しだけ赤くなった頬を押さえて、ワナワナと震えていた。

これから、どうなるんだろう。アマンダさんは、かなり怒っているみたいでクゥジュを睨んでいるし、喧嘩になったら僕に止めることができるだろうか。

クゥジュもアマンダさんも、僕よりずっと背が大きいし、下手に割り込むよりも誰か呼んできたほうがいいかもしれない。

チラチラと二人を窺いながら、どうしようかと考えていると、クゥジュが一歩前に出て深々と頭を下げた。

「ごめん。俺はもう、ノルン以外の奴とは考えられないんだ。ノルンは俺が一番につらいときに、ずっとそばにいてくれた。ノルンがいてくれたから今も店を続けていられるし、これから先も二人でならやっていけるって思ってる。だから、俺のことはもう諦めてくれ。何度来てもらっても、この気持ちは変わることはないんだ。ノルンが必要なのは俺なんだ。そのせいでノルンが傷ついていても、離してやれないのは俺のほうだ。だから、見当違いな言いがかりでノルンを傷つけるのはやめてくれないか」

頭を下げたクゥジュは、その姿勢のままアマンダさんからの言葉を待った。

アマンダさんはクゥジュの旋毛の辺りをしばらく睨みつけていたけど、ギリッと唇を噛んでツカツカと歩み寄り、クゥジュの胸ぐらを掴んで手を振り上げた。

『バチーンッ』って大きな音に、僕は思わず肩を竦めてしまった。今のは痛い。クゥジュもだけど、叩いたアマンダさんもきっと痛かっただろう。

「なによ、その言い方。私を悪者みたいに。私、クゥジュと付き合っていたとき、凄く恥をかかされたわ。往来で、デートの最中に恋人を奪われたんだから。あのときのノルンがしたことと、私が今してることと、なにが違うっていうのよ。同じでしょ！　なのに、ノルンはクゥジュに庇ってもらって、二人だけ幸せになろうとして！　私は認めないし、絶対にノルンを許さないわ。あんた達なんて、周りに反対されて別れちゃえ！　バカっ!!」

アマンダさんは、そのまま店から走って出ていってしまった。勢いよく開けたドアが跳ね返って壁にぶつかり、大きな音を立てて扉が閉まると、店内になんとも言えない空気が立ち込めた。

クゥジュの頬には手形がクッキリと浮かび上がり、見る間に真っ赤になっていった。

「クゥジュ、大丈夫ですか？」

「今のはちょっと痛かったな」

ノルンは急いで厨房に行くと、タオルを冷して戻ってきた。クゥジュは手渡されたタオルを頬に押し当てると、叩かれた拍子に口の端が切れたのか、『イテッ』って顔をしかめていた。

「あーあ、置いていかれちゃった」

取り残されたアマンダさんの友達のエリーゼさんは追いかけるでもなく飲みかけの水が入ったコップをユラユラ揺らしながら『ま、こうなることは予想してたけどね』と呟いた。

「アマンダさ、可愛いでしょう。胸も大きいし。モテるんだよね。チヤホヤされて、いろんな男と付き合ってはすぐに別れてたけど、どうやらクゥジュのことは本気だったらしいわよ。本気だったたってゆーか、本気になったたって感じかな。男共ときたら、子供ができないのをいいことにすぐにエッチしたがるけど、クゥジュは一ヶ月経っても手しか握らないって。それを大事にされてるって思ってたわけよ。実際は違ったみたいだけど。クゥジュと別れた後、荒れて酷かったんだから。

最近クゥジュの店が繁盛してて年頃の女達の間でも結婚したい相手の上位に食い込んできてるしさ、恥をかかされた仕返しついでに、自分に靡いてくれればって気持ちもあったんだろうね。あの子、最近彼氏と別れたばっかりだったし。幸せそうなあんた達が羨ましいやら妬ましいやらで、邪魔してやるって思う気持ちも、私はちょっとわかるんだよね。

あんた達からしたら、嫌な子だって思うかもしれない。実際あの子がやったことはただの嫌がらせだし、庇うわけじゃないけどさ、傷ついた乙女心ってやつを、ちょっとはくんでやってくれない？」

クール系に見えたエリーゼさんは、こうやって話し始めると姉御のような印象を受けた。

「すまない。全部俺が悪い」

「全部ってことはないでしょう。あの子だってクゥジュと付き合い始めたときは、軽い気持ちだったはずよ。ただ、あの子は気持ちが育ってしまって、クゥジュはそうじゃなかったたってだけの話よ。さてと、私も帰ろうっと」

『よいしょっ』ってかけ声と共に腰を上げたエリーゼさんは、アマンダさんの分の定食のお代も一緒に払ってくれた。

クゥジュは奢るって言ったけど、それを断って、きっちり二人分。

サバサバした、素敵な人だなって思った。アマンダさんを心配して、店に通うのに付き合っていたのかな。

エリーゼさんはクリシュさんのことを理想の結婚相手だって言っていたけど、クリシュさんだって、美人なエリーゼさんに『結婚してください』って言われたら、僕よりエリーゼさんがいいって思うかもしれない。

そう思いながらエリーゼさんの真っすぐに伸びた綺麗な背中をボンヤリ眺めていると、彼女が店のドアに手を伸ばすより先にドアが開いて、誰かが凄い勢いで飛び込んできた。

「やった、まだ開いてる。定食余ってる!?」

「キャアッ」

「危ない!」

飛び込んできたのは、前に僕の畑の捜索に来ていたカボチャの騎士さんだった。

エリーゼさんは急に飛び込んできた騎士さんに驚いて、悲鳴を上げた。履いていた高いヒールの踵(かかと)が滑って転びそうになり、よろけたところにカボチャの騎士さんの後ろから素早く逞しい腕が伸びてきて、エリーゼさんの肩を摑んだ。

「失礼。大丈夫か?」

「嘘っ、クリシュ様!?」

逞しい腕の持ち主は、クリシュさんだった。

クリシュさんもカボチャの騎士さんも、鎧を着ているけど兜は被っていなかったから、すぐに分かった。

なんでクリシュさんがここに。だって、仕事は夕方までかかるって言ってたのに。

エリーゼさんの顔がパアッと輝くのを見て、僕は咄嗟にテーブルの陰に隠れてしまった。


「おい、飛び込むな。危ないだろう」

「あちゃー、すみません、大丈夫でした?」

「はい、あの、大丈夫です!」

エリーゼさんの視線はクリシュさんに釘付けで、胸の前で指を組んで『恋する乙女』って感じにクリシュさんを見上げている。ほかの人のことなんて目に入っていないみたいだ。

「あの、助けていただいたお礼に食事をご馳走させてください」

「いや、結構だ。気にしないでくれ」

「私、こう見えて家庭的なんですよ。腕によりをかけてお料理を作りますから。ぜひ家にいらしてください。私、クリシュ様にずっと憧れていたんです。これを機に、お近づきになりたいわ」

こっちの世界の女の人って、みんなこんなに積極的なの!? 机の陰に隠れたまま、僕は冷や汗をかいた。

どうしよう、エリーゼさんとクリシュさんが出会っちゃったよ。

積極的なエリーゼさんに、カボチャの騎士さんが口笛を吹いてはやし立てた。

「うわー、さっすがクリシュさん、モテますねー。ところで、定食残ってます？」

「いや、悪い。完売して店を閉めるところだったんだ」

「なんだー、また間に合わなかったか」

ガックリ肩を落としたカボチャの騎士さんは、いいことを思いついたと手をパンッと叩いた。

「じゃあ、せっかくだからクリシュさんは、彼女の手料理をご馳走になったらいいんじゃないですか。仕事も早く終わったことだし、あとは家に帰るだけですよね？」

「はい、ぜひ、そうしてください！」

「そうですよ、失恋の傷には新しい出会いが特効薬ですよ」

僕がクリシュさんに片想いをしていると思ってるノルンとクゥジュがオロオロしてる。

嫌だ、行かないで。クリシュさんは僕の恋人なのに。

本当は机の陰から飛び出して、今すぐクリシュさんのそばに行きたかったのに、僕の体はその場に縫い止められたように動かなかった。

だって、知っているんだ。今まで僕は誰かの一番になったことがないってことを。

「クリシュ様、今恋人はいらっしゃらないのですよね？　私、クリシュ様の恋人になりたいんです。勿論、はじめはお互いのことを知るために友人からでかまいません。アンネッテ様みたいに心変わりなんて絶対しないって誓えます」

「うわっ、羨ましい！　俺も言われてみたい台詞だ」

煽るカボチャの騎士さんと、彼の援護を受けて期待に胸を膨らませるエリーゼさん。二人に場の雰囲気が引きずられて、なんだかお祝いムードになっている。

多分二人とも、クリシュさんが断るとは思っていないんだろう。

僕、今日は家で大人しくしていればよかった。そしたら、こんな場面を目撃することもなかったのに。悲しくて、耳を塞いでしまいたかった。

「悪いが、間に合ってる」

ハッキリ、キッパリと言いきったクリシュさんの足音が近づいてきて、僕の上に影が射した。

「シノブ、こんなところに隠れて、なにをしているんだ？」

脇の下に手を入れられて、机の陰から持ち上げられた僕は、クリシュさんの腕の上に尻を乗せるような形で座らされてしまった。

不思議そうな顔をしたクリシュさんは、ビックリする僕の顔を見て笑うと、顔を傾けて右の頰を近づけてきた。

「ただいま、シノブ」

いつものお帰りなさいの挨拶だ。僕は反射的に、クリシュさんの頰に唇を寄せてしまっていた。

「お帰りなさい、クリシュさん」

「「「ええっ!?」」」

そうしてから、ここは家じゃなかったんだってハッとして、カァッと顔が熱くなった。見られた。みんなに見られた。

ノルンもクゥジュも、カボチャの騎士さんもエリーゼさんも、僕達のやりとりにビックリしてる。

僕は恥ずかしくて、クリシュさんの首筋に顔を押しつけて隠した。

「え、まさか、シノブとクリシュ様って……?」

「やっぱり俺の予想が当たってたか！」

ノルンは驚いて口をポカンと開けていて、クゥジュはやっぱりなと頷いている。

ノルンとクゥジュの後ろで、カボチャの騎士さんが『マジで、え、マジで!?』って騒いでる。

ど、どうしよう、誤魔化したほうがいいのかな。だって、アンネッテ様とクリシュさんが破局したって広まったのは最近だし、たった一ヶ月で新しい恋人ができたなんて、イメージが悪いんじゃないだろうか。

どうしたらいいのかわからなくて、手足を縮めて小さくなっていると、クリシュさんはポンポンッと僕の背中を叩いて落ち着かせてくれた。

「シノブは俺の恋人だ」

抱きついている僕の側頭部にキスをしたクリシュさんは、誇らしげにすら聞こえる声で、堂々と宣言した。

クリシュさん、僕が恋人でいいの？　本当に、いいの？

エリーゼさんみたいな綺麗な女の人に恋人になりたいって言われたのに、僕を選んでくれるの？

僕は、今まで誰かの一番になったことがなかった。友達も父さんも母さんもいたけど、みんなそれぞれ大事な人やものがほかにあったし、爺ちゃんの一番は婆ちゃんで、婆ちゃんの一番は爺ちゃんだった。

一番が欲しくて、でももらえなくて寂しかったけど、しょうがないことなんだってずっと諦めてきた。

クリシュさんに選んでもらえたのが、震えるほど嬉しい。僕はもう、一人でも大丈夫だって思わなくてもいいんだ。

僕はそのことに感動して、涙が出そうなほど嬉しくて、クリシュさんから少しも離れたくなくて、ギュウッて抱きついた。

こんなに抱きついたら苦しいんじゃないかなって思ったけど、クリシュさんは文句も言わずに、僕のことを抱き締め返してくれた。


ポカーンと口を開けていたカボチャの騎士さんは、次第にパァッと顔を明るくして興奮ぎみに手を叩いた。

「わー、マジッすか。おめでとうございます！　なんだ、早く教えてくださいよー。俺達、クリシュさんが傷心だと思って残念会を企画してたんすよ。サプライズで準備してたのにクリシュさんは飲みに誘っても断るし、こりゃあ相当参ってるのかなって心配してたのに。いや、よかったですけどね」

「最近やたらと飲みに誘ってくると思ってたら、お前らそんなことしてたのか」

「まぁ、半分は飲みたいだけっすけどね。それにしても、さすがは騎士隊長、新恋人を速攻ゲットですか。俺も見習わないとなー。いや、わかりますよ。アンネッテ様って可愛いけど、ちょっと我儘なところがありましたもんね。振り回されて疲れたところに癒し系のシノブ殿に惹かれる気持ち。でも、奴等ガッカリするだろーなー。クリシュさんじゃ勝ち目はないもんなー」

カボチャの騎士さんは、腕を組んで『うんうん』って訳知り顔で頷いた。なんだか、いろいろ想像して納得したみたいだ。

僕は顔を隠しながら、あっさりと祝福されたことに拍子抜けしていた。

「奴等とは、誰のことだ？」

「勿論、シノブ殿の畑の捜索に加わっていた、見習い騎士一同ですよ。シノブ殿っていつもニコニコしてるし、時々差し入れしてくれる飯やら菓子やらは絶品だし、成人してるって聞いても信じられないくらい幼げで純粋そうなところが癒されるってみんなで話してたんですよ。仕事が終わって家に帰ったときに、あの笑顔で『お帰りなさい』って言われたら疲れも吹っ飛ぶよなって。結婚するならシノブ殿みたいに甲斐甲斐しい人がいいよな、とか、盛り上がってたんですよー。

もう少し大人になったら付き合って欲しいとか、結婚してる奴等は養子に欲しいとか。あ、俺はどちらかというと女の子が好きなんで、安心してもらってもいいですよ」

もう少し大人になったらって、僕は今でも大人なんだけどなぁ。ちなみに、こっちの世界に来てから一ミリも身長が伸びてないから、これ以上育つこともないような気がする。

それに、今、養子って言った？　聞き間違いじゃないよね？

たしか、見習い騎士さん達はみんな僕より年下だったはずなんだけどな。

「ほう……、なるほどな」

なんだかクリシュさんの機嫌が悪くなった気がする。だって、相づちを打った声が凄く低くて、バスオルガンみたいなんだ。首に顔をくっつけてると、振動がビリビリ伝わってくるくらいに低い声。

「そういうことを、酒場で話していたわけか」

「なんで知ってるんすか？　って、あれ、なにか、怒ってます？」

「……まぁ、今はいい。お前ら、後で説教だ。覚悟しておけ」

「えーっ、なんでですか!?」

ギャーギャー騒いだカボチャの騎士さんは、『酷いっす！』って言ってたけど、クリシュさんに鼻で笑われていた。

「チッ、なんだ、もう恋人できてたんだ。せっかくクリシュ様と繋がりができたと思ったのに」

一瞬、店の中がシーンッてなった。

……あれ？　今、舌打ちが聞こえたような。しかも、エリーゼさんの声だったような気がする。まさかね。綺麗なエリーゼさんが舌打ちするはずがないから、僕の聞き間違いだよね。うん、きっとそうだ。

「ま、しょうがないか。諦めて次行こうっと。私も、もうそろそろ本気で相手を探さないと親も煩くなってきたし。どっかにいい男落ちてないかなー」

やっぱり、聞き間違いじゃなかったかも。ぷるぷるの綺麗な唇から舌打ちが出たなんて、実際に聞いていないと信じられなかったに違いない。

エリーゼさん、クリシュさんのことを諦めてくれたってことでいいのかな。

「ハイハーイ、お姉さん、俺も騎士ですよー。まだ見習いだけど」

「……あら、可愛い」

エリーゼさんは本当にクリシュさんしか目に入っていなかったみたいで、声をかけられるまでカボチャの騎士さんには気がついていなかったみたいだ。

クリシュさんの肩に隠れながら、ちょっとだけ顔を傾けて見てみると、カボチャの騎士さんを頭の先から爪先までじっくり眺めた後に、凄く綺麗な笑顔でニッコリ笑った。

「お姉さんと、遊んでみる？」

「遊びます！」

「ふふっ、どうしようかしら」

満更でもない様子のエリーゼさんに、僕はホッと息を吐いた。今この場所にカボチャの騎士さんがいてくれたことは、僕にとってとても幸運なことだったたと思う。彼がいるおかげで、エリーゼさんの興味がクリシュさんから逸れたんだから。

「俺、自分で言うのもなんですけど、結構優秀なんすよ。将来的に見てもお買い得ですよ！」

一生懸命アピールするカボチャの騎士さんを、僕は心の中で『頑張れ、頑張れ』って応援してしまった。

「おい、ティボット。お前はまだ仕事中だぞ」

「ちゃんとわかってますよ。じゃあ、今日は管理所に戻るついでに家まで送るっす」

「そう？　じゃあ、お願いしようかしら」

カボチャの騎士さんはティボットって名前なのか。その節は大変お世話になったのに、名前を知らなかったなんて、失礼なことをしたなぁ。よし、覚えたぞ。

二人はウキウキした感じの声で約束を交わすと、カランカラーンってドアから出ていった。新しい出会いを、ドアベルが祝福しているみたいな軽やかな音だった。

「なんだか、嵐が去った後みたいだな」

クゥジュは展開についていけなかったみたいで、叩かれた頬を押さえながら疲れた声で呟いた。

本当に、今日は凄い一日だった。でも、ノルンの不安も解消できたし、よかったな。

「でも、ビックリしました。シノブとクリシュ様がお付き合いを始めていただなんて。おめでとうございます」

知り合いだけになって、落ち着いてきた僕は、やっとクリシュさんの首筋から顔を上げることができた。

「うん、話せなくてゴメン」

「すまない、少し複雑な事情があってな。シノブは俺に気を遣って話せなかったんだろう」

クリシュさんはアンネッテ様とのことを大まかに説明してくれた。話しちゃっていいのかな？　って思ったけど、僕の友達だから特別だって。二人なら話を広めたりしないだろうからって。

僕の友達をクリシュさんも信用してくれてるんだなって思うと、凄く嬉しかった。

「ふふっ、シノブ、幸せそうですね。私もシノブにいい人ができて嬉しいです。私が言える義理じゃないですけど、クリシユ様。シノブのことをよろしくお願いします。シノブはなんでも一人で頑張ってしまいますから、クリシユ様が見ていてくれるのなら私も安心です」

「ああ、わかっている。大切にする」

うん、僕もだよ。僕も、クリシュさんのことを大切にするから。だから、ずっと一緒にいよう。遠征で離れることがあっても、僕のところに帰ってくるって、信じてるよ。

クゥジュの店からの帰り道も、僕はクリシュさんにピタリと張りついていた。前にブランシュに乗せてもらったときは前を向いて座っていたけど、それだとクリシュさんに抱きつけなくて寂しいなって思っていたら、クリシュさんは僕を横向きに座らせてくれた。

前を向いて座るより不安定だけど、その分クリシュさんに抱きついているし、しっかり支えてくれるから全然怖くない。

「どこか寄っていきたい場所はあるか？」

せっかく街に来たんだから市場を見に行ってもよかった。クリシュさんとの初めての買い物はきっと楽しいと思うんだ。でも僕は、早く家に帰りたかった。

家に帰って、クリシュさんにずっと抱きついていたい気持ちだったんだ。

「ううん、早く家に帰りたい」

クリシュさんの胸に顔を埋めながら答えると、僕の腰を支える腕の力がキュッと強くなった。それだけで、僕の心臓はトコトコと走り出す。

普段なら、こんな風にクリシュさんとくっつくと、ドキドキしてカチンコチンに緊張してしまう。でも、今の僕はドキドキしてはいるけれど、心の中が温かい気持ちでいっぱいになっていて、とても満たされた気持ちでクリシュさんに体を預けていた。

　こんな気持ちになったのは初めてで、上手く説明できないけど、ドキドキして、体中がポカポカして、凄く幸せだ。

　今の僕の体を真っ二つに割ってみたら、きっと、頭の先から足の先まで幸せだって気持ちが詰まっているに違いない。

　クリシュさんは、どうだろう。僕と一緒にいて楽しいって、幸せだって、思ってくれているだろうか。そう思いながら、胸に押しつけていた顔を上げてクリシュさんを見上げてみた。

「どうかしたか？」

　目が合った瞬間、優しく微笑まれて、嬉しくて顔が勝手に笑ってしまう。

「ううん、なんでもないよ」

　僕は顔を隠すために、再度クリシュさんの胸に顔を押しつけた。

　なんだか、くすぐったいような気持ちで、口元が緩むのを抑えきれなかった。

　それから家までは二人とも無言で、だけど触れ合ったところからお互いの気持ちが伝わってくるような心地のよさに、僕は幸せな気持ちを噛み締めていた。

　家に着くと、クリシュさんは僕を抱えたままブランシュの馬具も外さずに家の中に入った。普段ならすぐに水をあげてブラッシングをするのに。

　ブランシュは『フンッ』って鼻息を吐いて、クリシュさんの背中をパシンッて尻尾で叩くと、自分から飼育小屋の中に戻っていった。

　時々感じるんだけど、ブランシュって僕やクリシュさんの雰囲気を感じ取って行動しているみたいだ。

　ポチなんかは僕とクリシュさんが仲良くしてたら突進してくるけど、ブランシュはそんなときはさりげなくポチにちょっかいを出して離れた場所で一緒に遊んだりしてくれるんだ。

　馬なのに空気を読めるって凄い。クリシュさんに似て、凄く賢いのかもしれない。

　鎧を外したクリシュさんは、僕を抱えてソファに座り、ギュウッと抱き締めてくれた。

　僕も負けないくらいにクリシュさんに抱きついて、二人の間は風も通る隙間がないくらいに密着している。

　気温が高いから、うっすらと汗をかくくらいに暑いけど、そんなことは全然気にならない。

クリシュさんは、ゆったりした仕草で僕の髪を撫でてくれている。髪の毛の中に指を入れて、頭皮をマッサージするように丁寧に。頭頂部から首筋まで往復する指を感じながら、僕はクゥジュの店でのことを思い出していた。

こっちの世界に来てから、僕は大切に扱われることが多かったように思う。ノルンと初めて会ったときも、凄く丁寧に案内をしてくれたし、僕の容姿がこっちの人達にとっては子供に見えるせいで見知らぬ人もお菓子をくれたり、声をかけてくれたり。

もとの世界では残金一一〇〇円で、頼る人もいなくて。住む場所をなくしてしまうかもしれない恐怖を抱えていた頃に比べたら、雲泥の差っていってもいいくらいだ。

でも、よくしてくれる人はたくさんいるのに、こっちの世界でも僕は孤独感を抱えていた。

家があって、ポチ達がいて、食べるものにも困らない。友達もできて、多少の不自由があってもなんとか生活できていて恵まれているのに、僕はやっぱりこの世界でも一人で生きていくんだろうなって、なんとなくだけど、覚悟していたんだ。

一人は嫌だって思っても、もとの世界で両親にも気にかけてもらえないんだから、他人が僕を好きになってくれるわけがないよなって。

期待して、やっぱりダメだったときが怖くて、子供っぽい容姿のことだとか、異世界人だってこととか、いろんな理由を付けて。

でも、クリシュさんは僕を見つけてくれた。抱き締めて、ノルン達の前で『大切にする』って言ってくれた。

これってさ、奇跡みたいだなって思うんだ。だって、普通に向こうの世界で生活していたら、絶対にすれ違うことすらなかったクリシュさんと出会うことができて、しかも、恋人にまでなれたんだから。

「シノブ、暑くはないか？」

「……ちょっと暑いかも」

暑いけど離れたくなくて、ギュウッて腕に力を入れたら、クリシュさんは僕の湿った前髪をかき上げてくれた。

促されるように顔を上げると、クリシュさんの目が凄く近くにあって、綺麗だなって見とれてしまった。透けるような黄緑色が綺麗で、目が離せなくて。しばらく二人で見つめ合っていたら、透けるようだった黄緑色の瞳の奥が、お酒を飲んだときのように濃い色に変化した。

髪を撫でてくれていたクリシュさんの手が頬に降りて、親指で下唇をスルッて撫でた。

僕は、そうするのが自然なことのように感じて、見つめ合っていた目を閉じた。なんでだろう。わからないけど、そうしたいって、思ったんだ。

フワッてクリシュさんの匂いが濃くなって、柔らかくて、温かくて、少しだけカサカサしたものが唇に触れた。

羽が触れたみたいに微かに触れただけだったのに、僕の胸はそれだけで満たされた気持ちでいっぱいになった。

唇が離れていくのを感じてそっと目を開けると、柔らかく微笑んだクリシュさんがいて、胸がキュウッと苦しくなった。唇が触れたのは一瞬で、息を止めている暇もないくらいだったのに、僕の周りだけ酸素がなくなってしまったみたいに息が苦しい。

多分、僕の胸の中が、クリシュさんが好きだって気持ちでいっぱいになっているせいだ。

「クリシュさん、好き」

言わないと胸が破裂してしまうような気がして、気持ちを吐き出した。目を見開いたクリシュさんが、本当に幸せそうに笑ってくれたから、僕は凄く嬉しくなってもう一回、さっきよりも大きな声で言ってみた。

「クリシュさんが、大好きだ」

クリシュさんが笑ってくれるのが嬉しくて、僕も負けないくらいに笑顔になる。

「ああ、俺もだ。愛してる」

『愛してる』なんて、僕が言うにはハードルの高い言葉をくれたクリシュさんの顔が、もう一度降りてきた。

「ん……」

さっきは羽が触れるようだったキスは、今度は少し情熱的になって、僕の唇に戻ってきた。

うっすらと目を開けてみると、端整なクリシュさんの顔が目の前にあって、『僕は今、本当にクリシュさんとキスをしているんだ』って実感したら、感動で唇が震えた。

僕の震えが伝わったのか、クリシュさんの腕が僕の頭と体を抱え込むように包んでくれた。この腕はどんなときだって僕を安心させてくれるけど、同時に胸が苦しくなるくらいにドキドキもさせる。

今は、ドキドキのほうが強くて、感動で胸がいっぱいなのに、さらにドキドキで余計に胸が苦しくなった。

「はぁっ、ふぅっ」

少しだけ情熱的になったキスは、さっきよりも触れている時間が長くて。息を止めていた僕は、唇が離れた瞬間に思いっきり息を吸い込んだ。

クリシュさんは、そんな僕の背中を撫でて、満足そうに唇の端を上げた。その笑い方が、あまりにも色っぽくて、せっかく静まりかけていた心臓が、ドキドキと早鐘を打ち始めた。

クリシュさんは格好いいし、息を止めていて苦しいし、僕のドキドキは、当分の間治まりそうもない。

夢か現か

yume ka utsutsu ka

シノブ

今日はクリシュさんは仕事で遅くなるらしい。

本当は起きて待っていたかったけど、もしかしたら朝方になるかもしれないから先に休むように言われてしまった。

それでも僕は、仕事で疲れて帰ってくるクリシュさんに着替えを手渡してあげたかったし、もしお腹を空かせていたら軽く食べられるものを作ってあげたかった。だけど、起きて待っているっていったら、クリシュさんは逆に早く帰らなきゃいけないって焦ったり、落ち着かない気持ちで仕事を片付ける羽目になるかもしれない。

僕だったら、凄く焦ると思う。クリシュさんが僕のことを寝ずに待っているって思ったら、一秒でも早く帰ろうとして気持ちばかり焦って、結局失敗して二倍時間がかかるんだ、きっと。

クリシュさんは僕みたいな失敗はしないと思うけど、でもなぁ、やっぱりここは、先に寝てるって答えたほうがいいよな。

「じゃあ、先に休ませてもらおうかな。帰ってきたときに軽く食べられるものを用意しておくから、もしお腹が空いていたら食べて」

「それは有難い。シノブの料理に慣れてると、外食すると味付けが物足りなく感じてな。帰宅後に美味いものが待っていると思うと仕事が捗りそうだ」

クリシュさんは、目尻を下げて本当に嬉しそうに笑った。そんな顔をされたら、張り切って夜食をつくっちゃうよ。

「シノブ」

いつもの朝の挨拶のために両手を広げるクリシュさんの腕の中にスッポリと収まった。

鎧を着たクリシュさんからは、温もりも、しなやかな筋肉の感触も伝わらなくて、少し寂しい。そのかわりに大きく二回深呼吸をして、クリシュさんの香りを堪能した。

(明日の朝まで会えないとか、寂しいな)

今日はもうクリシュさんに会えないと思うと名残惜しくて、いつもよりも長く抱きついていた。

クリシュさんは、抱きついたまま顔を上げない僕の背中を撫で、頭の天辺に何度もキスを落としてくれる。

くぅっ、甘い、雰囲気が甘くて、胸がキュンキュンする。

ずっとこうしていたいけど、このままではクリシュさんが遅刻してしまう。寂しいのを振り切って、断腸の思いで顔を上げると、右の頬にキスが降ってきた。

「行ってくる」

「気をつけて、いってらっしゃい」

朝の挨拶が終わったんだから、クリシュさんを送り出さないといけない。渋々体を離そうとしたら、クリシュさんが僕の腰を引き寄せて、ギユウッと強く抱きしめた。

「シノブ」

右の耳に、クリシュさんの唇が触れている。その状態で名前を囁かれた。

クリシュさんは本当に良い声をしているのに、いつもより低く優しく、しかも、唇にキスをしてくれるときのような艶を含んだ色っぽい声で囁かれて、僕の体温は一気に上昇した。

ジワリと滲んだ汗が、僕の肌を湿らせていく。

「夜食、楽しみにしてる」

「は、はいぃ」

それだけだ。愛の言葉を囁かれたわけでも、エッチなことを言われたわけでもないのに、それだけで僕の腰は砕けてしまいそうになった。それくらい、色んなことを想像できてしまえそうな、色っぽい声だったんだ。

クリシュさんを見送るまで立っていられたのを自分でも褒めてあげたいくらい、足に力が入らなかった。

クリシュさんは僕を腰砕けにした後に、さらにオデコにキスを落としてから、爽やかな笑顔で仕事に出かけていった。

手を振って、姿が見えなくなるまで見送ってから、僕はその場にしゃがんで顔を両手で覆う。クリシュさんは、あんなに爽やかなのに、僕って奴は。

「ヤバい、ちょっと勃った……」

恋人になってから、僕はちょっとしたクリシュさんの仕草にドキドキして、食事をしているときの唇や顎の動きとか、クッキリ浮かぶ首の筋とか、着替えるときの背中の筋肉の動きとかに、ムラムラッとしてしまうことがある。

恋人になったからって、さ、触りたいとかキスしたいとか、ちょっと図々しいんじゃないかって自分でも思うけど、妄想が止まらない。

クリシュさんの唇が触れた耳が熱くて、ジンジンする。微かに触れただけなのに、強く抓って引っ張ったんじゃないかってくらいに、熱が集まっていた。

「ワンッワンッ」

「う～、ポチ、ちょっと待って」

ポチが『早く仕事をはじめよう』って僕のまわりを跳ねるように走りながら催促する。

もうちょっとしたらおさまるから、そんなに急かさないでくれよ。

夜食には海苔巻きを用意した。海苔巻きといっても葉物野菜の塩漬けで巻いたから、正確には塩漬け巻きだ。これなら一口で食べられるし、お腹も膨れる。

夜食だから味付けは薄目にして、でも肉も食べたいだろうから、薄切りにした肉を湯通しして乗せた温野菜サラダも用意した。

「やっぱり、遅くなるかぁ」

もしかして、仕事が早く終わって帰ってくるかもしれないと思って、いつもの就寝時間より少しだけ起きていたけど、ブランシュの足音はとうとう聞こえず。

諦めて寝室に移動してロウソクの灯りを吹き消した。

クリシュさんのいないベッドは、やたらと広く感じる。一人で暮らしていたときと同じはずなのに、こんなに広かったかなって思いつつ目を瞑って頭から布団を被ると、ふわりとクリシュさんの香りがした。いつも一緒に寝ているから、香りが染みついていたんだ。

「ん……」

途端に脳裏に蘇ったのは、今朝の色っぽいクリシュさんの声で。耳に触れた唇の感触まで思い出してしまって、股間がピクリと反応した。

本当に僕は、クリシュさんの声に弱い。思えば初めて会った時から良い声だなって思っていたよな。初対面で好きだと思ったのが声だから、弱いのも仕方がないか。

一度考え出したら次々とクリシュさんの声を思い浮かべてしまって、少しずつ寝巻きのズボンの中がキツくなってきた。

「いや、ここでするのはマズいだろ」

ソコに手が伸びかけたけど、寝室でするのはクリシュさんが帰ってきたときに匂いでバレそうだから却下だ。だからといってロウソクの灯りを落としてしまったからトイレに移動するのも面倒だし、もし最中にクリシュさんが帰ってきたら、気まずすぎる。

「よし、我慢だ。寝るぞ。今すぐ寝るぞ」

寝るのに気合いを入れるってのも変な話だけど、今日は我慢するって決意して、意識して体の力を抜いて目をつむった。

クリシュ

今夜はフィルクス様の会食の警備のため、夜中を過ぎて帰宅した。遅くなることは分かっていたから、シノブには先に休むように伝えていたので、帰宅した時、家の灯りは消えていた。

テーブルの上に用意されていた夜食を一口摘むと、自然と顔が緩む。シノブの料理はいつも目新しいのに、どこか家庭的でホッとする味がする。

彼の料理を食べるようになってからすこぶる体調が良いのは、野菜をふんだんに使っているからだろうか。

優しい味がする夜食をゆっくりと味わって腹を満たし、物音で起こしてしまわないように足を忍ばせて二階の寝室に向かった。


そっとドアを開けると、ベッドで丸くなって眠っているシノブの姿があった。真ん中で眠ればいいのに、いつもベッドの端で眠っている。そこが俺の居場所だといっているように。

縮こまって眠っているシノブが愛おしくて、早く腕の中で安心させてやりたい気持ちになり、自然と足が速くなる。

「シノブ?」

俺がいない時に体を丸めて眠るのは、シノブの癖だ。だから、それは別におかしなことではなかった。しかし、普段とは違う物音を、俺は聞き取っていた。途切れ途切れの、苦しそうな荒い息を。

はじめは、また発作が起きたのかと思った。落ち着いたとはいっても、シノブの心の傷が完全に癒えるにはまだ時間が必要だ。

些細な切っ掛けで恐怖の記憶が呼び起こされて、パニックを起こすことがあるかもしれない。それが起こってしまったのだと思ったのだ。

そんなときの対応は心得ている。腕の中に閉じ込めて、抱き締めて、大丈夫だと囁いてあげるといい。泣き止むまで髪を撫で、顔にキスを落とし、シノブが安心するまで何時間でも。

「クリシュさ……」

夢に魘されながら俺に助けを求めるシノブを、今すぐに安心させてあげようと足早にベッドに近付いて顔を覗き込んだときに、更なる異変に気がついた。

シノブは確かに俺の名前を呼んでいたし、丸くなって眠っていた。しかしその顔は紅潮しており、息を乱しながらモゾモゾと布団の中で動いている。

まさかと思いながら、そっと布団を剝いでみると、シノブの両手は寝間着のズボンの中で動いており、微かな水音が聞こえていた。

「ん、あ、あ」

もどかしそうに体を捩り、膝を擦り合わせているシノブの姿に、ゴクリと喉が鳴った。

しかし、手を伸ばしかけて、触れる寸前で思い留まった。シノブは今、眠っている。ここは見なかったふりをして、退室するべきなんじゃないかと。

細心の注意を払って布団を元に戻し、足音を忍ばせて一歩踏み出したとき、まるで引き留めるようなタイミングで、シノブが俺の名前を呼んだ。

「クリシュさん」

もう無理だった。愛しい恋人が、俺の名前を呼びながら、夢うつつで自慰をしている。この状態で、背中を向けられる男がいるだろうか。

自分を落ちつかせるために、大きく息を吸って、ゆっくりと吐いた。

再度布団を剝いで、額に浮かぶ汗を掌で拭ってやると、心地よさそうな小さな喘ぎを漏らしながら、手にすり寄ってきた。

楽にさせてやるだけだと自分に言い聞かせながら、ズボンを脱がせて、小刻みに動かしている手をどけて、トロトロと蜜を零すシノブのペニスを掌に包み込んだ。

「ヒャァッ」

まだ触れただけだというのに、シノブは敏感に反応して悲鳴のような喘ぎ声をあげた。太腿の内側を痙攣させながら、まるで俺を迎え入れようとしているかのように、丸めていた体を伸ばして大きく足を開く。この時には既に、俺のは勃起していたが、まだ理性が働いていていた。

これ以上ないほど丁寧に手を動かしながら、シノブの顔や唇や首筋にキスを落とす。あまりにも可愛く喘ぐので、焦らして高めてを何度か繰り返していると、シノブがうっすらと目を開けたことに気がついた。

起こしてしまったかと動きを止めると、シノブは今まで見た事のない色っぽい表情を見せた。

「もっと、いっぱいして」

「やあっ、もっと速くっ」

「んっ、気持ち、いい」

なんとか耐えていたが、たぶん止（とど）めはこれだった。

「やだ、意地悪だ」

今にも涙が零れそうなほどに潤んだ瞳、キスを求めて伸ばされた腕。汗ばむ体と、快感で薄桃色に染まった肌。

愛しい恋人に求められて、俺の理性は簡単に焼き切れてしまった。

「それなら、思いっきり可愛がってやろう」

求められるままにキスを与えながら、自分のズボンの前を寛げて勃起したペニスを取り出し、トロトロと蜜を零しているシノブのペニスと一緒に握り込み、まずはゆっくりと擦り合わせた。

「はあっ、はあっ、あぁっ」

シノブの反応は、さっきまでとは明らかに変化していた。恍惚とした表情で瞼を震わせ、シーツに爪を立て、手の動きに合わせて腰を揺すり始めた。

シノブだけに愛撫を施していたときよりも、俺のペニスと合わせて擦り上げている今の方が、格段に敏感に感じていた。

特に鈴口が俺の亀頭に当たるのが一際感じるらしく、腰を揺らしてわざとコツコツと当ててやると、腰を浮かせてビクビクと痙攣させていた。

敏感な部分を擦り上げて甘い声を聞かせてもらい、艶っぽい上目づかいまで堪能する。そろそろイかせてあげようかとペニスを擦り上げる手の動きを速めたとき、信じられないことに、シノブが積極的に手を伸ばして、俺のペニスの先端を握った。

「クリシュさんも、気持ちいい？」

シノブの小さな手が、俺の亀頭を摑んで一生懸命に擦っている。ハッキリ言って、上手か下手かと言われたら、下手な部類に入るだろうとは思う。

しかし、慣れない愛撫を一生懸命に俺に施そうという気持ちが酷く愛おしくて。俺のペニスはシノブの掌の中で更に育ち、もっとと強請（ねだ）るようにシノブの掌を突き上げた。

「ああ、とても」

俺の答えを聞いたシノブは、得意そうな、満足そうな顔で、一心不乱に俺のペニスを擦り上げる。俺もこれ以上は焦らす気はなく、一気に速度を上げた。

「も、出るっっ！」

「クッ、シノブ」

シノブは俺の手の中に吐精し、俺の出した精液はシノブの掌には収まりきらずに、指の間から零れてボトボトとシノブの平らな腹の上に垂れ落ちた。

我ながら量が多いと苦笑しながら精液を拭き清めようとしたとき、恍惚とした表情のシノブが腹の上に落ちた俺の精液を指で弄びながらうっとりと呟いた。

「凄い、いっぱい……」

俺の精液を浴びて微笑むシノブの、なんと愛しい事か。今すぐ全てを俺のものにしてしまいたい気持ちを押さえつけ、でもいつかはという気持ちで、シノブの双丘の谷間を、俺の精液が付着した指でスルリと撫でた。

「ここも、そのうちにな」

「ん？　うん……」

意味がわかってなさそうなシノブの唇にひとつキスを落として、体に飛び散った俺の精液を拭った。ただ拭っただけでは気持ちが悪いだろうと、さらに蒸しタオルを用意して、全身の汗と精液の名残を全て拭い、最後にズボンを履かせて腕の中に抱き込んだ。

朝まであと数時間。濃密な時間の興奮が冷めやらず、もう眠れそうにもないが、朝までシノブの寝顔を眺めて過ごすのも、たまには良いだろう。

「次は、いつになるだろうな」

奥手なシノブの気持ちが性行為に結び付くのは、きっと随分と後になるだろう。今回は予定外に手を出してしまったが、次はシノブがその気になるまで待つつもりだ。

勿論、ただ待つだけではなく、こちらからも行動に移すつもりではあるが、焦らず急がずが今のところの方針だ。

「シノブ」

耳元で囁いて、耳朶にキスを一つ落とした。

「早く俺に慣れてくれよ」

愛の言葉を囁くことも、肌で愛を伝え合うことも、君とでなければ意味が無い。今日のように夢の中の出来事としてではなく、お互いに求め合って抱き合える日が一日も早く来るように。

シノブ

翌朝、目が覚めて一番初めにしたことは、パンツの中の状態を確認することだった。何故なら、ものすんごい、エッチな夢を見てしまったからだ。

「セーフだ……」

粗相をしていなかったことにホッと胸を撫で下ろす。

昨夜、自慰を我慢したことで欲求不満になっていたのか、クリシュさんと、その、エッチなことを沢山する夢を見てしまった。

「なんて夢を見てしまったんだ、僕は」

凄いことをしたし、凄いことを言ったような気がする。夢の中とはいえ、なんて大胆なんだ。

全部を覚えているわけじゃないけど、起きた時に一瞬、夢だったのか現実だったのか分からなくなるくらいに、リアルな夢だった。

「ワンワンッ」

「あれ、ポチが小屋から出てる。ってことは、僕、寝坊した!?」

クリシュさんの枕には、クッキリと頭を乗せた形が残っていた。ってことは、クリシュさんは帰ってきているし、既に起きて朝の仕事を始めてるんだ。

「マズい」

クリシュさんは毎日時間ピッタリに起きるけど、僕は時々寝坊をしてしまう。そんな時クリシュさんは、僕を起こさずにポチ達のお世話を先にはじめてしまうんだ。

「うわー、やっちゃったよ」

大急ぎで着替えを済ませて階段を駆け下りると、クリシュさんは朝のお世話を全て済ませてしまっていた。

「おはよう、クリシュさん。ごめんなさい、寝坊した！」

「おはよう。そんなに急がなくても大丈夫だ。たまにはゆっくり寝ていても良いんだぞ」

ミルクが入った桶を持ったクリシュさんは、振り向きざまに爽やかに笑った。昨夜は遅くに帰ってきたとは思えない清々しさだ。気力に満ち溢れていて、潑溂(はつらつ)としていて、今日も格好いい。

くうっ、笑顔が眩しい。後ろめたい夢を見たせいで、余計に眩しく感じる。

「どうかしたか？」

「うん、ちょっと眩しくて。今日もいい天気だね」

こんなに爽やかなクリシュさんをネタに、とんでもない夢を見てしまった僕は、唯々後ろめたくて。クリシュさんの顔がまともに見られない。

意味もなく髪を弄り、付いてもいない埃をパタパタはたき、モジモジと指を組み合わせ、ソワソワ体を揺する。明らかに不審な行動だけど、黙って立っていたら夢のことを思い出してしまうから、ジッとしていれない。

「今日の収穫はこれで良かったか？」

「う、うん、大丈夫だと思う」

荷馬車に乗せられた野菜をチェックしていると、ポチが僕の腹に突撃してきた。

「ワンワンッ」

「おわっ、ポチ、なんだよ？」

鼻先を押し付けるようにして、フグフグとしきりと匂いを嗅いでは耳をパタパタさせたり首を傾げている。

「寝坊したのを怒ってるのか？」

それとも、ポチの好きな燻製肉の汁でも溢してしまっていただろうか。きちんと洗濯しているつもりだけど、肉の油って落ちにくいんだよな。

「もう、押すなってば。匂いも嗅がなくていいから」

「ポチ、座れ」

何度押しのけてもクンクン匂いを嗅ぐポチに苦戦していると、クリシュさんから助け舟が入った。僕が飼い主のはずなのに、ポチは僕よりもクリシュさんの指示の方を聞くのが、ちょっと悔しい。ポチには近々、僕が主人だということを教え直さなければいけないと密かに思っていたりする。

「今日も暑くなりそうだな」

「最近は晴ればかりだね」

汗が滲んだシャツを脱いだクリシュさんが泉の水を頭から被ると、水滴がキラキラ光りながら飛び散って、一瞬だけ小さな虹がかかった。虹なんて、ただの光の反射なんだけど、見ると何故か嬉しくなる。

良いものを見たなと思いながらタオルで髪を拭いているクリシュさんの背中を眺めていたら、脇腹の近くに一筋の赤い痕を発見した。

「クリシュさん、ここ、赤くなってる」

「ん、ああ、昨日訓練で引っ掛けたんだ」

細いけどミミズ腫れになっていて、痛痒そうだ。

「待ってて、薬持ってくる」

あの事件から常備するようになった薬箱から切り傷用の軟膏を取り出してミミズ腫れに塗りつけながら、昨日の夢の中で僕が爪を立てた場所によく似ているなと思ったら、色々と思い出して顔が真っ赤になってしまった。

「もういいか？」

「あっ、ちょっと待って」

今顔を見られるのはマズい。薬を塗っただけで顔を真っ赤にしているなんて変だし、変な想像でもしたのかと思われてしまう。

「今日も遅くなるの？」

「いや、早く帰れそうだ。早くといっても、いつもと同じ時間帯だが」

顔を見られないように後ろから抱きついて、腕をお腹にまわした。

僕が不安がっていると思ったのか、クリシュさんはお腹に回した手を優しくポンポンと叩く。

「今日は一緒に飯を食おうな」

「う、うん」

僕は正直、ご飯に気を取られている暇は無かった。

何故なら、昨夜の夢で触り倒したクリシュさんの筋肉と、今頬と手に触れているクリシュさんの筋肉の感触が全く同じだったからだ。

まさか僕、エッチな夢を見ながら、現実のクリシュさんを撫で回したりしてないだろうな。

「シノブ、どうした？」

一瞬、聞いてみようかと思ったけど、思いとどまった。だって、こんなこと、なんて聞いたらいいんだ。

「うー、あー、な、なんでもない。抱きつきたかっただけ」

「……」

クリシュさんの筋肉がピクッと動いて、僕の発言にびっくりしたであろう事が伝わった。僕はいつもは自分から抱きついたり、こういう事を言葉に出したりしないけど、昨夜の夢のせいで少し大胆になってしまったみたいだ。

「シノブ、顔を見せてくれないか」

「や、やだ」

クリシュさんの声が甘くなった。絶対に、僕が真っ赤になっていることに気がついたんだ。

「俺にも抱き締めさせてくれ」

こんなことを言われては、拒否し続けることは僕には出来なくて。抱きついていた力を緩めると、体を反転させたクリシュさんの腕の中に包まれた。

甘い雰囲気で頭に唇を落とされて、ますます顔が赤くなる。

「愛してる」

昨日の夢のように耳元で囁かれた。このままでは、またエッチな夢を見てしまう。どうしよう。

そんなことを考えながらクリシュさんの腕の中、僕の顔はしばらくの間、真っ赤に染まってもとに戻らなかった。

「福引で当たったので異世界に移住し、恋をしました ～命を紡ぐ樹～」に続く

次巻予告

福引で当たったので異世界に移住し、恋をしました

fukubiki de atatta node
isekai ni ijushi,
koi wo shimashita
〜inochi wo tsumugu ki〜

〜命を紡ぐ樹〜

恋人としてのスキンシップを少しずつ深めていく忍とクリシュ。
一方、生命の木の記憶を見た忍は「種」を託される。
それは、この行き止まりの世界を救う最後の希望だった…！

2020年6月19日発売予定

初出一覧

福引で当たったので異世界に移住し、恋をしました ～手を繋いで～

※上記の作品は「ムーンライトノベルズ」（https://mnlt.syosetu.com/）掲載の「福引で当たったので異世界に移住してみました」を加筆修正したものです。（「ムーンライトノベルズ」は「株式会社ナイトランタン」の登録商標です）

夢か現か　　書き下ろし

弊社ノベルズをお買い上げいただきありがとうございます。
この本を読んでのご意見、ご感想など下記住所「編集部」宛までお寄せください。

リブレ公式サイトで、本書のアンケートを受け付けております。
サイトにアクセスし、TOPページの「アンケート」から
該当アンケートを選択してください。
ご協力お待ちしております。

「リブレ公式サイト」
https://libre-inc.co.jp

福引で当たったので異世界に移住し、恋をしました ～手を繋いで～

著者名　花柄

発行日　2020年3月19日　第1刷発行

発行者　太田歳子

発行所　株式会社リブレ

〒162-0825 東京都新宿区神楽坂6-46
ローベル神楽坂ビル
電話03-3235-7405（営業）　03-3235-0317（編集）
FAX 03-3235-0342（営業）

印刷所　株式会社光邦

装丁・本文デザイン　楠目智宏（arcoinc）

Printed in Japan
ISBN 978-4-7997-4709-4